최명익
소설 선집

최명익
소설 선집

진정석 엮음

현대문학

〈한국문학의 재발견-작고문인선집〉을 펴내며

　한국현대문학은 지난 백여 년 동안 상당한 문학적 축적을 이루었다.
한국의 근대사는 새로운 문학의 씨가 싹을 틔워 성장하고 좋은 결실을
맺기에는 너무나 가혹한 난세였지만, 한국현대문학은 많은 꽃을 피웠고
괄목할 만한 결실을 축적했다. 뿐만 아니라 스스로의 힘으로 시대정신과
문화의 중심에 서서 한편으로 시대의 어둠에 항거했고 또 한편으로는 시
대의 아픔을 위무해왔다.
　이제 한국현대문학사는 한눈으로 대중할 수 없는 당당하고 커다란
흐름이 되었다. 백여 년의 세월은 그것을 뒤돌아보는 것조차 점점 어렵
게 만들며, 엄청난 양적인 팽창은 보존과 기억의 영역 밖으로 넘쳐나고
있다. 그리하여 문학사의 주류를 형성하는 일부 시인·작가들의 작품을
제외한 나머지 많은 문학적 유산들은 자칫 일실의 위험에 처해 있는 것
처럼 보인다.
　물론 문학사적 선택의 폭은 세월이 흐르면서 점점 좁아질 수밖에 없
고, 보편적 의의를 지니지 못한 작품들은 망각의 뒤편으로 사라지는 것
이 순리다. 그러나 아주 없어져서는 안 된다. 그것들은 그것들 나름대로
소중한 문학적 유물이다. 그것들은 미래의 새로운 문학의 씨앗을 품고
있을 수도 있고, 새로운 창조의 촉매 기능을 숨기고 있을 수도 있다. 단
지 유의미한 과거라는 차원에서 그것들은 잘 정리되고 보존되어야 한다.
월북 작가들의 작품도 마찬가지이다. 기존 문학사에서 상대적으로 소외
된 작가들을 주목하다보니 자연히 월북 작가들이 다수 포함되었다. 그러
나 월북 작가들의 월북 후 작품들은 그것을 산출한 특수한 시대적 상황

의 고려 위에서 분별 있게 이해되어야 할 것이다.

이러한 당위적 인식이, 2006년 한국문화예술위원회의 문학소위원회에서 정식으로 논의되었다. 그 결과, 한국의 문화예술의 바탕을 공고히 하기 위한 공적 작업의 일환으로, 문학사의 변두리에 방치되어 있다시피 한 한국문학의 유산들을 체계적으로 정리, 보존하기로 결정되었다. 그리고 작업의 과정에서 새로운 의미나 새로운 자료가 재발견될 가능성도 예측되었다. 그러나 방대한 문학적 유산을 정리하고 보존하는 것은 시간과 경비와 품이 많이 드는 어려운 일이다. 최초로 이 선집을 구상하고 기획하고 실천에 옮겼던 한국문화예술위원회의 위원들과 담당자들, 그리고 문학적 안목과 학문적 성실성을 갖고 참여해준 연구자들, 또 문학출판의 권위와 경륜을 바탕으로 출판을 맡아준 현대문학사가 있었기에 이 어려운 일이 가능하게 되었다. 이런 사업을 해낼 수 있을 만큼 우리의 문화적 역량이 성장했다는 뿌듯함도 느낀다.

〈한국문학의 재발견-작고문인선집〉은 한국현대문학의 내일을 위해서 한국현대문학의 어제를 잘 보관해둘 수 있는 공간으로서 마련된 것이다. 문인이나 문학연구자들뿐만 아니라 더 많은 사람들이 이 공간에서 시대를 달리하며 새로운 의미와 가치를 발견하기를 기대해본다.

2009년 5월
출판위원 염무웅, 이남호, 강진호, 방민호

　최명익은 20세기 한국소설의 특징과 수준을 대표하는 문제적인 작가 가운데 하나이다. 그는 일제 말기 혼돈과 절망에 빠진 지식인의 자의식을 섬세하게 그려낸 심리주의 소설로 독자적인 모더니즘의 영역을 개척했으며, 해방 이후에는 북한에 남아 활동을 계속하면서 기층 민중의 자발성에 대한 깊은 신뢰를 보여주는 리얼리즘적 경향의 작품을 선보이기도 했다. 작품 자체의 완성도는 물론이거니와 사상 전환을 포함한 모더니즘 문학의 의식구조를 해명하는 데 가장 핵심적인 작가가 바로 최명익인 것이다.

　최명익은 1903년 평안도에서 태어나 1936년 서른네 살이라는 비교적 늦은 나이에 단편소설 「비 오는 길」을 발표하면서 공식적으로 등단한다. 하지만 이후 그는 불과 몇 년 사이에 「무성격자」 「봄과 신작로」 「심문」 등 밀도 높은 수작들을 잇달아 발표하면서 이른바 '신세대 문학'의 대표 주자로 공인받기에 이르며, 한 시대의 정신적 분위기를 치밀한 수법으로 그려낸 개성적인 작가라는 평가를 받게 된다.

　1941년 단편 「장삼이사」를 끝으로 일제의 압박을 피해 은둔에 들어갔던 최명익은 해방 이듬해인 1946년 단편소설 「맥령」을 발표하면서 활동을 재개한다. 그러나 남북분단과 더불어 북쪽에 남은 작가적 생애의 후반기는 그다지 순탄하지 못했다. 한국전쟁 와중에 아들과 아내를 잃었고, 작품 경향에 대한 안팎의 비판과 견제도 끊임없이 계속되었다. 하지만 고독하고 불우한 환경 속에서도 그는 문학에 대한 열정을 잃지 않고 꾸준히 작품 활동을 지속하여 역사소설 『서산대사』와 「임오년의 서울」

등의 역작을 발표하기에 이른다.

지식인과 기층 민중, 모더니즘과 리얼리즘 등 상이한 주제와 스타일을 관류貫流하는 최명익 문학의 기본적인 문제의식은 근대화가 우리 사회에 가져다준 충격과 여파를 성숙한 안목으로 통찰하고 한국인의 고유한 근대 경험에 감응하는 문학의 가능성을 모색하는 것이라고 할 수 있다. 최명익의 문학은 좁은 의미의 모더니즘이나 리얼리즘의 범주를 넘어 우리 문학의 진정한 근대적 성격을 이해하려는 문제의식에 비추어 재평가될 소지가 적지 않은 것이다.

그러나 작품의 수준이나 문학사적 중요성에 비해 최명익 문학에 대한 관심과 조명은 아직 충분하다고 말하기 어렵다. 특히 재북在北 시기의 활동에 대해서는 전기적인 사실 확인과 기초적인 자료 정리조차 미흡한 실정이며, 그의 모든 작품을 한자리에 모은 개인 전집도 아직 발간되지 못했다. 아쉽게도 이 책 역시 최명익의 문학세계를 전체적으로 조명하는 전집이 아닌 소설 선집의 형식을 취하고 있다. 다만 식민지 시대와 재북 시기의 주요 작품들을 고르게 배치함으로써 최명익 문학의 전모를 균형 잡힌 시각으로 바라볼 수 있도록 했으며, 특히 「마천령」 「기관사」 「임오년의 서울」 등 처음 활자화되는 작품들은 앞으로 보다 완벽한 작가 전집을 만들기 위한 작은 밑거름이 되리라 믿는다. 아무쪼록 이 선집의 발간을 계기로 최명익의 중후하고 매력적인 문학세계가 우리에게 좀 더 가깝게 다가올 수 있기를 기대한다.

2009년 5월
진정석

1. 이 책은 최명익의 소설 가운데 주요 작품을 모은 소설 선집이다.
2. 작가 연보와 작품 연보 및 참고 서지를 붙여 앞으로의 연구에 도움을 주고자 했다.
3. 작품의 배열은 발표 연대에 따랐고, 작품 말미에 원 발표지와 수록 작품집을 밝혔으며, 어려운 단어의 주석은 각주로 처리하였다.
4. 지문은 현대 표준어로 고치되 대화는 방언을 포함하여 가능한 한 원문의 표현을 그대로 살렸다.
5. 현대어 표기는 국립국어원의 〈표준국어대사전〉을 기준으로 삼았다.
6. 한자는 가능한 한 줄이고 해독의 편리를 위해 필요한 경우에만 살렸으며, 필요에 따라 원문에 없는 한자를 병기한 경우도 있다.
7. 너무 긴 문장은 쉼표를 넣어 읽기 쉽도록 하고, 명백한 오자나 오식은 바로잡았다. 문맥상 맞지 않는 단어나 글자는 문맥에 맞게 고쳤으며, 작가가 일부러 드러내지 않은 경우는 ×로, 판독이 불가능한 글자는 □로 처리하였다.
8. 대화는 " "로, 강조는 ' '로, 소설은 「 」로, 단행본은 『 』, 잡지 및 신문은 《 》로 표시하였다.

차례

비 오는 길

성 밖 한끝에 사는 병일丙—이가 봉직하고 있는 공장은 역시 맞은편 성 밖 한끝에 있었다. 맞은편이지만 사변형의 대각對角은 채 아니므로 30분쯤 걷는 그 길은 중로에서 성안 시가지의 한 모퉁이를 약간 스칠 뿐이다.

집을 나서면 부府 행정구역도에 없는 좁은 비탈길을 10여 분간 걸어야 한다.

그 길은 여름날 새벽에 바재게* 뜨는 햇빛도 서편 집 추녀 밑에 간신히 한 뼘 너비나 비칠까 말까 하게 좁은 길을 사이에 두고 작은 집들이 서로 등을 비빌 듯이 총총히 들어박힌 골목이다.

이 골목은 언제나 그렇듯 한산한 탓인지, 아침저녁 어두워서만 이 길을 오고 가게 되는 병일은, 동편 집들의 뒷담 꽁무니에 열려 있는 변소 구멍에서 어정거리는 개들과, 서편 집들의 부엌에서 행길**로 뜨물을 내

---

* '바재다.' '바장이다'의 방언. 부질없이 짧은 거리를 오락가락 거닐다.
** '한길'의 방언.

쏟는 안질 난 여인들밖에는, 별로 내왕하는 사람을 볼 수 없었다.

일찍이 각기병으로 기운이 빠진 병일의 다리는, 길을 좀 돌더라도 평탄한 큰 거리로 다니기를 원하였다. 사실 걷기 힘든 길이었다.

봄이면 얼음 풀린 물에 길이 질었다. 여름이면 장마물이 그 좁은 길을 개천 삼아 흘렀다. 겨울에는 아이들이 첫눈 때부터 길을 닦아놓고 얼음을 지치었다.

병일은 부드러운 다리에 실린 몸의 중심을 잡기 위하여 외나무다리나 건너듯이, 두 팔을 허우적거리며 걷는 것이었다.

봄의 눈 녹은 물과 여름 장마를 치르고 나면 이 길을 걷는 병일이 아끼는 그의 구두 콧등을 여지없이 망쳐버리는 것이었다.

비록 대낮에라도 비행기 소리에 눈이 팔리거나, 머리를 수그렸더라도 무슨 생각에 정신이 팔리면, 반드시 영양 불량성인 아이들의 똥을 밟을 것이다.

*

봄이 되면 그 음침한 담 밑에도 작은 풀잎새가 한 떨기씩 돋아나기도 하였다.

이 골목에 간혹 들어박힌 고가古家의 기왓장에 버즘*같이 돋친 이끼가 아침 이슬에 젖어서 초록빛을 보이는 때가 있지만, 한 줌 한 줌씩 아껴가며 구차하나마 이 돌작길**의 기슭을 치장하여놓은 어린 풀떨기는 이 빈민굴도 역시 봄을 맞이한 대지의 한끝이라는 느낌을 새롭게 하였다.

밤이면 행길로 문을 낸 서편 집들 중에 간혹 문등門燈을 단 집이 있었

* 버짐.
** '자갈길'의 잘못.

14

다. 그것은 토지, 가옥, 인사 소개업이라는 간판을 붙인 집이었다.

그것도 같은 집에 늘 있는 것이 아니다. 이 모퉁이를 지나면 있으려니 하였던 문등이 없어지기도 하고 저 모퉁이는 어두우려니 하고 가면 의외의 새 문등이 켜 있기도 하였다.

요사이 문등이 또 한 개 새로이 켜지었다. 저녁마다 장구소리와 어울려서 나어린 계집애의 목청으로 부르는 노랫소리가 새어나오던 집이었다.

새 문등이 달리자 초롱을 든 인력거꾼이 그 집 문밖에서 기다리는 것을 보게 되었다.

그리고 이 여름에는 초저녁부터 그 집 안방에 가득 차게 쳐놓은 생초* 모기장을 볼 수 있었다.

다른 집들은 이 여름에도 여전히 모기쑥을 피우고 있다.

그 집도 작년까지는 모기쑥을 피웠던 것이다. 저녁마다 집으로 돌아올 때에 모기쑥 내에 잠긴 이 골목에서, 붉은 도련을 친 그 초록 모기장을 볼 때마다, 병일이는 위쪽지를 척 도려놓은 수박을 연상하였다.

이 골목을 지나가면 새로운 시구 계획으로 갓 닦아놓은 넓은 길에 나서게 된다.

옛 성벽 한 모퉁이를 무찌르고 나간 그 거리는 아직 시가다운 시가를 이루지 못하였다.

헐린 옛 성 밑에는 낮고 작은 고가들이 들추어놓은 고분 속같이 침울하게 벌려져 있고 그것을 가리기 위한 차면遮面같이, 횟담에 함석 영**을 덮은 새 집들이 단벌 줄로 나란히 서 있을 뿐이다.

이러한 바라끄***식 외짝 거리의 맞은편은, 아직도 집들이 들어서지

---

* 생사生絲로 얇고 성기게 짠 옷감.
** '이엉'의 줄임말.

않았었다. 시탄 장사, 장목 장사, 옹기 노점, 시멘트로 만드는 토관 제조 장 등, 성 밖에 빈 땅을 이용하는 장사터가 그저 남아 있었다.

도시의 발전은 옛 성벽을 깨트리고, 아직도 초평草坪*이 남아 있는 이 성 밖으로 뀌어나오기** 시작한 것이었다.

그리하여 아직도 자리 잡히지 않은 이 거리의 누렇던 길이 매연과 발 걸음에 나날이 짙어서 꺼멓게 멍들기 시작한 이 거리를 지나면, 얼마 안 가서 옛 성문이 있었다. 그 성문을 통하여 이 신작로의 수직선으로 뚫린 시가가 바라보이는 것이었다.

그 성문 밖을 지나치면 신흥 상공 도시라는 이 도시의 공장 지대에 들어서게 된다. 병일이가 봉직하고 있는 공장도 그곳에 있었다.

병일이는 이 길을 2년간이나 걸었다. 아침에는 집에서 공장으로, 저 녁에는 공장에서 집으로 가는 가장 가까운 길이므로 이 길을 걷는 것이 었다.

*

병일이는 취직한 지 2년이 되도록 신원보증인을 얻지 못하였다.

매일 저녁마다 병일이가 장부의 시재時在를 적어놓으면 주인은 금고 의 현금을 세었다. 병일이가 장부에 적어놓은 숫자와 주인이 센 현금이 맞아떨어진 후에야 그날 하루의 일이 끝나는 것이었다.

주인이 금고문을 잠근 후에, 병일이는 모자를 집어 들고 사무실 문 밖에 나선다. 한 걸음 앞서 나섰던 주인은, 곧 사무실 문을 잠가버리는

*** 바라크. 막사.
* 풀이 무성하게 자란 넓은 벌판.
** '뀌어나오다.' 비집고 밖으로 나오다.

것이었다.

사무실 마루를 쓸고, 훔치고, 손님에게 차와 점심 그릇을 나르고, 수십 장의 편지를 쓰고, 장부를 정리하는 등 소사와 급사와 서사의 일을 한 몸으로 치르고 난 뒤에, 하숙으로 돌아가는 병일의 다리와 머리는 물병과 같이 무거웠다.

주인에게 작별 인사를 하고 공장 문밖을 나서면 하루의 고역에서 벗어났다는 시원한 느낌보다도 작은 별들이 반짝이는 하늘 아래 말할 수 없이 호젓하여짐을 금할 수 없었다.

그는 주인 앞에서 참고 있었던 담배를 가슴 속 깊이 빨아 들이키며 2년 내내 구하여도 얻지 못하는 신원보증인을 다시금 궁리하여보는 것이었다.

현금에 손을 대지 못하고, 금고에 들어 있는 서류에 참견을 못하는 것이 책임 문제로 보아서 무한히 간편한 것이지만 취직한 첫날부터 지금까지 하루도 변함없이 자기를 감시하는 주인의 꾸준한 태도에 병일이도 꾸준히 불쾌한 감을 느껴온 것이었다.

주인의 이러한 감시에 처음 얼마 동안은 신원보증이 없어서 그같이 못 미더운 자기를 그래도 써주는 주인의 호의를 한없이 감사하고 미안하게 여겼었다.

그다음 얼마 동안은 병일이가 스스로 믿고 사는 자기의 담박한 성정을 그리도 못 미더워하는 주인의 태도에 원망과 반감을 가지게 되었었다.

그러다가 최근에는 유독 병일이만을 못 믿는 것이 아니요 자기(주인)의 아내까지 누구나 사람을 믿지 않는 것이 이 주인의 심술인 것을 알게되자 병일이는 이러한 종류의 사람을 경멸할 수 있는 쾌감을 맛보았던 것이었다.

자기에게서 떠나지 않는 주인의 이 경멸할 감시적 태도를 병일이는 할 수 있는 대로 묵살하고 관심하지 않으려고 하였다.

그러나 맨 처음 감사하고 미안하게 생각하였을 때나, 그다음 원망과 반감을 가졌을 때나, 경멸하고 묵살하려는 지금이나 매일반으로 아직까지 계속하는 주인의 꾸준한 감시적 태도에 대하여 참을 수 없이 떠오르는 자기의 불쾌감까지는 묵살할 수 없는 것이었다.

지금도 장부를 다시 한 번 훑어보고 있는 주인의 커다란 손가락에서 금고의 자물쇠 소리가 절그럭거리던 것을 생각할 때에는 시장하여 나른히 피곤하여진 병일의 신경에 헛구역의 충동을 일으키는 것이었다. 그러다가 눈앞에 커다란 그림자같이 솟아 있는 옛 성문을 쳐다보았다. 침침한 허공으로 솟아날 듯이 들려 있는 누각 추녀의 검은 윤곽을 쳐다보고 다시 그 성문 구멍으로 휘황한 전등의 시가를 바라보며 '10만! 20만!' 이라는 놀라운 인구의 숫자를 눈앞에 그리어보았다.

'그들은 모두 자기네 일에 분망한 사람들이다.'

이러한 생각에 다시 허공을 향하는 병일의 눈에는 어둠 속을 날아 헤매는 박쥐들이 보였다. 박쥐들은 캄캄한 누각 속에서 날아 나왔다가 다시 누각 속으로 사라지는 것이었다. 그것은 마치 옛 성문 누각이 지니고 있는 오랜 역사의 혼이 아직 살아서 밤을 타서 떠도는 듯이 생각되는 것이었다.

대개가 어두운 때이었으므로 신작로에도 사람의 내왕이 드물었다. 설혹 매일같이 길을 어기는* 사람이 있어도 언제나 그들은 노방의 타인이었다.

외짝 거리 점포의 유리창 안에 앉아 있는 노인의 얼굴이나 그 곁에 쌓여 있는 능금알이나 병일이에게는 다를 것이 없었다.

| * '어기다.' 서로 길을 어긋나게 지나치다.

비가 부슬부슬 떨어지기 시작하였다. 비안개를 격하여 보이는 옛 성문은 그 윤곽이 어둠 속에 잠겨서 영겁의 비를 머금고 있는 검은 구름 속으로 녹아들고 말 듯이 보였다.

그러나 성냥* 위에 높이 달아놓은 망대의 전등이 누각 한편 추녀 끝에 불빛을 던지고 있었다.

이끼에 덮이고 남은 기왓장이 빛나 보이고, 그 틈서리에 자라난 긴 풀대가 비껴오는 빗발에 떨리는 것이 보였다.

외짝 거리까지 온 병일이는 어느 집 처마 아래로 들어섰다. 그것은 문등이 달린 조그만 현관이었다.

현관 옆에는 회 바른 담을 네모나게 도려내고 유리를 넣어서 만들어놓은 쇼윈도가 있었다.

'하아 여기 사진관이 있었던가!'

하고, 병일이는 아직껏 몰라보았던 것이 우스웠다. 그 작은 쇼윈도 안에는 갓 없는 16촉 전구가 켜 있었다. 그리고 퍼런 판에 금박으로 무늬를 놓은 반자지**를 바른 그 안에는 중판쯤 되는 결혼사진을 중심으로 명함판의 작은 사진들이 가득히 붙어 있었다. 대개가 고무 공장이나 정미소의 여공인 듯한 소녀들의 사진이었다.

사진의 인물들은 모두 먹칠이나 한 듯이 시커먼 콧구멍이 들여다보이었다.

'압정으로 사진의 웃머리만을 눌러놓아서 얼굴들이 반쯤 젖혀진 탓이겠지……'

* '성벽'의 평안도 방언.
** 천정을 바르는 종이.

하고, 병일이는 웃고 있는 자기에게 농담을 건네어보았다.

그들의 휘주근한 이마 아래 눌리어 있는 정기 없는 눈과, 두드러진 관골 틈에 기를 펴지 못하고 있는 나지막한 코를 바라보면서 병일이는 그들의 무릎 위에 얹혀 있을 거친 손을 상상하였다.

병일이는 담배를 붙여 물고, 돌아서서 발 앞에 쏟아지는 낙숫물 소리를 들으며 맞은편 빈터의 캄캄한 공간을 바라보았다. 거기서 간간이 불어오는 바람결마다, 빗발은 병일이의 옷자락으로 풍겨 들었다.

옆집 유리창 안에는 닦아놓은 푸른 능금알들이 불빛에 기름이나 바른 듯이 윤나 보였다. 그 가운데 주인 노파가 장죽을 물고 앉아 있었다. 피어오르는 담배 연기를 바라보며 졸고 있는 것이었다.

푸른 연기는 유리창 안에서 천정을 향하여 가늘게 떠오르고 있었다.

노파의 손에 들린 삿부채**가 그 한 면에 깃든 검은 그림자를 이편저편 뒤칠 때마다, 가는 연기줄은 흩어져서 능금알의 반질반질한 뺨으로 스며 사라졌다.

그때마다 병일이는 강철 바늘 같은 모깃소리를 느끼고 몸서리를 쳤다.

빗소리밖에는…… 고요한 저녁이었다.

병일이는 다시 쇼윈도 앞으로 돌아서서 연하여 하품을 하면서 사진을 보고 있었다. 그때에 갑자기 사진이 붙어 있는 뒤 판장이 젖혀지며 커다란 얼굴이 쑤욱 나타났다.

병일이의 얼굴과 마주친 그 눈은 한 겹 유리창을 격하여 잠시 동안 병일이를 바라보다가, 붉은 손에 잡힌 비로 쇼윈도 안을 쓸어내고 전등알까지 쓰다듬었다.

전등알에는 천정과 연하여 풀솜 오리*** 같은 거미줄이 얽혀 있었다.

---

* 옷 따위가 풀기가 빠져서 축 늘어진 모양.
** 갈대 따위를 쪼개어 결어 만든 부채.

비를 놓고 부채로 쇼윈도 안의 하루살이와 파리를 쫓아내는 그의 혈색 좋은 커다란 얼굴은 직사되는 광선에 번질번질 빛나 보이었다. 그리고 그의 미간에 칼자국같이 깊이 잡힌 한 줄기의 주름살과, 구둣솔을 잘라 붙인 듯한 거친 눈썹과, 인중에 먹물같이 흐른 커다란 코 그림자는 산 사람의 얼굴이라기보다, 얼굴의 윤곽을 도려낸 백지판에 모필로 한 획씩 먹물을 칠한 것처럼 보이었다.

병일이는 지금 보고 있는 이 얼굴이나 아까 보던 사진의 그것은 모두 조화되지 않은 광선의 장난이라고 생각하였다. 그리고 암흑한 적막 속에 잠겨들고만 옛 성문 누각의 한편 추녀 끝만을 적시는 듯이 보이는 빗발이 다시 한 번 병일이의 머릿속에 떠올랐다.

이렇게 서서 의식의 문밖에 쏟아지는 낙숫물 소리에 귀를 기울이며 있는 병일이는, 광선이 희화화한 쇼윈도 안의 초상이 한 겹 유리창을 격하여 흘금흘금 자기를 바라보고 있는 충혈된 눈을 마주 보았다.

변한 바람세에 휘어진 빗발이 그들이 격하여 서로 바라보고 있는 유리창에 뿌려서 빗방울은 금시에 미끄러져서 길게 흘러내렸다.

'희화된 초상화에서 흐르는 땀방울!'

병일이는 의식적으로 이러한 착각을 꾸며보았다. 지금껏 자기를 흘금흘금 바라보는 그 충혈된 눈에 작은 반감을 가졌던 것이었다.

비에 놀란 듯한 얼굴은 쇼윈도에서 사라졌다. 그리고 현관문이 열리었다.

현관문을 열어 잡고 하늘을 쳐다보던 그는,

"비가 대단하구만요. 이리로 들어와서 비를 그으시지요. 자 들어오세요."

*** '풀솜'은 실을 켤 수 없는 허드레 고치를 삶아서 늘여 만든 솜. '오리'는 실, 나무, 대 따위의 가늘고 긴 조각.

하고, 역시 하늘을 처다보고 서 있는 병일이에게 말하였다.

그의 적삼 아래로는 뚱뚱한 배가 드러나 보였다. 가차 없이 비를 쏟고 있는 푸렁덩한 하늘같이 그의 내어민 배가 병일이의 조급한 신경을 거슬리었으나, 처음 보는 사람에게 이같이 친절한 것은 둥실한 그 배의 성격이거니 생각하며 권하는 대로 현관문 안에 들어섰다.

그는 병일이에게 의자를 권하고 이어서 휘파람을 불면서 조금 전에 떼어 들였던 판장에서 사진들을 떼기 시작하였다.

함석지붕에 떨어지는 빗소리는 어수선한 좁은 방 안을 침울하게 하였다.

구둣솔을 잘라 붙인 듯한 눈썹을 찌푸려서 미간의 외줄기 주름살은 더욱 깊어지고, 두드러진 입술에서 새어나오는 휘파람 소리는 날카롭게 들리었다.

병일이는 빗소리가 섞여 오는 휘파람 소리를 들으며 테이블 위에 놓인 앨범을 뒤적이고 있었다.

"금년에는 비가 많이 올걸요."

휘파람을 불다 말고 사진사는 이렇게 말을 건네며 병일이를 처다보았다.

"글쎄요……?"

"두고 보시우. 정녕코 금년에는 탕수*가 나고야 맙네다."

"……글쎄요……?"

병일이는 역시 이렇게 대답할밖에 없었다.

"서문의 문지기 구렁이가 현신을 했답니다."

"……?"

| * '홍수'의 평안도 방언.

말없이 쳐다만 보고 있는 병일이에게 어떤 커다란 사변의 전말이나 설명하듯이 그는 일손을 멈추고

"어제 저녁에 비가 부슬부슬 오실 때……."

하고 말을 시작하였다.

어떤 사람이 우산을 받고 성문 안을 들어갈 때에 누각 기왓장이 우산을 스치고 발 앞에 철썩철썩 떨어졌다. 그래 쳐다본즉 그 넓은 기왓골에 10여 골이나 걸친 큰 구렁이가 박죽* 같은 머리를 내두르고 있었다고 한다. 사람들은 모여들었다. 그중에 날쌘 젊은이가 올라가서 잡으려고 하였다. 노인들은 성문지기 구렁이를 해하면 재변이 난다고 야단쳤다. 갈기려는 채찍을 피하여 달아나는 구렁이를 여기 간다 저기 간다 하며, 잡지 말라는 노인들을 둘러싼 젊은이들은 문 위에 올라간 사람을 지휘하며 웃고 떠들었다. 마침내 구렁이는 수많은 기왓골 틈으로 들어가 숨고 말았다. 안심한 노인들은 분한 것 놓쳤다고 떠드는 젊은이들 틈에서 이 여름에는 무서운 홍수가 나리라고 걱정하였다고 한다.

"노인들의 증험**이 틀리지 않습니다."

하고 그의 말은 끝났다.

"글쎄요?"

병일이는 이렇게 꼭 같은 대답을 세 번이나 하기가 미안하였다. 그렇다고 "설마 그럴라구요." 하였다가 이 완고한 젊은이의 무지와 충돌하여 부질없는 얘기가 벌어지게 되면…… 귀찮은 일이다.

그때에 현관문으로 작은 식함食函이 들어왔다. 오늘 만든 듯한 새 사진을 붙이고 있던 주인은 일감을 밀어 치우고 식함에 놓인 술병과 음식 그릇을 테이블 위에 받아놓고 의자를 당겨 앉으며

* '밥주걱'의 방언.
** 이미 경험함.

"자, 우리, 같이 먹읍시다. 이미 청하였던 것이지만."

하고 술을 따라서 병일이에게 건네었다.

병일은 코끝에 닿을 듯한 술잔을 피하여 물러앉으며,

"미안합니다만 나는 술을 먹지 않습니다."

하고 거절하였다.

"그러지 마시구 자, 한 잔 드시우. 자, 이미 권하던 잔이니 한 잔
만⋯⋯."

아직 인사도 안 한 그가 이렇게 치근스럽게 술을 권하는 것이 불쾌하
였다. 그래서 여러 번 거절하여보았다. 그러나 이렇게 굳이 권하는 것은
이런 사람들의 호의로 생각할밖에 없었고 더구나 돌아가는 잔이라든가
권하던 잔이라든가 하는 술꾼들의 미신적 습관을 짐작하는 병일이는 끝
끝내 거절할 수가 없었다.

마지못해서 받아 마시고는 잔을 그이 앞에 놓았다. 술을 따라서 잔을
건네면 이 술추렴에 한몫 드는 셈이 되겠는 고로 빈 잔을 놓은 것이었다.

"자⋯⋯ 이걸 좀 드시우. 이미 청하였던 음식이라 도리어 미안하웨
다만⋯⋯."

이렇게 말하며 일변 손수 술을 따라 마시면서 초계탕 그릇을 병일이
에게로 밀어놓는다.

"자, 좀 드시우."

이렇게 다지고 그는 안으로 들어가서 은수저 한 벌을 더 가지고 나와
서 자기가 마침 떠먹으며

"어어 시원해. 하루 종일 밥벌이하느라고 꾸벅꾸벅 일하다가 이렇게
한 잔 먹는 것이 제일이거든요."

이러한 주인의 말에 병일이는 한 번 더 "글쎄요." 하는 말이 나오려는
것을 누르고,

"피곤한 것을 잊게 되니깐 좋을 것입니다."

이렇게 동정하는 병일의 대답에 사진사는,

"참 좋아요. 아시다시피 사진 영업이라는 것은 기술이니만치 뼈가 쏘게 힘드는 일은 아니지만 매일 암실에서 눈과 뇌를 씁니다그려. 그러다가 이렇게 한 잔."

하며, 그는 손수 술을 따라 마시고 나서,

"일이 그렇게 많습니까?"

고 묻는 병일에게 잔을 건네며,

"그저 심심치 않지요. 또 혹시 일이 없어서 돈벌이를 못한 날이면 술을 안 먹고 자고 마니까요. 하하."

이렇게 쾌하게 웃으며 연하여 술을 마시는 오늘은 돈벌이가 많았던 모양이었다.

병일이도 그가 권하는 대로 술잔을 받아 마시었다.

다소 취기가 돈 듯한 사진사는 병일의 잔에 술을 따르며,

"참 하시는 사업은 무엇이신가요? 하긴 우리…… 피차에 인사도 않았겠다. 그러나 나는 선생이 늘 이 앞으로 지나시는 것을 보았지요. 이렇게 합석하기는 처음이지만. 나는 저어 이칠성이라고 불러주시우. 그리구 앞으로 많이 사랑해주시우……."

이같이 기다란 인사가 끝난 후에 사진사는 병일이를 긴상이라고 불러가며 더욱 친절히 술을 권하면서,

"긴상두 독립적으로 사업을 시작하시우. 나두 어려서부터 요 몇 해 전까지 월급 생활을 했지만……."

하고 자기의 내력을 말하기 시작하였다.

병일이는 방금 말한 자기의 직업적 지위와 대조하여 사진사가 이같이 갑자기 선배연하는 태도로 말하는 것이 역하였다.

그래서 그의 내력담에 경의를 가지기보다도, 그와 이렇게 마주 앉게 된 것을 후회하면서 일종의 경멸과 불쾌감으로 들었다.

그가 3년 전에 비로소 이 사진관을 시작하기까지 열세 살부터 10여 년 동안 그의 적공은 그의 사진술(?)과 지금 병일의 눈앞에 보이는 이 독립적 사업으로 나타났다는 것이었다.

내력담을 마친 그는 등 뒤의 장지문을 열어젖히며,

"여기가 사장寫場입니다."

하고 병일이를 돌아보며 일어서서 안내하였다.

사장 안의 둔각으로 꺾인 천정의 한 면은 유리를 넣었다. 유리 천정 밖으로 보이는 하늘은 캄캄하였다. 그리고 거기 내리는 빗소리는 여운이 없이 무겁게 들리었다.

맞은 벽에는 배경이 걸려 있었다. 이편 방 전등빛에 배경 앞에 놓인 소파의 진한 그림자가 회색으로 그려진 배경 속 나무 위에 기대어졌다. 그리고 그 소파 앞에 작은 탁자가 서 있고, 그 위에는 커다란 양서 한 권과 수선화 한 분이 정물화같이 놓여 있었다.

사진사는 사장 안의 전등을 켜고 들어가서 검은 보자기를 씌운 사진기를 만지며,

"설비라야 별것 없지요. 이것이 제일 값나가는 것인데 지금 살라면 삼백오륙십 원은 줘야 할 겁니다. 그때도 월부로 샀으니깐 그 돈은 다 준 셈이지만……."

하고 자기가 소사로부터 조수가 되기까지 10여 년간이나 섬긴 주인이 고맙게도 보증을 해주어서 그 사진기를 월부로 살 수가 있었다는 것과, 지난봄까지 대금을 다 치렀으므로 이제는 완전히 자기 것이 되었다는 것을 가장 만족한 듯이 설명하였다.

그리고 전등을 끄고 나오려던 사진사는, 다시 어두워진 사장 안에 묵

화 같은 수선화를 보고 섰는 병일이의 어깨를 치며,

"참 여기만 해도 어수룩합네다. 배경이라고는 저것밖에 없는데 여기 손님들은 저 산수 배경 앞에 걸터앉아서 수선화를 앞에 놓고 넌지시 책을 펴들고 뻐기거든요."

하고 큰소리로 웃었다. 자리에 돌아온 그가,

"차차 배경도 마련하여야겠습니다."

하는 것으로 보아서 결코 그는 자기의 직업적 안목으로 손님들을 웃어주는 것이 아니요, 이것저것 모든 것이 만족하여서 견딜 수가 없다는 웃음으로 병일이는 들었다.

부채로 식히고 있는 그 얼굴의 칼자국 같은 미간의 주름살도 거진 펴진 듯이 보이었다.

사진사는 더욱더욱 유쾌해지는 모양이었다. 그것이 술 취한 그의 버릇인지…… 그는 아까부터 바른손으로 자기의 바른편 귓속을 잡아 훑으며 수다스럽게 이야기를 벌이고 있었다.

병일이는 작은 귤쪽같이 빨개진 사진사의 바른편 귀를 바라보면서 하품을 하며 듣고 있었다.

사진사는 다시 한 번 귓속을 잡아 훑으며,

"긴상은 몸이 강해서 그다지 더운 줄을 몰르겠군요. 나는 술살인지 작년부터 몸이 나기 시작해서…… 제기 더웁기라니…… 노인들의 말씀같이 부해져서 돈이나 많이 모으면 몰라도 밤에…….'"

하고 그는 적삼 아래 드러난 배를 쓸면서 병일이에게는 아직 경험 없는 침실의 내막을 얘기하고 큰소리로 웃었다. 그리고 얼굴이 붉어진 병일이를 건너다보며, 어서 장사를 시작하고 하루바삐 장가를 들어서 사람 사는 재미를 보도록 하라고 타이르는 듯이 말하였다.

병일이는 '사람 사는 재미라니? 어떻게 살아야 재미나게 살 수 있느냐?'고 사진사에게 물어보고 싶기도 하였으나 들어야 딴내 나는 그 말이려니 생각되어 다시 한 번 "글쎄요." 하고 기지개를 켜면서 시계를 쳐다보았다.

10시가 지난 여름밤에…… 어느덧 빗소리도 가늘어졌다.

비가 멎기를 기다려서 가라고 붙잡는 사진사에게 내일 다시 오기를 약조하고 우산을 빌려가지고 나섰다.

몇 걸음 안 가서 돌아볼 때에는 쇼윈도 안의 불은 이미 꺼지었다. 캄캄한 외짝 거리의 점포들은 모두 판장문이 닫혀 있었다. 문틈으로 가늘게 새어나오는 불빛에 은사실 같은 빗발이 지우산 위에서 소리를 낼 뿐이었다.

얼굴을 스치는 밤기운과 손등을 때리는 물방울에 지금까지 흐려졌던 모든 감각이 일시에 정신을 차리는 것 같았다.

빈터 초평에서 한두 마디의 청개구리 소리가 들려왔다. 병일이는 걸음을 멈추고 귀를 기울였다. 얼마 기다려서야 맹꽁맹꽁 우는 소리를 한두 마디 들을 수가 있었다.

때리는 빗방울에 눈을 껌벅이면서 맹꽁맹꽁 울 적마다 물에 잠긴 흰 뱃가죽이 흐물거리는 청개구리를 눈앞에 그리어보았다.

청개구리의 뱃가죽 같은 놈! 문득 이런 말이 나오며 병일이는 자기도 모를 사진사에게 대한 경멸감이 떠올랐다.

선뜩선뜩하고 번질번질한 청개구리의 흰 뱃가죽을 핥은 듯이 입 안에 께끔한' 침이 돌아서 발걸음마다 침을 뱉었다. 그리고 숨결마다 코앞에 서리는 술내가 역하여서 이리저리 얼굴을 돌리는 바람에 그의 발걸음은 비틀거렸다.

---

* '께끔하다.' 께적지근하고 꺼림하여 마음이 내키지 않다.

'내가 취하였는가?' 하는 생각에 그는 정신을 차리었으나 떼어놓는 발걸음마다 철벅철벅 하는 진흙물 소리가 자기 외에 다른 누가 따라오는 듯하여 자주 뒤를 돌아보기도 하였다.

'청개구리의 뱃가죽 같은 놈!' 하는 생각에 그는 자주 침을 뱉으며, 좁은 골목에 들어섰다.

거기는 빗소리보다도 좌우편 집들의 처마에서 떨어지는 낙숫물 소리가 어지럽게 들리었다.

동편 집들의 뒷담은 무덤과 같이 답답하게 돌아앉아 있었다. 문을 열어놓은 서편 집들의 어두운 방 안에서는 후끈한 김이 코를 스치고, 아이들의 울음소리와 여인들의 잠꼬대 소리가 들렸다.

그리고 간혹 작은 칸델라를 켜놓은 방 안에는 마른 지렁이 같은 늙은 이의 팔다리가 더러운 이불 밖에서 움직이며 가래 걸린 말소리와 코 고는 소리가 들리기도 하였다.

병일이는 아침에나 초저녁에는 볼 수 없던 한층 더 침울한 이 골목에 들어서 좌우편 담에 우산을 부딪치며,

"이것이 사람 사는 재미냐? 흥, 청개구리의 뱃가죽 같은 놈!"

이렇게 중얼거리며 다시 침을 뱉으며 걸었다.

뒤에서 찌릉찌릉 하는 종소리가 들리었다. 누렇게 비치는 초롱을 단 인력거가 오고 있었다.

병일이는 비틀거리는 걸음으로 앞서기가 싫어서, 한편으로 길을 비키고 섰다. 가까이 온 인력거의 초롱은 작은 갓모* 같은 우비 아래서 덜덜 떨고 있었다. 반쯤 기운 병일의 우산 끝을 스치고 지나가는 인력거 안에서,

"아이 참 골목두 이렇게 좁아서야."

| * 비가 올 때 갓 위에 쓰는 끝이 뾰족한 모자.

29

하고 두세 번 혀를 차는 소리가 들리었다.

"아씨두, 아랫거리에 큰 집이나 한 채 사시구 가셔야지요."

인력거꾼이 숨찬 말소리로 이렇게 말하자,

"아이 어느새 머어."

하는 기생의 말소리가 그치었으나 캄캄한 호로 안에서 그 대꾸를 들으려고 귀를 갸웃하고 기다리는 양이 상상되는 음성이었다.

"왜요, 아씨만 하구서야……."

이렇게 하려던 말을 채 마치지 못하고 숨이 찬 인력거꾼은 한 손으로 코를 풀었다.

"그렇지만 큰 집 한 채에 돈이 얼마기……."

이렇게 혼잣말같이 하는 기생의 말소리는 금시에 호젓한 맛이 있었다. 인력거꾼은,

"아씨같이 잘 불리우면 삼사 년이면 그것쯤이야……."

하고 기생을 위로하듯이 아까 하던 말을 이었다.

그러나 호로 안에서는 잠깐 잠잠하였다가,

"수다 식구가 먹고, 입고, 사는 것만 해두 여간이 아닌데."

하는 기생의 말소리는 더욱 호젓하였다.

인력거꾼도 말을 끊었다. 초롱불에 희미하게 비치는 진흙물에 떼어 놓는 발걸음 소리만이 무겁게 들리었다.

인력거는 작은 대문 앞에 멎었다. 컴컴한 처마 끝에는 빗물이 맺혀서 뜨고 있는 동그란 문등이 흰 포도알같이 작게 비치고 있었다.

인력거에서 내린 기생은 낙숫물을 피하여 날쌔게 대문 안으로 들어갔다. 그리고 다시 대문 밖을 내다보며 인력거꾼에게, "잘 가오." 하고 어린애와 같이 웃는 얼굴로 사라졌다.

병일이는 늙은 인력거꾼이 잡고 선 초롱불에 기생의 작은 손등을 반

쯤 가린 남길솜*과 둥그란 허리에 감싸 올린 옥색 치마 위에 늘어진 붉은 저고리 고름을 보았다. 그것이 어린애와 같이 웃는 기생의 흰 얼굴과 어울려서 더욱 어리게 보이었다.

그러나 이제 인력거꾼과 하던 말과 그 짧은 대화의 끝을 콤비한 생활 고의 독백으로 마치던 그 호젓한 말씨는 결코 어린애의 말이라고 들을 수는 없었다.

대문 안에 사라진, 미상불 갓 깬 병아리 같은 솜털이 있을 기생의 얼굴을 눈앞에 그리며 그의 얘기 소리가 귓가에 남아 있는 병일이의 머릿속에는 어릴 때 손가락을 베였던 의액이** 풀잎이 생각난다.

연하면서도 날카로운 의액이의 파란 풀잎이 머릿속을 스치고 사라지자 병일의 신경은 술에서 깨어나는 듯하였다.

돌아가는 인력거의 초롱불에 자기의 양복바지가 말 못되게 더러운 것을 발견하고 병일은 하염없는 웃음이 떠오름을 깨달았다.

하숙방에 돌아온 병일이는 머리맡에 널려 있는 책을 구겨서 베고 누웠다.

그는 천정을 쳐다보며 2년래로 매일 걸어다니는 자기의 변화 없는 생활의 코스인 (오늘 밤 비 오는) 길에서 보고 들은 생활면을 다시 한 번 바라보았다.

그것은 새로운 것도 아니었다. 물론 진기한 것도 아니었다. 오히려 그 같은 것을 머릿속에 담아두고서 생각하는 자기가 이상하리만큼 평범하고 속된 것이었다. 그러나 그같이 음산하게 벌어져 있는 현실은 산문적이면서도, 그 산문적 현실 속에는 일관하여 흐르고 있는 어떤 힘찬 리듬이 보이는 듯하였다. 그리고 그 리듬은 엄숙한 비판의 힘으로 변하여

* 옷소매의 일종인 것 같음.
** '억새'의 방언.

병일이의 가슴을 답답하게 누르는 듯하였다.

*

'내게는 청개구리의 뱃가죽만 한 탄력도 없고 의액이 풀잎 같은 청기도 날카로움도 없지 않은가?'

이러한 반성이 머릿속에 가득 찬 병일이는 용이히 올 것 같지 않은 잠을 청하려고 눈을 감았다.

우울한 장마는 계속되었다. 그것은 태양의 얼굴과 창공과 대지를 씻어낼 패기 있는 폭풍우를 그립게 하는 궂은비였다.

이 며칠 동안에는 얼굴을 편 태양을 볼 수가 없었다. 혹시 비가 개는 때라도 열에 뜬 태양은 병신같이 마음이 궂었다.

오래간만에 맞은편 하늘에 비낀 무지개를 반겨서 나왔던 아이들은 수목 없는 거리의 처마 아래로 다시 쫓겨갈밖에 없었다.

밤하늘에는 별들도 대개는 불을 켜지 않았다. 쉴새없이 야수떼 같은 검은 구름이 달리었다. 그러고는 또 비가 구질구질 내리었다. 빗물 고인 웅덩이에는 수없는 장구벌레들이 끊어낸 신경 줄기같이 꼬불거리고 있었다.

병일이는 요즈음 독서력을 전혀 잃고 말았다.

어느 날 밤엔가 늦도록 『백치白痴』를 읽다가 잠이 들었을 때에 도스토옙스키가 속 궁군* 기침을 깃던** 끝에 혈담을 뱉는 꿈을 꾸었다. 침과 혈담의 비말을 수염 끝에 묻힌 채 그는 혼몽해져서 의자에 기대고 눈을 감았다. 그의 검은 눈자위와 우므러진 뺨과 검은 정맥이 늘어선, 벗어진 이

* 소리가 웅숭깊은.
** 길어 올리던.

마 위에 솟은 땀방울을 보고 그의 기진한 숨소리를 들으며 눈을 떴었다. 그때에 방 안에는 4시를 치려는 목종의 기름 마른 기계 소리만이 섞여 들릴 뿐이었다.

이렇게 잠을 잃은 병일이는 『백치』권두에 있는 작자의 전기를 다시 한 번 훑어보았다. 전기에는 역시 병일이가 기억하고 있는 대로 문호의 숙환으로 간질의 기록만이 있을 뿐이었다.

도스토옙스키의 동양인 같은 수염에 맺혔던 혈담은 어릴 적 기억에 남아 있는 자기 아버지의 죽음의 연상으로 생기는 환상이라고 생각하였다.

근자에 병일이는 사무실에서 장부 정리를 할 때에도 혹시, 후원에서 성낸 소와 같이 거닐고 있던 니체가 푸른 이끼 돋친 바위를 안고 이마를 부딪치는 것을 상상하고 작은 신음 소리가 나오려는 것을 깨닫고는 몸서리를 치기도 하였다.

그럴 때마다 곁에서 담배를 피우며 신문을 뒤적이고 있는 주인을 바라볼 때 신문 외에는 활자와 인연이 없이 살아갈 수 있는 그들의 생활이 부럽도록 경쾌한 것 같았다. 사실 월급에서 하숙비를 제하고 몇 푼 안 남는 돈으로 탐내어 사들인 책들이 요즈음에는 무거운 짐같이 겨웠다.

활자로 박힌 말의 퇴적이 발호하여서 풍겨오는 문학의 자극에, 자기의 신경은 확실히 피곤하여졌다고 병일이는 생각하였다.

피곤한 병일이는 사무실에서 돌아올 때마다, 이 지루한 장마는 언제까지나 계속할 셈인가고 중얼거리었다.

지금부터는 마음대로 할 수 있는 '나의 시간'이라고 생각하며 돌아가는 길에 언제나 발을 멈추고 바라보는 성문을 요즈음에는 우산 속에 숨어서 그저 지나치는 때가 많았다. 혹시 생각나서 돌아볼 때에는 수없는 빗발에 씻기며 서 있는 누각을 박쥐조차 나들지 않았다. 전날 큰 구렁이가 기왓장을 떨어쳤다는 말이 병일이에게는 육친의 시체를 보는 듯한 침울한 인상을 주는 것이었다.

모깃소리에 빈대 냄새와 반들거리다가 새침히 뛰어오르는 벼룩이가 기다릴 뿐인 바람 한 점 없는 하숙방에서 활자로 시커멓게 메인 책과 마주 앉을 용기가 없어진 병일이는 어떤 유혹에 끌린 듯이 사진관으로 찾아가게 되었다.

사진사도 병일이를 환영하였다. 그리고 술과 한담이 있었다.

아직껏 취흥을 향락해본 경험이 없던 병일이는 자기도 적지 않게 마시고 제법 사진사와 같이 한담을 주고받을 수 있다는 것이 만족하게 생각되기도 하였다.

사진사가 수다스럽게 주워섬기는 이야기를 듣고 있는 동안에 병일이는 문득 자기를 기다릴 듯한 어젯밤 펴놓은 대로 있을 책을 생각하고 시계를 쳐다보기도 하였으나 문밖의 빗소리를 듣고는 누구에 대한 것인지도 모를 송구한 마음을 가라앉히는 것이었다.

그럴 때마다 그는 얘기에 신이 나서 잊고 있는 사진사의 잔을 집어서 거푸 마시었다.

밤 12시가 거진 되어서 하숙으로 돌아가는 병일이는 비를 맞는 것이 오히려 마음이 편하였다. '이것이 무슨 짓이냐!' 하는 반성은 갈라진 검은 구름 밖으로 보이는 별 밑에 한층 더하므로 '이 생활은 일시적이다. 장마의 탓이다.' 하는 생각을, 오는 비에 핑계하기가 편하였던 것이다.

책상 앞에 돌아온 병일이는 '내 마음대로 할 수 있는 시간'이 모두 없어진 것을 새삼스럽게 느끼고 있는 자기를 발견하는 것이었다.

이른 아침 시간을 위하여 자야 할 병일이는 벌써 깊이 잠들었을 사진사의 코 고는 소리가 들리는 듯하여 잠이 오지 않았다.

요즈음 사진사는 술을 사양하는 때가 있었다. 손이 떨려서 사진 수정에 실수가 많으므로 얼마 동안 술을 끊어볼 의사가 있다는 것이었다. 이 장마에 손님이 없어서 그이 역시 우울하게 지내는 모양이었다. 그러나 병일이가 술을 사서 권하면 서너 잔 후에는 이내 유쾌해지는 것이었다.

오늘도 유쾌해진 사진사가 병일이에게 잔을 건네며,

"긴상, 밤에는 무엇으로 소일하시우……."

하고 물었다.

전에는 사진사가 주워섬기는 화제는 대부분이 사진사 자신의 내력과 생활에 관한 얘기요 자랑이었다. 혹시 도를 지나치는 그의 살림내정 얘기에 간혹 미안히 생각되는 때가 있었으나 마음 놓고 들으며 웃을 수 있었던 것이다.

그렇던 것이 이 며칠은 병일이가 술을 마시는 탓인지 사진사는 병일의 생활을 화제로 삼으려는 것이 현저하였다.

병일이가 월급을 얼마나 받느냐고 물은 것이 벌써 그저께였다.

어젯밤에는 하숙비는 얼마나 내느냐고 물은 다음에, 흐지부지 허튼 돈을 안 쓰는 '긴상'이라 용처로 한 달에 기껏 6원을 쓴다 치고라도 한 달에 7, 8원은 저금하였을 터이니 이태 동안에 소불하* 2백 원은 앞세웠으리라고 계산하였다. 그 말에 병일이는 웃으며, 글쎄 그랬더라면 좋았을 걸 아직 한 푼도 저축한 것이 없다고 하였더니, 내가 긴상에게 돈 꾸려고 할 사람이 아니니 거짓말할 필요는 없다고 서둘다가, 정말 돈을 앞세우지 못하였다면 그 돈을 무엇에다 다 썼을까고 대단히 궁금해하는 모양이었다.

사진사가 오늘 이렇게 묻는 것도 그러한 궁금증에서 나오는 말인 것을 짐작하는 병일이는 하기 싫은 대답을 간신히,

| * 적게 잡아도.

"갑갑하니까 그저 책이나 보지요."

하고 담배 연기를 핑계로 찡그린 얼굴을 돌렸다. 사진사는 서슴지 않고 여전히 병일이를 바라보며,

"책? 법률 공부하시우? 책이나 보시기야 무슨 돈을 그렇게…… 나를 속이시는 말인지는 몰라도 혼자서 적지 않은 돈을 저금도 안 하고 다 쓴다니 말이 되오?"

이렇게 말하며 충혈된 눈을 더욱 크게 뜨고 병일이를 마주 보는 것이었다.

술이 반쯤 취한 때마다 "사람이란 것은……." 하고 흥분한 어조로 자기의 신념을 말하거나 설교를 하려드는 것이 사진사의 버릇임을 이미 아는 바이요, 또한 그 설교를 무심중 귀를 기울이고 들은 적도 있었지만 오늘같이 병일이의 생활을 들추어서 설교하려 드는 것은 대단히 불쾌한 것이다.

술에 흥분된 병일이는 '그래 댁이 무슨 상관이오.' 하는 말이 생각나기는 하였으나 이런 경우에 잘 맞지 않는 남의 말을 빌리는 것 같아서 용기가 없었다.

그렇다고 '돈을 아껴서 책까지 안 산다면 내 생활은 무엇이 됩니까? 지금 나에게는 도서관에 갈 시간도 없지 않소? 그러면 그렇게 책은 읽어서 무엇하느냐고 묻겠지만 나 역시 무슨 목적이 있어서 보는 것은 아닙니다.' 하고는 '어떻게 살아야 후회 없는 일생을 살 수 있는가 하는, 즉 사람에게는 사람이란 무엇인가? 하는 의문이 있다는 것을 알고 나도 그것을 알아보려고 한 적도 있었지만 지금은 고학도 할 수 없이 된 병약한 몸과 2년래로 주인에게 모욕을 받고 있는 나의 인격의 울분한 반항이, 말하자면 모두 자기네 일에 분망한 세상에서 나도 내 생활을 위하여 몰두하는 시간을 가져보겠다는 것이 나의 독서요.' 하고 이렇게 말한다면

말하는 자기의 음성이 떨릴 것이요, 그 말을 듣는 사진사는 반드시 하품을 할 것이라고 생각한 병일이는 하염없는 웃음을 웃고 나서,

"그럼 나도 책 사는 돈으로 저금이나 할까? 책 대신에 매달 조금씩 늘어가는 저금통장을 들여다보는 것으로 낙을 삼구……."

"아무럼 그것이 재미지…… 적소성대라니."

이렇게 하는 사진사의 말을 가로채어서,

"하하 시간을 거꾸로 보아서 10년 후의 천 원을 미리 기뻐하며 하하."

하고 웃고난 병일이는 아까부터 놓여 있는 술잔을 꿀꺽 마시고 사진사의 말을 막으려는 듯이 곧 술을 따라 건네었다.

술잔을 받아든 사진사는 치*가 있는 듯한 병일의 말에 찔린 마음이 병일의 공소한 웃음소리에 중화되려는 쓸개 빠진 얼굴로 병일이를 바라보다가 체신을 차리려고 호기 있게 눈을 굴리며,

"10년도 잠간이요. 돈을 모으며 살아도 10년, 허투로 살아도 10년인데 같은 값이면 우리두 돈 모아서 남과 같이 살아야지……."

하는 사진사의 말을 받아서,

"누구와 같이? 어떻게?"

하고 대들 듯이 묻는 병일의 눈은 한순간 빛났다.

들어야 그 말이지, 하고 생각하여온 병일이는 이때에 발작적으로 사진사가 꿈꾸는 행복이 어떤 것인가를 듣고 싶었던 것이었다.

"아니 누구같이라니! 자, 긴상 내 말 들어보소. 자, 다른 말할 것 있소. 셋집이나 아니구 자그마하게나마 자기 집에다 장사면 장사를 벌리구 앉아서 먹구 남는 것을 착착 모아가는 살림이 세상에 상 재미란 말이요."

| * '벌침'의 방언.

하고 그는 목을 축이듯이 술을 마시고 병일에게 잔을 건네며,

"이제 두구보시우. 내가 이대루 3년만 잘하면 집 한 채를 마련할 자신이 꼭 있는데, 그때쯤 되면 내 맏아들놈이 학교에 가게 된단 말이오. 살림집은 유축*이라도 좋으니 학교가에다 벌리고 앉으면 보란 말이오. 그렇게만 되면 머어 창학이 누구누구 다 부러울 것이 없단 말이요."

하고 가장 쾌하게 웃었다. 쾌하게 웃던 사진사는 잔을 든 채로 멀거니 자기를 바라보고 있는 병일이의 눈과 마주치자 멋쩍게 웃음을 끊었다가, 그럴 것 없다는 듯이 다시 웃음을 지어 웃으며,

"어떻소? 긴상 내 말이 옳소? 긇소? 하하하."

하며 병일이가 들고 있는 술잔이 쏟아지도록 그의 어깨를 잡아 흔들었다.

병일이는 잔 밑에 조금 남은 술 방울을 혓바닥에 처뜨려서 쓴맛을 맛보듯이 마시고 잔 밑굽으로 테이블에 작은 소리를 내며,

"글쎄요."

하고 얼굴을 수그리며 대답하였다.

사진사는

"글쎄요라니?"

하니 병일이의 대답이 하도 시들함을 나무라는 모양으로,

"긴상은 도무지 남의 말을 곧이 안 듣는 것이 병이거든. 그리구 내가 보기엔 긴상은 돈 모으고 세상살이 할 생각은 않는 것 같단 말이야."

이렇게 말하는 사진사는 자기의 말을 스스로 긍정하는 태도로 병일이를 건너다보며 머리를 건득이었다.**

병일이도 사진사의 말을 긍정할밖에 없었다.

* 외따로 떨어져 구석진 곳.
** 졸음이 와서 고개를 힘없이 앞으로 자꾸 숙였다 들었다 하다.

사진사의 설교가 아니라도 이러한 희망과 목표는 이러한 사회층(물론 병일이 자신도 운명적으로 예속된 사회층)에 관념화한 행복의 목표라는 것을 모르는 바가 아니었다.

이러한 사회층의 일평생의 노력은 이러한 행복을 잡기 위한 것임을 어느 때 어느 곳에서나 늘 보고 듣는 것이었다. 그러나 병일이는 이러한 것을 진정한 행복이라고 믿을 수 없는 것이었다. 그렇다고 나의 희망과 목표는 무엇인가 하고 생각할 때에는 병일이의 뇌장腦漿은 얼어붙은 듯이 대답이 없었다. 이와 같이 별다른 희망과 목표를 찾을 수 없으면서도 자기가 처하여 있는 사회층의 누구나 희망하는 행복을 행복이라고 믿지 못하는 이유도 알 수 없는 것이었다.

희망과 목표를 향하여 분투하고 노력하는 사람의 물결 가운데서 오직 병일이 자기만이 지향 없이 주저하는 고독감을 느낄 뿐이었다. 다만 일생의 목표를 그리 소홀하게 결정할 것이 아니라고 간신히 자기에게 귓속말을 하여보는 것이었다.

이러한 귓속말에 비하여 사진사의 자신 있는 말은 얼마나 사진사 자신을 힘 있게 격려할 것인가? 더욱이 누구나 자기의 희망과 포부는 말로나 글로나 자라나고 있을 때보다 훨씬 빈약해 보이는 것이요, 대개는 정열과 매력을 잃고 마는 것인데, 이 사진사는 그 반대로 자기 말에 더욱더욱 신념과 행복감을 갖는 것을 볼 때 그는 참으로 행복스러운 사람이라고 생각할밖에 없었다.

이렇게 사진사를 행복자라고 생각하는 병일이는 그러한 행복 관념 앞에 여지없이 굴복하는 듯하였다. 그러나 진심으로 그 행복 관념에 복종할 수 없었다. 그러면 자기는 마치 반역하는 노예와 같이 운명이 내리는 고역과 매가 자기에게는 한층 더 심할 것이라고 생각되었다.

병일이는 이렇듯이 발걸음 하나하나 자신 있게 내지를 수 있는 명일

의 계획도 세우지 못하고 오직 가혹한 운명의 채찍 아래서 생명의 노예
가 되어 언제까지 살지도 모를 일생을 생각할 때 깨어날 수 없는 악몽에
서 신음하듯이 전신에 땀이 흐르는 것이었다. 이러한 강박관념에 짓눌리
어서 멀거니 앉아 있는 병일이에게,

"참말 나 긴상한테 긴히 부탁할 말이 있는데."

하고 사진사는 병일이를 마주 보는 것이었다. 사진사의 말과 시선에
부딪힌 병일이는 한 장 벌꺽 뒤치어 새 그림을 대한 듯한 기름기 있는 큰
얼굴에 빙그레 흘린 웃음을 바라보았다.

"긴상 여기 신문사 양반 아는 이 있소?"

하며 전에 없이 긴한 표정으로 사진사는 물었다.

"없어요."

하고 대답하는 병일이가 얘기한 이상으로 사진사는 재미없다는 입맛
을 다시고 나서

"사람이라는 것은 할 수만 있으면 교제를 널리 할 필요가 있어."

하고 병일이를 쳐다보며,

"긴상도 누구만 못지않게 꽁생원이거든!"

이렇게 말하고 이어서 하하 웃었다.

웃고난 사진사는 말마다 '신문사 양반'이라고 불러가며 여기 유력한
신문 지국의 '지정 사진관'이라는 간판을 얻기만 하면 수입도 상당하거
니와 사진관으로서는 큰 명예가 된다고 기다랗게 설명을 하였다. 일전에
지방 잡신으로 성문 위에 길이 석 자가량 되는 구렁이가 나타나서 작은
난센스 소동을 일으켰다는 기사를 보고 작은 것을 크게 보도하는 것이
신문 기자의 책임이어든 옛날부터 있는 성문지기 구렁이를 석 자밖에 안
된다고 한 것은 무슨 얼빠진 수작이냐고 사진사는 대단히 분개하였던 것
이었다.

"전부터 별러온 것이지만 왜 지금 갑자기 이런 말을 하는가 하면……
기회가……."

하고 사진사는 의논성 있게 한층 말소리를 낮추며,

"××사진관 주인이 (전에 말한 이전에 자기가 섬기던 주인이라고 그
는 주를 달았다) 오랜 해소병으로 오늘내일하는 판인데 그 자리가 성안
사진관치고도 그만한 곳이 없고 게다가 완전한 설비도 있는 터이라 이
기회에 유력한 신문 지국의 지정 간판만 얻어가지고 가게 되면 남부러울
것이 없거든요……."

하고 말을 이어서,

"자, 그러니 이 기회에 긴상이 한번 수고를 아끼지 않고 지정 간판을
얻도록 활동해주시면……."

하는 사진사의 말에 병일이는,

"이 기회라니…… 그 사진관 주인이 딱 언제 죽는대요."

하고 빙그레 웃었다.

"아이 긴상두 원 그러게 내가 긴상은 남의 말을 곧이 안 듣는다고 하
는 게오. 오늘내일하는 판이라구 안 그러우. 설사 날래 끝장이 안 난대도
지정 간판은 지금 여기다 걸어도 좋으니깐 달리 생각하지 마시고 좀 힘
을 써주시구려……."

하고 사진사는 마시는 술잔 너머로 병일이를 슬쩍 훑어보았다. 병일
이는 그러한 눈치가 싫었다. 그는 사진사의 눈치를 피하며 담뱃내를 천
정으로 길게 뿜으며,

"천만에 달리 생각하는 게 아니지. 나도 학생 시대에 테니스를 할 때
에 쎄큰 플레이가 되어서 남이 하는 께임이 속히 끝나기를 초조하게 기
다린 경험이 있으니까요, 하하하."

하고 과장한 웃음을 웃었다.

"아무렴! 세상일이 다 그렇구말구."

하고 사진사는 유쾌하게 껄껄 웃었다. 그리고 병일이의 손목을 잡아 흔들며, 친구로 다리를 놓아서라도 '신문사 양반'에게 부탁하여 '지정 간판'을 얻도록 하여달라고 신신부탁하는 것이었다.

내일도 또 오라는 사진사의 인사를 들으며 행길에 나선 병일이는 머리가 아프고 말할 수 없이 우울하였다.

병일이가 돌아볼 때에는 사진관 쇼윈도의 불은 이미 꺼지었다. 사진사를 처음 만났던 밤에 우연히 돌아보았을 때 꺼졌던 불은 청개구리 소리를 듣던 곳까지 와서 돌아보면 언제나 꺼지던 것이었다. 병일이가 하숙으로 돌아가는 시간도 거진 같은 때였지만, 쇼윈도의 불은 병일의 발걸음을 몇 걸음까지 세듯이 일정한 시간 거리를 두고 꺼지는 것이었다.

병일이는 으레 꺼졌을 줄 알면서도 돌아볼 때마다 그 불은 이미 꺼졌던 것이었다.

어떤 때—유쾌하게 취한 병일이는 미리 발걸음을 멈추고 이제 쇼윈도의 불이 꺼지려니 하고 기다리다가 정말 꺼지는 불을 보고는 '아니나 다를까' 하고 웃은 적도 있었다.

오늘따라 심히 아픈 병일이의 머릿속에는 '사진사는 벌써 잘 것이다' 하는 생각만이 자꾸자꾸 뒤대어 반복되었다. 자기도 모르게 그 생각을 입속으로 중얼거리고 있는 것을 알았다.

어느덧 좁은 골목에 들어섰을 때에 빗물이 맺혀 들고 있는 동그란 문등이 달린 대문을 두들기며 "낭홍이 낭홍이" 하고 부르는 사람이 보였다.

처마 그림자 밖으로 보이는 고무장화가 전등빛에 기다랗게 빛나며 나란히 서서 움직이지 않았다. 그리고 조심스럽게 대문을 두세 번 통통 두들기고는 역시 조심스러운 목소리로 "낭홍이 낭홍이" 하고 불렀다. 그때마다 병일이도 귀를 기울였다. 그리고 웬 까닭인지 마음이 두근거림을 깨달았다.

대문을 두드리고 "낭홍이"를 부르고 귀를 재우고 기다리기를 몇 차례나 하였으나 종내 소식이 없었다. 할 수 없이 단념한 그 사람은 돌아선 그와 마주 서게 된 병일이 멍하니 서 있는 자기의 얼굴을 가로 베듯이 날카로운 시선이 번쩍 스칠 때 아득하여진 그는 겨우 그 사람의 코 아래 팔자수염을 보았을 뿐이었다. 머리를 숙이고 도망하듯이 하숙으로 달아온 병일이는 이불을 뒤쓰고 누웠다. 신열이 나고 전신이 떨리었다.

신열로 며칠 앓고난 병일이는 여전히 그 길을 걸으면서도 한 번도 사진사를 찾지 않았다. 한때는 자기가 사진사를 찾아가는 것은 마치 땀 흘린 말이 누워서 뒹굴 수 있는 몽당판*을 찾아가는 듯한 것이라고 생각한 적도 있었다. 그러나 그곳도 마음놓고 뒹굴 수 있는 곳은 아니었다.

피부면에까지 노출된 듯한 병일의 신경으로는 문어의 흡반같이 억센 생활의 기능으로서의 신경을 가진 사진사의 생활면은 도리어 아픈 곳이었다.

이같이 사진사를 찾지 않으려고 생각한 병일이는 매일 오고 가는 길에 사진관 앞을 지날 때마다 마음이 불안하였다. 그렇게 매일같이 찾아가던 자기가 갑자기 발을 끊은 것을 사진가는 나무럽게** 생각할 것 같았다. 그보다도 병일이 자신이 미안하였다. 자기를 사랑하던(?) 사진사의 호의를 무시하는 행동같이도 생각되었다. 자기가 그를 찾지 않는 이유를 모르는 사진사는 그가 부탁하였던 '지정 간판'이 짐스러워서 오지 않는 것같이 오해하지나 않을까? 그렇다고 자기가 사진사를 피하는 진정한 심정을 소설 중의 주인공이 아닌 자기로서 그 역시 소설 중의 인물이 아닌 사진사에게 어떻다고 말할 수도 없는 것이었다. 이같이 생각하던 병

일이는 마침내 이렇듯 짐스러운 관심 때문에 자기 생활 중에서 얻기 힘든 사색의 기회를 주는 이 길 중도에 무신경하게 앉아 있는 사진사의 존재를 귀찮게 생각하기도 하였다. 아침에는―물론 사진관 문이 닫혀 있었다. 어젯밤에도 혼자서 술을 먹고 아직 자고 있는가? 하긴 새벽부터 가게 문을 열 필요는 없는 영업이니까! 하고 생각하였다. 그러나 저녁에는―열린 문 안에 혹시 사람의 흰 그림자가 보일 때마다 길게 걸쳐놓인 뱀의 시체나 뛰어넘듯이 머리 밑이 쭈뼛하였다.

무슨 까닭인지 근자에 며칠 동안은 아침이나 저녁이나 사진관의 문은 닫혀 있었다.

이렇게 연 며칠을 두고 더운 여름밤에 문을 닫고 있는 사진사의 소식이 궁금하기도 하였다. 한번 찾아 들어가서 만나보고 싶기도 하였으나 그리 신통치도 않았던 과거를 되풀이하여서는 무엇하리―하는 생각에 닫힌 문을 요행으로 알고 다니었다.

이렇게 지나기를 한 주일이나 지나친 어느 날이었다. 오래간만에 비 갠 아침에 병일이는 사무실 책상 앞에서 신문을 보고 있었다.

*

평양에 장질부사가 유행하여 사망자 다수라는 커다란 제목이 붙은 기사를 읽어 내려가다가 부립 P병원에 수용되었다가 죽었다는 사람의 씨명 중에 이칠성이라는 세 글자를 보았다. 병일이는 자기의 눈을 의심하였으나 주소와 직업으로 보아서 그것은 칠성사진관 주인인 이 씨임에 틀리지 않았다.

병일이는 지금껏 자기 앞에서 이야기를 하여 들려주던 사람이 하던 이야기를 마치지 않고 슬쩍 나가버린 듯이 허전함을 느끼었다. 그 얘기는 영원히 중단된 얘기로 자기의 기억에 남을 것이라고 생각되었다. 병일이는 뒤대어 오는 전화의 수화기를 떼어 들고 메모에 연필을 달리면서도 대체 사람이란 그런 것인가 하는 생각에 받던 전화에 말을 잊게 되어 "미안하지만 다시 한 번" 하고 물었다.

병일이는 사진사를 조상할 길이 없었다. 다만 멀리 북쪽으로 바라보이는 광산 화장장에서 떠오르는 검은 연기를 바라보았을 뿐이었다.

그 이튿날 아침에 사진관 앞에서 이삿짐을 실은 구루마가 떠나가는 것을 보았다.

계집애인 듯한 어린것을 등에 업고 5, 6세 된 사내아이 손목을 잡은 젊은 여인이 짐 실은 구루마의 뒤를 따라가고 있는 것을 보았다. 병일이는 그것이 사진사의 유족인 것을 짐작하였다.

병일이는 뒤로 따라가다가 그들이 서문통 안으로 사라질 때까지 바라보고 있었다.

그들이 보이지 않게 되었을 때 병일이는 공장으로 가면서 "산 사람은 아무렇게라도 죽을 때까지는 살 수 있는 것이니까……." 이렇게 중얼거리며 그는 자기가 어렸을 때 부모상을 당하고 못살 듯이 서러워하였던 생각을 하였다.

저녁에 돌아갈 때에는 현관의 문등은 이미 없어졌다. 그리고 역시 불이 꺼진 쇼윈도 안에는 사진 대신에 '셋집'이라고 크게 쓴 백지가 비스듬히 붙어 있었다.

어느덧 장질부사의 흉스럽던 소식도 가라앉고 말았다. 홍수도 나지 않고 지루하던 장마도 이럭저럭 끝날 모양이었다. 병일이는 혹시 늦은 장맛비를 맞게 되는 때가 있어도 어느 집 처마로 들어가서 비를 그으려고 하지 않았다. 노방의 타인은 언제까지나 노방의 타인이기를 바랐다.

그리고 지금부터는 더욱 독서에 강행군을 하리라고 계획하며 그 길을 걸었다.

《조광》, 1936년 4~5월
『장삼이사』, 을유문화사, 1947년

봄과 신작로

금녀와 유감이는 시집온 후로 이제 첫 봄을 맞았다. 친정의 외양간 기둥에 그대로 걸려 있을 것 같은 나물바구니와 호미를 눈앞에 그리며 이 봄을 맞았다.

이 동리에서도 봄 고양이가 울었다.

지난봄 어느 날이었다. 금녀와 유감이가 가득 찬 나물바구니를 겨드랑이에 끼고 피곤한 어깨를 늘어뜨린 손에 호미를 들고 건드렁건드렁 활개를 치며 가물가물 어두워오는 동구 안길을 찾아들고 있을 때 나무새 수수깡 바자 밑에서 고양이가 울고 있었다.

그 고양이는 털을 거슬린 목을 짜내듯이 허리를 까부러치고 우는 것이었다.

한참 서서 보는 동안에 그 고양이는 몇 번이나 울음을 멈추었다. 그때마다 금녀와 유감이의 머리카락을 스치는 바람결에 바자의 수수깡 잎이 버들피리같이 울었다. 그러자 또 고양이가 우는 것이었다. 이번에는 저편에서 다른 고양이가 울기 시작했다. 이놈이 울면 저놈이 귀를 재우고 저놈이 울면 이놈이 귀를 재우는 모양으로 서로 소리를 더듬어 가까이 갔다.

버들피리같이 우는 밭 안의 파 줄기가 입에 물고 빨던 아기의 손가락같이 달빛에 젖어 부옇게 빛날 때 고양이 한 쌍은 마주쳤다. 마주친 두 놈은 엉크러져서 잔디밭 언덕에서 떨어질듯이 굴러내렸다.

유감이는 얼굴이 붉어졌다. 잘 보이지 않아도 금녀도 붉어졌으려니 생각하고

"가자 얘애—."

"앳쇠—."

금녀는 재채기를 하고 깔깔 웃으며 달아났던 것이다.

이 봄에 이 동리에서 우는 고양이 소리를 금녀도 들었고 유감이도 들었다. 그러나 유감이만은 우물길에서나 집에서 우는 고양이를 만나면 발길로 차거나 부지깽이로 갈겨 쫓아내었다.

동갑인 금녀와 유감이는 한 동리에서 자라 열다섯 살 되던 지난가을에 같이 이 동리로 시집온 것이다.

그들의 친정어머니들은 각각 자기 딸의 예장*을 성벽性癖내기도 했다.** 금녀가 분홍 인조 항라 적삼을 했다면 유감이네도 같이했고, 유감이가 주주길솜 놓은 깨끼저고리를 했다면 금녀도 지지 않았다.

금녀네보다 며칠 후에 온 유감이 예장에는 커다란 은가락지가 왔다. 금녀 예장에는 가락지가 없었다. 그래서 금녀는 울고 금녀 어머니는 곧

---

* 혼인할 때에, 사주단자의 교환이 끝난 후 정혼이 이루어진 증거로 신랑 집에서 신부 집으로 예물을 보냄. 또는 그 예물.

** 서로 이기거나 앞서려고 경쟁적으로 했다는 뜻.

중매를 불러다 야단을 쳤다. 중매 노파는 또 부리나케 금녀 시집에 가서 야단을 쳤다. 정작 야단이 난 것은 유감이네 시집이었다.

다만 모자서 사는 집안에 저 몰래 은가락지를 보낸 아들이 나무러워서* 유감이 시어머니는 사흘이나 밥을 안 먹었다.

금녀 시어머니는 은가락지 대신에 농 밑에서 가는 백목 한 필을 더 보냈다.

그 백목에 씨암탉 한 마리를 보태서 금녀도 은가락지를 끼고 시집왔다.

그래서 두 색시는 한 우물을 길을 때, 같은 저고리에 같은 치마에 같은 은가락지를 끼고 만나게 되는 때가 많으므로 이 동리 여인들은 쌍둥이 색시, 색시 쌍둥이라고 하며 금녀나 혹은 유감이만이 나온 때는 색시 쌍둥이 한 짝은 어디 갔나? 하고 놀려먹기가 일쑤였다.

그러나 두 색시의 남편들은 그들 쌍둥이와 비하면 너무 달랐다.

저의 어머니 몰래 은가락지를 보낸 유감이 남편은 서른이 가까운 장정이다. 장가온 신랑이 큰상을 물리기도 전에 취해서 상 치우러 온 서재 애들이 들인 단자를 담뱃불로 소지燒紙**를 올리었다.

금녀의 남편은 금녀보다 두 살이나 어린 애였다. 큰상을 물리자 후행 왔던 아버지를 따라간다고 한바탕 떼를 쓰고 울었다.

그래서 동리 사람들은 유감이 남덩(남편)은 주정뱅이요 금녀 새스방(남편)은 울램이라고 하였다.

이렇게 서로 다른 남편에게 시집온, 유감이는 갓 올린 머릿봉이 무거운 듯이 고개를 숙이고 늘 외면을 하지만 금녀는 병아리의 갓 돋친 면두룸이***같이 빨간 꼬들채****를 나풀거리며 처녀 적이나 다르잖게 굴었다.

---

* 마음이 섭섭하고 노여워서.
** 부정不淨을 없애고 신에게 소원을 빌기 위하여 흰 종이를 태워 공중으로 올리는 일. 또는 그런 종이.
*** 벼슬.
**** 가늘고 길게 만든 빳빳하게 꼬드러진 감촉의 댕기.

이 봄이 되자 유감이는 젖가슴이 높아지고 허리가 차차 굵어갔다. 혹시 받들어 이려는 물동이를 하마터면 메어칠 듯이 우물 둑에 내려놓고 헛구역을 하고는 눈물이 글썽글썽 고이는 것이었다. 그런 때 마침 금녀만이 있으면 유감이는 물동이를 다시 일 생각도 않고 흐득흐득 느껴 울었다. 그렇게 섧게 우는 유감이를 바라보는 금녀는 저도 모르게 몸서리를 치기도 하였다. 그러나 억세게 소구루마 채를 한 팔로 그러잡고 달려와서 바가지에 쩔쩔 넘는 물을 뻘걱뻘걱 다 마시고 가는 유감이 새스방의 땀내와 술 냄새가 코에 서리던 것을 생각하면 유감이가 우는 곡절을 알 듯도 모를 듯도 해서 별했다.

금녀와 유감이가 물을 긷는 우물은 이 동리의 한편 모퉁이를 스치고 지나간 신작로 기슭에 서 있는 버드나무 밑에 있었다. 이편 산모퉁이에서 저 넓은 벌판 가운데로 난 신작로를 매일 오고 가는 짐자동차가 우물 둑에 서곤 했다.

언제부터 그 자동차가 이 길을 오고 가게 되었는지는 모르나 금녀와 유감이가 이 우물에서 처음 보는 운전수는 우물에 나온 여인들과 내외 없이 농지거리를 하는 것이었다.

"그놈의 자동차는 물두 먹기두 한다. 벌써 몇 바가지챈고."

빈 동이를 들고 조수가 물을 떠 나르는 바가지가 나기를 기다리고 있는 여인이 이렇게 말을 건네면

"자동차 체통을 보구려. 그 큰 배를 다 채울래니. 하긴 아주마니 배에는 그 동에루 몇 개나 드우? 하하하."

우물 둑에 두 다리를 뻗고 앉은 운전수는 이렇게 그 여인의 만삭된 배를 비양청*하고 웃기도 했다.

| * 빈정거리는 투.

하루에 두 번 거진 같은 시간에 오고 가는 운전수와 조수가 이 우물에서 기름 묻은 손과 머리를 씻을 때마다 여인들은 튀어나는 비누 거품을 피하여 쌀 함박과 나물 그릇을 비껴놓으며

"에이구 그 사향 냄새는 늘 맡아두 역해."

하고 코를 집는 시늉을 하면서도 물을 떠서 그들의 머리와 손에 끼쳐주는 것이었다.

어느새 금녀도 적은 제 물동이 바가지를 쌀 씻는 여인의 큰 바가지와 바꾸어서

"손쉽게스리."

하고 첫 바가지 물을 떠주리만치 그들에게 살가워졌다.

"운전수가 오늘은 노상 쉐미(수염)를 매끈히 밀었어 얘."

자동차가 떠나간 후에도 금녀는 유감이에게 운전수 이야기를 하자고 드는 때가 있었다. 갸름한 얼굴이 가무잡잡하고 눈이 반짝한 운전수는 세수를 할 때마다 양복저고리 윗주머니에서 곱게 접었던 알락달락한 인조 하부다이* 수건을 꺼내서 손과 얼굴을 문지르는 것이었다.

"그 손수건이 아주 하이칼라야."

"정말."

"언제나 봐두 늘 고 뽄사디?"

"어데 좀 봅세다."

"말큰하디!"

이것은 금녀의 말이었다.

"괜히 홀아비래디. 색시가 정성을 드리게 그렇갔디."

"홀아비는 하이칼라 수건두 못 가지우?"

| * '흰 명주'를 뜻하는 일본어.

우물가의 여인들이 오늘도 그 수건 타령을 하는 말에 운전수는 이렇게 톡 쏘듯이 말하고는 웃었다.

"한데 그런 수건이 몇이나 되노? 아마 벨렀다 곱구자루* 여게 와서만 쓰나봐."

이렇게 코가 유난히 붉은 여인이 놀리는 말에 운전수는

"천만에."

하고, 수건을 떨고 펴서 다시 접어 넣었다. 그 말에 어린 조수가

"천만에나 새나요. 정말 아즈마니 말마따나 우리 이 긴상이 이 우물에 꼭 반한 색시가 있어서 밤잠을 안 자구 수건만 대린다우."

이렇게 말하고 달아나는 것을 운전수는

"요런 깨보**가 잘망스럽게."***

하며 따라가서 주근깨투성이 조수의 얼굴을 자동차에 밀어 넣고 들어갔다.

웃고 떠드는 여인들을 내다보는 운전수의 눈은 금녀의 눈과 마주쳤다. 여인들이 웃는 동안에 유감이는 이제 운전수와 마주쳤던 눈동자를 어떻게 할지 몰라서 얼굴이 빨개진 금녀를 바라보다가 눈이 시린 것같이 눈물이 핑 돌아서 힘드는 줄도 모르게 동이를 이고 돌아섰다.

"형애야 애."

금녀가 이렇게 부르는 소리를 유감이는 들었다.

두세 걸음 뒤에서 따라오는 발소리로나, 남달리 똥땅거리는 듯한 물동이 쪽박 소리도 금녀인 줄 알았다. 그보다도 구역이 나고부터 별로 냄새가 잘 맡아지는 코에 머리카락도 흔들지 않는 바람이지만 풍겨오는 살

---

* 치장하여.
** 잔꾀가 많은 사람을 낮잡아 이르는 말. 꾀보.
*** 얄밉도록 맹랑하게. 잔망스럽게.

냄새로 금녀가 따라오는 줄 알았다.

"형애야 얘."

"응."

이렇게 대답하는 유감이는 남편의 살냄새와는 다르지만 왜 그런지 금녀의 살냄새도 싫었다.

"형애 너두 자동차 못 타봤지?"

유감이는 대답하기도 싫었다. 앞서 가는 유감이의 물동이 바가지 소리만을 몇 걸음 들을 뿐인 금녀는 혼잣말같이

"얼마나 훌륭하겠네 글쎄. 신작로루 내내 가문 피양(평양)인데 사꾸라래나? 요즘이 한창이래 얘."

며칠 전, 유감이가 물 길으러 갔을 때 일이었다. 우물 둑에 서 있는 자동차 짐짝 위에서 주근깨 많은 조수가 휘파람을 불다가 유감이를 보자 휘파람을 쉭 날려버리고는 큰기침을 한 번 했다. 그러자 우물 둑 아래 가렸던 두 머리가 쑥 비어져 이쪽을 바라보는 것이었다. 유감이가 가까이 갔을 때 운전수는 손에 들었던 꽃가지를 우물 위 텃돌 위에 던지고, 그때도 그 아롱아롱한 수건으로 손을 씻고는 곧 자동차를 몰아가고 말았던 것이다. 자동차가 막 떠날 때

"재수가 막국수네."

이렇게 조수가 창밖으로 내다보며 던지듯이 한 그 말이 무슨 말인지는 잘 모르나 유감이는 무슨 억울한 핀잔이나 욕을 당한 듯이 분하고 지금도 "요 철없는 년아." 하고 금녀를 꼬집어주고 싶게 미웠다. 평양 사꾸라를 못 봐서 네가 달떴갔네? 이렇게 생각하는 유감이는 아직 코를 흘리고, 울램이라는 말을 듣는 금녀의 새서방을 생각할 때 저렇게 금녀가 달뜰 것을 알 듯도 모를 듯도 하여서 별했다. 그뿐 아니라 더 별한 것은 요새 금녀가 저를 유감이라 않고 '형애'라 부르는 것이 별하기보다 서러웠

다. 유감이는 요새 자꾸 울고만 싶은 것이 구역이 나고 어지럽고 밤을 지나고 나면 허리가 미어지는 것 같아서다. 자꾸 몸이 고달픈 탓이라고도 생각했지만 그보다도 금녀가 부르는 형애라는 말이 더욱 서러운 듯하였다. 이 형애라는 한마디로 금녀는 자기를 멀리하려는 듯이 생각되었다. 그뿐 아니라 금녀가 철이 없다면 자기도 꼭같이 철없어야 할 나이에 금녀가 꼬집어주고 싶게 철없어 보이는 것이 더욱 서러웠다.

유감이네 소를 얻어서 방아를 찧었던 금녀네는 오늘 방아를 찧게 된 유감이네 집에 금녀가 품을 갚으러 갔다. 연자 멍에를 돌리는 소 엉덩이를 회초리로 툭툭 치며 돌아가는 금녀는 국수당 고개의 금빛 사철화와 뒷산의 진달래와 집집이 굴뚝 모퉁이마다 살구꽃을 바라보면서 금시에 처녀 적 기나리*라도 나올 듯하였다.

시집살이는
할까 말까 한데
호박에 박넝쿨
지붕을 넘누나

한 번 이렇게 목청껏 빼어보고 웃기도 하고 울고도 싶었다.

유감이는 모지라진 비를 들고 판돌** 변자리***에 칼동으로 밀려 나온 노란 좁쌀을 밀어 넣기도 하고 종대 밑의 배꼽을 따기도 하면서 쫓아오는 소 멍에를 피하여 모로 돌아가며 이마의 땀방울을 소매로 씻었다. 그

---

* 황해도와 평안도 일부에서 부르는 민요의 하나.
** 밑판으로 놓인 돌.
*** 가장자리.

리고 이따금 비를 놓고 치맛자락으로 코를 풀었다. 금녀는 유감이더러 맡은 일을 바꾸자고 해보았다. 그러나 유감이는

"날기*가 설** 말라서 좀 잘못하문 쌀이 모이기가 쉬워."

이렇게 말하는 유감이는 쌀이 마른 짐작을 제가 더 잘 아는 이만치 방앗밥을 밀어 넣고 배꼽을 따내는 도수와 남편이 돌리는 풍구재***에 나르는 두량을 제가 아니면 서투르다는 듯이 그 무거운 몸을 끌고 돌아가는 것이었다. 높은 풍구재에 무거운 쌀박을 쏟다가 혹시 쌀을 흘리는 때면 춘삼(유감이 남편)이는 그 굵은 목을 꼬아 흘겨보며

"제미씨 손모가지가 부러뎄나."

하고 골을 내었다. 그럴 때마다 유감이의 좀 도타운 입술은 핏기가 없어지고 떨렸다.

하늘은 무척 맑다. 낮 닭의 명랑한 울음소리는 서로서로 어우르듯이 집집에서 들린다. 새까만 헝겊 자박****을 도리어 땅에 붙인 듯한 작은 그림자를 발부리에 끌면서 애들과 돼지 새끼와 닭과 개들은 양기에 취한 듯이 혹은 졸고 혹은 뛰노는 것이었다. 앞벌 좁은 최뚝길*****에 점심 광주리와 물동이를 인 여인들의 흰 치맛자락을 가볍게 펄럭이는 바람이 금녀의 귀밑에는 아직 산드러운 맛이 있다.

중낮 지붕 그늘을 함박 뒤쓰고 있는 방앗간에서는 씩씩하는 소의 콧김이 한 뼘이나 희게 보이고 멀리 바라보이는 논두렁에 비스듬히 기대놓은 논갈이 보십******은 눈부시게 빛났다.

들을 바라보던 금녀의 눈에는 까만 벌판을 건너 자줏빛 아지랑이 낀

---

* 낟알.
** 충분하지 못하게.
*** '풀무'의 평안도 방언.
**** 조각.
***** 밭두둑에 난 길.
****** 보습.

산모퉁이에서 나타난 짐자동차가 보였다. 느린 소걸음을 재촉하여 한 바퀴 돌아서 보게 될 때마다 신작로 저편 끝에 보이는 자동차는 조금씩 조금씩 커갔다. 금녀는 마치 손꼽아 기다리는 명절이 속히 오라고 밤마다 일찍 자보는 처녀 때의 조바심으로 자동차 안 보이는 반 바퀴를 빨리 돌아서 조금 더 커진 자동차를 보았다.

다시 볼 때마다 커지는 자동차가 혹시 물 길으러 가기 전에 우물을 지나가고 말지나 않을까 하는 생각에 금녀는 안타까워졌다. 마침내 등이 단 금녀의 회초리는 소 궁둥이에서 부러졌다.

"끼랴 망할 놈의 소."

채찍이 부러진 것은 새색시가 짜증을 내리만치 소걸음이 느린 탓이라고 짐작한 춘삼이는 이렇게 소리를 지르며 큰 손바닥으로 소 궁둥이를 철썩 갈겼다. 놀란 소는 흰 콧김을 더욱 길게 뿜으며 두세 바퀴를 뛰다시피 돌아갔다. 그 바람에 방앗밥을 밀어 넣던 유감이는 쫓길라기게 숨이 차고 어지러웠다.

좀 부은 듯한 유감이 얼굴이 붉어지고 젖가슴이 들먹거리는 것을 본 금녀는 다시 자동차를 안 보려고 하였다. 그러나 이번에는 춘삼이가 보았다. 자동차를 보자 춘삼이는 물었던 곰방대를 빼 들고

"제미씨 한 본 돌창*에나 구게백이롬. 백당** 놈의 거."

이렇게 중얼거리는 춘삼이는 그 자동차가 미운 것이 한두 가지가 아니었다.

이른 봄의 어느 날이었다. 우차에 짐을 싣고 동구 밖에 나갔을 때 이리로 오던 그 짐자동차가 따지게*** 눈석이**** 길에 바퀴가 빠져 겯난*****

---

* 도랑창.
** 백정.
*** 호되게.
**** 쌓인 눈이 속으로 녹아 스러진.

황소 영각'같이 으르럭거리기만 하고 기동을 못했다. 마침 춘삼이를 만난 운전수는 춘삼이와 소의 힘을 빌렸다. 춘삼이는 돌을 주워 오고 나뭇가지를 꺾어다 와락와락 스미는 길에다 깔고 제 소에 자동차를 매어서 끌어내주었다. 그때 운전수는 마코** 한 개비를 주고 갔다.

그 후 며칠이 지나서였다. 성안에서 먹은 술에 거나하니 취한 춘삼이는 빈 우차에 걸터앉아 탄탄한 신작로에 제 길을 찾아가는 소 고삐를 얹어놓고 귀밑이 간지러운 봄바람에 어느덧 건들건들 졸고 있었다. 졸던 춘삼이가 덜컹 소리와 흠칫하는 충동에 놀라 눈을 떴을 때, 전날 그 자동차는 우차 꽁무니에 코를 부딪히고 섰고 매섭게 눈을 발가집은*** 운전수가 뛰어내리자 춘삼의 뺨을 두세 번 후려갈기고 갔다.

그리고 또 한 가지는 바로 며칠 전 일이다. 춘삼이는 역시 우차를 몰고 동구 밖에 나섰을 때 뒤에서 오는 자동차 고동을 들었다. 전날 일이 분하지만 할 수 없이 길을 비켜줄밖에 없었다. 운전수와 조수는 장한 듯이 몸을 흔들며 창가를 하는 것이었다. 그리고 싱글싱글 웃는 것이 보였다. 춘삼이는 불끈 쥐어지는 주먹으로 하다못해 자동차 유리창이라도 부숴주고 싶었다. 그러나 주먹을 들새도 없이 자동차는 그의 곁을 스치고 지나간다. 씽하니 그의 귀를 스치는 바람결에

"금녀와 유감이는 어이 안 오나."

이런 창가(?) 소리가 들리었다. 흠칫 놀란 춘삼이가 눈을 더 크게 떴을 때에는 지나친 자동차 창밖으로 조수의 얼굴이 나오자 한층 더 새진**** 목청으로 "금녀와 유감이는" 하고는 혀끝이 날름했다. 그 혀끝이 사라지자

***** 성난.
* 소가 길게 우는 소리.
** 담배 이름.
*** 세워 뜬.
**** 째지고 날카로운.

와하하 하고 터지는 웃음소리. 그 웃음소리를 싣고 자동차는 달아나고 말았다.

이 세 번째 봉변은 춘삼이의 생활에 큰 검은 그림자를 던져주었다. 그때부터 춘삼이는 성안에 가서 짐을 부리고 받은 돈으로 그렇게 맛나게 한잔 걸치던 술을 끊으려고 애쓸밖에 없었다. 본시 입이 무거운 성미지만 술이 취하기만 하면 말이 흔해지고 나중에는 주정까지 하는 제 버릇을 춘삼이는 잘 알고 있었다. 이번에 술이 취하기만 하면 떠놓고 주정을 하고 색시를 때리고야 말 것이 무서웠다. 그래서 그 좋은 술도 못 먹으니 춘삼이의 마음은 더욱 괴로울밖에 없었다. 아무리 궁리해도 모를 일이었다. 운전수가 어떻게 유감이라는 이름을 알았을까. 제 색시의 이름이지만 혼인 신고를 한 후에는 한 번도 불러본 적이 없었다. 그렇듯 아무도 알 리 없는 처의 이름을 훔쳐낸 운전수는⋯⋯? 운전수가 훔친 것이 아니라 시집온 후로 언제 한번 제게 살푸시 웃어본 적이 없는 처가 정표로 저고리 고름 대신에 제 이름을 운전수에게 가르쳐준 것이 아닐까? 이런 생각에 미칠 듯한 춘삼이는 이제라도 유감이를 때리고 강문*을 받아보고 싶었다. 그러나 그는 억지로 마음을 돌리려 애썼다. '배 안에 든 거야 분명 내 새긴데.' 하는 생각으로, 그뿐 아니라 색시는 세상살이 밑천인 이 소보다 못지않게 소중한 것이었다.

춘삼이가 잘 알고, 혹시 당해본 일이지만 이 촌의 색시들은 누구나 한때는 정표로 저고리 고름을 뜯거나 속 댕기를 품거나 봄 동산에 나물 바구니를 굴려보는 것쯤은 예상사였다. 개중에는 살진 암말같이 체 밖을 벗어나 달아나는 색시도 있었다. 그런 색시의 남편과 시부모는 어찌할 도리가 없이 제 고삐를 제 잔등에 얹어두고 요행 철들어 돌아오기를 기

| *따져서 물음.

60

다릴밖에 없었다. 그러나 이렇듯 한때 애먹이던 색시도 애를 배게 되면, 대개는 추파로 샐쭉하던 눈이 바로 서고 착 비뚜로 쓰던 수건이 제대로 자리 잡히는 것이었다. 그리하여 어머니가 되고, 비로소 처가 되고 마침내는 며느리 구실까지 하게 되고 완전히 청춘을 잊어버리게 되는 것이었다. 그래서 어린 색시를 맞아들인 남편과 그의 부모는 처와 며느리가 하루바삐 애 배기를 기다리고, 낳은 후에야 안심했다.

춘삼이도 그런 한 사람으로 지금 그 괴로운 생각을 잊으려고 처의 높은 배를 보고 헛구역 소리를 들으면서 '흥 네까덧 놈이 암만 그래 봐라.' 이렇게 생각하면 속이 좀 풀리는 듯도 했다. 그래도 춘삼이는 차차 커 보이는 자동차가 가까워짐을 따라 방아밥을 밀어 넣으며 돌아가는 눈치만을 살필밖에 없었다. 유감이는 아까부터 자동차가 오는 것을 알았고 또 춘삼이의 심상치 않은 눈초리에 눌려서 방아확밖에는 눈을 두지 못했다. 그러면서도 금녀의 태도가 아슬아슬해서 이마에는 더욱 땀이 솟았다.

점심 먹으러 들어가던 춘삼이는 한 걸음 앞서 갔던 유감이가 물동이를 들고 나서는 것을 보자 저기 오는 자동차를 할끗 보고

"냉수는 오마니가 좀 길으소고래."

하고 윗목에서 물레질을 하는 늙은 어머니에게 짜증을 냈다.

"내 얼른 길어올라."

하고 금녀는 동이를 채가지고 바자문을 나섰다.

금녀는 땀이 난 발뒤축에 고무신이 걸리지 않고 철덕거리는 것이 성가시고, 치맛자락이 별로 휘감기는 듯 마음이 바빴다. 솜털 끝마다 가는 쌀겨가 달라붙은 뺨에 두세 줄기 땀방울이 흘러서 금녀의 얼굴은 이슬에 젖은 버들개지같이 보였다. 햇빛에 반질반질 윤나는 머릿봉 위에 붉은 꼬들채 댕기가 나뭇새 수수깡 바자의 길을 넘어서 나풀나풀거렸다. '벌써 지나가지나 않았나.' 금녀는 더욱 빨리 걸었다.

자동차는 기다리듯이 우물 둑에 서 있었다. 조수는 버들피리를 만들어 불고 운전수는 담배를 피우고 있었다. 우물에는 붉은 해가 가라앉고 흰 구름이 떠 있다.

운전수는 사면을 돌아보며

"혼자 나왔소?"

하고 물었다. 조수는 짐짝 저편으로 사라진다. 물을 긷는 금녀 앞에 마주 앉은 운전수는

"내 말대루 평양 가지 응?"

하면서, 금녀의 손목을 붙들었다. 그러고는

"꼭이 어느 날이라구 말만 하면 내, 밤에 금녀네 집 뒷메에 가서 기다릴게."

대답이 없이 수그리고 있는 금녀의 얼굴을 운전수는 두 손으로 치켜들고 입을 맞추었다. 숨이 막히게 코를 짓눌렀던 운전수의 얼굴이 떨어지자 금녀의 입술은 배시시 웃었다.

"요고."

이렇게 대담해진 운전수는 다시 그녀의 허리를 끌어안으며

"꼭이 작정해 말하면 내 고개 너무 주막에서 자다가 재밤*에 뒷산에 가서 기다릴 테야 응? 자, 나하고 평양 가요."

"괜히 촌 체니 데레다 성안 갔다 팡가티문 난 어떠카구 흥."

"내가 금녀를 버려?"

"그럼?"

그 대답을 주저하던 운전수는

"자 그러문 내가 금녀네 방으로 갈까?"

| * 한밤.

"싫어. 그래두 난 피양(평양) 갈래."

이렇게 말하는 금녀는 제가 정말 평양에를 가려는지 알 수 없었다. 혹시 자동차를 타고 훨훨 떠날 듯도 싶은 꿈같은 생각에 그저 운전수의 품으로 기어들었다. 그러한 금녀의 모양을 내려다보던 운전수는

"금녀 새스방하구 딴 방에서 단 둘이만 자지? 그럼 오늘 밤에 내 금녀 방으로 갈 테야. 정말."

"아사요. 그러다 들키문!"

운전수의 말에 놀란 금녀는 금시에 눈이 동그래졌다.

"그까짓 새스방 구실두 못하는 것한테 들킨들 멜 하나?"

"멜 하다니 망신하고 죽게?"

"죽긴 누구한테?"

"그럼 안 죽어?"

이렇게 말하는 금녀는 누구한테 죽을지는 몰라도 죽기는 꼭 죽을 것만 같았다. 그런 짓을 하다 들키면 운전수 말대로 새스방 구실도 못하는 울램이 손에도 꼼짝을 못하고 죽을 것 같고 시어머니나 시아버지한테 코를 베이거나 인두로 지지울 것 같고 그렇지 않더라도 망신한 친정아버지나 어머니까지도 저를 죽이고야 말 것 같았다. 혹시 누가 안 죽이더라도 저 혼자 저절로 죽을 것 같기도 했다.

"안 죽구 멀 하구!"

금시에 울 듯한 소리로 이렇게 말하는 금녀의 해쓱해진 얼굴을 본 운전수는

"정말 들켜서 금녀 시애비가 낫을 들고 덤벼들어!"

이렇게 말하며 몸서리를 치듯이 흠칠하면서 금녀의 기색을 살핀다. 몸을 소스라친 금녀는 더욱 눈이 동그래졌다.

"우리 둘이 좋아하다 죽으믄 멜 하나."

이렇게 말하는 운전수는 웃지도 않았다.

"그렇지?"

또 이같이 물으며 그는 그녀를 다시 끌어안으려 했다. 금녀는 운전수가 무서워졌다. 그의 팔을 뿌리치고 일어나려 했다. 운전수는 억지로 금녀를 껴안으며

"정말이야 나는 금녀 방에 갔다 죽어두 좋아. 오늘 밤에 금녀가 뒷산으로 안 나오문 금녀 방에 가서 문을 두들겨서 금녀 망신이라두 시킬 테야."

이 말에 금녀는 정신이 아득아득해지는 것 같았다.

"그러디 말라구요. 정말 난 죽어요."

애원하듯 말하고 간신히 몸을 일으키는 금녀를 노려보며 운전수는 노한 말소리로

"그러게 오늘 밤에 뒷산으로 나오문 무사하구. 내 말 안 들었단……."

그때 저편에서 조수의 강한 휘파람 소리가 들려왔다. 운전수는 말을 마치지 못하고 우물 둑으로 뛰어올랐다. 금녀 새스방이 송아지를 몰고 오는 것이었다. 운전수는 놀란 것이 어이없다는 듯이 한 번 금녀를 돌아보고는 다시 외면하고 서서

"내 말이 거짓말 같으문 저녁에 마당(앞뜰)에 나와보로마. 이제 갔다 쟁거(자전거) 타구 밤에 꼭 온다."

혼잣말같이 그러나 마디마디를 떼어서 똑똑히 일러주고는 자동차를 몰아 달아나는 것이다.

금녀는 설마 운전수가 오랴 하면서도 마음이 놓이지 않아 저녁을 먹자 신작로가 바라보이는 나뭇새*밭에 가서 김을 매는 척 망을 볼밖에 없었다.

| * 채소.

아까 물 길으러 갈 때만 해도 단둘이 만나면 좋기만 할 것 같은 그 사람이 지금은 무섭기만 하였다. 그렇게 무서운 사람인 줄은 꿈에도 생각지 못했다. 혹시 저를 놀라게 하느라 시치미 떼고 그러는 것이나 아닐까 생각해보기도 했으나, 새스방이 오는 것을 보자마자 막 말을 더 을러대던 것을 보면 결코 농말이 아니었다. 어린것이라고 저만치서 보고 있는 새스방을 사람값에 치지도 않는 모양인 운전수는 저까지도 수모하는 것 같아서 금녀는 분하기도 했다. 그러한 운전수는 제가(금녀) 망신을 하거나 코를 베이거나 죽거나 하는 것을 도무지 상관할 사람 같지도 않았다. 오늘 밤에는 무슨 일이 나고야 말 것이 무서웠다. 유감이 형애와 모면할 의논을 해볼까 하는 생각에 그 집을 바라보았다. 멀리 바라보이는 그 집 마당(앞뜰)에는 유감이 남덩이 비질을 하고 있었다. 그리고 뵈불*을 놓는 모양으로 마당 한가운데서 벌떡 불길이 일어났다. 이글이글 피어오를 때마다 마당쓸이를 불에 던지고 섰는 유감이 얼굴이 빤히 보이다가는 껌뻑 냇속에 사라지고 마는 것이었다. 또 불길이 환히 일어났다. 마주 선 두 사람은 무슨 이야기를 하는 모양이다. 유감이만 있으면 몰라도—그렇더라도 저를 철없이 여기는 눈치인 유감이가 금녀에게는 시어머니 못지않게 어렵게 생각되었다. 의논을 한대도 '네 봐라 싸지.' 할 뿐 유감이도 별 도리가 없을 것 같았다. 불빛을 보던 눈에 더욱 어두워진 벌판에서는 머구리** 소리만 들렸다.

농 걸쇠 같은 초승달에 거울 조각같이 빛나는 앞벌 논에서는 논물이 와글와글 끓어오르는 것같이 머구리가 울었다.

금녀는 다시 "설마 올라구." 중얼거리면서 끝없는 머구리와 깊어가는

---

* '모깃불'의 방언인 듯.
** '개구리'의 방언.

어둠 속에 신작로 꼬리가 사라진 저편에 동트개 하늘같이 희끄무레한 불빛을 바라보았다. 밤마다 밤이 깊어가도 새훤한 화광이 서리는 그곳이 성안이라는 말은 들으면서도 한 번도 가본 적이 없는 금녀에게는 한없이 멀어 보이는 곳이었다.

지금도 차차 더 훤해가는 그 화광을 바라보는 금녀의 눈에 작은 불똥이 이리로 날아오는 것이 보였다.

담뱃불이 그렇게 빨리 걸을 수는 없었다. 반딧불이 그렇게 붉을 리는 없었다. 그것은 자전거 불이었다.

분명히 운전수라고 생각한 금녀는 옛말에 들은 호랑이나 만난 듯이 집으로 달아올밖에 없었다.

바잣문 안에 들어서자

"새박(새벽)밥 할레 어서 일즉 아니 자라."

하는 시어머니 말소리가 들리고는 그 방의 불은 꺼지고 말았다.

제 방으로 들어온 금녀는 벌써 잠든 새스방 옆에 주저앉았다. 이것(새스방)이 유감이 남덩 같으면 오늘 낮에 운전수의 말을 듣지는 못했더라도 그 눈치를 못 챘을 리가 없고 그때 벌써 벼락이 났을 것이다. 금녀는 오히려 그편이 나을 것 같기도 했다. 지금 운전수가 이 뒷문에 와서 똑똑 두들기고, 열어보고 안 열리면 덜컹덜컹 밀어보고, 마침내 금녀 금녀 부른다면 그 문을 안 열 수는 없을 것 같았다. 쑥 들어선 운전수는 와락 덤벼들고 저는 끽소리도 못하지만 이 비좁은 단칸방이라 아무리 굿잠을 든 새스방이라도 깰 것이요 깨기만 하면 고함을 치거나 무서워서 와 울거나 하여 시아버지가 낫을 들고 건너오고…… 이런 생각이 눈에 선히 벌어지는 금녀는 훅 불을 끄고 이불에 얼굴을 묻고 엎드렸다. 한참 동안은 머릿속까지 캄캄하였으나 다시 살아나는 생각은 제아무리 문을 두들겨도 죽었소 하고 가만히 있을까? 그래도 그냥 문을 흔들면 그제는 조죽놈(도둑놈)이야 하고 방문을 차고 시어머니 방으로 갈까? 이러한 제 생각을 들여다보듯이 숨을 죽이고 엎뎌 있는 금녀는 그러나 빤히 그 사람인 줄 알면서 도둑놈이야 소리가 나올 것 같지 않았다. 설사 그래서 운전수가 달아난대도 색시 방에 왔던 놈이 심상한 도둑놈이 아니라고 서두르는 시부모와 동리 소문이 망신스럽고 혹시 운전수가 붙들려서 금녀가 오늘 밤에 제 방으로 오래서 왔다고 하면 거짓말은 거짓말이지만 저는 안 그랬다고 변명할 수 없을 것도 같았다. 아무리 변명한대도 낮에 한참이나 늦어서야 물을 길으러 갔을 때 "너 채심"해라." 하던 유감이부터 제 말을 믿어줄 것 같지 않았다. 그리고 유감이 남덩도 우물에 모이는 여인들도 누구나 제 말을 믿을 것 같지 않았다. 남들이 안 믿는 것은 고사하고 그 사람을 오라고 안 그랬다는 제 말을 저도 못 믿을 것 같았다. 이렇게 꼭 오늘 밤에 부득부득 온다는 것이 싫고 남한테 들킬 것이 무섭기는 하지만 어느 날일는지는 몰라도 어느 날 밤에는 꼭 만날 듯이 기다린 그 사람이 제가 오래서 왔다고 거짓말을 한대도 안 그렇다고 할 수는 없을 것도 같았다.

달도 지고 말았는지 뒷문 창에 비치던 아카시아 그림자도 사라졌다. 그저 컴컴한 뒷담 구석이 희끄무레해 보였다. 깊어가는 밤에 그 뒷문을 바라보고 귀를 세울밖에 없는 금녀는 그 창밖에서 버석버석 발소리가 나고 검은 그림자가 마주 서서 방 안을 엿보는 것만 같았다.

갑자기 개 짖는 소리가 들렸다. 아무리 들어도 꼭 뒷산에서 들리는 것 같았다.

금녀는 더 가만히 있을 수가 없었다. 운전수가 이 방으로 오기 전에 제가 나가기로 결심하였다.

문밖에 나선 금녀는 이슬에 젖은 아카시아 잎이 뺨에 스치고 아카시

아 가지가 치마에 걸리는 것도 모르고 걸었다. 무서운 줄도 모르고 슬픈지, 기쁜지도 알 수 없었다. 운전수가 그리운 밤마다 이 길을 걸어가는 재미있던 꿈을 깨뜨린 듯이 허전하지만 그래도 늘 걷던 길을 가는 듯이 걸어가는 금녀는 흐르는 줄 모르게 눈물이 흘렀다.

얼마 안 가서 이리로 오던 운전수와 마주쳤다. 금녀는 그 자리에 주저앉고 말았다. 운전수가 껴안으며

"낮에는 혼났지!"

하고 그래야만 금녀가 이렇게 나올 줄 알고 그랬다는 운전수의 말도 금녀는 잘 들리지 않았다. 그저 입술에 닿은 운전수의 입과 코에서 얼굴에 끼얹는 듯한 술 냄새에 구역이 나고 어지러워서 정신이 흐려져갈 뿐이었다.

금녀가 집에 돌아오기는 닭이 세 홰나 운 때였다. 이슬에 젖고 풀물에 더럽힌 보손*과 옷을 감추고 난 때에 건넌방에서는 시어머니의 기침 소리와 문턱에 떠는 시아버지의 대통 소리가 들렸다. 부엌에 나온 금녀는 팥을 솥 안에 안치고 아궁 앞에 앉아서 불을 지폈다. 금녀의 손등과 머릿봉에서는 연기같이 김이 올랐다. 찬 이슬에 스치어 빨갛게 된 손등과 팔목에서 피어오르는 김을 보고 있는 금녀의 눈에는 눈물이 맺혀 흘렀다.

이 봄도 다 가서 늦게 피는 아카시아 꽃마저 떨어지기 시작하였다.

금녀는 종시 자리에 눕게 되었다. 얼마 전부터 아랫배가 쑤시고 허리가 끊어지고 참을 수 없이 자주 변소 출입을 하게 되었다. 금녀는 제 병이 무슨 병인지는 알 수 없으면서도 제가 앓는 것을 누가 알 것만이 걱정

| * 버선.

이었다. 그래서 억지로 참아가며 더욱 부지런히 일을 하려고 애써보았다. 그러나 이번에는 아프기만 하던 배가 갑자기 붓기 시작하였다. 걸으려면 높아진 배를 격하여 보이는 발끝이 안개 속이나 구름 위를 걷는 것같이 허전하고 현기가 났다. 아침이나 낮에도 금녀의 눈앞에 보이는 것은 무엇이나 다가오는 어두움과 싸우는 저녁노을같이 누렇고 희미하였다. 금녀는 이를 악물고 무슨 병인지 모르면서도 숨기기만 하려고 애썼으나 더 참을 수 없어 자리에 쓰러지고 말았다.

금녀가 죽기 전날 저녁에 금녀네 시집 송아지가 죽었다. 그날 아침에 금녀의 새스방이 끌고 나가서 동둑 아카시아나무에 매었던 송아지가 갑자기 죽었다. 시어머니는 세상살이 반 밑천을 잃었다고 에누다리*를 하며 통곡했다. 시아버지는 소를 돌보지 않았다고 아들을 때렸다. 온 동리에서는 알 수 없는 우역이 생겼다고 떠들었다. 그 이튿날 아침에 장거리의 순사와 면소 농회 기수가 출장하였다. 죽던 날 아침까지도 새김질을 잘하고 웅장하게 움머 소리를 지르던 송아지가 갑작스럽게 거꾸러진 병통을 알 수가 없었다. 송아지를 매두었던 풀밭을 낱낱이 뒤져보기도 했다. 마침내는 무슨 쇠꼬챙이나 부둥가리**를 삼켜서 창자가 상한 것이나 아닌가 하여 송아지의 배를 갈라보았다. 그러나 창자 속에는 아직 소화되지 않은 풀잎과 아카시아나무 껍질이 가득 차 있을 뿐 죽은 원인이라고 할 만한 상처는 없었다.

이 뜻하지 않은 소의 변사로 온 동리가 불안에 싸여 떠들고 있는 저녁에 금녀는 죽었다. 부중이라는 집증으로 한방의가 처방한 약이 화로 위에서 쓴 풀뿌리 냄새를 피우며 끓는 소리를 들으면서 금녀는 죽었다. 비가 한 소나기 쏟아지고 멎어서 초저녁부터 앞벌 논의 머구리 소리는

* '넋두리'의 평안도 방언.
** '부지깽이'의 방언.

한층 더 요란한 저녁이었다. 빗방울이 뚝뚝 뜯는 집 뒤 아카시아나무 아래서는 아직도 짝을 찾는 봄 고양이 소리가 들렸다. 그 소리를 듣는지 못 듣는지 금녀의 흐려진 눈에서는 눈물이 그치지 않고 흘렀다. 곁에서 유감이가 잡고 있는 손을 끌어서 가까이 오라는 눈치를 보였다. 그러고는 죽을힘을 다 들여서 제 속옷과 바지를 갈아입히지 말고 묻어달라는 부탁을 하였다.

송아지가 죽은 원인은 믿도는 아카시아 껍질을 먹은 탓이라는 기사가 난 신문이 구장 집에 온 날 금녀의 상여는 나갔다.

온 동리 사람들은 심지도 않고 접하지도 않았지만 산에나 들에나 마당귀에나 심지어 부엌 담 안에까지 뻗어 들어온 아카시아나무를 새삼스럽게 흘겨보는 소와 돼지를 경계하였다.

아카시아는 본시 아메리카의 소산이라는 신문 기사를 들은 그들은

"거 흉한 놈의 나무 같으니라구. 아메리카니 양코대 사는 미국 말이지? 어떤 놈이 갖다 심었는지 미국서 예까지 와서 우리 동네 소를 죽여! 억울하지."

"억울한 말 다 해서 사람의 신수라니―. 생떼 같은 송아지가 죽고 엊그제 다려온 메누리가 죽구―."

"그러게 말이야. 소는 미국 아카시아를 먹구 죽었대두 꽃 같은 색시는 왜 죽었을까."

이러한 말을 주거니 받거니 하면서 금녀의 상여를 멘 그들은 신작로를 걸어갔다. 상여 뒤에서는 금녀의 친정어머니가 통곡을 하였다. 시어머니도 울었다. 유감이는 그 뒤에서 치마폭에 얼굴을 파묻고 속으로 울며 따라갔다. 늙은 여인들은 쓰러질 듯한 유감이를 부축하며

"오죽하갔네 정말 쌍둥이같이 지나다가 그래두 참아야 하느니라."

이렇게 유감이를 위로하였다.

뒤에서 자동차의 경적이 들린다. 금녀의 상여를 멘 사람은 신작로 한편으로 길을 비키려 하였다. 그중에 상여 앞채를 멘 춘삼이가

"네놈의 자동차 어떡하나 보게 가든 대루 가자꾸나. 쌍놈에게."

하고 버티었다.

"그래 볼까."

"자, 그래."

젊은 축 몇 사람이 부동하고 버티었다. 그 바람에 금녀의 상여는 모로 기울어진다. 뒤에 따라오던 금녀의 시삼촌이 따라와서

"성분成墳이나 하구는 한잔 도이 먹을데 그러지 말구 어서 곱게 모시라구."

하였다.

"누가 술 못 먹어 그러나 흥."

춘삼이는 더욱 밸이 우뚝했으나 길을 비킬밖에는 없었다. 자동차는 상여를 지나치는 동안 속력을 줄일밖에 없었다. 갑자기 유감이의 울음이 와 하니 터져 나왔다. 모두 눈이 둥그래졌다. 자동차는 상여를 지나치자 달아났다. 회오리바람이 지나간 것같이 누런 먼지가 일어났다. 금녀의 상여는 그 먼지 속으로 터벅터벅 걸어갔다.

"이전에 없든 병두 다 서양서 건너왔다거든."

아까 꽃 같은 색시는 왜 죽었을까 하던 사람이 먼지에 막혔던 말문을 열었다.

"그놈의 병두 자동차 타구 왔다던가?"

이렇게 춘삼이가 한마디 툭 했다.

《조광》, 1939년 1월

『장삼이사』, 을유문화사, 1947년

심문心紋

시속 오십 몇 킬로라는 특급차 창밖에는, 다리쉼을 할 만한 정거장도 없이 흘러갈 뿐이었다. 산, 들, 강, 작은 동리, 전선주, 꽤 길게 평행한 신작로의 행인과 소와 말. 그렇게 빨리 흘러가는 푼수로는, 우리가 지나친, 공간과 시간 저편 뒤에 가로막힌 어떤 장벽이 있다면, 그것들은, 캔버스 위의 한 터치 또 한 터치의 오일같이 거기 부딪혀서 농후한 한 폭 그림이 될 것이나 아닐까? 고 나는 그러한 망상의 그림을 눈앞에 그리며 흘러갔다. 간혹 맞은편 플랫폼에, 부풀듯이 사람을 가득 실은 열차가 서 있기도 하였다. 그러나 무시하고 걸핏걸핏 지나치고 마는 이 창밖의 그것들은, 비질 자국 새로운 플랫폼이나 정연히 빛나는 궤도나 다 흐트러진 폐허 같고, 방금 브레이크되고 남은 관성과 새 정력으로 피스톤이 들먹거리는 차체도 폐물 같고, 그러한 차창에 빈틈없이 나붙은 얼굴까지도 어중이떠중이 뭉친 조난자같이 보이는 것이고, 그 역시 내가 지나친 공간 시간 저편 뒤에 가로막힌 캔버스 위에 한 터치로 붙어버릴 것같이 생각되었다.

　이런 생각은 무슨 대단하다거나 신기로운 관찰은 물론 아니요, 멀리 또는 오래 고향을 떠나는 길도 아니라 슬픈 착각이랄 것도 없는 것이다. 그렇다고 내가 영전이 되었거나, 무슨 사업열에 들떴거나 어떤 희망에 팽창하여 호기와 우월감으로 모든 것을 연민시하려 드는 것도 아니다. 정말 그도 저도 될 턱이 없는 내 위인이요 처지의 생각이라 창연하다기에는 너무 실없고, 그렇다고 그리 유쾌하달 것도 없는 이런 망상을 무엇이라 명목을 지을 수 없어, 혹시 스피드가 간질여주는 스릴이라는 것인가고 생각하면 그럴 듯도 한 것이다.

결코 이 열차의 성능과 운전사의 기능을 못 믿는 것은 아니지만 이렇게 무모(?)하게 돌진 맹진하는 차 안에 앉았거니 하면 일종의 모험이라는 착각을 느낄 수 있고, 그것이 착각인 바에야 안심하고 그런 스릴을 행락할 수 있는 것이다. 이렇듯 거친 십분十分의 안전율이 보장하는 모험이라 스릴을 행락하는 일종의 관능 유희다. 명수名手의 바이올린 소리가 한껏 길고 높게 치달아 금시에 숨이 넘어갈 듯한 것을 들을 때, 그 멜로디의 도취와는 달리 '이 순간! 다음 순간!' 이렇게, 땅 하니 줄이 튀지나 않을까? 하는 소연감疏然感을 아슬아슬 느껴보는 것도, 일종의 관능 유희로 그리 경멸할 수 없는 음악 감상술의 하나일 것이다. 그처럼, 내가 탄 특급의 속력을 '무모無謀'로 느끼고, 뒤로 뒤로 달아나는 풍경이 더 물러갈 수 없는 장벽에 부딪혀 한 폭 그림이 되고, 폐허에 버려둔 듯한 열차의 사람들도 한 터치의 오일이 되고 말리라고 망상하는 것은 한 번도 가본 적이 없는 곳으로 달려가는 이 여행의 스릴로서 내게는 다행일지언정 그리 경멸할 착각만은 아닌 듯싶었다.

그러나 나 역시 이렇게 빨리 달아나는 푼수로는 어느 때 어느 장벽에 부딪혀서 어떤 풍속화나 혹은 어떤 인정극 배경의 한 터치의 오일이 되고 말는지 예측할 수 없을 것이다.

어느덧 국경이 가까워, 이동 경찰이 차표와 명함을 요구한다. '김명일金明一'이라는 단 석 자만 박힌 내 명함을 받아든 경찰은 우선 이런 무의미한 명함을 내놓는 나를 경멸할밖에 없다는 눈치로 직업과 주소와 하얼빈은 왜 가느냐고 물으며 수첩을 꺼내들었다. 그리고 나의 무직업을 염려하고 또 일정한 주소가 없다니 체면에 그럴 법이 있느냐는 듯이 뒤캐어묻는 바람에, 나는 미술학교를 졸업했으니 화가랄밖에 없고, 재작년에 상처하고 하나뿐인 딸이 지난봄에 여학교 기숙사로 입사하자 살림을 헤치고는 이리저리 여관 생활을 하는 중이라고. 그러나 지금 가는 하얼빈에는 옛 친구 이李 군이 착실한 실업가로 성공하였으므로 나도 그를 배워 일정한 직업과 주소를 갖게 될지 모른다고 무슨 큰 포부를 지닌 듯이 그 자리를 꿰맬밖에 없었다. 그러나 이런 내 말이 전연 거짓이랄 수도 없는 것이다. 사실 나는 일정한 직업과 주소도 없는 지금의 생활이 주체스러워 견딜 수가 없는 것이다.

3년 전에 처 혜숙이가 죽자 나는 어느 중학교의 도화 선생이라는 직업을 그만둔 후에는, 팔리지 않는 그림을 몇 폭 그렸을 뿐인 화가라는 무직업자였다. 그리고 지난 봄에 딸 경옥이를 기숙사에 들여보내고는, 혜숙이와 신혼 당시에 신축하여 10여 년 살던 집을 팔아버렸으므로 일정한 주소가 없었다.

내가 늘 집에 있는 것도 아니요, 있더라도 아침이면 경옥이가 학교에 간 후에야 일어나게 되고 밤이면 경옥이가 잠든 후에야 들어오게 되는 불규칙한 내 생활이라, 나와 한집에 있더라도 어미 없는 경옥이는 언제나 쓸쓸하고 늘 외로울밖에 없는 애였다. 그뿐 아니라 차차 자라서 감수성이 예민해가는 그 애에게 나 같은 아비의 생활이 좋은 영향을 줄 리도 없을 것이었다. 그래서 내 누님은 경옥이를 자기 집에 맡기라고도 하는 것이었으나, 마침 경옥이와 같이 소학교를 졸업하고 한 여학교에 입학하여 입사하게 된 친한 동무가 있었으므로 경옥이는 즐겨 기숙사로 들어간 것이었다. 그러고 보니 늙은 어멈만이 지키게 되는 집을 그저 둘 필요는 없었다.

내가 상처한 후에 늘 재취를 권하던 누님은, 정식 결혼을 할 의사가 없으면, 첩살림이라도 차려서 그 집을 팔지 말라고 하였지만, 10여 년 혜숙이의 손때로 길든 옛집에 재처나 첩이 어색할 것 같고, 그 집에서는 내가 무심히 "여보." 하고 부른 것이 자연 혜숙일밖에 없을 것이요 "네." 하고 나타나는 것이 딴 여자라면 나의 그 우울은 어찌할 도리가 없을 것이다. 또한 어린 경옥이 역시 한성 안에 제가 나서 자란 옛집이 있으면서 기숙 생활을 하거니 생각하면 더 외로워질 것이요, 혹시 외출하는 날 별러서 찾아온 옛집에 제가 닮지 않은 새어미의 얼굴을 보게 될 때마다, 제 어머니의 생각이 더한층 새로울 것이다.

이런 심정으로 내가 재취를 않는다면 나는 경옥이와 같이 옛집을 지키면서 좀 더 그 애 곁을 떠나지 않아야 할 것이었다. 생각만은 그러리라고 애를 써가면서도, 그런 생각으로 학교를 사직까지 하고도, 오히려 그 모든 시간을 여행이라기보다—방랑, 그리고 방탕—술과 계집과 늦잠으로 경옥이를 더욱 외롭게 해온 것이다.

이러한 생활에서도 나는—팔리지 않는—그림을 간혹 그렸고, 그린 혜숙의 초상으로 경옥의 방을 치장하는 것으로 그 애를 위로하는 보람을 삼아온 것이다. 그러한 내 생활이다. 이번에도 역시 방랑이나 다름없이 떠난 여행이지만, 근 10년 전에 만주로 표랑하여 지금은 실업가로 일가를 이루었다는 이 군을 만나서 혹시 생활의 새 자극과 충동을 얻게 된다면 만행*일 것이다.

무사히 세관을 치르고 국경을 넘은 나는 식당으로 갔다. 대만원인 식

| * 천만다행.

78

당에 겨우 자리를 얻은 나는 첫눈에도 근엄하달 수밖에 없는 어떤 중년 여자와 마주 앉게 되었다. 가수 미우라의 체격에 수녀 비슷한 양장을 한 그 중년 여자는 국방색 안경알 위로, 연방 기울이는 나의 맥주잔을 이따금 넘겨다보는 것이었다. 그런 중년 여자가 뒤적이는 작은『신약전서新約全書』로 나는 방인放人*시되는 나를 느낄밖에 없었고, 그런 불쾌한 우연을 저주하며 마시는 동안에 창밖의 풍경은 오룡배五龍背**로 가까워갔다. 익어가는 가을의 논과 밭으로 문채 돋친 들 한가운데는 역시 들이면서도 사람의 의도로 표정이 변해가다. 차차 더 메스러운*** 손길로 들의 성격이 정원으로 비약하는 초점 위에 온천호텔 양관이 솟아 있고, 그 주위에는 넘쳐흐르는 온천물로, 청등한 가을 하늘 아래 아지랑이같이 김이 떠오르는 것이었다.

들어 닿은 플랫폼에는 유랑에 곤비한 발걸음이나 분망에 긴장한 얼굴이나 찌든 생활의 보따리는 볼 수 없이, 오직 꽃다발 같은 하오리****의 부녀와 빛나는 얼굴의 신사 몇 쌍이 오르고 내릴 뿐이었다. 90퍼센트의 분망과 유랑과 전쟁과 혹은 위독 사망 등 생활의 음영으로 배를 불리고 무모하게 달아나는 이 시커먼 열차도 이러한 유한에 소홀치 않은 풍유적인 성격의 일면이 있었던 것이다. 그러한 이 열차의 성격을 이용하여 나도 이 오룡배에 소홀하지 않은 인연의 기억을 남긴 것이다.

지난봄에 나는 여옥如玉이를 데리고, 그때도 이 열차로 여기 와서 오래간만에 모델을 두고 (여옥이를) 그려본 것이었다. 여옥이는 동경 유학 시대에 흔히 있는 문학소녀로 그 당시의 어떤 청년 투사의 연인이었다는 염문을 지닌 여자였다.

---

* 속세의 구속을 받지 않고 자기 뜻대로 사는 사람.
** 중국 단동 근방에 있는 소도시. 온천으로 유명하다.
*** 매끄러운.
**** 일본 옷 위에 입는 짧은 겉옷.

그때 나는 간혹 출입하는 어느 다방의 새 마담으로 여옥이를 만났고, 방종한 내 생활면을 오고 간 그런 종류의 한 여자라는 흥미로 여기까지 데리고 온 것이었다.

여옥이는 건강한 육체미의 모델이라기보다도 어떤 성격미랄까, 그러나 그때처럼 나는 그 모델의 성격을 마스터하지 못하여 애쓴 적은 없었다.

전연 처음 대하는 모델인 때에는 직감적으로 느껴지는 성격의 힘에 이끌려서 저절로 운필이 되거나, 그렇지 않으면 그 모델 어떤 특징을 고조하여 자유롭게 성격을 창조할 충동과 용기가 나는 것이다. 그래서 제작자의 해석과 의도로 뚜렷이 산 인물이 그려지는 것이지만 그러나 그때의 여옥이는 그렇지가 못하였다. 아마 뚜렷하게 통일된 인상을 주기에는 나와의 관계가 너무도 산문적이었던 탓일 것이다. 이 산문적이라는 말은 그때 우리 사이의 권태를 의미하는 말은 아니다. 우리는 권태를 느꼈다기보다 내 흥미가 사라지기 전에 헤어지고 말았던 것이다. 권태라기에는 오히려 그때 여옥이를 보는 내 눈이 때로는 정열을 관찰하게 되는 것이었으므로 그림이 되기에는 여옥의 인상이 너무 산란하였다는 말이다.

침실의 여옥이는 전신 불덩어리의 정열과 그러면서도 난숙한 기교를 갖춘 창부였고, 낮에는 교양인인 듯 영롱한 그 눈이 차게 빛나고 현숙한 주부인 양 단정한 입술은 늘 침묵하였다. 그리고 무엇을 주고받을 때 무심히 닫힌 그의 손가락은 새삼스럽게 그 얼굴을 쳐다보게 되도록 싸늘한 것이었다. 그렇게 산득한* 손은 이지적이랄까, 두 사람만이 거닐던 호젓한 봄 동산에서도 애무를 주저케 하는 것이었다. 그뿐 아니라, 그 영롱한 눈과 침묵한 입술, 그 사이에 오연히 높은 코까지 어울려, 어젯밤은 언제더라 하는 듯한 그 표정은 나를 당황케 하였고 마침내는 그 뺨을 갈겨보

| * 갑자기 사늘한 느낌이 드는.

고 싶도록 냉랭한 여옥이었다.

"혹시 나는 여옥이를 정말 사랑하게 될까봐!"

나는 내 손바닥 위에 가지런히 놓인 여옥의 그 싸늘한 손끝의 감촉을 만지며 이렇게 말하는 것이었으나 자기는 알 바 아니라는 듯이 여옥이는 금시에 하품이라도 할 듯한 무료한 표정이었다.

나는 간혹 여옥이의 얼굴에서 죽은 내 처의 모습을 발견하게 되는 것이 반갑고도 슬픈 것이었다. 여옥이의 중정中正과 인당印堂은 20여 년 평생에 한 번도 찌푸려본 적이 없는 듯한 것이다. 혜숙이 역시 죽은 그 얼굴까지도 가는 주름살 작은 티 한 점 없이 맑고 너그러운 중정과 인당이었다. 나는 그 생전에, 어머니의 젖가슴같이 너그러우면서도 이지적으로 맑은 아내의 인당에 마음 붙이고 응석인 양 방종을 부려본 적이 한두 번이 아니었다. 그러나 그러한 남편을 둔 혜숙이는 한번도 그 얼굴의 윤곽을 일그러뜨려 보인 적이 없었다. 나는 그러한 아내의 온후한 심정을 그의 귀 탓이거니 생각하기도 하였다.

영롱한 구슬같이 맑고 도타운 그 수주垂珠*는 마음의 어떠한 물결이든 이모저모를 눌러서 침정하는 모양으로 그의 예절이 더욱 영롱할 뿐 아니라, 방종에 거친 나의 마음도 온후한 보살상의 귀를 우러러보는 때처럼 가라앉는 것이었다.

나는 그때도, 혜숙이의 귀보다 좀 작고 작기는 하나 같은 모양으로 영롱한 여옥이의 귀를 바라볼 때 침실의 여옥이의 열정을 의아히 생각하리만치 이 낮의 여옥이는 귀엽도록 단아하였다. 여옥이의 그 귀뿐 아니라 전체로 가냘픈 몸 매무시와 작은 얼굴 도래**에, 소복단장을 하여 상덕스러우리만치 소탈한 한 가지의 백합으로 그릴까? 진한 녹의홍상으로

---

* 귓불.
** 둥근 물건의 둘레. 여기서는 얼굴의 윤곽.

한 묶음의 장미 꽃다발로 그릴까? 이렇게 그 초상화의 성격을 궁리하면서

"안 그래? 내가 여옥이를 정말 사랑하게 될 것 같잖아?" 하고 다시 물었을 때

"글쎄요. 그럼, 낮에요? 밤에요?"

여옥이는 이렇게 반문하였다. 그렇게 묻는 여옥이를, 나만이 밤의 여옥이와 낮의 여옥이가 딴사람이라고 보아왔지만 여옥이 역시 나를 밤과 낮으로 구별하여 보는 것이 분명하였다. 그렇다면 본시부터 모호하던 두 사람의 심정의 초점이 더욱 모호해진다기보다도 밤과 낮으로 다른 두 여옥이와 두 '나'로 분열하고 무너져가는 마음의 풍경을 멀거니 바라볼밖에는 별도리가 없는 듯하였다.

그러한 모델을 대하는 제작자인 나라, 이중의 관찰과 이중의 인상으로 갈피를 잡을 수 없는 몽타주가 현황히* 떠오르는 캔버스 위에 애써 초점을 맞추어 한 붓 한 붓 붙여가노라면, 나타나는 것은 눈앞의 여옥이라기보다, 내 머릿속의 혜숙이에 가까워지므로 나는 화필을 떨어치거나 던질밖에 없었다.

처음 그런 때 여옥이는, 어데가 편찮으세요? 물었고, 그 다음에는 내가 흰 칠로 화면 얼굴을 뭉갤 때마다 모델로서 자기가 마음에 안 드는가 물었다. 한번은 내가 채 지워버리지 못한 그림을 보자, 그것은 누구야요……? 아마 선생님의 옛 꿈인 게죠? 하였던 것이다. 그 다음부터 모델대에 서는 여옥의 눈은 한순간도 초점을 맞추지 않았고 그 입 가장자리에는 인광같이 새파란 미소가 흘렀다. 그러한 여옥이는 비록 그 얼굴은 내 붓끝 앞에 정면하고 있지만 그 마음은 늘 내 눈앞에서 외면하는 것이 분명하므로 나는 더욱 갈팡질팡하게 되어 마침내는 화를 내서 찢어지라

| * 정신이 어지럽고 황홀하게.

고 화폭을 뭉갤밖에 없었다. 그런 때면 여옥이는 치맛자락이 제 다리를 휘감으리만치 돌아서 방으로 들어가고 말았다. 나는 미안한 생각에 따라 들어가면 여옥이는 침대에 엎드려서 작은 손목시계의 뒤딱지를 떼 들고 속을 들여다보고 있는 것이다. 시계의 고장으로 그러는 것이 아니라 여옥이는 혼자 심심하거나 나와 말다툼이라도 하여 화가 나는 때면 언제나 시계 속을 들여다보거나 귀에 붙이고 소리를 듣거나 하는 버릇이 있었다. 여옥이의 그러한 버릇에 나는 한껏 요망스러운 잔인성을 느끼기도 하였다. 그러나 때로는 어린애 장난같이 귀엽기도 하여 같이 들여다보고, 그 산득한 손끝으로 귀에 대주는 시계 소리를 번갈아 들여가며 한나절을 보내는 때도 있었다. 그런 때 혹시 여옥이는 마음이 싸라서* 하는 말로, 언젠가는 사내 가슴에 귀를 붙이고 밤새도록 심장의 고동을 듣고 나서, 머리가 욱신거려 사흘이나 앓은 적이 있었다고 하였다.

그런 말에 시계 속을 들여다보는 여옥의 취미가, 혹 여러 개 보석으로 찬란한 시계 속에서 사물거리는 산 기계를 작은 생명같이 사랑하는 연인다운 심정이거나, 시간이라는 추상적 관념을 걸어가는 치차齒車**에 신비를 느끼려는 것이 아니라, 밤새도록 심장을 들을 사내의 가슴속이나 머릿속을 들여다보고 싶은 요망스러운 잔인성이려니도 생각되는 것이었다. 사실 그렇다면 여옥이의 그런 상징적 행동이 궁금하여, 지금 그 시계 속에서 여옥이는 누구의 마음속을 엿보고, 시계 소리에서 누구의 심장을 듣는 것인가고 생각되었다.

그때 여옥이를 따라 들어온 나는 넓은 더블베드 요 속에 잠기고 남은 여옥이의 잔등과 허리와 다리의 매끄러운 선을 그리고, 그 손에 든 것을 시계 대신에, 소프트*** 쓴 인형을 크게 그려 만화를 만들까 망설이면서

* '달아서'의 뜻인 듯.
** 톱니바퀴.

"여옥인 시계 속을 보면서 무슨 생각을 하나?" 하고 중얼거리듯이 물어보았던 것이다. 그 말에 여옥이는

"선생님은 나를 모델로 세워놓고 누굴 그리셔요?" 하는 것이었다.

"……."

"부인을 그리시지요? 아마."

"여옥인 옛날 애인을 생각하나? 그럼."

"그렇다면 누 탓일까요?"

"내 탓일까?"

"그럼 내 탓인가요?"

"……."

"흥! 미안하게 된걸요. 그렇게 못 잊으시는 부인의 꿈을 도와드리진 못하구 훼방을 놓아서……."

이렇게 말하자 여옥이는 시계를 방바닥에 팽개치고 엎드려서 느껴 울기를 시작하였다.

그때 나는 말로 여옥이를 위로하려고는 않았으나 끝없이 미안하였다. 이지적으로 명철하기보다 요기롭도록 예민한 여옥이의 신경을 내 행락의 한 자극제로만 여겨온 것이 미안하고 죄송스럽기도 하였다. 낮과 밤이 다른 여옥이는 여옥이가 그런 것이 아니라, 맹목적이어야 할 사랑과 순정을 못 가지는 나의 태도에 여옥이도 할 수 없이 그런 것이 아닐까? 여옥이와 나는 열정과 순정이 없다면 피차의 인격과 자존심을 서로 모욕하고 마는 관계가 아닐까? 그런 관계이므로 낮에 냉랭한 여옥의 태도는 밤의 정열의 육체적 반동이 아니라 여옥의 열정을 순정으로 받아주지 않는 나에 대한 반항일 것이다. 그러므로 나는 그 히스테릭한 여옥의

| *** 소프트 모자.

84

열정을 순정으로 존중하여야 할 것이요, 낮에 보는 여옥의 인당과 귀에 혜숙의 그것을 이중 노출로 보는 환상을 버리고 여옥이 그대로 사랑해야 할 것이다. 여옥이도 나의 처지와 심정을 이해하므로 결혼을 전제로 하는 사이는 물론 아니지만, 그러니만치 나는 더욱 인격적으로 여옥의 열정을 받아들이고 사랑하여야 할 것이었다.

그래서 나는 새로운 눈으로 여옥이를 그리려고 부족한 화구를 사러 그 이튿날 안동으로 갔던 것이다. 그러나 그날 저녁에 돌아온즉 여옥이는 낮에 북행차로 혼자 떠나고 말았던 것이었다. 여옥에게 맡겼던 지갑과 같이 호텔 지배인이 내주는 편지에는

─이렇게 돌연히 떠나고 싶은 생각이 스스로 놀랍기도 하였사오나 돌이켜 생각하오면 본시 그런 신세로 그렇게 지나온 몸이라 갈 길을 가는 듯도 하올시다. 저로서도 무엇을 구하여 가는지 전혀 지향 없는 길이오니 애써 찾아주지 마시옵소서. 얼마의 여비를 가져갑니다. 그리고 주신 반지도 가지고 갑니다. 여옥 배拜 하였을 뿐이었다. 그때 여옥이는 이 차를 탔을 것이다. 찾지 말아달라는 여옥의 편지가 아니더라도 나는 그럴 염치조차 없는 듯하였고, 오히려 무거운 짐이나 부린 듯이 마음이 가벼워졌다. 그렇게 헤어진 여옥이라 그 후에 무슨 소식이 있을 리 없었다.

그러나 한 달여 후에, 하얼빈 이 군의 편지 끝에, 어느 카바레의 댄서인 여옥이라는 미인이 군과 소홀치 않은 사이던 모양이니 멀리서나마 군의 만년 염복을 위하여 축배를 드네, 한 의외의 문구로 여옥의 거취를 짐작하였을 뿐이다.

그러나 이번 내 여행이 결코 여옥이를 만나러 가는 길은 아니다. 연래로 이 군이 편지마다 오라는 것이요 나 역시 가고 싶던 하얼빈이라 가는 것이지만, 일부러 여옥이를 만날 욕심도 흥미도 없는 것이다. 그러나 우연히 만나게 된다면 애써 피하지도 않을 것이다.

나는 이렇게 담담히 생각하기는 하면서도, 그러나 담담히 생각하려는 노력같이도 느껴지는 것이었다. 그렇다고 여옥이에 대한 내 생각이 담담치 못하여 그런 것은 아닐 것이다. 단순히 나를 반겨 맞아줄 이 군만이 기다리는 하얼빈이 아니라—애욕 때문이랄까! 복잡한 심리적 암투를 하다가 달아난 여옥이가 있는 곳이라 생각하면, 이국적 호기심을 만족할 수 있고, 옛 친구를 만나는 기쁨만이 기다리는 하얼빈이 아니요, 혹시 어떤 음울한 숙명까지도 나를 노리고 있을 것같이 생각되는 것이다. 숙명이란 이렇다 할 원인이 없는 결과만을 우리에게 던져주는 것이다. 원인이 있더라도, 지금 마주 앉은 중년 여자의 『신약전서』에 있을 '죄는 죽음을 낳고' 라는 '죄' 와 같이 추상적인 것으로, 그런 추상적 원인이 '죽음' 이라는 사실적 결과를 맺게 하는 것이 숙명이라면 우리는 그런 숙명 앞에 그저 전율할 수밖에 없을 것이다.

그런 무서운 숙명이 나를 기다리는지도 모를 하얼빈이라고 생각하면 그곳으로 이렇게 달아나는 이 열차는 그런 숙명과 같이 음모한 괴물일는지도 모른다고 나는 좀 취한 머릿속에 또 한 가지 이런 스릴을 느꼈다. 그러면서 큰 고래 입속으로 양양히 헤엄쳐 들어가는 물고기들을 상상하며 그런 물고기의 어느 한 부분인지도 모르는 피시 프라이의 한 조각을 입에 넣고 씹으며 마주 볼 때, 나보다 한 접시 앞선 중년 여자는 소위 어느 한 부분인지도 모를 스테이크의 마지막 조각을 입에 넣고 입술에 맺힌 핏물을 찍어내는 것이었다.

하얼빈—.

내 이번 여행은, 앞서도 한 말이지만 역시 전과 다름없는 방랑이라 어떤 기대를 가졌던 것은 아니지만 그러나 이같이 우울한 여행일 줄은 몰랐다. 가는 차 중에서 일종의 모험이니 무서운 숙명과의 음모니 하여 즐겨 꾸민 망상이, 단순한 망상이 아니었고, 어김없이 들어맞은 예감이었던 것이다.

물론 하얼빈서 이 군을 만났고, 그의 10년 풍상과 지금의 성공과 사업과 장차의 경륜을 듣고 보아 의지의 이 군을 탄복하고 축하하는 바이지만, 나의 이 여행기는, 그런 건전하고 명랑한 기록은 아니다. 내가 치우쳐 침울한 이야기만을 즐겨 한다거나 이야기로서의 소설적 흥미와 효과만을 탐내 그런 것은 물론 아니다.

'이 군의 성공담'은 이야기의 주인공 격인 '나'라는 나와는 별개의 것이 되고 말았으리만치 이 하얼빈서 나는 나와 너무나 관련이 깊은 사건에 붙들리고 말았으므로 우선 그 이야기를 할밖에 없는 것이다. 그것은 물론 여옥이의 이야기다.

이 군의 안내로 하얼빈 구경을 나섰다. "천생 소비자인 자네라, 하얼빈의 소비 면부터 안내하세." 하는 이 군을 따라 이름난 카바레 레스토랑, 댄스홀, 그리고 우리가 '하얼빈'으로 연상하는 소위 에로 그로*를 구경하는 동안에 밤이 되고 두 사람은 좀 취하였던 것이다.

"누구라든가? 그 미인 말일세. 자네 만나봐야지 않나!"

"여옥이 말인가? 글쎄……."

"글쎄라니……."

이렇게 시작된 이야기로

"타향에 봉고인**이라고 이런 데서 만나면 다 반갑다네. 자 가세." 하고 이 군은 나를 끌었다. 그러나 금시에 "내가 어데서 만났드라?" 여옥이가 어디 있는지 분명치 않은 모양으로 중얼거리던 이 군은 언젠가 그때도 역시 구경 온 손님을 데리고 갔던 어느 카바레에서, 그리 흔치 않은

---

* 에로틱하고 그로테스크한 것.
** 타향에서 옛사람을 만남.

조선 댄서라, 이야기를 붙인 것이 여옥이었다는 것이다. 더욱이 고향에서 온 여자라기에 자연 이야기가 벌어져 마침내 나와의 관계도 짐작하게 되었다는 것이다. 그러나 이 군은 나와 여옥이가 어떻게 헤어지게 된 것까지는 모르는 모양이다. 여옥이가 지나는 형편이 어떤가고 묻는 내 말에 그때 만나본 것뿐이라 알 수 없지만 그런 삼류 사류 카바레의 댄서라 물론 수입은 많을 리 없고, 혹 파트론patron*이 있다면 몰라도 겨우 먹고 지내는 정도일 것이라고 하였다. 그러면서 "만나면 반가울 사이니, 내일은 하루 여옥이를 앞세우고 그 방면의 생활 내막을 엿보아두라."고 하였다.

"아마 여긴 듯하다."고 하면서 뒷골목 보도 밑에서 음악이 들리는 지하실 카바레를 헛들어갔다. 서너 집 만에야 여옥이를 발견하였다.

높은 천정, 찬란한 샹들리에, 거울 같은 마룻바닥, 휘황한 파노라마, 그 속에서 음악의 물결을 헤엄치는 무희들, 이렇게 내 눈이 어느덧 높아진 탓인지, 여옥이가 있는 카바레는 너무도 초라한 것이었다. 사오 명밖에 안 되는 밴드의 소란한 재즈와 구두 바닥에 즈벅거리는 술 냄새로 머리가 아팠다. 이 구석 저 구석에 서너 패 손님이 있을 뿐 텅 빈 듯한 홀 저편 모퉁이에는 10여 명 댄서들이 뭉쳐 있었다. 그중에는 호복을 입은 것도 있고, 기모노를 걸친 백인 계집애도 있었다. 전갈하는 만주인 보이를 따라 우리 테이블에 가까이 온 여옥이는 나를 바라보자 눈을 크게 뜨고 한순간 걸음을 멈추었다.

"내가 반가운 손님 모셔 왔죠? 자, 앉으시우."

이러한 이 군의 말에, 그를 알아보고 비로소 자기 앞에 나타난 나를 이해할 수 있는 모양으로 여옥이는 다시 침착한 태도를 회복하여 우리 앞에 와 앉으며

| * 예술가·연예인·특정 사업 등에 대한 후원자. 원조자.

"오래간만에 뵙겠습니다." 하고 숙인 머리를 한참이나 들지 않았다.

이 군은 또 술을 청하였다. 이 군은, 나와 여옥이의 관계를 자세히 모를 뿐 아니라, 만주 10년 만에 체득한 대륙적 신경으로 그러한 여옥이의 태도나 나의 어색한 표정 같은 것은 개의치도 않은 모양이었다. 그저 쾌하게 웃고 쾌하게 마시면서, 내일은 내가 0시로부터 1시까지 여옥이를 찾아갈 것과, 여옥이는 여옥이로서 내게 보이고 싶은 곳을 안내할 것과, 자기는 3시나 4시까지 전화를 기다릴 터이니 만나서 같이 저녁을 먹기로 하자고 이 군은 작정하고 말았다. 그 작정에 여옥이는 특별히 안내할 곳은 없지만 내가 간다면 그 시간에 기다리겠다고 하며 내 여관에서 자기 아파트까지의 지도를 그리고 주소를 적어 주는 것이었다.

그래서 나 역시 정한 시간에 여옥이를 찾아가기로 하였다(독자 중에는 이 '그래서 나 역시……'라는 말에 불쾌를 느끼고, 그만한 것을 동기나 이유로 행동하는 나를 경멸하는 이가 있을는지 모를 것이다. 사실은 나는 그러한 독자를 상대로 이 여행기를 쓰는 것이다). 그때 내게는 굳이 여옥이를 찾지 않고 말 이유가 없었던 것이다. 오히려 나는, 어젯밤에 주저하는 기색도 없이 나를 기다린다고 한 여옥이가 인사성으로만 그런 것이 아니라 혹시 조용한 기회를 지어 지난봄의 자기 소행을 사과하려는 것이나 아닐까고도 생각되었던 것이다. 물론 사과하고 말고가 없을 일이나, 그도 아니라면, 피차에 긴한 이야기도 없을 처지에, 여옥이의 자존심으로 일부러 구차한 자기 생활면을 보이려고 나를 집으로 오라고 할 리도 없을 것이다. 사실 어젯밤에 본 여옥이는 반 년이 되나마나한 동안에 생활에 퍽 시달린 사람같이 초췌하고 차가운 하늘빛 양장도 파뜻한* 맛

* 산뜻한.

89

이 없이 고운때가 오른 것이었다. 그리고 그 빨갛게 손톱을 물들인 손가락에 그런 직업 여자에게는 큰 장식일 것이언만, 내가 주었던 반지가 없는 것만으로 미루어 보아도 그의 생활이 구차하게 상상될밖에 없는 것이다.

들어선 여옥이의 살림은 사실 거친 것이었다. 방 한가운데는 사기 재떨이만을 올려놓은 둥근 탁자와 서너 개 나무의자가 벌어져 있고, 거리편으로 잇대어 난 단 두 폭의 벼락닫이 창 밑에는 유난히 닳아 모서리에는 소가 비죽이 나온 장의자가 길게 누운 듯이 놓여 있었다. 그것은 사실 길게 누운 듯이라 할밖에 없이 그 작은 방에는 어울리지 않게 큰 것이었고, 진한 자줏빛 유단이나 육중한 나무다리의 미끄러운 결태와 은은한 조각이 장중하고 호화스럽던 가구였다. 그리고 화문이 다 낡은 맞은편 담과 방 윗목을 병풍 치듯 건너막은 판장담 모퉁이에는 역시 낡은 삼면경대가 비죽이 서 있었다. 체두리* 나무의 칠이 벗고 조각의 획이 끊기고 거울면 한복판에는 두터운 유리가 국살진 듯이 수은이 들뜨고 떨린 것이나, 본 체재만은 역시 호화롭고 장중한 것이었다. 그런 경대나 장의자가 여옥의 손때로 그렇게 낡았을 리는 없을 것이다. 당초에 여옥이같이 가냘픈 몸집, 가볍게 떠도는 생활에 맞추어 만들어진 것부터가 아닐 것이었다.

방 윗목을 가로막고, 그런 장중한 가구가 차지하고 남은 좁은 방이라, 더욱 길길이 높아 보이는 침침한 천정을 쳐다보는 나는, 하얼빈의 여옥이는 이다지도 황폐한 생활자던가 느껴지는 것이다. 그뿐 아니라 이런 가구를 주워들인 것이 여옥이의 취미였다면 그 역 하잘것없는 위인이라고도 생각하였다.

여옥이는 내가 기억하는 그 몸매의 선을 그대로 내비치듯이 달라붙

| * '몸체의 둘레'를 뜻하는 방언.

은 초록빛 호복을 입고 붉은 장의자에 파묻히듯이 앉아서 열어놓은 창틀 위에 팔꿈치를 세운 손끝에 담배를 피워 들었다. 짧은 호복 소매 밖의 그 손목은 가늘고 시들어서 한 가닥 황촉을 세운 듯하고 고 손끝의 물들인 손톱은 홍옥같이 빛나는 것이다. 그런 손끝에서 피어오르는 담배 연기를 바라볼 뿐 나는 별로 할 말이 없이 묵묵히 앉아 있었다. 여옥이도 무슨 생각에 잠기는 모양이었다. 본시 그런 여옥인 줄 아는 나라 실례랄 것도 없이 나는 나대로 창밖을 내다보고 있었다. 거리 맞은 집 유리창은 좀 기운 햇볕에 눈부셨다. 고기 비늘 무늬로 깔아놓은 화강석 보도에 메마른 구둣발 소리가 소란하고 불리는 먼지조차 금싸라기같이 반짝이는 쨍인 햇볕 속을 붉고 파란 원색 옷의 양녀들이 오고 간다. 높은 건축의 골짜구니라 그런지, 걸싼 양녀들은 헤엄치는 열대어나 금붕어같이 매끄럽고 민첩하다. 그러한 인어의 거리에 무더기무더기 모여 앉은 쿠리苦力*떼는 바다 밑에 깔린 바윗돌같이 봄이 가건 겨울이 오건 무심하고, 바뀌는 계절도, 역사의 파도까지도 그들을 어쩌는 수 없는 존재같이 생각되었다. 그러한 창밖에 눈이 팔려 있을 때 들창 위에 달아놓은 조롱에서 새가 울었다. 쳐다보는 조롱의 설핀** 댓살을 격하여 맑은 하늘의 한 폭이 멀리 바라보였다. 종달새도 발돋움을 하듯이 맨 위 가름대에 올라서서 쫑쫑쫑— 쪼르르릉 쫑쫑—을 연달아 울어가며 목을 세우고 관을 세우고 가름대 위를 초조히 오고 간다. 금시에 날아보고 싶어서, 날갯죽지가 미적거리는 모양이나, 그저 혀를 차고 말 듯, 쫑쫑 외마디소리를 해가며 가름대 층계를 오르내릴 뿐이다. 나는 그러한 종달새 소리에 알 수 없이 초조해지는 듯하고 이야기 실마리조차 골라낼 수 없이 무료한 동안이 길었다. 여옥이는 간간이 손수건을 내어 콧물을 씻어가며 초록빛 호복 자락으로 손톱

---

* 육체노동에 종사하는 하층 노동자.
** 덜렁덜렁하고 거친.

을 닦고 있었다. 나는, 그의 직업 탓이려니도 생각하지만, 그러나 천한 취미로 물들여진 여옥의 손톱이 닦을수록 더 영롱해지는 것을 보던 눈에 종달새의 며느리발톱이 띄자 깜짝 놀랄밖에 없었다. 그것은 병신스럽게 한 치가 긴 것이었다. 나는, 길게 드리운 호복 소매 속에 언제나 감추어 두는 왕이나 진陳이라는 대인大人들의 손톱을 연상하였으므로

"이건 만주 종달샌가?" 물었다.

"글쎄요. 예서 산 거라니까, 아마 만주 칠걸요."

"……."

"뒷발톱이 어지간히 길죠?"

"병신스럽구 징그러운걸."

"병신이라면 병신이지만, 그래두 배안의 병신은 아니래요. 제 손톱두 그렇구요."

여옥이는 빨간 손톱을 가지런히 들어 보이며 웃었다. 그러고는, 종달 새의 발톱은 왕대인王大人이나 진대인陳大人이 치레로 기른 것은 아니지 만 누가 깎아주지도 않고 조롱 속에서 닳지도 않아서 자랄 대로 자랄밖 에 없는 것이고 또 길면 길수록 오래 사람의 손에 태운 표적이 되어 값이 나가는 것이라고 설명하였다.

"저 발톱만치 길이 들었다면 들었고, 사람의 손에서 병신이 된 게라 면 병신이구. ……환경이나 처지의 힘이랄까요!"

여옥이는 이러한 자기 말에 소름이 끼치는 듯이 오싹 몸짓을 하고는 또 콧물을 씻어가며 조롱을 쳐다본다.

나는 그 종달새 역시 여옥이의 손에서 뒷발톱이 그렇게 길었을 리는 없다고 생각되어, 혹시 이 방에는 또 다른 누가 있지나 않은가고 새삼스 럽게 방 안을 둘러보았다. 그러자 여옥이는 재채기를 연거푸 하며 눈물 과 콧물을 씻는 것이었다.

"감기가 든 모양인데, 치운가?"

"아뇨." 하는 여옥이는 새삼스럽게 나의 얼굴을 쳐다보고, 수줍은 듯이 인작 내리까는 그 눈에는, 그리고 그 입술에는 알 수 없는 미소가 떠오르기 시작하였다.

그 알 수 없는 미소는 오룡배에서 "꿈을 그려요?" 하던 때의 웃음 같기도 하였으나, 지금의 여옥이가 새삼스럽게 예전의 그 웃음으로 나를 빈정거릴 리는 없을 것이다. 다시 보아도 그 웃음은 사라지지 않는다.

'혹시!' 지금 여옥이는 밤과 낮을 혼동하는 것이나 아닌가? 그것은 여옥이의 밤의 웃음 비슷한 것이므로 나는 이렇게까지도 생각하였다. 이렇게 쌀쌀하다리만치 청징淸澄한 낮에는 볼 수 없는 웃음이므로 혹시 여옥이는 제 말대로, 이 하얼빈, 그리고 지금 그의 처지의 힘으로 홱 변하여 이런 때도 무절제한 충동을 느끼게 되고, 또 충동하려 드는 요망한 웃음이나 아닐까? 이렇게 '혹시! 설마.' 하는 눈으로 바라볼 때, 여옥이는 역시 같은 웃음을 띤, 그리고 좀 더 가늘게 뜬 눈으로 나를 바라보면서 몸을 차차 기울여 마침내 장의자 팔걸이에 어깨를 기대고 반쯤 누워버리고는 눈을 감았다.

나는 더 의심할 여지가 없었다. 오직 그 퇴폐적 작태를 경멸하면 그만이라고 생각되어 짐짓 그의 얼굴을 빤히 들여다볼 때, 눈동자가 내비칠 듯이 엷은 여옥이의 눈꺼풀이 떨리며 한 방울 눈물이 쏙 비어져 눈썹 끝에 맺히자 하하 하하 웃음소리가 그 엷은 어깨를 흔들며 새어나오는 것이었다.

나는 오싹 등골에 소름이 끼쳐서 머리를 싸쥐고 눈을 감았을 때, 머리 위의 조롱이 푸득거리며 찍찍 하는 쥐 소리 같은 것이 크게 들렸다. 놀라 쳐다본즉, 종달새가 가름대에서 떨어져 조롱 바닥에서 몸부림을 하는 것이었다. 새는 다시 날려고 애써 몸을 솟구다가는 또 떨어지고 그때마다 그 긴 발톱과 모자라진 날개로 헤적이면서 쥐 소리 같은 암담한 비명을 지르는 것이다. 새는 몇 번인가 조롱이 흔들리도록 몸을 솟구다 못하여 그만 제 똥 위에 다리를 뻗고 눈을 감아버린다. 아직도 들먹거리는 새의 가슴을—나는 그 암담한 광경을 그저 멍히 보고만 있을 때

"그 조롱 이리 내려주세요. 네 어서 좀." 하며 여옥이는 내 팔을 잡아 흔드는 것이다.

한 손에 그 조롱을 든 여옥이는 한 손으로 쓸어 더듬듯이 담을 의지하고 방 윗목에 쳐놓은 판장 병풍 속으로 들어갔다. 들어가자, 침실인 듯한 그 안에서는 판장 위로 담배 연기가 무럭무럭 떠오르기 시작하고, 무슨 동물성 기름을 태우는 듯한 냄새가 풍겼다. 그러자 푸드득거리는 날개 소리가 나고 쫑쫑 하는 맑은 소리가 들렸다.

다시 살아난 조롱을 들고 나와 제자리에 걸어놓고 앉은 여옥이는

"지금 제가 웃지요?" 하고 어색한 듯이 빨개진 얼굴의 웃음을 더욱 뚜렷이 지어 보이며

"……웃잖아요? 이렇게 뻔뻔스럽게." 하고는 웃음소리까지 내었다.

"……"

사실 나는 무엇이라 대답할 말을 몰랐다.

"웃잖으면 어떡해요?" 하고 여옥이는 조롱을 툭 쳐서 빙그르르 돌리며 "너나 내나 그새를 못 참아서 이 망신이냐?" 하였다.

거리에 나선 나는 여옥이가 안내하는 대로 카바레나 레스토랑에서 센 워커와 진한 커피를 조금씩 맛볼 뿐이었다. 나 역시 너무 강한 자극물이 싫고 으리으리할 뿐 아니라 마주 앉은 여옥이는 그런 것에 입술을 적실 뿐으로도 기침을 하므로 더욱 마실 생각이 없었다. 그리고 여옥이는 몇 번 코를 풀고 나서 핸드백에 든 흰 약(모르핀)을 내어 담배에 찍어 피

우며, 그때마다 '웃긴 왜 싱겁게.' 하고 싶도록 외면을 하고 싱글거리는 것이다.

지나가던 길에 들러본 박물관에서는 나 역시 여옥이에 덩달아 재채기만을 하고 나왔다. 우중충한 집 속에 연대순으로 진열된 도자기나 불상이나 맘모스의 해골이 지니고 있는 오랜 시간이 횡한 찬바람으로 느껴질 뿐이었다. 차근차근히 보고 싶은 이 역사를 이렇게 설질러* 놓으면 또다시 와볼 용기가 있을까고도 염려되었다. 이 박물관뿐 아니라 여옥이를 앞세우고 다닌다면 나의 하얼빈 구경은 모두가 이 모양일 것이라고 염려하였다. 대체 나는 여옥이와 아직 어떤 인연이 남았을까고 속으로 중얼거리며 "이번엔 송화강엘 가세요." 하고 앞서는 여옥이를 또 따라갈밖에 없었다.

아직도 러시아 사람과 유태인이 많이 살 뿐 아니라 '하얼빈'으로 연상하는 에로 그로의 이국적 행락과 소비 기관이 집중되었다는 '기다이스카야'를 거쳐 송화강 부두로 나갔다. 여옥이의 파마 한편에 붙인 모자의 새 깃이 내 뺨을 스치도록 나란히 걸으면서도

"대동강의 한 세 배? 한 다섯 배? 혹시 한 열 배 될지 몰라요."

"글쎄. 장히 넓군요."

이런 삭막한 이야기를 주고받을 뿐이었다. 그뿐 아니라 나는 내 키보다도, 마음눈을 더 높이 쳐들고 내려다보며 '이 계집애의 운명은 장차 어찌 될 것인가?'고, 여옥이를 동정하기보다 오히려 여옥이를 멀찍이 떠밀어 세워놓고 왼 공론을 하는 듯한 내 마음씨였다. 무료한 침묵이 주체스러워 그저 걷기만 한다. 부두의 쿠리들이 욱 몰려와서는 오리 떼같이 뜬 경묘한 배를 가리키고, 강 건너 수영장을 손질하며 선유를 강권한다. 그

| * 섣불리 질러.

들의 생활에 흔히 있을 것 같지 않은 웃음을 지어 보이며 우리 깐에 이렇게 웃을 젠 얼마나 좋겠느냐는 듯이 손짓을 해가며 알 수 없는 말로 우리를 유혹하는 것이다. 그러나 여옥이는 배 타보세요? 하는 기색도 없이 손을 내젓고 그대로 따라오면 "부요不要."* 소리를 지르고 발을 구르기까지 하였다.

"곤하시죠?"

"뭐 괜찮소."

이렇게 대답은 하고도 여옥이가 자주 손수건을 꺼내는 것을 생각하자 "참 이 군이 기다리겠군요." 하고 마차를 불렀다.

아파트 현관에 닿았을 때는 4시가 퍽 지났다. 여옥이가 전차를 탈 동안 자기 방에서 기다리라고 하며 같이 층계를 올라갔다. 컴컴한 복도를 서너 칸 걸어 방문 앞에 선 여옥이가 핸드백에서 열쇠를 뒤질 때, 그 문은 우리 앞에 저절로 풀썩 열렸다. 불의의 일이라 나는 놀랄밖에 없었다. 한 걸음 앞섰던 여옥이도 깜짝 놀라는 모양이었다.

"어서 이리 들어오시죠."

무겁게 울리는 듯한 녹슨 음성이 들렸다. 짧은 가을 해가 높은 건축 저편으로 완전히 기울어 굴속같이 음침한 방 한가운데, 길고 해쓱한 유령 같은 얼굴이 나를 바라보는 것이었다.

"자— 들어가세요."

여옥이의 또렷한 음성에 한순간 잊었던 나를 발견하고 나는 비로소 걸음을 옮겨 방 안에 들어섰다.

"인사하시죠. 이이는……"

이렇게 소개하려던 여옥의 말을 앞질러서, 그 남자는

| * '필요 없다' 또는 '하지 마라'는 뜻의 중국어.

"뭐 소개 않아두 김명일 씬 줄 짐작하지⋯⋯ 자— 앉으시우." 하고 자기가 마침 의자에 털썩 주저앉았다.

여옥이는 기가 질린 듯이 더 말이 없고 그 남자는 자기소개를 하려는 기색도 없이 담배를 붙이는 것이었다. 그가 그런 인사를, 미처 생각 못했거나, 또는 짐짓 않더라도 나 역 그 남자가 혹시 여옥이의 옛 애인이던 현모玄某가 아닐까고 짐작되었다.

이런 때 담배란 참 요긴한 것이었다. 자기소개도 않고 인사말도 없이 담배만 피우고 있는 그 남자의 거만하다기보다 모욕적 태도에 (그렇다고 단박 싸움을 걸 계제도 아니라) 나도 담배를 붙여서 그의 얼굴 편으로 길게 뿜는 것으로 이 무언극의 상대역을 할밖에 없었다. 그러나 그 남자는 팔꿈치를 테이블에 세운 손끝에서 타들어가는 담배를 별로 빨지도 않고 무슨 생각으로 차차 골똘히 잠겨 들어가는 얼굴이었다. 생면 손님을 눈앞에 앉혀놓고 혼자 생각에 정신을 팔고 있는 것은 더욱 나를 무시하는 배짱이라고 생각하면 내가 느끼는 모욕감은 더할밖에 없었다. 그러나 단순히 나를 모욕하는 수단으로 그런다기보다도, 이 남자가 내 짐작에 틀리지 않는 현모라면 이 삼각관계(?)의 한 점이 되는 그로서 자연 어떤 생각에 잠기는 것도 무리한 일이 아니라고도 생각되었다. 사실 그렇다면 모욕감으로 혼자 흥분하고 있는 나보다 그는 퍽 침착한 사람이라고도 생각되었다.

그 남자는 꽤 벗어진 이마로 더욱 깊고 여위어 보이는 창백한 얼굴이 석고상같이 굳어져 있다가 다 탄 담배를 비벼 끄고 일어나 좁은 방 안을 거닐기 시작한다. 검푸른 무명 호복이 파리한 어깨에서 발뒤꿈치까지 일직선으로 흘러서 더 수척하고 길어만 보이는 그 체격은, 더욱더 짙어가는 방 안의 어두움을 한 몸에 휘감은 듯하였다. 그보다도 어두움이 길게 엉기고 뭉쳐서 내 눈앞에 흐느적거리는 것같이도 생각되는 것이다.

'불은 왜 안 켜나?' 나는 어둠이 주는 그런 착각이 싫고 그 남자의 길고 빠른 백골 같은 손끝이 비수로 변하지나 않을까도 생각하며, 그저 연달아 담배를 피울밖에 도리가 없었다.

"혹시 여옥 군한테 들어 짐작하실는지 모르지만 나는 현일영玄一英이라고 합니다."

갑자기 내 앞에 발을 멈추고 이렇게 말을 시작한 그는 다시 걸으며

"아주 보잘것없는 낙오자지요. 낙오자라기보다 지금은 어쩔 수 없는 아편 중독자지요. ……그러나 한때 나는 젊은 투사로, 지도 이론분자로 혁혁한 적이 있었더랍니다."

여기까지 하던 말을 그친 현은 문 옆의 스위치를 눌러 전등을 켰다. 켰더라도, 천정 한가운데 드리운 줄에 갓도 없이 매달린 작은 전구의 불빛은 여간 희미하지 않았다. 현은 장의자에 털썩 주저앉아 호복 안섶 자락에서 뒤져낸 흰 약을 권련에 찍어서 빨기 시작하였다. 그 누르지근한 냄새를 풍기는 연기가 판장 병풍 뒤에서도 떠오르는 것이었다. 여옥이가 거기에 들어가기 전에 삼면 경대 위에 들어다 놓았던 조롱에서는 은방울을 굴리는 듯이 종달새가 반겨 울었다.

"아마 방면은 달랐어도 현혁玄赫이라면 짐작하실걸요. 한때 좌익 이론의 헤게모니를 잡았던 유명한 현혁이 말입니다. 현혁이 하면 그때 지식 계급으로는 모르는 이가 없을 만치 유명한 현혁이었으니까요. 언제나 현혁이 신변에는 현혁이를 숭배하는 청년들이 현혁이를 따라다녔지요."

이러한 현의 말에 하도 자주 나오는 '현혁'을 나도 신문이나 잡지에서 간혹 본 기억이 있다. 나는 한번도 유명해본 경험이 없어 그런지는 모르나, 그렇게 쉽고 쉽듯이 불러보고 싶도록 매력이 있는 '현혁'일까고 이상스럽게 들렸다. 혹―, 현이 취한 탓일까? 모르핀도 취하면 술과 같이 흥분하는가 하여 침침한 전등빛에 유심히 바라보았으나 현의 얼굴은

더욱 해쓱하게 쪼들어지고 눈은 더 가늘어진 듯하였다.

"여옥이도 그렇게 유명한 현혁이를 숭배하던 학생 중의 하나였답니다. 그때 패기만만한 현혁이는 연애에도 패자였지요. 연애도 정치입니다. 정치는 투쟁, 극복입니다. 여자란 남자의 투쟁력과 극복력이 강하면 강할수록 숭배하고 열복하는 것입니다. 결혼이니 부부니 하는 형식은 문제가 아니지요. 여옥이는 오륙 년이나 현혁이가 감옥으로 방랑으로 떠돌아다니는 동안에 떨어져 있었지만 종시 현혁이를 잊지 못하고 이렇게 따라온 것입니다. 따라와서는 여급으로 댄서로 나를 벌어먹이지요. 지금의 현일영이는 계집이 벌어주는 돈으로 이렇게 아편까지 먹습니다. 왜 아편을 먹는가 하겠지만, 지금은 이것이 밥보다도 소중하고, 없으면 반나절도 살 수 없으니까, 계집이 벌어준 돈이니 어떠니 하는 체면이나 의리 문제는 벌써 지나친 일입니다. 그럼 왜 당초에 아편을 시작했는가고 대들겠지요……."

그때 판장 병풍 뒤에서 흐득흐득 느끼는 여옥이의 울음소리가 들렸다. 말을 멈춘 현은 흰 약을 피우던 담배 꽁다리를 던져버리고 일어나서 뒷짐을 지고 다시 거닐며 말을 계속한다.

"……김 선생도 의례히 그렇게 물으실 겝니다. 지금은 다 나를 버렸지만 옛날 친구나 동지들이 그랬고 다시 만난 여옥이도 그렇게 묻고 대들고, 울고 야단을 치고 이제라도 끊으라고 애걸을 했지요. 간혹 제정신이든 때마다 나 역시 내게 묻고 대들고 울고 야단을 치는 때도 있었습니다.

물론 아편을 먹는 이유랄 것도 없는 것은 아닙니다. 신병, 빈곤, 고독, 절망, 자포자기, 이런 이유랄까. 핑계랄까. 아마 그중에 제일 큰 이유나 동기랄 것은 '자포자기' 겠지요.

신병, 빈곤, 고독, 절망, 이런 순서로 꼽아 내려가다가 흔히들 '자포자기' 하는 것이지만, 반드시 그런 것은 아니라고 나는 생각합니다.

신병이나 빈곤은 그리 쉽게 마음대로 안 되는 것이지만, 자포자기를 하고 않는 것은 각자 그 사람에게 달렸다고 생각합니다. 나와 못지않은 역경에서도 칠전팔기란 말 그대로 자기의 운명을 개척해나가는 친구도 많았습니다. 180도의 재주넘이를 해서라도 새 길을 찾은 옛 동지도 있습니다. 이 말은 결코 야유가 아닙니다.

　그런데 나만은 자포자기를 하였습니다. 비록 신병이 있고 빈곤하더래도, 시작을 않았으면 그만일 아편을 자포자기로 시작했지요. 그래서 지금은 아주 건질 수 없는 말기 중독자가 되고 말았죠.

　말하자면 아무런 시대나 환경이라도, 사람을 타락시킬 힘은 없다고 봅니다. 그 반대로 타락하는 사람은 어떤 시대나 환경에서든지 저 스스로 타락하고야 말, 성격적 결함이 있는 것입니다.

　그래서 나는 내 환경을 저주하거나 주제넘게 시대를 원망할 여유도 용기도 없습니다. 오직 내 약한, 자포자기하게 된 내 성격을 저주하는 것뿐입니다.

　그러나 지금에는 그런 반성을 하는 것도 지난스러워지고 말았습니다. 사실 그런 반성이 지금 내게 무슨 소용이 있습니까? 이런 말을 내가 하고 보면 도리어 우스운 말이 되고 마는군요.

　내가 지금 초면인 김 선생 앞에서 이같이 장황히 지껄인 것은 혹시 옛날의 내 교양의 찌꺼기나마 자랑하고 싶은 허영이었을는지도 모릅니다. 그보다도 이런 과거의 교양이랄까 지식을 씹으며 즐기는 수단이겠지요."

　현은 더 말할 수도, 거닐 수도 없이 피곤한 모양으로 장의자에 몸을 던지듯이 주저앉아서, 두 손으로 이마를 받들어 짚고, 아직도 그치지 않는 여옥이의 느껴 우는 소리를 한참 동안 듣고 있다가 또 흰 약 담배를 피워 물었다.

"사실, 나는 이렇게 모히* 연기와 추억의 꿈을 먹고 사는 사람입니다. 반성에는 지쳤고, 자책에는 양심이랄 게, 이성이 마비되고 말았지만, 옛날 현혁의 명성을 더 히로익하게 꾸미고, 그리 풍부하달 수도 없는 로맨스를 연문학적으로 과장해서 씹어가며, 호수 같은 시간 위에 떠도는 것입니다. 그러는 내게도, 여옥이가 김 선생을 버리고 내 품속으로 돌아온 것입니다. 여옥이로서는 제 첫사랑의 추억으로도 그랬겠지만, 나는 옛날의 혁혁하고 유명하던 현혁이, 즉 나의 패기와 극복력에 이끌린 것이라고 생각하지요. 지금 여옥이에게 물어보아도 알 것입니다. 그래서 내 과거의 기억은 더 찬란해지고 내 꿈의 양식은 더 풍부해진 것입니다. 그러므로 나는 이 처지에도 행복을 느낄 수 있습니다. 내 곁에 여옥이만 있어주면 나는 죽는 날까지 행복일 것입니다. 여옥이도 내가 죽는 날까지는 내 옆을 떠나지 않겠지요. 꼭 그래야 할 것입니다.

그런데 이미 여옥이를 놓쳐버렸던 김 선생이 돌연히 우리 앞에 나타난 것은 무슨 까닭입니까? 지금 와서 김 선생이 아무리 금력으로 유혹한댔자, 사내다운 매력이 없는 김 선생을 따라갈 여옥이가 아닙니다. 그뿐 아니라, 결코, 내가……."

현은 벌떡 일어나서 내 앞에 다가선다.

"이 이 내가 만만히 놓아주질 않는단 말이오. 네? 이 내가 말이오. 알아듣겠소?" 이렇게, 흥분으로 떨리는 높은 음성으로 말하는 현은 두 팔로 탁자를 짚고 들이댄 얼굴에 살기등등한 눈으로 나를 노리며

"네? 알아듣느냐 말요. 이 내가 만만히 놓아주질 않는단 말요."

이렇게 버럭 고함을 지르며 현은 주먹으로 제 가슴과 탁자를 두들겼다.

좀 전의 예감이 종내 이렇게 실현되고야 마는 것을 눈앞에 보고 있는

* 모르핀.

나는 그저 난처할 뿐이었다. 이렇게 발작된 현의 병적 흥분과 오해를 풀려면 장황한 이야기가 필요할 것이나, 그럴 시간의 여유가 없으므로 나는 할 수 없이 의자에서 일어나 모로 서며, 나도 주먹을 부르쥐고 노리는 현의 눈을 마주 노려볼밖에 없었다. 짧은 동안이었다.

금시에 현은 파리한 어깨가 들먹거리고 숨이 가빠지는 것이었다. 그때, 어느 결에 튀어나온 여옥이가 두 사람 사이에 막아서며 허전허전한 현의 허리를 붙안아 의자에 주저앉히고 그 무릎에 쓰러져 느껴 울기 시작하였다.

테이블 위에 놓인 모자를 집으려다가 현의 코 언저리에 번쩍번쩍 흐르는 눈물을 보게 되자 나는 웬 까닭인지 그 자리에 멍하니 섰을밖에 없었다. 그러한 그들을 그 자리에 그대로 차마 버려두고 나올 수 없었음인지, 혹은 더덮인* 영마影魔같이 뭉켜 앉은 그들의 눈물에 냉담한 호기심을 느낀 탓인지는 아직도 모르지만, 그때 나는 그들 앞에 의자를 당겨놓고 다시 앉았던 것이다.

이때껏 나는 현의 장황한 독백을 들을 뿐, 그의 착잡한 심리적 독백의 결론이라 할 수 있는 오해를 풀려고도 않고 훌쩍 일어서 가버리면 너무 심한 모욕이 아닐까 하여, 간명하게 변명할 이야기의 실마리를 찾아보려고도 하였다. 내가 여옥이를 유혹하러 왔다는 현의 오해를 풀려면, 다른 말보다도, 지금 나는 결코 여옥이를 사랑하지 않는다고 하여야 할 것이다. 그뿐 아니라, 사랑 여부가 없이 아무런 호기심까지도 느끼지 않는다고 해야 할 것이다. 현의 흥분이 단순한 오해가 아니요, 영락한 자신과 나와의 대조로 인한 자굴적自屈的 질투이기도 할 것이므로, 변명하려면 이렇게까지도 말해야 할 것이다. 그런 내 말이 현의 흥분과 오해를 풀

| * 겹쳐 있는.

기에는 효과적이겠지만, 그러나 본인 여옥이 앞에서는 그런 말은 삼가야할 것이다. 여옥이의 여자로서의 자존심을 위해서만도 그러려니와, 그러한 솔직한 내 말이, 어떻게 되면 현의 자존심까지도 상할 염려가 없지 않을 것이다.

이런 주저로 미처 할 말이 없이 그저 담배만 피우며, 이따금 종종거리는 새소리를 듣고 있을 때 눈물 젖은 여옥의 음성으로

"지금 이런 나를 가지구, 누가 유혹을 하느니 질투를 하느니, 모두 우스운 일이 아니야요! ……김 선생님은 어서 돌아가세요." 하고 여옥이는 마침 자리를 일어 옷자락을 터는 것이다.

나는 더 주저할 것도 없이 되었으므로 모자를 집어 들고 나왔다.

내가 현의 오해를 풀자면 더듬고, 에둘러 중언부언 늘어놓아야 할 말을 단 한마디로 포개놓고 마는 여옥이의 그 총명이 다시금 놀라웠다. 그러나 여옥이의 그런 말에 내 마음이 경쾌하기보다, 그 총명과 직감력으로 여옥이는 더욱더 불행한 여자가 되는 것이라고 오히려 우울할밖에 없었다.

그날 밤에 만난 이 군은, 일이 끝나서 4시까지 내 전화를 기다리다 못해 아파트 사무실에 전화로 여옥이를 찾았더니 웬 남자의 음성으로 여옥이가 돌아오면 전할 터이니 무슨 말이냐고 묻기에, 무심히 내 이름을 일러주고, 지금 여옥 씨와 같이 나갔을 모양이니 돌아오면 이라는 사람이 기다린다는 말을 전해달라고 부탁했던 것이라고 한다.

일이 그렇게 된 것이라면, 현이 첫눈에 나를 알아본 것이 조금도 신비로울 것은 없었다. 시초가 그렇다면 갑자기 우리 앞에 열린 문이나, 홀연히 나타난 그로한 인물의 괴이한 독백이나 흥분이나, 그리고 활극 일순 전에 수탄愁嘆으로 끝난 그 일막극은 모두가 몰락한 정치 청년이 꾸며놓은 가소로운 멜로드라마였던 것이 아닐까? 사실 그렇다면 그때 일종의

귀기鬼氣가 압박감을 느끼고 마침내는 슬픈 인생의 매력에 감동(?)했던 나는, 그들이 피운 마약에 오히려 내가 취하였던 것이라고도 할 것이다.

이런 생각에, 본시 나의 버릇인 급성 신경쇠약으로 또 판단력을 잃고 만 나는 마주 앉은 이 군이 미처 권할 사이도 없이 연방 잔을 기울이면서, 그때의 여옥이의 '눈물'과 '총명한 말'까지도? 이렇게 속에 걸리는 것을 느끼면서도, 그것은 모두가 다 현이 자작자연한 엉터리 희극이었다고만 치우쳐 설명하는 것으로 그때 흔들린 내 마음을 위로하였다. 그래서 나는, 언제나 제 권모술수에 빠져서 솔직한 말과 행동을 하지 못하는 소위 정치가 타입의 인물을 싫어하는 것이라고, 현을 조소하는 것이었으나, 그러한 내 조소에 천박한 여운을 들을밖에 없었고, 그럴수록 나는 그런 여운을 안 들으려고 더욱 크게 웃을밖에 없었다. 그래서 눈이 둥그레진 이 군이

"봉변은 하구두, 옛 애인을 만나 대단히 유쾌한 모양일세." 하도록 나는 유쾌한 듯이 웃었던 모양이다.

그 이튿날 늦잠을 자고 일어나자, 보이가 벌써부터 로비에서 기다린 손님이라고 안내한 것은 여옥이었다.

정오의 양기가 가득 찬 방 안에 들어선 여옥이는 분홍 저고리에 초록 치마가 오룡배 적 차림이요, 풍기는 향료까지도 새로운 추억이었다. 오직 그 눈만이 정기를 잃었을 뿐이다.

"어제는 나 때문에 두 분을 괴롭혀서 미안하외다."

하는 내 말은 어색하도록, 경어로 나왔다.

"천만에요."

역시 어색하도록 공손히 시작된 여옥의 말은 이러하였다.

—그러한 제 생활을 애써 숨기려고 한 것만도 아니지만, 잠시 다녀가는 나에게 알릴 필요도 없던 일이, 그만 공교롭게 그 모양으로 알려져서

도리어 미안하다고 하였다. 이미 탄로된 일이라 더 숨길 필요도 없으므로 저간 지나온 이야기를 다 하고, 또 부탁도 있으니 들어달라고 하는 여옥이는,

"중독자에게서 흔히 볼 수 있는 몰염치한 생각인지는 모르지만……." 내가 잠시 손을 내밀어준다면 여옥이는 내 손을 붙잡아 의지하고 지금의 생활에서 자기를 건져내고 싶다는 것이었다.

"제가 중독자의 몰염치로 이런 말씀을 하게 되는 것인지는 모르지만……." 여옥이는 또 이런 말을 앞세우고, 아직 자기의 몰염치를 자각할 수 있고, 애써 자기를 건져야겠다는 의지가 남아 있는 이때를 놓치면 영 자기는 폐인이 되고 말 것이라고 말하는 그의 눈에는 눈물이 고인다.

그러한 여옥이의 말을 듣고 눈물을 보는 나는, 언제나 나의 의식을 분열시키고야 말던, 그 역시 분열된 의식으로 갈피를 잡을 수 없는 여옥이의 표정이 갱생에 대한 열정과 동경을 초점으로 통일된 것을 발견하고, 지금의 여옥이면 역력히 그럴 수 있다고 생각하였다. 어제 장의자에서도 여옥의 눈물을 보았지만 그것은 역시 병적 권태에 물들고 니힐한 웃음에 떨리는 눈물이었다.

지금 한 초점으로 통일된 의식과 순화한 정서로 맺힌 맑은 눈물을 바라보는 나는 여옥이가 잠시 내밀어달라는 손을 어떻게, 얼마나 잠시 내밀어야 하는 것이며 현과의 관계는 어떻게 되는 것이며를 전혀 알 수 없지만 당장 그런 조건을 묻는 것은 너무 타산적으로, 혹시 여옥이의 자존심을 건드려 존중해야 할 그 결심을 비누 풍선같이 깨치게 될지도 모르므로 나는 우선

"참 좋은 결심입니다. 그래야지요. 내가 할 수 있는 일이면 해야지요." 할밖에 없었다. 그러한 내 말에 눈물 어린 눈으로 나를 쳐다보던 여옥이는 자기 무릎에 얼굴을 묻고 느껴 우는 것이다. 나는 한참이나 떨리

는 그의 어깨를 바라보다

"자— 이젠, 어떻게 할 방도를 의론해야지 않소?" 하였다.

"……네…… 감사합니다."

눈물을 씻고 난 여옥이는 창밖을 내다보며

"무엇보다 저는 이곳을 떠나야 해요. ……할 수만 있으면 저를 다리 시구 조선으로 나가주셨으면 합니다."

그러한 여옥의 말에

"?"

나는 그저 잠잠히 귀를 기울일 뿐이었다.

"……전같이, 결코, 그런 염치없는 생각으로 말씀드리는 것은 아닙니다. 단지 병인을—, 사실 병인이니까요. 한 정신병자를 감시하는 셈 치시구 저를 조선까지 다려다만 주세요. 저 혼자서는, 무섭기는 하면서도, 그 마약의 매력과, 또…… 그런 것을 저바리고 이겨나갈 자신이 없을 듯해요."

—마약의 매력과 또…… 이렇게 여옥이가 주저하다 흐려버리고 만 '그런 것' 이란 무엇일까? 현? 현에 대한 애착일까? 나는 이런 의문에 어제 저녁에 현의 무릎에 쓰러져 울던 여옥의 모양을 다시 눈앞에 그릴밖에 없었다. 그때 아무리 내가 더덮인 영마 무더기라고 경멸의 눈으로 보면서도, 낙척,* 패부** 그리고 절망과 눈물에 젖은 슬픈 인생에도 황홀한 매력과 감격한 인정을 은연중 느끼는 듯하고 그들 중에 나만이 그런 감격과 인정의 문밖에 호젓이 서 있는 듯한 고독감을 느끼기도 하였던 것이다. 나의 그런 느낌이 혹시 여옥에 대한 미련의 질투나 아닐까 하고 생각되자 '천만에.' 하고 떨어버렸던 생각이다.

* 어렵거나 불행한 환경에 빠짐.
** 패배.

"어제 보신 바와 같이, 현은 한 과대망상광일 뿐 아니라, 제게는 무서운 악마같이 보이는 때도 있습니다. 제가 모히를 시작하게 된 것도 현의 강제로 그런 것이죠."

이렇게 다시 시작된 여옥이의 이야기는,

—사실 현혁이라면, 조선은 물론 일본 내지의 동지 간에도 주목되던 이론분자였고, 심각한 지하 운동에도 민활히 활동한 사람이었다. 그때 여옥이는 현의 애인이었지만, 현은 감옥으로, 출옥 후에는 정처 없는 방랑으로 오륙 년간의 소식을 몰랐다. 그동안 본시 고아인 여옥이는 여급으로 룸 마담으로 전전하다가 평양까지 와서 나를 알게 되었다. 그 얼마 후에 우연히 만난, 동경 시대의 현의 친구에게 현이 하얼빈에 있다는 소식을 들었다. 그러나 그때는 오륙 년이라는 세월을 격하여 현을 따라갈, 몸도 처지도 못 되므로 용기를 내지 못하였던 것이다. 그러나

"오룡배가 얼마 멀지는 않아도, 아마 국경을 넘었다는 생각만으로도, 하얼빈이 지척같이 생각되었던 게죠. ……그리고 또, 그때는 참 그럴 만도 하게 되잖았어요!"

하는 여옥이는 얼굴을 붉히며 웃었다. 나 역시 따라 웃을밖에 없었다. 서로 어이없는 일이었다는 듯이 웃고 나서

"지금 이런 말을 한대서 부질없는 말이지만, 그때 일은 전연 내 잘못이지요. 너무 진실성이 없었으니까요. 그때 여옥 씨가 그런 내 태도에 모욕감을 느끼셨을 것도 그래서 달아나신 것도 여옥 씨다운 총명한 행동이었지요."

이런 내 말에 여옥이는 금시에 또 솟는 눈물을 씻었다.

"……그때 선생님의 심정도 당연히 그랬을 게죠. 만일 그 반대로, 그때 선생님이 진정으로 저를 사랑하셨다면, 저는 도리어 감당할 수 없어서 더 송구스러웠을 게죠."

잠시 말을 끊고 주저하던 여옥이는

"……또 참을 수가 없구만요." 하고 핸드백에서 마약을 내어 피워 물고 외면한 얼굴에 눈물이 어린다.

여옥이는 그만치라도 내 앞에 터놓은 마음이라 부끄러움을 싱글벙글한 웃음으로 가릴 처지가 아니므로, 그만 눈물이 나는 모양이었다.

"지금 제 말씀같이, 그렇게는 생각하면서도, 그때 선생님이 저를 사랑하시려는 노력이 아니라, 그림을 위해서만이라도 옛 환상을 버리시려고 애쓰시면서도 못하시는 것을 볼 때 저는 저대로 자존심은 상하고, 그러니 자연 반발적으로 저도 옛날 꿈을 그리게 될밖에 없어서……."

그래서 달려와 이곳에서 만난 현은, 명색 어느 변호사의 사무원이지만, 정한 수입도 없고 하는 일도 없는 하잘것없는 중독자였다는 것이다. 현은 다년간 혹사한 신경과 불규칙한 생활로 언제나 아픈 안면 신경통과 자주 발작하는 위경련으로, 없는 돈에 가장 수월하고 즉효적인 약으로 시작한 마약에 중독하기 시작하였다는 것이다.

그래서 여옥은 현을, 애걸하다시피 달래고 얼러서 모르핀 환자 수용소까지 데리고 갔으나, 한 번은 문 앞까지 가서 현이 뿌리치고 달아났고 한 번은 여옥이가 현에게 설복되어 그저 돌아오고 말았던 것이다.

"이편이 도리어 설복되다니요?"

내가 묻는 말에

"참 괴상한 일 같지만, 그 역 할 수 없는 사정이 있어요."

그 사정이란 것은 지금 마약에 눌려 있는 현의 신경통과 위경련은 마약의 힘이 사라지기가 무섭게 전보다 몇 배의 고통과 발작을 일으켜서 그 병만으로도 지금이나 다름없는 폐인이 될밖에 없고, 따라서 생명도 중독으로 죽으나 다름없이 짧을 것이라는 것이다. 그럴 바에는 죽는 날까지 고통이나 없이 살겠다는 것이요, 그뿐 아니라 적극적으로 현재의 자기 생활을, 혼자서나마 합리화하고 살자는 것이다.

그것은, 역사적 결론의 예측이나 이상은 언제나 역사적으로 그 오류가 증명되어왔고 진리는 오직 과거로만 입증되는 것이므로, 현재나 더욱이 미래에는 있을 수 없다는 것이다. 그러므로 사람의 생활은 그런 이상을 목표로 한다거나, 그런 진리라는 관념의 율제를 받아야 할 의무도 없을 것이요 따라서 엄숙하달 것도 없다는 것이다. 그뿐 아니라 사람은 허무한 미래로 사색적 모험을 하기보다도 거짓 없는 과거로 향하는 것이 현명하다는 것이다. 그러기에는 아편 연기 속에서 지난 꿈을 전망하는 것이 얼마나 황홀하고 행복스러운지 모른다고 하며 현은 여옥에게도 마약을 권하였다는 것이다.

그러나 여옥이가 그런 말을 들었을 리가 없었다. 오직 두 사람의 생활을 위하여 홀의 댄서로 카바레의 여급으로 피로한 밤낮을 지낼 뿐이었다. 그러한 생활에 밤 3시 4시까지 지친 몸으로 곤히 잠들었다가도, 혹시 심한 기침에 몸을 뒤채다 눈을 뜨게 되면 현은 그때도 일어나 앉아서 모르핀을 피우고 있었다. 그러던 중, 어느 날 밤은 얼굴에 더운 김이 훅훅 끼치는 것을 느끼며 자꾸 기침이 나면서도 가위에 눌린 듯이 목이 답답하고 움직일 수 없이 사지에 맥이 풀려, 간신히 눈만을 떴을 때…… 깊은 안개 속으로 보이는 듯한 현의 얼굴이 막다른 담과 같이 눈앞에 크게 막히고 그 입으로 뿜어내는 마약 연기를 여옥이 코로 불어넣고 있었다. 그런 줄 알자 여옥이는 비명을 지르고 달아나려 하였다. 그러나 현에게 붙잡힌 손목을 용이히 뿌리칠 기력도 없이, 그저 현이 무서워 떨리고, 야속한 설움에 그만 주저앉아 울밖에 없었다. 여옥이는 그때 그러한 광경을 지옥으로 느꼈다고 한다.

그러나 현은 가장 엄숙한 음성으로,

"미안하다. 내가 죽일 놈이다. 그러나 지금 나는 너 없이는 살 수 없는 위인이 아니냐." 하면서, 그대로 두면 여옥이는 언제든지, 혹시 내일이나 모레라도 현을 버리고 달아날는지 모르므로, 현은 잠시도 불안하여 견딜 수가 없다는 것이었다. 그래서 같은 중독자가 되어 현이 죽는 날까지 자기를 버리지 말아달라고 울며 애걸하였다는 것이다.

그때 그러한 현의 말이, 여옥이 없이는 못 살리만치 여옥이를 사랑한다는 뜻인지, 여옥이가 벌어먹이지 않으면 못 산다는 말인지 분명히 알 수는 없으면서도—어느 편이건, 여옥이는 그저 현이 애처롭고 불쌍하게만 생각되었다는 것이다.

"웃지 마세요. 여자란 아마, 저 없이는 못 산다면, 몸에 휘감긴 상사구렝이*도, 미워는 못하나 봐요." 하고 여옥이는 얼굴을 붉히며 웃었다.

그래서 그때부터 여옥이는 현이 권하는 대로 무서운 중독자가 되어 가면서도, 한 남자의—더욱이 첫정을 바쳤던—사람의 마음을 아직도 완전히 붙잡고 있다는 여자의 자존심이랄까?—로 만족하게 지낼 수가 있었다고 한다.

"그러시다면, 지금 조선으로 나가실 결심은? 또 현 씨는 어떻게 하시구서?"

비로소 나는 아까부터 궁금하던 생각을 물을 수가 있었다.

"네, 제 말씀을 들으세요."

하고 계속한 여옥의 말은—그런 생각으로, 의지하는 현을 받들어 지나가면서도 문득문득 일생의 파멸이라는 생각이 들 적마다, 여옥이는 전율에 떨고 울기도 하였다는 것이다. 혹시 그러한 여옥이를 보게 되면 현은 "왜? 아직도 딴 세상에 미련이 남았나? 내가 짐스러운가? 물론 그렇겠지만 병신자식을 둔 어머니 운명으로 알고 얼마 머지 않아서 죽을 나이

| * 서로 깊이 그리워하는 나머지 집요하게 감아든다는 구렁이.

니까, 좀만 더 참으면 오래잖아 자유로운 몸이 될 터이니까." 현은, 여옥이를 위로하는 셈인지 이런 말을 하게 되었다. 그 말을 들을 때마다 여옥이는, 여옥이 없이는 못 산다는 현의 말뜻이 어떤 것인지 짐작되어, 차차 파멸에 대한 공포가 더 커가서 울게 되는 때가 많아졌다. 이즈음에는 여옥이가 울 때마다, 현은 그렇게 내가 여옥이의 젊은 육체의 자유까지를 구속하려는 것은 아니니 자기 앞에서 그렇게 울어 보이지는 말아달라고 성을 내는 것이다. 현의 그런 말이 본시부터의 심정인지, 나날이 쇠약해가는 생리적 타격으로 변한 생각인지는 모르지만 여옥이에 대한 현의 생각을 너무도 분명히 알게 되어 한없이 슬픈 것이라고 한다. 그러나 여옥이는

"선생님이 어떻게 들으시라고 하는 말씀은 결코 아니지만, 여자로서 선생에게 업수임을 받은 자존심을, 살리기 위해서만이라도, 현이 내게 의지하는 것이 어떤 심정이건, 그 마음만은 내가 지니려는 노력을 해왔지요만."

현은 훔쳐낼 처지가 필요도 없으련만 여옥이 모르게 돈을 뒤져내기도 하고, 심지어 여옥이가 다니는 홀이나 카바레 주인에게 선채할 수 있는 대로 돈을 취해가지고는—겨우 지내는 구차한 살림이라 물론 집에 많은 돈이 있을 리 없고, 선채를 한대도 중독자에게 큰돈을 취해줄 리도 없지만—돈이 없어질 때까지는 흰 약보다 더 좋다는 아편을 빨 수 있는 비밀 여관에 틀어박혀서 집에 들어오는 법이 없었다. 그러한 현이 어제 집에 있는 것은 여옥이로서도 의외였다.

그러나 여옥이는 어젯밤까지도, 현을 버리고까지 제 몸만을 건져보려는 생각은 없었다. 현의 말대로 병신자식을 둔 어머니의 운명으로 남은 반생을 단념하고 현이 사는 날까지 현을 지키려고 했다는 것이다.

그러나 어젯밤에 내가 나오자 김명일이가 여옥이를 따라온 것이 아니냐고, 하도 여러 번 재우쳐 묻는 현의 말씨나 태도가 단순한 질투나 시

기라고 할 수 없으므로 짐짓 여옥이는

"아마 그런지도 모를걸요." 해보았더니, 현은 으레 그럴 것이라고 자기의 추측이 어김없는 것을 자긍하듯이 만족해하며

"그럼 여옥이도 역시 김명일이를 못 잊어하지? 아마."

"……."

"그러면 그렇다고 솔직히 말하면 아무리 내가, 니힐한 에고이스트라도 송장이 다 된 나만을 위해서 여옥이를 희생할 염치도 없으니까." 하면서 자기(현) 앞에서 김명일이가 아직도 여옥이를 사랑한다고 언명하던 현은 두말없이 물러설 터이니 여옥이의 심정부터 솔직히 말하라고 다졌다는 것이다. 그래서 여옥이는, 그럼 당신은 내가 없어도 살 수가 있느냐? 이젠 내가 소용이 없느냐?고 되물었더니, 현은 결코 그런 것은 아니라고 하며 자기 욕심만 같아서는 죽는 날까지 여옥이가 있어주었으면 그이상 행복이 없지만, 아직 장래가 투철한 두 사람이 서로 사랑하는 것을 눈앞에 뻔히 보면서야 산송장인 자기 욕심만 채우잘 수도 없으므로, 두 사람이 자기 앞에서 솔직한 대답을 하라는 것이다. 그래서 여옥이는—나에게만 솔직한 대답을 강요하지 말고, 당신부터—당신은 나보다 돈이 필요해서 김명일 씨가 나를 사랑한다고만 하면 그 말을 빌미로 잡아가지고 돈을 강청할 심사가 아닌가! 좀 솔직히 말해보라고 하였던 것이 현은 하도 의외의 말이라는 듯이 펄쩍 뛰며 비록 지금 여지없이 타락하였지만, 아직도 '현혁'이의 자존심만은 남아서 제 계집을 팔아먹게까지는 안 되었다고 하며 여옥이의 말이 너무 야속하다는 듯이 현은 울었다고 한다. 그래서 나는

"그건 사실 여옥 씨가 너무 현 씨의 심정을 야속하게만 곡해하는 것이 아닐까요?" 물었다.

"혹 그런지도 모르죠." 하는 여옥이는 곧 말머리를 돌려서

"선생님은 지금 저와 같이 가셔서, 현이 묻는 대로 아직도 저를 사랑하신다고 말씀해주세요. 쑥스러운 일 같지만 그 한마디 말씀으로 저는 현에게서 벗어나 갱생할 수 있을는지도 모르니까요……. 그리구 이것─ 가지셨다 현이 요구하면 내주세요." 하면서 여옥이는 핸드백에서 백 원 지폐 석 장을 내 손바닥에 놓았다.

"이 돈은 선생님이 주셨던 보석을 지금 팔아온 것입니다."고 하는 여옥이는 내가 준 다이아 반지를 수식물로만 아껴 지니고 있었다기보다, 어느 때 닥쳐올지 모를 불행을 위하여 현이도 모르게 간직해두었던 것이라고 한다.

나는, 이 돈이 현의 장비*였구나! 그러나 지금은 여옥이의 몸값이 되는구나! 생각하면서도

"설마…… 현 씨가……." 이렇게 시작하려는 나의 말을 앞질러서

"죄송하지만 지금 곧 가주셨으면……." 하고 여옥이는 먼저 일어선다.

이 일이 장차 어떻게 될 것인가? 속으로 중얼거리면서도 나는 여옥이의 단호한 기상에 더 주저할 여유가 없었다.

마차 위에서 여옥이의 몸은 가볍게 흔들리지만 그 마음은 호수같이 가라앉은 모양으로, 어느 한 곳을, 아마 때진** 결심으로 한 점 구름 같은 잡념도 없이 맑은 호수 같은 제 마음을 들여다보는 듯한 그 눈은 깜박이지도 않았다.

그러한 여옥이 옆에 앉은 나는 그에게 미안하면서도, 아까 중동무이된 "설마…… 현 씨가……." 하던 나의 의문을 "현이 설마 돈을 요구할라구요?" 하고 계속해보는 것이었다. 그러나 그것은 단지 의문의 형식으로 여옥이의 자존심을 위한 인사말이었고, 오히려 의문은, 혹시─, 만

* 장례 비용.
** 야무진.

일―, 현이 의외로 담박하게 돈 이야기 같은 것은 하지도 않고 만다면, 그때의 여옥이는 어떻게 할 것인가? 이것이 더 궁금한 의문이다. 물론 현이 돈을 요구할 것이라 예측하는 것이요, 그 예측이 맞는다면 여옥이를 돈으로 바꾸는 현을 여옥이도 마음 가뜬히 버리고 나를 따라 조선으로 가는 것이 정한 순서일 것이다. 그러나 천만의외에도 현이 여옥이의 행복만을 위하여 여옥이를 버린다면 그때의 여옥이는 어떻게 될 것인가? 정녕 여옥이는 다시 현을 따라가게 될 것이다. 현이 돈을 요구하든 말든, 지금의 결심대로 여옥이가 나와 같이 조선으로 간다면 이 연극은 제법 막이 마치고 끝나는 것이지만, 만일 여옥이가 다시 현을 따라가고 만다면, 나는 중토막에서 히로인이 뛰어 들어가고 만 무대에서 혼자 어떤 제스처를 해야 할 일일까?

또, 그것은 결과를 기다려봐야 할 것이나 그전에 그 그로한 인물―현―앞에서 결혼식도 아닌데 여옥이를 사랑하느냐?고 물으면 '네' 대답해야 할 것은 또 얼마나 싱거운 희극일까? 이런 생각에 자연 싱글거려지는 내 옆의 여옥이는 또 얼마나 새색시같이 얌전한가! 생각하면 본무대에 오르기 전에 '하나미치'*인 이 하얼빈 거리에서부터 희극은 연출된 것이라고 더욱 싱글거리자, 그렇게 싱글거리는 나를 본 집시 계집애는 부리나케 손을 벌리고 웃으며 따라온다. 나는 포켓에서 집히는 돈 한 푼과 같이 웃음도 집어던지고, 한순간 후에 좌우될 운명으로 긴장하고 슬픈 여옥이와 같이 긴장하여, 내 생활에도 적지 않게 영향이 있을지도 모르는 이 일을 생각해보려는 사이에 마차는 현관에 닿고 말았다. 막상 그 문밖에 서게 되자 나는 지나치게 긴장하여 두근거리는 가슴으로 심호흡을 할 때 여옥이는 앞서 문을 열고 들어섰다.

| * 배우가 무대로 출입하는 통로.

"어서 이리 들어오시죠."

어제 저녁과 꼭 같은 말소리가 나며 현은 문어귀까지 나와서 내 앞에 손을 내밀었다. 그림에서 본 유령의 손같이 희고 매듭이 울굴불군한 긴 손이 반가울 리 없으나 마지못하여 잡은 장掌바닥에 의외로 눅진한 온기가 무슨 권모술수 같아서 더욱 불쾌하였다.

"어제는 퍽 놀랐었을 거요."

사실은 사실이지만 무엇이라 대답할 말이 없는 인사이므로 묵살하고 말았다.

"자, 앉으세요."

현은 또 이렇게 나에게 의자를 권하면서 먼저 털썩 앉았다.

묽은 구름이 엉긴 초가을 북만北滿 하늘은 백동색白銅色으로, 해 안 드는 방 안은 물속같이 냉랭하다. 마주 앉아 낮에 보는 현의 벗어진 이마와 뺨가죽은 낡은 양피같이 윤기 없고 구기었다. 나는 그의 성긴 머리털 속에서 방금 날아올 듯한 비듬에서 눈을 돌리며 그저 지나는 말로

"만주 사시는 재미가 어떠십니까?" 물었다.

"저 같은 사람에게 그런 말씀을 물으시는 것은 실례죠. 허허."

"?"

"송화강을 보셨나요?"

"네, 어제 잠간."

"대학에서는 만주 농사 경제사滿洲農事經濟史를 연구한 적도 있었죠. 하나 지금은…… 이걸 좀 보시우."

현은 담에 붙여놓은 낡은 만주 지도 앞에 가서

"지도를 이렇게 붙여놓고 보면 송화강이 이렇게 동쪽으로 치흐른다기보다 오호츠크 바닷물이 흑룡강으로 흘러 들어와서 한 갈래는 송화강이 되어 만주로 흘러나와 이렇게 여러 줄기로 갈리고 갈려서 나중에는

지도에 그릴 수도 없을 만치 작은 도랑이 되고 만다면 어떻습니까, 재미
나잖아요?"

하고는 허허 웃었다. 나도 따라 웃는 것이 인사겠으나 그만두었다.
부질없는 말을 물어서 이런 객설을 듣게 되었다고 후회하면서, 대체 이
현이라는 인물은 어디서 시작한 이야기가 어디로 번져 어떤 결론을 낼는
지 모를 자라고, 나는 이 앞으로 나올 이야기가 더욱 창망할 것을 미리부
터 염려하며 무료히 담배만을 피웠다.

여옥이도 무료히 장의자에 앉아서 조롱을 내려놓고 모르핀 연기를
뿜어주고 있었다.

한동안 호신을, 닳아 처진 리놀륨 바닥에 철떡거리며 나와 여옥이 사
이를 왔다갔다 거닐던 현은 역시 거닐면서

"이렇게 두 분이 같이 오셨을 적엔, 여옥에게 내 말을 들으시구 오신
것이니까 일부러 김 선생의 말씀을 들어보잘 것도 없겠지요. 어제 나는
김 선생 앞에서 흥분하고 눈물까지 보였고, 여옥이는 아시다시피 소리
내 울었습니다. 그렇게 눈물을 흘리면서 나는 왜 이렇게 슬퍼하는가고
생각하였지요. 영락, 폐인, 절망, 이런 것들은 어제도 말씀한 것같이 새
삼스럽게 지금 설움이 될 리는 없고, 오직 우리 앞에 나타난 김 선생의
탓이라고 할 수 있습니다."

"?"

나는 자연 머리를 들어 크게 치뜬 눈으로 그를 바라볼밖에 없었다.

"가만 제 말씀을 들으시죠." 현은 역시 거닐면서

"처음에는, 여옥이가 김선생을 버리고 내게로 돌아왔지만, 이 생활을
슬퍼하고 후회하는 지금의 여옥이라, 김 선생이 그런 여옥이를 내게서
빼앗는 여반장이리만치, 지금의 나는 김 선생의 적수가 아니라는 생각
과, 설사 여옥이가 김 선생의 유혹을─어폐가 있는 말인지는 모르지

만—뿌리치고 여전히 내 곁에 있어준대도, 김 선생이 나타나기 전과는 다른 여옥일 것입니다. 여옥이의 본시 슬픈 체관은 더욱 슬픈 체관일 것이고, 내게 대한 동정은 더 의식적 노력이 될밖에 없을 것입니다. 그러한 여옥이의 강인한 희생의 신세를 지게 된다는 고통, 그리고 김 선생 같으신 신사가, 아직도 못 잊으시고 여기까지 따라올 만치, 아담한 여옥이를 나는 아낄 줄 모르고 폐인을 만들어놓았거니 하는 자책과, 그보다도 새삼스럽게 더욱 나를 원망하게 될 여옥이의 심정.

이러한 가지가지의 우리의 심리적 고통은 우리 앞에 나타난 김 선생 탓이 아니면 누구 탓일까요?

설사 김 선생이 여옥이를 찾아온 것이 아니요 단지 우리 앞에 우연히 나타난 것이라 하드래도, 우선 여옥이의 마음을 흔들어놓고, 내가 애써 잊어버리려던 내 자존심과 반성력을 일부러 일으켜 세워가지고 때리고 휘둘러서 비록 인간답지는 못하드라도 그런대로 평온하던 우리 두 사람의 생활을 김 선생이 여지없이 흩트려놓고 만 것입니다.

그렇잖아요? 김 선생. 이렇게 생각하는 것도 역시 중독자의 착각일까요, 김 선생?"

이렇게 묻는 현은 내 앞에 의자를 당겨놓고 앉아서 대답을 기다리는 듯이 내 얼굴을 바라보는 것이다. 그러나 나는 무엇이라 대답할 바를 몰랐다. 내가 그들 앞에 나타난 것이 우연이었더라도 결과로는, 그들의 생활을 흩트리는 셈이라는 현에게, 사실 여옥이를 유혹—현의 말대로—하러 온 길이 아니라고 변명할 필요도 없을 것이다. 있더라도 여옥이와의 언약이 있는 나는 지금 그런 말을 할 처지가 아니었다. 그것은 그렇다 치고, 현이 당장 묻는 것은 내가 그들의 생활을 흩트려놓은 셈이냐 아니냐가 문제일 것이다. 그래서 나는

"아마 그렇게 생각할 수도 있겠지요. 그러나 그렇게도 생각할 수 있

다는, 단지 그뿐이겠지요."

할밖에 없었다.

"그뿐."

현은 눈을 치떠 노리듯이 한순간 나를 바라보다가

"아마 김 선생으로선 그렇게 생각하시겠지요. 우리 앞에 나타나신 것이 고의건 우연이건 간에 김 선생 자신이 의식적으로 나를 모욕했다고 생각하시지는 않으실 터이니까, 단지 그뿐이라고 아무런 책임감도 안 느끼시겠지요. 그러나 내가 모욕을 당하고, 여옥이의 마음이 흔들리고, 그래서 우리 생활이 흐트러진 것은 너무나 분명한 사실입니다. 안 그럴까요?"

"……."

사실 그렇다더라도 그것이 내 책임일까고 나는 속으로 중얼거렸을 뿐이다.

"사실입니다. 김 선생의 의식적 모욕이 아니라고, 우리 앞에 나타난 김 선생으로 해서, 이렇게 우리가 받는 모욕감과 고통을 어떻게 합니까? 김 선생 때문에 받는 이 모욕감이 김 선생의 책임이 아니라면 나는 어떻게 해야 합니까?

물론 김 선생의 책임이라고만도 할 수 없겠지요. 이런 내 모욕감은 김 선생과의 대조로서 비교도 안 되는 약자의 모욕감이라고 할 것입니다. 그렇다면, 그렇다고 지금의 내가 다시 강자가 되어 김 선생에게서 받은 모욕과 박해를 설욕할 수가 있을까요? 지금 김 선생은 내게 여옥이를 내놓으라고 내 앞에 뻗치고 앉아 있지 않습니까! 그것이 박해와 모욕이 아니고 무엇입니까? 그렇지만 나는 설욕할 만한 강자가 될 수 없습니다. 영원히 될 수 없습니다.

……그래서 나는 피로서 피를 씻는다는 격으로, 그렇다고 김 선생의

모욕을 모욕으로 갚을 수 없는 나는, 내 자신을 내가 철저히 모욕하는 것으로 받은 모욕감을 씻어볼밖에 없습니다. 그러자면 김 선생에게 자진하여 여옥이를 내주는 것입니다.

김 선생 때문에 마음이 흔들린 여옥이를 그대로 내 옆에 두고두고 모욕감을 느끼기보다, 내가 자굴해서 물러가는 것이 오히려 내 맘이 편하겠지요. 그렇다고 김 선생을 따라가는 여옥의 행복을 위한다거나, 김 선생의 연애를 축복하자는 것도 아닙니다. 오늘 아침까지도 여옥이에게 그런 말을 했습니다. 그러나 내게 그런 인간다운 생각조차 남았을 리가 없지요. 그저 김 선생과 겨룰 수 없는 폐인의 자굴입니다.

……나는 여기 더 있을 필요가 없는 사람입니다. 가겠습니다."

하며 현은 일어선다.

나는 그의 그런 장황한 이야기가 그런 결론으로 끝나는 것이 의외였다. 사실 현은 그러한 자기의 결론 그대로 행동할 것인가?고, 망연히 그를 바라볼 때, 아까부터 장의자에 엎드려 소리 없이 울던 여옥이가 일어선 현의 앞에 막아선다.

"뭐 이제 더 할 말도 없을 것이고, 이렇게 김 선생을 모셔온 것만으로도 알 수 있으니까, 여옥이가 이제 무슨 말을 한다면 제 마음을 속이고 또 나를 속이는 것뿐이니까……."

현은 이렇게 말하면서 여옥이를 비켜서 내 앞에 다가서며

"김 선생, 스스로 나를 모욕하려는 나는 철저히 할밖에 없습니다. ……지금 김 선생은 이것이 필요할 것입니다."

하고 현은 호복 안섶을 뒤져서 열쇠 하나를 꺼내어 탁자 위에 놓는다.

"이것은 여옥이와 내가 하나씩 가진 이 방의 열쇠입니다. 지금 내게는 소용없는 것이지만 김 선생은 필요할 것입니다. ……이 열쇠를 사주시우. 천 원이고 만 원이고, 김 선생에게는 필요한 것이니까 사셔야 할

것입니다."

하고 현은 내 얼굴을 바라보는 것이다. 의외리만치 현은 너무 태연한 얼굴이었다. 하기는 그의 장황한 이야기의 결론으로 당연한 일일 것이다. 그러나 나는 한 번 여옥이를 쳐다볼밖에 없었다. 그러나 쳐다본 여옥이는 두 손으로 얼굴을 감싸 쥐고 있었다. 돈을 주고받는 것을 차마 못 보는 뿐일 것이다. 나는 더 주저할 필요가 없음을 깨달았다. 그래서 아까 여옥이가 준 지폐 석 장을 그 열쇠 위에 던졌다.

"고맙습니다."

현은 많다 적다는 말도 없이, 오히려 의외로 많은 돈에 버럭 탐이 난 듯이 덥석 움켜쥐고

"이것으로, 내 자신을 모욕할 대로 해서 만족합니다. 자, 나는 갑니다." 하고 현은 도망이나 하듯이 문밖으로 나가버렸다.

철덕철덕하는 호신 끄는 소리마저 사라지자 여옥이는 의자에 쓰러져 느껴 울기 시작하였다. 들먹거리는 여옥이의 어깨를 바라볼 뿐 나는 위로할 말도 없어 한동안 멍하니 앉아 있을 뿐이었다.

얼마 후에 눈물을 씻고 일어나 앉은 여옥이는

"죄송하올시다. 여기 일은 될 대로 끝난 셈입니다. 현도―현에게는 돈은 곧 아편이니까요―아편이 풍부해졌다고 만족할 것입니다. 혼은 본시 직업인이던 사람이 벌써 중독자의 필연적 증상이랄 수 있는 파렴치를 애써 변호해보려고 그같이 궤변을 늘어놓는 것입니다. 그래서 자기 말에 스스로 흥분하고 슬퍼도 했지만, 지금쯤은 말짱히 잊어버리고 그저 제 생활이 풍족하다고 좋아할 것입니다. ……저는 또 제 일을 생각해봐야 겠습니다." 하고 또 새로운 눈물을 씻었다.

그래서 나는 슬픔과 흥분으로 피곤한 여옥이를 우선 누워 쉬라고 이르고 여관으로 돌아왔다. 목욕을 하고 저녁을 먹고 나니 어느덧 밤이었

다. 나 역시 피곤하여 이 군을 찾을 생각도 없이 반주로 좀 취한 김에 일찍 자리에 들고 말았다. 그러나 흥분하였던 탓인지 깊이 잠들 수도 없었다. 어렴풋한 머릿속에, 당장 잘 생각하려고도 않는 생각들이 짤막짤막 뒤섞여 떠오를 뿐이다. 여옥이는 장차 어떻게 되는가, 어떻게 할 셈인가, 정말 나를 따라 조선으로 나가는가, 내가 데리고 가는가, 나가면 어떻게 하나, 우선 입원시킬밖에 없다. 그래 완인이 되면? 그 후의 여옥이는 또 어떤 길을 밟게 될까? 혹시 또 나와! 그렇게 될지도 모른다. 사람의 일이라니 알 수 있을라구. 이런 뒤숭숭한 생각이 자꾸 반복되었다.

얼마나 지났을까? 잠이 흘깃 드는 듯할 때 똑똑 문 두들기는 소리가 나는 듯하여 벌떡 일어나 앉았다. 역시 누가 문을 두들기는 것이었다. 보이의 안내로 백인白人애 메신저가 들어와 네모난 서양 봉투의 묵직한 편지를 주고 간다. 여옥이의 편지였다.

─죄송한 말씀이오나 내일 아침 좀 일찍이 저를 찾아주시면 감사하겠습니다. 혹 제가 없이 문이 걸렸드라도, 제 방에서 잠시 기다려주시옵소서. 열쇠를 동봉하옵니다.

이런 간단한 사연에, 아까의 그 열쇠가 들어 있었다.

무슨 일일까? 할 말이 있으면 잘 아는 길이라 자기가 오면 그만인데, 일부러 메신저를 보내고, 나를 오래고. 혹시 앓는가? 아파서 못 올 사람이면 이른 아침에 '혹 제가 없이…….'라는 것은 웬일일까? 나는 이런 생각을 하면서도, 내일 가보면 알 일이라고 다시 자리에 들어 자고 말았다.

이튿날 아침에 일어나자 이 군에게서 전화가 왔다. 어젯밤에도 전화로 나를 찾았으나 잔다기에 오지 않았다고 하며 지금 가도 좋으냐고 묻는다. 그러나 여옥이를 찾아보아야 할 것이므로 볼일을 보고 내가 찾아가마 하였더니 자네가 하얼빈서 볼일이 무엇이냐고 하며 아마 여옥 씨부터 찾아뵙는 판이냐고 껄껄대는 큰 웃음소리를 방송하는 것이었다. 나역시, 그런가 보다고 웃었다.

상쾌하게 맑은 날씨였다. 내가 여옥이의 아파트에 가기는 9시였다. 방문 밖에서 기침을 하고, 문을 두들겼으나 대답이 없었다. 사실 열쇠가 필요했구나…… 하고, 언제나 찬찬한 여옥이가 고마운 듯한 당치 않은 착각에 찰깍 열리는 쇳소리도 경쾌하게 들으며 방 안에 들어섰다. 들어서자, 썰렁한 공기가 묵직하게 가슴에 안기는 듯이 틉틉하다. 밤 자고 난 창문을 열지 않아서 그런가? 하였으나, 그 느긋한 마약 냄새도 식어 날아버린 듯하고 사람의 온기도 느낄 수 없이 냉랭한 바람이 횡하면서도 가슴이 틉틉하고 불쾌하였다. 그러나 나는 여옥이를 기다려야 할 것이므로 장의자에 앉아 담배를 붙였다. 창을 열고 내다보며 이 맑은 날 잘 울 종달새를 생각하고 방 안을 둘러보았으나 조롱은 없었다. 그때였다. 침실이라고 생각되는 판장 병풍 뒤에서 푸득거리는 소리와, 이어서 찍찍 하는 소리가 들렸다. 첫날 와서 들은 그 암담한 비명이었다. 그대로 두면 또 제 똥 위에 다리를 뻗고 누워버릴 것이다. 여옥이가 와서 마약을 뿜어주지 않으면 그대로 죽어버릴 것이다. 또 몸을 솟구는 모양으로 푸득거리고 쥐 소리를 지른다. 여옥이는 어디를 갔나? 나는 초조한 생각에, 별 도리는 없을 줄 알면서도 보기라도 할밖에 없었다.

판장문을 열었다. 그 안에 여옥이가 있었다. 비좁은 침실이라 빼곡 찬 더블베드 한가운데 그린 듯이 누운 여옥이는 잠들어 있었다. 조롱도 그 침대 위에 놓여 있었다.

내 앞에 내놓인 여옥이의 한 팔은, 그 발간 손톱으로 찢어지도록 침대 요를 한 줌 그러쥐고 있었다. 그 손 아래 침대 밑에는 겉봉에 '김명일 선생전'이라 쓴 편지가 떨어져 있었다. 여옥이의 손은 본시 이 편지를 쥐고 있던 모양으로 편지는 구기었다.

나는 조용히 장의자로 돌아와 그 편지를 뜯었다.

─아무리 염치없는 저이지만 선생님에게 이런 괴로움까지는 안 끼치려고, 송화강, 철도를 생각하기도 하였으나 인적이 부절하고 경계가 엄하와 실패할 염려가 없지 않사오므로, 이런 추한 모양을 보이게 되옵니다. 혹 선생님이 떠나신 후에나, 또는 지금 멀찍이 떠나서 죽을 곳을 찾을까도 생각하였사오나, 죽음을 지니고 어디를 가거나 시기를 기다리고 있을 만한 힘도 용기도 없었습니다. 그뿐 아니라 너무 외롭고 무서웠습니다. 야속한 생각이오나, 시체나마 생전에 아무런 인연도 없는 손으로 처리된다고 생각하오면, 너무 외롭고 무서웠습니다.

선생님의 괴로우심을 만 번 생각하면서도 믿고 이렇게 갑니다. 저는 갱생을 꿈꾸기도 하였습니다. 선생님을 따라 본국으로 가겠다 말씀드린 것은 본심이었습니다. 선생님이 "설마…… 현이……?" 하실 때, 저 역시 그런 의문이 있었사옵고, 만일 현이 그런 만일의 태도를 갖는다면 저는 또 현을 따라갈 것이 아닐까 염려되도록 명확한 결심이 없었다면 없었고, 또 그만치 갱생을 동경하였던 것이라고 할 것입니다. 그러나 현은 제가 예상한 태도로 나갔습니다. 그것이 현의 본심이라기보다 병(고칠 수 없는)인 줄 아옵는고로, 현에게 버림받은 것이 분해서 죽는 것은 아니외다. 그저 외롭습니다. 지금 제가 다시 현을 따라간대도, 이미 저를 사랑하기를 잊은 현은 기회만 있으면 누구에게나 '열쇠'를 팔 것이외다.

그렇다고 저의 지금 병(중독)을 고친댔자 다시 맑아진 새 정신으로 보게 될 세상은 생소하고 광막하기만 하여 저는 더욱 외로울 것만 같습니다. 갱생을 꿈꾸던 것도 한때의 흥분인 듯하올시다. 지금 무엇을 숨기오리까. 요사한 말씀이오나 저는 선생님의 심정을 완전히 붙잡을 수 없음을 슬퍼하면서도 선생님을 잊으려고 노력할밖에 없었습니다. 그러한 제가 이제 다시 선생님을 따라가 완인이 된댔자, 제 앞에 무슨 희망이 있을 것입니까. 내내 선생님 기체 만강하시옵소서.

×일 밤 6시 여옥 상上

나는 여옥의 유서를 읽고 다시 침실로 들어갔다.

한 점의 티나 가는 한 줄기 주름살도 없는 여옥의 인당을 들여다보면서 죽은 내 처 혜숙이의 그것을 다시 보는 듯이 반갑기도 하였다.

그 영롱한 인당에 그들의 아름다운 심문心紋이 비쳐 보이는 것이다.

여옥이는 그러한 제 심정을 바칠 곳이 없어 죽었거니! 나는 그러한 여옥이의 심정을 받아들일 수 없었거니! 하는 생각에 자연 북받쳐 오르는 설움을 참을 수 없었다.

나는 그 싸늘한 여옥이의 손을 이불 속에 넣어주면서 갱생을 위하여 따라나서기보다, 이렇게 죽어가는 것이 여옥이의 여옥이다운 운명이라고도 생각하였다.

《문장》, 1939년 6월
『장삼이사』, 을유문화사, 1947년

장삼이사

그렇게 붐비고 법석하는 정거장 폼의 혼잡을 옮겨 싣고 차는 떠났다. 그런 정거장의 거리와 기억이 멀어감을 따라 이 삼등 찻간에 가득 실린 무질서와 흥분도 차차 가라앉기 시작하였다.

앉을 수 있는 사람은 앉고 섰을밖에 없는 사람은 선 채로나마 자리가 잡힌 셈이다.

이 찻간 한끝 바로 출입구 안쪽에 자리 잡은 나 역시 담배를 피워 물고 주위를 돌아볼 여유가 생겼던 것이다.

'웬 사람들이 무슨 일로 어디를 가노라 이 야단들인가.'

혼잡한 정거장이나 부두에 서게 될 때마다 이렇게 중얼거려보는 것이 나의 버릇이지만 그러나,

'이 중에는 남모를 설움과 근심 걱정을 가지고 아득한 길을 떠나는 이도 있으려니.'

이런 감상적인 심정으로보다도, 지금은 단지 인산인해라는 사람 틈에 부대끼는 괴로운 역정일는지 모를 것이다. 그렇다고 지금도 그런 역

정으로 주위를 흘겨보는 것은 아니다. 물론 또 아득한 길을 떠나는 사람의 서러운 표정을 찾아 구경하려는 호기심도 없었다. 만일 그런 것이 있다면 방심 상태인 내 눈의 요깃거리는 되겠지만.

방심 상태라면 나만도 아닌 모양이었다. 긴장에서 방심 상태로, 그래서 사람들은 각기 제 본색으로 돌아가 각각 제 버릇을 회복하게 되는 것이었다.

그런 우리들 중에 모자 대신 편물 목테를 머리에다 감은 농촌 젊은이가 금방 회복한 제 버릇으로 그만 적잖은 실수를 저지르고 말았다. 실수라는 것은, 통로에 섰던 그 젊은이가 늘 하던 제 버릇대로 뱉은 가래침이 공교롭게도 나와 마주 앉은 중년 신사의 구두 콧등에 떨어진 것이었다. 물론 그것만도 적잖은 실수겠지만 그렇게까지 여러 사람의 눈이 둥그레서 보게끔 큰 실수로 만든 것은 그 구두의 발작적 행동이었다.

아닌 게 아니라 그 구두는 발작적으로 통로 바닥이 빠져라고 쾅쾅 뛰놀았다. 그러나 그리 매끄럽지가 못한 구두코라 용이히 떨어질 리가 없었다. 그래 더욱 화가 난 구두는 이번에는 호되게 허공을 걷어차기 시작했다. 그래 튀어나는 비말의 피해를 나도 받았지만, 그 서슬에 어쩔 줄을 모르고 서 있던 그 젊은이는 정면으로 튀어나는 비말을 피하여 그저 뒤로 물러서기만 했다. 그러나 그 젊은이의 동행인 듯한 노인이 제 보꾸러미에서 낡은 신문지를 한 줌 찢어 젊은이를 주었다. 젊은이는, 당장 걷어차거나 쫓아 나와 물려는 맹수나 어르듯이 그 구두 콧등 앞으로 조심히 신문지 쥔 손을 내밀어보았다. 그러나 구두는 물지도 차지도 않고 도리어 그 손을 피하듯이 움츠러들었다. 그러자 희고 부드러운 종이가 그 구두코를 닦기 시작하였다. 그런 종이는 많기도 하고 아깝지도 않은 모양이었다.

주위의 사람들은 그 구두가 그렇게 야단할 때보다도 더 의외라는 듯이 수북이 쌓이고 또 쌓이는 종이 무더기를 일삼아 보게끔 되었다. 그렇게 씻고 또 씻고 필요 이상으로 씻는 것은 구두보다도 께름한 기억을 씻으려는 듯도 한 것이었다. 아직도 씻는 것은 그 젊은이가 기껏 미안해하라고 일부러 그러는 짓 같기도 하였다. 혹은 그것이 더러워서만 그런다기보다도 더러운 사람의 것이므로 더욱 그런다는 듯도 한 것이었다.

그래서 일삼아 보고 있던 사람들은 모두 입을 비죽이고 외면을 하고 말았다. 물론 그 젊은이는, 미안 이상의 모욕감으로 얼굴이 빨개져서 천정만을 쳐다보며 이따금 한숨을 지었다. 그 중년 신사와 통로를 격하여 나란히 앉은 당꼬바지는 다소의 의분을 느꼈음인지 그 우뚝한 코를 벌름거리며 흰자 많은 눈으로 연방 그 신사를 곁눈질하였다. 그러나 그 신사의 눈과 마주치기만 하면 슬쩍 시선을 거두고 딩딩한 코를 천정으로 치키고 마는 것이었다. 그렇게 그 신사의 눈과 마주치기를 꺼려하는 것은 비단 당꼬바지만이 아니었다. 오히려 코가 꽤 딩딩한 당꼬바지도 그럴 적에야, 할 정도로 그 신사의 눈은 보기에 좀 불안스럽도록 뒤룩거리는 눈방울이었다. 일부러 점잔을 빼느라 혹은 노상 호령기를 뽐내느라 그런지, 그렇지 않으면 혹시 약간 피해망상광의 증상이 있어 저도 어쩔 수 없이 뒤룩거리게 되는 눈인지도 모를 것이었다. 어쨌든 척 마주 보기가 거북스러운 눈이라 아까 신문지를 주던 곰방대 영감은 담배를 붙이며 도적해 보던 곁눈질을 들키자, 채 불이 댕기기도 전에 성냥을 불어 끄리만치 낭패한 것이었다.

이렇게 되고 보니, 그렇지 않아도 본시부터 이렇다 할 이야깃거리가 없이 덤덤하던 우리 자리는 더욱 멋쩍게 되고 말았다. 그렇다고 누가 솔선해서 그런 침묵을 깨뜨려야 할 책임자가 있을 리도 없는 자리였다.

그러나 그때 당꼬바지 옆에 앉은 가죽 재킷 입은 젊은이가 맞은편에 캡 쓴 젊은이에게,

"자네 지리가미* 가졌나."

하여,

"응 있어."

하고 일부러 꺼내까지 주는 것을,

"이 사람 지리가민 나두 있네."

하고 한 뭉치 꺼내 보이며 코를 풀기 시작하였다. 그래서 캡 쓴 젊은 이는 킬킬 웃으면서 맞은 코를 풀어서는 그런 종이가 수북한 통로 바닥으로 던졌다.

그러나 그 옆의 당꼬바지가 빙그레 웃었을 뿐 아무런 반응도 없고 말았다. 내 앞의 신사는 그저 여전히 눈을 뒤룩거리며 두세 번 큰 하품을 하였을 뿐이다. 좀 실례의 말이지만 마주 앉은 내가 느끼는 그 신사의 하품은 옛말에나 괴담에, 사람을 취하게 하는 무슨 김이나 악취를 뿜는다는 두꺼비의 하품 같은 것이었다.

이런 실례의 말을 해놓고 보면 정말 그 신사는 어딘가 두꺼비 같은 인상을 주는 것이었다. 심심한 판이라, 좀 따져본다면, 앞서도 늘 해온 말이지만, 언제나 먼저 눈에 띄는 그 뒤룩거리는 눈, 그 담에는 떡 다물었달밖에 없이 너부죽한 입, 그리고 언제나 굳은 침을 삼키듯이 불룩거리는 군턱, 이렇게 두드러진 특징만을 그리는 만화라면 통 안 그려도 무방일 듯한 극히 존재가 모호한 코. 아무리 두꺼비라도 코가 없을 리 없고, 있다면 으레 상판에 있게 마련이겠지만 나는 아직 두꺼비의 상판에서 코를 구경한 적은 없었다. 그렇더라도 두꺼비의 상판은 제법 상판이듯이 그 신사의 얼굴에도 그 코만은 있어 무방, 없어 무방으로 극히 빈약하다기보다 제 존재를 영 주장치 않고 그저 겸손히 엎드린 코였다. 혹시

| * '휴지'를 가리키는 일본어.

그런 것이 숨을 쉬기 위해서만 마련된 정말 코다운 코일는지도 모를 것이다. 소위 융준隆準이라고, 현재 당꼬바지의 코같이 우뚝한 코는 공연히 남에게 건방지다는 인상을 주거나 좀만 추워도 이내 빨개지기만 하는 부질없는 것일는지도 모를 것이다.

이같이 부질없는 용모파기를 해가면서까지 그를 흘금흘금 바라보게 되는 것은 아까의 그 실수 사건으로만 그런 것도 아니었다. 물론 그의 지나친 결벽성(?)이 우리의 주의를 끌었을 뿐 아니라 반감을 샀던 것도 사실이지만, 그렇지 않더라도 본시가 그는 우리들 중에서는 가장 두드러진 존재였던 것이다. 마치 소학생들이 저희 반 애들을 그린 그림에 제일 크게 그려놓은 급장 모양으로 우리네 중에서는—우리래야 서로 바라볼 수 있는 통로 좌우의 앞뒤, 네 자리에 오월동주 격으로 모여 앉은 사람들이지만—가장 큰 몸뚱어리에다 가장 잘 차렸을 뿐 아니라 그 가장 뚱뚱한 배를 흐물거리는 숨소리도 가장 높았던 까닭이었다.

그같이 우리네의 주의를 끌밖에 없는 그 중년 신사는 몇 번째 하품을 하고난 끝에 제 옆자리 창 밑에 끼어 앉은 젊은 여인의 등 뒤로 손을 넣어서 송기떡* 빛 종이를 바른 넓적한 고량주 병을 뒤져 내었다. 찻그릇 뚜껑에 가득 따른 술잔을 무슨 쓴 약이나 벼르듯 하다가 그 번지레한 얼굴에 통주름살을 그으며 마시었다. 떨리는 손으로 또 한 잔을 연해 마시고는 낙타 외투에 댄 수달피 바늘털에서 물방울이라도 튀어날 만큼 부르르 몸서리를 치고는 또 그 여인의 등 뒤로 손을 넣어서 궁둥이 밑에서나 빼낸 듯한 편포를 한 쪽 찢어 씹기 시작하였다. 풍기는 독한 술내에 사람들의 시선은 또다시 그에게로 모일밖에 없었다. 첩첩 입소리를 내며 태연히 떠들고 있는 그의 벗어진 이마에는 금시에 게 알 같은 땀방울이 솟

| * 소나무 속껍질을 멥쌀가루에 섞어 반죽하여 만든 떡.

고 그 가운데 일어선 극히 빈약한 머리털 몇 오리가 무슨 미생물의 첩모
睫毛나 같이 나붓거리었다. 그렇게 발산하는 그의 체온과 체취거니 하면
우리는 금방 이 후끈한 찻간에 산소 부족을 느끼며 그를 바라보는 동안
에 차차 그의 입노릇이 떠지고' 지금껏 누구를 노리듯이 굴리던 눈방울
이 금시에 머무레해지고'' 군침이 흐를 듯이 입 가장자리가 축 처지며 그
는 한 번 건뜩''' 조는 것이었다. 좀 과장해 말하면 미륵불이 연화대蓮花臺
에서 꼬꾸라지는 순간 같은 것이었다. 건뜩, 제 김에 놀란 그 신사는 떡
돌에 치이는 두꺼비 꿈에서나 놀라 깬 것처럼 그 충혈된 눈이 더욱 휘둥
그레져서 옆의 여인을 돌아보고는 안심한 듯이 기지개를 켰다. 그러고는
까맣게 잊었던 일이나 생각난 듯이 분주히 일어나 외투를 벗어놓고 지리
가미를 두 손으로 맞잡아 썩썩 비비며 변소로 들어갔다.

　사람들의 시선은, 허퉁하게 비워진 그 자리 저편 끝에 지금까지 그
신사의 그늘 밑에 숨어 있던 듯이 송그리고 앉은 젊은 여인에게로 쏠리
었다. 그렇다고 우리가 그 여인을 지금 비로소 발견했다는 것은 아니다.
그러면 또 '화형花形'이나 같이 아꼈다가 그럴 듯한 장면이 되어 지금 비
로소 등장시키는 셈도 아닌 것이다. 그 여인은 처음부터 궐녀''''와 마주
앉은, 즉 내 옆자리의 촌 마누라와 같이, 무슨 이야깃거리가 될 만한 아
무런 말도 행동도 없이 그저 담배만을 피우고 있었던 것이다.

　회색 외투를 좀 퇴폐적으로 어깨에만 걸친 그 여인은 지금 제가 여러
사람의 시선 앞에 놓여 있는 것을 아는지 모르는지 그저 제 버릇인 양 이
편 손으로 퍼머넌트를 쓸어 올려 연방 귓바퀴에 걸치며 여전히 창밖만을
내다보고 있었다. 내다본다지만 창밖은 벌써 어두워 닫힌 겹유리창에는

* '떠지다.' 속도가 더디어지다.
** '머무레하다.' 눈알이 생기 없이 멀겋다.
*** '끄덕'의 방언.
**** 말하는 이와 듣는 이가 아닌 여자를 이르는 3인칭 대명사.

132

퀄녀의 진한 자줏빛 저고리 그림자가 이중으로 비치어, 헤글어놓은 화롯불같이 도리어 이편을 반사하는 것이었다. 이런 형용은 좀 사치한 것 같지만, 그런 화롯불 위에 올려놓은 무슨 백자 그릇같이 비친 퀄녀의 얼굴 그림자 속에 빨갛게 켜지는 담뱃불을 불어 끄려는 듯이 그 여인은 동그랗게 모은 입술로 연기를 뿜고 있었다.

그때 이편 문이 열리며, 차표를 보여달라는 선문을 놓고 여객 전무가 들어왔다. 차례가 되어 차장이 어깨를 흔들어서야 이편으로 얼굴을 돌린 여인은

"죠오샤껜, 쟈뾔우요(승차권, 차표요)."

하는 젊은 차장을 힐끗 쳐다보고 다시 외면하면서,

"쯔레노 히또가 못떼루노요(일행이 갖고 있어요)."

하였다.

"쟈, 쯔레노 히또와(그러면, 일행은)?"

젊은 차장이 되묻는 말에 역시 외면한 대로 여인은 이편 손 엄지손가락을 들어 뒷담을 가리키며,

"하바까리(화장실)."

하였다.

여객 전무는 제 차표를 왜 제가 가지고 있지 않으냐고 나무랐다. 그 말을 받아,

"그러하농고 안 데."

하고 젊은 차장이 또 퉁명스럽게 핀잔을 주었다.

그 여인은 홱 얼굴을 돌려 그들의 뒷모양을 흘기고는 눈살을 찌푸리며 돌아앉았다. 불쾌하다기보다 금방 울 듯한 얼굴이었다. 그만 일에 왜 저럴까 싶도록 히스테릭한 태도요 절박한 표정이었다. 그 후에 짐작한 것이지만, '그자가 제 돈으로 산 차표라고 제가 가지는 걸 내가 어떻게

하느냐.' 고 울며 푸념이라도 하고 싶은 낯빛이었던 것이다.

차표를 뒤져내고, 어감만으로도 불안한 '검사' 가 무사히 끝나서, 다시 차표를 간직하고 난 사람들은 사소한 흥분과 긴장이나마 치르고 나서 안도하는 낯빛이었다. 그러나 그런 우리네 중에 유독 말썽거리가 되어 아직도 그 흥분을 삭이지 못하는 모양인 그 여인의 행색은 더욱 우리의 주의를 끌밖에 없었다.

'그 신사의 딸일 리는 없고 혹 첩.'

내가 이런 생각을 하고 있을 때,

"만주루 북지루 댕겨보문 돈벌인 색시 당사가 제일인가보둔."

당꼬바지가 불쑥 이런 말을 시작하였다. 모두 덤덤히 앉았던 사람들은 마침으로 흥미 있는 이야깃거리가 생겼다는 듯이 시선이 그에게로 몰리자 그의 옆에 앉은 가죽 재킷이 그 말을 받았다.

"돈벌이야 작히 좋은가요, 하지만 자본이 문제거든. 색시 하나에 소불하 돈 천 원은 들여야 한다니까."

"이것이라니 아무리 요즘 돈이구루서니, 천 환이문 만 냥이 아니요."

이렇게 놀란 것은 물론 곰방대 영감이었다. 그러자 아까 그 실수를 한 젊은이가

"요좀 돈 천 환이 무슨 생명盛名*있나요, 웬만한 달구짓소 한 놈에두 천 환을 안 했게 그럽네까."

하고 이번에는 조심히 제 발부리에다 침을 뱉었다.

"그랜 해두, 넷날에야 원틀**루 에미나이보단 소 끔새***가 앞셌디 될 말인가."

---

* 떨치는 이름.
** '워낙'의 평안도 방언.
*** '금새.' 물건의 값.

"녕감님, 건 촌에서 민메누릿감으루 딸 팔아먹든 녯말이구요……?"

우리들은 그의 턱을 따라 새삼스레 그 여인을 유심히 보게 되었다. 나 역시 그 여인의 정체를 짐작할 수 있었다.

여전히 담배를 피우고 창밖만을 내다보고 있던 그 여인은 그런 말과 시선으로 보이지 않는 채찍을 등골에 느끼는 듯이 한 번 어깨를 흠칫하고 외투를 치켜올리는 것이었다. 아까부터 그 여인의 저고리 도련을 만져보고 치맛자락을 비죽여보던 촌 마누라는 무엇에 놀라기나 한 것같이 움츠린 손으로 자기 치마 앞을 털었다.

"사람들이 벌어먹는 꼴이 다 각각이거든."

"각각일밖에 안 있나."

"어째서."

"각각 저 생긴 대루 벌어먹게 매련이니까 달르지."

"그럼 누군 갈보 장사나 해먹게 생겼던가."

"보구두 몰라."

"어떻게."

"옆에다 색실 척 데리구 가잖아."

"하하하."

"하하하."

가죽 재킷과 캡이 이렇게 받고차기로 떠들고 웃었다.

그러자,

"건 웃음의 말씀이라두, 정말 사실루 사람을 척 보문 알거덩요."

당꼬바지는, 이렇게, 자기가 꺼낸 갈보 타령이 맹랑하게 시작한 말이 아니었다는 것을 발명이나 하듯이 빈 자리를 턱으로 가리키며

"이잘 보소고레, 패앤히 저 혼자 점잖은 척하누라구 눈살이 꿋꿋해 앉았어두 상판에 개기름이 번즐번즐한 거이 어디 점잖은 데가 있소."

하였다.

"다들 그러니끼니 그런가부다 하디, 목잔目子* 좀 불량해두, 의대존대
衣帶尊待**라구, 난 첨엔 어니 군쭈산***가 했소."

하는 노인은 고무신 부리에 곰방대를 털었다. 그런 노인의 말에 당꼬
바지는,

"녕감님두 의대존대나 새나요. 요좀엔 돈만 있으문 군쭈사가 아니라
두 누구나 그보다두 뜀 떼 먹게 채릴 수 있다우."

하고 껄껄 웃었다.

"그래두 저한테 물어보소, 메라나…… 난…… 우리 겉은 건……."

이렇게 말끝을 마무르지 않고 만 것은 그 실수를 저지른 젊은이였다.
역시 천정을 쳐다보는 그는 웬 까닭인지 아까보다도 더 얼굴이 빨개지는
것이었다. 사람들은 또 웬 까닭인지 와하하 웃음을 터뜨렸다.

"아까 미섭습데까?"

실컷 웃고 난 캡이 이렇게 묻자 또들 웃었다. 그 말을 받아 당꼬바지
가 빈정거리는 투로 이런 말을 하였다.

"윌루**** 미섭긴 정말 점잖은 사람이 미섭다우. 이렇게 (역시 턱으로
빈 자리를 가리키며) 점댠은 테하는 사람이야 뭐 미서울 거 있소. 이제
두구 보소. 아까 보디 않았소, 고샐 못 참아서 배갈을 먹드니 피격피격
피께질*****을 하는 걸 보디. 그런 잔 보긴 지뚱미루워두****** 사쿼만 노문
사람 썩 도쉔다.*******"

* 눈.
** 옷차림을 보고 사람을 대한다는 뜻.
*** 군주사都主事.
**** '도리어'의 평안도 방언.
***** '피께질.' '딸꾹질'의 방언.
****** '지뚱무럽다.' '밉광스럽다'의 방언. 보기에 매우 밉살스러운 데가 있다.
******* 좋습니다.

이런 시빗거리의 그 신사가 배갈을 먹고 한 번 껀뜩 존 것은 사실이지만 피께질을 한 적은 없었다. 그러나 이렇게 흥을 잡자고 하는 말에는 도리어 사실 이상으로 사실에 가깝게 들리는 말이었다.

"피께질을 했다!"

이번에는 가죽 재킷이 이렇게 따지고는 또들 웃었다.

그때 변소에 갔던 신사가 돌아왔다. 제자리에 돌아온 그는 그새만 해도 무슨 변화가 생기지 않았나 경계하듯이 이 사람 저 사람의 얼굴을 둘러보며 다시 외투를 입었다. 사람들은 모두 웃음을 거두고 말을 끊고 말았다.

지금껏 이편을 유의했던 모양인 차장이 달려와 차표를 검사하며 아까 한 말을 되풀이하고, "코마리마스네."*로 나무랐다.

당황한 신사는, "헤헤 스미마셍, 도오모 스미마셍."**을 뇌고 또 뇌며 뻘개진 낯으로 계면쩍다기보다 비굴한 웃음을 지어 보이는 것이었다. 그러고 나서 차표를 다시 속주머니에다 집어넣으며 그는 누가 들으라는 말인지, 그렇다기보다도 여러 사람이 다 들어달라고 간청이나 하는 듯한 제법 눈웃음을 지어 보이며,

"제길, 후둥증後重症***이 나서 ××× ×××하기만 하디 원제 씨원히 날오야디요." 하고는 헤헤헤 웃는 것이었다(작자 주: 아무리 작자가 결벽성을 포기하고 시작한 이 작품이지만 이 ××의 의음擬音만은 복자覆字하는 것이 작자인 나의 미덕일 것이다). 확실히 부드러운 말씨였다. 그리고 사교적인 웃음이었다. 아닌 게 아니라 그 신사의 그런 말과 웃음은 여간만 효과적인 것이 아니었다.

---

* '곤란하다'는 뜻의 일본어.
** '정말 죄송합니다'라는 뜻의 일본어.
*** 복통, 설사를 동반하며 항문에서 피가 나는 증상.

"거 정말 급하웬다. 후둥쯩이 정 심한 댄, 깜진 네펜네 첫아이 낳기만 이나 한걸이요."

이같이 솔선하여 동정한 것은 당꼬바지였다. 그 말에 다른 사람들도 지금껏 그 남자를 백안시하던 눈에 웃음을 띠게 되었다.

"건 뭐 병이 아니라 술 탈이니깐, 메칠만 안 자시문 멜 하리요."

또 이런 급성적 우정으로 충고한 것은 캡 쓴 젊은이였다.

"그럴래니, 데런 낭반이야 찾아오는 손님으루 관텅 교제루 어디 뭐 술을 안 자실래 안 자실 수가 있을라구."

곰방대 노인이 이렇게 경의를 표하는 말에,

"아마 그럴걸이요."

하고 가죽 재킷 젊은이가 동의하였다.

이런 동정과 우의를 대번에 얻게 된 그 남자는 몇 번 신트림을 하고 나서,

"물론 것두 그렇구, 한 십 년 만주루 북지루 댕기멘서 그 추운 겨울엔 호주胡酒*루 살아 버릇해서 여게 나와서두 안 먹딘 못합네다가레."

하며 옆에 놓인 고량주 병을 들어 약간 흔들어보고 만져보는 것이었다.

"영업하는 덴 만준가요 북진가요."

"뭐어 안 가본 데 없디요. 첨엔 한 사오 년 일선으루 따라댕기다가 너머 고생스럽드라니 그담엔 대련서 자리 잡구 하다가 신경 와선 자식놈들한테 다 밀어 맽기구 난 작년부터 나오구 말았소."

"그새 큰일 났갔소고레."

당꼬바지가 또 묻는 말에,

"뭐 거저…… 그래 다른 놀음 봐서야……."

| * 중국술이라는 뜻으로 고량주를 달리 이르는 말.

138

하며 만지던 술병을 여인의 등 뒤로 밀어 넣으려 할 때 지금껏 눈징 겨보고 있던 곰방대 노인이,

"거어, 어디 이 녕감두 한잔 먹어볼까요."

하며 나앉았다.

"어어 참, 미처 생각을 못해서 실뎨 했구만요, 이제라두 한잔씩들 같이 합세."

그래서,

"이거 원 뜻밖……."

"그러구 보니 이 영감 덕이로군."

"하하하."

이런 웃음과 농지거리로 뜻밖의 술판이 벌어졌다.

그중에 나만은 술을 통 먹지 못하므로 돌아오는 잔을 사양할밖에 없었다. 그들이 굳이 권하려 들지 않는 것이 여간만 다행한 일이 아니었다. 그러나 그들이 술 못 먹는 나를 아껴서보다도, 아무리 사람 좋은 그들이지만 지금껏 말 한마디 참견할 기회가 없이 그저 침묵을 지킬밖에 없는 나에게까지 그런 우정을 느낄 수는 없을 것이다. 그래서 그들은 나를 경원하게 되는 모양이었다. 또 단순한 경원이라기보다도 자칫하면 좀 전의 이 신사와 같이 반감과 혐의의 대상일는지도 모를 것이었다.

이 뜻밖에 벌어진 술판의 판을 치는 이야깃거리는 물론 그 남자의 내력담과 사업 이야기였다.

"……사실 내놓구 말이디, 돈벌이루야 그만한 노릇이 없쉔다. 해두, 그 에미나이들 송화*가 오죽한가요. 거어, 머어, 한 이삼십 명 거느릴래문 참 별에별 꼴 다 봅넨다……."

| * 성화.

쩍하면 앓아눕기가 일쑤요, 그래도 명색이 사람이라 앓는 데 약을 안 쓸 수 없으니 그러자면 비용은 비용대로 쳐들어가고 영업은 못하고, 요행 나으면 몰라도 덜컥 죽으면 돈 천 원쯤은 어느 귀신이 물어간지 모르게 장비葬費까지 '보숭이'*칠을 해서 없어진다는 것이었다.

"앓다 죽는 년이야 죽고파서 죽갔소. 그래 건 또 좀 양상**이디만, 이것들이 제 깐에 난봉이 나디 않소. 제법 머어, 죽는다 산다 하다가는 정사합네 하디 않으문 달아나기가 일쑤구……."

이렇게 말이 채 끝나기 전에 술잔이 돌아와 받아든 그는,

"이게 다슷 잔쨋가?"

하며 들여다보는 그 잔은 할 수만 있으면 면하고 싶지만 그러나 우정友情으로 달게 받아야 할 희생 같은 잔인 모양이었다. 그래서 마시기로 결심한 그는 일종 비장한 낯빛을 지으며 꿀걱 들이키었다. 그러고는 부르르 몸서리를 치자 더욱 붉어진 눈방울을 더욱 크게 치뜨며,

"사람이 기가 맥혀서, 글쎄 이 화상을 찾누라구 자식놈들은 만주 일판을 뒤지구 난 또 여기서 돈 쓰구 애먹은 생각을 하문 거저 쩍에 두……."

이런 제 말에 벌컥 격분한 그는 주먹을 번쩍 들었다. 막 그 여인의 뒷덜미에 떨어질 그 주먹을 쳐다보는 사람들은 한순간 숨을 죽일밖에 없었다. 한순간 후였다. 와하하 사람들의 웃음이 터지었다. 그 주먹이 슬며시 내려오고 그 주먹의 주인이 히히히 웃고 만 까닭이었다. 그동안 눈을 꽉 감을밖에 없었던 나는 간신히 그 여인을 바라보았다.

여인은 제 얼굴 그림자를 통 살라버리도록 담배를 빨아 들이켜고 있었다. 그런 주먹의 용서를 다행하게나 고맙게 여기는 눈치는 조금도 찾

* 떡에 묻히는 '고물'의 방언.
** 분수에 넘치는 호강. '양광'의 평안도 방언.

아볼 수 없었다. 그런 여인의 태도에는 지금의 풍파는 있었던 것 같지도 않았다. 하기야 한순간 실로 한순간이었지만.

터졌던 웃음소리는 아직도 허허 킬킬 하는 여운으로 계속되었다. 나는 그런 그들의 웃음을 악의로 듣지는 않았다. 오히려 폭력의 중지에 안심하고 학대 일순 전에 놓치는 요술 같은 신사의 관용을 경탄하는 호인들의 웃음이라고도 할 것이다. 그러나 그런 웃음이 주먹보다도 그 여인의 혼을 더욱 학대하는 것 같은 건 웬 까닭일까.

그때 차는 어느 작은 역에 멎었다. 아까 실수한 젊은이와 곰방대 노인이 내렸다. 그들은 그런 웃음을 채 웃지 못한 채 총총히 내리고 만 것이다. 밤중의 작은 역이라 그 자리에 대신 오르는 사람도 없이 차는 또 떠났다.

"좌우간 무던하갔쉐다. 저희 집 식구가 많아두 씩둑깍둑 말썽인데 그것들이 어떻게 돌아먹은 년들이라구."

당꼬바지는 코멘소리로 또 말을 시작하였다.

그러나 그 신사는 어느새 건뜩 졸다가는 눈을 뜨고 눈을 떴다가는 또 졸고 할 뿐 대답이 없었다. 아직도 좀 남은 술병은 마주 앉은 세 사람 사이로 돌아갔다.

"이왕이문 데 색시 오샤꾸*루 한잔 먹었으문 도오캤는데."

"말 말게, 이제 하든 말 못 들었나."

"뭘."

"남 정든 님 따라 강남 갔다 붙들레서 생리별하구 오는 판인데 무슨 경황에 자네 오샤꾸하겠나."

"오샤꾸할 경황두 없이 쯔라이** 시쯔렌失戀이문 발쎄 죽었지 죽어."

* '술을 따른다'는 뜻의 일본어.
** '괴롭다'는 뜻의 일본어.

"사람이 그렇게 죽기가 쉬운 줄 아나."

"나니 와께나이요.* 정말 말이야 도망을 하지 아니치 못하리만큼 말이야 알겠나? 도망을 해서라두 말이야, 잇쇼니 나루** 하지 않으문 못 살 고이비또***문 말이야, 붙들렸다구 죽여주소 하구 따라올 리가 없거든 말이야, 응 안 그래? 소랴 기미**** 혀라두 깨밀고 죽을 것이지 뭐야, 응 안 그래."

이런 말이 나오자 그 여인은 무엇에 찔린 듯이 해쓱해진 얼굴을 그편으로 돌리었다. 그편에서 지껄이는 사람들을 바라보는 그 눈은 지금 그런 말을 누가 했느냐고 묻기라도 할 듯한 눈이었다. 그러나 취한 그들은 그런 여인의 눈과 마주쳐도 조금도 주춤하는 기색도 없었다. 도리어 당꼬바지는

"거 사실 옳은 말이야, 정말 앗사리한 계집이문 비우쌀**** 둏게 도망두 안 할걸."

이렇게 그 여인의 얼굴을 보이지 않는 말의 채찍으로 후려갈기었다.

"자, 어서 술이나 마자 먹지. 거 왜 아무 상관없는 걸 가지구 그럴 거 있나."

가장 덜 취한 모양인 가죽 재킷이 중재나 하듯 말하며 잔을 건네었다. 잔을 받아 든 젊은이는 비척 몸을 가누지 못하며 또 지껄이었다.

"가노죠****** 말이야, 텡까노 가루보쟈 나이까.******* 왜 우리한테 상관이 없어."

---

* '뭐가 어려워'라는 뜻의 일본어.
** '함께 하다'라는 뜻의 일본어.
*** '연인'의 일본어.
**** '그렇다면 너'라는 뜻의 일본어.
***** '비윗살'의 방언.
****** '저 여자'라는 뜻의 일본어.
******* '천하의 갈보가 아닌가'라는 뜻의 일본어.

그때 차창 밖에 전등의 행렬이 보이자 차가 멎었다. 금시에 정신이 든 듯한 두 젊은이는

"우린 여기서 만츰 실례합니다."

"한참 심심치 않게 잘 놀았는데요."

"사이나라."*

이런 인사를 던지듯 지껄이며 분주히 나가고 말았다.

새 사람들로 그 자리를 메우고 차는 다시 떠났다.

한참 동안 코를 골며 잠이 들었던 그 신사는 떠들썩한 통에 깨기는 했으나 아직도 채 정신이 안 나는 모양이었다.

당꼬바지는 이야기 동무를 한꺼번에 잃고 갑갑한 듯이 하품을 하다가 다음 역에서 내리고 말았다. 내 옆의 촌 마누라도 내려서 나는 그 자리로 옮겨 젊은 여인과 마주 앉게 되었다.

그 신사는 시렁에서 손가방과 모자를 내리었다. 다음 S역에서 내릴 모양이다. 끌러놓았던 구두끈을 다시 매고난 신사는 손수건으로 입과 눈을 닦으며

"그래 그만하문 너 잘못 간 줄 알디."

"……."

"내가 없다구 무서운 줄 모루구들…… 어디 실컨들 그래 봐라."

"……."

이렇게 혼잣말같이 중얼거리었다. 여자는 역시 담배만 피우고 있었다. 새로 들어온 사람들은 지금까지의 사정을 모르므로 이런 말에 뛰어들어 한때 무료를 잊을 이야깃거리를 삼을 수는 없었다. 이 이상 더 그 여인을 치고 차는 말이나 눈초리도 없이 S역에 닿았다.

| * '잘 가요'라는 뜻의 일본어인 '사요나라'의 방언.

여자를 데리고 내릴 줄 알았던 신사는 차창을 열고 거의 쏟아질 듯이 상반신을 내밀었다. 혼잡한 플랫폼에서 누구를 찾는지 두리번거리던 그는 고함을 치기 시작하였다. 몇 번 부르자 차창 앞에 달려온 젊은이에게 물었다.

"네 형이 온대드니 어떻게 네가 왔니."

"형님은 또 ×××에 가게 됐어……."

"겐 또 왜?"

그 젊은이는 털모자를 벗어 쥔 손가락으로 머리를 긁적거리며 난처한 대답을 하는 것이다.

"그새 옥주년이 또 달아나서……."

"뭐야."

"옥주년이 또……."

"이 새끼."

창틀을 짚었던 손이 번쩍하고 젊은이의 뺨을 갈겼다. 겁결에 비켜서는 젊은이가,

"그래두 니여* 잽혀서 지금 찾으레……."

하는 것을,

"듣기 싫다."

하며 또 한 번 뺨을 철썩 후려쳤다.

"정말 찾긴 찾았단 말이가? 어서 이리 들어나 오날."

들어온 젊은이는, 빨리 손쓴 보람이 있어 ××에서 붙들었다는 기별을 받고 찾으러 갔다고 설명하였다. 비로소 성이 좀 풀린 모양, 신사는 여기 일이 바빠서 제가 갈 수 없는 것을 걱정하고 (여인의) 차표와 자리

| * 아내.

144

를 내주고 내렸다.

또 차가 떠났다. 차창 밖의 그 신사는 뒤로 흘러가고 말았다.

앉으려던 젊은이는 제 얼굴을 쳐다보는 그 여인의 눈과 마주치자 아무런 말도 없이 그 뺨을 후려쳤다. 여인은 머리가 휘청하며 얼굴에 흐트러지는 머리카락을 늘 하던 버릇대로 귓바퀴 위에 거두어 올리었다. 또 한 번 철썩 소리가 났다. 이번에는 여인의 저편 손가락 끝에서 담배가 떨어졌다. 세 번째 또 손질이 났다. 여인은 떨리는 아랫입술을 옥물었다. 연기로 흐릿한 불빛에도 분명히 보이리만큼 손자국이 붉게 튀어 오르기 시작하는 뺨이 푸들푸들 경련을 일으키는 것이었다. 하얗게 드러난 앞니로 옥문 입 가장자리가 떨리는 것은 북받치는 울음을 참는 모양이었다. 그러나 마주 보는 내 눈과 마주친 그 눈은 분명히 웃고 있었다. 그러고 보면 경련하는 그 뺨이나 옥문 입술도 참을 수 없는 웃음을 억제하는 것 같이 보이기도 하였다. 나는 나를 잊어버리고 그러한 여인의 얼굴을 바라볼밖에 없었다. 종시 여인의 눈에는 눈물이 어리기 시작하였다. 한 번만 깜빡하면 쪼르르 쏟아지게 가득 눈물이 고였다. 나는 그 눈을 더 마주 볼 수는 없어서 얼굴을 돌릴밖에 없었다.

"어데 가?"

조금 후에 이런 젊은이의 고함 소리가 났다.

"……."

여인은 대답이 없이 눈물에 젖은 얼굴을 수건으로 가리며 턱으로 변소 쪽을 가리켰다. 여인이 가는 곳을 바라보고 변소 문 여닫는 소리를 듣고 또 지금 차가 전속력으로 달리고 있다는 것을 몸으로 짐작한 그는 비로소 안심한 듯이 담배를 꺼내 물고,

"실례합니다."

하고 문턱에 놓인 성냥을 집어갔다. 여인의 성냥이 아까 창으로 내다

보던 그 남자의 팔꿈치에 밀려서 내 편으로 치우쳤던 것이다.

"고맙습네다. 참 이젠 너무 실례해서⋯⋯."

성냥을 도로 갖다놓으며 수작을 붙이려 드는 것이었다.

그 젊은이가 이같이 추근추근 말을 붙이는 데 대꾸할 말도 없었지만 그보다도 나는 어쩐지 현기가 나고 몹시 불안하였다. 잠시 다녀올 길이 지만 지금까지 퍽 지리한 여행을 한 것 같고 앞으로도 또 그래야 할 길손 같이 심신이 퍽 피로한 듯하였다.

그런 신경의 착각일까, 웬 까닭인지 내 머릿속에는 금방 변기 속에 머리를 처박고 입에서 선지피를 철철 흘리는 그 여자의 환상이 선히 떠오르는 것이었다. 따져보면 웬 까닭이랄 것도 없이 아까 "심심치 않게 잘 놀았다."는 그들의 하잘것없는 주정의 암시로 그렇겠지만 또 그리고 나야 남의 일이라 잔인한 호기심으로 즐겨 이런 환상도 꾸미게 되는 것이겠지만, 설마 그 여인이야 제 목숨인데 그만 암시로 혀를 끊을 리가 있나 하면서도 웬 까닭인지 머릿속에 선한 그 환상은 지워지지가 않는 것이었다. 더욱이나 아까 입술을 옥물고도 웃어 보이던 그 눈을 생각하면 역력히 죽을 수 있는 때진 결심을 보여준 것만 같아서 더욱 마음이 초조해지고 금시에 뛰어가서 열어보고 안 열리면 문을 깨뜨리고라도 보고 싶은 충동에 몸까지 들먹거리기도 하는 것이었다.

지나간 사정을 알 리 없는 새로 들어온 사람들은 물론이요, 그 젊은 이까지도 이런 절박한 사정(?)은 모를 터인데 나까지 이렇게 궁싯거리기만 하는 동안에 사람 하나를 죽이고 마는 것이 아닐까—이렇게까지 초조해하면서도 그런 내 걱정이 어느 정도까지 망상이요 어느 정도까지가 이성적인지 갈피를 잡을 수 없어 더욱더 초조할밖에만 없었다.

이런 절박한 사태(?)를 짐작도 할 리 없는 사람들은, 단순히 때리고 맞는 그 이유만이 궁금한 모양이었다.

"그 왜들 그럽네까."

궁금한 축 중의 한 사람이 나 대신 말을 받아 묻는 것이었다.

"거어, 머 우서운 일이디요."

하고 그 젊은이는 싱글싱글 웃으면서

"가따나 그 에미나이들 송화에 화가 나는데, 집의 아바지까지 그러니…… 아바지한테 얻어맞은 억울한 화풀일 그것들한테나 하디 어데다 하갔소. 그래서 거저……."

하고는 히들히들 웃는 것이었다. 묻던 사람도 따라 웃었다.

들고 보면 더 캐어물을 것도 없이 명백한 대답이었다. 때릴 수 있어 때리고 맞을 처지니 맞는 것뿐이다.

이런 명백한 현실을 듣고 보는 동안에도 나의 망상은(?) 저대로 그냥 시간적으로까지 진행하여, 지금 아무리 서둘러도 벌써 일은 저지르고 만 것이었다. 싸늘하게 굳어진 여인의 시체가 흔들리는 마룻바닥에서 무슨 짐짝이나 같이 튕기고 뒹구는 양이 눈 감은 내 머릿속에서도 굴러다니는 것이었다.

아아, 그러나 이런 나의 악몽은 요행 짧게 끊어지고 말았다. 그 여인이 내 무릎을 스치며 제자리로 돌아왔다. 무사히 돌아올 뿐 아니라, 어느새 화장을 고쳤던지 그 뺨에는 손가락 자국도 눈물 흔적도 없이 부우영게 분이 발려 있는 것이었다. 그리고 당장이라도 직업의식적인 추파로 내게 호의를 표할 듯도 한 눈이었다. 어쨌든 나는 그 여인이 그렇게 태연히 살아 돌아온 것이 퍽 반가웠다.

"옥주년도 잽했어요?"

내가 비로소 듣는 그 여인의 말소리였다.

"그래, 너희 년들 둘이 트리*했든 거로구나."

하는 젊은이의 말도, 지난 일이라 뭐 탄할 것도 없다는 농조였다.

"트리야 뭘 했댔갔소. 해두 이제 가 만나문 더 반갑갔게 말이웨다."

이런 여인의 말에 나는 웬 까닭인지 껄껄 웃어보고 싶은 충동을 겨우 억제하였다.

《문장》, 1941년 4월

『장삼이사』, 을유문화사, 1947년

| * '공모共謀'의 방언.

맥령麥嶺

상진尚眞이는 짐스러운 책 꾸러미를 이 손에서 저 손으로 옮겨 쥐어 가며 걸었다. K군 본서本署의 호출로 소위 '출두' 하러 갔다 돌아오는 길이었다. 무사히 돌아오는 것이 다행이다 하면서도 그래서 오히려 실없이 싱겁기도 한 일이었다.

　결국은 고등계 주임이 무슨 일로 출장 왔던 차에 행여나 무엇이 걸려 드나 하여 가택 수색을 하고, 그때 압수했던 이 책을 돌려준다는 핑계로 불러다가 취조해보는 것이라고밖에는 이해할 도리가 없었다. 말하자면 놈들의 말대로 이 절박한 시국에는 무용지물로 저희들 눈에 거슬리면 거슬렸지 곱게 볼 수 없는 존재라, 할 수만 있으면 긁어 부스럼으로라도 건件을 만들어보자는 심사였고 그나마 안 되더라도 한번 단단히 오금을 박아두자는 것이어니 하면 그만이기도 하였다. 취조래야 가택 수색 때부터

　책은 이것뿐이냐

　책을 빌려가는 젊은이는 없느냐

누구와 편지 거래를 하느냐

어떤 사람들과 상종을 하느냐

이번 징병령에 대해서 누구에게 이러이러한 말을 하지 않았느냐

이런 것으로 별로 이렇다 할 초점이 없이 그저 등떠보고* 넘겨짚어보는 암중모색에 지나지 않았다. 그러나 어떻게 해서든 상진의 가슴속에 묻혀 있을 소위 '비국민적' 사상이나 언행이나 또 혹은 그런 음모를 적발하려 드는 것이라 놈들은 한순간도 그의 표정과 태도를 놓치지 않고 감시하였다.

암만 그래야 너희들이 무슨 단서를 붙들고 덤비는 것은 아니구나.

무슨 거리가 있을 리 없을 것은 상진 자신이 더 잘 알지만 갑작 벼락으로 가택 수색을 하고 또 이같이 취조까지 하는 것은 누구의 무고나 엉터리 불래미**에 걸려든 것이나 아닐까 하여 없는 죄도 있는 듯 불안할밖에 없었다.

그런 중에도 "지금은 왜 작품을 통 쓰지 않느냐?" 하는 질문에 대한 대답이 가장 힘들었다. 그런 일이 있다거나 없다거나 그렇다든가 아니라든가 단마디로 갈라 대답할 수 있는 구체적 사실과는 다르고, 그래서 더욱 놈들도 대답하는 상진이의 말소리의 여운까지도 놓치지 않으려 귀를 세우고 이편의 표정을 감시하였다. 얼굴이 따갑고 눈이 시울게*** 쏘아보는 그들의 시선 앞에서 상진은 벌써 몇 번째나 "건강 때문에……." 하며 그의 각기脚氣와 약한 심장을 내세울밖에 없었다.

그런 줄은 자기네도 안다면서 그러기에 징용이나 보국대는 못 나가

---

* 떠보고.
** 남에게 협박장을 보내거나 밤중에 밖으로 불러내 재물을 강제로 빼앗는 짓. '불러먹기.'
*** 눈이 부셔서 바로 보기가 거북하게.

더라도 글이야 쓸 수 있지 않느냐? 하였고 "요컨대 심장이 문제가 아니라 머리가 문제겠지?" 하는 것이었다.

이런 말에 상진의 대답은 더욱 궁할밖에 없었다. 오직 자기는 본시 대중에게 아무런 영향력도 없는 존재라는 것. 더욱이 건강 때문에 오륙 년째나 붓을 놓았으므로 지금은 문단에서까지도 존재가 없다는 것이 고작인 변명이었다.

고등계 주임은 한 번 콧방귀를 뀌고 나서 딴은 당신이 언제 한 번이나 이 시국에 협력하여 대중에게 영향을 줄 만한 글을 쓰려고 했더냐고 하며

"끝으로 여러 말할 것 없이 이 점 하나만은 알아두어야 하오. 이 시국을 방관만 하다가 한번 비국민으로 지목이 되면 그 담이 얼마나 무섭다는 것을."

한다. 단단히 오금을 박으려는 마지막 협박이었다. 상진은 뭐라고 더할 말이 없었다. 오직 구구한 말이 있을 뿐, 그것은 이편에서 오히려 긁어 부스럼으로 이때까지 지니고 온 결백성을 더럽히고 마는 것일 뿐이다. 소심한 상진이는 등골에 진땀을 감촉하며 재하자 유구무언* 격으로 그 자리를 물러왔던 것이다.

도로 찾아올 것도 없이 그냥 버려도 아깝지 않은 책들이지만 노상 크게 알고 압수했다 내주는 것이라 그자들 앞에서는 이편도 아주 소중한 체 묶어 가지고 나올밖에 없었다. 『우수의 철학』 『우울증의 해부』 『비극의 철학』 『악의 화』 등등 이런 것들이 응당 금서禁書일 리는 없지만 우선 그 건전치 못한 세기말적 표제에 놈들은 놀랐고 다음은 절박한 이 시국과는 하도 동떨어진 것이므로 오히려 어떤 미채迷彩**나 같이 의심하고

---

* '재하자 유구무언在下者 有口無言' 아랫사람이 웃어른에 대하여 할 말도 제대로 못하고 지냄.
** 적이 식별하지 못하도록 군용 차량, 비행기, 배, 건물 따위에 주변 지역의 전체적인 색과 비슷한 색을 칠하는 위장.

압수하는 눈치였다. 사실인즉 상진이가 S면 장걸로 소개해 나왔을 때는 장서藏書 전부를 짐짝 그대로 헛간 샛단 속에 묻어두었던 것이다. 그러나 일찍이 작가라고 다소나마 이름이 팔렸고 중일전쟁 이래 오륙 년간이나 붓을 던지고 있는 지금도 아직 그렇게 지목을 받는 중이라 방 안에 책 한 권도 없는 것이 오히려 부자연하고, 혹시 이번 경우와 같은 때 어떤 책을 어디다 감추었는가 의심받을 염려도 없지 않아 허울로나마 몇 권 책을 늘어놓았던 것이다.

조선말 책은 물론 붉은 글자 붉은 표지까지 꺼려가며 골라 내놓는 수십 권 중에 젊은 시절의 창백하고 말쑥한 우울의 자취로 남은 이 책들은 지금은 내출혈적內出血的으로 속 깊이 멍들고 찌든 그의 우수를 가리기 위한 미채로 가장 눈에 뜨이게 진열했던 것이다.

한 십 리나 왔을까 어제 하루 동안을 말바로* 기름이 내리게 치까슬고 내리훑고 앙큼하게 할퀴고 하는 취조에 시달리고 밤에는 또 여관방에서 까슬려 선 신경에 빈대 벼룩으로 한밤을 고스란히 새다시피 한 뒤라 사실 각기로 다리가 변변치 못한 상진은 벌써부터 피곤하였다.

이 며칠 동안 징병검사로 적령適齡의 젊은이들이 모여든 읍내는 증원까지 한 경관이며 헌병으로 사뭇 경계가 어마어마하였다. 그런 데서 한나절 후에야 떠난다는 자동차 시간을 기다리느라 어물거리다가 혹시 또 취체取締**나 당하지 않을까 하여 40리 길이 벅차지만 이른 조반을 먹자 곧 떠났던 것이다.

---

* 말한 그대로 정확하게. 또는 사실 그대로.
** 규칙, 법령, 명령 따위를 지키도록 통제함. 단속團束.

*

아카시아 꽃이 피기 시작하는 때 아직 응달이 음산한 절기지만 고개를 넘고 나니 숨이 차고 등골에 땀이 배었다. 병신스럽게 이마에서까지 흐르는 땀을 씻으며 상진이는 나무 그늘을 찾아 풀밭에 다리를 뻗고 담배를 붙였다.

언제나 시일은 감상고를 부르짖지 않을 수 없는 이 세월은 언제나 끝나는가. 소련군이 백림伯林*의 외곽 도시를 점령했다는 유럽의 전국戰局은 다 끝이 나나 다름이 없지만 태평양전쟁은 유황도가 이미 떨어지고 충승도沖繩島**에까지 미군이 상륙은 하였으나 일본 본토까지는 아직도 상거相距가 있었다. 하루가 1년 맞잡이로 기다리는 이편이 너무 착급해 그렇겠지만, 연합군이 일본에 상륙한다 하더라도 늘어지게 준비를 해가지고야 시작한다는 둥 그래서 전국은 앞으로가 장기전이 될밖에 없다는 놈들의 선전을 볼 때마다, 역시 백성을 속이는 거짓이라고는 하면서도 얼마나 긴 세월일지 모를 앞날이 아득하였고 더욱 이번 일을 당하고 나매 이 세월이 길면 길수록 놈들의 위협은 위협만이 아니려니 하면 깨어볼 수 없는 다음 순간까지도 아득한 세월이 아닐 수 없었다. 옛날에 축지법은 있었다는데 세월을 줄이는 법은 없었던가? 어떻게 하면 이 난세를 욕되지 않게 넘길까? 이런 생각을 하고 있을 때 고개 너머로 칠팔 명 젊은이들이 내려왔다. 한결같이 무명 국방색 전투모에 각반 차림이 이번 징병검사를 하고 오는 적령자들이 분명하였다.

"자, 우리두 좀 쉐 가자."

어느 한 사람의 말에 그들은 호령이나 내린 듯이 저마다 모자를 벗어

---

* 베를린.
** 오키나와.

던지고 풀판에 털썩털썩 주저앉았다. 모두 한창인 그들이지만 여드름이 울긋불긋한 얼굴에는 어두운 그림자가 비끼고 그 우왁진 어깨도 축 처져 한결같이 시달림과 피곤한 기색이 보였다. 그중에는 어디선가 본 듯한 낯익은 얼굴도 한둘 있었다.

"정 맥살* 나 죽겠네."

"아무러믄 뫴 조금 살겠게, 아야 미리 죽어두렴."

"얘얘 맥키한** 소리 좀 작작 해라."

이런 말을 지껄이며 몇몇이는 전투모로 얼굴을 가리고 풀판에 번듯이 누워버렸다. 혹은 호주머니에서 담배 부스러기를 털어내서 신문지 쪽에 말아 들고 이 사람 저 사람 꾹꾹 찔러가며 성냥이나 부싯돌을 찾는 젊은이도 있었다.

"불 여기 있소."

상진이는 피워 물었던 담배를 내밀었다.

"아새끼 염소처럼 담배는."

"이치 엊그저께 먹기 시작했는데 발세 인이 백엣나 바."

"일마, 석주야 어른 앞에서 담배가 다 머이가, 잰내비 방구 뀌듯 빡빡 재수 없게."

받고 차기로 놀려대는 바람에 담뱃불을 붙인 석주라는 젊은이는 얼굴을 붉히고

"멀들 그래, 병동 나가문 담배밖엔 먹을 것 없어……."

하며 그는 혀끝에 달라붙는 담배 부스러기를 연방 훼훼 뱉어가며 연기로 고리를 뿜고 있다. 노상 담배를 안 피우는 듯이 그를 놀리던 축들도

"일마 이왕이면 나두 한 모금 먹자."

* 기운이나 힘. 또는 의욕. 맥脈.
** '매캐한.' 연기나 곰팡이 따위의 냄새가 약간 맵고 싸한.

하기도 하고 호주머니에서 먼지까지 털어서 담배를 말아 붙이기도 한다. 그나마 없는 이는 한 모금 돌아올 차례를 기다리고 있다.

"여기 있으니 한 대씩 피시우."

상진이는 제 담뱃갑을 도중徒衆* 앞에 내놓았다. 그러나 선뜻 집는 이는 없었다.

"한 대 피시지."

가장 손바로** 앉아 있는 젊은이에게 담배를 권하며 물었다.

"뭘루 합격됐소?"

"갑종이야요."

"갑종! 참 체격이 좋군요."

아까운 젊은이로구나! 이런 생각에 상진은 다시금 그를 보았다. 장대한 편은 아니나 아래위를 찍은 듯 통지고 단단해 보이는 그 젊은이는 빛나는 눈과 동탁한*** 얼굴은 퍽 낮이 있었다.

"머 인갑ㄷ甲이만인가요 다 갑종인데요."

"팔다리 병신만 아니구 올물****만 갖으면 다 갑종이야요."

"기저 제 발루 걸어댕기는 총알맥이문 다 돼요."

"정말 막탕이두만, 아마 이전 사람 종자두 밭은**** 거야. 그러게 데 고자리***** 먹은 개똥차무깨****** 겉은 길손이가 다 갑종이디 말할 거 있나."

앉은키만으로도 제일 걸싸******* 보이는 젊은이가 저편에 있는 젊은이

* 사람의 무리.
** 손이 닿을 만한 가까운 데.
*** 씻은 듯이 깨끗한.
**** 공사장에 필요한 제반 시설. 여기서는 사람의 사지를 가리키는 말.
***** 바싹 졸아서 말라붙은.
****** '고드름'의 평안도 방언.
******* 개똥참외.
******** 목소리나 행동 따위가 매우 걸걸하게. 걸찬.

를 턱으로 가리키며 빈정거렸다. 그 젊은이는 젊다기보다 아직 소년다운 얼굴을 붉히고 약간 벼슬 자국 있는 콧살을 찌푸리며

"동석이 일마, 너 암만 그래두 똥 디린* 막대기 같은 너나 내나 돈반짜리긴 마찬가지야." 한다.

"돈반짜리라니?"

누가 묻는 말에 고자리 먹은 개똥참외라는 길손이는 제 말을 설명한다.

"장개석이 총알은 한 방에 돈반짜리래."

그 말에

"아새끼 어디서."

하고 모두들 웃고 떠들었다. 역시 젊은 사람들이었다.

그러나

"괜히 웃었더니 배만 고프다."

누가 이런 말을 하자

"정말 배꼽시계가 틀어달라구 쪼루락 쪼루락 보채는데."

하는 동석이라는 젊은이는 풀을 한 줌 뿍 뜯어 비벼 던지고 길게 누워버린다. 그 말에는 모두 실감이 있는 모양으로 웃음판은 오히려 시무룩해지고 말았다.

"상게**두 보릿고갤 넘을래문 까맣구나."

지금껏 말참견도 않고 두 무릎을 끌어안고 초금草琴을 불던 인갑이라는 젊은이가 혼잣말로 중얼거렸다. 그의 시선을 따라 내려다보이는 밭의 밀보리는 아직 이삭도 패지 않은 청초였다. 어리기도 하려니와 보국대 징용 징병으로 손이 모자라고 거름조차 부족한 농사라 청초부터 될 성싶지가 않았다.

"밀보릿고개두 다 옛말이네. 밀보리 갈을 하문 뭘 하나. 쥐뿔이나 남 갔게?"

맥없는 동석이의 말이다. 그러자 석주는 시치밀 따고,

"정말 난 방굴 뀔 젠 꿰두 보리밥이나 한번 실컷 먹어봤으문 한이 없 갔다." 한다.

"흥 방구 뀌두룩 먹을 거 있갔다. 공출이나 다 해서 경이나 안 츠문 요행이다."

"쌍놈의 거 맞을 젠 맞아두 즐거잽이** 해서 몽땅 먹어놓구 보디."

"일마 너더러 즐거잽이 해먹으라구 가만 뒤둘 줄 아네. 낼이라두 오 래문 쩍에 주소 하구 나가야 돼."

이렇게 말을 가로채는 길손이는 그 소년다운 얼굴을 또 붉혔다.

"하긴 것두 그래."

"새끼들 어디서 골라가멘 맥나는 수작들만 하네게레."

지금까지 얼굴에 모자를 덮고 누워서 자는 듯 말이 없던 축의 한 젊 은이가 귀찮게 중얼거리고는 돌아누웠다.

높은 하늘 넓은 들 한가운데지만 이 한 보 자락*** 나무 그늘 아래의 대기大氣만은 걸쭉하게 엉긴 듯 무거운 침묵에 잠기고 말았다. 모두들 제 주먹을 베고 느른히 누워 있는 한가운데 저만이 우뚝 남아 있게 된 상진 은 마치 말과 감정이 달라서 이런 분위기조차 느낄 수 없는 딴 나라 사람 이나 같이 지금 무서운 채찍 밑에 몰리어 자기네 생명의 등잔불을 짓밟 아 꺼 나갈밖에 없는 이들 젊은 동포의 신음 소리를 그저 멍청하게 듣 고만 있는 제 꼴을 의식하고 몸서리를 칠밖에 없었다.

* 가을. 추수.
** 일찍 추수를 함.
*** '보保'는 조선 시대에 군역을 부과하던 단위. '자락'은 논밭이나 산 따위의 넓은 부분. '보 자락'은 여러 명이 누울 만한 적당한 크기의 공간을 뜻한다.

그때 고개 너머로 찌릉찌릉 종소리가 나며 자전거 두 대가 나란히 달려온다.

누가

"야 병사계장兵事係長 온다."

하자 누웠던 젊은이들은 일제히 일어나서 경례한다. 또 한 사람은 면장이었다. 그들은 속력을 죽여가지고 이편을 바라보며 내려온다. 상진이도 일어서 인사할밖에 없었다.

면장은 우선

"야."

하고 어떻게 여길 왔더냐고 묻는다. 뻔히 알면서도 시치미를 따려는 그 입 가장자리는 저도 어찌지 못하고 새어 흐르는 웃음에 분명히 떨렸다. 그러고는 무슨 재미난 이야기라도 있는가고 역시 일본말로 깐죽거린다. 보국대 면제를 위하여 한 달 혹은 두 달에 한 번 공의公醫의 진단서를 가지고 가서 만나보는 정도나, 언제 대하든 유쾌치 못한 인물이다. 아무리 복잡한 세상 아무리 비좁은 골목이라도 비집고 헤치고 하다못해 남의 가랑이 아래로 기어서라도 거침없이 처세할 듯한 그 기름 강아지같이 매끄러운 생김생김과 태도. 그리고 언제나 또 무슨 잡도리*를 할지 모르게 나불거리는 그 엷고 반지르르한 입 가장자리에서는 언제나 그런 웃음이 흐르는 것이었다.

"그저 다리쉼을 하는 중입니다."

하는 상진의 대답은 조선말이므로 오히려 어색할밖에 없었다. 면장은 들은 체도 않고 어느새 병사계장과 뭐라고 쑥덕거렸고 그러고는 또 "야." 하고 실례를 한다며 자전거를 달렸다.

| * 어떤 일을 하거나 치를 작정이나 기세.

"뭣하러 이러구들 있는 거야 썩썩 집으루 가지들 않구……"

뒤에 남은 병사계장은 그렇지 않아도 모자를 털어 쓰고 그의 낯색을 살피며 나서는 젊은이들에게 호령한다. 젊은이들은 서로 재촉하듯 뒤를 돌아보며 병사계장의 자전거를 따라간다. 상진이는 자기도 꺼들려 편잔을 당한 듯 불쾌하였다. 당한 듯만이 아니라 자기만 없었던들 병사계장이 다리쉼을 하는 젊은이들에게 그렇게까지 볼 부은 소리를 할 리는 없으려니 하면 더욱 불쾌하였다. 이놈의 세상을! 귀찮게 혀를 차고 상진이는 책 꾸러미를 들고 일어섰다.

몇 걸음 안 가서 앞서 가던 축들이 이편을 돌아보며

"인갑이 넌 안 갈래?"

한다.

"응 이제 따라갈게……"

하는 그 젊은이는 신발을 고쳐 신느라 돌아앉아 풀밭에서 어물거리고 있었다. 아까 밀보릿고개 타령을 꺼냈던 젊은이였다.

"괜히 그러다간 니라마레루조."*

그들이 또 돌아보며 외치는 소리다. 그러자 병사계장의 자전거는 속력을 내어 몽땅 꼬리를 끌고 맞은 고개를 넘었다. 상진은 뜻하지 않은 제 한숨 소리를 들었다. 이런 경우마다 제 반발력이 소모되는 듯한 한숨이었다. 긴치 않은 책 꾸러미를 이 손 저 손 바꿔 쥐며 더벅더벅 걷는 그는 발부리의 제 그림자가 별로 엷고 호젓하게 보였다. 이런 고독감! 그러나 '고고孤高'라든가 '독야청청獨也靑靑'의 긍지가 있을 리 없는 상진은 그저 제 꼴이 초라하게 호젓할 뿐이었다. 뒤에서 초금 소리가 들려온다. 인갑이가 부는 소리였다. 높은 하늘 넓은 들 한가운데서 새지고 또렷한 대로

| * '감시를 받는다'는 뜻의 일본어.

그 역 호젓한 소리였다.

앞선 축들이 맞은 고개 너머로 사라지자 초금 소리는 끊어지고 더벅더벅 잰 발소리가 들렸다. 인갑이가 따라왔다. 이윽고 나란히 걷던 그 젊은이는 상진이를 쳐다보며 얼굴을 붉혔다.

"선산님……."

"?"

"데— 거시기 영어루 '난 조선 사람이다' 하는 말은 멜 하나요?"

이렇게 묻고 난 그는 제 말에 놀라기라도 한 듯이 경계하는 눈으로 앞뒤를 살핀다. 그리고 다시 상진을 쳐다보는 그 빛나는 눈은 결코 실없는 호기심이 아니었다. 오히려 마주 보는 이편이 엄숙해지도록 빛나는 눈이었다. 한순간 이 젊은이는 어째서 나를 믿고 제 맘을 열어 보이려는가, 언제부턴가 혹시 길에서 만나면 저편에서 먼저 눈인사를 하던 기억으로 낯이 익다는 정도가 아닌가? 하였으나 이 젊은이를 경계할 필요는 조금도 없다는 것을 그의 눈으로 알 수 있었다. 혹시 왜 그런 것을 알려느냐고 묻는 것도 지금 인갑이에게는 너무 실없는 농담이 되고 말 것이다.

"저 말하자면 '나는 왜놈이 아니구 조선 사람이오' 하는 것 말이지?"

"예예 그래요."

인갑이는 제 의사를 알아주는 것이 무척 반가운 모양이다.

상진이가 가르치는 대로 따라서 아이 앰 어 코리앤 어쩌고를 그는 열심히 되풀이해 왼다.

"언제 좀 배우지 않았소?"

합쳐 몇 자 안 되는 단순한 말이기는 하지만 몇 번 듣자 곧 뗄 데 떼는 거라든지 미끄럽게 돌아가는 구음의 억양이 전연 초대初對* 같지는 않

| * 어떤 일을 처음으로 당하여 서투름을 이르는 말.

아서 물었다.

"이전에 중학교엘 갔더래서요."

인갑이는 또 얼굴을 붉히고 귀밑을 긁적거리며

"그래두 니어* 고만둬서 지금은 ABC두 잘 몰라요." 한다.

그리고 그는 '위 쓰 항궈린 워 뿌스 을버린我是韓國人 我不是日本人.' 하는 같은 뜻의 중국말도 이미 배워두었다는 것이다.

두 사람은 한동안 말없이 걸었다. 인갑이는 무슨 주문이나 같이 지금 배운 것을 외던 모양으로 가다가 잠꼬대처럼 "노쨈" 소리를 지르고 씽끗 웃기도 한다. 그런 때마다 상진은 그런 감상적 행동이 무슨 소용이 있으랴! 스스로 억제하기에 망정이지 인갑의 손을 쥐어주고 싶은 충동을 느꼈다.

"가족들은 몇이나 되우?"

"나꺼정 넷이야요. 오마니 아버지 그리구 누이."

"형은 없구?"

"7년 전에 죽어서요. ……나두 우리 형님만 살았으문……."

하는 인갑의 말은 가난한 살림에 제가 중학교에 갈 생의를 내고 또 갔던 것은 도시 그 형의 고집이었다는 것이다. 형 자기는 어려서부터 부모를 따라 농사하기에 공부를 못했지만 자기 아우만은 제 몸을 열 조각 내서라도 기어이 공부시킨다고 고집해서 평양 ××중학교에 입학시켰던 것이라고 한다.

그러나 그 형은 인갑이가 2학년 진급시험 준비를 하던 겨울에 급성폐렴으로 죽고 말았다는 것이다. 그래서 학비는 더 날 데가 없고 설혹 자기는 고학을 한다 하더라도 늙은 부모를 도와 농사할 손이 없으므로 학교

| * 금방.

163

를 그만둘밖에 없었다는 것이다.

"부모님네가 그렇게 나이 많으신가?"

"둘이 다 내년이 한갑環甲이야요. 선산님 왜 우리 아바지 모르십네까? 작년 갈에 선산님네 앞 텅깐* 넝개** 해준……."

"아, 그 노인이든가 저……."

상진이는

"저 쬠손이 영감?"

하려다 말았다.

*

작년 늦은 가을이었다.

두 이二자 집의 안채 삼간은 고가古家나마 기와집이지만 앞채 삼간은 초가라 이엉을 해야 겨울을 나겠는데 새끼와 짚을 구하기도 힘들었고 품을 사기도 어려웠다. 상진이로서는 이곳이 생소한 탓도 있었다.

이곳으로 '소개' 해 나온 인반***이 된 중학 동창인 금융조합 이사와 그의 소개로 한두 달에 한 번 진단서를 고쳐 써주는 공의 외에는 아침저녁 수인사나 하는 옆집 사람뿐으로 가까이 아는 사람이 없었다. 본시 평양 어느 중학교 교원이던 상진은 태평양전쟁이 시작되자 영어 시간이 줄어서 여벌 선생으로 하품하는 시간이 많던 중에 조선 교장이 쫓겨나고 일본 교장이 들어오자 조선말로 작품을 발표한 것만도 조선 청년에게 악영향을 끼친 보람이 된다고 사직을 권고하나 다름이 없었다. 이미 붓을

---

* 헛간.
** 지붕을 일 때 기와처럼 쓰는 얇은 돌 조각이나 나뭇조각. 너새.
*** 이웃.

164

던진 지 오래이므로, 고료가 있을 리 없고 생활비가 될 리 없는 월급이지만 그나마 수입이 없고 보니 '소개'가 아니더라도 어차피 도회 살림은 할 수 없게 되었다. 재산이라고는 책과 집밖에 없었다. 요행 그때는 '소개' 바람이 아직 심하지 않아서 집이 과히 천하지 않던 때라 팔면 시골집 한 채를 사고도 이삼 년 조석반 죽거리는 되리라는 예산이 서기도 하였다. 일본이 제아무리 뻗대더라도 과즉 3년, 그동안 연명하면 그 다음은 해방의 날, 자유로운 내 나라에서야 무슨 일을 해서든 의식 걱정을 하랴. 그래서 마침 박 이사의 주선으로 이곳에 집을 사고, 옮아와서는 그저 세월 가기만 고대하는 사람이 되었다. 그러나 어서 가기를 기다리는 세월보다 올라가는 물가가 엄청나게 더 빨랐다. 사십 평생 돈벌이라고는 월급 외에 참새 눈물만큼씩 생기는 고료를 받아보았을 뿐 화식지계貨殖之計를 모르는 상진은 더욱 세월 가기만 기다릴밖에 없었고 초조하면 할수록 지루한 세월은 그래도 흐르긴 흘러서 가을이 되고 보니 이엉할 걱정이 생긴 것이다.

짚과 새끼는 공출에 빨려서 제 손으로 농사한 농가에서들도 자기네 집 이엉할 것조차 걱정할 지경이었다. 사람도 귀했다. 징용보국대로 손에 풀기 있는 젊은 일꾼들은 거진이다시피 없어졌고 나머지 일꾼들은 지금이 한창인 타장打場과 공출에 말바로 눈코 뜰 새가 없었다. 일에만 쫓기는 것이 아니라 여기 말투로 농삿줌이나 한 집이면 더욱 공포 공황으로 떨기에 정신을 못 차리는 형편이었다. '강본岡本'이라는 주재소 주임은 더 말할 것 없고 K군 내에서 공출 성적으로 일등 가는 면장은 한 수 더 뜨는 편으로 두 자가 배가 맞아서 과중한 공출량을 채울 도리가 없는 농민을 면장은 낱낱이 고발하고 주임 놈은 매질을 전문으로 하였다. 더욱이 강본이는 알코올 중독자로 언제나 제정신이 없다시피 닥치는 대로 집어 함부로 치는 매라 한번 걸려들기만 하면 대개는 제 발로 걸어 나오는 사람이 쉽지 않았다. 머리가 터지거나 팔다리가 상하고 갈빗대가 부서지는 형편이었다. 그래서 공출량이 채 차지 못하는 농민들은 소나 집까지 팔아서 나락을 사서라도 할당량을 보충해야 했고 그도 못하는 농민들은 몸을 피할밖에 없었다. 이렇게 소연한 판국이라 저마다 바쁘고 공포에 싸여 헤매는 그들의 품을 사기도 힘들었다.

그까짓 오늘이라도 전쟁만 끝나면 당장 내버리고 가도 아까울 것 없는 집을 애써 이엉은 해 뭘해 하기도 하였으나, 당장이라도 비가 오면 새는 것이요 태평양에서는 아직도 '라바울Rabaul*'을 지킨다 뻗대고 서유럽의 제2전선은 기다리는 사람을 골리는 저기압뿐으로 까마득 소식조차 없었다.

쓰고 있는 제 집의 삼간 이엉 하나도 제 힘으로 치워 못 가는 무능이 어이없어 걱정만 하던 차에 수인사나 하는 옆집 사람 중에 가장 가까이 지나는 춘식이의 주선으로 그중 한가한 사람을 골라 품을 산 것이 쬠손이 영감이었다. 그는 하루 품을 새겨가며 짚과 새끼를 구해 왔고 그 이튿날은 이엉을 엮어주었다.

"오늘은 쥔 선산님두 한몫 도이 하시야갔소옵더."

아침에 쬠손이 영감은 벌써부터 와서 지붕의 길이를 재고 이엉날 새끼를 날궈서 사리고** 하여 차비를 다하고 기다리고 있었다.

"넝이***는 모숨****이 한뜻 같으야 비를 츠나까나."*****

하는 그는 상진이가 서툰 솜씨로 쥐어 섬기는 짚을 모숨마다 일일이 이번엔 많다 적다 타발******을 하였다. 그래서 더욱 서툴게 어름거리게 되는

---

* 남서태평양, 멜라네시아의 뉴브리튼 섬 북동부에 있는 항구 도시. 태평양전쟁 때 일본 해군 항공대의 기지가 있었다.
** 국수, 새끼, 실 따위를 동그랗게 포개어 감는 것.
*** 이엉을 이는 짚단.
**** 한 줌 안에 들어올 만한 분량의 가느다란 물건.
***** 이엉의 짚이 골라야 비가 새지 않는다는 뜻.

상진의 손에서 짚 모숨을 채 가듯 받아서 엮는 그의 손은 무쇠 갈고리같이 검고 억센 것이나 희고 날씬한 상진의 손 따위는 어림도 없게 빨랐다.

"영감님은 뭐 쮐손이라드니……."

"ㅎㅎㅎ 정말 쮐손이문 남의 일 하러 댕길나구. 이렇게 양껏 페딜 못하니까나 괜히들 그럽소옵디."

힘껏 펴 보이는 모양이나 그 손은 큰 달걀이나 쥔 것만큼밖에는 더 펴지를 못했다.

"거 왜 그래요."

"소싯적부터 손아구 센 일에 굳었으니까나……. 그러게 내 손이 쮐손이문 풋내기 일꾼의 손은 버텅손이라구 난 그럽소옵디 ㅎㅎ."

이같이 그가 자랑하는 그 손의 손톱이 또 볼 만한 것이었다. 가려운 데 긁게나 마련된 흰 손의, 손톱과는 그 존재의 의의부터 다르다고 할 만큼 그의 손톱은 손가락 끝을 단단히 무장한 무기라고도 할 것이다. 까막조가비같이 굳고 날쌘 그 엄지손톱은 짚기스름*은 물론 창칼 못지않게 이엉날도 끊었다.

"좀 쉬지 않을까요?"

늙은이를 위한 인사가 아니라 제가 따라가기 힘들어서 사정하듯 말하면 쮐손이 영감은 힐끗 해를 쳐다보고

"넝이 하네 가지고 햇구녕을 막으문 남이 웃소옵디, ㅎㅎㅎ."

할 뿐이다. ㅎㅎㅎ 웃을 때마다 앞니가 없는 그 입은 더욱 뻥 뚫어진 것 같고 그래서 그 웃음은 더욱 낙천적으로 들렸다. 그러나 그런 웃음이 금시에 가시고 마는 그 얼굴은 이마와 뺨에 깊이 팬 주름살로 어둡고 무겁게 굳어지고 마는 것이었다. 웃음 끝에 고인 눈물로 지적지적한 눈을

****** 무엇을 불평스레 여겨 투덜거림.
* 짚의 가장자리.

내리깔고 그저 기계적으로 놀리는 무쇠 갈고리 같은 그 손은 더욱 빨라졌다. 상진이는 미리 주워 섬기기만도 딴눈을 팔거나 이야기해볼 여념이 없었다.

점심때가 되어 식후에 짚단에 걸터앉아 담배를 피우며 쉬는 참이었다. 쬠손이 영감을 소개한 옆집 춘식이가 쩔름거리며 온다.

"데 사람이 또 무슨 화나는 일이 있는가베."

쬠손이 영감은 웃으며 바라본다. 본시 좀 저는 다리지만 바쁘거나 혹은 홧김에 되는 대로 걸을 때에는 더욱 절름거렸다. 아닌 게 아니라 춘식이는

"씨파 공출인디 뭔디 돼지 새낄 세 놈이나 팔아 넣구두 상게 모자라니 놀음 츨츨하다*…… 씨파 갑재기 안 살디두 못하구……."

혼잣소리로 두덜거렸다.

그는 나면서부터 왼편 발목에 힘이 없어 축 늘어지는 발을 걸을 때면 다리를 높이 들어 옮겨놓아야 했다. 그의 부모는 오력**이 남 같지 못한 자식이라 공부시켜서 힘든 일이나 안 하고 벌어먹게 하려고 가난한 살림이지만 춘식이가 보통학교를 졸업하자 상업학교나 공업학교에 입학시키려 했다. 그러나 다리가 그러므로 오히려 입학이 안 되었다. 그래 화가 난 그의 부모는 글이기는 마찬가지가 아니냐 하여 넘은 동네 서당에 보내서 한 2년간 한문을 읽혔다고 한다. 그래서도 결국 춘식이는 농사를 했다. 대서소의 조수도 몇 달 했으나 한 면에 몇이라고 제한이 있는 대서소가 언제 제 차례에 돌아올 것 같지 않아 그만두었다. 면소 서기 자리도 그 발 때문에 그를 환영하지 않았다. 그만 이력서를 가지고는 타향에까지 직업을 구하러 갈 용기는 물론 없었다. 결국 농사였다. 논밭갈이는 못

* '보기에 싱싱하여 질이 좋다'는 뜻의 북쪽 방언.
** 무릎의 구부러지는 오목한 안쪽 부분. 오금.

해도 기운은 남만 못하지 않아서 별로 막히는 일은 없었다. 성미가 팔팔하고 말이 퉁명스러워 역시 병신 맘 고운 데 없어 하는 오해를 사는 때도 있지만 남이 다 끌려나가는 보국대 징용을 그 다리 때문에 걱정 않고 지나는 자기 신세를 새옹지마塞翁之馬에 비하는 유머도 있었다. 그뿐 아니라 언젠가는 기성명이나 한다고 하여 반장 소임이 돌아왔을 때 그런 구실이 아니라도 자기는 보국대 징용은 걱정 없다고 하며 광솔 포도덩쿨 참나무 껍질 같은 공출을 면할 수 있는 소임을 다른 젊은이에게 사양하리만큼 협기俠氣도 있었다.

"이 녕감 내 또 이럴 줄 알았디."

춘식이는 짚단 위에서 털썩 주저앉아 마당귀에 엮어 세운 이엉떼를 돌려보고

"정말 이 아즈바니터럼 일에 탐센* 건 없드라니……. 전 그렇드래두 남의 생각두 좀 하야디……."

하며 늙은이 코앞에 손가락을 흔들어 보인다.

"흐흐흐 일에 들어서두 사정이 있는가베."

"그러게 아즈바닌 궁하단 말이오…… 글쎄 이 녕감이……."

"남 바쁘다니까나 또 무슨 수작을 할나구서……."

"선산님 데 궁상맞은 녕감의 말 좀 들어보실나우."

춘식이는 그때도 그 극성스러운 말투로 이야기를 시작하였다.

"좌우간 이 아즈바니가 저 암만 일을 잘하문 뭘 하갔소. 그렇게 알뜰살뜰히 다루던 텃물**받이는 사태에 쓸어버리구 말았다. 늙마에 당나무 같이 믿던 외아들은 딩병(징병) 나가게 됐으니 살아오이 오나 부다 하게 됐다. 그러니깐 딩혼했던 메누리는 남 되나 다름없다. 딸이 있긴 있어두

---

* 욕심이 많고 적극적인.
** 집의 울 안에서 흘러나오는 온갖 물.

그까짓 쇠년 과부돼 온 거 누가 얻어 간데두. 어떤 놈 가닥이 네편네 처 갓집에 부루*씨 모루 박을 땅두 없는데 데릴사위 갈 놈 없다……. 그러 니 이 녕감의 팔자같이 더러운 것이 어디 있갔소."

하고는 어이없이 낄낄 웃는 것이었다. 진정인즉 제가 소개한 쬠손이 영감은 일손이 좋은 것을 자랑하기 위한 말로 시작하여 그의 딱한 신세 를 동정해 하는 말이지만 남의 아픈 상처를 어루만지기에는 그들의 손이 너무 거친 것처럼 그의 말도 이런 투로 거칠어서 얼른 들으면 독담毒談 같기도 하였다.

"옳다 옳아 놈의 수작이라니……."

쬠손이 영감은 그때도 그 뻥한 입을 벌리고 흐흐흐 웃었다. 소위 노 소동락老少同樂이랄까. 어떻든 그렇게 퉁명스럽고 거친 말이므로 오히려 울어야 할 일도 웃어버릴 수 있는 것이 아닐까.

"좌우간 데 녕감이 어찌 지독한디 저 부치는 논으루 들어가는 거라구 우물 앞 개구장** 물이 얼마나 거나 보누라구 먹어보대스니깐…… 말할 거 있소."

춘식이는 말만 해두 께름한 듯이 침을 뱉는다.

쬠손이 영감이 그렇게까지 알뜰히 여기던 '텃물받이' 첫배미는 이 근 방에서는 모르는 이 없이 이름난 논이었다고 한다. 그 이름처럼 이 동네 텃물이 흘러 들어가는 논 중에도 첫배미라 물이 흔하고 또 길어서 다른 논들보다도 거름을 덜 해도 잘되었고 또 땅이 하도 좋아서 소가 빠질 지 경이라 연장을 안 쓰고 호미나 괭이만으로도 기경起耕***을 하는 오랑논**** 이었다고 한다. 그런 텃물받이는 예로부터 부자들의 자랑감인 노리개갈

---

* '상추'의 방언.
** '시내', '개천'의 평안도 방언.
*** 논밭을 갊.
**** 작은 논.

170

이 되어온 것이다. 전부터 그 논의 종곡種穀*과 비료는 소작인이 자담하는 규례이므로 지주는 봄 기경 때부터 가을 추수 때까지 종곡이니 비료 대니 하여 소작인이 반타작한 나락을 제 등에 져 들였고 복놀이 영계와 추석의 진암닭까지도 가져오는 것이었다. 그뿐 아니라 그 논에는 논갈이 황소가 필요치 않으므로 소를 안 사주고도 소작인에게 귀뚜라미 모으로** 누워 뜯어먹어도 시원찮게 되는 마른 밭떼기까지도 재세***해가며, 겸처**** 소작시킬 수 있다는 것이다.

그래서 부자들은 다른 데는 몰라도 이 근처의 땅을 사려면 좀 비싸더라도 이왕이면 달걀 노른자위같이 치는 이 텃물받이를 사려 했다. 그만큼 누구나 탐내는 논이라 이 근경 사람들은 "그 사람 텃물받이 사게 됐다."거나 "텃물받이 팔아먹게 된걸." 하는 말로 어느 누가 돈을 모았다든가 세상살이가 기울어간다는 것을 표시하기도 하였다. "쌍놈의 거 아무렴 텃물받이 사구 살아보갔게." 흔히들 이렇게 탄식하거나 주정하는 농사꾼들도 이 텃물받이를 탐냈다. 종곡과 비료를 자담하더라도 첫째 흉풍이 없었다. 제때 한 보름만 가물어도 봄내 여름내의 적공이 나무아미타불이 되어 한 해 농사를 백실白失*****하게 되는 천수답에 비할 바 아니었다. 그리고 또 문 앞 전장이라 밭이 가까워서 품이 덜 들기 까닭이었다.

쬠손이 영감이 그런 텃물받이를 소작하기는 재작년부터였다. 본시 일에 꾀가 없이 저 생긴 대로 부지런하고 고지식한 덕에 근농꾼으로 지주의 눈에 들어서 한평생 두고 부러워하던 그 텃물받이 중에도 첫배미를 얻게 되었을 때 그의 기쁨은 평생 소원을 이룬 기쁨이 아닐 수가 없었다.

* 씨앗으로 쓸 곡식.
** 모양으로.
*** 어떤 힘이나 세력 따위를 믿고 교만하게 굶.
**** 더불어.
***** 밑천까지 죄다 잃음.

그러나 그 살인적인 공출이 시작된 것도 그해부터였다. 이름나게 좋은 논이라고 공출 할당이 다른 논에 비하면 거진 배나 되어 오히려 힘들면 힘들었지 나을 것은 별로 없었다. 그뿐 아니라 그해 겨울에 지주가 이곳을 떠나면서 토지 관리가 다른 데로 넘어간 것이 또한 타격이었다. 이런 작은 곳에서는 일등이나 이등으로 세금을 내게 되므로 숨은 부자로 살수 있는 평양으로 솔가해 갈 지주는 그의 가신이던 김 주사에게 토지 관리권을 넘겨주었던 것이다. 남의 땅을 소작이나 하기야 지주면 어떻고 마름이면 어떠냐고도 하겠지만 역시 중간 이익을 보자는 관리인이라 잔고기에 가시 많은 격이 아닐 수 없었다. 김 주사는 작인들에게 공쏘품* 한 자루라도 더 시키려 했고 북데기** 털어 모은 마당쓸이 한 톨이라도 용수 쏜手*** 가 없었다. 그건 또 그렇다 치더라도 쬠손이 영감에게는 텃물받이 첫배미를 엿보는 듯한 눈치가 무엇보다도 불안하였다. 김 주사는 차마 제 체면에 끌려서라도 당장 그런 눈치는 안 보이나 그 조카인 뺨가죽 두터운 봉덕이가 바로 제가 지주나 같이 젠체할 뿐 아니라 오래잖아서 그 첫배미는 저희가 부친다고 연신 말을 내돌렸다. 말만 그럴 뿐 아니라 경방단 부단장인 봉덕이는 제 등쌀에 못 배기도록 하는 계책인지 면서기들과 짬짜미****를 꾸미며서는 현저히 알아보도록 불공평하게 많은 공출량을 내려 씌우는 것이었다.

그래도 쬠손이 영감은 앞날에 소망을 두었다. 언제 어떻게 되어서라는 것은 알 턱이 없지만 옛날에는 들어보지도 못한 공출이 설마한들 한 백 년 계속하랴, 지금은 힘들더라도 지긋지긋 견디어 공출만 않게 되는 날이면 어련히 텃물받이 첫배미는 첫배미가 아니랴. 또 봉덕이 이 자가

* 아무 보람 없이 들이는 품.
** 벼나 밀 따위의 낟알을 털 때 나오는 짚 부스러기, 깍지, 이삭 부스러기 같은 찌꺼기.
*** 수단을 부림. 또는 그 수단.
**** 남모르게 자기들끼리만 짜고 하는 약속이나 수작.

아무런대도 지주야 설마 자기 손에서 이 첫배미를 놓으라고 하랴.

이렇게 인성과 세월을 믿는 쬠손이 영감은 금년도 따지개*부터 삽자루를 들고 물꼬에 장** 서 있었다. 눈석이 물***이 내리자 그 흐리고 걸쭉한 물을 무슨 간국이나 같이 손가락으로 찍어서 맛보는 것이었다. 그것은 뒷산에서 내리는 물이 장거리 한 기슭을 스쳐서 우물 도랑과 합쳐 흐르는 구정물이었다. 찝찔하고 비릿한 물맛 저의 논꼬로 흘러드는 물맛이 구리면 구릴수록 쬠손이 영감은 만족했다. 그리고 기경 때가 되어 한길에서 연장을 실은 곁이소****를 몰고 나오는 사람을 보면 쇠스랑만 둘러멘 쬠손이 영감은 일부러 기다려서는 묻지도 않는 말을

"아 우리 텃물받이는 그 무슨 놈의 흙이 그런디 솔 대서 연장으루 갈 생의生意는 염두 못한다니까나."

하고 흐흐 웃는 것이었다.

모를 낼 때 그의 늙은 마누라가 모춤을 나르다가 논 한가운데 빠져서 헤나지 못해 애쓰는 것을 보고 쬠손이 영감은 좋아라고 우선 한바탕 흐흐흐 웃었다는 것이다. 실컷 웃고 나서야 마누라의 손을 꺼들어주다가 자기마저 미끄러져 얼굴까지 흙투성이가 되어 일어난 그는 입에 드러난 흙을 뱉을 염도 않고 첩첩 입맛을 다셔보며

"원 그 무슨 놈의 흙인디 온종일 짓씹어야 모래라군 영 한 알두 없다니까나."

하고 또 흐흐흐 웃었다는 것이다.

그렇게 아끼던 텃물받이가 지난 장마에 사태로 모래에 묻히고 만 것이다.

* '따지기.' 얼었던 흙이 풀리려고 하는 초봄 무렵.
** 계속하여 줄곧.
*** '눈석임물.' 쌓인 눈이 속으로 녹아서 흐르는 물.
**** 일을 도우는 소.

금년따라 전에 없이 큰 탕수가 나서 그런 것도 아니었다. 몇 십 년 혹은 몇 백 년 잔디 뿌리에 눕히고 발땀에 길들었던 논두렁과 동둑이 빨갛게 헐벗게 된 까닭이었다. 그 가혹한 공출 때문에 정전 정답으로 토지대장에 오른 논밭 농사만으로는 도저히 먹고 살 수 없이 된 농민들은 저마다 산을 일구고 동둑 논두렁 밭최뚝* 할 것 없이 벗기고 콩 한 포기 옥수수 한 대라도 더 심어야 했다. 텃물받이 논들을 둘러싼 동의 맞은편 둑도 역시 빨갛게 벗기고야 말았다. 이편 논두렁이 아니고 맞은편 둑이지만 결코 등한히 여길 수는 없었다. 만일 그 높은 둑이 무너져 그 아래 수돌을 메우게 되면 장마물은 이편의 낮고 가는 논둑을 넘거나 무찌르고 논으로 덮어씌울 것은 뻔한 일이었다. 그래서 쥠손이 영감은 물론 그 수돌과 관계있는 논을 부치는 농군들은 누구나 그 동둑 일구는 것을 반대했다. 나중에는 싸우다시피 말리기도 하였다. 그러나 땅이 없거나 있더라도 작은 빈농들은 어디나 한 포기라도 심어야 연명할 처지라 앞뒤를 재가며 남의 일까지 걱정해줄 여유는 없었다.

"왜들 할 걱정이 없어 이러나? 님자네 부치는 논뚝을 일군대문 몰라두 주인 없는 나라 땅을 일궈 먹는데 무슨 상관이야."

아닌 게 아니라 그 넓은 둑은 농로가 있을 뿐 주인 없는 풀밭이었다.

"여보 당신넨 좋은 논밭 부치니깐 그런 배부른 걱정두 하는디 모루갔소, 해두 우리는 이런 공터라두 일구야 죽물꺼리라두 보태디 않갔소. 괜히들 그러디 말구 어디 같이 살아봅세다가레."

듣고 보면 동무 과부의 설움으로 두말 못하게 다 딱한 사정이었다.

이루 따라가며 말릴 수도 없거니와 저편의 말을 듣고 보면 이편은 이편 생각만으로 두 수 세 수 지나치게 부질없는 걱정을 하는 듯도 하였다.

| * 밭 언저리의 둑. '밭둑'의 방언.

그러나 흙을 얽어맸던 잔디 뿌리가 실실이 끊기어 드러나 물꼬 근처까지 헐벗어가는 그 동둑을 볼 때마다 쬠손이 영감은 혀를 차고 머리를 흔들 밖에 없었다.

동둑까지 일궈야 하는 한 동네 사람의 딱한 사정을 모르는 바 아니나 그렇다고 그저 두고 볼 수만도 없어 쬠손이 영감은 관리인인 김 주사를 찾아가 여러 번 걱정을 했다. 그러나 그 역 별도리가 없었고 한번은 김 주사가 면장을 찾아가 말해보았으나 부뚜막에라도 심어서 식량 증산을 하는 것이 국책이라는 면장은 제 개인의 책임이 아니라 오히려 귀찮게만 여기는 눈치였다고 한다. 쬠손이 영감은 걱정하던 중에 밉살머리스럽더라도 행여나 경방단 부단장의 힘을 빌릴까 하여 봉덕이에게 말해보았으나 봉덕이는 거기서 밸腸이 어디게 하는 투로 쓸데없는 걱정이라 하였다.

그러나 쓸데없는 걱정만도 아닌 성싶었다. 벌거벗은 동둑은 큰 소바리*만 지나가도 부슬부슬 떨어졌고 간밤에 비가 한 소나기만 와서도 흙이 몇 가래밥씩이나 무너져서 좁은 수돌을 메워놓는 것이었다. 그래서 쬠손이 영감과 그 논들의 농사를 하는 사람들에게는 장마철이 되고부터 수돌을 메운 흙을 이편 둑으로 처붙여 올리는 일이 한 가지 더 늘었다.

마침내 개부심**을 하는 장마가 며칠 계속된 중 어느 날 밤이었다. 이 날도 아침부터 오던 비가 초저녁에는 좀 뜸하는 것 같더니 재밤중***부터 억수로 퍼붓기 시작하였다. 그렇지 않아도 이 며칠째는 맘 놓고 자본 적이 없던 쬠손이 영감은 심상치 않은 빗소리에·벌떡 일어나자 누구를 깨워서 같이 갈 겨를도 없이 손에 잡히는 대로 섬거적 몇 닢과 삽자루를 들자 뛰어나갔다. 초저녁 때만 해도 반 개통밖에 안 되던 물이 어느새 차고

* 소의 등에 짐을 싣고 나르는 일. 또는 그 짐.
** 장마로 큰물이 난 뒤, 한동안 쉬었다가 다시 퍼붓는 비가 명개흙을 부시어냄. 또는 그런 비.
*** 한밤중.

넘쳐 길까지 휩쓸어 내려오는 것이었다. 채찍같이 쏟아지는 빗소리와 물소리뿐 한 발자국 앞이 안 보이지만 허턱* 달리는 걸음은 그래도 제 길을 찾아서 물꼬까지 왔을 때였다. 얼마나 멀리선가 그가 오기를 기다렸던 듯한 철썩 소리, 그리고 우수수 분명히 둑이 무너지는 소리였다. 금방 정강노리** 치던 물살이 후려치듯 그의 무릎 위를 휘감아 돈다. 쥠손이 영감의 가슴도 철썩 내려앉았다. 눈코 못 뜨게 몰아치는 빗발에 새로운 흙냄새가 물씬 풍긴다. 벌써 한 삽이라도 물꼬에 처붙인 흙이 보이지 않는다. 그는 할 수 없이 물꼬에 섬거적을 덮고 타고 앉는 것밖에는 도리가 없었다. 그때 둘째배미를 부치는 사람네도 나왔다. 첫배미 춘식이네도 나왔다. 그러나 여러 사람의 힘으로도 어쩔 도리가 없었다. 쥠손이 영감이 타고 앉은 물꼬둑은 섬거적 밑에서 큰 거북이나 같이 미미적거리기 시작한다. 물에 풀리는 둑이 쥠손이 영감의 궁둥이 밑에서 빠져나가기 시작하는 것이다. 삽시간에 그의 허리를 휘감으며 물이 논으로 쓸어들었다. 모인 사람들은 우선 어린애같이 소리쳐 우는 쥠손이 영감을 끌어내야 했다. 날이 샌 후에 본즉 물꼬에서 얼마 안 가서 맞은편 둑이 서너 칸통이나 끊어져 수돌에 주저앉은 것이었다. 전에 없이 큰비도 아니었지만 뒷산 역시 장작 공출로 나무를 다 찍었고 부대***를 일궜으므로 비가 오는 대로 쏟아져 내려 말바로 황소 같은 물이 동둑의 굽이진 골목을 들이받고 무찔러서 삽시간에 무너뜨린 것이었다. 앞으로 더 흘러갈 길이 막힌 물은 이편의 엷고 낮은 물꼬를 넘고 터뜨리고 쓸어들어 텃물받이 첫배미는 물론 둘째 셋째배미까지도 뒷산의 붉은 모래로 덮어버리고 만 것이다. 쥠손이 영감네 것만은 2천 평이 되나 마나 하지만 그 아래치까지 합

* 이렇다 할 이유나 근거가 없이 함부로. 허청.
** 정강이 근처.
*** '화전火田'의 방언.

하면 거진 5천 평이나 되는 논의 금방 이삭이 패려는 벼가 통 모래에 묻혔다. 이번 비에 이 텃물받이뿐 아니라 비슷한 원인으로 그 같은 피해가 곳곳에 많았다.

하룻밤 사이에 1년 농사를 백실할 뿐 아니라 농터까지도 없어지고 만 그들은 어디 가 호소할 데도 없었다. 누구를 원망한대도 소용이 없었다. 그들은 인간 수대로 논귀에서 한나절 품을 놓고 울었을 뿐이었다.

"아니 이제 울어서 무슨 일 츠갔다구들, 눈물두 낱알물 우러나는 거라우. 괜히 아까운 거 찔찔 짜디들이나 말소."

이런 때도 역시 익살을 잊지 않는 춘식이가 이렇게 된 바에는 하루바삐 논을 고칠 도리나 하자고 하여 그들은 김 주사를 찾아 의논해보았다. 이런 경우에 전장을 고치는 비용은 으레 지주가 부담하는 것이었다. 그러나 김 주사는 하도 일거리가 거창해서 품삯이 엄청나게 들 것이므로 지주의 의향을 들어보기 전에는 고친다든가 고치더라도 언제부터 시작한다고 자기는 단언할 수 없다고 하였다. 그때만 아니라 그 후에도 여러 번 만났으나 김 주사는 관리인인 제 책임도 없지 않아 그런 엄청난 손해를 지주에게 말하기조차 힘들어 아직 우물쭈물하고만 있는 눈치였다. 그런 김 주사만 믿고 있을 수 없는 소작인들은 직접 지주와 의논해보자고 벼르는 중이라고 한다.

"씨파 나야 머 아무리 텃물받이래두 큰애기 궁둥판만 한 거 있으나 없으나지만 우리 이 아즈바닌 그때 녹아서, 텃물받이가 그렇게 된 댐부터는 태가 가서 쇠뗑이 같던 녕감이 단박 늙어서……."

하는 춘식이는 다시 붙인 담배 연기를 길게 뿜었다. 그러나 속 실랑이를 않고는 못 배기는 그였다.

"그래두 이 아즈바닌 그놈의 사태 때문에 윌루 한걱정 덜었디……."

한다. 쬠손이 영감은

"듣기 싫다니까나 또 무슨 수작을 할나구서……."

하며 손을 젓는다.

"씨파 아즈바니 그럼 안 그렇단 말이오. 글쎄 이 녕감은 만날 메눌아이 발이 작다구 원 고 발을 어떻게 하노 하노 걱정하구서는……."

건 또 무슨 말인가 하면 쬠손이 영감은 자기 아들과 정혼해둔 장래 며느릿감인 처녀가 나무랄 데 없이 하도 귀엽다 못해 결코 병신스럽다거나 보통 이상으로 작은 것도 아니지만

"호호호 발이 고렇게 조개비만 해서야 우리 텃물받이에서 어떻게 일을 하노. 못해두 뽐가웃* 신을 신으야 뻐디딜 않을데."

한다는 것이다. 이 역시 춘식이의 험구지만 쬠손이 영감은 지나던 길에 마침 우물에서 그 처녀가 물을 긷거나 빨래하는 것을 보면 궁둥이가 팡파짐하니 나날이 커가는 그 처녀를 세월없이 보고 서서 호호호 웃는다는 것이다.

"글쎄 그것들밖에는 귀한 것이 없으니까나!"

변명하듯 말하는 쬠손이 영감은 역시 그 앞니 빠진 뻥한 입으로 호호호 웃었다. 그러나 그렇게 귀여운 며느리를 하루바삐 성례成禮하고 데려오고 싶었지만 그해는 실농으로 남의 귀한 자식 데려다가 밥 굶길까봐 못 데려왔고 지금은 징병에 걸려서 언제 끌려갈지 모르는 아들이

"공연히 우리 욕심만으루 데려왔다가 아버지 어머니가 두구두구 가슴 아픈 꼴이나 볼라구요."

하여 지금은 아주 단념하나 다름이 없다고 한다.

"하긴 그것의 말두 옳애. 자갸가 돌아올 것 같디 않은 길을 가니까나……."

*

그때 아무리 춘식이가 이야기 시초부터 이런 촌에서 흔히 볼 수 있는 풍속으로 상처에다 동당*을 문지르듯이 거친 말투와 익살로 놓쳤고 쥠손이 영감마저 남의 일이나 같이 제 감정을 흐흐흐 웃음으로 웃어버리려 했으나 아무리 동당을 칠하고 칠해도 그냥 피가 내배는 그 생생한 깊은 상처의 인상은 아직도 상진의 마음을 저리게 하였다.

그것들밖엔 귀한 것이 없으니까나!

너무도 절실한 심정이 어린 말이라 아직도 귀에 쟁쟁한 그 한마디만으로도 지금 나란히 걷고 있는 인갑이가 단지 길가에서 처음 만난 길동무만일 수는 없었다.

귀한 아들! 물론 쥠손이 영감의 둘도 없는 귀한 외아들이다. 그러나 그보다도 민족적으로 위기에 선 숱한 조선의 아들이 아니냐. 뿌리 깊은 과오의 역사로 어쩔 수 없이 차마 끊지 못할 인연을 생가지 찢듯 버리고 억울한 희생의 길을 갈밖에 없는 조선의 한 젊은이일 것이다. 이 희생에 책임질 자는 다 과거로 돌아가 없다고 하여야 옳을까. 그리고 이 무참한 희생을 지금부터나마 막을 자는 없는가. 너도 나도 아니니 앞으로 나타나기를 기다리자는 것인가. 이런 상진의 생각은 언제나 그렇듯이 또 막다른 골목에 부딪히고 말았다. 진공관 속을 걷는 것같이 답답하였다.

"그 텃물받인가 하는 논은 저간에 복구됐소?"

그때 들은 말이 있어 물어본 것이다.

"웬걸요."

인갑이는 무슨 골몰한 생각에서 놓여난 듯 상기된 얼굴을 들며

| * 붉은 고추.

"복구가 다 뭡니까."

한다.

그들은 벼르던 대로 두 번이나 지주를 찾아간다고 한다. 가을에 갔을 때는 그 엄청난 손해에 지주는 펄쩍 뛰기만 하였다. 김 주사한테서 이미 기별은 있었으나 그렇게까지 큰 피해일 줄은 통 몰랐다는 것이었다.

"안 될 말이지 남의 던을 버려놓구는 또 품삯까지 내래니 이미 버린 건 고사하구 님자네는 날 못살게 하자는 수작인가."

이렇게 지주는 단박 화를 낼 뿐이었다. 그때 시세로 70원이나 하는 품을 수백 자루나 사서 고친다면 아이보다 배꼽이 크다는 격으로 논값보다 품값이 많다는 것. 그 논에서 나는 소출을 공정가격으로 공출하면 지주의 수입에 대체 몇 푼이나 되기에 당초에 어림도 없는 수작이라는 것이다.

"그렇다구 그 아까운 논을 아주 쑥밭을 만들 수야 있소."

하는 말에

"그렇게 아까운 논을 못쓰게 한 건 누군데!"

하여 장마가 지고 사태가 난 것까지도 소작인들의 책임이나 같이 역습을 하였고

"님자네가 그 논이 정 아까우면 우선 일을 다 치워놓게나. 그러면 낸들 소방이* 모른다구야 하겠나."

하는 투의 생색이었다.

그해 실농으로 당장 풀칠할 것도 없는 그들이었다. 그날그날 품팔이를 해서 먹어가는 처지에 자기네 힘만으로는 1년을 해도 끝이 안 날 일을 하잘 수는 물론 없었다.

| * 전혁.

지난 따지개 머리에 갔을 때도 지주의 태도는 매한가지였다. 고작 다른 것이라면 사실 그럴 가망이 있어선지 그 당장을 꾸려가는 말인지

"식량 증산이 국책이니까 혹시 '당국'에서 보조나 주면 몰라도……."

하여 소위 '당국'을 팔았고 그렇지 않으면 전쟁이 끝나서 품삯은 내리고 낟알은 자유 처분하게 되어 수지가 맞게 되는 때까지 기다릴밖에 없다는 것이다. 그뿐이었다.

"지주는 니利 보자는 땅이니깐 타산해봐서 니 없으문 아깝디 않게 내버려두 그만이디만 우리 농사꾼은 어데 그래요. 농사꾼은 땅 없인 못살디 않아요. 그래두 우리 농사꾼이야 어데 힘이 있어야 그 논을 다시 살리디요."

하는 인갑의 이야기는 둘째배미를 부치던 사람네는 벌써 어느 탄광으로 떠나갔고 자기네도 벌써 노동판으로라도 갔어야 할 형편이지만 인갑이 자기는 내일이라도 끌려 나가야 할 사람이라 뒤에 남는 늙은 부모는 같은 품팔이일 바에는 손에 익은 농사일이 나으리라고 하여 그냥 있다는 것이다.

이런 인갑의 이야기는 더 진정할 여지가 없이 무거운 한숨으로 끝나고 말았다. 그러나 몇 걸음 안 가서 인갑이는 다시 머리를 들며 말한다.

"이번 일은 우리만이 아니야요. 이 근경에 그렇게 돼서 묵는 논이 얼마든지 있어요. 그래서 나는 머 우리가 부티는 던장의 디주만이 나빠서 그런 거라군 안 해요. 땅에 대한 디주들의 니해利害 관계와 생각은 우리 농사꾼들과는 애초에 다르니까요."

이런 말에 상진이는 주춤할 지경으로 인갑이의 얼굴만 새삼스럽게 쳐다볼밖에 없었다. 이 얼마나 정확한 지적이냐. 지금까지의 이야기로 미루어 너무나 당연한 결론이지만 그러나 인갑에게는 논리로서보다 쓰라린 체험으로 얻은 자각이 아닐 수 없을 것이다. 제 이야기로 흥분하여

더욱 소년답게 얼굴이 붉어진 그를 보는 상진은 아, 이 젊은 농민! 그의 현실을 정확히 보는 눈과 제 위치에 대한 명백한 자각—그것은 멀지 않은 장래에 새 역사의 창조를 암시하는 것이 아닐까? 이런 생각에 상진은 전에 읽은 책 중에 '토지는 농민에게'라는 외침이 지금 인갑이의 말소리로 연상되는 것이었다.

그들은 또 한 고개를 넘었다.

"나는 또 좀 쉬어야겠는데."

상진은 저린 무릎을 문지르면서 벌써 몇 번짼가 또 쉬자기가 미안하였다.

"바쁠 텐데 미안하오."

"바쁠 것도 없구 바쁘잘 것두 없구…….'"

그의 곁에 털썩 주저앉으며 중얼거리는 인갑의 말에 상진은 웃었다. 하도 젊은이답지 않은 말이기 때문이었다. 상진이가 권하는 대로 담배를 피워 문 인갑이는 소년다운 호기심으로 상진의 책 꾸러미를 뒤적이다가

"지두 이전에 선생님의 소설을 더러 읽었어요."

한다.

"허 어느 겨를에 그런 걸!"

인갑이는 일껏 입학한 학교에는 못 가게 되고 뭘 좀 배우고는 싶고 하여 한 하숙에 있던 동무에게 부탁하여 다 본 잡지와 소설책을 보내달래서 모를 한문자는 춘식에게 배워가며 동석이랑 같이 읽었다는 것이다. 그러나 그것도 한 2년 계속되나 마나 하여 조선말 책을 읽는 생도를 취체하는 바람에 책을 못 얻게 되었다는 것이다. 인갑이가 처음부터 눈인사를 하였고 또 이렇게 자기 마음을 열어 보이는 것은 벌써부터 그런 인연이 있는 탓이려니 하였다. 그러고 보면 그만한 정도나마 자유가 있던 때에 자기는 왜 좀 더 계몽적으로 이런 젊은이에게 친절한 글을 쓰지 못

했던가. 새삼스레 후회되었다.

"참 선산님 주의하시라우요."

하는 인갑이는 이번에 상진이가 불려 갔던 까닭을 짐작한다는 것이다.

얼마 전에 소위 시국 강연회가 있은 날 인갑이는 경방단의 당번으로 강연 끝의 연회 때 시중을 했었다. 그때 술이 취한 모양인 본서 고등계 주임이 이상진이란 자는 지금 여기서 뭐하느냐고 하는 말로 시작하여 각기니 심장이니 하는 것도 건병*일는지 모른다는 둥 어쨌든 쓸데없는 귀찮은 것이라 하였고 '강본' 주임은 그따위 놈은 잡초니까 언제든 뿌리째 없애야 한다고 하면서 계엄령만 내려보라고 별렀다는 것이다. 아닌 게 아니라 가택 수색이 바로 그 후였다.

"야미쌀**두 선산님이 직접은 사시디 마시라우요."

하는 인갑의 말은 강본이는 언제나 건방진 놈들이라면서 상진이를 위시하여 외처에서 '소개'해 온 사람들을 주목한다는 것이다.

언제는 안 그랬으랴만 이런 말을 듣고 보면 더욱 숨 막히게 답답한 세상이었고 구차한 목숨이 아닐 수 없었다. 날개가 있으면 훨훨 날아가고 싶었다. 어디든 왜놈의 손이 미치지 못하는 하늘 저편으로 사라지고 싶었다. 인갑이도 그런 생각을 하는지 저편 하늘 끝닿은 먼 산을 바라보다가 옆에 누워 있는 상진이를 돌아본다.

"선산님."

"음."

"데 김일성 부대는 상게두 백두산에서 왜놈하고 싸우갔디요?"

이런 인갑이의 말에 상진이는 벌떡 몸을 일으켰다.

"김일성 부대!"

* 꾀병.
** 뒷거래로 사는 쌀.

183

인갑의 말을 받아 외는 상진은 서슴없이 그의 얼굴을 마주 보았다. '아 이 젊은이는 날개가 있구나!' 속으로 외치지 않을 수 없었다. 이 기막힌 진공관 속에서 김일성의 존재를 생각해내는 것만도 얼마나 씩씩한 비약이요 찬란한 낭만일까.

"물론 싸울 거요. 지금이야말로 그분이 더욱 힘 있게 싸울 때니까!"

청구靑丘 조선의 산머리 우러러 선조의 웅대한 가지가지의 전설을 지니고 있는 백두산에서 동포의 의사를 대표하여 조국 해방의 봉화를 높이 들고 싸우는 한 영웅의 모습을 눈앞에 그리며 상진은 대답하였다.

"전 이번에 북지나 만주루 가게 되문 달아나다 죽드래두 그리루 갈래요."

"참! 잘 생각했소. 으레 그래야 할 게요."

"이전에 신문에서 볼 젠 그저 무심히 봤어두 지금 저희는 달아나기만 하문 믿구서 찾아갈 덴 김일성 부대밖엔 없어요. 그리루 가기만 하문 우리두 개죽엄은 안할 터이니깐요."

이 역시 이들 젊은이의 절실한 지각이 아니고 무엇이랴. 헤어날 구멍이 없이 암흑과 질식 속에서 허덕이던 이 젊은이들은 더듬고 더듬어 제 의지와 판단으로 마음의 들창을 찾아 열어놓은 것이다. 그 들창으로 멀리 영웅 김일성이 높이 든 민족의 봉화의 광명이 흘러들고 젊은 심장을 충동하는 그 부대의 함성이 들려오는 것이려니 하면 상진의 맘에도 또한 들창이 열리는 듯하였다. 민족의 자유와 해방은 지금 우리 동포의 힘으로도 전취되고 있는 것이다. 즉 김일성 하나가 있으므로 우리는 염치없는 민족이 아닐 수 있는 것이다.

다시 걸으며 상진은 마음의 들창으로 들어오는 광명에 싱그러워진 분위기 속에서 심호흡을 하였다. 결코 나약한 한숨이 아니었다.

다시 한 고개를 넘자 고개 밑 주막 앞에서 앞서 가던 축들이 서로 쫓기고 하며 날파람과 실랑이를 하고 있다.

"데 애들, 또 탁주 먹구 취했나부군."

인갑이는 제가 오히려 얼굴을 붉히며 중얼거린다. 아닌 게 아니라 가까이 가본즉 그들은 다 홍당무 같은 얼굴에 땀을 흘려가며 농지거리를 하고 덤비었다. 누가 뭉치를 들고 따라가서 총창으로 찌르는 시늉을 하면 저편은 양 손을 쳐들고 머리를 저으며

"워 쓰 항궈린 위 뿌쓰 을버린." 한다. 그러면 이편은

"흐흐."

하고는 와하하 웃고 떠들었다. 그런 한편에 저기 길가에는 두 젊은이가 어깨를 걸고 앉아 서로 이마를 맞대고 울고 있었다. 석주와 동석이었다. 웬일인지 석주의 코에서는 피가 흘렀다. 그러면서도 석주는 오히려 마주 껴안고 우는 동석이의 눈물과 콧물을 제 소매와 손등으로 훔쳐주며 느껴 우는 것이었다.

"이 자식아……."

"응 이 자식아……."

"죽어두 같이 죽자."

"응 죽어두 같이 죽자."

이렇게 그들이 정답게 부르며 서로 마주 보는 눈에서는 또 새로운 눈물이 흘렀다. 그들은 또 이마를 마주 대고 느껴 우는 것이다.

"웬일이오."

상진이는 옆에 와 서는 길손이에게 물었다. 그러나 길손이는 그 역시 홍당무같이 된 얼굴을 숙이고 대답이 없다. 마침내 그의 어깨가 들먹거리더니 눈물이 핑 돈 눈으로 상진이를 쳐다본다. 그 벼슬 자국 있는 콧살이 찌푸려지고 입 가장자리가 푸들푸들 떨리자

"우리야 늘 설운 걸 참아왔디요."

하고 얼굴을 돌리며 느끼기 시작한다.

"결손 군!"

상진이는 흐득이는 그의 어깨를 짚고 흔들며 나직한 소리로

"결손 군, 니 쓰 항궈린."

하였다. 희망을 가지라는 뜻으로 한 말이다. 그 말을 듣자 다시 상진을 쳐다보는 길손이 눈은 한순간 웃었다. 그러나 곧 그는 어린애같이 "와—" 울음을 터뜨리며 상진의 가슴에 안기듯 쓰러진다.

"선산님……."

"?"

"우린 술두 먹구 쥐정두 하구……."

"……."

"이전 다 타 타락했시오."

하며 다시금 느껴 운다. 그것을 보는 인갑이의 눈에도 눈물이 핑 돈다. 아직 익히지 않은 술에 취해서도 그렇겠지만 얼마나 안타깝고 기막히면 초면이다시피 한 나에게 자기의 설움을 쏟아놓을 것인가. 그런 길손이를 안고 등을 어루만지는 상진이 역시 울고 싶은 심정이었다.

*

인갑이와 길손이들이 입영入營하기는 6월 중순이었다. 그때는 유럽 전쟁은 이미 끝났고 충승 본도本島도 점령이 된 때였다. 그래서 일본 제국주의자는 그야말로 최후의 발악을 하며 덤비는 때였다.

철기로는 이른 밀보리 갈이가 시작되는 때였다. 말하자면 춘궁春窮의 한고비 보릿고개를 넘어서 농민들은 한숨을 내쉬는 때였다. 그러나 한 이삭 한 톨이라도 다칠세라 순사 경방단 면서기 구장 반장이 동원되어

농가와 밀보리밭을 감시하였다. 농사는 지어놓았으나 농민의 턱을 받치는 보릿고개는 끝없이 높아만 갔다. 이 마을 저 동네서는 징병 적령자들과 순사 면서기 경방단 사이에 작은 충돌 사건이 종종 일어났다. 즐거잡이를 해 먹었다*고 형이나 아버지가 구타를 당하는 것을 보고만 있을 수 없는 적령자들의 반항이었다. 경찰은 내일모레라도 전쟁으로 끌려나갈 그들이지만 용서하지 않았다. 그래서 극단의 예로는 유치장에서 바로 옷이나 갈아입고 입영할밖에 없는 젊은이도 있었다. 인갑이도 이런 살벌한 분위기 속에 입영하였다. 떠나기 전에 그는 두 번 상진이를 찾았다. 첫 번에는 정혼해둔 처녀를 이편에서 자진해 파혼하고 떠날 생각인데 어떠냐고 의논하러 왔었다. 그 이유는 우선 저편에 자유를 주겠다는 것이다. 그래서야 저편이 자의로 자기를 기다려준다면 고마운 일이지만 그렇지 않았다가 자기가 다시 못 돌아오는 경우면 이런 시골 인습으로 청승맞은 처녀 과부라 하여 흠이 잡히면 저편은 일생의 불행이요, 그만치 이편은 죄스러운 일이라는 것이다.

그러면 저편 당자의 뜻을 알아보고 하는 말이냐고 상진은 물었다. 인갑이는 저 혼자의 생각이라고 하며 물어보나마나 아직 어린 처녀니까 무슨 제 고집이나 주견이 있을 것도 아니므로 이편에서 하자는 대로 결정될 것이라고 한다. 상진이는 반대였다.

"인갑 군이 어데까지나 저편을 아끼는 뜻은 잘 알겠소마는 저편의 심정을 알아보려고도 않고 그러는 건 생각이 아니라 오히려 잔인한 일이 될지두 모르오. 그뿐 아니라 인갑 군의 말에는 어쩐지 왜놈의 냄새가 풍기는 듯도 하오. 그 싸우기 즐기고 사람 죽이기 좋아하던 사무라이 적부터 싸우러 나갈 때는 뒤에 미련을 안 넘긴다구서 제 처자까지도 죽이

| * 밀보리를 **빼돌렸다는** 뜻.

던……."

상진이는 조선 젊은이들이 할 수 없이 끌려나가 일본놈과 같이 전선에서 죽는 한이 있더라도 그 입장과 생각은 근본적으로 왜놈과는 다르므로 미리부터 죽을 각오를 하는 것은 당치 않은 생각이요 그뿐 아니라

"인갑 군일랑은 따로이 큰 포부가 있지 않소."

하였다.

그 후 며칠 지나서였다.

"요좀 아이들은 니약*두 해……."

"니약 안 하문. 아무리 오래비 말이라두 저 싫은 노릇을 왜 할래갔소."

"그래두 우리가 그랬을 적에야 제 혼인반자에 들어서 어디 개굴** 할 뻔이나 쉐니까."

이런 동네 노파들의 이야깃거리는 유감이었다. 인갑이는 아무래도 마음에 걸렸던지 유감이의 오빠에게 제 의사를 말했던 모양이다. 유감이네는 늙은 어머니가 있으나 아버지가 없으므로 모든 것이 오빠 주장이었다. 유감이 오빠는 그 당장에는 건성으로

"그런 걱정은 말게."

하였으나 그날 저녁에 술이 취해 들어와서는 당장 인갑이의 사주와 청간請簡***을 돌려낸다고 서둘렀다는 것이다. 그때 유감이는 어느 결에 사주 청간을 품고 빠져나오다가 오빠에게 매까지 맞아가면서도 종시 내놓지를 않았다는 것이다.

입영하기 이틀 전에는 춘식이와 같이 왔었다. 인갑이가 같이 온 것이 아니라 춘식에게 끌려온 셈이었다.

* 한번 마음먹은 것은 끝까지 지켜 나가려는 태도 또는 이익이나 실속을 탐내어 심하게 구는 태도. 이악.
** '개구開口를.' 입을 열어 말을 한다는 뜻.
*** 혼인을 청하는 편지.

춘식이는 들어서자마자

"선산님 아 이런 보릿자루 봤소. 보릿자루문 제 깐에 국으로 가만 있디나 않구 복을 방치*루 테내쫓아두 푼수가 있디 제 허리띠에 목매구 늘어디는 색씰 어드랬다구 덧떨려서 말썽을 맨드니 원원……"

하고 두덜거린다. 잠잠히 말은 없으나 인갑이는 퍽 후회하는 모양으로 그새만 해도 여위고 기운이 없어 보였다.

"인갑이 이 사람 내가 적은이** 님자 속을 모르는 거 아니야 내 더 잘 알디."

춘식이는 담배 연기를 후 뿜고

"걱정 말게. 님자 처남 순질이두 타이르문 알아들을 사람이니깐. 술을 너무 좋아해서 흠이디만 씨파 타일러서 안 들으문 씨파 내 주머구질*** 해서라두 님자 돌아오두룩 기다리게 할 테니 건 넘려 말게."

한다. 어쨌든 인갑이는 그 일로 우울한 심정을 한 가지 더 더쳐가지고 떠나게 된 것만은 사실이다.

인갑이가 떠날 때 상진이는 그들이 타고 갈 트럭이 기다리는 신작로 기슭에 서 있었다. 주재소 앞에까지 가면 강본이를 만나게 될 것이 싫어서였다.

인갑이의 누이인 듯한 젊은 여인에게 부축된 쥠손이 영감이 있었다.

춘식이가 "건 따라댕게 뭘 하갔소. 여기 서 있소."

하여 주재소 마당에는 안 가고 여기서 기다리는 것이다. 그들 뒤에 몇 걸음 떨어져 비스듬히 모로 서서 외면하고 있는 처녀가 혹시 유감이가 아닐까 하였다. 날씬한 키 파인 목 위에 총명한 얼굴, 언젠가 궁둥이

* '다듬잇방망이'의 평안도 방언.
** 나이 적은 아랫사람.
*** 주먹질.

가 팡파짐하다던 춘식이의 말을 연상케 하는 방년 처녀였다. 인갑이의 어머니인 듯한 노파는 보이지 않았다.

중낮 째질 듯한 첫여름 햇살에 따갑도록 더운 날씨건만 다 해진 솜 저고리를 입은 쬠손이 영감은 부들부들 떨고 있었다. 그 이마와 뺨에 더욱 깊이 팬 주름살로 쪼드러진 얼굴에 눈물이 지적지적한 눈을 내리깔고 땅만 굽어보고 있는 그의 다복솔 같은 몽당수염도 떨리고 그 무쇠 갈고리 같은 손도 푸들푸들 떨렸다. 그리고 그 이마에는 깨알 같은 땀이 아니라 보기만도 소름이 끼치는 싸늘한 성에가 붙어 있었다. 상진이는 그런 노인에게 어엿이 말인사를 하기조차 안 되어 그저 눈인사를 할 뿐이었다.

"우리 갸는 늘 선산님의 말씀을 했소옵디 흐."

오히려 그런 쬠손이 영감이 인사를 한다.

주재소 앞에서 '반자이'* 소리가 나고 소학생들의 창가 소리가 들려오자 여러 폭 드림**을 앞세운 행렬이 거리를 지나 이리로 온다. 인갑이 길손이 석주 동석이 그밖에도 두 사람이었다. 그들의 뒤를 따라오는 가족들은 모두 눈이 부었고 지금도 소리를 내어 느껴 우는 여인들이 많았다. 여등 장사 행렬이다. 드림은 만장같이 무겁게 펄럭인다. 트럭 앞에까지 온 그들은 마지막 작별을 하게 되었다.

인갑이는 아버지 앞에 머리를 숙이고 눈을 감고 선다. 서로 말이 없다. 그의 누이인 듯한 젊은 여인이 달려들어 인갑이의 어깨에 이마를 비비며 참을 수 없는 울음소리를 내었다.

"너이 오만은 내가 나오디 말라구 그랬다."

고목한암枯木寒岩 그보다도 썩은 장승같이 서 있던 쬠손이 영감의 말

* '만세'라는 뜻의 일본어.
** 현수막.

190

이다. 인갑이는 모든 생각을 떨어버리듯 한 번 머리를 흔들고 상진이를 본다. 상진이는 그의 손을 잡았다. 그는 상진의 귀에 입을 대듯이 가까이 다가서며

"워 쓰 항궈린."

을 속삭이고는 빙그레 웃었다. 상진이도 웃으며 더욱 그의 손을 힘 있게 쥐었다. 길손이가 달려왔다. 그가 속삭이는 인사도 역시 그것이었 다. 세 사람은 때 아닌 웃음을 웃을 수 있었다. 그들이 트럭에 오르려 할 때 춘식이가 달려와서

"아 이 적은인 아무리 니여 단녀올 길이라두 데수님한테 인살하구 또 나디 않구 원 어드르누라구 그러는디 모르갔네."

하며 인갑이의 등을 밀어서 저편에 서 있는 처녀 앞으로 갔다. 그 처 녀는 고추 꼬투리같이 빨개진 얼굴을 푹 숙였다. 그것이 인사였다. 오히 려 인갑이가 더욱 수줍은 모양으로 춘식의 손을 뿌리치고 트럭으로 뛰어 올랐다. 둘러선 사람들은 한순간 자기네 설움을 잊고 이 한 쌍 젊은이를 위하여 웃을 수 있었다. 트럭이 떠났다. 뒤에 남은 가족들은 또다시 울었 다. 상진은 멀어가는 트럭을 향하여 손을 높이 들어 흔들었다. 제 고향 제 부모 형제 처자를 마지막 순간까지 바라보며 트럭에 실려 가는 젊은 이들이 자기네 생명의 등잔불을 짓밟아 끄러 가는 길이 아니라 영웅 김 일성이 높이 든 민족의 봉화에 그들의 생명의 등잔 기름을 부으러 가는 길이 되기를 축원해서였다. 산 모두리*로 먼지마저 사라진 후에야 하잘 것없는 가족들은 발부리를 돌렸다. 춘식이와 나란히 걷던 상진의 눈에 많은 사람 사이에서 그 처녀의 치렁치렁 따 늘인 머리채를 매만져주는 젊은 여인의 정다운 손이 인상적으로 보였다.

| * 모퉁이.

191

그날부터 동네 노파들 사이에는

"요새 아이들은 니약두 하디!"

"저이 오래비가 그러니깐 더 좀 봐라 하구 우정 더 그랬는지도 몰라."

"그래두 우리 어린 적에야 싀집 가서두 남 있는 데 저이 서방이라구 쳐다보댔쉐니까."

또 이런 투로 유감이가 배웅 나왔던 것이 한 이야깃거리가 될밖에 없었다.

*

그들이 떠나간 지 거진 한 달이 되어서야 인갑이의 편지가 왔다. 쬠손이 영감이 부들부들 떨리는 손으로 들고 온 그 엽서에는 일본말로 다 안녕하시냐 묻고 자기도 몸 성히 잘 있다고 적었을 뿐인 간단한 문안 편지였다. 눈을 크게 뜨고 뒷말을 기다리는 쬠손이 영감에게 더 읽어 들려 줄 말이 없어 민망할 지경이었다. 그 이상은 더 쓸 자유가 없었을 것이다. 그러나 아들이 아직도 살아서 지금 대구에 있다는 것을 알게 된 것만도 그에게는 기쁜 소식이 아닐 수 없었다.

"경상도 대구니까나 여직 땅에서 명을 부디해가는갑소옵디?"

하는 쬠손이 영감은 역겨운 눈물을 흘렸다.

그 후 한 보름 만에는 순천서 엽서가 왔다. 역시 문안에 그치는 것으로 전번 것과 다른 것은 없는 돈을 새겨가며* 면회를 온다거나 할 생각은 아예 말라는 것이었다.

"아매 니어 전댱戰場으루 끌려 나가는갑소옵디?"

* 없애가며.

192

편지 사연을 듣자 쬠손이 영감은 절망적으로 한숨을 쉬었다. 대구에서 순천으로 그 경로는 그들이 떠날 때의 지향과는 정반대 방향이 아닐 수 없다. 길손이 석주 동석이의 편지도 역시 그곳서 왔다는 것이다. 그때의 전국戰局의 초점은 여전히 충승도였다. 이미 나패那覇*와 북리北里**를 잃고도 역시 특공대니 육탄 돌격대니 하여 최후의 발악을 함으로써 자기네의 명맥을 이어갈 수 있는 제국주의자들은 저의 인민의 피를 절망적인 전장으로 아낌없이 부어 넣는 중이었다. 그러한 충승도뿐 아니라 구주九州 대판大阪 동경東京 할 것 없이 일본 전토는 지금 불비가 쏟아지는 하늘 밑이었다. 충승도가 아니더라도 일본이면 어딜 가나 살아 돌아오기를 바랄 수 없는 그들의 절망감과 초조는 더욱 심각하였다.

칠월 초순에는 대전, 광주에도 폭격이 있었고 그와 전후하여 소위 '국민의용대' 결성으로 조선 전토가 금시에 전장화하는 듯한 불안으로 인심은 극도로 흉흉하였다. 그런 중에 또 그 살인적인 밀보리 공출이 시작되었다. 경관이 영솔한 경방단은 떼를 지어 매일이다시피 가가호호를 뒤져서 양식을 빼앗아가고 사람을 묶어갔다. 그 통에 춘식이도 잡혀가서 코가 깨져 나왔고 쬠손이 영감은 항아리 밑바닥에 한 되가 되나마나 하는 입쌀이 드러나서 작년에 논농사도 안 한 집에 웬 쌀이냐 하여 얻어맞았다. 다시 못 볼지도 모를 아들을 먹이려고 없는 돈에 마련했던 것을 다 먹지 못하고 떠난 아들이 남긴 것이라 차마 없애지 못하여 남겨두었던 것이다. 그때 따라 늙은이에게 손찌검을 한 것이 경방단 부단장인 그 뺨가죽 두터운 봉덕이라 그자에게 농민들이 얻어맞는 것쯤 의례건이언만 더욱 소문거리가 되고 더욱 듣는 이의 눈살을 찌푸리게 하는 까닭이 있었다.

* 나하Naha. 오키나와에 있는 도시 이름. 현재는 오키나와 현의 현청 소재지.
** 지명인 듯.

인갑이가 떠난 후에 유감이 오빠 순칠이는 전에 없이 봉덕이와 술타령이 잦게 되고 취해서는 인갑이의 사주와 청간을 내놓으라고 유감이를 달래고 시달리다가 나중에는 매질까지 한다는 것이다. 그뿐 아니라 때로는 봉덕이와 같이 저의 집에서 술판을 벌이거나 밖에서 먹었더라도 순칠이와 어깨동무를 하고 들어온 봉덕이는 제 집이나 다름없이 아랫목에 드러누워서 유감이에게 실랑이를 하려 드는 것이었다. 그런 때마다 용하게도 인갑이의 누이는 그런 기맥을 알았고 알면 곧 춘식이에게 연락이 되었다. 그러면 춘식이는 한밤중에라도 헛기침을 하고 찾아 들어가서는 무슨 딴전을 대서라도 그 자리를 흐지부지하여 봉덕이가 헐끔해 돌아가도록 수단을 피우는 것이었다. 한번은 취한 오빠의 매를 피하여 빠져나온 유감이가 두리번거릴 사이도 없이 집 모퉁이에서 나타난 인갑이의 누이가 손목을 끌고 춘식이네 집으로 피한 적도 있었다. 이런 일이 있은 무렵이라 오금이 뎅뎅한 순칠이가 아직 징용이나 보국대를 안 나간 것을 봉덕이의 뒷대가 있는 탓이라는 새 소문이 새로웠고 또 봉덕이가 본시 그 텃물받이 첫배미의 샘으로 쥠손이 영감을 미워하던 터이지만 그 입쌀 한 되를 트집 잡아 손찌검까지 한 것은 역시 그런 짬짜미 속이 있어 그렇다고들 하였다.

그 일이 있은 뒤에 상진이를 찾아온 쥠손이 영감은

"턴디에 어디 살아갈 도리가 있소오니까."

하였고

"언제나 망할내는디……." 한숨을 쉬었다.

그때뿐 아니라 쥠손이 영감은 며칠 만에 한 번씩 찾아와서는

"요새 신문엔 멜 했소옵디?"

한다. 말하자면 안간힘을 쓰며 기다리는 그 "언제나 망할내는디?"가 궁금해서 묻는 것이다. 그때마다 상진이는 흔히 붓장난을 하거나 이미

붓장난으로 시꺼멓게 된 신문에서 저간의 중요한 기사 중에 노인이 알아들을 만한 구체적인 것을 한두 가지 이야기하고는

"뭐 그래 오래지 않을 것만은 뻔합니다."

하였다.

그러나 이 며칠 동안은 그 지난한 세월이 재촉되는 거라고 볼 만한 뉴스는 통 없었다. 놈들은 아직도 해군 지원병 전사가 어떠니 송근유가 증산되느니 밀보리 공출 성적이 백 퍼센트니 목제 비행기가 매달 몇 천 대씩 생산되느니 하여 전쟁은 앞으로 더욱 장기전이 된다고 떠들었다. 마지막 날까지 백성을 속이지 않을 수 없는 그자들의 거짓 선전이려니 하면서도 하도 지난하게 기다려온 지금 아직도 더 기다려야 하는가만도 큰 위협이 아닐 수 없다. 더욱이 상진이는 살림 형편만으로 위협을 받은 지 이미 오래였다. 쌀 한 말에 백 원을 예상하기도 큰 상상력이 필요하던 때에 세운 3년 예산은 1년이 채 못 되어 바닥이 드러나고 말았다. 새우젓 한 보시기 김칫거리 풋배추 한 포기를 사는 데도 그의 아내는 여간한 안간힘이 아니었다.

"이편은 바늘 한 갤 '야미'*를 못하면서두 사들이는 건 다 '야미' 니."

이래서야 어떻게 살아가느냐고 걱정하는 아내의 탄식이다. 그 당시의 생존 경쟁의 슬로건은 '야미'를 '야미'로 대항한다는 것이었다.

"지금 돈이 얼마나 남았는지 당신 알우?"

조용한 때면 상진이는 흔히 신문지에 붓장난을 하였고 그 옆에서 바느질을 하는 아내는 흔히 또 이렇게 살림 걱정을 하자는 것이다.

"글쎄……."

'글쎄' 여부가 없을 것이나 이런 때마다 상진이는 할 말에 궁한 나머

| * '뒷거래'라는 뜻의 일본어.

지 대답도 말도 될 리 없는 대답을 하며 담배를 꺼내 무는 것이다. 또 그 아끼는 성냥을 찾는 눈치에 화로를 가져다놓는 아내는

"참 당신은 태평이시우."

하고 웃을밖에 없었다.

찌는 듯 무더운 여름날 이마가 벗어지게 뜨거운 화롯불에 담배를 붙이고 앉은 제 꼴에

"하로동선夏爐冬扇."

허고 상진이도 혼자 껄껄 웃었다.

"?"

쳐다보는 아내에게

"하로동선 모르우? 여름 화로 겨울 부채……. 지금 내가 그런 사람이오."

상진이는 태연히 이런 긴치 않은 설명을 하는 것이다.

이런 사람과는 걱정도 의논도 해보잘 여지가 없으므로 그의 아내도 웃고 마는 것이다.

해야 소용없는 걱정. 아직도 의롱 옷가지가 남았으니 그것을 팔아서라도 해방이 되기까지 속반고장粟飯苦醬으로 연명이야 못하랴. 이런 예산이 □□□□□을 가지는 상진이는 오히려 마음이 편했다. 오직 무엇을 좀 읽었으면 □□□□□ 저번에 가택 수색을 당한 후부터는 그의 아내는 상진이가 숨겨두고 읽던 책들을 그야말로 압수해가지고 어느 때 또 경관이 들어설지 모른다며 영 펴놓지도 못하게 하였다. 그래서 그는 새 시대를 위한 준비와는 그 역 하로동선 격인 붓장난을 시작한 것이다. 다소 골동 가치가 있는 세전世傳 벼루에 '마묵여병부磨墨如病夫'* 격으로 고요히

---

* 먹을 갈 때는 병든 사람같이 손을 부드럽게 해야 한다는 뜻.

하세월하고 먹을 갈아 비록 신문지쪽에다나마 글씨를 익히는 것은 이 난세를 넘길 때까지 한때 오세객傲世客*으로 자처할밖에 없는 상진에게는 지루한 세월 지난한 더위를 잊게 하는 좋은 소일거리였다.

*

장마는 완전히 개어 푸르게 트인 높은 하늘에는 멀리 가을빛이 엿보이는 때가 되었다.

이날도 상진이는 붓장난을 하고 있었다.

"아니 또 글씨요? 어데루 좀 피할 생각은 않구."

이 며칠째 두고두고 걱정하는 아내의 말이다.

지난 9일에 소련군은 드디어 동서 양방으로 소만 국경을 넘고 또 두만강을 건너 조선 안으로 들어오기 시작했다. 그와 전후하여 일본에는 광도廣島와 장기長崎에 신형 폭탄으로 피해가 막대하다 하였고 10일에는 동경을 중심으로 계엄령이 내렸다는 것이다. 그 다음 11일에는 소련군이 벌써 웅기雄基에 들어왔다. 실로 파죽지세였다. 그리하여 기다리고 기다리던 우리 조선의 해방은 붉은 군대의 위대한 힘으로 북방에서부터 시시각각으로 실현되고 있는 중이었다. 그러니만큼 왜놈의 최후의 발악도 정이 이때가 아닐까. 강도 일본 제국주의자들이 빼앗았던 것을 고스란히 곱게 내놓고 물러설 리는 없을 것이다. 대규모의 파괴와 아귀도의 대살육이 연출된다면 바로 이때일 것이다.

계엄령만 내려봐라, 언젠가 이곳 주임 놈이 벼른다던 계엄령은 벌써 일본에는 발령되었다. 본시 늦던 신문이 요즘에는 사흘 나흘씩이나 묵어

| * 오만하게 세상을 업신여기는 사람.

오고 라디오도 없는 곳이라 까맣게 모르고 앉았지만 그동안 서울 같은 데는 벌써 계엄령이 내렸을지도 모른다는 의구도 없지 않았다.

그 이성을 믿을 수 있어야 사람인데 이같이 깜깜소식으로 앉았다가 그 알코올 중독자 강본의 주정에 죽어! 안 될 말이었다. 그래서 일시 어디로 피해볼까 벼르는 중이지만 갈 데가 없었다. 평양이나 서울 같은 도시는 오히려 거기서 피해 나와야 할 때요 설혹 간댔자 여관에 드는 것은 상식 밖의 일이요 찾아갈 만한 친구는 역시 소개했거나 혹시 남아 있더라도 이때의 불안은 피차 마찬가지일 것이었다. 더욱이 반 년 넘게 편지 거래도 없으므로 친구들의 동정조차 알 길이 없었다. 그렇다고 어느 딴 촌으로 갈 데도 없었다. 이런 궁리 저런 궁리 하면 할수록 신경만 과민해져서 종당은 내가 무슨 큰 주의 인물이기로 이런 걱정을 하는가 하여 좀 피해망상의 상태가 아닐까도 하는 것이나 역시 그 이성을 믿을 수 없는 총칼을 가진 알코올 중독자는 미친개같이 안심이 안 되었다. 그래서 며칠 동안은 조반을 먹기가 바쁘게 뒷산을 넘어 장마물이 흐르는 산 개울에 발을 잠그고 해를 보냈으나 광솔 머루덩굴 참나무 싸리 껍질 등 공출감을 하러 헤매는 사람들과 아직 미진한 공출 독려로 쏘다니는 경방단의 눈에 허구한 날 목욕만 하는 사람의 꼴은 또 무엇이랴 싶어 어제 오늘은 어차피 집에 붙박여 있기로 하였다. 그러는 동안 이 며칠째는 꿈자리까지 뒤숭숭하다는 아내는 태평인 양 붓장난만 하고 있는 상진에게 벌써 몇 번이나

"글씬 무슨 글씨요. 하다못해 또 뒷산에라두 가 있지 않구."

하였고 지금도 그 해쓱해진 얼굴로 문밖의 신발 소리와 개 짖는 소리에 눈을 크게 뜨고

"건 또 뭐요. 누가 보나다나 해두."

하며 상진이가 쓰고 있는 '무가무국거장안지無家無國去將安之'를 나무

라는 것이다.

그때 문밖에서 헛기침 소리가 나며

"선산님 계시웨니까?"

하며 땅거미 진 뜰 안으로 들어선 것은 춘식이었다.

"어서 들어오슈."

"선산님 무슨 말 못 들었소."

"무슨 말?"

"하 이젠 다 됐쉐다."

"?"

"이거야요."

춘식이는 허리를 굽실거리고 손을 빌며 '그저 살려줍쇼' 하는 시늉을 한다.

"아니 이거라니?"

상진이는 붓을 던지고 나앉으며 물었다.

"항복. 무도건 항복이오. 오늘 일본 턴왕이 라디오루 항복한다는 연설을 했답네다."

상진이는 잠시 눈을 감고 몸서리치듯 머리를 흔들며 '침착하리라' 설레는 가슴에 심호흡을 하고 나서

"거 어디서 난 말이요?"

물었다.

춘식이의 말은 좀 전에 평양서 자전거로 나온 사람이 오늘 12시에 방송하는 것을 제 귀로 듣고 와서 전하는 말이라는 것이다. 그뿐 아니라 금방 버스로 K읍에서 온 사람의 말도 역시 그렇다는 것이다.

"사실일까?"

너무도 허황한 꿈같은 이날이 1945년 8월 15일이었다.

*

이것이 사실일까? 반생 동안 바라고 기다리던 이날이 그저 그리던 꿈이 아니고 목전에 실현할 수 있는 역사였던가? 지금부터의 앞날 앞길이 하도 양양하고 찬란하매 지금까지의 어둡던 과거가 더욱 암담하였다. 암흑과 압박 속에서 속절없이 소모된 청춘과 반생이 상진이는 그 이튿날도 그저 황홀한 꿈속을 헤매는 듯만 하여 좀처럼 생각이 현실적으로 돌아가지 않아서 좁은 방과 뜰을 얼빠진 사람같이 거닐고만 있었다.

그런 때 찾아온 춘식이는 용강 비행장으로 보국대 갔던 사람들이 다 돌아왔고 또 어느 광산으로 징용 갔던 사람까지도 몇몇이 돌아왔다며

"인갑이랑 일본으루 갔던 병덩들두 살았기만 하면 니여 오갔디요?"

한다.

"그야 물론이죠."

이렇게 대답은 하면서도 인갑이의 소식은 궁금하기보다 암담한 편이었다. 그때 순천서 온 엽서뿐으로 그 후에는 통 소식이 없고 말았다. 사위스러워 서로 말들은 않지만 춘식이 역시 같은 생각으로

"이렇게 돼서 징용 갔던 사람이랑 돌아오는 걸 보구 쵬손이 아즈바닌 더 속이 타는 모양이야. 이제두 가니간 암 말두 않구 퍽퍽 담배만 태우구 있을 젠……."

한다.

"안 그렇겠소."

하는 상진이는 지금이 꿈은 아니구나 하였다. 반생 동안 꾸겨진 인생만을 살아온 탓일까 황홀한 경지보다도 꼬집히듯 아픈 사실에 부딪혀서야 '세상사불여자십상팔구世上事不如者十常八九'라고 지금도 안 할 수 없는 근심이 있으니 생생한 현실이 아니고 무엇이랴! 비로소 실감적으로 현실

이 느껴지기도 하였다.

　그 이튿날 S면 건국준비위원회가 조직되었다. 주재소 주임 강본이는 겁을 집어먹고 그날 밤으로 처자까지 버리고 도망하였다. 뒤이어 학교장 우편국장도 자취를 감추었다. 말하자면 이곳에서 살던 일본놈들은 다 없어진 것이다. 건국준비위원회에서 학교 우편국 주재소를 접수하였다.

　집집마다 태극기가 높이 휘날리고 아침부터 저녁까지 애국가와 만세 소리가 그치지 않았다.

　이같이 판국이 뒤집혀 해방의 기쁨으로 온 인민이 날뛰는 중에 유독 그 기쁨을 같이할 수 없는 것은 면장을 비롯한 몇몇 일제의 주구배들이었다. 그자들은 오히려 왜놈의 세력이 거꾸러질 때 실색하는 표정으로 자기네의 정체를 폭로하였고 따라서 인민들의 복수욕은 더욱 격앙되어 춘식이와 몇몇 젊은이들은 호되게 제재를 한다고 단단히 별렀다. 그러나 기름 강아지 같던 면장은 그날 밤으로 매끄러운 처세가 아니라 매끄럽게 빠져서 도망하고 말았다. 퍽 후에 들은 소문이지만 그는 또 매끄럽게 삼팔선 이남으로 빠져 달아났다는 것이다.

　그동안 상진이는 건준*의 부탁으로 일간 개학하는 학교에서 가르칠 국어 교재를 만들고 있었다. 상진이 자신부터 철자법에까지 자신이 없고 같이 의논하는 몇몇 교원들은 지금까지 우리말 우리글에 관심이 없던 사람들이라 변변한 교재가 될 리 없으나 전혀 없느니보다는 도움이 되리라 하여 착수한 것이다. 물론 중앙에서 권위 있는 전문가들이 일을 하겠지만 그 결과가 이런 벽지에까지 오기는 퍽 후의 일이라 할밖에 없었다.

　시작하던 날 상진이는 참고 서적을 찾기 위하여 헛간으로 들어가서 표해두었던 조선책 상자를 터뜨리고 쏟아놓았다. 『임꺽정』 『고향』 같은

---

* 1945년 8월 15일 광복 후 여운형呂運亨 등이 중심이 되어 조직한 최초의 건국준비단체. 조선건국준비위원회의 줄임말.

장편과 『까마귀』 『소년행少年行』 같은 단편집과 『조선어사전』 『표준어 모음』과 《문장文章》 같은 옛 잡지들이 수북이 쌓였다. 모두 반가운 것들이다. 하나하나가 손때가 오르고 오늘을 기다려 자기와 같이 피난해온 책들이다. 광 속 샛단 밑에 묻혀서 장마를 두 번이나 치른 것이라 곰팡이슬고 책장은 물론 책과 책이 설기* 도래**같이 눌어붙은 것이 많았다.

"자 이젠 나가서 버젓이 햇볕을 보자."

상진은 혼자 중얼거리며 해방된 우리말 우리글을 한 아름 안고 멀리 엿보이는 가을빛에 더욱 해양한*** 툇마루로 가지고 나왔다.

교재를 만들면서 그들은 처음 몇 과째의

나라
우리나라

에서나 진도가 좀 높아져서

조선은 우리나라
우리는 조선 어린이
씩씩한 어린이

이렇듯 단순한 글을 써놓고도 스스로 감격할밖에 없었다.

* 시루에 찐 떡.
** 둥근 물건의 둘레.
*** '양지바른'의 평안도 방언.

교재를 끝낸 상진이는 그 이튿날 평양으로 떠났다. 아직도 인갑이와 또 같이 갔던 젊은이들은 돌아오지 않았다.

작별할 때 쬠손이 영감은

"우리 갸가 돌아오기만 하문 어련히 선산님을 차자보입디 않소오 리까."

하였고

"이전 우리나라를 찾았으니까나 우리 텃물받이두 곤티야갔으니까나 그래 더군다나 제 에미가 우리 갈 기두룹소옵디."

한다. 지적지적하던 눈물이 종시 그 다복솔 같은 몽당수염 끝에 맺히고야 말았다. 옆에 섰던 춘식이는

"이 아즈반은 또 그런다. 지금 우리나라엔 운이 돌아왔는데 한창 일할 젊은 사람들이 설마 어떻게 됐갔다구 그럽네까."

하였고

"선산님 우리 인갑이 적은이 잔체 땐 아무캐두 나오시야 합네다. 씨파 그땐 아무캐두 봉덕이 놈을 인접引接*을 앉힐랬더니 어제 고만 면상이 깨데서……."

한다. 면장을 분하게 놓친 젊은이들은 그 뺨가죽 두터운 경방단 부단장이나마 호되게 골려준 모양이었다.

*

상진이가 평양으로 들어간 이튿날 소련 군대가 입성하였다. 유럽에서 파시스트들의 침략을 막아내고 거꾸러뜨려 자기의 조국을 지켰을 뿐

| * 결혼식 등에서 안내하고 대접하는 것.

아니라 침략자의 소굴이던 백림에까지 진격하여 그 어간의 약소민족을 해방한 소련 군대는 다시 동양의 강도 일본 제국주의자의 군대를 무찌르고 지금은 평화와 자유의 옹호자로서 입성한 것이다. 그리하여 일본 군경은 무장 해제가 되었고 우리는 완전히 해방되었다.

*

10월에는 김일성 장군이 개선하였다. 세계 민족 반열에서 우리 3천만의 면목을 혼자서 유지하고 개선한 김 장군을 민중 대회에서 멀리 바라볼 때 지난봄 일을 생각하고 아직 돌아오지 않은 인갑이의 소식이 새삼스럽게 마음 키였다. 그때 어둡던 마음의 들창으로 멀리 그리던 김 장군이 지금은 우리 눈앞에 친히 나타난 것이다.

*

그 이듬해 정월이었다. 북조선예술총연맹 회관으로 인갑이가 찾아왔다. 그야말로 꿈이 아닌가 하였다. 길손이도 같이 왔다. 일본 관서 지방에 가 있었다는 그들은 김 장군을 찾아가기 위해서 배웠던 '워 쓰 항궈린.'은 물론 써볼 기회가 없었고 '아이 앰 어 코리앤.'도 저편이 공중에서 폭격만 하고 가는 비행기라 역시 써볼 기회가 없었다고 하며 웃었다.

10여 일 전에 돌아왔다는 그들은 피곤한 기색도 없이 씩씩하였다. 역시 젊은이들이었다. 인갑이는 물론 고자리 먹은 개똥참외라던 길손이도 몰라보게 어깨가 커지고 통지게 앞가슴이 나와서 정정한 장정이 되었다. 석주 동석이도 다 무사히 같이 돌아왔다는 것이다.

어느 식당에서 같이 점심을 먹으면서 이 새 조선에서 앞으로 무엇을 할 생각이냐고 상진은 물었다. 역시 부모를 모시고 농사를 해야 할 사정이요 또 하고 싶다는 인갑이는 그 텃물받이 문제로 평양에 오자 곧 지주를 찾아보았다고 한다. 그러나 지주는 역시 아직도 수지를 안 맞는다 하였고 그뿐 아니라 있는 땅도 주체스러운 이 세월에 이미 버린 땅을 생돈을 들여서 고칠 필요는 없다는 것이다. 말하자면 그는 이 북조선의 공기가 못마땅하여 언제나 경보로 자유롭게 옮길 수 있는 현금만이 귀한 눈치였다.

그래서 인갑이는 할 수 없이 오는 봄에는 고향을 떠나서라도 달리 농터를 구할밖에 없다는 것이다.

"우리같이 농터 없는 사람은 말할 것도 없지만 시재 농사하는 사람들두 해방 전이나 후나 마츤가지요. 새 나라가 됐대두 촌농사꾼들이야 머 새로운 희망점이 하나나 있으야디요."

한다.

형이 둘씩이나 농사를 하므로 자기는 한번 딴 방향으로 나가보려고 보안서원을 지원해왔다는 길손이는

"사실이야요. 이번에 돌아와 보니긴 해방이 돼서두 남의 땅을 소작이나 해먹는 농사꾼이야 독립이 되나 마나라구들 하멘서 일제 시대나 마츤가지루 틈틈이 튀전投錢들이나 하구 술 먹구 쥐정이나 하구……(그는 지난봄 일을 생각했음인지 얼굴을 붉히며) 사실이야요. 우린 다 죽었다 살아 돌아오면서는 해방이 됐으니긴 다 달라졌갔디 했댔는데 오래간만에 고향에 찾아와서두 새 기분은 요만큼두 없어요."

한다.

이러한 그들의 말은 지난봄에 길에서 만났을 때 인갑이의 말로 연상했던 '토지는 농민에게로' 하는 외침 그것의 다른 표현이라 할 것이었다. 어쨌든 전 민족의 80퍼센트나 되는 농민들은 아직도 해방을 누리지 못하고 있는 것이다.

길손이는 평양 있게 되면 자주 만나게 될지 모르겠다 하였고 인갑이는 언제 결혼하느냐 묻는 말에 얼굴을 붉히며

"글쎄요."

할 뿐으로 작별하였다. 아직 무한궤도의 춘궁을 벗어나지 못한 처지라 수줍어서가 아니라 할 수 없는 '글쎄요.' 일 것이다.

*

2월에는 전 인민의 지지로 김일성 장군을 위원장으로 한 북조선임시인민위원회가 성립되었다.

*

해방 후 첫 삼일절을 맞이하였다. 거리 중심에는 '피의 날' 이라는 탑이 섰다. 역전에서 기념식이 끝나 거리로 들어오는 길이었다. 상진이는 북조선예술총연맹의 깃발 아래서 행진하였다. 중앙당 앞에 이르렀을 때 저편 갈래길로 머리에 수건을 동이고 낫과 호미를 든 농민의 행렬이 나타났다. 문화인의 행렬은 그 농민의 행진에 선봉을 양보하고 서서 "조선 농민 만세"를 불러 성원하였다.

'토지는 농민에게' 라는 기치를 높이 든 행렬은 앞으로 앞으로 계속되었다. 그중에 'K군 S면 농민동맹' 이라는 깃발이 보였다. 상진이는 한 걸음 나서서 살폈다. 맨 먼저 눈에 뜨인 것이 쫌손이 영감이다. 상진이의 발걸음은 어느새 그리로 달렸다. 무심중 팔을 붙들린 쫌손이 영감은 우선 찔끔 놀랐고 자기를 붙든 것이 상진인 것을 알아보자 더욱 놀랐다.

"허— 용하게 죽디 않구 살았으니까나 이런 기쁜 날 선산님을 또 만

나게 됐소옵디."

하고 호호호 웃으며

"우리 인갑이가 데 뒤에 있소옵디."

한다. 아닌 게 아니라 인갑이가 달려와 손을 잡는다. 그의 이편 손에
는 '토지는 농민에게!' 라는 커다란 드림이 들려 있었다. 혹은 암시적으
로 혹은 역설적으로 혹은 그보다도 그 자신 채 말을 이루지 못한 막연한
의식뿐이었을지도 모를 그의 요구를 오늘은 명백한 구호로 그리고 또 구
체적으로 밝혀 내세울 때가 된 것이다. 거기는 석주도 동석이도 있었다.
그들은 잠시 행렬을 떠나와서 반갑게 인사한다. 그때 말 탄 보안서원이
달려왔다. 약간 흐트러진 행렬을 정돈하러 온 모양이다.

"미안합니다."

하며 상진이가 쳐다보는 그 보안서원은 길손이었다.

"길손이 일마 너 우리 모루간?"

석주의 반가운 인사였다.

"이 자식! 누가 인민을 보호하는 보안서원보구 일마 아무개야 한대던?"

길손이의 대답이다. 모두들 웃었다. 길손이는 몸을 굽혀 동무들과 악
수한다. 상진이도 그의 손을 잡았다.

인갑이는 지금 S면에서는 면 인민위원회를 비롯하여 농민동맹과 민
청이 주체가 되어 오래지 않아 중학교를 개교하게 되었다고 하며,

"농민동맹에서는 춘식이 형님이 서기장으루 학교일에 열심히 활동하
는 중이야요."

한다. 그리고 개교할 때에는 꼭 한번 나오라고 하였다.

그들은 다시 행렬로 돌아갔다.

"북조선인민위원회 만세."

"김일성 장군 만세."

그리고

"토지는 농민에게."

를 외치면서 행진한다. 농민 출신 보안서원 길손이는 그 농민의 행렬을 호위하며 천천히 말을 몰아 따라간다.

상진이는 자기 행렬로 돌아와서 "조선 농민 해방 만세."를 선창하였다.

*

그 후 나흘이 지난 3월 5일에는 농민 대중의 요구에 응하여 인민의 정권 북조선인민위원회에서는 역사적인 '토지개혁법령'을 발표하였다. 이날부터 농민은 해방되어 자유와 토지를 가지게 되었다.

*

4월 초순이었다. 춘식이와 인갑이가 동봉한 편지를 받고 상진이는 S중학교 개교식을 보러 갔다. 교사校舍는 아직 이전 경방단 건물을 대용하여 내일부터 개학한다는 것이다. 학교 뜰에서 목수가 생도들의 신장 만드는 것을 돌보던 춘식이는

"선산님 훌륭한 구경 좀 안 하실라우?"

한다. 그가 가리키는 방향을 본즉 동구 밖 들에서 몇 십 명 농부들이 무슨 역사들을 하고 있는 중이었다. 춘식이의 설명을 들으면 이번 토지 개혁으로 농민들이 토지를 분배할 때 그 텃물받이와 쥅손이 영감이 문제 였다고 한다. 본시 여벌 땅이 있을 리 없으므로 그렇다고 사태에 묻힌 폐답廢畓이 된 텃물받이를 그냥 줄 수도 없어 쥅손이 영감에게는 좀 많은

편인 사람의 땅을 조금씩 갈라주려고 했다는 것이다. 그러나 쥠손이 영감은 그것을 달가워 안 했고 아무래도 텃물받이를 단념할 수 없는 눈치였다.

"나두 다른 땅을 가지문 아무두 안 부티게 되니까나 그 아까운 텃물받인 영 쑥밭이 되구 말갔소옵디? 것두 우리나라 땅이니까나 그렇가문 우리 농사꾼의 도리가 아니갔소옵디."

했다는 것이다. 그래서 지금까지 네 땅 내 땅 가르기에만 골몰하던 농민들은 한순간 멋쩍게 주춤했다는 것이다.

"자 그럼 우리 이렇가는 것이 어떻갔소."

그때 민청 간부들인 동석이와 석주가 이런 제의를 했다. 그 텃물받이를 복구하기에는 품이 3백 자루가량이면 넉넉할 것이라 백여 명 민청원이 제각기 두 자루나 세 자루 품을 내면 완전히 복구할 수 있을 것이므로 한두 집 농가의 힘으로는 못할 일이지만 전 민청이 다 협력하면 쉬운 일이라 하였다. 그리고 또 아직 농번기가 아니므로 매 사람이 품 두세 자루씩 내는 것쯤 결코 힘든 일이 아니라고 하였다. 그래서 완전히 복구한 후에 쥠손이 영감에게로 돌리자는 것이나 그렇다고 쥠손이 영감 개인을 위해서 한다는 것보다 우리나라 땅을 살리기 위해서 일하자는 것이었다. 민청 맹원들은 모두 그 제안에 찬성하였다.

우리나라 땅은 우리 농민의 손으로 살리자—이런 새 구호가 자연 생기게 되었다. 이것을 본 농민동맹에서도 협력하기로 하였다. 그새 구호는 곧 실현으로 옮겨졌다. 그래서 지금 저기 보이는 것은 농민들이 우리나라 땅을 살리는 역사였다.

상진이는 춘식이를 따라 그 훌륭한 구경을 하러 현장으로 나갔다. 텃물받이 논엘 가려면 쥠손이 영감이 그 앞 돌창물을 손가락으로 찍어 맛보았다던 우물가를 지나야 했다. 마침 석양녘이라 우물에서는 물 긷고 동네 여인들이 모여 쌀 씻고 혹은 냉이 소리채 미나리 같은 풋나물을 씻

기도 하였다. 한 걸음 앞서서 되는 대로 치는 활기세에 더욱 절름거리며 가던 춘식이가

"아 녀성동맹 데수님……."

하곤 그 여전한 익살로 누구에겐가 소리를 친다. 우물 둑 여인들은 모두들 웃었다. 그중에 물동이를 이고 방금 돌아섰던 젊은 색시가 이편을 돌아보자

"아 녀성동맹에선 이리케 갑자기 내우하기루 동맹했소? 이 니 선산님이 오신 것두 모른 척하니……."

그 색시는 유감이었다. 작년에 인갑이가 징병으로 끌려나갈 때 그의 누이가 정다운 손으로 매만져주던 그 머리채가 쪽으로 변하였을 뿐 언젠가 그것밖엔 귀한 것이 없으니까나! 하던 쬠손이 영감의 며느리였다. 인갑이는 얼마 전에 결혼한 것이었다. 그 색시는 물동이를 내려놓고 인사하였다. 처음 인사지만 상진이도 반가웠다.

텃물받이 첫배미 둑에는 삽자루를 든 쬠손이 영감이 이마에 손으로 차양을 하고 이편을 바라보다가 언덕으로 올라왔다.

"오래간만입니다." 하는 상진의 손을 두 손으로 덥석 쥐는 쬠손이 영감은 호호호 웃다가 지적지적한 눈물이 맺혀 흐르는 것을 소매로 훔치며

"하두 반가우니까나."

한다. 삽으로 가래로 들것으로 질통으로 모래 쳐내기에 바쁘던 수십 명 젊은이들은 일손을 멈추고 눈인사를 하거나

"아 언제 오셨습니까?"

하기도 한다. 몇몇이는 삽자루를 던지고 달려왔다. 그중에는 인갑이는 물론 동석이도 있고 석주도 있다. 손을 잡았다.

"여러분의 힘으로 못쓰게 됐던 우리 땅이 다시 살아나는군요."

실로 상진이는 역겨웠다.

"영감님 얼마나 기쁘십니까? 물론 수고두 많으시겠지만……."

"흐흐흐 나야 머……."

쬠손이 영감은 그새만 해도 앞니가 몇 개 더 없어져 더욱 뺑한 입을 벌리고 웃으며

"이제부터 다 우리 농군의 땅이라구 이렇게 동네 젊은네가 제 일처럼 수구해줍소옵디."

한다.

"그래요 이전 우리 농민들은 다 네 일 내 일이 없이들 생각해요."

석주의 말이다.

"그때 이 텃물받이가 못쓰게 될 적에 넘은 트리 뒷벌 할 것 없이 다 같이 못쓰게 된 채루 이태씩이나 묵혀오던 논들두 이번에 우리 민청들의 손으루 다시 살아나게 됩네다. 아마 금년에 한 배미두 묵는 건 없을 걸이요."

하는 인갑이의 말은 명랑하다. 작년봄에 우연히 같이 걷게 된 때 이 텃물받이 복구 문제로 그는 얼마나 침울하였고 분개하였던 것이랴.

"참 길손 군은 평양 있군!"

이들 앞에서는 연상 않을 수 없어 상진이가 한 말에 동석이가

"고 녀석 이제 오래디 않아서 이리루 보안분서 주석으루 올 제 보라구 뻐긴답네다."

하여 모두들 웃었다.

"자 어서 한 가랫밥씩이라두 더 치우구 가디……."

뉘엿뉘엿 져가는 서산의 해를 쳐다보며 석주가 논으로 들어간다. 상진이는 쬠손이 영감과 춘식이와 같이 수돌 건넌둑에 가서 앉았다. 빨갛게 벗기어 무너졌던 그 둑은 벌써 보호가 되어 끊기었던 농로가 이어져 발담에 길들기 시작하였고 다시 푸르게 돋아나는 잔디 뿌리는 동둑을 또

누비고 흙을 단단히 얽어매기 시작하였다. 저물어가는 하늘 서쪽에는 내일도 역시 청명한 날씨를 약조하는 저녁노을이 불렸고 뒷산 밑에 아늑히 들어앉은 동네서는 제각기 곰방대나 피워 문듯 집집이 굴뚝마다 저녁연기가 피어오른다. 쫑쫑쫑 아득히 들리는 날새 소리에 하늘은 높고 음머 하는 묵중한 소 소리에 대지는 얼마든지 넓고나! 하는 느낌이 새롭다. 잔디밭에 다리를 뻗은 상진은 상쾌한 피곤과 유원한 희망에 몸도 맘도 포근히 잠들 듯싶다.

"우리 김 장군님 안녕합시옵디?"

문득 쥠손이 영감이 묻는 말이다. 진심의 문안이었다. 단지 그가 상진이는 으레 김 장군의 소식을 잘 알 사람으로 여기고 묻는 것이 거북하였다.

"자주 뵙진 못하지만 물론 안녕하십니다."

"참 그 어른…… 그 어른 덕분에 우리 농민들은 움 안에서 떡을 받았소옵디. 하두 어궁하구* 꿈같으니까나 첨에는 곧이 안 들이더라니까."

쥠손이 영감은 또 흐흐흐 웃었다.

"텃물받이꺼정 이렇게 고쳐지는 걸 보믄 이젠 정말이디요?"

춘식의 말이다.

"정말 이렇게 우리 농군의 손으로 쑥밭이 됐던 걸 다시 살리게 되구보니까나 땅은 이제야 제 님자를 만났구나 합소옵디."

그 말에 머리를 건득이면서 상진이가 바라보는 논에서는 열을 지어 늘어선 젊은이들이 모래를 벗겨나가는 것이다. 모래를 밟아서 본바닥 흙에 섞일 세라 또 깊이 찍어서 본바닥 흙을 건드릴 세라 삽자루를 뉘어가며 모래를 걷어서는 기다리고 있는 들것과 질통에 담는다. 그런 한 삽 한

| * 말문이 막혀 궁하고.

삽에 바랭이 쑥대 같은 잡초가 무성한 모래와 거친 흙이 걷혀 참먹같이 빛나는 텃물받이 논바닥이 드러나는 것이었다.

'농민의 손으로 황폐에서 옥토로 갱생하는 우리 국토의 한 폭!' 상진이는 어떤 시의 한 구절이나 같이 혼자 속으로 읊조렸다.

그들이 앉아 있는 동둑 길에는 쇠스랑 호미를 들고 메고 혹은 소를 몰고 오는 사람이 많아졌다. 이날 하루의 일이 끝난 농군들이 집으로 돌아가는 것이다. 여기서도 일손을 떼고 쟁기를 둘러메고 나섰다. 동둑을 지나 한길에 나서면 땅거미 진 길 좌우편에는 마뜩이* 동정가래질까지 하여 북신 피어오른 밭의 흙냄새가 풍겼다. 여기저기 밀보리밭이 보인다. 아직 푸른 물결을 치도록 자라지는 못했다. 길가에 아카시아 꽃도 아직 피지 않았다.

"인갑 군 이보다는 좀 늦어서지만 우리 첨 만났을 때 보릿고개가 아직두 까맣구나 한 생각나우?"

"예 그래서요."

"그땐 다른 뜻으루 한 말이지만 지금부터야말루 밀보릿고개는 정말 옛말이 되구 말지 않을까?"

"그렇지요."

"정말 그렇게 됐어요."

인갑이와 동석이의 말이다.

"흐흐 참 보릿고개는 정말 넘기 힘든 고개드랬소웁디. 그런 걸 우린 철 알아서만두 몇 십 고비나 넘겼는디!"

쵬손이 영감은 암담한 과거에 후— 한숨을 쉬었다. 그러나 그는 또 흐흐흐 웃기를 잊지 않았다.

| * 제법 마음에 들게.

"그래두 이전 앞이 환하니 되었소옵디. 이전 다 넘었으니까나. 아마 이제 자라는 우리 자식네는 보릿고개는 옛말루나 듣게 됐소옵디."

얼마나 변하였는가! 작년 봄까지는 그 얼마나 괴로웠고 지금은 이 얼마나 즐거운 봄이 되었는가.

북조선의 농민들은 토지개혁으로 인하여 그 넘기 힘들던 보릿고개 숙명인 듯 해마다 면할 수 없던 굶주림의 한 고비 춘궁 맥령을 완전히 넘게 된 것이다.

『맥령』, 문화전선사, 1947년

마천령摩天嶺

1936년 12월도 다 간 동지 가까운 어느 날이다. 성진城津 경찰서 이층 고등계실에서 성에가 불린 유리창 밖으로 내다보이는 바다는 먹장같이 검다. 예로부처 납일臘日* 무렵에 가장 검어진다는 물빛이었다. 비록 얼지는 않으나 마천령 내림의 눈보라로 열 길 백 길의 바닷물은 속속들이 엉기고 걸어져 무거운 지紙 빛깔이 되나보다 싶은 물빛이었다. 그렇게 무거운 바다는 물결도 치지 않는다.

거진 일 년 만에나 보는 것이 하필 저 빛이기는 하나 일 년 만에 처음 시원히 터진 넓은 안계眼界임에는 틀림없었다. "후—" 긴 한숨이 절로 나오도록 시원스레 넓은 바다였다.

박춘돌朴春乭이는 그런 바다에서 시선을 거두어 방 안을 둘러보았다. 지난 정월에 검거된 때 몇 번 불려 올라와본 그때와 별로 다를 것 없이 살풍경한 방 안이요 살벌한 얼굴들뿐이었다. 그러나 고문실은 아니었다.

* 민간이나 조정에서 조상이나 종묘 또는 사직에 제사 지내던 날. 동지 뒤의 셋째 술일戌日에 지냈으나, 조선 태조 이후에는 동지 뒤 셋째 미일未日로 하였다.

배와 가슴에 물이 차고 넘쳐 기절할 때까지 콧구멍에다 물을 붓는 십자 형틀이 늘어놓인 고문실. 시멘트 바닥은 도수장같이 되어 물들고 가죽 조끼와 학춤 추이는 동아줄에 찌들도록 배인 노리며 비릿한 악담과 피 냄새가 풍기는 거기서 문초 그리고 악형. 갖은 악형에 까무러쳤다가 깨나면 또 문초가 있다.

그래도 사람의 가죽은 희질려서 여직 명이 붙어왔고 그러는 일 년 동안에 연루자가 이천 명이나 되는 사건은 일단락을 지어 지금은 검사국으로 넘어갈 육십여 명의 조서 마감으로 각 사람이 공술한 장소와 시간을 맞추는 것만이 남은 일이라 고문실이 아닌 이곳으로 불려 나오게 된 것이었다.

넓은 테이블을 격하여 마주 앉은 고등계 주임은 한 팔을 늘어뜨려 히터 불에 그을리듯이 손을 쪼이며 양 미간을 찌푸려가지고 서류를 뒤적이고 있었다. 그것은 그가 관련한 제3차 적색농조사건—더 정확히 말하여 '성진 적색농민운동 재건준비회사건'의 조서였다. 뒤적이는 책장에 걸핏걸핏 넘어가는 이름들 그중에는 존경하는 선배나 동무들의 이름이 지나가는가 하면 대내에서 탈락 혹은 배반자들로 당장 그 책장에 침이라도 뱉고 싶은 이름이 서두에 나열되어 있기도 하였다. 다 한 솜씨의 글자지만 허국봉許菊峰, 최주석崔周碩 같은 존경하는 선배나 동지 중에도 가까이 지나던 동무의 이름이 나오는 데서는 춘돌은 자연 목을 길게 늘일 수밖에 없었다. 그러나 넓은 테이블 맞은편 고등계 주임의 손탁* 안의 그 조서는 단 한 줄을 내려 읽을 사이가 없이 책장이 넘어갔고, 그렇지 않더라도 본시 심한 난시에 근시를 겸한 춘돌의 눈에는 그 까칠한 '가다카나' 글자가 이 줄 저 줄 구별도 못하게 벼나 보리수엽菩提樹葉같이 뒤섞여 보

| * '손아귀'의 방언.

일 뿐이었다.

　박춘돌朴春乭.

　나타난 자기 이름에 그는 더욱 목을 늘일밖에 없었다.

　"에헴."

　별안간 큰 기침 소리가 났다. 늘였던 목을 움츠리고 바라보는 그의 눈과 마주친 것은 고등계 주임 다음다음 자리에서 모꺾어 앉은 노자끼 형사부장의 그 붉은 실 어린 눈초리였다. 그자는 전부터 이편을 경계하던 모양으로 그 독살스러운 눈을 흡뜨고 노려보는 것이었다. 이제 그 기침은 '고라'* 대신이었고 왜 넘보느냐고 당장에 뺨을 후려갈길 듯한 기세였다. 춘돌이는 다시 창밖의 바다로 눈을 돌리었다.

　대지大地가 한 팔을 뻗어 성진항의 바다를 끌어안은 듯한 위진산이 바라보이고 팔굽이같이 휘돈 그 산굽이에 해평 동네가 아련히 보였다. 그리 난시만 아니라면 자기 집까지도 찾아낼 듯이 눈에 익은 지형이었다.

　어머니는 뭘 하실까. 아버지는 농한기인 겨울 한철의 명태잽이나 한 몫 끼어 나가셨는지.

　물길로 바로 오면 육칠십 리 뭍으로 돌아가면 백여 리, 어머니는 그 길을 매일이다시피 와서 아들을 보여달라고 애걸하고 조르다 못하여 발악까지 하더라고, 언젠가 노자끼 형사부장 놈이 제 딴엔 노상 호젓하고 애틋한 어조로 하던 말이 문득 생각나는 것이었다. 그것은 따뜻한 육친애의 감정을 건드려 농락해보려는 얕잡고 들어붙는 수작이었다.

　"너두 사람의 자식이면 늙은 네 어미가 한시라두 속히 제 자식이 광 망한 일월을 보게 되기를 바라는 것쯤은 알겠지?"

　이렇게 섣부른 설교까지 하려 들었다. 결박되어 귀를 막을 손이 없었

---

　* '이 자식' 또는 '이놈' 하며 상대를 얕잡아 보는 일본어.

을망정 그때 춘돌이는 귀에 들어오는 그런 말을 떨어버리듯 머리를 흔들었다. 그러면서도—그 악착한 암시로 눈앞에 어른거리는 어머니의 영상에 눈까지 지리감을*밖에 없었다. 그때 지하실 천정 밑의 새벽빛이 새파랗게 어리운 철창으로 스며드는 싸늘한 바람에 한밤 동안 갖은 악형으로 전신에 먹 감 듯한 악땀이 식어 오장을 그러쥐는 오한에 떨면서도 악에 바친 그는 단박에 콧방귀를 뀌었다.

"흥 누굴 세歲 난 앤** 줄 알구 그따위 수작을 해!"

"뭣이 어째? 이놈아."

금시에 성낸 독사같이 일떠선 노자끼는 두 주먹이 제 정수리에 닿도록 뒷짐을 지워서 가슴 가죽이 헤우다 못해 터져서 피가 흐르는 그의 동가슴***을 걷어찼다.

"이놈아, 그렇지 않아두 내가 미리 말했다. 네 어미더러 새끼가 정 보구 싶거든 어서 저승에 가서나 만나라구. 이승에서는 다시 볼 염두 말라구, 하하하."

야차같이 웃어가면서 난도질하는 매에 골봉에 면바로 맞은 타격으로 금시에 푸른 새벽빛도 야차의 웃음소리도 머리카락이 센 어머니의 영상도 용암 속에 사라지고 만 것이었다.

어머니는 뭘 하실까. 그보다도 아직 살아계시기나 한가?

지금은 이런 생각에 불쑥 눈물이 솟아 위진산도 해평 마을도 그 검은 바다도 다 안계에서 녹아버리려 한다.

이 무슨 추태가.

소리를 안 내려고 조심이 눈물을 삼키는 춘돌은 어느덧 신경만은 날

* '지리감다.' '지르감다'의 방언.
** 한 살짜리 어린아이.
*** '앙가슴'의 방언.

220

카로워지는 반대로 투지가 약해지는 듯한 자기 자신이 부끄럽고 민망하였다.

문득 쏴 바람이 일기 시작한다. 푸르르 떨리는 창이란 창은 물론, 묵중한 건물 전체가 지진 때같이 흔들리고 방 안은 금시에 으쓱으쓱한 찬 김이 휩싸 돌았다. 창밖에는 충천한 눈보라였다. 연거푸 쏴― 쏴 내려쏘는 바람에 회오리치는 눈보라 기둥이 바다로 몰려가는 것이었다. 지금껏 무겁게 가라앉았던 바다는 연판鉛板* 같던 수평면이 깨지며 구름같이 피어오른 파도가 위진산을 삼킬 듯이 달려가는 것이었다.

이같이 성진항 앞바다를 뒤흔드는 것은 마천령 바람이었다. 이런 변화에 오랫동안 욱박하고** 쪼들렸던 춘돌의 마음은 저 바다 위를 나는 물새같이 활짝 날개를 펴는 듯하였다.

그리운 마천령!

그것은 충천한 자기네의 혁명적 투지의 상징이었고, 말 그대로 지하 운동을 하던 땅굴 생활의 근거지였다. 그런 마천령을 중심으로 설봉산雪峰山, 방학산放鶴山에는 겨울 준비로 가을마다 만들어둔 땅굴이 수십 군데나 있었다. 여러 구비로 갈피진, 골짜구니 혹은 망대같이 두드러진 뫼뿌리에다, 제아무리 의심 많고 눈치 빠른 개들이라도 설마 저기야― 할 데를 골라가며 교묘하게 위 뚜껑을 캄푸러쥐***한 땅굴들이었다.

기관지《불꽃》편집과 밤마다 부락에 내려가서는 선전조직 사업의 부서를 작정하기 위해서 땅굴에서 땅굴로 연락할 때에 이런 세찬 마천령 내림의 눈보라는 여간 큰 도움이 아니었다. 시재**** 오는 눈과 이미 쌓였던 눈을 겹쳐 내려붓는 눈보라, 그것은 하늘을 뒤덮는 눈의 폭포였다. 제

---

* 활자를 짠 원판原版에 대고 지형紙型을 뜬 다음에 납, 주석, 알루미늄의 합금을 녹여 부어서 뜬 인쇄판.
** 몹시 억눌리고.
*** '카무플라주.' 사람·무기·장비·시설 등의 구별이나 움직임을 상대방 적으로부터 은폐하기 위한 수단.
**** 현재.

아무리 두 눈에 쌍심지를 켜가지고 노리는 경관이나 자위단 개들이라도 이런 눈보라를 거슬려까지 덤벼들 생의生意는 못하였다. 설사 멀리서 경계하고 있더라도 이런 눈보라는 그들 앞에는 꿰뚫을 수 없는 연막이 되는 것이었다. 그런 연막 뒤에서 행동하는 이편은 한밤중에 눈을 감고라도 잘 아는 지형이라 문제가 없었고, 오히려 그런 눈보라가 발자취를 덮어줌으로 더욱 마음 놓고 활보할 수 있었다. 그런 때에는 혁명가와 적기의 노래를 높이 외쳐 부를 자유조차 있었다. 동지들, 더욱이 같은 또래의 젊은 축 동무들 중에는 혹은 그 세찬 눈보라를 얼굴에 뒤쓰면서 마천령 상봉을 향하여 주먹을 들고 "타도 일본제국주의, 조선 완전독립"을 위하여 싸우기를 맹서하기도 하고 혹은 연막 저편 산 밑에 있는 마을을 향하여 농민 대중의 해방을 위하여 혁명적 궐기를 부르짖어 충천한 기염을 올리기도 하였다. 그들 중에도 지금 눈앞에 선히 떠오르는 것은 김송金松, 허진許鎭 두 동무의 호담한* 자태였다.

별 겯듯한** 나뭇가지 끝마다 휘파람 소리가 나는 삭풍을 정면으로 받으며, 수건이나 털모자에 가리우고 남은 그 숱한 눈썹과 수염발이 잡히기 시작한 입 가장자리의 너슬너슬 긴 솜털 끝에 고드름이 달린 너부죽한 얼굴을 띠고 언제나 낙천적으로 호담하게 웃던 그들— 이 겨울 저 스산한 눈보라도 남아 있는 동지 그들에게는 더욱 많은 조직 군중을 포용해가며 싸우는 활무대活舞臺가 되려니 하면 그리운 마천령, 설봉산, 방학산으로 그의 마음은 날개를 펴고 둥둥 뜨는 것이었다.

"어이 어이 저 이봐."

"네?"

먼 옛말같이 아득하고도 웅건한 회상을 깨뜨리고 돌아보는 고등계

---

* 매우 담대한.
** '겯다.' 풀어지거나 자빠지지 않도록 서로 어긋나게 끼거나 걸치다.

주임은 여전히 뒤적이던 서류를 들여다보며 물었다.

"자네 이름은 저 박춘…… 박춘—뭣이라구 읽는다든가? 그 아래 자 말이야."

"박춘돌, '돌' 입니다."

"뭣이? '도루' ?"

"네, 돌."

"흠, '도루. 박춘도루' 까……."

혀가 잘 돌지 않아 제대로 발음이 안 되는 '돌' 에 주임자는 갓 같아 하는* 눈치였다.

"대체 한짜漢字에 이런 글짜가 있던가?"

"아닙니다. 건 순 조선 글짭니다."

"조선 글짜라니, 뉘가 만든 거야, 자네가 만든 건가?"

"아닙니다. 옛적부터 써오는 겁니다. 일본서두 가마니〔叺〕니 고개〔峠〕 니 하는 일본제 끌짜가 있잖아요? "

"흠, 건 그렇다 치드래도 왜 하필 일반적으로 통용 안 되는 조선 글짜 를 골라서 이름을 짓느냐 말이야?"

"……."

"응당 부모가 지어준 본명은 그렇지 않으렸다. 제멋대루 히뜨겁게** 지은 '팬넴pen name' 이라던가 그런 걸 테지."

"아닙니다. 그런 히뜨겁다거나 한 것이 아니라 예로부터 고박한*** 농 민의 이름에 많이 쓰인 글잡니다."

"농민?"

---

* '같잖아 하는.' 하는 짓이나 꼴이 제격에 맞지 않다고 여겨 눈꼴사나워 하는.
** '희떱다'의 방언. 말이나 행동이 분에 넘치며 버릇이 없다.
*** 예스럽고 질박한.

"네."

"늬가 농민인가?"

"나 역시……."

"자네가? 푸—."

주임자는 소위 분반噴飯*한다는 격으로 어깨를 까불러가며 웃었다.

"이봐 아무리 농담이라두 그렇게 남을 웃기는 건 아니야. 더욱이나 조선어는 말이지, 아무리 전문부라두 대학 졸업의 농민이 있다는 건 금시초문인걸, 허허허."

"어쨌건 나는 빈농가의 출신으루 동경 가서두 노동을 했지만, 그 전에 집에서 내 자신 농살 했으니까요."

"그러니까 어데까지든 농민이라! 흠."

하는 고등계 주임은 다시 서류를 뒤적이기 시작하였다.

"이자는 말입니다."

지금까지 이편의 주고받는 수작을 듣고만 있던 노자끼가 불쑥 말참견을 하였다.

"이잔, 취조 때 즉석의 대답을 피하구 생각할 여유를 가지기 위해서는 '안경이 없어 눈의 핀트가 안 맞는 이만큼 머리의 핀트두 안 맞아 그런지 생각이 잘 안 난다'고, 일쑤 그런 수작을 잘합니다. 말하자면 인테리다운 전술이겠죠."

이런 그의 말은 어떤 큰 심증이나 붙든 듯한 기세였다.

"그것이 전술이라면 건 단지 내가 안경을 찾기 위한 것일 게요. 아무리 검속 중이라두 안경까지 빼앗아 나를 괴롭히는 건 뭐요."

"건 다, 그래야만 하는 거야. 혹시 자살자가 생길지도 모르거든, 흠."

| * 입속에 있는 밥을 내뿜는다는 뜻으로, 참을 수가 없어서 웃음이 터져 나옴을 이르는 말.

"자살?"

"안경은 유리구 유리는 먹으면 죽는 거니까. 알겠어?"

"자살을 하긴 뉘가 하는데……."

"하! 그러게……."

춘돌이와 노자끼의 주고받는 말이 언쟁같이 될 때 고등계 주임은 중재나 하듯

"건 만일을 위해서지."

하며 여전히 서류를 뒤적이었다. 더 승강이하잘 것도 없이 무료히 앉았을밖에 없는 춘돌의 생각은 다시 창밖에 충천한 마천령 내림의 눈보라로 돌아갔다.

이런 때 산길을 가다가 병풍같이 깎아 세운 낭떠러지거나 눈사태가 지치는 비탈길에 다다르면 춘돌 자기는 걸음을 멈추고 안경을 닦을밖에 없었던 것이다. 각기로 허든허든*한 다리에 자신이 없는데다 안경까지 뿌옇게 얼어서 그렇지 않아도 아실아실한 벼랑 턱에 발을 떼어놓기가 힘들었다. 그런 경우라도 가까이 있는 나무를 붙들거나 그 가지를 더위잡거나** 하는 것은 할 수 있는 대로 삼가야 했다.

"술과 사신私信을 절대 금하라."

"연애를 할 때에는 반드시 동지들의 양해를 얻으라."

"군중이 모인 곳에서는 동지들과 악수나 인사를 하지 말라."

이렇게 행동 규율에 밝게 적혀 있는 것은 아니지만, 길가 나무에 손때가 오르거나 혹시 가지가 꺾여 사람의 흔적을 남길 염려가 있으므로 이 역시 절대 삼가야 할 규율의 한 가지였다. 그뿐 아니라 한 걸음 한 걸음 디뎌놓는 발도 징검다리나 건너듯 여기저기 널려 있는 바위나 돌만을

---

* 다리에 힘이 없어 중심을 잃고 이리저리 자꾸 헛디디는 모양.
** '더위잡다.' 높은 곳에 오르려고 무엇을 끌어 잡다.

골라 짚어서 할 수 있는 대로 풀과 흙 위에 길을 안 내도록 삼가야 했다. 그러나 눈보라에 언 안경 속에서는 눈겨냥이 잘 맞지 않아 앞서서 성큼성큼 떼어놓은 동무들의 발자국을 겨누고 조심히 밟아 짚은 발이 미끄러져 번뜻 궁둥방아를 찧기가 일쑤였다. 그래서 더욱이나 아실아실한 낭떠러지 길에 다다르면 안경을 닦고 손발을 더듬노라 자연 길이 더딜 수밖에 없었다. 그런 때면 앞서가던 허국봉 동무는 가끔 돌아보며 그를 기다려주었고, 그것이 갑갑한 허진 같은 젊은 동무는 돌아와서 그의 팔을 거들어 당겨주기도 하였다. 그런 때면 흔히 그들은

"동무! 에 아무리 일본서 노동을 했어두 에, 동경 바닥 아스팔트길에 에, 우유 술기(수레)나 끌었지, 이런 스산한 산길 위는 첫 감이랑이. 그새만 해두 에 인테리 생활으 했으니까데 에."

하는 것이었다.

"인테리!"

그런 동무들의 말을 들을 때마다 춘돌이는 속으로 이렇게 뇌까려볼밖에 없었다. 어쩐지 가슴에 찔리는 말이었다. 물론 자기를 빗쓸거나 얕잡아 빈정거릴 동지가 아니라는 것은 얼마든지 믿을 수 있었다. 다만 아무래도 한 포대인 그들의 말이라, 자기만이 유독이 우람한 산악, 스산한 설한풍에 부치는 육체적 조건으로 느끼는 자굴감이라면 그만이기도 하였다. 그러나 이런 해석만으로는 춘돌의 마음은 거뜬하지 못했다.

생사를 같이하기로 맹서한 동지들과 지하 생활을 하는 동안 그 비좁은 땅굴 속에서 서로 체온을 바꾸며 같이 자고 먹고 일하는 중에 춘돌은 부지불식간에 자기 자신을 에우는* 경향이 있음을 스스로 발견하는 때가 많았다. 그 지하 투쟁 생활은 행동의 순간순간이 생사를 겨루는 모험이

| * '에우다.' 칼 따위로 도려내듯 베다.

아닐 수 없었다. 그래서 동지들은 춘돌이를 되도록 그런 위험한 길이나 책임 일선에는 내세우지 않았다. 그런 공동생활이라도 일에 따라서는 적임, 적임으로 분업적이라 할 것은 물론 있다. 그렇다고 눈과 다리가 약함을 가질 때, 만일의 경우에는 경관과 자위단 개들과 생사를 겨루고 격투를 하거나 그 포위망을 돌파하고 태산준령을 장달음 쳐야 할밖의 일을 하느니보다 기관지를 편집하고 선전문을 쓰고 등사를 하는 것이 적임이다. 그런 일이 조금도 그리울 것은 없었다. 그러나 만일 그런 비교적 안전한 땅굴 속의 일을 하게 된 것을 요행으로 여긴다면 순간순간이 모두 모험인 활동을 하는 동지들에게 죄스럽고 스스로 부끄러워해야 할 이기적인 생각이 아닐 수 없는 것이었다. 당면한 투쟁에 피투성이가 되어 싸우기보다 좀 더 나은 환경을 기리고 넘보는 이런 작은 기회주의는 이미 혁명전선에서 가차 없이 지적되고 비판된 인테리의 불순한 부동성이 아닐 수 없는 것이다.

아닌 게 아니라 춘돌이는 그런 때가 없지 않았다. 때로는 조용히 혼자 땅굴 속에서 지하혁명 운동자와는 당치 않게 우울한 잡념에 정신을 파는 때도 없지 않았다. 그래서 자연 운동부족인데다 날카로워진 신경으로 밤이면 밖에서 돌아온 동무들의 그 깊은 숨소리, 코 고는 소리에 저만 뒤채게 되는 때도 많았다. 그러나 잠이 들면 좀만 수상한 소리에도 높은 경각성으로 펄떡펄떡 정신을 차리는 동무들에 비하면 자연 뭉개게 되는 자기를 볼 때 너무나 창피하였다.

이런 것이, 동지들 앞에서 준열한 자기비판거리는 안 되더라도 일호一毫의 잡념이 없이, 그보다도 잡념에 취할 여유도 시간도 없이 순간, 순간이 도시 투쟁인 동무들의 견실한 투지와 높은 기백 앞에 자기는 당연히 머리를 숙여야 할 것이었다.

그런 자기라

"인테리!"

이렇게 불리는 말에 저편은 결코 야유가 아니겠지만도 자연 자굴을 느끼었고 따라서 그런 자기가 불쾌할밖에 없었다. 그래서 지금도 마이동풍이면 그만일 노자끼 말에 대거리를 하려 들었던 것이었다.

"날씨가 어째 음산하게 으쓱으쓱한걸!"

지금까지 뒤적이던 서류에서 눈을 뗀 주임자는 기지개를 키려던 두 손을 깍지 껴 뒤통수를 받치며 이윽히 이편을 눈주어 보다가 선하품 소리로

"춥지? 마 좀 기다려, 그리 서두를 건 없으니까. 이리 잠깐만 와서 불두 쪼이구. 댐배 피는가?"

하며 담배를 꺼내 권하는 것이었다.

이자가 어쩔려구…… 하는 생각에

"네, 좋습니다."

할 뿐 처음에는 손이 나가지 않았으나, 주임이 먼저 그 빨간 히터불에 흰 담배 가치를 요리조리 들며 불을—붙이는 양이 무척 아늑한 생활의 한 폭으로 느껴져 소매 속에 팔짱을 찔렀던 손이 나가 앞에 놓인 담배를 집어 자기도 그 모양으로 붙였다. 현기와 기침이 염려되어 삼가가며 한 모금 두 모금 마시는 푸른 연기는 전신의 짜릿한 자극과 아울러 향기로웠다. 그리고 손을 쪼이는 히터의 빨갛게 단 나선형 니크롬선은 눈부시게 아름다운 빛이었다. 그리고 오래간만에 맛볼 수 있는 불기운이었다. 땅굴 속에서 묵판(일본말로 곤냐꾸방)을 만들기 위하여 칸껭〔寒天〕*끓이던 질화로의 숯불의 기억이 있을 뿐 검거된 이래 이같이 빨간 불빛을 보기는 처음이었다.

손에서는 김이 떠올랐다. 소위 비행기 태운다고 학춤 추이는 동아줄

| * 우뭇가사리.

에 팔목의 가죽이 끊기고 어독이 들어 부풀어 처진 손등의 상처 갈피갈
피에서 누런 고름이 흘러내리는 것을 보는 춘돌이는 아늑한 땅굴 생활이
다시금 그리웠다.

이십여 명이 넉넉히 발을 뻗고 잘 수 있도록 크게 만들어 천정에는
유리까지 넣은 호화스러운 회의실 땅굴이 있는가 하면 긴밀히 연락할 필
요가 있는 한두 동지만이 아는 개인 전용의 것도 있었다. 대개는 같은 부
서의 일을 하는 삼사 명이 잘 수 있는 것으로 석자 가량이나 두터운 천정
흙에는 조그만 시렁을 따라 잔솔밭이 잔디를 입히고 솔포기를 심어놓고
부맥浮麥* 알이**로 다시 밭이랑을 짓고 본색대로 조나 콩그루를 떠옮겨서
과거 전과 꼭 같이 원상회복을 하는 것이었다. 그런 땅굴은 큰 것이나 작
은 것이나 다 하룻밤 사이에 완성해야 한다. 퍼낸 흙을 동토動土한 자취
가 없이 멀리 퍼내고 재목으로 웃설매를 하고 천정에 흙을 덮어 지표에
원상회복을 하기까지 그나마도 동지 중에 그 땅굴의 소재를 알 필요가
있는 이의 손만으로 역사를 하는 것이었다. 그렇게 만든 땅굴 속은 아무
리 삼동三冬이라도 어는 법이 없이 아늑하였다.

밤에 마을로 내려가서 조직 군중에게 국내 국외의 정세보고를 하거
나 소작쟁의의 새 전술에 대한 행설行說을 하거나 새로 가맹한 동지들과
좌담회를 하고 날이 새기 전에 일이십 리 혹은 이삼십 리 험한 산길을 달
려와서 땅굴로 찾아드는 때의 긴장과 들어가 동지를 만나는 아늑한 맛이
란 말할 수 없이 즐거웠다. 땅굴 근처에 와서는 숨소리 발소리를 죽여가
면서 주의를 살펴서 조금도 수상한 기색이 없다는 것을 안 후에야 가까
이 가는 것이었다. 우선 천정 위의 공기구멍을 살펴야 했다. 참대통이나
생철통으로 천정을 꿰뚫어낸 공기구멍은 사람이 없는 때는 큰 돌로 덮었

* 밀의 쭉정이.
** 밀의 쭉정이.

229

다가 들어갈 때만 조약돌로 뚜껑돌 하모를 받쳐 열어놓게 마련이었다. 이미 구멍이 열리고 떠오르는 온기가 이편의 코를 스치는 것은 먼저 돌아온 동지가 들어 있는 증거였다. 캄캄한 밤이면 노란 닭의 털만 한 불광이 뚜껑돌 밑에서 보드랍게 가물거리는 것이 엿보이기도 하였다. 들어갈 때는 흙이나 잔디 속에 파묻힌 문고리를 더듬어 출입구를 막은 귀함지를 들어 머리에 이듯 하고 들어서는 것이다. 땅굴의 위치를 따라 한 아름이 벙으는 귀함지에는 잔디밭의 한 폭이거나 조, 혹은 콩그루가 본색대로 담은 밭이랑 한 토막에 담겨 있는 것이다.

그런 땅굴 속은 들어서기만 하면 밖의 대지를 뒤마는 듯한 거칠은 바람 소리도 없이 아늑하였다. 되도록 곱게 깎아낸 바람벽 한 모퉁이를 도려내서 만든 '고코리'에 피워놓은 관솔이나 촛불이 펄럭이는 법도 없이 아늑하였다. 그런 등잔불 밑에서 동지들은 생콩을 씹어가며 지난 일의 보고와 비판을 하고 또 원고도 썼다.

생콩을 씹는 것은 군것질이 아니라 지하 투사들의 제때의 식사였다. 솥을 떠지고 다니며 넌지시 연기를 올려가며 밥을 지을 처지가 못 되므로 흔히 먹는 것은 생쌀이 아니면 생콩이었다. 생것으로는 쌀보다 콩이 나았다. 처음에는 입에서 비리고 배가 끓지만 먹고 나면 제법 고소하고 근중根重*이 있어 맥을 쓰는 것이었다. 볶은 콩보다도 나았다. 볶은 것은 조금만 먹으면 목이 타고 물이 켰다.

그래서 뉘가 마을에서 돌아오는 때 대님을 풀고 가랑이에서 생콩을 한두 되빡쯤 덜어놓으면

"하, 과연 참!"

모두 환성을 지르고 풍성풍성한 식량에 흐뭇해지는 것이었다. 그만치

| * 음식이 차지거나 영양이 풍부하여 먹은 뒤 오랫동안 든든한 기운. 근기根氣.

생콩 한두 되일망정 반가울밖에 없는 그들의 고달픈 망명 생활이었다.

산을 벗어나 이삼십 리만 가면 고향이지만 그러나 지금은 그 옛 마을에 집이 남아 있고 부모 동생 처자들이 부지해 있는 자가 별로 없었다. 그들을 못 잡아 말바루 약이 오를 대로 오른 경찰과 그 주구인 자위단의 개들은 "이런 놈의 집안은 동네에 붙여둘 수 없다."고 하여 그들의 집을 헐거나 불살라버리기까지 하였다. 설혹 아직 옛 마을에 가족들이 부지해 있더라도 매일이다시피 경찰에 끌려가선 아들 동생 남편의 거처를 대라고 문초받기에 농사지을 겨를도 없어 논밭은 고스란히 묵게 되고 언제나 그들 신변에는 개들의 눈초리가 떠나지 않으므로 망명객들은 자기 집이라고 찾아갈 수도 없고 간대야 가져올 양식도 없었다. 이런 처지라 양식은 '모뿔'*의 공급을 받을밖에 없었다. 그러나 원체 빈농층을 기본 조직으로 하는 이니만큼 생콩을 공급받는 것만도 송구하고 황감하였다.

혹시 가다가 어떤 때는 마을에서 돌아온 동무 중에 떡이나 감자 같은 익은 음식을 가져오는 때도 있었다. 그 역시 '모뿔'의 따뜻한 정성으로 아직 더운 김이 나는 것이었다. 또 어떤 때는 삶은 멧돼지 다리를 통으로 떠오는 호화판도 있었다.

언젠가는 7호 땅굴에서 가까운 K마을에서 돌아온 김송金松 동무가 호주머니에서 커다란 누른 밥뎅이를 두세 개 꺼내 놓았을 때에도 모두 환성을 높이었다. 모두 꾹 참고 말은 안 하지만 익은 음식이 그리운 때가 많은 그들이었다. 연 열흘 보름 생콩, 생쌀을 씹고 눈과 얼음만을 먹어온 그들은 따뜻한 밥 따뜻한 숭늉이……. 그러나 이런 말은커녕 생각조차 스스로 삼가야 했다.

"이건 에, 뉘기 중 기인지 동무들 알 만하우?"

---

* 묘상苗床. 나물이나 꽃, 나무 따위의 모종을 키우는 자리. 여기서는 항일운동에 우호적인 대중을 이르는 말.

"건 어찌 알겠소."

"이거 에, 옥녀 동무가 중 기랑이, 허."

"그러므는 동무 자아비판을 해야 되겠당이."

"어째?"

"동지가에, 에, 양해 없이 에, 연애하능 거 에, 앙이된다능 거 동무 모루?"

"일이가 그렇지 앙이하우. ……이것으는 춘돌 동무가 에 망이 자시야 할기요."

"그러므는 춘돌 동무가 자아비판을 할 차랭기요?"

지금껏 듣고만 있던 이야기의 불꽃이 자기에게 튀어 오는 바람에 춘돌은 그 눈만이 두터운 안경알 뒤에서 깜박이었다.

"그렁 것두 앙이오, 춘돌 동무 에, 말에 델** 내려강이까메 뉘기보다두 에 익은 음식을 제일 못 먹능기오. 내사 그래 하는 말이오."

"……"

"옥녀 동무 에 우리 다 같이 에, 애끼는 '모뿔'이니까네 에…… 오늘두 에, 학습회의 왔다가 헤질 때 에, 치마 속에서 에, 이거사 내 주능기오. 내사 과연 참 그 정성에 감격했당이."

그 말에 좀 실랭이로 번지려던 이야기는 쑥 들어가고 그 굳은 누른밥을 씹는 것은 곧 단단히 뭉친 동지애를 맛보는 것으로 엄숙하게 느껴졌다.

"허어 큐지〔給仕〕이봐 '사라시나'에 우동 하나 주문해."

"가께 우동 하나입니까?"

"응 따끈하게……."

춘돌이는 한 귀로 주임자의 점심 주문을 들으며 그때 옥녀가 보냈던

---

* '마을'의 방언.
** '덜'의 방언.

누른밥 맛의 기억으로 침이 넘어갔다. '모뿔' 옥녀는 K마을과 7호 땅굴의 유일한 연락원이기도 하였다. 자기 집 뒤울을 넘어 감자밭 기슭에 있는 삼굿자리에 저장한 감자를 나르는 핑계로 일이 있을 때마다 커다란 바구니를 끼고 다니며 연락하고 식량도 날라다 주었다. 열육칠 세의 과년한 처녀지만 바구니를 끼고 나선다면 산골 처녀답게 건강한 궁둥이 위의 머리채를 휘저대 말괄량이 걸음을 하였다. 그것은 남에게 철없이 보이기 위하여 일부러 짓는 말하자면 일종의 변장술이었다.

'자기의 용자容姿와 생활 정도에 맞는 변장술을 충분히 준비하라.'는 것이 행동 규율의 한 조목이었다. 기실 옥녀는 언제 보나 씩씩하고도 얌전한 처녀였다. 그 그득한 턱과 볼에 오붓이 들어앉은 코와 입이며, 그리고 그 눈은 학습회 때 같은 또래의 소년소녀들 중에서 가장 지식욕에 불타는 총명한 눈이었다.

사실 옥녀는 같은 학습반 중에서 국문을 제일 먼저 떼었고 지금 자기네 농민들이 싸우고 있는 현실과 이론까지도 이해하고 제 것을 만들어 토론이 있을 때 들은 말을 외는 것이 아니라 열 있는 제 말로 이야기하였다. 그러니만큼 그의 '모뿔' 사업과 연락하는 일도 결코 심부름으로 하는 것이 아니라 열성과 투지로 대담히 하는 소녀였다. 일만 있으면 한밤중에라도 혼자 산길을 더듬어 거진 십리나 되는 7호 굴을 찾아왔다. 흔히는 미리 연락이 있어 이편에서 기다리는 때지만 혹시는 돌연히 나타나기도 하였다. 그런 때 출입구 뚜껑이 열리자 씽— 몰려드는 찬바람결에 것묻어 들리는

"내우다." 소리.

"뉘기?"

한순간, 의외의 침입자에 대한 방어의 공격의 자세로 긴장한 이편의 고함 소리다.

"옥네."

"옥네?"

"야."

"어째?"

언젠가 이렇게 들어선 옥녀가 급히 전하는 말은 새장거리에서 모일 예정이던 면자위단 간부회를 갑자기 변경하여 송 구장區長 집에서 모이게 되었다는 것이었다. 그래서 새장거리 주재소 주임 순사 면장은 물론 면 내의 자위단 개들이 모여들어서 불과 이십여 호 되는 K마을은 법적 끓는 판이므로 오늘밤의 정례회는 연기하기로 결정했다는 K마을 책임자의 보고였다.

"흥 우리 운동이 에, 마을에 뿌리박기 시작하는 것으르 짐작하구 에 송 구장이가 미리 시위회동示威會同으로 하능 거랑이, 개새끼가……."

"그러지비."

그렇다고 단지 그만한 이유로 이편의 회합을 중지하는 것은 새로운 조직 군중에게 좋지 못한 영향을 끼칠지도 모르니까 예정대로 나가자는 의견도 있었다. 그러나 이 보고가 옳고 그른 것은 다음에 실지 사정을 조사한 후 비판하더라도, 사정을 모르는 이 자리에서는 그럴 만한 이유가 있어서 한 현지 책임자의 의견을 좇을밖에 없다는 것이…… 허국봉 동지의 결론이었다.

"이런 때 에, 우리가 계획하는 반백색反白色테로단 조직이 있으므는 에……."

"그러지비, 지금 송 구장네 집으르 뫼운 개새끼들으는 독 안에 든 쥐새끼지비."

허진, 김송 두 동무는 아직 준비가 없어 이런 좋은 기회를 놓칠밖에 없는 것을 분해하였다. 그들은 벌써부터 이 운동의 별동대로 반백색테러

위원회 조직의 필요를 역설해온 것이었다.

지금까지 '단 한 사람이 검거된 때라도 동지탈환 전투에 의무적으로 참가하라'는 이 규율은 엄수되어 왔다. 그러나 그것은 구경 수동적인 소극적 투쟁에 지나지 않았다. 그런 정당방위적인 것보다도 제선적인* 적극 전술이 필요하였다. 그러기 위해서는 청년들로 반백색행동대를 조직하여 우선 민간에서 개질하는 주구배 친일파를 숙청하여 이편 활동에 거치는 것을 없이 하고 일제의 관헌과는 빨치산 투쟁을 할 것이었다. 그래서 무기를 빼앗아 마침내는 전농민의 무장봉기를 계획하는 것이었다. 이런 원대한 계획도 결코 꿈으로만 그리는 것은 아니었다.

성진만의 고립한 투쟁이 아니라 직접 관련이 있는 길주吉州, 명천明川은 물론 마천령 너머 홍원, 북청, 정평, 함흥에 걸쳐 넓은 지역 수많은 농민 대중이 호응하여 같이 싸우는 운동이었다. 피 흘린 선열의 발자국에 뿌려질 혁명의 씨는 넓은 지역 수많은 농민 대중 층에 뿌리 깊이 자라서 어딜 가나 농촌 애들은 유행가는 몰라도 혁명가는 불렀고, '타도일본 제국주의', '토지는 농민에게'라는 구호는 목침에까지 새겨져 왜놈의 말투로 하자면 농민들의 목침까지도 적화할 정도로 혁명적 기운은 무르익은 때였다. 그뿐 아니라 멀지 않은 북방에서는 이미 무장봉기한 농민 빨치산 김일성 부대가 백두산 높이 봉화를 들고 일어선 것이었다. 말하자면 선봉에는 벌써 머지않은 국경에서 싸움을 시작한 것이다. 그런 선봉대의 전술을 본받아 농민들이 봉기할 계획은 결코 꿈이 아니었다. 아직 통일된 조직적 행동은 아니지만 현재도 농민들이 피를 흘려가며 곳곳에서 경관대와 충돌하고 봉건 지주와 싸우는 중이었다.

"지주는 에, 어째 그 대강이, 만으는 왜놈의 대강이랑이. 송 구장 아

* 기선을 제압하는.

방이 에, 그 구두쇠 영감이가 오늘으는 개르 잡아라, 닭으를 잡아라 하구에, 왜놈으 부장이 오니까데, 그 씨허얀 대강일 에, 굽실굽실랑 하능 거에, 참 내사 그 대강일 빠사주고 싶드랑이."

옥녀가 불쑥 이런 이야기를 기다랗게 늘어놓을 뿐 아니라 송 구장 애비가 굽실거리는 흉내까지 내므로 귀엽게 보던 사람들은 모두 웃을밖에 없었다.

"어째?"

모두 웃는 것이 의외란 듯이, 그 빛나는 눈으로 둘러보는 옥녀의 말소리는 더욱 새지었다.[*]

"그렇지 앙이항 기오? 그 영감은 에, 저으집 소작인이가 굶어 죽어두에, 담물(더운 물)으 항 그릇 앙이 논아 먹을 영감이오. 내사 참 기가 차드랑이."

시스러운^{**} 빛도 없이 이런 말을 하는 옥녀는 귀여운 소녀였으나 그런제 말에 흥분하여 빨개진 그 그득한 뺨과 풍만한 체취는 성숙한 여인이기도 하였다.

언젠가는 이렇게 왔다 돌아가는 옥녀를 뒷산 고개 뻘까지 춘돌이가 배웅해준 적이 있었다.

'필요 없이 동지끼리 같이 다니지 말라.'는 규율이라 여느 때는 아무리 한밤중이라도 옥녀는 혼자 돌아가야 했다. 그러나 그날따라 달이 유난히 밝고 밤도 그리 깊지 않았으므로 산중에는 사람이 없다 치더라도 혹시 멀리서나마 보는 사람이 있어 계집애가 밤중에 혼자 산길을 걷는 것을 수상히 여길까봐 일부러 배웅해주기로 한 것이었다. 그리고 하필 길 잘 못 걷는 춘돌이가 따라나섰던 것은 일이 바빠서 며칠 동안 통 땅굴

---

* '새지다.' 소리가 째지고 날카롭다'는 뜻의 방언.
** 수줍고 부끄러워 하는.

속에만 들어 있었으므로 운동 겸 나올 기회를 얻은 것이었다.

오래간만에 맑은 대기 속에 나서서 높은 산등성이 깊은 골짜구니를 걷는 춘돌은 가슴에 스미도록 냉랭한 바람조차 향기로웠다. 높은 천심*의 달빛은 나란히 걷는 두 사람의 그림자를 앙징그럽게** 그리었다. 둘이는 말없이 걸음을 재촉하였다. 길가의 섶잎이 버석해도 경계하며 실수 없이 빨리 다녀가야 할 길이었다. 그래서 재추는 걸음이지만 그렇대두 춘돌이는 어쩐지 아쉬운 기회를 한 걸음 한 걸음 지나치고 마는 것만 같았다.

그러나

"옥녀 동무 에, 우리 다 같이 애끼는 '모뿔' 이니까데 에."

하던 김송 동무의 말이 다시 들리었다. 언젠가 이 옥녀가 주더라는 누른 밥뎅이로 생각하여 옥녀를 두고 말이 실랭이***로 넘치려는 자리를 엄숙하게 수습한 김송 동무의 말이었다.

춘돌이는 심중 깊은 한숨을 쉬었다. 그렇다고 지금 옥녀에게 쏠리는 제 마음이, 달이 밝다거나 호젓한 산길을 단둘이만 걷는 기회거나 하여 일시 충동적인 객기나 실랭이는 결코 아니었다. 언제든 이렇게 만났다 헤지면 두고두고 옥녀의 인상을 지워버리기를 아까워하는 자기였다. 추운 날 옥녀가 찾아온 때 훈훈한 땅굴 안에서 떠오르는 그 몸김에 옥녀의 체취를 누구보다도 민감하게 향기롭게 느끼는 것은 자기라고 자신할 수도 있었다. 그런 춘돌은 이 기회를 놓치지 않고 옥녀에게 제 마음을 솔직히 고백하고 싶었다. 그러나 선뜻 말이 내키지 않았다. 아름다운 말을 고르는 것도 아니지만 망설이게 되는 것이었다. 소박한 사랑의 고백! 그는

* 눈에 보이는 하늘의 한가운데.
** 앙증하게. 제격에 어울리지 않도록 작게.
*** '실랑이'의 방언.

다시 자기의 깊은 한숨 소리를 들었다. 이같이 막상 다닥치고* 본즉 자기 마음 한 귀퉁이에 뻥 뚫어진 구멍이 드러나는 것이었다. 얼마나 불순하고 소박하지 못한 자기냐. 지금 자기는 눈앞의 옥녀와 누구라 알지도 보지도 못한 어떤 환상과 비교해 저울질하고 있는 것이다. 또 자기는 언제까지나 저 소박한 건강만을 사랑할 수 있을까? 또 지금 가까이할 수 있는 것이 옥녀이므로 선택 여부도 없이 마음이 쏠리는 것이 아닌가도 한다.

춘돌이는 이런 제 불순한 생각을 떨어버리려고 머리를 흔들었다. 지금까지 자기는 유한계급의 퇴폐적인 문화의 취미를 배우려고 안 했다. 허리띠를 졸라매고 우유 달구지를 끌고 신문 배달을 해가며 고학할 때 도시 유한 부녀들의 백어白魚 같은 손과 일부러 하이힐로 뒤축을 괴이고 제 체중 하나도 잘 가누지 못하여 되뚝거리는 꼴을 경멸해온 자기였다. 그런 자기가 지금 눈앞의 옥녀에게 마음이 끌린다는 것은 무슨 불순인가? 그것은 또한 동지에게 대한 모욕이기도 한 것이다.

이렇게 생각하는 춘돌에게는 자기의 이런 불순이 가실 때까지는 지금이 놓치기 아쉬운 기회일 것도 없었다. 길도 거진 다 왔다.

"저기가 옥녀네 감자굿**이지?"

"야."

옥녀 역시 지금까지 무슨 생각에 잠겼던 모양으로 숙였던 고개를 들고 앞을 바라본다.

"이제사 다 왔으이까레 돌아가시우다."

"음, 저 고개까지……."

다시 한동안 말없이 걷던 옥녀는 문득 이런 말을 물었다.

"김송 선생 몇 살입데?"

* '다닥치다.' 서로 마주쳐 닿거나 부딪치다.
** 구덩이. 외따로 움푹한 산지대에 있는 밭.

"뭐—김송 선생 나이?"

"야, 지금 몇 살이지비?"

"나보다 에, 한 살인가 두 살으는 아래니까데 아마 열아홉 살이지비…… 건 왜 뭇능기어?"

"흐— 내사 열일곱 살이랑이……."

"……."

의외로도 춘돌이는 이 티 없는 소녀의 소박한 순정의 고백을 들었다. 새벽 샘우물같이 차서 넘치는 맑은 순정의 흐름을 눈앞에 보는 것이었다. 자기에게가 아니라 동지 김송에게로 흐르는. 그러나 조그만치라도 탁한 시샘을 느낄 수 없었다. 오히려 그렇게도 소박하고 그렇게도 맑은 순정에 부딪칠 수 있는 것이 기뻤다.

"안령히 가시우다."

고개 밑 감자굿에 이르러 바구니를 들자 지금까지의 다소곳한 걸음과는 달리 머리채를 휘저으며 언덕을 치달아 마루턱 저편으로 사라지던 옥녀.

한번 설레기 시작한 바다는 아직도 거칠었으나 어느덧 바람 소리는 잔잔하여 자욱하던 창밖의 눈보라도 꺾였다. 그 구름같이 피었던 물결은 다시 연판 길이 무겁게 가라앉을 모양으로 위진산 그리고 그 한 구비에 들어앉은 해평 동네도 먼 수평선 위에 다시 떠오르기 시작한다. 춘돌이는 오히려 침울해졌다. 물새가 날개를 거두고 다시 검은 물 위에 내려앉듯이 지금 그의 회상도 날개를 가드라치는 듯하였다. 그렇게 가라앉으려는 마음은 클클하고 다시금 마천령 바람이 그리운 것이었다.

빨간 히터 불에서 창밖으로, 변화 없는 창밖에서 다시 히터 불로. 그리고 불김에 녹아 더욱 누런 고름이 흐르는 손등을 들여다보며 무료히 앉아 있을밖에 없는 춘돌이는 이따금 눈주어 보았으나 주임자는 여전히 서류를 뒤적이었고 뒤적이던 책장에서 어떤 것은 초해내기도 할 뿐 말이 없었다. 춘돌이는 무슨 말을 물으려는가 하여 마음을 조리면서도 입 안의 하품을 하고 있을 때 아까 주문했던 우동이 들어왔다. 테이블 위에 놓인 새까만 일본식 평소반에는 역시 까만 옷칠이 어른거리는 둥근 뚜껑을 덮은 우동 그릇과, 은전닢같이 채친 엄과에 곁들여 빨간 고춧가루가 소복이 담긴 급 엷은 양념 접시가 놓여 있다. 춘돌이는 넘어가는 침을 소리 없이 삼키며 눈을 돌리었다. 한때는 역하도록 먹은 우동이었다.

고학생 처지로는 가장 헐하게 먹을 수 있는 것이 우동과 '소바' 였다. 그래서 늘 먹게 되는 것이라 역한 때도 있었지만 그러나 우유나 신문 배달을 하던 추운 날 아침에 먹는 것은 요기도 되고 어한도 되었다. 우선 언 손에 드는 그릇의 온기, 후후 불어가며 마시는 달큰한 장국, 그리고 박속같이 흰 우동의 매츠럽고 합신한 맛. 춘돌이는 민망하도록 입에 침이 돌았다. 몇 달 전부터는 유치장 안에서 음식 이야기는 일체 금하기로 결정되었다. 식욕은 왕성하나 먹을 것을 먹지 못하는 그들이라 둘러앉으면 흔히 먹는 이야기를 하게 되었다. 말하자면 말로 음식을 차리고 상상으로 먹는 것이었다. 그러나 그럴수록 식욕은 더욱 자극되고 비위는 상할 뿐이라 통 음식 이야기는 안 하기로 한 것이다.

주임자는 연필을 놓고 서류를 덮어 치우며 허리를 편다. 곧 우동 그릇으로 손이 갈 자세였다. 춘돌이는 그에게서 외면하였다. 어떻게서든 체면을 유지해야 할 것이었다.

'검속 시에는 활발하고도 엄연한 태도를 취하라.'

물론 이런 경우에도 지켜야 할 규율이다. 다음 순간(뚜껑을 열면) 풍겨 올 달큰한 맑은 장국 냄새를 막기 위하여 춘돌이는 금시에 비위를 뒤집어놓는 손등의 고름 냄새를 일부러 맡으며 단정히 허리를 고추고 앉았다.

"어이, 이봐."

"네?"

"이거 먹게. 내가 한턱 내는 것이니."

"……"

"사양 말구 먹어. 아직 점심 전일 테니까."

"난 내 점심이 있을 테니까요."

"괜찮어, 어서 먹어, 사양 말구."

"고맙습니다."

"사양할 것 없어, 자."

"먹겠습니다."

주임자가 앞으로 밀어 놓아주는 소반에서 춘돌이는 뚜껑을 열고 우동 그릇을 들었다. 일 년이나 유치장에 군물이 죽죽 흐르는 강아지 밥그릇 같은 나무 '벤또'와는 집는 손맛부터 달랐다. 그리고 땅의 진이요 젖인 수분을 그대로 지니고 있어 아삭아삭한 엄파*의 향기와 따거운 가을 햇볕에 물든 빨간 고춧가루 자극은 오랫동안 복신한 땅을 짚어보지 못하고 쌩쌩한 해를 보지 못한 춘돌에게는 문득문득 "무서운 것이야!" 하던 식욕의 만족이기보다도 자기가 살아 있다는 절실한 느낌과 기쁨이었다.

남의 앞에서 음식을 먹는 체면도 있지만 그보다도 삶의 느낌을 오래 즐기기 위해서 더욱 천천히 젓가락을 놀리었다.

"그런데 이봐 저, 작년 11월 ××일에두 자네는 그 7호 땅굴에 있었 겠지?"

"네?"

춘돌이는 그때 채 물어 끊지 못한 우동 오래기를 문 채 얼굴을 들었다.

| * '움파'의 잘못. 베어낸 줄기에서 다시 줄기가 나온 파.

"작년 11월 ××일 말야. 자네는 저 《불꽃》 편집 책임자루 언제나 늘 땅굴 속에서 일을 했다니까."

"네."

춘돌이는 비로소 물어 끊은 우동을 씹으며 입 안의 소리로 대답하였다.

"그러니까, ×일에두 그랬겠지?"

"……네."

"며칠이라구 하면, 그전 밤 0시에서 그날 밤 0시까지를 말하는 것이니까."

"그렇죠."

"음 됐어."

"?"

춘돌이는 먹기에 골몰하여 무엇이 "음, 됐어."인지 생각해볼 여념도 없이 끝까지 국물을 마시고 그릇을 내였다.

"어이 큐지, 차 가져와."

"잘 먹었습니다."

"담배, 피게."

"고맙습니다."

춘돌이는 고름 흐르는 손등 대신에 옷소매로 입을 닦고 담배를 붙였다.

"그런데 자넨……."

역시 담배를 붙여 든 주임자는 생글생글 웃어가면서,

"아까두 그런 모양이지만 인테리라는 말이 무척 싫은 모양인데 왜 그런가?"

묻는 것이었다.

"싫구 좋구가 아니라, 나는 사실을 사실대루 말하기 위해서죠."

"어데까지든지 농민이라…… 아무 것이건 우리루선 상관은 없어……."

"……."

"그러나, 명실공히 농민이라면 허국봉쯤은 되야겠지……. 그리구 또 저 김송이라든가, 허진이라든가……."

"?"

의외로 나타나는 이름에 춘돌이는 "헉" 느끼도록 놀래서 눈을 들었다. 그의 시선과 불꽃이 일도록 마주친 것은 미리부터 이편의 표정을 주목하던 주임자의 눈초리였다.

그 동무들이 붙들렸는가?

놀래는 눈치를 보인 것부터 실수였다는 생각에 부딪친 주임자의 시선을 피하여 딴눈을 팔면서도 춘돌의 가슴은 설레일밖에 없었다.

이 성진경찰서는 물론 아니고 혹시 길주나 명천경찰서에 분리하여 취조하는 것이나 아닐까. 설혹 그들이 잡혔다드래도 뿌리 깊은 혁명투쟁이 궤멸될 리는 만무하지만 그러나 그들 전위분자를 잃는다면 일시적인 타격이 아닐 수 없을 것이다. 춘돌의 마음은 동요 않을 수 없었다. 그러나 그렇게 속단하고 싶지는 않았다. 경찰이 그들을 지명 수배한 것은 벌써 오래전 일이라 지금 경찰의 입으로 그들의 이름을 듣는다고 새삼스럽게 놀랠 것도 없을 상 싶었다.

"어때 김송과 허진 두 사람 다 알겠지?"

"모릅니다."

"몰라?"

"네, 모릅니다."

근본적으로 '조직을 절대 부인하라', '다른 동지의 이름을 대지 말라' 하는 것이 검거된 때의 행동규율이었다.

"물론 모른다구 하겠지, 그러나 안다구 할 때도 있게 되겠지……. 좋와 저 뒷방에 가서 기다려."

하는 주임자의 눈짓으로 노자끼가 문을 열어주는 형사실로 춘돌이가 들어가려 할 때였다.

"가만 있어."

다시 그를 불러 세운 고등계 주임은

"아까 말한 작년 11월에 자네가 7호 땅굴 속에서 진종일 혼자 있었다고 했것다?"

"네?"

"자네가 어데 가지도 않고 누가 찾아오지도 않고?"

"네."

"그 말을 번복할 순 없으렸다."

"네."

"됐어! 들어가."

들어선 그 침침한 좁은 방에는 별로 보지 못하던 사복 두세 사람이 어젯밤 술이 아직 깨지 않은 듯한 충혈된 눈으로 이편을 흘끔 쳐다볼 뿐으로 여전히 담배를 피우고 있었다. 이때 들어온 고등계실로 통하는 단 하나밖에 없는 출입문 저편에서는 주임자가 또 우동을 주문하고,

"어 노자끼, 다음 자를 불러와."

하는 소리가 들려온다.

누굴까?

자연 귀를 기울일밖에 없는 춘돌이는 긴장하여 기다리는 동안에 꺼진 담뱃불을 방 한가운데 놓인 히터에 다시 붙여 한두 모금 빨 때

"게 앉아. 어때 몸은?"

하는 주임자의 소리가 들리었다.

새로 들어온 사람의 대답은 들리지 않았다. 그러나 조금 후에 들리는 한두 마디 기침 소리는 분명히 허국봉 동지의 것이었다. 그는 검거된 이

래로 복도 출입구와 마주 있는 맨 끝 독방에 있었다. 그래서 동지들은 불려 나가고 끌려 들어올 때 걸핏* 볼 수 있을 뿐으로 한번도 마주 그의 얼굴을 볼 기회는 없었다. 다른 감방들은 긴 복도를 사이에 두고 마주 있으므로 창살 틈으로 서로 내다보고 혹은 손바닥에 쓰는 글씨나 암호로 맞은 방 맞은 방을 갈지之자로 거쳐 이 끝에서 저 끝에 있는 동지 간에라도 연락을 할 수 있지만 그 독방만은 끝이 모걱이는 넓은 복도뿐으로 맞은 방이 없어 그런 연락조차 맺지 못하는 것이었다. 그러나 이즈음 감기 탓인지 그 방에서 자주 들리던 기침 소리로 짐작할 수 있었다.

"참, 자넨 본시부터 담배를 안 피운다지?"

긴장하여 귀를 재우고 있던 춘돌이는 이런 의외의 말을 듣자 담배를 피워 든 자기의 손이 떨리는 것을 느끼었다. 잠시도 담배를 안 피우고는 못 배기던 그가 아니었던가? 하도 담배를 즐긴다 하여 같은 연치의 동지들이 그를 염소, 혹은 담배 고자리**라고 별명을 붙이기까지 했던 그가 권하는 담배를 거절한 모양이었다. 춘돌이는 떨리는 손끝의 담배를 던지었다.

"에, 또 누누이 해온 말이지만 우리로서는 아무래두 자네의 공술을 그대로 시인할 수는 없단 말이야."

"……."

"어떤 범죄 사실이 있는데, 누가 그 범인은 나요 하고 나선다구서 덮어놓구 문제가 해결되는 것은 아니거든. 전후의 조리가 부합돼야지, 안 그래?"

"……."

"아무리 자네가 도맡아 책임을 지려구 해두 도저히 상식으로 수긍이 안 되는걸. 그래두 자넨 고집할 텐가?"

<hr>

* 무엇이 갑자기 언뜻 나타나는 모양.
** 잎벌레의 애벌레.

"내 말이 사실이오."

이런 그의 대답은 목의 가래를 돋구며 하는 말이라 의외로 큰 소리였다.

"흥, 그냥 고집한다!"

"……"

"사양 말구 먹어, 내가 한턱 내는 것이니."

"……"

잘 알아들을 수 없는 허국봉의 말소리가 들리자,

"뭣이? 뭐라구?"

불의에 무엇에 찔린 듯한 주임자의 날카로운 소리였다.

"흠, 다른 동지들이 못 먹는 걸 자기만이 먹을 수는 없다!"

이 말을 들은 춘돌이는 저도 모르게 머리를 움켜쥐고 무릎에 얼굴을 묻었다. 언젠가 노자끼가 난도질하던 매에 변마로 골봉을 얻어맞은 때와 같이 타격을 느끼었다.

"아하하하."

펑 도는 머릿속에 야차같은 주임 놈의 홍소가 울려오는 것이었다.

"이놈아, 이 곰 같은 산골 무즈렝이 놈아, 너는 동지애니 계급적 양심이니로 삐대지만, 그래두새 우리는 네가 미운 것이다. 당장 때려죽여두 시언찮은 이 역도 놈이."

실뱀같이 고술러 선 주임 놈은 통통 발을 구르기까지 하였다.

"네놈이 아무리 버티드래두 진상을 규명하구야 만다. 더욱이 너의 역도 간의 의리라는 것이 어떤 것인지를 알기 때문에 네 말은 반드시 진범인을 숨기기 위한 거짓말인 줄도 안다."

"……"

"K마을 동구 밖으로 달아나는 너를 자위단원이 오륙 명이나 추격하구 지켰는데두 불구하고 그냥 뻔뻔스럽게 그 반대 방향인 뒷산으로 가서

네 손으로 송 구장네 새 낟가리에 불을 질렀다니 누가 그런 엉터리 수작을 믿느냐 말이다. 네가 달아나다가 금방 없어진 데가 그 후에 발각된 12호 땅굴이었다는 것은 더 말할 것도 없고 설혹 네 말대로 그편으로 숨어 돌아왔다더라도 도망하는 놈이 어느 하가에 불을 지르며 또 일부러 불을 지를 필요는 어데 있단 말이냐. 그러니까 너의 도당 중에 어떤 놈이 네가 굴 밖에 나올 기회를 주기 위해서 방화한 것이 분명하니까 바루 대라.”

이런 말에 춘돌이는 더욱 당황하고 송구할밖에 없었다. 아까 주임 놈이 부를 때 처음에는 우동에 정신이 팔려 잘 생각지도 않고 네네 하였고 다음 하도 재추는데 문득 짐작이 갔으나 이미 네네 해온 그 자리에서 번복할 용기도 없었거니와 또 설마 하는 요행을 바라는 어리석은 기대도 있어 오히려 건성으로 대답한 네네를 번복 않기로 언질까지 주었던 것이었다. 실은 지금 문제가 되는 K마을 송 구장네 새 낟가리에 불이 난 것이 바로 그날이었다.

그날 허국봉 동지는 단신으로 K마을에 갔었다. 때마침 김송 동무랑은 명천 방면으로 가고 없던 때이므로 춘돌이 혼자서 7호 땅굴을 지키고 있었다. 밤은 깊어 새로 3시가 가까이 되어서도 벌써 돌아와야 할 허 동지는 나타나지 않았다. 예정보다 거진 두 시간이나 늦어지는 것은 심상치 않은 일이었다.

‘약속과 시간을 엄수하라.’

만일 기다리는 동무가 시간을 못 지키는 경우에는 이편은 그 까닭을 조사할 의무도 있는 것이었다. 춘돌이는 앉아서 기다리고만 있을 수 없었다. 7호 굴을 나와 K마을 편으로 걸음을 재촉하였다. 별빛조차 없는 캄캄한 밤이었다. 옥녀네 감자굿 가까이 왔을 때였다. 맞은편에서 무슨 소리가 났다. 춘돌이는 곧 엎드려 땅에 귀를 대었다. 분명히 이리로 걸어오는 사람의 발소리였다. 그는 굴러서 길을 피하여 도랑 속에 엎드렸다.

사뿐사뿐 가까와지는 발소리, 마침내 옷자락으로 그의 얼굴을 스칠 듯이 지나치려는 것은 어두운 중에도 분명히 옥녀였다.

"옥녀."

"헉!"

옥녀는 그 자리에 주저앉을 듯이 자지러졌다.

"나야, 춘돌이."

"아이구머니나, 선생님이 어째?"

옥녀는 정말 그 자리에 펄썩 주저앉았다. 그리고 놀라운 소식을 전하는 것이었다. 허국봉 동지가 예정 일을 마치고 K마을에서 빠져나올 때 캄캄한 길에서 마주칠 듯이 길을 비키는 웬 자의 손에서 번쩍 회중전등이 빛나자 이편을 비치더니, 그자는 몸을 피하여 호각을 불었다는 것이었다. 그러자 그 소리에 호응 호각 소리가 여기저기서 나며 자위단의 개들이 앞길을 막았다는 것이다. 언젠가 송 구장 집에서 회가 있은 다음부터 더 많아진 자위단 축들이었다. 온 동네 개들은 집집에서 짖고 사람들은 모두 불안에 떨면서도 문밖에 나서볼밖에 없었다. 옥녀도 그 틈에 끼여 본즉 앞길이 막힌 허 선생은 돌아서자 이 길과는 반대로 동구 밖으로 치달아 올라갔다는 것이다. 자위단 개들은 따라갔으나 언덕을 넘자 얼마 앞서지 못한 것 같던 그는 종적이 없어졌다고 하며 몇몇이 올라와 횃불을 장만해가지고 다시 가서 없어진 근방을 둘러싸고 날이 밝도록 지키기로 했다는 것이다.

그리고 보면 뭇놈의 추격을 받으며 7호 굴까지 달아올 수 없는 허국봉은 K마을 동구 밖의 신작로 기슭에 있는 12호 굴속으로 들어가 숨어 있을 것이 분명하였다. 그렇다면 이 밤중에는 숨어 있드래도 날이 새기만 하면 곧 발각될 것이었다. 신작로 기슭 잠띠밭을 따내고 만든 12호 굴 역시 교묘하게 캄푸러쥐된 것이지만 원체 두세 사람이 겨우 들어앉게 마런인 좁은 굴이라 잠시 들어 있더라도 공기구멍을 열어 놓아야 했고 열어 놓으면 낮에는 안에서 나오는 김이 밖에서 보일 것이었다. 그래서 그 굴은 밤에 잠깐잠깐 연락할 때만 쓰는 것이었다. 그런 것을 모를 리 없는 허국봉 동지가 그리로 피한 것은 어쩔 수 없이 착급한* 경우였고, 만일 날이 밝기까지 빠져나올 기회가 없으면 숨을 끊기라도 할 결심일 것이었다.

춘돌이는 잠시도 두고 볼 수는 없었다. 날이 새기 전에 손을 써야 할 것이었다. 다른 동무의 손을 빌 여유도 없었다. 제일 가까운 데가 7호 굴이지만 아무도 없었고, 다른 곳에는 여러 동무들이 있지만 십 리 이십 리가 넘는 길을 갔다가 온다면 날이 밝고 말 것이다.

"옥녀."

"야."

"수가 하나 있기는 있소."

"무시기?"

"불."

"불을!"

K마을에 불이 난다면 지금 아무리 포위 경계를 하고 있는 자위단 개들이라도 뿔뿔이 제 집을 지키기 위해 동네로 따라 들어올 것만은 틀림없었다. 그래서 할 수 있는 대로 민가에 피해가 없을 만한 새 낟가리나 나무 하에 불을 질렀으면 하는 것이 춘돌이의 계책이었다.

"알 만하우다."

옥녀는 곧 찬성이었다. 그리고 그 일은 자기가 맡겠다고 하였다. 지금 소란한 마을에 낯선 남자가 들어갈 수는 없으므로 아직 누구 하나 경계하는 이가 없는 자기가 손쉽게 할 수 있다고 하였다. 춘돌이가 할 일은

---

* 몹시 급한.

되도록 12호 굴 가까이 가 있다가 K마을에 불이 나고 충천한 화광에 놀란 자위단 개들이 돌아간 틈을 타서 허국봉 동지를 불러내는 것이었다.

"어째 하필 이런 때 김송 선생님으는 앙이 계시능기어."

춘돌의 약한 다리와 그래서 만일의 실수를 염려해서 하는 옥녀의 한 탄이었다.

"염려 마우다."

춘돌이는 자신을 보이기 위해서 옥녀의 손을 힘 있게 잡아주었다. 옥녀는 왔던 길을 도로 갔다. 춘돌이는 되도록 험한 나무숲을 더듬어 12호 땅굴이 내려다보이는 산마루턱에 올라가 엎드렸다. 땅굴 근처에는 횃불이 대여섯 보였다. 저편이 밝으므로 방향을 잃을 염려도 없이 가까이 갈 수 있었다. 마침내 K마을 뒷산 기슭에 충천한 불길이 오르기 시작하였다. 굽어진 신작로 기슭에서 왔다 갔다 하던 횃불들은 일시에 마을로 달아 들어가고 말았다. 춘돌의 계책은 실수 없이 성공한 것이었다.

"K마을에까지 역도가 섞여 있다는 것쯤은 이미 아는 사실이지만, 그 중에 방화 범인은 누구냐 말이야. 대라."

"……."

"역시 너라. 그러나 나는 그렇게 보지 않는다. 또 너와 한 굴속에 있던 놈의 소행이 아닌 것도 이미 조사했다. 어이 노자끼, 왜 이런 놈을 아직두 이렇게 설말아두는 거야?"

춘돌이는, 자기는 왜 이렇게 옆방에서 듣고만 앉았는가 하였다.

'희생자로서 검거된 때의 태도가 어떤가.'

이것은 동지적 견지에서 피차 감시할 규율의 한 조목이었다. 지금 누구를 감시하기보다 춘돌 자신을 감시할 때가 온 것이다. 더욱이 자기는 이 경우에 희생자라는 것은 당치 않은 말이다. 자기가 곧 방화의 책임자가 아닌가? 단지 한 가지 주저되는 것은 그 사건 중에 끼인 옥녀가 문제지만 원체 혼자서도 할 수 있는 일을 옥녀가 한손 도와준 것뿐이 아니냐. 더욱이 시간을 한푼 두푼 따져야 전후가 부합할 성질의 사건도 아니므로 두 사람이 한 일을 한 사람의 일로 말해도 결코 구멍이 뚫어질 것은 아니었다.

"이 방화 사건은 지금 횡행하는 소위 반백색테로단이라는 놈들의 폭행의 계략이라구 볼 수 있는 이만큼 철저히 규명해야 할 것 아닌가? 썩썩 이놈을 다시 깨께 시처봐."

"네."

그리고 두버덕거리는 구둣발 소리가 나자

"이놈아, 일어서."

하는 노자끼의 소리가 들린다. 춘돌이는 일어나 문을 열고 나섰다.

"그 방화 범인은 나요. 아까 물을 때 그날 종일 7호 땅굴 속에만 있었다고 한 것은 역시 그대네가 비웃던 인테리의 비겁한 거짓이었소."

이같이 당돌히 나서는 그를 보고 놀라는 주임과 노자끼에게 춘돌이는 설명하였다. 밤 1시까지 돌아올 허국봉 동지가 하도 늦으므로 K마을까지 갔던 것, 그러나 직접 마을로 들어가지 않고 우선 12호 땅굴에 둘러보려고 그리로 갔으나 거기는 벌써 햇불을 잡은 자위단에게 포위되었었다는 것, 그래서 그 속에 동지가 들어 있는 것을 알았다는 것, 그러나 혼자 힘으로는 자위단과 싸워서 동지를 뺄낼 수 없으므로 궁여지책으로 다시 뒷산으로 돌아가서 산 밑의 새 낟가리에 불을 질러 온 동리 사람을 그리로 모이게 하고 그 틈을 타서 12호 땅굴의 동지를 불러냈다는 것이 옥녀의 이름을 빼고 할 수 있는 그의 설명이었다.

"흠, 어때, 너이 역도 놈들은 죄책을 서로 제가 지겠다고 다투는 그런 미덕은 없는가? 어때, 이것으로 네놈이 지금까지 세우려 들은 고집은 철회하구 말 텐가?"

주임자가 묻는 빈정거리는 말이었다.

"방화책을 동무가 지나 내가 지나, 마츤가지가 아니오?"

하는 허국봉의 말은 주임자의 말에 대답이 아니라 춘돌에게 대한 나무람이었다.

"강도 놈들과 싸우는 우리에게 무리 여부가 뭐 있겠소."

언제나 냉철하고 탄력 있는 그의 말이었다.

"이놈아 뭣이 어째? 강도?"

노자끼는 금시에 그 잔인성을 폭발할 좋은 기회를 얻었다고 덤벼들었다.

"노자끼, 그러지말구 우선 이 박춘…… '박춘도루' 부터 본색이 드러나도록 부옇게 닦아와, 금방 한 제 말을 뒤집어가지구 이러니저러니 하는 것은 이 인테리 씨의 창작 신파일런지두 모르니까, 하하하."

이 같은 주임 놈의 웃음소리를 등 뒤에 들으며 다시 지하실로 끌려가는 춘돌이는 어느덧 다시 불기 시작한 마천령 바람에 구름같이 피어 설레이는 바다를 바라보았다.

"……지금 횡행하는 반백색테로단……" 어쩌고 한 주임 놈의 말을 생각하면 이 그리운 마천령 바람은 김송, 허진 동무들의 건투를 전해주는 소식인 듯도 하였다. 그리고 옥녀!

'우리 다 같이 애끼는 '모뿔' 이니까데……'

하던 김송 동무의 말을 지금 자기는 어느 때보다도 명심해야 할 것이라고 춘돌이는 생각하였다.

1947년 3월 20일

《문화전선》, 1947년 4월

기관사

경찰대 놈이 또 종이쪽지를 가지고 유치장으로 들어왔다. 방금 '또 사람이 죽이고 싶어져서' 제 몫의 '배급'을 찾으러 왔노라고 지껄이는 장교 놈들을 안내해 왔던 놈이다. 그런 장교 놈들이 풍기고 간 술 냄새가 채 가시기도 전에 또 끌어낼 사람의 이름을 적은 쪽지를 가져온 것이었다.

창고를 간막아 오륙십 명씩 처넣게 만든 유치장들 안의 공기는 금시 또 깊이 언 얼음장 밑의 못물같이 질식할 긴장으로 엉기는 듯했다.

"뭐 또? 이제 '배급'으룬 모자라서 이건 더 가딤(덤의 방언)으루 가는 건가?"

그 종이쪽지를 받아든 간수 중의 한 놈은 마치 곰배임배*로 귀찮다는 듯이 투덜거리며 갇혀 있는 사람들의 명부와 대조해가며 유치장 간들을 둘러본다. "또 누가 끌려 나가는가?" 하기보다도 "이번엔 내 차롄지 모른다." 하는 사람들은 숨 삼킨 긴장으로 이제 불릴 이름에 모두 귀를 기울

---

* '곰비임비.' 물건이 거듭 쌓이거나 일이 계속 일어남을 나타내는 말.

이듯이 살창 밖을 내다보는 눈들만이 빛났다. 둘러보던 간수 놈이 이편 간 유치장의 살창문을 절컥 따 열며 소리쳤다.

"현준, 현준이가 누구야? 어서 썩 나와."

그러자 저편 구석에서 한 젊은이가 일어섰다. 일어선 그는 길을 틔여줄 틈이 없이 빽빽이 끼여 앉은 사람들의 어깨를 두 손으로 헤글러가며 엉큼엉큼 발을 옮겨놓기 시작했다. 살창 밖의 간수 놈을 내다보던 사람들의 시선은 모두 그 젊은이에게로 쏠렸다.

후리후리한 키에 위아랫복의 도련 호주머니 할 것 없이 모두가 모나게 곧은 슬기인데다 굵은 상침으로 당친 흰 실밥들이 뚜렷한 왜청빛 노동복으로 그 버그러진 어깨와 통진 가슴이 더욱 입체감으로 틀져 보이는 그는 척 보기만도 끌날같은* 젊은이였다.

공기조차도 엉긴 듯했던 유치장 안에는 금시 또 여기저기서 들리는 무거운 한숨 소리들로 한층 더 침통한 분위기 속에 잠기게 되었다. 그런 중에도 발을 골라 짚노라 허리를 수굿하고 나가는 그 젊은이 앞에는 불쑥불쑥 내미는 손들이 있었다. 현준은 그 손들을 한 번씩 다부지게 잡았다 놓으며 나갔다. 그런 작별 인사는 말 없는 눈인사뿐이었다. 그리고 또 이곳 사람이 아닌 현준이로서는 작별 겸 초면 인사이기도 할 것이었다.

거의 일주일 동안이나 한 유치장에서 같이 있으면서도 잠시도 빈틈 없는 놈들의 감시로 떳떳이 인사할 기회조차 없었던 그들이었다. 그러나 지금 원수의 손에 걸려들어 고초를 같이 해온 그들은 비록 생면부지의 사람끼리도 서로 아끼는 동무가 아닐 수 없는 그들이었다.

지금 또 놈들에게 끌려나가는 이 동무! 이 끌날같은 젊은 동무가 나가는 유치장 밖에는 우리 사람의 피에 목마른 원수 놈들이 어떤 고문의

| * 끌의 새파란 날처럼 씩씩한.

256

형틀을 벌여놓고 또는 어떤 악랄한 살육을 설계하고 기다릴 것인가? 이런 생각까지도 말할 수 없이 그 젊은이의 손을 잡으며 쳐다보는 사람들의 눈에는 아끼고 슬퍼하고 그러면서도 끝끝내 놈들에게 굴하지 않을 것을 믿고, 내지는 어떤 최악의 경우라도 놈들과 싸워주기를 당부하는 동지애와 신뢰감과 말 없는 격려가 서러워 서릿발같이 빛났다.

그런 작별 인사를 받으며 나가는 젊은이는 그 역시 모난 턱이 돌로 깎은 듯 굳어질 만치 입술은 꽉 다물었으나 그 푸르도록 빛나는 눈은 흔연한 웃음으로 대답하는 듯했다.

문득 몰방沒放*으로 터뜨리는 총소리가 요란했다. 지금까지 들려온 뒷산에서 나는 소리였다. 놈들이 좀 전에 끌어내간 사람들을 총살하는 소리였다.

"어서 썩썩 나와."

쇠를 따들고 기다리던 간수 놈이 발을 구르며 재추는 문어귀에는 놈들의 두세 가락 총부리가 유치장 안을 노리고 있었다. 젊은이가 성큼 나서자 그 총부리들은 그의 뒤를 따랐다. 무서워하는 것은 역시 놈들이었다.

현준의 등 뒤에 총부리를 대고 따라온 한 놈이 노상 조심성스럽게 문을 연 사찰계실에서는 왁자한 웃음소리가 연해** 쏟아지는 중이었다. 그 너덩정한 사무실에는 여러 개 테이블이 늘비하게*** 벌여놓여 있었다. 그러나 제자리에 붙어 앉은 놈은 없었다. 모두 의자 대신에 테이블 앞 가장자리에 반쯤 궁둥이를 걸치거나 기대서서 떠드는 중이었다. 여기 제자리를 가진 사찰계 놈들 말고도 식은탕꾼 모여든 장교와 헌병 놈들도 많았다.

* 총포나 기타 폭발물 따위를 한곳을 향하여 한꺼번에 쏘거나 터뜨림.
** 연이어.
*** 질서 없이 여기저기 많이 늘어서 있는 모양.

257

씨름판같이 둘러선 놈들 한가운데서는 한 젊은 미국 병정 놈이 팔방 허공에다 대고 빈 주먹질을 해가며 뛰놀고 있었다. 권투를 해보이는 모양이었다. 그 양키 놈은 붉은 털이 번들거리는 두 주먹으로 허공을 내지르기에 바빴다. 둘러선 어중이떠중이들은 팽이 돌 듯하는 미국 놈 병정과 시선이 맞기를 별러서는 제각기 끄덕이는 감탄의 고갯짓과 아울러 웃음과 박수를 보내는 중이었다. 그럴수록 젊은 양키 놈은 더욱 신바람이 나는 듯했다.

"이것이 놈들의 소위 '경찰'이라는 데다. 이 난장판으로 무질서한 놈들의 중대가!"

현준은 문에 들어서자 속으로 이렇게 말했다.

"학살, 약탈, 강간, 술, 파괴, 그리구 미국 놈에게 하잘것없는 아첨의 경쟁…… 그밖에 놈들은 하는 일두, 할 일두 없다. 놈들은 우리 동무들을 많이 죽였다. 나 역시 죽일지 모른다. 그러나 우리는 놈들을 격멸하구, 코웃음 칠 수 있다. 뻔하다. 이놈들은 곧 망한다."

"이건 뭐야?"

문득 한 장교 놈이 버럭 골 올린 소리를 질렀다. 현준의 얼굴에서 경멸적 냉소를 느낀 모양인 그 장교 놈은 금시 살기가 등등해진 눈망울을 뒤룩거리며 짖어대는 투로 지껄였다.

"이놈두 제 고향으루 쫓아 보낼 '빨갱이' 아닌가?"

그러자

"그럼 건 내 몫이다."

하며 저편 테이블에 걸터앉았던 헌병 한 놈이 허리에서 권총을 빼들기부터 하며 현준의 앞으로 다가왔다.

"그럼 둘이서 '장겡'•을 허지."

등 뒤에서 또 어떤 한 놈이 기지개라도 키는 듯 하품 섞인 소리로 이

런 말을 지껄였다. 둘러섰던 놈들은 왁자하니 웃었다. 그중의 사찰계 한 놈이

"아서, 아직."

하며 다치지 말라는 듯이 손을 저었다.

'시재** 한 놈이라두…….' 불끈 이런 생각이 든 현준은 제가 당장 어느 한 놈의 모가지를 비틀어놓을 것 같았다. 그러나 '좀만 더 두구 보지. 정 수틀리게 되면 그땐 고기값이라두 하자.' 이런 생각에 부루 쥐었던 주먹을 바지 주머니에 찌른 현준은 '내 아무리 맨손이라두 거저는 안 죽는다.' 속으로 부르짖으며 창밖을 향해 돌아섰다.

현준은 이곳으로 붙들려온 지 일주일 만에 지금 처음으로 놈들의 취조를 받게 되었다. 사찰계 주임 놈의 책상에는 잡혀오자 몸수색으로 떨어놓아야 했던 현준의 공민증과, 신분증명서와, 몇 백 몇 십 몇 원의 돈과, 굵다란 니켈 줄이 달린 역시 니켈색 번들거리는 커다란 회중시계와 그 밖의 수지*** 나부랭이들까지도 놓여 있었다.

취조는 처음부터 끝까지 노동당원이냐 아니냐를 밝히기 위한 심문뿐이었다.

현준은 아니라고 부인했다. 주임 놈은 제 꽁무니에서 검은 강철빛 어린거리는 권총을 뽑아 넓은 테이블 한 기슭에 손바로 얹어놓았다. 그리고 말끝마다 총살 총살로서 협박해가며 문초를 시작했다. 놈은 현준이가 집과 처자를 버리고까지 후퇴하던 것만으로도 '빨갱이'가 아닐 수 없다고 역습을 하기도 했다. 현준은 결코 후퇴하던 길이 아니라고 잡아떼었

---

* '가위바위보'의 중국어.
** 당장. 지금.
*** '휴지'의 잘못.

259

다. 집은 벌써 전에 폭파되었고, 그래서 이미 영원 땅 어느 산골에 있는 처당妻黨*으로 보내두었던 처자를 찾아 자기도 그리로 가던 길이라고 했다. 놈은 또 전쟁 중에는 군용 열차를 몇 번이나 운전했느냐고 묻기도 했다. 딴전 같은 말이나 이 역시 당원이 아니냐? 떠보는 딴 말이 아닐 수 없었다. 현준은 전쟁 중에도 저는 역시 평양과 남포 간의 보통 여객차만을 운전했을 뿐이라고 했다.

주임 놈은 다시금 현준의 공민증과 신분증명서를 뒤져보았다. 현준이가 이곳 사람이 아닌 것은 물론 또 저희가 일부러 체포한 것도 아니었다. 얼마 전에 이곳을 지나간 국방군 수색대가 오던 도중에서 후퇴하는 '빨갱이'들을 붙들었다면서 트럭에 실어다가 여기 맡기고 간 수십 명 중의 한 사람일 뿐이었다. 그래서 놈들은 현준에 대한 어떤 증거나 밀고자도 여기서는 찾아낼 수 없었다.

마침내 취조하던 놈은 사실로 '빨갱이'가 아니라면 어째서 '빨갱이'가 아니 되었느냐고 물었다. 이에 대한 현준의 대답은 일왈—日 제가 무식한 탓이요, 그 다음은 제가 그 꽤 까다로운 규율을 지키기가 싫었던 탓이라고 했다.

이런 대답을 하는 현준의 그 가락가락이 산양의 뿔같이 갈라지고 투박한 손을 이윽히 눈주어 보던 주임 놈은 두 다리를 올려놓았던 테이블에 놓인 전화통의 수화기를 들었다.

현준은 그날 저녁으로 이곳 S역 구내에 있는 놈들의 철도경비대로 넘어갔다. 거기서도 역시 마찬가지의 취조를 받고 난 현준은 이튿날부터 S역 구내로 나가 일하게 되었다.

현준에게 맡겨진 일은 구내를 정리하는 입환 작업**이었다. 처음 들어

---

* 처족.
** 사람의 힘이나 동력차를 이용하여 차량을 이동, 분리 또는 연결하는 작업.

선 구내는 동서로 통하는 한 가닥 간선 외에는 하나도 완전히 트인 것이 없을 만치 각종 차량들이 어지럽게 흩어져 널려 있었다. 사람이 없지는 않았다. 일꾼이 없었다. 몇 대의 기관차가 입환 작업을 하는 중이기는 했다. 그러나 낯모를 그 기관사는 생재기*인 모양으로 그의 기관차는 얼키설키한 입환선에서 군걸음을 많이 할 뿐 일을 치르지는 못했다.

현준은 땅딸보 왜놈 탄수炭手와 같이 한 기관차를 타게 되었다. 철도 일꾼이 부족하여 이전에 저희 나라에서 기관차에 불을 때본 경험이 있다는 자로 군대 내에서 뽑아 왔다는 것이었다. 그 땅딸보를 데려온 헌병 중위라는 강가는 현준에게 일본말을 아느냐고 물었다. 한마디도 모른다고 대답한 현준은 해방 전의 자기는 일본 사람을 구경도 할 수 없는 두메산골에서 농사를 해왔노라고 했다.

실은 해방 전에 왜놈 기관사 밑에서 사오 년이나 일해온 현준은 말을 모르지 않았다. 그러나 제 무식을 증명하기 위해서만 아니라, 그것은 학대, 천대로만 들어온 말이기 때문에 지금 또 왜놈과 그 말로 지껄이기가 싫어서만도 현준은 모른다고 했다. 헌병 강가와 왜놈 군인은 좀 난처한 모양이었다. 그러다 피차 손짓만으로도 막히지 않고 같이 일할 수 있다고 한 현준은 그 왜놈 탄수를 실은 기관차로 입환 작업을 시작했다.

구내 안에서만 천천히 기관차를 몰아 왔다 갔다 하는 것이지만 레바(속도 조절기)를 잡고 덩그러니 운전대에 올라앉은 현준은 오래간만에 선들선들 얼굴을 스치는 맑은 바람이 단 냉수같이 가슴에 스미도록 들이키기도 했다. 그러나 눈으로는 그런 선드러운 바람결에서도 탄 냄새를 느끼지 않을 수 없었다.

바로 눈앞에 내려다보이는 좁은 벌 이쪽 한 기슭에 자리 잡은 작은 S

* 어떤 일에 익숙하지 못하고 서투른 사람.

장거리는 태반이 잿더미였다. 그뿐 아니라 좌우 산협쯤에 선로를 따라가며 기슭마다 오붓이 들어앉은 작은 마을 마을들도 모두가 불에 그슬린 터전뿐이었다. 그런 인가만이 아니었다. 둘러보이는 산들도 전날의 모습 그대로 남은 것은 별로 없었다. 놈들이 통째로 불 달아 던진 휘발유 냄새가 아직도 풍기는 듯, 지금이 한창일 단풍은 오직 번져가는 산화의 불길같이 꺼멓게 탄 기슭도리에만 붉게 남았을 뿐이었다.

몇 해 동안을 이 경원선으로 늘 열차를 달려온 현준은 어느 산 구비를 돌면 급구배急勾配*가 있고 또 몇 킬로만에 어떤 굴이나 철교가 있다는 것을 잘 알듯이 연선의 산들의 모습과 그 밑의 마을들까지도 낱낱이 기억한다. 바로 선로 옆의 마을이면 비록 이름은 모르지만 늘 스쳐 지나던 우물가에서 보아온 얼굴을 기억하는 아주머니도 처녀들도 있었다. 또 어느 마을 뒤에는 밤밭이 있고 어느 집 뒤에는 큰 대추나무가 있고 그 마을치고 제일 큰 곡식 낟가리가 들어앉은 것은 어느 집이라는 것까지도 짐작이 가는 현준이었다.

그러나 지금은 어느 것 하나 가려볼 수 없이 모두가 잿더미였다. 그 마을 그 집들에서 살던 사람들은 지금 어데로 갔는가?

현준은 저보다 며칠 앞서, 작은 보따리를 꾸려 이고 타탈거리는 어린 복석이 놈의 손목을 잡고 뒤에 두고 가는 고향과 집을 되돌아보며 후퇴의 길을 떠났던 아내와 아들의 모습이 눈앞에 어른거려 다시금 시선을 가다듬고 손의 레바를 바로 잡아야 했다.

"야, 우마이** 우마이!"

옆에서 왜놈 탄수가 이렇게 저희 말로 연방 감탄했다. 그 앙바틈하게 짧은 정강이가 안짱다리로 휘어들기까지 한 땅딸보는 현준이가 몰아가

---

* 급경사. 몹시 가파른 경사.
** '맛있어' 또는 '멋있어' 라는 뜻의 일본어.

는 기관차가 그 복잡한 입환선들을 아로새기듯 덜컹 소리 한번 안 내고 포인트 포인트에서 선로를 바꿔들 때에는 잘한다는 뜻으로, 또 화구에 몇 부삽 석탄을 퍼넣고 나서 제 바지주머니에서 뒤져낸 밤을 씹으면서는 맛있다는 뜻으로 '우마이'를 연발했다.

현준은 그자가 지금 달게 먹는 그 밤 맛만으로도 전날의 '식민지' 맛을 잊지 못해 아직도 군입을 다시고 있을 왜놈들 중의 한 놈으로 보이지 않을 수 없었다. 그뿐 아니라 그 땅딸보는 이 기관차의 탄수로만이 아니라 제 행동의 감시자로, 밀고자로, 또 제가 어떤 기회를 붙들었을 때 누구보다도 먼저 제 손을 물어 방해하도록 놈들이 축여놓은 개라고 현준은 미리부터 경계하지 않을 수 없었다. 그러면서도 한편 어떤 경우에는 땅딸보가 그런 개니만치 조금도 아까울 것이 없어 좋다고도 생각되었다.

그날의 입환 작업이 끝났다. 어지럽게 널려 있던 차량들이 정리되어 구내는 청소나 한 듯이 그림자 칠 것이 없이 환히 빛나게 된 레일들만으로도 금시 현준이가 일을 치웠다는 생색이 나는 듯했다.

그날 저녁에 놈들의 군용 열차가 한 대 지나간 때였다.

"언제 우린 차를 달리게 됩니까요? 기관찰 타는 바에는 씨연씨연히 달릴세 말이지 좁은 구내에서만 앞으로 갓, 뒤로 갓—, 은 좀 따분한걸요."

땅딸보가 헌병 강가에게 하는 말이었다. 현준은 우선 제가 묻고 싶어도 물을 수 없었던 것을 땅딸보가 대신 물어주듯 하는 말에 자연 귀가 기울여졌다.

"좀 더 지나 봐서지."

헌병 강가의 대답이었다.

"아하 참, 따는 따는이군요."

하는 땅딸보는 "내 어째 요다지두 아둔했던가?" 하는 투로 손바닥으로 한번 제 이마를 철삭 부치고 나서 옆의 현준을 곁눈질해보며 말했다.

"하여튼 기술만은 믿을 만하던데요. ……에 또 대관절 어떻습니까요? 아메리카, 아니 우리 유엔군이 아직두, 저 어데라든가? 한데서 끊겨 가지구는, 동서 양군이 아직두 손을 못 잡았나요?"

"요도쿠(양디) 말이지? 아직 아직이야."

"호, 그렇게두 강합니까요? '빠루찌장'*인가가 벌써 얼마쩬데요. 좀 더 다른 방도는 없습니까요?"

"방도라야 공격 공격뿐이지. 그래서 지금 그쪽으로 집결 중이니까……. 에 또 어떤가?"

지금까지 땅딸보와 일본말로만 지껄인 헌병 강가가 문득 말머리를 현준에게 돌려 조선말로 물었다.

"하는 일이?"

그때 도링(기관차의 큰 바퀴)의 축을 조이고 있던 현준은 잠시 헌병 강가를 쳐다볼 뿐으로 역시 일을 계속해가며 반문하듯이 대답했다.

"뭐 어떨 거 있습니까."

"재미가 어떠냐 말야."

헌병 강가의 말은 단박 비꼬는 투였다.

"늘 해온 일인걸요."

하는 현준의 대답은 여전히 장식이 없는 말투였다.

"늘 해온 일이라? 누가 걸 몰라서 묻는 거야? ……그런 말버르장머리가 어데 있어 응?"

"……."

현준은 놈이 이렇게 멋없이 버럭 화를 내는 까닭을 이해할 수 없었다.

| * '파르티잔partisan'의 일본식 발음. 뒤에서 '빠르찌장'으로도 표기됨.

"웃사람이 그래두 접어 생각하고 먼저 하는 말인데 그 따위루 건방진 수작이……. 어데 또 한번 해봐."

현준은 비로소 이해할 수 있었다. 그러나 현준은 기름 묻은 손에 커다란 마치를 든 채 허리를 펴고 일어서 헌병 강가 놈을 마주 볼 뿐 대답을 안 했다.

"'덕택에 고맙습니다. 재미 좋습니다.' 소리를 못하나 말야? 어느 하늘 아래서 사는가를 생각해봐."

헌병 강가가 고래고래 지르는 수작이었다.

"난 나 맡은 일을 책임적으로 하면 그만인 줄 아는데요."

비로소 현준이가 띄엄띄엄 한 말이었다. 이런 말을 하는 현준은 이 썩어진 놈들과 싸우는 데는 빤드름한 말치레의 아첨도 한 전술이 되리라는 것을 모르지는 않았다. 그러나 해방 후 오 년간 그런 아첨이 통할 리 없고, 오히려 죄악시되는 환경에서 살아왔고 일해온 현준은 지어먹고 해야 하는 말이 그렇게 수월히 나오지는 않았다.

"뭣이? '난 나 맡은…….' 이 건방진! 대체 '나 나 난……' 뭐야?"

"……."

"전 모르긴 해두, 이자 태돈 좀 건방진걸요. 아마 '북한' 로동자들은 벨을 길러주어서 그런가부죠?"

옆에서 땅딸보 놈이 이런 아첨조로 헌병 강가에게 키질을 했다.

"웃사람한테 하는 말버릇부터 고치란 말야. 이제 다시 말해봐."

하는 강가는 새삼스럽게 체신을 갖춘다는 투로 제 허리에 두 손을 짚으며 현준의 앞으로 한 걸음 다가섰다.

"응흠, 미쓰터 강."

옆에서 문득 이런 코 메인 소리와 함께 술 냄새가 확 풍기었다. 어느새 나타난 한 미국 놈 병정이었다. 그 병정 놈은 저 역시 두 손으로 허리를 짚고 서서 헌병 중위 강가를 어르듯이 좌우로 고갯짓을 해가며 지껄였다.

"응흠, 미쓰터 강. 술 술이 좋소."

그런 미국 병정 놈 앞에서 금시 비굴한 낯짝이 된 강가는 무슨 사정이나 하듯이 나직한 소리로 뭐라고 지껄였다.

"노 노 노. 노굿. 술 술이 좋소."

하며 호되게 제 머리를 흔들고난 미국 병정 놈은 한 손가락을 뻗쳐 헌병 중위 강가의 두 줄 단추로 너민 군복 옷깃 속에서 넥타이를 뚱구쳐 냈다.* 와락 창피해진 모양인 강가는 현준의 앞에서 돌아서며 바삐 넥타이를 옷깃 속으로 꾸겨 넣었다. 그러나 미국 병정 놈은 또 가만 안 있었다. 그 사이에 놈은 강가의 허리에 딸린 가죽집에서 권총을 빼내서 제 괴춤에 찔렀다. 헌병 강가는 그 손을 막으려 했다. 그러나 미국 병정 놈은 부루 쥔 주먹을 헌병 중위의 코앞에 흔들어 보이고는 미상을 "앞으로 갓."의 구령을 내리는 모양으로 버럭 고함을 지르자 강가의 어깨를 비틀어 돌려세웠다. 그리고는 헌병의 궁둥이를 이쪽저쪽 번갈아 데겨차듯이** 앞 발길질을 해가며 앞세우고 나갔다.

"엥, 당장 뻐기던 것 해서는 문제없이 무장 해젤 당하구, 아주 파장순데 그래."

옆의 땅딸보가 혼자 중얼거리는 수작이었다. 놈은 그 술 취한 미국 병정 놈이 나타나자 어느덧 기관차 저편으로 가서 숨어 있다가 비로소 나타났다.

"따는, 따는, 하기야 아무리 졸자라두 상전 아메리카 사람이라 할 수 없을게라."

또 이번 말을 혼자 중얼거린 땅딸보는 금시 무료도 하고 하잘 것도

* '뚱기치다.' 몸 따위를 세차게 움직이다.
** '발등으로 올려차다'는 뜻을 가진 '계겨차다'의 방언.

없다는 듯이 '술은 눈물인가, 한숨이런가'를 휘파람으로 시름없이 불기 시작했다.

　그 밤에 어디선가 술을 처먹은 땅딸보는 벌써부터 곯아 떨어졌다. 그 옆에 누워 있는 현준은 잠이 오지 않았다. 생각을 하기 위해서다. 맞은 유리창으로는 찬 달빛이 째지게 비껴들었다. 그러면서도 하늘에는 뭉게 뭉게 검은 구름장들이 달리는 모양으로 푸르던 달빛이 이따금씩 어두워지곤 했다. 그런 창밖에서는 멀리서 또는 지척 가까이서 고래고래 지르는 취한 놈들의 고함 소리와 추잡한 유행가 콧노래가 끊일 사이가 없이 들려왔다. 알아들을 수 없는 조선말 소리는 물론, 말은 고르나 그 곡조만으로도 이맛살이 찌푸려지게 음탕추악한 미국 놈들의 소리가 낭자한 중에 간간이 격한 가락을 넣듯이 놈들의 허랑한 폭소와 총소리들이 뒤섞이기도 했다. 그것은 미국 놈의 '쨔즈'가 아닐 수 없었다. 그것은 단지 놈들의 타락한 소리가 아니라 삶의 보람을 모르고, 앞날에 희망을 못 가지는 절망의 소리이기도 한 것이었다.

　"양덕으로 가자!"

　현준은 귀 드그러운* 놈들의 그런 잡음을 떨어버리듯이 베개 위의 머리를 들고나서 입밖에 소리 내 중얼거렸다.

　어떻게 해서든 기회를 노려 양덕으로 가서 우리 사람들과 같이 동무들과 함께 싸우자! 하는 현준은 또 한편 지금 놈들이 저한테 시키는 정도의 일만으로도 기회가 아닌 것은 아니라는 생각이 들기도 했다. 아닌 게 아니라 어제까지만 해도 "고기값으로 단 한 놈이라도!" 별렀던 현준이었다. 그래서 놈들이 저를 현장으로 내보낸다고 할 때 그는 가슴이 울렁거릴 만치 기뻤고, 기관차에 올라앉게 되었을 때는 그 기관차 하나만을 부

---

　* '시끄러운'의 평안도 방언.

267

셔도! 하는 현준은, 교차선의 포인트를, 그 앞에서 아직 흔들리는 정거 신호를 무찌르고 내달려 뒤집어 부숴버릴까 하는 충동에 레바를 잡은 손에 불끈 힘이 가기도 했다.

그러나 양덕에서 우리 사람들이 지금 유격전으로 놈들과 싸우고 있다는 말을 듣자부터 더욱 가슴이 높이 뛰는 현준에게는, 한 대의 기관차 몇 대의 빈 차량만으로는 만족할 수 없었다. 더욱이 아까의 땅딸보와 헌병 강가 놈의 수작으로는 좀해서는 더 큰 기회가 제게 쥐여질 것 같지도 않았다.

양덕은 여기서 동쪽으로 불과 육칠십 리다. 탈출해 가서 동무들과 같이 총을 잡고 수류탄을 던지며 놈들의 탱크를 부수고, 놈들의 트럭을 뒤 엎어서 쏟아지는 원수 놈들의 등가슴에 총창을 들이박으며 싸우는 우리의 함성은 그 얼마나 우렁찰까?

앞날의 승리를 동무들과 이야기하며 싸울 생각! 싸우다 죽더라도 선두를 달리다가 동무들의 앞에서, 동무들의 옆에서 죽어도 죽을 것이 아니냐! 거듭 '양덕으로 가자!' 하는 현준은 우선 밝은 날 찬찬이 틈을 타가지고 놈들의 총 한두 자루 수류탄 몇 알이라도 빼앗아가지고 가리라고 했다.

한밤중이었다. 생각에 잠겨 천정만을 쳐다보고 있던 현준의 눈에 문득 맞은 유리창이 뒤밝아지는 화광이 보였다. 또 지척인 듯 가까이서 두세 방 총소리가 요란히 들리기도 했다. 그러자 엄마를 부르는 어린것의 울음소리가 났다.

현준은 덮었던 요를 걷어차고 일어나 창 앞으로 갔다. 구내區內 구외 區外를 가름한 목책에서 이삼십 미터밖에 안 되는 데서 한 채의 초가집이 타기 시작했다. 마침 검은 구름장이 달빛을 가린 때라 이글이글 타오르는 붉은 화염이 더욱 충천해 보였다. 분명히 거기서 또 한 방 총소리가 났다. 그러자 젊은 여인의 비명이 들렸다. 어린것의 울음 대신 들려오는 그 비명은 아닌 밤중에 충천한 불길보다도 더욱 몸서리치게 악에 바친 울부짖음이었다.

현준은 저도 모르게 문을 차 열고 현관 밖으로 뛰어나갔다. 그러나 처마 그늘 밑에서 버럭

"누구야!"

하는 고함 소리와 함께, 저편 불빛에 어리어 더욱 날카롭게 번들거리는 총창 끝이 현준의 가슴을 겨누고 불쑥 내밀었다.

"······."

현준은 미처 대답할 사이가 없었다.

"어델 가? 허가 없인 한 발자국도 얼씬 못하는 줄 몰라?"

하는 그놈 역시 헌병의 완장을 두른 놈이었다.

"어서 안으루 일어져."

또 이렇게 짖어대듯 한 그놈은 총창 끝으로 현준의 어깨를 밀어 넣다시피 하고 현관문을 닫아 붙였다. 다시 방 안으로 들어갈밖에 없는 현준은 창 앞에 붙어 서서 밖을 내다보았다. 고삭은* 초가 영납세로부터 기둥에까지 불이 당기기 시작한 그 집의 쓰러져가는 울파자** 안으로부터 화광에 어른거리는 사람의 그림자가 나타났다. 옆에 무슨 큰 보따리 같은 것을 한 팔로 끌어안은 것이 보였다. 그러나 그것 역시 사람이었다. 울파자 그늘을 벗어나 이글이글 타오르는 불빛을 등지고 이편으로 엉큼엉큼 걸어오는 것은 분명히 미국 놈이었고, 그놈의 한편 옆구리에 껴안긴 것은 연한 물색 치맛자락이 땅에 끌리게 옷매무시가 흐트러진 여인이었다. 그 치맛자락뿐 아니라 팔, 다리 역시 땅에 끌릴 만치 사지가 축 늘어진

---

* 곯아서 썩거나 삭은.
** '울타리'의 방언.

여인을 한 팔로 껴안은 미국 놈은 그 육중한 구둣발로 한쪽이 쓰러져가는 목책을 지리 밟으며 구내로 들어오고 있었다. 그 머리칼빛 희붉은 대가리를 지리끼듯이 우악스럽게 폭 넓은 어깻죽지가 추켜 올라간 모양으로 보아 그놈은 이 철도경비대에 있는 엠피 장교 놈이 분명했다.

심장이 얼어붙는 듯한 공포에 기절했다가 다시 소스라쳐 깨어난 모양인 젊은 여인의 "으악" 소리가 또 들렸다. 그러자 놈의 등 뒤의 충천한 화광뿐 아니라 검은 구름장을 벗어난 달빛에 놈의 겨드랑이 밑에서 빠져나려고 항거하는 여인의 몸부림이 바라보였다. 놈의 엉큼엉큼한 걸음은 더욱 빨라졌다. 군모도 쓰지 않은 놈의 대가리의 그 희붉은 빛으로 번들거리는 털이 이마와 콧등에까지도 내려덮이게 흐트러져 너풀거렸다. 그러나 놈은 몇 걸음 뛰지 못해서 선불 맞은 야수의 울부짖음 같은 고함을 지르며 멈칫 섰다. 몇 순간 몸을 가누지 못하고 비틀거린 놈의 이편 팔이 걸핏 들리자 그 손끝에서 뿜어내는 듯한 불길이 번쩍였다. 아직도 놈이 한 팔로 그 잔허리를 끌어안은 여인의 등가슴이나 얼굴에 대고 쏘아 박는 모양인 총소리가 탕 탕 연발로 들려왔다. 그러자 악에 바친 몸부림도 비명도 없이 된 그 여인의 몸뚱이는 번들거리는 입환선 레일 한 가락에 허리를 걸치고 번듯이 던져졌다.

제 눈앞에 이런 사실을 보고 섰는 현준은 여등 제가 가위에 눌려 있는 것 같기만 했다. 내가 보는 것이 정말인가? 하는 현준의 눈에는 아닌 게 아니라 생시에는 한 번도 본 적이 없는 흉물스러운 짐승이 아직도 움직이고 있었다.

째질듯 밝은 달빛 아래 쓰러져 있는 여인의 시체를 아직도 단념 못하듯이 이윽히 굽어보던 그 두 발 짐승은 색은 낡았으나 번들거리는 바늘털이 내려덮인 대가리를 한 번 저으며 전후좌우를 휘둘러본다. 헝클어진 머리털 사이로, 붉은 화염과 차갑게 푸른 달빛을 겸해 반사하는 그것의 눈은 마실 피 냄새를 찾아 두리번거리는 짐승의 눈으로 번쩍이었다. 또 엉큼엉큼 자구를 떼놓기 시작한 그것의 추켜 들린 어깻죽지로부터 길게 늘어뜨린 앞 발끝의 이편 손에는 무트럭한* 권총이 들려 있고 저편의 먹 물에 잠겼던 듯한 검은 손에서는 듣는 핏방울이 보이는 듯했다.

내다보는 현준의 눈앞으로 이번에는 그 야수를 호위하는 모양인 국 방군 헌병 놈의 총창 끝이 유리창을 스쳐 지나갔다.

이튿날 아침이었다. 땅딸보 탄수와 같이 기관차의 증기를 올리고 있 을 때였다. 헌병 강가가 와서 현준에게 빈 차량을 십여 대 정비해가지고 곧 발차할 준비를 하라고 했다. 현준은 뜻밖이었다.

그러나 "빈 차량이니까……." 했다. 차량들은 이미 정비되어 있었고 기관차의 증기도 다 오른 때라 곧 발차할 수 있었다.

현준이가 레바를 잡고 운전대에 앉자, 잠시 없어졌던 헌병 강가가 미 국 놈 엠피를 데리고 와서 같이 올라탔다. 바로 어젯밤의 그놈이었다. 금 시 치가 떨리는 현준은 놈들을 등지고 앉아 밖을 내다보고만 있었다.

"헤이."

문득 그 미국 놈이 외치는 소리가 들렸다. 그러자 이어서

"이리 봐."

하는 헌병 강가 놈의 고함 소리도 났다. 현준은 미처 돌아볼 사이가 없이 또 제 등허리가 서리대 긴 엠피 놈의 무르팍으로 걷어채인 것을 느 꼈다. 벌떡 일어나 돌아보는 현준의 눈앞에는 무트럭하게 큰 권총 뿌리 가 불쑥 내밀어져 있었다. 엠피 놈이 뭐라고 지껄였다.

"이게 뭔지 알지?"

헌병 강가 놈이 통역한 말이었다. 구태여 뭐라고 대답할 필요가 없다

* 뭉툭한.

271

고 생각한 현준은 그저 놈의 눈과 그 권총을 번갈아 보았을 뿐이었다. 어젯밤에 본 그 짐승의 눈에는 핏발 선 붉은 실이 어리었고 권총이 올려놓인 놈의 손에는 흰 붕대가 칭칭 감겨 있었다. 그 붕대 밑에는 혹시 어젯밤에 놈의 손에 죽은 여인의 원한에 사무친 이빨 자국이 박혀 있을지도 모를 것이었다.

"조금이라두 잘못해서 일을 저질러만 봐. 그땐 당장 골통에 구멍이 날 테니. 알겠어? 자 그럼 발차."

그러나 앞으로 달리라는 것이 아니라 뒤로 빠크back해서 뒷걸음쳐 가라는 명령이었다.

역 구내를 벗어나서도 현준은 역시 입환 작업을 하는 때와 같이 열네 차량이나 되는 열차 뒤꽁무니에서 흔들리는 푸른 안전 신호기를 뒤돌아보면서 운전해가야 했다. 선로 좌우 쪽에는 거의 전선주 한 대 사이에 하나 폭이 될 만치 단총한 병정 놈들이 경비하고 있었다.

필시 선로에 어떤 돌발 사고다. 그래서 놈들은 이리로 미상불* 양덕 방면으로 달리던 군용 열차를 어디선가 불시 정거를 해놓고 이 반 차량들을 빠크로 불러다가 짐이나 군대를 옮겨 실을 모양이다. 이런 추측으로 현준은 '혹시……' 하는 생각에 잠심潛心**해가며 차를 몰았다. 몰아간다지만 빠크해 가는 것이라 제 속력을 다 낼 수 없으므로 속도계 메타판의 바늘은 25 내지 30킬로 어간에서 느릿느릿 흔들리고 있었다. 그래도 모두가 빈 것들이라 한가히 손꼽아가며 헤일 수 있게 넘어가는 레일 이매쫌***마다에서도 쿵 쿵 속 궁군 소리를 내며 주행부의 눌리지 않은 스프링들이 민감하게 퉁겨졌다.

* 아닌 게 아니라 과연.
** 어떤 일에 마음을 두어 깊이 생각함.
*** '이음매 쫌'의 잘못인 듯. 레일 이음매 사이의 틈.

"이렇게 내내 빠크만 해서 어데까지 갑니까요?"

땅딸보가 부삽질을 쉬고 이마의 땀을 훔쳐가며 물었다.

"가는 데까지 가지."

그 역시 군사 비밀이나 같이 강가는 한번 군입맛을 쩍 다시고 나서 이런 대답을 할 뿐이었다.

저 역시 귀를 기울였던 현준은 헌병 강가의 그런 대답에 다시 제 생각으로 돌아갔다. '놈들이 미상불 무기나 군대를 옮겨 싣고 되돌아와야 할 이 열차를 그때도 내게 맡길까?' 현준의 생각은 이렇게 시작되었던 것이다. 어떤 돌발 사고나 아닐까 하느니 만치 혹시 저편에서 오던 열차의 기관사가 상했거나 죽었으면 몰라도 그렇지 않으면 역시 그 기관사가 이 운전대에 앉게 되기가 십상팔구였다. 그 기관사라는 자는 놈들이 일부러 이남에서 데려다가 군용 열차를 도맡아 운전시킬 만치 놈들의 신임을 받는 자였다.

그러나 놈들이 이 비좁은 기관차에다 두 놈씩이나 경비를 하게 하는 것은 역시 이런 빈 열차만이 아니라 짐을 옮겨 싣고 돌아올 때에도 역시 제게 이 열차를 운전시키기 위해서가 아닌가 하는 생각이 들기도 했었다.

놈들이 신임하는 그자가 운전하는 기관차에는 헌병도 엠피도 태우지 않았다.

사실 일이 그렇게만 된다면 그것은 현준이가 노려온 기회가 아닐 수 없었다. 그때는 제아무리 무장한 놈이 둘씩이나 지키고 있더라도 현준은 기어이 제 마음대로 하고야 말리라고 했다. S역에서 십 킬로쯤 갔을 때였다. 내다보던 푸른 신호기가 차차 작아보이게 휘유듬한 산기슭을 감아돌아간 열차 꼬리가 다시 곧게 펴졌을 때 또 이번에는 문득 나타난 사람 굴속으로 들어가기 시작했다. 천정은 없을망정 사람 굴속이라고 할 만치 두 가락 레일을 사이에 두고 좌우로 놈들의 군대가 빽빽이 늘어서 있었다. 현준은 쥐고 있던 레버를 밀어 닫았다. 마침내 열차 꼴에서 붉은 정차 신호기가 들리었다. 현준은 또 에야 케지Air Gauge를 눌러서 제동기들이 매개 바퀴들을 눌러주는 씨르륵 소리를 내며 차를 세웠다.

정거하자 미국 놈 엠피와 헌병 강가가 내렸다. 현준이도 운전대에서 일어나 문설주를 잡고 밖을 내다보았다. 말바로 형형색색으로 그린 인물 병풍이 기관차 앞에서부터 저편 한끝까지 겹겹이 늘어서 있었다. 미국 놈들은 물론 그 옆에서 뛰어나게 검은 검둥이들, 국방군 놈들, 그중에는 저희 말로 지껄이는 왜놈들도 많았다.

현준은 우선 놈들의 기관사가 어데 있는가 하여 두루 살펴보았다. 그러나 아직 보이지 않았다. 아직이라는 것은 국방군, 미군, 그중에도 눈에 띄는 검둥이들이 경기, 중기며 소구경 박격포 같은 것을 총신, 포신, 따로 포판 따로 뜯어서 혹은 어깨에 둘러메고 혹은 끌기도 하며, 아직도 꾸역꾸역 모여드는 중이므로 그자도 이제 뒤따라올지 모른다 해서였다.

둘러보던 눈에 이제 기관차에서 내려 병정들 속으로 사라졌던 미국 놈 엠피와 헌병 강가 놈이 저편의 한 작은 언덕 앞에 다시 나타난 것이 보였다. 그 언덕 위에는 앞 나래미*가 번뜻 들린 군모 이마빼기에 손벽만치나 큰 모표의 금테두리가 번쩍거리는 미군 장교 놈 칠팔 명이 모여 서 있었다.

현준은 대체 어떤 사고인가? 궁금하기도 했으나 앞의 선로는 삼사백 미터나 보일 뿐 그 다음은 산기슭으로 휘어져 더 보이지 않았다.

현준은 운전대 밑에서 마치를 집어 들고 기관차 밖으로 나왔다. 제가 몰아가던 차를 세운 때면 기관사가 으레 하는 각 차량의 주행부를 점검하기 위해서다. 도링으로부터 시작하여 다음다음으로 매개 바퀴의 차축

* '날개'의 방언.

274

을 마치로 뚜들겨보고 축상 뚜껑을 열어보고 각 차량과 차량에 연결된 압착 공기 호스를 훑듯이 점검하며 나갔다. 그러노라기에 주행부를 굽어보며 나가던 현준은 문득 허리를 펴고 일어섰다. 산 모두리 저편에서 분명히 열차 움직이는 소리가 들려온다. 긴장해 기울인 귀에 들리는 그 소리는 차차 커가면서도 한 바퀴씩이라도 멀어가는 열차 소리가 분명했다. 그리고 또 무겁게 들리는 차 소리기도 했다.

귀를 기울인 동안 현준의 그 진한 먹글씨의 한 획같이 윤나는 눈썹 밑의 길음한 눈은 더욱 가늘어졌다. 딴 데가 아니라 제 머릿속을 들여다보는 듯한 그 눈은 바늘 끝같이 날카로워진 눈동자로 푸르도록 빛났다.

명령이 내린 모양이었다. 저벅거리는 군화 소리와 무기의 쇠와 쇠가 서로 부딪치는 소리가 어수선해지며 놈들의 군대는 앞을 다투어 꾸역꾸역 차간으로 들이밀리기 시작했다.

그때 현준은 허리에서 떼내어 기름 묻은 손을 문지르던 타올을 탄수차 뒷초리에 달린 제동관 콕크에다 걸쳐놓고 다시 마치를 들었다. 그때 놈들은 그 탄수차 다음 간 도리꼬에다 탄약 상자들을 들이챙기고 있었다. 놈들의 무기는 탱크나 대포 같은 것은 없지만 경기, 중기, 박격포 같은 것은 오륙 명에 한 대 폭은 되는 모양으로 많았다.

놈들의 군대가 거의 다 올라탔을 때 현준이도 주행부 점검을 끝냈다. 다시 돌아가는 기관차 앞에는 벌써부터 와서 기다리는 모양인 미국 놈 엠피와 헌병 강가가 땅딸보 탄수와 이야기를 하고 있었다. 무슨 말 끝인지는 알 수 없으나 귀결에

"아, 염려 마십쇼."

하는 땅딸보의 말소리가 들렸다.

"하기는 불과 S역까지니까……."

미국 놈 엠피와 땅딸보 탄수를 번갈아보며 하는 헌병 강가의 말이었다.

"네에, 절대루. 지금 오시며 보셨겠지만 그런 평탄한 선로에서는 일부러 사고를 낼래두 안 됩니다요."

또 이런 땅딸보의 말에 '역시 나를 두고 하는 말이었구나.' 하는 현준은 탄수차를 지나가는 길에 그 뒷초리에 걸쳐놓았던 제 타올을 집어 들었다. 집어 들면서 바로 그것에 걸쳐놓았던 타올과 껴쥔* 콕크를 지거** 닫았다. 극히 간단한 일이었다. 그러나 그 열차를 제 손으로 운전하는 기관사나 탄수로서는 차마 못하는 일이었다. 어느 차량에나 다 있는 것이지만 그중의 어느 하나를 잃어버린다는 것은 곧 그 다음 차량들의 뿌레기***를 마비시키고 마는 것이었다. 그러니만치 탄수 땅딸보는 오히려 그런 데 주의를 돌릴 수 없었다. 모두 다 차에 올랐다. 등 뒤에서 또

"헤이."

하는 미국 엠피 놈의 고함 소리가 났다. 방금 레버를 잡고 앉았는 현준이가 이번에는 헌병 강가의 통역을 기다리지 않고 공손히 일어섰다.

"알지?"

그 징그러운 만치 뚱뚱한 배때기 위에 가죽으로 만든 말안장의 한쪽을 짤라 찬 것만치나 큰 제 권총집을 툭툭 두들겨 보이는 엠피 놈의 그 털투성이 손가락 소리를 헌병 강가는 이렇게 통역했다.

"예, 잘 압니다. 염려 마십쇼."

당장 집어삼키기라도 할 듯이 붉은 살 어린 눈을 흡뜨고 저를 노려보고 있는 미국 놈 엠피와 마주 선 현준은 흔연히 웃으며 이런 대답을 했다.

"자 그럼 S역까지."

헌병 강가가 통역하는 미국 놈 엠피의 명령이었다.

---

* 함께 쥔.
** 지그시.
*** '브레이크'의 일본식 발음.

"발차."

현준은 지긋이 레버를 당겼다.

"쏴—." 증기를 내뿜는 소리와 함께 발동을 시작한 피스톤의 그 억센 팔뚝이 길이 되게 우람한 도링의 차축을 떠밀어 자구를 떼어놓기 시작했다. 어느덧 선로 바닥의 자구 돌들이 흐르고 맞은편 산들이 주춤주춤 움직이기 시작했다. 속도계 판의 바늘은 차차 치달아 올라가서 마침내는 40킬로 어간에서 흔들린다. 내다보는 선로 기슭에 이백 미터만에 세운 꼬마 이정푯말들이 해끗해끗한 점으로 눈을 스쳐 지나간다. 이 속도면 S역까지는 불과 십분 내외일 게다.

운전대에서 창틀에 한 팔굽이를 기대고 앉아 내다보는 밖의 풍경은 모두가 다 눈에 익은 것들이다. 그중에는 놈들의 폭격 방화로 전날의 모습을 찾아볼 수 없이 태반이 검은 터전으로 남은 마을도 있다. 산들도 여기저기 타들어간 험집*이 많았다. 그러면서도 역시 전날의 그 산이었고, 다음 구비의 산 강도 여전하게 맑은 물로 흐르는 산 강이었다. 그 강둑 숲에는 산딸기가 많은 데다. 빨갛게 농익은 그 딸기 판을 볼 때마다 아들 복석이 놈을 생각하며 달려오고 갔던 데다. 그러나 지금은 복석이 놈이 어데 있는지도 알 수 없다. 딸기도 철이 이울어 볼 수 없다. 그 대신 노란 들국화가 한 벌 깔렸다. 지금 그 한복판을 지리밟고 서 있는 담총한 철도 경비대 한 놈이 걸핏 지나갔다.

창밖을 내다보고 있는 동안, 어느새 헌병 강가 놈과 수작이 어울려서 또 수다를 늘어놓는 땅딸보의 이야기 중에 문득 '빠르찌장'이라는 말이 나오는데 현준은 귀가 기울어졌다.

"선로 사고를 '빠르찌장'이? 흐, 그자들의 손이 거기까지도 뻗쳤습니

| * 험집.

까요? 호."

"혹시 가다, 그런 일두 있을 법한 일이지. 그러나 이제부터 결정적 '토벌'이 시작되니까 문제없지."

이런 놈들의 이야기에 귀를 기울이던 현준은 또 뭐라고 지껄이려는 땅딸보 탄수의 팔소매를 당겨서 그만하고 부삽질이나 하라는 뜻으로 아궁이를 가리켜 보였다. 탄수는 이제 곧 S역에 서고 말 기관차라 석탄을 더 퍼넣을 생각을 않는 모양이었다. 그러나 현준은 강한 증기가 더 필요했다.

"하이, 하이."

땅딸보는 기관사의 그런 지시가 적지 않게 제 자존심을 건드렸다는 투정조의 대답을 하면서도 역시 부삽질을 시작했다. 현준은 그런 탄수가 이제 몇 분 안 되어 제게로 달려들게 될 때에 놈이 취할 동작과 그것을 막기 위한 제 동작을 미리 머릿속에 그려가며 차를 달렸다.

어느덧 S역 초입구에 드높이 서 있는 붉고 푸른 유리알이 번쩍이는 신호기가 바라보인다.

"다 왔다!"

역시 밖을 내다보던 모양인 헌병 강가는 마치 지리한 여행이나 한 듯이 기지개 켜는 손끝에서 담배 꽁다리를 떨어뜨리며 하품을 씹어 삼키는 소리로 중얼거렸다. 그 옆의 미국 놈 엠피는 어깨와 가슴 위에 내려앉은 석탄가루와 재를 떨고 담배 연기를 뿜어 권총집의 먼지를 불어 날리기도 했다.

바라보이던 그 신호기가 이제는 눈앞을 스쳐 흐르듯 지나간다. 앞에 역사가 보인다. 또 그 앞에 차를 세울 플랫트 홈이 길게 드러난다.

현준은 레버를 지긋이 당기다가 지끈 열어붙였다. 그의 일자로 다문 입 가장자리의 뺨가죽이 한순간 푸들푸들 떨렸다. 사십 킬로 어간에서 흔들리던 속도계판의 바늘은 놀란 듯이 뛰어올라 육십, 칠십을 지나쳐 경련을 일으킨 듯이 떨렸다. 텅, 미국 엠피 놈의 꾸부정한 등허리가 뒷담 철판에 부딪는 소리다. 혁대를 바루던 헌병 강가는 휘뚝 하는 충격에 부지중 엠피놈의 팔을 붙들었다. 다 왔다고 부삽 자루까지 던지고 허리에 두 손을 짚고 섰던 땅딸보는 제 경험으로 참새같이 한번 뛰어올랐다가 그 앙바틈한 안중대리*를 벌려 짚고 서며 뒤룩거린다. 풀랫트 홈, 저 끝에서 청, 홍 신호기를 들고 차가 서기를 기다리던 헌병 한 놈은 도링에 걸어 채운 듯이 뒤로 쓰러지며 물러났다.

"정거 정결 해요."

땅딸보가 먼저 저희 말로 외쳤다.

"어쩨 그냥 가는 거야?"

"헤이, 스톱! 스톱!"

헌병 강가와, 미국 엠피 놈이 한꺼번에 소리를 질렀다. 현준은 당겨 쥔 레버를 어느 놈이 건드릴 새라 잡은 팔구비를 들어 등 뒤의 놈들을 막을 뿐 대답도, 돌아보지도 않았다.

열차는 바람을 댔다. 바람을 안고 내닫는다. 순식간에 이편 맞은쪽의 신호기가 또 절풋 스쳐 지났다. 역 구내를 벗어났다.

"왜 그냥 모는 거야. 이놈아 차를 세워."

또 부르짖는 강가는 현준의 어깨를 그러쥐고 흔들며 외친다.

"안 세울 테냐?"

현준은 한번 힐끗 뒤를 돌아볼 뿐, 제 어깨를 그러쥔 헌병 놈의 손을 뿌리치려고도 않는 그의 눈에는 몸서리치는 냉소가 번뜩였을 뿐이다.

"큰일 났소. 엠삐 이상. 이러단 전복이 아니면 폭발이오."

* '안짱다리'의 잘못.

이렇게 비명을 지르는 땅딸보는 속도계 판의 거의 마지막 숫자를 가리키는 바늘과 현준이가 저편 손으로 그러쥔 레버 옆의 제동기를 번갈아 보면서도 어쩌지 못했다. 초속도로 달리는 지금 먼저 레버를 닫아 속도를 줄이기 전에 뿌레키부터 당겨 급정거를 하면 열차가 탈선 전복한다는 것을 잘 아는 탄수 땅딸보는 제동기를 노려보면서도 손을 못 댄다.

"쏠 테다!"

"……스톱……스톱 스톱……스톱."

미국 엠피 놈이 짖어대는 말에 단지 '스톱'만을 알아들을 뿐인 현준은 문득 제 잔등이 뜨끔 걸리게 들이대는 무트럭한 놈의 총부리를 느꼈다. 그러나 놈들이 아직은 못 쏜다. 아직도 살려는 희망을 버리지 못하는 놈들이라 당장에 기관사를 죽일 용기는 없다. 그러나 다음 순간에 땅딸보가 레버를 잡은 현준의 손을 물려드는 개같이 달려들었다.

벌써부터 벼르고 있었던 현준의 발길은 땅딸보의 그 앙바튼 사타구니의 급소를 걷어찼다. 달려들며

"아, 이 급구배에…… 이건 막 고이*다. 일부러다! 살인이다!"

하며 악을 쓰던 땅딸보는 한마디 "헉!" 소리를 지르자 이글이글한 아궁이 턱밑에 메치듯 대가리를 내던지고 두 손으로 사타구니를 그러쥔 채 동그라져 희뜩 눈을 뒤집었다.

내닫던 열차는 드디어 급구배 내림길에 들어섰다. S역 구내에서 약두 킬로 앞이었다. 이백 미터만의 흰 꼬마 이정푯말은 이제는 하나하나의 등 뜬 점이 아니라 구슬꿰미로 흐른다.

미군 엠피 놈이 레버를 잡은 현준의 팔죽지를 잡아 일으켜 세웠다. 급구배를 제바람에 내딛는 중이라 이제는 잡으나마나인 레버를 놓고 일

| * 고의故意.

어선 현준은 놈의 낯짝을 한번 흘겨 돌아보았을 뿐, 남은 이편 손으로 제동기를 쥐었다. 강가 헌병 놈이 또 달려들어 그 팔을 잡았다. 그러나 현준은 아직 제동기를 당기려 안 했다. 열차는 달리는 것이 아니라 별불같이 날기 시작했다.

미군 엠피 놈도 헌병 강가도 현준의 팔죽지를 껴들어 잡았으나 어쩔 줄을 몰랐다. 창밖의 모든 것은 무엇이 무엇인지 가려볼 수 없게 뒤섞여 맴돌았다.

하늘도, 산도, 푸른 소나무도, 붉은 단풍도, 검은 바위도, 전선주도, 놈들의 경비대 놈도 산개울 물도, 모두가 한데 얼버무려 으깨진 사태로 소용돌이며 흘러간다. 머리카락은 물론 귀뿌리가 빠져 날 듯한 질풍이 숨 막히게 얼굴을 때린다. 놈들의 군모가 달아난 것은 벌써다.

미군 엠피 놈이 붙들었던 한 팔이 놓였다. 순간 옆구리가 화끈했다. 총소리! 화약 냄새!

현준은 금시 전신에 맥이 탁 풀리는 것을 느끼기 시작했다. 두 다리가 나긋나긋 휘듯이 주저앉고 싶어졌다. 그러나 현준은 틀어잡은 제동기를 아직 당기지 않고 여전히 밖을 내다보며 뻐치려 했다. 혹시 의식을 잃고 쓰러지더라도 주저앉는 제 몸의 무게로 끌어당길 수 있도록 더욱 단단히 손가락을 감아쥘 뿐이었다. 놈은 또 연발로 현준의 잔등에 대고 발사했다.

순간 현준은 제 상반신이 비척 허리로부터 비틀어지는 것을 느꼈다. 그러나 아직도 제 의식이 남아 있는 것을 의식하는 현준은 금시 먼지 냄새가 나게 타는 입속말로 혼자 속삭이듯이

"단 몇 초 동안만을……."

하며 정신이 아득아득해 오는 머리를 흔들고 다시금 밖을 내다보았다. 마침내 우중충 드높은 철교 난간의 한 가닥이 아득아득 몽롱해가던

눈 속으로 확 뛰어들 듯이 나타났다.

"이젠 됐다!"

하는 현준! 이마에 솟은 진득한 악땀이 방울로 맺힌 눈썹 밑에 어뜩하게 동자가 커진 현준의 눈은 그래도 웃었다. 그 철교는 현준이가 이 계획으로 코크를 지거 닫으면서부터 자기의 결전장으로 머릿속에 그려왔던 곳이었다. 또 그의 등허리에서 그의 뜨거운 피가 솟구쳐 흐르는 사오 초 동안을 으스러지게 이를 갈아가며 참고 기다려온 그 철교였다.

현준은 잡고 있던 제동기를 당겼다. 당겼다기보다 제 몸무게로 끌어내려야 했다.

그 순간이었다. 기관차의 바퀴들은 눌리었다. 그러나 초속도로 내닫던 기관차의 그 여세로 레일에 갈리는 바퀴에서 요란한 소리와 함께 댑싸리 같은 스파크를 뿜으며 한순간 미끄러져 나갔다.

미끄러지던 기관차는 여전히 뒤에서 초속도로 달려온 차량에 뒷초리가 육박되어, 마치 성낸 항마가 앞다리를 들고 갈개듯이* 도렁을 끌어안은 채 앞대가리를 쳐들고 뻣뻣 일어섰다. 일어서는 순간 기관차는 또 다음다음으로 돌아치는 차량들의 타격으로 비틀어졌다.

"됐다! 놈들이 이제 제 길로 들어선다." 하는 현준은 한순간 뒤를 돌아보았다.

화약 연기가 피는 권총을 든 미군 엠피 놈은 마치 냉동고 속의 물고기같이 죽음의 공포로 이미 뿌옇게 눈이 얼었다. 그리고 동구라진 땅딸보는 쏟아진 불덩이에 머리카락에 불이 당겼다.

비틀어지는 순간으로 기관차는 공중에 여러 가닥 무지개 모양으로 거창한 반원을 그리며 솟아 있는 철교 난간의 한 가닥을 무찔러 끊으며

| * '갈개다.' 마구 사납게 또는 난잡하게 행동하다.

허공을 날듯이 내닫기 시작했다. 그런 기관차를 따라 꼬리에 꼬리를 물고 역시 허공을 내닫게 된 열네 대의 차량들은 마치 전설의 동물 용과 같이, 용 중에도 흑룡같이 시커먼 등허리를 구비치며 날듯이, 교각 이십여 미터 높이의 철교 아래로 전락해 내려갔다.

기관차는 건너편의 물 마른 왕자갈 판에 코빼기를 처박고 거꾸로 선 채 폭발했다. 그 다음 탄수차의 석탄에 불이 당겨졌다. 그 석탄 불더미에 헤벌어진 바곤*에서 무더기로 쏟아진 총탄 포탄들이 벼락으로 폭발하기 시작했다. 그런 좌우에는 왕지네 배때기 같은 주행부를 드러내놓고 번듯 제쳐진 차량들의 바퀴 바퀴들은 아직도 번개같이 공전을 계속하고 있다. 튀어나온 놈들의 경기, 중기, 박격포들의 동강이 난 총포신들이 흩어져 굴렀다. 어떤 차량들은 뒤의 것이 앞의 차량 속으로 처박혀 들어간 것도 있었다. 마치 성냥갑의 알접이 제 껍데기 속으로 들이박힌 듯한 그 차량들에서는 미어진 벽과 창틈으로 놈들의 살점과 뼛조각들이 튀어나오고 피가 새어 흘렀다. 지붕만을 내놓고 강물 속에 잠긴 차량들에서는 북질거리는 물거품과 함께 흘러나오는 피로 강물을 물들였다.

쳐다보는 철교는 그 난간 끊어진 한 도막이 날 거친 톱으로 켠듯이 무즈지고** 처지고*** 먹어들어갔다.

거꾸로 선 기관차에서 퉁겨나서 그 옆의 자갈판에 반듯이 쓰러졌던 현준은 눈이 띄였다. 제 눈앞의 이런 광경을 제 승리의 전과로 그는 볼 수 있었다.

아득아득 감기려는 눈에 창공이 쳐다보였다. 그렇게 맑고 그렇게 높고도 깊고 또 그렇게 푸른 하늘을 현준은 지금 처음 보는 것 같았다. 그

---

* 러시아어 '바곤vagon'에서 유래한 '차량車輛'의 북한어.
** '무지러지고'의 잘못. 중간이 잘렸다는 뜻.
*** 아래로 축 늘어지고.

런 창공에 희게 빛나는 구름덩이가 둥둥 떠돌았다.

　현준은 탁 피곤해졌다. 눈이 내려 감기는 현준은 문득 생각이 들어 가까스로 한 팔을 움직여 제 한편 겨드랑이 밑의 팔소매를 만져보았다. 조그마한 뺏뺏한 것이 만져졌다. 거기다 꿰매 간직했던 제 당증黨證이었다. 마지막 눈을 감는 현준의 얼굴에는 만족하고 안심하는 빙그레한 웃음이 핀 채로 굳어져갔다.

《조선문학》, 1951년 5월

임오년의 서울

제1회

석 달째나 비가 오지 않았다. 왕이 엊그제는 태묘太廟*에서 기우제를
했다더니 오늘은 또 사직단社稷壇으로 가서 기우제를 했다고 한다. 어마
어마한 기구로서 혹은 남산, 혹은 한강 또는 용산강 등등으로, 이른바 명
산대천들과 종묘사직으로 돌아가면서 왕이 기우제를 한 것이 벌써 다섯
번쩬가 여섯 번째다. 그러나 비는 한 방울도 오지 않았다. 날씨 하는 본
때가 앞으로도 쉬이 올 것 같지 않다.

북쪽의 백악白岳, 서쪽의 인왕산, 남쪽의 목멱산의 여러 골짜기들에
서 흘러내리는 물이 한데 합수쳐 한성 장안 한복판을 서쪽에서 동쪽으로
꿰어 흐르는 청계천의 갯바닥이 마른 지 오랬다. 그 수위를 헤아리기 위
해서 수표교 다리 아래, 다듬은 돌에다 척수, 치수를 매겨서 세운 수표手
標는 밑바닥의 받침돌까지도 드러났고 개천 바닥에서는 강천降天한** 바
람결 따라 펄펄 이는 먼지와 함께 파리떼가 날았다.

* 종묘의 정전正殿. 조선 시대에 역대 임금과 왕비의 위패를 모시던 사당.
** 하늘에서 내려온.

동대문 안의 첫 다리인 초교初橋로부터 동북쪽 한끝인 삼청동, 옥류동에 이르기까지 꼽아가면 이름 있는 다리만도 백여 개나 되는데 그중에는 이왕조의 수도로서 이때까지 근 490년이나 되는 이 한성漢城이 지니고 있는 역사와 전설들과 직접 연고가 있어서 더욱 이름난 다리들도 적지 않았다. 지금 물이 마른 그 수다한 다리 밑에는 돌기둥과 기둥 사이를 거적때기나 삿* 쪼박으로 들러 막은 사람들의 살림살이들이 깃들어 있었다. 집 없는 사람들의 집이었다.

이때 한성 중에 헤아릴 수 없이 많은 유랑민들은 몸 붙일 곳을 그 다리 밑에 찾았을 뿐 아니라 먹을 것도 그 개천 바닥에서 구했다. 천변 좌우 쪽에 즐비하게 늘어선 고래등 같은 기와집들에서 종이나 하인들이 개천에 내치는 뜨물과 쓰레기에서 먹을 것을 고르는 여인들과 어린것들이 많았다.

광희문光熙門 안의 훈련원에서 천변을 따라 가며 다리를 만난 때마다 그 밑을 기웃거려 보면서 광통교 쪽을 향해 가던 늙은 병정 김장손은 저편 수표교 다리목에서 자기와 같은 복색을 한 병정 하나가 한 젊은 '초록 군복'과 맞서서 분명히 다투고 있는 양을 보았다. 이쪽을 향하고 섰던 '초록 군복'은 또 뭐라고 지껄이더니 문득 한두 걸음 움쳐** 서면서, 끈을 말아 어깨에 걸쳤던 총을 내민다.

"그래 이편이 날 쏠 텐가?"

하면서 상대편은 그 총부리 앞으로 다가선다. 그 역시 총을 메기는 했으나 내리지는 않았다. 그 음성이 귀에 익은 소리라 김장손은 밀려갔다.

"춘만이 아닌가! 춘만이. 이 사람아, 여기서 뭘 이러구 있나. 챙피스럽게……."

---

* 갈대를 엮어서 만든 자리. 삿자리.
** 움츠려.

"아저씨요? 아저씬 어델 가시겠소?"

젊은 병정 류춘만은 제 앞에 내댄 총부리는 안중에 없는 듯이 싹싹하게 말하면서 아닌 게 아니라 창피한 양 멋쩍게 허허 웃기까지도 했다.

"음! 됐네, 그래야지! 자 가세."

하며 늙은 병정은 류춘만의 팔을 끌어 한편으로 비켜 세웠다.

"상놈이 양반을 몰라보고……."

'초록 군복'은 내댔던 총부리를 거두어 다시 어깨에 걸치기는 하면서도 이런 소리를 뱉었다. 이쪽 젊은 병정은 김장손의 손을 뿌리치고 다시 그자 앞으로 다가 물었다.

마주 노리고 선 두 젊은 병정……. 하나는 먼 옛날부터 내려오는 그대로 시꺼먼 털벙거지에 색동다리 더그레*를 걸쳤다. 그것이 구식이라서 어떻다는 것이 아니라 그 오가리**쪽같이 뒤말린 벙거지와, 다 헤지고 땟국에 절어서 미역 졸가리같이 된 더그레로서 한심할 만치 궁끼窮氣가 흐르는 몰골이었다. 그 총이라는 것 역시 이지러지고 녹이 쓴 화승대***였다. 그와 마주 선 병정은 따뜻한 초록색 라사羅紗천을 몸에 붙이고 따낸 것같이 끼우는 저고리와 죄총(조총) 바지에다, 역시 라사천으로서, 감투처럼 높지는 않지만 상투가 짓눌리지 않을 만치 우뚝하게 만든 군모를 썼는데, 그 검은 차양은 알린거리어**** 빛났다. 그리고 그의 총은 한 자루에, 논 치고도 상등답 닷 마지기 값은 된다는 '무라다村田 식'이라는 일본제의 신식 자기황총이었다.

이들은 한양성 중에 있는 같은 조선 병정이라기에는 너무나 달랐다.

---

* 조선 시대에, 각 영문營門의 군사, 마상재馬上才꾼, 의금부의 나장羅將, 사간원의 갈도喝道 등이 입던 세 자락의 웃옷. 소속에 따라 옷 빛깔이 달랐다.
** 식물의 잎이 병들거나 말라서 오글쪼글한 모양 또는 그렇게 오그린 모양.
*** 화승총.
**** '알른거리다.' 잔무늬나 비치는 그림자 따위가 물결 지어 자꾸 움직이다.

늙은 김장손과 젊은 류춘만은 작년(1881년) 섣달에 소위 '군제 변통軍制變通'이라는 것으로 종전의 6영을 없애서 천여 명을 쫓아내고, 남은 군정으로 새로 설치한 무위영武衛營과, 장어영壯禦營에 소속한 구식 병대였다. 그리고 이때 항간에서 '초록 군복'이라고 하는 것은 일본 공사 화방의질花房義質의 부추김을 받은 병조 판서 민겸호閔謙鎬의 주장에 의해서 호리모토堀本禮造라는 일본 육군 소위를 연군鍊軍 교사로 데려다가 일본식 군사 훈련을 시키는 2백 명 미만의 별기군이라는 것과 사관생도라는 것이었다.

이 구식, 신식으로 차별되는 병정들은 그 출신부터도 달랐다. 소위 진신縉紳* 자제들만을 뽑았다는 사관생도들은 제로라**는 양반이면 수치로 여기는 병정 노릇을 훌륭한 구실로 하는 처지면서도 구식 병정들 앞에서는 어디까지나 양반 행세를 하려 드는 축들이었다.

"그래 난 상놈인데, 상놈이 어쨌단 말이여."

"이 사람 춘만이."

하며 김장손은, 금시 또 목멘 소리로 울부짖듯 하는 젊은 구식 병정의 팔을 당겼다. 어느새 오고 가던 사람들이 세 사람을 둘러싸고 모여 섰다.

"크게 수롱受弄***스러운 일이웨다. 잘잘못이 뉘게 있든 간에 참으시구 돌아가시우."

늙은 병졸은 젊은 사관생도 앞으로 나서며 사정조로 말했다.

"고하간 한 도성 안의 한 나라 병정이 아니겠소. 그걸 생각해서라두 참으시구……."

"네눔이 다시 그 따위루 아가리질을 했다가는 그냥 못 배길 줄 알아라."

---

* 홀을 큰 띠에 꽂는다는 뜻으로, 모든 벼슬아치를 통틀어 이르는 말.
** '내로라하다'의 변형.
*** 놀림을 받을 만한.

'초록 군복'은 제 앞의 늙은 병정은 보지도 않고 저편에 비켜 선 류춘만을 다시금 흘기면서 이런 한마디를 던지고는 수표교를 건너 종로 쪽으로 가고 말았다.

두 사람은 한동안 말없이 걸었다.

"오늘 지나던 길에 기웃거려 봤더니 군자감軍資監은 말할 것두 없구, 선혜청의 미고米庫까지두 여전히 텅텅 비었더군요."

류춘만은 불쑥 딴 이야기를 꺼냈다. "그렇겠지, 없던 쌀이 갑자기 어데서 났을라고."

"나라 창고가. 나라 창고 중에두 유만부동으로 이 도성 안에 있는 창고들이 텅텅 비었으니 제기럴……! 또 참잡니까?"

"참구 말구가 있던가? 나라 형편이 그런 걸 번히 아는 터에."

"그래두요, 삯일을 하구 이렇게 1년씩이나 고가雇價를 못 받았다면야, 제길, 갑산을 가두 누가 참겠어요. 하나 아저씨 말씀대루 우리 딴은 나라를 위한 군역으루 해오는 노릇이니 그렇지! 안 그래요?"

"……."

늙은 군졸은 고개를 끄덕일 뿐이었다.

"그런데 아저씨!"

또 이렇게 새로 각설로 김장손을 부른 젊은 군정은 푹 한숨을 지으며

"모를 일이 너무나 많거던요."

했다.

"6영문을 갑자기 기울여 쏟듯 해서 삼십 년, 사십 년씩이나 꼬박꼬박 군역을 해온 군정들은 그나마 몇 말씩 밀린 요미料米*두 안 줘서 내쫓으면서두 저 '초록 군복'이라는 것들한테는 말이요. 아저씬 아까 한 나라

| * 관아의 구실아치들에게 급료로 주던 쌀.

병정이라구 허십디다만……. 내 뭐 '초록 군복'들은 잘 입구 잘 먹는데 우리는 그렇지 못하다구만 해서 하는 말은 아니구요. 좌우간 왜놈의 군복에다, 왜놈의 총에다, 왜놈의 교사까지 붙여놨으니 말요. 그래 그 왜놈의 교사가 '날 닮아라, 날 닮아라' 안 할 테요? 그렇게 하두룩 만든 왜놈의 잡두리가 바루 그렇게 하자는 게 아니겠소. 우리 백성들 생각엔 아무리 봐두 왜놈들이 우리나라를 먹으러 온 것이 분명한데 그런 왜놈들한테 우리 군사를 맡겨주니 아무리 생각해두 모를 일이거던요. 난 정말 모르겠어요."

"모를 일이지 참말! 한데 그 '초록 군복' 하구는 왜 다퉜나?"

늙은 병정은 말끝을 돌려서 물었다.

"하찮은 일이지요, 뭐. 오면서 보느라니까 그 자가 뭘 내려다보고 서서 히죽거리지 않아요! 바루 그 밑의 갯바닥에서 벌렁벌렁 기어다니는 어린것이 쓰레기 데미에서 구데기가 우굴거리는 밥찌꺼기를 쥐여서 아구아구 먹구 있거던요. 그래 뛰어 내려가서 어린것을 치워 놀라니까 디려 울지요. 우는 것쯤은 괜찮은데, 다리 아래 거적때기 밑으루 육조肉燭* 가락같이 누렇게 뜬 빗파랜 팔목이 나오더니 '아가 너 먹는 걸 누가 빼앗더이? 아나, 이리 온! 젖이 없어 저러는 걸…….' 하구 도리어 원망이거던요. 내 참! 화두 나구, 눈물두 나구! 그래 흙으루 구데기를 덮으면서 생각하니 하두 괘씸하길래 '이편은 대관절 이런 걸 보구두 뭣이 기뻐서 웃기만 하는가?'구 말마디나 했지요. 그랬더니 제 편에서는 도리여 나무랍다나요? 내 참! 하기는 나 같은 일은 못 당해봤으니까 그럴지두 모르죠."

하며 이야기를 끊은 류춘만은 더그레 앞자락을 뒤집어 들고 털벙거지 밑에 직뜩히 내밴 땀을 씻었다.

"양주, 광주, 고양 등지에서 농군들이 굶다 못해서 들구 일어났던 것

| *쇠기름으로 만든 초. 육초.

이 경신년(1880년) 정월이었으니까 벌써 재작년이 아니겠어요. 그때 포수砲手(총수)루 뽑혀 나갔던 우리 병정들이 우에서 시키는 대루 총질을 했는데, 관청을 쳐부시려구 달려들었던 사람들이 더러 상했거던요. 우리 졸자들은 상관의 눈치를 봐가면서 되두룩 총부릴 하늘루 대구 쏘긴 했는데두 사람들이 상했거던요. 그다음부터는 저렇게 서울루 떠돌어 와서 다리 밑에서들 사는 사람들을 볼라치면 저게 그때 죽은 사람의 처권*이나 아닌가? 늙은 부모들이 아닌가? 그 자식들이나 아닌가? 하는 생각이 자꾸만 들거던요……."

하는 젊은 군정은 또 이마의 진땀을 씻었다.

"그때 자네랑 같이 나갔던 우리 춘영이 놈두 노** 그런 소릴 하더군. 더구나 우리 춘영이는 저따라 큰 봉변두 했댔으니께. 할 수 있나 제 자의루들 한 일은 아니니께."

그동안에 두 사람은 장통교를 지나서 광통교로 갔다. 끼얹듯이 시큼한 땀 냄새가 물신 풍겼다. 지금까지 걸어온 천변의 한산한 길과는 달리 그 북쪽은 종로치고도 가장 번화한 육주비전六矣廛의 큰 거리로 가는 길이요, 그 남쪽은 남대문으로 통하는 큰 거리라 그 중간에 놓인 광통교는 청계천의 어느 다리보다도 사람 내왕이 많았다. 그런 데다 저쪽 다리목의 네 길 어름인 병문屛門의 '긴 사랑'에는 득실거린다고 할 만치 숫한 사람이 모여 있었다.

그들은 삯짐이나 삯일거리가 생기기를 기다리는 한산 노동자들이었다. 천변길을 등지고 돌아앉은 집들의 처마 밑에다 거적자리들을 연폭해서 길게 깐 '긴 사랑'은 그들의 대기 장소였고, 휴식처요, 또 구락부이기도 했다. 여기뿐이 아니라 한성 장안에는 예전부터 병문이라고 하는 네

---

* 처가 쪽의 친척.
** 노상. 언제나 한몸으로 변함없이 줄곧.

거리 어귀마다 이런 '긴 사랑'들이 있었다. '긴 사랑'의 병문 친구하면, 본시는 한성이라는 봉건 도시의 주민들 중의 최하층에서 생겨난 실업자들이었다. 그러나 세월이 갈수록 '긴 사랑'에는 손님이 늘 뿐 아니라 모여드는 그들의 성분도 다양해졌다.

공조工曹를 위시해서 상의원尙衣院이니, 내자사內資寺니 하는 한성 본바닥의 여러 관청들과 8도의 지방 관가들에 얽매여서 한평생을 노예나 다름없이 일하다가 늙고 병든 탓으로 쫓겨난 경공장京工匠, 외공장外工匠이라는 장색匠色들도 있었고, 또 제 집에서 생계를 이어오던 일거리를 잃은 수공업자들도 있었다. 혹은 또, 그리 많은 편은 아니지만, 양반 관료들의 세력 다툼으로 이리 뒤치고 저리 뒤집어지는 이른바 환국통에 몰락한 전날의 어느 대감, 어느 영감 댁의 구종驅從* 하인들과 청지기 같은 사람들도 끼어들었다.

그러나 그 어느 것보다도 절대 다수를 차지하는 것은 시골서 이농 유망**해 온 농민들이었다. 터무니없는 과중한 소작료와, 가렴잡세와, 관리 토호들의 파렴치한 토색 때문에 땅을 떼이고, 집까지도 빼앗기고 마침내 일가 이산하게 된 농민 대중은 지게 하나를 밑천 삼아 생계를 찾아서 수도 한양으로 모여들었다.

붕괴되어가는 봉건 말기는 부랑군浮浪群의 시대라고도 하거니와 이때의 한성이 바로 그러했다. 전국적 범위에서 이농 유망해 온 농민들과 실업 군중들로서 이때의 한양성 장안은 툭 터질 지경이었다.

그런데다 또 지난 겨울에 갑자기 기울여 쏟아버리는 듯한 6영 혁파로써 내침을 당한 천여 명의 군정들이 거의 다 서울 거리에서 방황하게 되었다. 그들은 다 말만은 듣기 좋게 양민이라고 하는 농민들이었다. 그러

---

* 벼슬아치를 모시고 따라다니던 하인.
** 일정한 거처가 없이 떠돌아다님. 또는 그런 사람.

나 그들 중에는 다시 농사를 지으려 제 고향으로 찾아가는 사람은 극히 적었다. 그럴밖에 없는 것이 이미 일가친척이 못 살고 이산했으므로 지금은 고향조차도 없어진 사람이 대부분이었다. 그들은 몸 붙일 곳을 어느 다리 밑에서 구해야 했고 '긴 사랑'에서 뜨내기 삯일거리를 기다려야 했다.

이들은, 그가 어제까지의 시골 농군이었건 혹은 조상 적부터 서울 바닥의 막벌이군이었건, 또는 얼마 전까지도 어느 양반 집의 구종 하인이었건, 또 일터에서 쫓겨났거나 일거리를 잃은 장인바치였건, 혹은 또 지난 섣달까지도 군복에 총을 멨던 6영의 군정이었건을 막론하고 지금은 너도나도 할 것 없이 일정한 생계도 거처도 없는 사람들이었다. 그뿐 아니라 봉건 왕국의 수도인 한양성 중에서 사는 마찬가지의 사람이면서도 그 사회의 구성에서는 제외되고 그 체 밖으로 쫓겨나서 법의 보호도 인권의 보장도 받지 못하는 사람들이었다.

광통교 다리 근처에서 물씬 풍기는 사람의 냄새는 그들의 땀내였다. 그들은 자기네의 '긴 사랑'을 대루원待漏院이라고도 했다. 대루원은 대궐 안에 있는 승정원으로 아침마다 들어가는 승지들이 궁문이 열리기를 기다리는 동안 틀어 앉는 집이었다. 지금 이곳 대루원에서, 종로 육주비전에서 행여 짐군을 부르러 오기를 기다리고 있는 땀내 나는 그 많은 승지들은 여러 가지 모양에 여러 가지 일들을 하고 있었다.

땅바닥에 금을 쩨고 둘러앉아서 고누*를 두는 젊은 축도 있었고, 짚방석을 깔고 앉아서 짚신을 삼는 늙은이도 있었고, 지금은 왜자자**한 봉두난발이지만 이전에 땅땅 조여 썼던 망건의 변 자국이 아직도 희게 남아 있는 이마를 수그리고 앉아서 혼자 골패쪽을 주무르고 있는 사람도 있었고, 뒷집 처마 끝의 기왓골에다 간수해두곤 하는 공동 투전목을 꺼

---

* 땅이나 종이 위에 말밭을 그려놓고 두 편으로 나누어 말을 많이 따거나 말 길을 막는 것을 다투는 놀이.
** 머리카락 따위가 마구 헝클어지거나 흩어진 모양. 와자자.

내서 엽전을 몇 푼씩 대고 동동이*를 하는 축도 있었고, 더그레와 흑단령의 기슭**도리를 잘라서 처지고 해진 동판을 깁고 있는 전날의 군정과 뉘집 구종들도 있었고, 양지바른 뒷담에 기대 세운 지게를 의지하고 앉아서 곰방대를 빗물고 이잡이를 하는 늙은이도 있었고, 사처에서 모여든 생소한 사람들이라 누가 의자 상투를 틀었더라도 시비하잘 사람도 없으련만 그래도 고지식하니 그냥 땋아 늘어뜨린 머릿태를 땅바닥에 내치듯하고 길게 누워서 긴 수염을 만지작거리며 하늘에 떠도는 구름장들을 쳐다보는 노총각도 있었고, 축석 밑의 개천 바닥에다 돌솥을 걸어놓은 종뚱이에 쌀알갱이보다도 콩나물 대가리와 고사리 꼬챙이와, 반찬 가시 같은 것들이 더 많은 죽을 끓이는 사람도 있었고, 논두렁에서 쉬는 참이나 같이, 퍼더리고 앉은 정갱이를 슬슬 쓸어가면서 비 안 오는 걱정을 하고 있는 농군 출신의 승지들도 있었다.

김장손은 찾을 사람이 있어서 '긴 사랑'에 모여 앉은 사람들을 살피고 섰는데

"아저씨 저 춘영이가요⋯⋯."

하며 달려온 류춘만은 알아보게 낯갗이 변했다.

"춘영이가 조금 전에 붙들려 가더라는군요."

"아니, 우리 아이가? 왜, 무슨 일루?"

"그건 알 수 없는데, 좌우간 좀 전에 군교들한테 붙들려 가는 걸 저 사람이 봤다는군요."

류춘만은 고누판에 둘러앉은 젊은 축 중의 한 사람을 가리켰다.

저 역시 낯색이 변해서 그쪽으로 가는데

"마침 여기 와 있었구먼! 그래 무슨 소식을 듣구서 온 길인가?"

---

* '동당치기'의 잘못. 투전이나 골패 따위로 하는 노름의 하나.
** 옷의 자락이나, 소매, 가랑이 따위의 끝 부분.

하며 앞을 막아서는 사람이 바로 만나려 찾아온 강명준이었다.

"무슨 소식이라니, 우리 아이가 잡혀 갔다는 거 말인가? 그건 방금 여기서 들었네."

"난, 그 사람의 될 따라서 진무소鎭撫所까지 갔다 오는 길일세."

"뭐? 진무소루? 아니, 그래 무슨 일이라던가?"

김장손은 또 한 번 놀랐다. 진무소는 헌병사령부 같은 데였다.

"자세한 건 알 수 없지만, 모르긴 해두 아마 왜놈들 하구 투격이 났던 모양인데. ……작년까지만 해두 나두 군정 명색이라 진무소 사람들과는 말이 좀 어울렸는데 지금은 이 꼴이 되다 보니 누가 자세한 말을 할라기나 하던가! 허허허."

하는 강명준은 제 주제를 한번 굽어보고 나서 자못 어처구니가 없다는 듯이 웃었다. 그의 희뜩희뜩 센 머리는 여전히 털벙거지가 얹혀 있었고, 걸친 것 역시 더그레였다. 그러나 그 역시 등받이를 깁노라 잘라서 짧아진 그 전복戰服의 기슭도리는 실실이 핀 푸솜*이었다.

"그 사람이 정말 그래서 말썽이 생긴 게라면 미리 좀 주선을 해보게. 왜놈들을 저희 조상의 신주 모시듯 허는 판국인데 일이 심상치가 않을 것 같아서 하는 말이네."

"주선을 하자면 무엇보다두 코아래 진상**인데……. 고하간 우리 춘영이가 왜놈을 어떻게 했다는 건 적실한 말인가?"

김장손은 마주 선 늙은 친구에게 다시금 따지듯 했다.

"글쎄, 내니 적실한 게야 알겠나? 그저 진무소 사람이 피뜩 비치는 말이 그러더란 말이지."

"그렇다면 모르기는 해두, 우리 그놈은 할 일을 했을 게네. 부끄럽지

---

* 피륙을 베어낸 자리에서 풀어지는 올. 푸서.
** 남의 환심을 사는 데는 뇌물을 바치는 것이 상책이라는 뜻.

않은 일이 죄가 된다면 억울은 하지만 그렇다구 어데 청촉질을 허려 다닌다는 것두 구구스러운 일이고. 또 내한테 코아래 진상을 할 뭣이 있긴들 헌가."

"하두 걱정이 되길래 하는 말이지, 난들……."

하는 김장손은 좀 제껴 쓴 벙거지 밑에 드러난 이마의 세 가닥 주름살과 몇 오리씩의 장미가 거슬러선 눈썹을 치뜬 눈으로 하늘을 쳐다볼 뿐이었다.

두 사람의 말이 잠시 끊어졌을 때 저편 큰 길 어귀에서부터 '긴 사랑'의 손님들이 우수수 일어서기 시작했다. 종로 쪽으로부터

"쉬."

"에라 께라."

소리와 함께 곤장을 둘러 멘 구종들이 앞뒤에 늘어선 재비* 한 채가 나타났다. 앞문을 활짝 열어젖힌 그 재비 안에는 갓 모자 꼭대기에 옥로玉露를 꽂아 세운 진사립眞絲笠**의 큰 갓양태***가 뿌듯이 들어앉았다. 그 갓의 주인은 경기 감사 김보현金輔鉉이었다. 그의 행차 때문에 금시 뒤말아 치운 듯한 '긴 사랑' 손님들은 저마다 몸을 피해서 뒷담에 붙어 서야 했다.

재비 안에 깊숙이 들어앉아서 밖을 둘러보는 감사 김보현의 큰 갓양태는 잠시 동안에도 몇 번이나 물결치듯 기울거렸다.**** 그 한 가지만으로도 믿을 위인이 못 된다는 그 눈과 함께 눈썹이 오르내리는 것은 물론이요, 망건으로 졸라맨 이맛살까지도 히물거려서***** 그의 갓양태는 언제

---

* '재비'는 통나무를 파서 만든 작은 배를 뜻하는 '마상이'의 함경도 방언. 여기서는 가마를 뜻하는 것으로 보인다.
** 명주실로 촘촘하게 늘어놓아 붙여 만든 갓.
*** 갓모자의 밑 둘레 밖으로 둥글넓적하게 된 부분.
**** '기울거리다.' 물체가 이리저리 자꾸 기울어지다.
***** '히물거리다.' 입술을 조금 실그러뜨리며 소리 없이 능청스럽게 자꾸 웃다.

나 앞뒤로 기울거렸다.

"강아지 아들이 재비를 타게 된 지금에두 당나귀 금새가 내렸다는 말은 통 없으니 웬일이여?"

경기 감사의 행차가 보이지 않게 되자 다시 길게 깐 거적자리로 돌아와서 감추어 들었던 곰방대를 빗물고 부시를 치기도 하고 궁둥이로 돌려찼던 짚신을 다시 삼기도 하고, 고누판을 다시 그리기도 하고, 길게 자리 잡고 눕기도 하는 사람들 중에서 누가 이런 뚱딴지같은 말을 꺼냈다. '긴 사랑'은 갑자기 웃음판이 되었다.

"웬걸! 저 감사 영감뿐이라고. 저 양반의 대를 이어서 당나귀를 사흘에 한 놈씩 처처*내는 양반님네가 또 없을라고."

누구는 또 이런 말을 하는데

"나귀를 사흘에 한 놈씩 처친다? 보행군의 짚신 같은 게로구먼!"

이렇게 받는 사람이 있어서 또들 웃었다.

"그건 대관절 무슨 말인기라우?"

전라도 방언으로 묻는 사람이 있고

"이 문둥아, 그런 이면裏面두 몰라하나?"

하는 경상도 방언도 나와서 마침내는 김보현의 당나귀 이야기가 시작되었다.

타고난 잔재간이 있어 소년 등과한 김보현은 그때부터 출세할 길을 찾아다니기에 바빴다. 자주 문안을 드리고 아첨해두면 해롭지 않으리라 생각되는 권문대가들을 찾아서 장안의 5부部, 49방坊**을 돌아다니기에 그가 탄 당나귀는 사흘이 못 가서 쓰러지곤 했다. 이 당시에는 어느 "대 감댁의 당나귀는 약과를 잘 잡숫는다."는 말이 있었거니와 이때는 아직

---

* '처치다.' 처리하여 없애거나 죽여버리다.
** 조선시대 한성부의 행정구역.

대단한 김보현이가 못 되었던 만치 그가 찾아가는 대감 영감 댁들에서 그의 나귀에게 약과까지는 먹이지 않았던 모양으로 발등이 처져 나가게 딸려 다닌 데다 배까지 곯아서 빨리 죽었을지 모른다. 어쨌든 김보현은 나귀를 많이 처처버린 덕으로 일찍이 참판을 지낼 수 있을 만치 출세가 빨랐던 것이다.

병문 '긴 사랑' 이라는 데는 가지각색으로 없는 사람이 없다고 할 만치 8도의 유랑민들이 모여든 데라, 경향 각지의 정형과 이야깃거리는 물론이고, 개중에는 제로라는 권문대가들의 내막과 심지어는 궁중의 비사 추문까지도 아는 사람들이 있었다.

"저 양반이 충청도 감사루 가서는 50만 량이나 들어먹었으니께 당나귀 값은 다 뺐으렸다."

누구는 이런 말을 하고 또 어떤 사람은

"그것뿐인가 선혜 당상으로 올라앉아서 쇠쇠반반 다 핥아먹는 바람에 선혜청 미고가 그때 벌써 다 들짱이 났소."

하는데

"좌우간 모를 일이여! 조정이라는 데는 조 따위, 보기만 해두 뱀* 고분쟁이**까지 다 쓸어나오게 욕주가리가 나는 양반님네만을 뫄***들이니 대관절 어떻게 허자는 셈판인지, 제기럴!"

하는 한 젊은이는 참말 이짐****이 도는 모양으로 혀끝에 모은 침을 곤두뱉었다.

"이 사람아, 지금 세상은 갑자 을축이 아니라 을축 갑잔 줄 모르나? 암탉이 우는 세상이여 암탉이……."

* '창자'를 비속하게 이르는 '배알'의 준말.
** '고분뎅이'는 꺽이어 겹쳐 넘어간 곳을 뜻하는 '고부탕이'의 평안도 방언.
*** 모아.
**** 고집이나 떼.

누가 또 이렇게 하는 말의 '암탉' 은 왕후 민비를 두고 하는 말이었다.

이때는 양반이 아니면 사람값에 쳐주지도 않던 세상이었다. 이 '긴 사랑' 의 손님들이 양반이 아닌 것은 물론이다. 그러나 이들은 인간으로서 양반들에 대해서 어디까지나 거만할 수 있는 사람들이었다. 그것이 이들의 정신적 지주로 될 수 있는 자존심이요, 거만성이기도 했던 것이다.

"요새는 어떻게나 지내나? 벌이가 좀 있기나 한가?"

"그저 그렇지."

하는 강명준은 길바닥 돌부리에 빈대롱을 털 뿐이었다.

"허! 내 정신 보게. 담배가 좀 생겼길래 일부러 한 줌 가져오기는 하구 두 까맣게 잊어버리구 있었네그려."

하며 김장손은 더그레 앞자락을 들치고 잎담배 한 줌을 꺼냈다.

"좌우간 춘영이 일이 궁금헐세."

손바닥에 으스러뜨린 담배를 침으로 축여서 대롱에 눌러 담으며 강명준은 또 그 말을 꺼내는데

"내가 가서 한번 알아보리다."

하고 류춘만은 종로 쪽으로 향하니 달아나듯 했다.

"그래, 자네가 좀 그래 보게."

그 말이 반가운 모양으로 그의 등 뒤에 대고 외치듯 한 강명준은

"우리 사람이 왜놈들을 좀 히야치기만 해두 큰 죄가 된다는 세상이니께."

하고 긴 한숨을 지었다. 이 말은 4년 전인 기묘년(1879년) 3월에는 일본 공사와 그의 수원들에게 불손한 언행을 하는 자는 엄벌에 처한다는 영을 내렸고, 또 그 이듬해인 경신년 11월에는 단순한 엄벌이 아니라 목을 베여 효시하겠다고까지 한 조정의 영을 말하는 것이었다.

"세상에 참! 알다두 모를 일이 있다니께."

"남의 말참견 말구 어서 고누나 둬. 천둥벌거숭이 네눔이 뭘 안다고 주제넘게 노상 세상에 모를 일이 다 있다는 게여."

옆에서 고누를 두던 젊은 축들이 주고받는 말이었다.

"이눔아, 내 다른 건 몰라두 말이다. 임진왜란 땐 말할 것두 없구, 한 옛적의 신라 적부터두 왜눔들이 우리나랄 먹어볼라구 넘썩거려온 원수라는 게야 내 모를 테냐? 이눔아."

"그래서."

"그래서가 아니라 그런데두 허구 말을 해야 말이 되지 이눔아."

"자 그래서."

"이 자식은 상기두 그래서냐? 그런데두 말이다. 요새 양반님네들은 우물고누의 첫 수* 같은 그런 이면두 모르는 모양이니……."

"애 애, 다렸다! 그것들이 앉았던 자리에는 풀두 안 나는 그 따위 놈팡이들의 소린 작작 하구 꼬나**나 받아라. 이눔아! 자 꼬냐야, 알지? 양수 겸다리 꼬닌데 어느 놈을 먹어치운다? 옳지! 서대문 밖 청수관淸水館의 왜눔들처럼 좀 떨어져 있긴 하면서두 눈의 가시 같은 놈이 요눔이니 냉큼 들어내야겠다."

"허! 이눔 봐! 어름어름하면서 남의 말을 막 먹는구나. 홍, 네눔두 왜놈이 밉기는 미운 모양이지?"

"이 자식이 뭣이라구? 이 나를 개 팔아 두 량 반***인 줄 아느냐?"

"쉬."

고누판에서 받고 차기로 주고받던 말은 뚝 끊어졌다.

"염라 행차다!"

---

* 상대편을 꼼짝 못하게 할 수 있을 정도의 가장 좋은 대책을 비유적으로 이르는 말.
** '고누'의 방언.
*** 못난 양반을 놀리는 속담.

"백주에 도까비는 아니구 염라!"

쑤군거리는 소리들과 함께 '긴 사랑' 손님들은 또 우수수 일어나서 자리를 피했다. 종로 쪽에서 곤장을 멘 전배前陪* 사령들이 나오자 그 뒤에는 견마 잡힌 말을 탄 무위영 대장 이경하李景夏가 나타났다. 뒤더수기**에 좌우로 뿔이 뻗친 오사모***를 쓴 그의 몸집은 병신스럽게 졸소했다.****

이경하도 아까의 김보현과 같이 대원군 당년의 사람이었다. 그는 어영대장 겸 좌포청 대장으로 대원군한테 더욱 긴히 쓰이던 사람이다.

소위 '운변인雲邊人'이라 하여 운현궁雲峴宮 대원군의 사람으로 지목되는 사람이면 불문곡직하고 쓸어버린 지 오랜 지금까지도 이경하가 그냥 등용되어 있는 데는 까닭이 있었다. 일찍이 대원군이 한 말이 있었다. "이경하는 다른 데는 쓸모가 없지만 사람 죽이는 것만은 능수라 그런 소임에는 맞춘 자라."는 것이다. 그는 죽일 사람을 포도청에서보다도 제 집에서 많이 죽였다. 대원군 당년에 생긴 '도모지'라는 말은 이경하네 집 뒤울 안에서 시작된 말이다. 사람을 때려죽이기에 집중이 난 별포교別捕校(이경하는 제 수하의 사형리들을 이렇게 불렀다)들은 죽일 사람의 얼굴에다 두터운 백지를 덮고 물을 뿌려서 숨을 콱 죽이는 간편한 방법을 생각해냈던 것이다. 사람의 얼굴에 종이를 바르는 것이라 '도모지塗帽紙'였고, 그렇게 죽는 사람은 비명도 지를 수 없었으므로 도모지는 '폐일언蔽一言'이기도 했던 것이다.

이경하의 집이 남대문 안의 낙동에 있었기 때문에 그를 '낙동 염라'라 했고, 그의 집으로 끌려가는 것을 '낙동강에 떨어진다.'고 했다.

인민을 착취하기 위해서는 잔인 난폭하게 억압해야 했던 대원군도,

---

* 벼슬아치가 행차할 때나 상관을 배견할 때에 앞을 인도하던 관리나 하인.
** '뒷덜미'의 옛말.
*** 벼슬아치들이 관복을 입을 때에 쓰던 모자.
**** '졸소하다.' 못생기고 작다.

민비 일당도 다 같이 인민에 대한 공포 수단으로서 낙동 염라 같은 교형리가 필요했던 것이다.

"여보게 자네네 대장님한테라두 한번 청을 대보게그려."

이경하의 행차가 광통교를 건너가자 강명준은 조용히 그 말을 또 꺼냈다. 지금의 이경하는 무위영의 대장이요, 김장손 부자는 그 영문의 군졸들이라 '자네 대장님'이라고 할 수 있었다.

"아무리 을축갑자루 된 놈의 세상이라두 사람잡이 하는 염라가 잡혀간 사람을 놔주는 법은 없을 게라."

강명준의 말에 김장손이가 대답할 사이도 없이 옆에서 어느새 또 투전판을 벌린 사람들 중의 누구는 저 혼자 하는 소리같이 이런 말을 했다.

*

다 저문 해가 톱날 같은 인왕산 머리로 누엿누엿 져가는데 북쪽에 높이 솟아 한성 장안을 굽어보고 섰는 듯한 백악 상봉에서는 검은 연기가 무럭무럭 피어오르기 시작했다. 이제 그 연기가 사라지게 되면 인왕산 마루에서 또 연기를 올리고 또 그것이 사라지면 마지막으로 남산 꼭대기의 큰 떡갈나무 밑에서 연기를 올리는데 그것이 사라질 때는 보신각의 종을 스물여덟 번 울린다. 초경初更 3점을 알리는 그 인경人定* 소리가 나면 한성의 성문들을 일제히 닫아버리므로, 백악산 머리에서 연기가 오르게 되면 성안은 한때 많은 사람들로 법석하게 된다. 성 밖으로 나갈 사람은 빨리 나가야 했고, 들어올 사람은 서둘러 들어와야 했다. 성 밖 출입

| * 조선 시대에, 통행금지를 알리기 위하여 밤마다 치던 종.

뿐 아니라 성내에서도 내왕이 막히므로 뉘 집을 찾아갔던 사람은 제 집으로 돌아가야 했고, 구멍가게에서 두부, 비지, 콩나물 같은 찬거리를 사던 아낙네와 뉘집 찬비饌婢나 하인들도 바삐 부엌으로 돌아가야 했고, 물지게 장사들도 인경이 나기 전에 단골집들의 물독들을 채워주고 제 움막집으로 돌아가야 했다.

광화문 앞 네거리의 복청교福淸校에서 창덕궁 앞 거리에 이르는 육주비전의 동쪽 한끝인 생선청, 청밀청으로부터 서쪽 한끝인 사기청, 치계청雉鷄廳까지 좌우로 수천 간이나 되는 공랑公廊 돌에서는 물건들을 걷어들이고 가게 문들을 닫기 시작했다.

경복궁 대궐 광화문 앞의 의정부, 중추부, 사헌부와 그리고 육조 마을들에서 나와서 우순청右巡廳 앞에서 꺾이는 종로로 들어서서 북촌 남촌으로 흩어져 가는 당상관들의 거미 행차들만으로도 한성 한복판은 혼잡을 이루게 된다.

한편 내일 아침 파루罷漏*를 칠 때까지 성문들과 대궐 문들을 지킬 경순군警巡軍과 왕궁의 안팎을 행순할 출직出直 군사들이 각기 호군과 순장들에게 영솔되어 병조 앞으로 달려갔다.

류춘만은 병조에서 군호와 방울을 받아가지고 나온 호군을 따라서 오늘밤에 같이 출직할 동료들과 함께 동관 대궐로 갔다. 창덕궁의 서쪽 정문인 금호문金虎門 밖의 당직청에서 패를 갈라 사면으로 나뉘는데, 류춘만의 패는 태묘의 동남쪽 담장 밖에 있는 어영御影에서 창덕궁 후원 동쪽에 있는 집춘문集春門까지의 궁장 밖을 행순하게 되었다.

어영에서 왼쪽을 끼고 가게 되는 태묘의 담장과 연달린 긴 궁장은 일직선인데, 그 중간에는 다음 다음으로 나타나는 드높은 선화문宣化門, 홍

* 조선 시대에, 서울에서 통행금지를 해제하기 위하여 종각의 종을 서른세 번 치던 일. 오경 삼점五更三點에 쳤다.

화문弘化門, 통화문通化門이 우중충 솟아 있고, 그 사이 궁문 밖에는 곧은 외통길을 사이에 두고 함춘원含春苑과 경모궁景慕宮의 담장이 길게 연해 있다. 가다가 경모궁의 담장이 동쪽으로 모꺾이는 데서는 맞은편 궁장도 그쪽으로 꺾여서 도는데 그 회춤*에는 월근문月勤門이라는 자그마한 문이 마주 보인다.

정종 왕 때에 새로 세운 그 문에는 이러한 유래가 있다. 영종은 바로 제 아들인 세자가 자기의 왕위를 탐낸다 하여 쌀뒤주에 잡아넣고 못을 쳐서 굶겨 죽였던 것이다. 그렇게 죽은 장헌세자가 곧 정종의 아버지였다. 정종은 자기 할아버지가 죽인 자기 아버지를 원통히 생각해서 창덕궁 밖에다 경모궁을 짓고 자주 제사를 지내는데 내왕의 길을 좀 돌게 되는 것도 안타깝다 하여 궁장을 끊고 없던 문을 새로 낸 것이 그 월근문이었다. 이러한 유래를 가진 그 문에서는 왕 누구의 극진한 효성이 어떻기보다도 왕위를 다투는 왕가의 골육상쟁의 피비린내가 더 강하게 풍기는 듯했다. 정조도 정권을 다투는 싸움질에서 독살된 혐의가 농후하다.

번番이 되어 집춘문까지 가서 호군장이 부르는 군호에 대답하고, 나무토막에 글자를 새긴 경수첨警守籤을 바꾸어가지고, 또 방울을 흔들며 되돌아선 때는 2경이 지났다.

초사흘 달은 빛만 보인 셈으로 이미 사라졌지만 그 대신 초롱초롱한 별빛에 집춘문에서 동북쪽으로 바라보이는 문묘와 성균관 뒤의 언덕을 뒤덮은 울창한 송림은 그저 시꺼멓게 우중충하지만 않고 그 짙은 초록빛을 알아볼 만치 밤하늘은 맑게 개였다.

"비가 오긴 영 틀렸는걸!"

왈랑절랑 방울을 흔들다 말고 류춘만은 뒤를 돌아보며 말했다.

| * '골목'의 잘못.

306

"정말 틀렸네. 이렇게 되구 보면 우리 백성들은 말할 것두 없지만 또 제멋대로 속이 상할 사람두 있을 게라."

한 걸음 뒤섰던 젊은 군정은 저 역시 하늘을 쳐다보면서 이런 말을 했다.

"누구 말인가?"

"누구긴 누구여, 이 큰 집의 맹추 말이지."

"흥! 흉년이 든다구 걱정이라두 할 줄 안다면야 그래두 제법이지, 이 사람아."

"그러게 내 말두 '제멋대루……' 라구 하지 않던가. 흉년 들 걱정보다두 하늘이 이편을 알아주지 않는다구 해서 말이지."

"돌아가면서 곰배임배 기우젤 했어두 하늘이 비를 안 주신다?"

"암! 백성들더러 네 보란 듯이 기우젤 했는데두 하늘은 그냥 청새 불알같이 맑기만 하니 '체면'이 됐나?"

"야 그놈의 '체면' 장히 크다!"

"암, 크지! 저두 사람이란 것두 모를 만치 아둔하다니까 얌치없이 클 밖에."

"한데 이 사람 의길이, 자칫하면 말일세."

하던 류춘만은 금시 음성을 낮추어서 정의길의 귀에 대고 속삭이듯 했다.

"혹기 자네 매부가 되는지두 모를 일 아닌가? 그 맹추가 말일세."

"에끼! 그 따위 다려운* 소리 말게. 사람 잡을라!"

두 젊은이는 한꺼번에 웃음을 터뜨렸다.

흔드는 방울 소리로서 저희들의 말소리를 흐트려가면서 이런 투로

| * 때나 찌꺼기 따위가 있어 조금 지저분한.

용상에 앉아 있는 등신의 금박을 긁어내리는 말들을 하는 두 사람 중의 정의길이라는 젊은 군교는 이 동관 대궐 동남쪽에 있는 전립동氈笠洞 사람이었다. 전립동은 한성 영문들의 군교들과 궁중에서 시중드는 무감武監이니, 별감別監이니 하는 액정掖庭*들이 많이 사는데, 그들의 딸과 누이들은 흔히 궁녀가 되었다. 그중에도 신분의 차별이 있어서 지처를 따라 처음부터 애기 상궁으로 뽑혀 들어가서 상궁 마마 소리를 듣게까지 되는 것도 있었고, 일생을 상궁들의 하인 노릇을 하는 '각심'이나 '무수리'로 늙는 처녀들도 많았다.

궁중에 한번 들어오면 평생을 바깥출입을 못하고 처녀로 늙게 되는 삼백 궁녀들은 그 정조와 목숨까지도 왕의 임의에 맡겨지는 것이었다. 정의길의 누이동생도 바로 그러한 처지의 각심이었다.

집춘문에서 얼마 안 와서 동쪽으로 보습 끝같이 내질러 휘도는 궁장 모두리**로 앞이 막히는데 바로 거기에 허연 종잇장 하나가 크게 나붙어 있었다.

"이게 뭐야?"

"가만 있자, 허, 방榜 아닌가!"

하며 두 젊은이는 앞으로 다가섰다. 응군 한 장이 다 되는 백지에다 글을 쓴 것이었다.

"방이면 어느새 붙였을까? 좀 읽어보게."

글을 모르는 류춘만은 한 걸음 물러섰다.

"제길, 알아볼 수가 있나."

"왜 잘 안 보이나?"

"보이기는 보이는데, 어려운 글자가 많은 데다 또 초서루 짓갈려놔서

---

* 왕명의 전달 및 궁궐 관리를 맡아보는 관리.
** 모퉁이.

내 밝은* 글루는 잘 모르겠네. 하나 이게 김춘영이 일사루 내붙인 방인 것만은 분명혈세."

하며 정의길은 다시금 글줄들을 훑어본다.

"분명히 김춘영이라구 이름을 박았나?"

"이름은 없어, 하나 '남산'이라는 말두 나오구 '왜'라는 말두 있구 '지도' 때문에 우리 군사가 어쨌다는 말두 나오구······."

"그럼 춘영이의 일사가 분명허지! 그래 그 사람을 뇌줘야 헌다구?"

"음, 그런 뜻이여."

"죽일 놈들! 민간에서는 벌써 더 알구 이렇게 방까지 써 붙이는데 진무소 놈들은 생으루······."

하는 류춘만은 낮에 진무소로 알아본다고 갔다가 욕만 보고 돌아온 것이 분했던 것이다.

"이걸 어떻게 한다?"

묻는 정의길의 말에

"이 사람아, 어떻게 하기는 뭘 어떻게 해. 세상 사람이 다 보라구 써 붙인 걸 왜 떼겠나."

류춘만은 금시 증을 내기조차 했다.

"하기는 먼저 돈 패들두 보긴 봤을 게라. 우리는 아까 이걸 등지구 갔으니까 못 봤지만."

"그 패들두 모르는 체했으니까 우리두 눈 감아 두구 맙세그려."

"좌우간, '낙서하는 자식은 낳지부터 말라'는 말까지두 있잖아? 드러나는 날에는 본인은 말할 것두 없구 온 집안이 다 결단이 나는 줄 알면서두 이런 방을 써 붙이는 걸 보면 지금 백성들의 생각이 어데까지 갔다는

| * 바짝 졸아서 말라붙은. 여기서는 학식이 짧다는 뜻.

걸 알 만두 헐세."

"이 궁장에까지 붙였을 제야 이런 방이 여기만일라구?"

이런 말들을 하면서 그 모두리를 돌아선즉 좌우편의 높은 담장으로 깊이 그늘진 월근문 앞에는 어중이떠중이로 모여선 사람들이 웅성거렸다. 방울을 더욱 소란하게 흔든 류춘만은 정의길에게 한 눈을 찡긋이 보이면서

"웬 놈들이냐?"

하고 버럭 고함을 질렀다. 저 역시 고함을 지른 정의길은 창날을 내대고 스적스적 말려가는 시늉을 했다.

"쉬."

"어데라고 함부루 큰소릴 치는 게냐."

노상 묵직한 호통이었다. 한쪽만 열어놓은 궁문 좌우편에 버티고 서 있는 무예별감들이었다. 그들은 입버릇이 되다시피 한 "쉬 쉬" 소리를 연해 질러가면서 하나하나 전고하는데 그 앞에서 굽신거리며 궁문 안으로 들어가는 것은 땅재주 넘고 줄 타는 재인들과, 굿놀이하는 무당, 박수들과 유명짜한 양주의 날탕패,* 더벅머리들과 관악산의 짠지패들이었다. 마침내 월근문은 닫혔다.

"흥! 잘들 놀아나는 판이로구나!"

"이 사람아, 얌치머리 없이나마 속두 안 상하는 모양 아닌가?"

"글쎄나 말일세, 저 월근문으루 저런 날탕패들이 들구 나는 걸 알면 정종대왕이 지하에서 곡을 할 게라."

두 젊은 출직군은 또 이런 말을 하면서 이제는 일직선으로 벋은 기나긴 궁장을 끼고 남쪽으로 걸었다.

---

* 어떤 일을 하는 데 아무런 기술이나 기구 없이 마구잡이로 하는 사람들.

첫 문인 통화문 앞에서 창을 들고 서 있는 경순군이 외쳐 부르는 군호에 대답하노라 잠시 걸음을 멈추었는데, 퍽 멀리서 나는 소리기는 하나, 한창 볶아치는 꽹매기* 소리와 함께 쇠진 청으로 "나나나 나요. 너나 누난실 띄띄어라. 너고 나고만 놀자."는 곡을 뽑아 늘이듯이 불어대는 새납** 소리가 분명히 들렸다. 그 다음 홍화문 앞에서는 그 놀음놀이판이 좀 더 가까운 모양으로 날탕패라는 남창男唱과 더벅머리라는 여창女唱들이 한꺼번에 부르는 모양인 난봉가 소리까지도 어렴풋이 들렸다.

제2회

그 넓은 궁장 안에 '다섯 걸음만에 한 다락이요, 열 걸음만에 한 전각으로 묘사되는 삼천 여 간으로 헤아리는 무슨 궁宮이니, 무슨 전殿이니, 무슨 각閣이니, 루樓니 하는 그 어느 한 전각에서는 궁중 연락이 벌어졌다.

넓은 안뜰을 삼면으로 둘러막은 담장 밑에는 액정들이 대막대 끝에 붙들어댄 솜방망이를 피마주 기름 항아리에 둥거내가며*** 횃불을 잡았다. 그 한가운데 연폭해 깐 자리에서 노래하고 춤추는 남녀들 중에는 동백기름이 흐르는 머리에 붉은 명주로 낫 목쇠**** 수건을 동인 여창도 있고, 푸른 물색 수건만을 써서 비쭉한 상투를 드러내놓은 남창도 있고, 지이는 두루막, 저고리 할 것 없이 한쪽 팔소매를 벗어붙여서 쥘부채를 떨쳐 펴며 덩실거릴 때마다 벌리고 돌아가는 팔이 셋도 되고 넷도 되기도 했다.

붉은 기둥 위에 푸른 부연이 날개를 편 듯한 전각 대청 안에서는 연

---

* '꽹과리'의 북한어.
** '태평소.' '날라리'의 북한어.
*** 담가내가며.
**** 낫이나 칼, 농기구 따위의 자루목이 터지지 않도록 감거나 끼우는 쇠고리.

해 "좋다!" 소리가 났다. 둘러친 수병풍 앞에 오색 꽃무늬가 있는 양탄자 우에다 수방석을 포개 깔고 안침을 의지하고 왕 이희와 나란히 앉아서 금잔, 유리잔을 기울이던 민비는 "좋다, 좋아!" 소리와 함께 오색 끝동이 찬란한 원삼 소매를 너풋 떨치며 무릎을 치기도 했다. 모나게 다듬은 살적거리로 더욱 넓어 보이는 그 이마와의 대조로서 가뜩이나 빠른 하관이 쐐기같이 날카롭게 보이는 그 얼굴은 홍조를 띠었다. 그러나 촉대들에서 너울거리는 촛불에 비치는 그 히스테리 기미가 농후한 큰 눈에서는 차디찬 파란 빛이 흘렀다. 간혹 자기의 방심 상태를 깨닫고 놀래는 양, 제 신변을 살피는 때의 눈은 더욱 탱탱하게 푸르렀다. 그러나 금시 "좋다!"였고, 또 무릎을 쳤다.

이러한 여인이 춘추春秋, 좌전左傳을 비롯한 제자백가서에 정통한 독서인이라는 것은 괴이한 일이라고도 할 것이었다. 그중에도 언제나 놓지 않고 즐겨 읽는다는 좌전에는 "율동적이나 음탕해서는 안 되고遷而不淫 즐거우나 방만해서는 못쓴다樂而不荒."고 한 계찰季札의 음악론觀周樂은 유명하다. 그러나 민비는 해괴하게 방탕한 곡과, 음탕한 노래를 좋아했다. 또 좌전에는 "신과 하늘은 어느 누구와 사사로이 친하는 것이 아니라 오직 어진 덕이 있는 사람을 도울 뿐皇天無親惟德是輔."이라는 말도 있다. 그러나 민비는 산천기도를 통하여 귀신들과 하늘에 뇌물을 먹임으로써 사사로이 그들의 덕을 입으려고 했다.

자기 아들 척拓의 무병장수를 빌기 위해서는 금강산을 비롯한 명산대천들에다 치성을 안 들인 데가 없었고, 유점사楡岾寺의 53불은 그 매개 대가리마다 금관이 찬란하게 빛났다.

이 여인의 독서는 교양과 교훈을 얻으려는 것이 아니라 권모술수를 배우기 위한 것이었다.

산천기도와 불공은 그 여인의 집안 조카인 민영익閔泳翊이라는 아직

새파란 젊은이가 맡아 했고, 밤낮없이 질탕한 궁중 연락은 그 역시 집안 오라비인 민규호閔奎鎬라는 자가 주편했다.

왕과 그 외척인 이들 민가네와 그 일당들에게는 조선이라는 한 나라는 오직 자기네의 밥그릇이었고, 또 얼마든지 짜내고 퍼내도 다함이 없는 향락의 샘구멍으로만 알았다.

팔도 삼백육십여 주에서 연년이 걷어들이는 조세로서도 이들의 사치와 낭비를 지탱할 수는 없었다. 국고는 벌써 들짱이 나서 관리들의 녹봉도 주지 못하는 지 오랬다. 녹봉이라야 그리 대단한 것도 아니었다. 왕정에서 한갓 믿는 점이 있었다면, 대신 이하 관리들은 본시부터 그만 녹봉은 받으나마나, 백성들에 대한 착취 토색*과, 뇌물로 얼마든지 잘살 수는 있다는 것이었다.

과연, 6년째나 녹봉을 못 받으면서도 대신들과 관리들은 굶어 죽지 않았다. 오히려 더 호화롭게 잘살고 그들의 재산과 재물은 늘어만 갔다.

국왕 이희는 뇌물 토색과 학정질의 명수들을 긴히 등용했다. 그 역시 처조카뻘 되는 민영준閔泳駿이가 평안도 감사가 되자 곧 금송아지 한 놈을 연輦에 태워서 진상한 적이 있었다. 그것을 받은 이희는 기뻐하기보다 먼저 화부터 냈다. 민영준이는 단 몇 달을 안 해서도 큰 금송아지를 보냈는데, 그 전의 감사는 몇 해씩 있으면서도 평안도의 금을 저 혼자만 처먹고 자기한테는 아무것도 주지 않았다는 것이 그가 진노한 이유였다.

이러한 지존至尊과 왕후의 진노를 사지 않기 위해서는 내 삼천, 외 팔백의 관리들은 제 배를 불리는 외에 또 금송아지를 만들기 위해서 토색과 학정질을 더욱더 강화해야 했다. 그렇지 않으면 만여 금을 내고 얻어

| * 돈이나 물건 따위를 억지로 달라고 함.

313

한 수령 자리를 만 오천 금을 바치는 자에게 본전도 빼기 전에 앗길 것이었다. 결국 이희와 그의 처가 연락과 산천기도와 불공에 탕진해버리는 금송아지들은 다름 아닌 백성들의 피였고 살이었던 것이다.

페르샤의 융단, 불란서의 샴팡*과 자명종, 마닐라 리송연, 미국의 사탕과 커피, 이태리의 유리잔, 일본의 나마까시**와 자기 화로와, 왜장도 등등으로 개화한 왕실의 비용으로만도 인민들에 대한 가렴주구는 더욱 강화되었다.

옛날부터 하나의 비기같이 민간에서 떠돌던 "천리연송일조진백千里連松一朝盡白"이라는 말이 이때에 맞았다고도 할 것이었다. 천 리가 아니라 삼천 리의 산과 산의 소나무들은 모두 다 희어졌다. 왕으로부터 밑의 서리들에 이르기까지 억압 착취만을 일삼는 폭정 하에 백성들은 유랑걸식하게 되었고, 돌보는 이 없는 국토는 나날이 황폐하여 좀만 긴 장마가 져도 탕수와 사태요, 좀만 가물어도 흉년이라 먹을 것 없는 백성들은 송기와 풀뿌리로 목숨을 이어가는 외에 딴 도리가 없었던 것이다.

전상에 늘어세운 촉대들에는 팔뚝 같은 초들을 갈아대기 벌써 몇 번째였다. 누런 진복에다 어리궂게*** 초립을 쓴 별감들이 오륙 명씩이나 들어붙어서야 받들어 올리는 다단상도 몇 번 갈아댔다. 그때마다 좌우에 늘어섰던 상궁들은 산해진미를 담은 그릇과 접시들에 씌운 백지를 벗겼고, 젊은 시녀들은 붉고, 흰 포도주와, 번번이 깜짝깜짝 놀라게 되는 샴팡을 터쳐서 굽 높은 유리잔에 따랐다.

수병풍 뒤에서는 머리래 대목에다 금박으로 '수복壽福'을 놓은 전판 같은 붉은 도다락당기****를 드려서 발꿈치까지 늘어뜨린 아가 상궁들이

---

* 샴페인.
** 일본식 생과자.
*** 매우 어리광스럽게.
**** 도투락댕기. 어린 계집아이가 드리는 자줏빛 댕기.

향을 살라 대청과 방 안을 훈하는 향기가 서느럽게* 풍겨 오고 휘황한 등 촉 사이로 긴 치마를 끌며 오고 가는 칠보 홍장을 한 궁녀들의 패옥 소리도 선드러웠다.**

홍청거리는 뜰 안의 풍악과 노래는 영 지칠 줄을 모르는 것 같았다. 하늘을 가리워 드높이 친 비단 차일이 밤이슬에 젖어 무겁게 내려눌린 지 오래건만 저편 한쪽에 자리를 돋우고 앉아서 저희들의 우열을 꼬누고*** 있는 민규호 대감의 감시 하에서는 지쳐서도 지친 태를 보일 수 없었다.

왕비 옆에 익선관을 쓴 이희는 삼십이 된 지금까지도 젓살이 그냥 남은 듯 볼편****이 투실투실한 큰 얼굴을 떠이고 앉았다. 곤룡포 앞자락을 젖히고 앉은 그는 간간이 제 왕후의 눈을 경각성 있게 곁눈질해 보는 외에는 언제나 졸리는 양, 가느다랗게 뜬 눈을 이리저리 돌리면서 한편 무릎에 올려놓은 제 발바닥만을 낙천적으로 쓸고 있었다. 제 옆의 여인처럼은 풍류에는 그리 흥미가 없는 모양으로 그저 방심 상태로 헤매듯 하던 그의 시선이 간혹 어느 한 곳을 초점으로 머무는 적도 있었다. 그런 때면 그의 새까만 나비수염 밑의 두툼한 입술이 간혹 헤벌어지기도***** 했다.

뜻하지 않은 순간에 왕비의 눈이 그 헤벌어진 입을 보는 때도 있었다. 다음 순간 이희의 시선을 따라서 화살같이 뻗어간 그 냉랭하게 푸른 시선이 머무는 저편에서는 벌써 소스라쳐 떠는 한 궁녀가 있기도 했다. 그런 때면 제 처를 곁눈질해 보던 이희의 얼굴도 애원하는 표정으로 변한다. 그런 얼굴을 다시 돌아보는 민비의 눈에서는 파란 불꽃이 일었고,

* 시원한 느낌이 있게.
** '선드럽다.' 가볍고 멋들어진 데가 있다.
*** 겨누고.
**** 볼을 이루는 부분.
***** '헤벌어지다.' 어울리지 아니하게 넓게 벌어지다.

그 머리의 금, 은, 마뇌瑪瑙와 산호 진주로 장식한 화관의 7보가 파들파들 떨리기도 했다. 그 여인의 독기를 품은 흥분을 표시하는 것이었다.

이때까지 흥겹게 무릎을 치던 그 손의 한 가락이 원삼 소매 밖으로 독사의 대가리같이 쳐들린다. 그 손가락의 움직임을 지켜보고 있었던 듯이 지밀상궁至密尙宮* 하나가 왕비 옆에 부복한다.

"중전 아서! 그리 마오."

목이 잠긴 소리로 간청하듯 하는 이희의 말이었다. 늘양사거리와, 꽹매기, 장고, 새납, 해금 소리는 여전히 소란스러웠다. 그런 중에 누구도 알아들을 수 없는 왕비의 령을 받은 상궁은 국궁하고 뒷걸음질해서 사라진다.

그러자 조금 전에 그 파란 시선이 머물렀던 저편 구석으로 무예별감 몇이 다가든다. 송기떡 빛 전복에 시커먼 벙거지를 쓴 그들 중의 한 자는 입을 막아 쥐고, 한 자는 그 가느다란 허리를 한 팔로 감아 옆구리에 끼고, 다른 자는 두 다리를 맞잡아서, 가분가분히** 한 여인을 차비문差備門 밖으로 들어내는데, 그것이 혹은 긴 치마 꼬리로 땅을 쓸듯 하던 성숙한 여인이기도 했고 때로는 새빨간 도다락당기가, 들어내는 지부地府*** 의 사자들의 발길에 걸치게 드리운 앳된 계집애이기도 했다.

"중전, 너무한다니까! 아서 그리 마오. 그것에게 무슨 죄가 있다고."

이희는 또 이렇게 몇 마디를 더 보내는 것이었으나 그 역시 제 말에 무슨 효과가 있으리라고 해서 하는 말은 아니었던 것이다.

"암, 그렇지 좋아!"

여인은 벌써 그 일은 다 잊었다.

---

* 대전大殿의 좌우에서 잠시도 떠나지 아니하고 임금을 모시던 상궁. 대령상궁.
** 매우 가볍게.
*** 저승.

불고, 치고, 켜고, 소리하고, 춤추는 무당, 재인, 날탕패, 짠지패들 중에는 방금 전각 한구석에서 생긴 그 광경을 보았고, 또 그렇게 끌려나간 궁녀의 운명이 어떻게 되리라는 생각에 소름이 끼치고 떨리는 것을 참아가며 더욱더 볶아치고, 볼따구니가 아프게 불어대고, 목이 터져라고 도도리˚ 청을 넣고, 허리가 부러져라고 살판뜀을 하기도 했다.

이희는 간혹 눈을 팔던 궁녀의 처소로 대전 옥교大殿屋轎에 제 몸을 실어 가곤 하는 버릇이 있었다.

민비는 왕의 눈을 끄는 궁녀를 단지 남편의 사랑을 다루어야 할 시앗이기보다 너를 죽이지 않으면 내가 죽게 될 원수로 보았다. 지존이라는 사람이 어느 한 궁녀에게 반하게 되면 그 궁녀를 중심으로 궁중에는 왕비와 대립되는 새 세력이 형성되고, 그것은 또 어떤 세력과 결탁해서 마침내는 일국의 정권을 다루는 지배층 사이의 싸움질이 벌어진다. 그 싸움에서 패하여 권력을 잃는 날에는 목숨까지도 위태롭다.

결코 제 남편에게 충실한 아내가 아니었던 민비의 그 살인적인 시샘은 이런 것으로서 설명된다.

이러한 살인 행위는 ‘왕실의 아내를 위한 것’이라 왕가의 특권일지언정 죄악은 아니었다. 오직 이런 일에 대해서 보통 사람의, 즉 서민들의 풍속과 도덕을 기준으로 하여 왈가왈부하는 것만이 금물이었다. 백성들은 오직 저퍼고** 함구무언할 의무만이 있었다.

새벽을 알리는 닭의 소리가 멀리서 들려오기 시작했다. 이희와 그의 처는 궁녀들이 번갈아 받쳐 들고 나오는 명주필, 모시필, 옥당목, 옥양목

---

* ‘도드리’의 북한어. ‘다시 돌아서 들어간다’는 뜻으로, 보통 빠르기의 6박 1장단으로 구성된 국악 장단의 하나. 또는 그 장단에 맞추어 만든 악곡이나 춤.
** ‘두려워하고’의 옛말.

필들과 인삼, 녹용, 사향 같은 귀한 약재들과 노리개와 왜장도 쥘부채 같은 것을 퍼버리듯이 뜰 안에 던지고 쥐어 뿌렸다.

날이 밝아온다. 이제 파루를 칠 것이다. 월근문 밖으로 명주, 모시, 서양목들이 등이 휘고, 목이 꺼지게 이고 진 남녀들이 꾸역꾸역 쓰러 나오기 시작했다. 궁중 연락이 끝난 것이다.

"호박 잡았구려. 저녁에는 한잔 사시우."

"사다 뿐이겠소. 상감님 덕분에 이렇게."

"한데 우리 빙아를 못 봤소?"

궁장 밑에서, 사내는 날탕패요, 여편네는 더벅머리인 나이 지긋한 한 쌍의 부부를 붙들고 수작을 걸었던 정의길이 물었다.

"빙아……? 옳지! 간밤에 그게 바로……."

제 마누라를 돌아보며 혼잣소리나 같이 이런 말을 꺼냈다가 찔끔하는 모양인 날탕패는

"못 봤지! 암, 볼 리가 있소? 그 많은 삼백 궁녀 중에 어데 끼여 있다고, 빙아를 알아 봤을라고. 영 못 봤지."

하며 무엇을 떨어버리기라도 하듯이 도리를 흔들기까지도 했다.

"그럼 '간밤에 그게 바로……' 라는 건 무슨 소리우? 무슨 곡절이 있는 말 아니요?"

금시 눈찌가 사나와진 정의길은 한 걸음 다가섰다.

"곡절은 무슨 곡절일라고. 애당초 보지 못한 걸 가지고 공연한 소릴 하자고 드는구면그래."

분명히 겁에 질린 눈으로 한 번 정의길을 쳐다본 날탕패는 뿌리치듯 하고 제 마누라를 재촉해서 가고 말았다.

한참이나 그들의 뒤를 훔쳐보고 섰던 정의길은

"여보게 춘만이, 자네는 어떻게 생각하나?"

물었다.

"뭘 어떻게 생각해?"

"뭐라니! 이제 그 군의 말투며, 눈치가 필시 무슨 곡절이 있는 게 아닌가."

하는 정의길은 궁 안을 들여다보기라도 할 듯이 발돋움을 하고 궁장 쪽을 넘석해*보기도 했다.

"난 무슨 영문인지 모르겠네. 대관절 빙안가 하는 자네 누이애가 예쁘기나 헌가? 궐내루 뽑혀 갔을 잰 면추는 했겠지."

"……."

"예쁘장하면야 이제 지렁이가 용이 될는지 누가 알겠나. 이 사람아 그렇게 되는 날이면 자네 어르신네는 부원군 대감이구, 자네두 하다못해 병조 판설세!"

"듣기 싫에. 남의 속을 모르구 그 따위……."

시룽거리는** 류춘만의 말에 버럭 화를 내기까지 하는 정의길이가 걱정하고 있는 그의 누이동생 빙아는 이때 낙타산 속에서 헤매고 있었다.

*

파루가 나기를 기다렸던 모양으로 조반 식전에 강명준이가 지게를 지고 훈련원으로 찾아왔다. 늘씬한 용마루들이 늘어지게 긴 앞뒤 채와 좌우 채를 입구ㅁ자로 돌아 막아 지은 군정들의 숙소의 넓은 안뜰에서는 각기 제방 앞의 댓돌 밑에다 걸어놓은 종룡이에 밥을 끓이고 있었다. 어떤 군정은 처마 아래 놓인 큰 돌절구에다 시재 끓일 보리쌀을 넣고 물을

* '넘석하다'는 '넘성하다'의 방언. 한번 넘어다 보다.
** 경솔하고 방정맞게 까불며 자꾸 지껄이는.

쳐가며 쓰레미*를 내노라 청청 공이질을 하기도 했다.

"저 아저씨가 웬일이여."

"하, 이것이라니! 어서 오슈."

하는 말에 돌솥 아궁이의 불을 불다 말고 쳐다본 김장손도

"마침 잘 왔네."

하며 일어서서 강명준을 맞았다.

"영춘이 일사는 좀 알아봤나?"

불을 보니 생각이 난 모양으로 곰방대에 담배를 실어서 종통이 밑에 들여대고 불을 붙인 강명준은 토지방에 걸터앉으면서 물었다.

"우리 그 애 일사루 장안엔 벌써 방들이 나붙었다네그려."

하는 김장손은 벌써부터 별렀던 말을 하는 것 같았다.

"그리구 돌리는 말인즉은 왜놈 장교가 남산에서 우리 장안을 내려다보면서 도본을 뜨구 있는 걸 마침 우리 그놈이 보구는 못하리라구 해서 어지자지**하다가 투격이 났더라는구먼."

"내가 들은 말과 방불헐세."

"자넨 어데서 들었나?"

"우리 '긴 사랑'에서야 장안 소식 모르는 게 있나. 굴러오는 말이라 좀 허황해지는 것뿐이지."

"허황하다니?"

"우리 병문 친구들은 그게 춘영이라는 건 모르구들 하는 말인데. 자네가 들은 말대루 왜놈 장교가 장안을 그리구 있는데 난데없이 우리 젊은 군정 하나가 비호같이 달려들더니 '지도를 가지는 건 그 천하를 가지는 거라는데 네 왜놈이 무슨 터에 우리 도성의 지도를 그리느냐.' 하면서

---

* '쓰레기'의 방언.
** '이러쿵저러쿵'의 방언.

제잡담허구 왜놈이 그린 걸 북 찢더라나? 그러니께 왜놈이 육혈폴 내대는데 그래두 우리 군정은 피할 생각은 않구 되려 밀려들더니 그놈을 타구 앉아서 닭 잡듯 하더라구……."

"그게 어째서 허황하단 말씀이요?"

불쑥 이렇게 고함을 지르는 듯하는 말소리가 방 안에서 났다.

"춘영이가 족히 그런 사람 아니겠소."

자다 말고 벌떡 일어나서 반쯤 몸을 일으켜 밖을 내다보며 하는 류춘만의 말이었다.

"허허, 저 사람이 방 안에 있었구먼!"

뜻밖에 놀랐던 강명준은 허허 웃는데

"예, 아저씨 오셨소? 저는 좀 자야겠소."

하면서 류춘만은 다시 누워버렸다.

문밖에 모여 섰던 군정들은 류춘만의 뒤바뀐 인사말에 다들 웃었다.

"저 사람은 간밤에 출직을 해서……. 그래서?"

김장손은 강명준의 말을 더 듣자고 했다.

"그 왜놈 장교만이면 붙잡히지도 않았을 건데 그놈의 통역으루 따라다니는 왜놈이 둘씩이나 되는 데다 또 '초록 군복'까지두 몇 놈 있다가 달려드는 통에 춘영이 그 사람은 용을 쓰다 못해……."

"그래서 그만 붙잡혔다는 말이지."

그런 이야기면 더 들잘 것도 없다는 듯이 말한 김장손은 솥뚜껑을 열고 잎숟가락으로 잦아가는 밥을 저어서 그러모으고 또 몇 알갱이를 씹어보기도 하면서

"좌우간, 글두 모르는 우리 그놈이 어데서 그런 말을 얻어 들었는지. '지도를 가지는 건 곧 그 천하를 가지는 게라' 구. 옛날부터 그런 말이 있지."

하고 혼자 중얼거리듯 했다.

"좌우간 이놈의 세월이 다 되기는 했네."

한동안 뻐금뻐금 곰방대만 빨고 앉았던 강명준이가 문득 한숨을 지으며 하는 말이었다.

"어드래사?"

"자네라구 인정이 다를 리 있겠나. 외아들을 둔 자네가 더하리라는 것두 내 알지. 허나 걱정을 허기보다두 도리어 께끗한 일루 말을 허니 말일세."

"……."

"그건 잡혀간 자네 아들이 범했다는 법이라는 게, 국법이라구 할 게 못 되니 그럴 수 있는 게 아니겠나."

하는 친구의 말에 김장손은 한참이나 고개를 끄덕이고만 있었다.

"우리 그놈이 지금 죽을 극경을 당하기야 허겠지. 그런 생각을 허면 맘이 아파. 허나 부끄러울 게 없으니까. 저편에서는 국법을 범헌 죄인이라구 허지만서두."

"내 말두 바루 그 말이여. 국법을 범했다는 '죄인'이 천지간에 부끄러울 게 없는 걸 법이라구 내세우게끔 된 이놈의 세상이니 오래 가겠나?"

하는 강명준은 댓돌에다 대롱을 땅땅 털었다.

"……난 그저 고마울세. 우리 그놈을 놔줘야 한다구 장안에다 방문을 써 붙였더니, 누군진 몰라두 고마와! 우리 백성이겠지. 고맙거던!"

하며 돌아앉아서 식은 코를 푸는 김장손의 눈에는 눈물이 그득했다.

한동안 솥 안에서 밥 잦는 소리만이 송알거렸다.*

"조반이나 한 술 같이 뜨세."

하며 밥을 솥채 떠들고 방으로 들어간 김장손은 류춘만을 깨우고 강

| * '송알거리다.' 마음에 들지 않아 남이 알아듣지 못할 정도의 작은 목소리로 자꾸 가볍게 혼잣말을 하다.

명준을 청해 들였다.

군정들의 숙소라고는 하지만 조석으로 내왕할 짬이 없을 때에만 손수 끓여 먹으며 숙식을 할 뿐이라 정한 주인이 없는 방들은 어지럽기 짝이 없었다. 뒷담 천정 밑에 달아맨 새끼 그물에 서슬 자루 같은 이부자리가 몇 뙈기 얹혀 있을 뿐 서 발 막대 휘둘러도 거칠 것 없는 방 안에는 낮이면 궁둥이에, 밤이면 잔등에만 붙이는 것도 모자라게 처지고 모지라진 삿쪼박, 풍석* 나부랭이가 깔려 있는 외에는 복닥복닥 핀 흙 절반, 벼룩 절반이다시피 한 날봉당**이었다. 바람벽 역시 엉기엉기 기어오르던 큰 빈대들이 흙덩이를 안고 떨어질 만치 되었다.

김장손은 문설주에 박은 대꼬챙이 못에 걸어두었던 유지 뭉텅이를 내려서 종롱이 옆에 펴놓았다. 이지러진 잎숟가락 몇 개와 깨소금이 한 줌 있었다. 우물에서 세수를 하고 허리띠에 찔렀던 무명 수건으로 얼굴을 닦으며 들어온 춘만이와 셋이 둘러앉아서 알알이 헤지는 보리밥을 뜬 숟가락 뒷등으로 깨가 몇 알 섞인 소금을 찍어 먹는데

"모처럼 찾아온 손님한테 이게 고작 큰 대접이요."

"말씀 안 해두 다 아실 아저씨한테 무슨 숭허물이 있겠소. 그렇지요 아저씨?"

이런 인사들을 하면서 이 방 저 방에서 젊은 군정, 늙은 군정들이 저마다 한 술씩 크게 떠든 밥술을 한 손으로 받쳐 들고 와서 세 사람 앞에 놓인 종롱이에 쏟았다.

"십시일반이라고 이렇게 한 술씩 모은 밥이라도 한 끼 요기는 될 테니 낫자시오."

하는 늙은 축들 중에는

---

* 돛을 만드는 데 쓰는 돗자리.
** 아무것도 깔지 않은 맨흙바닥.

"그래 어떻게나 지내오?"

묻는 이도 있었다.

"어떻게나마나, 달리는 갈 데가 없으니 그 노릇이지 뭐 어떨 게 있소."

"나두 종당*은 '긴 사랑' 신세를 지게 될 테니까 묻는 말요. 시골 우리 집에서두 못 살고 떠나게 되는 모양이니, 나 많고 병들었다구 쫓아내면 고향두 없이 된 터에 어데루 가겠소."

"오슈. 게가 도리여 살맛은 있소."

강명준은 이런 말도 했다.

"그저 보기는 오합 난민이 모여든 데라 마구 뒤섞여서 득실거리는 것 같지만 인정머리들이 있소. 양반이 없고, 상관이라는 것들이 없으니께."

"양반 상관들이 없다뇨, 체! 다럽게스리** 우리 군사들의 배추 꼬랭이 까지두 잘라먹는 상관이 없으면 살기가 한절 낫겠는 것입죠."

아직 어리다고 할 젊은 군정 하나가 곁다리로 이런 말을 해서 웃었다. "배추 꼬랭이를 잘라먹는다"는 것은 '상관'이라는 것들이 제 부하 병사들의 찬거리 값까지도 잘라먹는다는 말이다.

"허허허, 그랜! 그런 더러운 놈들은 없지."

강명준도 웃었다.

"덮어놓고 억누르고, 덮어씌우는 양반, 상관들이 없으니까 우리 머리 우에는 하늘이 곧바루 보이지 늙은이들은 나이 대접만이라두 받을 수 있구. 여기서야 곰백에 나서두 양반 앞에서는 상놈이니께. 하나 거기서는 누구든 바른 말을 하면 그 말이 서니께……."

"바른 말이 선다?!"

누구는 자못 희한하다는 듯이 이런 말을 했고 또 누구는

---

* 결국.
** '다럽다.' 언행이 순수하지 못하거나 조금 인색하다.

"바른 말이 서면 그만이지!"

하여 그 이상 더는 바라는 것이 없다는 것같이도 말했다.

"자, 또 무슨 벼락령이 떨어지기 전에 우리두 어서 한 술 먹어치워야지."

하는 사람이 있어서 군정들이 헤어지자

"내가 찾아온 간 다른 게 아니라……."

하면서 강명준은 술을 놓고 옷자락 속에서 찬찬히 접어 넣었던 백지를 꺼냈다.

"글 아는 자네가 좀 봐달라구 가져왔네."

"이건 나라에 드리는 원정原情 아닌가!"

처음에는 무심히 펴 들었다가 찔끔 놀라기라도 한 듯이 다시 말아 쥔 김장손은 한 간대씩 펴가면서 읽고, 또 한 손도 숟가락을 놓고 하회*를 기다렸다.

"글이 밭아서 잘은 모르겠네만 좌우간 할 말을 하는 선비의 글이로구먼! 이 백락관白樂寬이라는 선비는 대관절 어떤 분인가?"

"이왕에 한 동네서 산 적이 있는 충청도 선빈데……."

하는 강명준의 말은

백락관은 어제 동관 대궐로 가서 승정원에다 원정을 드리려고 했으나, 벼슬을 지낸 양반의 '전관 상소'도 아니요, 이름난 선비의 '유소儒疏'도 못 되고, 한낱 성명없는 시골 백성의 원정이라 해서 수문장에게 욕만 당하고 쫓겨나고 말았다는 것이었다.

그가 마침 광통교로 지나가는 것을 강명준이가 먼저 알아보고 쫓아가서 만났는데 백락관은 기어이 원정을 올리기 위해서 오늘은 남산에서 거화擧火를 하겠다는 것이었다. 그의 사람됨을 잘 아는 만치 남산에서 불

---

* 어떤 일이 있은 다음에 벌어지는 일의 형태나 결과.

을 올리는 것을 도와주기로 한 강명준은 우선 그 내용이 알고 싶어서 그가 초잡았던 글을 김장손에게 읽어달랠겸 솔갱이도 몇 단 얻으려 왔노라고 했다.

"솔갱인 솔갱이구 대관절 뭐라구 했소."

류춘만이도 재촉했다. 김장손이가 새겨 읽은 글은 대략 다음과 같은 것이었다.

"……신이 장차 도끼 아래 죽을 것도 피하지 않고 감히 외람된 말을 하는 것은 어찌 다른 뜻이 있사오리까. ……왜적들로 말하면 임진란에 패해서 쫓겨간 이래, 원한을 품고 십 년에 한 검을 갈고, 십 년에 한 재주를 익혀오더니, 지금은 그놈들의 배가 안 가는 데 없이 되어 여러 서양국들과 결탁해서 드디어는 화사和事(조일수호조약)를 조작하게까지 되었습니다. ……그래서 허원식許元栻, 류원식劉元植, 홍시중洪時中, 황재현黃裁顯, 이만손李晚孫, 김평묵金平默 같은 사람들이 형벌과, 정배살이도 피하려 하지 않고 바른 말로서 간한 것은 다 나라를 근심하는 충성된 신하들이기 때문입니다. 그러나 전하는 그들의 말을 듣지 않고, 그들을 형벌하고 정배 보냈습니다. 오직 양국놈의 옷을 입고, 왜놈의 것을 배웠노라는 자들만이 눈이 현혹하고 마음이 뒤집혀서 하는 수작이, 왜놈의 기계는 전애하고, 그 배들은 가볍고 바른 것이라 천하만국이 다 그(일본)에게 굴복하지 않을 자 없다고 하면서 한낱 작은 우리나라가 어찌 그를 당해내겠는가 합니다. ……이러한 무리들은 왜놈의 장기만을 자랑하고 우리의 장기는 자랑할 줄 모르는 자들입니다. 이러한 것은 병가兵家로서는 크게 꺼려야 할 일입니다. 옛날 고구려 때에는 수나라 양제와 당나라 태종이 그 강대한 병력을 가지고도 번번이 패해서 돌아가지 않을 수 없었고 본조本朝(이조)에 이르러서는 일본이 여러 번 침노해 왔으나 그때마다 패해서 돌아갔습니다. 지어 선조왕 때의 일로 말하면 왜구가 또 쳐들어 올 염려가 있으므로 이이와 조헌 같은 사람들이 미리 방비할 계책을 말 했으나 조정에서는 그 말을 듣지 않았다가 드디어 임진년에는 풍신수길 이가 백만 대군으로서 쳐들어와서 우리의 궁실을 불사르고 능침陵寢들을 욕되게 했으니 그때의 원통했던 일을 어찌 다 말하오리까. 왕은 마침내 나라를 버리고 중국으로 건너가려고까지 했으나 명나라의 후원이 있었 고, 또한 이항복, 이순신, 곽재우 같은 사람들이 있어서 위태로운 나라를 붙들어 일으켰습니다. 그뿐 아니라 논개와 월선月仙 같은 하향의 천한 기 생들까지도 나라를 위하는 충성으로서 능히 그 포학한 왜적의 장수를 죽 여서 적의 예기를 꺾었고, 유정, 영규 같은 산속의 중들도 또한 나라에 충성을 다할 줄 알았습니다. ……그런데 지금 만약에 일본 공사 화방의 질이가 그 간악한 심보로서 내놓는 계책을 그대로 따라서 시행한다면 우 리나라는 반드시 망하고 말 것이라 신은 차라리 왕명에 죽을지언정 장차 왜적의 손에 죽게 될 것을 원치 않기 때문에 지금 조정에서 왜적들과 화 친하기를 주장하는 자들을 다 베이시라고 아뢰는 바입니다. ……나라의 백성들은 열복케 하면 능히 전국을 물리칠 수 있습니다. 만일 그렇지 않 으면 무위영의 군사들은 창을 거꾸로 잡을 것이요 별기군들도 발꿈치를 돌려 달아날 것이니 이는 필연지세로서 어쩔 수 없을 것입니다. 신이 이 러한 것을 알면서도 말하지 않는다면 나라를 어지럽게 하는 역적놈들과 다를 것이 무엇이겠습니까. 그렇기 때문에 말을 삼가지 않고 원정을 올 리는 바입니다."

*

영희전永禧殿의 뒷담장을 끼고 서쪽으로 얼마 가면 진고개인데 거기서부터는 인가도 드물고 사람 내왕도 적은 언덕길이었다.

"아저씨 여기서는 제가 지리다."

하며 류춘만은 강명준이가 진 지게다리를 붙들었다. 류춘만은 어젯밤에 출직을 해서 오늘은 쉬는 날이었고. 김장손이도 오늘이 마침 비번이라 셋이 같이 올 수 있었지만 군정 복색을 하고 나뭇짐을 지고 거리로 다니는 것이 표나게 보일 것이므로 김장손과 류춘만은 동행이 아닌 것같이 동안을 두고 따라오기만 했었다.

지게를 지고 성큼성큼 언덕길을 추어 올라간 류춘만은 앞에 서 있는 큰 나무를 한 손으로 짚고 서서 두 늙은이를 돌아보며 물었다.

"임진왜란이 몇 해 전이지요?"

"그랜! 그 나무가 바로 그 은행나무지. 금년이 임오년이니께 가만 있게!"

김장손은 엄지가락으로 손가락들을 짚었다 놓았다 하다가

"이제 십 년 후에 오는 임진년이 다섯 번째 임진년이니께 이백구십 년 전일세."

한다.

"이백구십 년 전에 너를 찍던 왜놈들이 또 왔다. 이 한양에 그놈들이 또 왔어."

하늘이 안 보일 만치 울창하게 퍼진 가지와 옆을 쳐다보면서 류춘만은 그 여러 아름되는 체대*를 두들기면서 이런 말을 했다.

이 언덕에서는 남산과 그 밑의 왜성대倭城臺가 마주 보였다. 임진 조국전쟁 때에 우리 척후병들이 그 은행나무에 올라가서 왜성대에 진치고 있는 일본군의 정령을 염탐하곤 했는데 그런 줄을 알게 된 적들은 그 나무를 찍어 없애려고 도끼질을 했다. 그러나 뜻밖에 피가 솟구쳐 나오는

| * '몸체'의 북한말.

바람에 왜적들은 혼비백산해서 달아나고 말았다는 것이 그 노목이 지니고 있는 전설이었다.

"이 나무뿐인가. 그때 가등청정이란 놈은 원각사 앞에 있는 옥탑玉塔이 탐나서 실어갈 양으로 꼭대기의 세 층을 헐어서 내려놓기까지 허구두 못 가져가구 도망쳤다지 않나."

이런 이야기를 한 김장손은 이제 자기 아들이 일본 장교를 덮쳤다는 데가 어데쯤일가? 하는 생각에 남산을 바라보며 걸었다.

왜성대를 지나 남산 중턱까지 올라간즉 꼬부정한 소나무 아래, 하늘빛 연옥색 도포를 입고, 양태 작은 갓을 숙여 쓴 중년의 선비가 무성한 새풀 속에 반쯤 묻히듯이 앉아서 성중을 내려다보고 있었다.

"저분은 벌써 와 계시는군."

하며 강명준은 한 걸음 앞서 갔다. 류춘만은 더 가지 않고 지게를 내려놓았다. 강명준을 맞아 일어선 선비는 몇 마디 묻는 모양이더니 고개를 끄덕이면서 곧 돌아서서 산등성이를 향하여 걸음을 옮겼다.

"자 우리두 올라가자구."

다시 온 강명준은 솔갱이 한 단을 둘러 끼고 또 앞섰다.

"아저씨."

류춘만은 저 역시 한 단을 끼고 한 단을 들기는 하고도 그냥 서서 강명준을 불러 세웠다.

"그런데 말씀이요, 우리한테 뭐 인살 시키거나 그러지는 마시우."

"왜?"

"……."

"인살 하면 어떤가?"

"인사를 하게 되면 자연 '수굴합네', 어쩝네 허구 공연한 말들을 하게 될 테니 말이지요."

"?"

강명준은 역시 영문을 모르겠다는 눈치였다.

"이 사람의 말이 옳아. 수고한다는 인사를 우리가 받으면 우리는 저 분의 수고를 뭐라고 할 말이 있어야지? 저분이야 수곤가! 명 내대구 허 는 일인걸!"

하는 김장손의 말에

"알겠네."

하는 강명준은 금시 듣게 땀방울이 맺힌 눈썹 밑의 우묵한 눈을 섬뻑 거리며 돌아섰다.

따라가는 두 사람은 상상봉으로 올라가려니만 했다. 그러나 선비는 얼마 안 가서 걸음을 멈추고 돌아서서 또 성중을 내려다보고 있었다. 류 춘만은 이왕이면 남산 꼭대기의 봉수대로 올라갔으면 했다. 물론 봉수지 기 군사들이 못 하리라고 하겠지만 우격다짐을 해서라도 봉수대에서 불 을 올리는 것이 쾌할 것 같았다. 그러나 불이 딴 데로 번지지 않도록 이 미 풀까지 다 뽑아놓은 것이 보였다.

강명준은 부려놓은 솔강 단물을 풀어서 불담이 잘 서도록 구슬렀다. 그동안에 백락관은 도포 큰 소매에서 '상전개탁上前開坼'이라고 박아 쓴 큰 장지 봉투를 꺼내서 저편 풀밭에 놓더니 겨드랑이 밑에 둘러 띠었던 검푸른 술띠를 고르고 도포를 벗어 둘둘 묵둥그려서 솔갱이 위에 얹어 놓고 또 갓을 벗어서 그 위에 올려놓고는 허리띠에 찬 주머니에서 부시 쌈지를 꺼낸다.

"이젠 돌아들 가요."

한옆에 비켜서서 그가 하는 양을 보고 있는 세 사람을 건너다보면서 선비는 말했다. 풍치 있게 너그러운 도포와 우뚝한 갓을 벗은 선비는 한 절 더 체소해 보였다. 갓 양태의 그림자가 없어져서 망건 앞살로 환히 틔여 보이는 흰 이마와 자그마한 상투 끝에 드러난 붉은 산호 동곳이 인상적이었다.

이제 여기서 불이 일면 의금부와 한성부의 나장羅將, 나솔羅率들이 달려와서 저 선비를 덮쳐 잡을 터인데 내가 그대로 두고 간단 말인가? 류춘만은 이런 생각이 들었다.

그러나 백락관이라는 저 선비는 국청에 놓인 형틀에 올려 매여서야 비로소 나라를 위해서 제가 하고 싶었던 말을 할 수 있는 것이다. 그의 말보다도 곤장질에 묻어나고 튀여나는 그의 살점과 핏방울의 수효가 더 많을지도 모른다.

"이런 놈의 세상을!"

속으로 울부짖는 류춘만은 주먹이 부르르 떨리기도 했다.

"젊은 친구, 어서 두 분을 데리구 내려가요."

선비가 이번에는 류춘만을 건너다보며 말했다.

"갑시다."

류춘만은 먼저 걸음을 떼었다. 빈 지게를 걸친 강명준은 다시 선비 앞으로 갔다.

"댁에 전허실 말씀이 있으면 제 일부러 가기라두 하리다."

"떠나올 때 뒷일을 다 치우구 왔소."

하는 백락관은

"온 길로 가지 말고 저리 돌아서 가는 게 좋을 게요."

할 뿐이었다. 세 사람은 그의 말대로 길 없는 비탈을 따라 내려가기 시작했다. 피차 말은 안 하면서도 몇 걸음 만에 한 번씩 돌아보곤 하던 그곳에서는 마침내 떠오르는 연기가 보였다. 두드러진 능선에 가려서 사람도 솔강 단도 보이지는 않으나, 그 선비가, 미상불 다시 입게 되지 않으리라 해서 솔갱이 위에 벗어놓은 도포와 갓에 불이 당겨서 타오르는 것이 보이는 듯도 했다.

"꼴 좋다! 저것들 좀 보슈."

하며 문득 걸음을 멈춘 류춘만이가 가리키는 구리개 재등에는 너풀거리는 시꺼먼 더그레 자락들이 나타나기 시작했다. 광릉교를 건너서 지름길로 태평동으로 들어서서 구리개를 넘어오는 나장 나졸들이 분명했다. 그 수효는 점점 더 많아졌다.

"자, 우린 골짜기루 빠지자구. 저 자들은 '나 여기 있소.' 허구 자현해 나서는* 사람두 노상 도망하거나 항거하는 걸 잡기라두 하듯이 에워싸구 달려드는 법이니께. 여기까지두 올는지 모를걸세."

하면서 김장손은 먼저 골짜기로 내려섰다. 과연 얼마 안 가서 혹은 창, 혹은 육모방망이들을 들고 더그레 자락을 너풀거리며 이편저편의 능선을 따라 개바라 올라가는 털벙거지들이 걸핏걸핏 보였다. 그때마다 세 사람은 골짜기 숲 속에 몸을 숨기곤 하는데 어느새 저편 중턱에서는 "와" "와" 고아대는 함성이 들린다. 잡으러 오기를 기다리고 있는 한 선비를 마치나 무슨 영악한 짐승을 때려잡기라도 하듯이 덤벼드는 놈들의 꼬락서니가 눈앞에 보이는 듯했다.

"저 잘난 놈들이 하는 줏대기두 차마 눈 뜨구 못 볼 일이지만."

류춘만은 구리빛이 나는 얼굴에 진뜩이 내밴 땀을 손등으로 문대면서 말했다.

"그보다두 답답한 건, 굴우물에 돌 들어뜨리기루 저런 갸륵한 분들이 하나하나, 어데 가서 떨어지는지두 모르게 없어지게 되는 것이 참말 딱하군요. 병자년 일사루 맨 먼저 상소했던 최익현이라는 분부터두……."

"이 사람, 여기서부터는 이목이 번다헐세."

| * 스스로 나타나는.

이때까지 묵묵히 따라 오기만 하던 강명준의 말이었다. 세 사람은 어느새 구리개를 넘어섰다.

광통교 '긴 사랑'에서는 역시 병문 친구들이 많이 모여 있었다. 강명준은 한 걸음 앞서 갔다.

"어델 가셨길래 아주 늘어지게 있다가 오시는구면요."

하는 한 젊은이의 말에

"아, 그렇게 됐네."

강명준은 이렇게 대답하고.

"뭐 좋은 일이 있었습니까?"

하고 또 누가 묻는 말에는

"세상 일이 다 좋은 일이라면 좋구, 궂은 일이라면 궂은 일이지."

하는데

"저 친구가 어느새 저렇게 늙었던고? ……제가 저를 달개는 말을 하게쯤 됐으니 제 늙었지. 별 수 있나!"

저편에서 이렇게 자문자답하는 투로 말참견을 하는 것은 지금도 곰방대를 빗물고 앉아서 이잡이를 하는 늙은이였다. 또 누가

"강 서방, 그래 뭐 좀 생겼습디까?"

묻는 말에

"생겼겠지."

하는데

"허어. '생겼겠지'라? 이 아저씨가 어째 오늘은……?"

이렇게 강명준의 대답을 뇌까려 보면서 일부러 다가온 억대우* 같은 한 젊은이는 강명준의 수염 속에다 주먹 같은 제 코를 들여대고 킁킁 냄

| * 덩치가 매우 크고 힘이 센 소.

새를 맡아보기까지 하면서 중얼거렸다.

"술 냄새두 안 나는데 참 조화로구먼!"

"내가 뭐랬게?"

"뭐라지는 않으셨어두 전에 없이 내치듯 하는 말씀을 허시니 말씀 입죠."

"내 말이 그랬던가?"

하는 강명준은 제 일이면서도 저는 모르겠다는 듯이 허허허 웃는데, 이 '긴 사랑'에서 '의자 상투'라는 별명으로 통하는 그 젊은이는

"아따! 그럼 아저씨가 무슨 큰 걱정이나, 서러운 일이 생겼나 보우."

하면서 도리어 제 편에서 푹 한숨을 짓고는 그 굵다란 목 위에 의자 상투가 어데 묻혔는지 모르게 봉두난발로 광주리만 해진 머리를 설렁설 렁 흔들면서 엉큼엉큼 제자리로 돌아갔다.

"남촌으루 해서 왔으면 방금 전에 남산에서 불이 일구, 그래서 나장 이랑 군교들이 그쪽으루 달려갔는데 무슨 일인지 모르오?"

이때 누구는 여기서 "또 무슨 일인가?" 하여 이야깃거리가 되었던 말 을 물었다. 그러나 강명준은 모른다고 했다.

"인젠 물어볼 것두 없네, 자 보라구 내 뭐라던가."

이때 누가 뛰여나는 음성으로 외치듯 했다.

남대문 쪽으로 통하는 큰거리가 떠들썩해지며 한 패거리의 사람들이 밀려왔다. 앞에는 창과 육모방망이를 든 나장들이요, 그 뒤에 조금 동안 을 두고 따라오는 것은 어른 아이들의 구경꾼들이었다. 이쪽에서도 사람 들이 다리목으로 모여들었다. 나장들은 죄인을 잡을 때면 의리껏 한바탕 내리다듬어서 초죽음을 시켜놓고 본다는 그대로 사람의 꼴이 안 되게 만 들어놓은 사람 하나를 묶어가지고 왔다. 상투가 풀어져서 산발된 머리는 터져서 피가 흘러 한쪽 어깨를 적시었고, 주먹이 목덜미에 닿을 만치 비

틀어 올린 두 팔을 홍줄로 얽어서 뒤짐을 지웠는데 기름이 내리고 악땀이 흘러서 젖은 옷에는 흙물, 풀물이 배었다. 헤벌어진 적삼 앞깃에 비스듬히 찔려 있는 큰 장지 봉투만이 성했을 뿐이었다.

"잡인들은 비켜라 비켜."

"이 육시를 할 놈들 같으니, 구경이 무슨 구경이여."

나졸들은 욕지거리를 하면서 광통교 다리목에 늘어선 사람들을 창대로 후려 갈겼고, 홍줄 끝을 거머쥔 나장은

"이놈아 빨랑빨랑 못 걸을까!"

하면서 '죄수'의 어깨를 육모방망이로 우려댔다.

백락관의 걸음은 아닌 게 아니라 굼떴다. 그러나 더듬거리지는 않았다. 쓸러지거나 비칠거리지 않도록 한 걸음, 한 발짝도 헛놓지 않으려는 노력이 보였다.

이때 좀 멀찍이 떨어져 서서 바라보고 있던 류춘만과 김장손은 그 선비의 단단한 고집을 눈앞에 보는 듯도 했다. "너희들은 이 나를 사람 꼴이 안 되게 만들었지만 그렇더라도 나는 내 체면을 지켜야겠다."고 하는……

"'상전 개탁'이라구 했을 제는 나라에 올리는 원정이로구면."

"무슨 진한 원정이길래 사람이 금시 저 몰골이 돼 가지구서야 하구 싶은 말을 한마디 해본다? 젠장!"

그 일행이 종로 쪽으로 사라질 때까지 일어서서 보고 있었던 '긴 사랑' 사람들은 다시 자리를 찾아 앉으면서 이런 말들을 했다.

"저런 일을 볼라치면 내 상기두 이승에서 살기는 사는데도 어찌 인간 세상에서 사는 것 같지 않다니께."

삼던 짚신을 다시 삼기 시작한 한 노인의 말이었다.

"우리가 뭐 인간 세상에서 사는 줄 아슈."

마침 옆에 앉았던 '의자 상투'의 대꾸였다.

"하! 이럴 변이 있다네! 내 지금두 분명히 짚세기를 삼고 있는데 설마 내가 죽었을라고?"

"인간 세상이 아니라 양반 놈들의 세상이거던요. 이게."

"그래! 그렇겠지! 그러길래 내가 어서 죽거나, 그렇지 않으면…… 아따! 그게 뭐라드라? 무슨 '……고?' 하는 문자가 있잖아?"

"……?"

"누구지? 그 총각이? 그 녀석은 제법 늘 '……고?' '……고.' 허던데"

"죠 '조무래기 친구' 말이유? 저기 있구먼요."

하는 '의자 상투'는 저편 처마 밑에서 뒷담을 지고 서 있는 아직 애티가 있는 총각을 턱으로 가리켰다.

"총각, 뭐지 '……고?' 하는 문자 말이여?"

"'시일은 갈상고?' 말씀이요?"

노인이 묻는 말에 내불리듯 하는 총각의 대꾸에 사람들은 "죠놈의 '조무래기 친구'는 대체……" 하면서 웃었다.

"옳아, 그게여! 이 나두 '시일은 갈상고?' 루 이눔의 세월이 어서 어떻게 되길 기다리는 걸 볼라치면 내가 지금두 이 세상에 살아 있는 건 분명하겠다!"

하는 노인의 말에 사람들은 또 웃었다.

"총각은 언제 그렇게 글을 많이 읽었나?"

"읽기는 뭘 읽어요."

"그럼, 그런 궁벽한 문자는 어데서 배웠나?"

"배우긴요."

그 담 밑에서 강명준이와, 류춘만이와 같이 앉아서 담배를 피우고 있던 김장손이가 묻는 말에 이런 투의 대답을 하던 총각은

"그것두 모르슈?"

하고 제편에서 되짚어 묻는 말로 말을 걸었다.

"그것이라니?"

"작년 봄에 황재현이라는 사람이 원정을 올리구 잡혀가지 않았어요?"

"참 그러구보니 그때 새나온 문자로구면!"

김장손이도 지금 생각이 나는 그 황재현이라는 사람의 원정은 한때 유명했다.

"……팔도의 도백들과 각 고을의 수령들은 모두 다 옳은 정사는 할 줄 모르고 백성들의 재물을 밑바닥까지 긁어서 빼앗기만 일삼으므로, 나라의 창생들은 모두 다 물과 불 속에 빠져서 '이놈의 세상은 언제나 망하려는고是日曷喪?' 하는 형편입니다." 한 것이 그 원정의 일절이었다.

*

밤새워 낙타산 골짜기에서 골짜기로 헤매던 빙아는 날이 밝아오는 것을 보고는 제가 너무 옅은 골짜기로 나섰는 생각에 떨었다. 이때까지는 산속을 벗어날 욕심만으로 헤매왔다. 그러나 날이 밝아오고 보니 몸 숨길 곳을 찾아야 했다. 깊은 골짜기가 어디였던가? 헤매어온 기억을 더듬으며 돌아선 처녀는 할 수만 있으면 제가 묻혔던 곳을 찾아서 다시 어두울 때까지 묻혀 있는 것이 가장 안전할 것 같은 생각이 들기도 했다.

지난밤 동안의 일이지만 아득히 먼 옛날 일 같기도 하고, 꿈속에 지낸 일 같기도 했다. 목이 타는 듯한 갈증 때문에 잠에서 깨여난 듯했다. 어렴풋 정신이 들었는데

"좀 더 들어가자나?"

"이왕이면 좀 더 깊숙한 데다 묻어주세나."

이런 말소리가 들렸다.

"그럼 인내게, 내가 좀 들리."

또 이런 말소리와 함께 제 몸뚱이가 다른 손으로 넘어가는 것을 빙아는 느꼈다.

"아까 수문장이 이 시신을 만져보면서 아직두 온기가 있다구 할 때는 뜨끔 허던데."

"그땐 요행 무사했는데 후에두 말썽이 없두록 됐으면 좋겠네……."

"저희 손으루 죽인 거 내다 묻으라는 대루 묻어서야. 여우가 파먹든, 어떤 놈이 굴충을 허구 업어 가든, 혹시나 또 송장이 원귀가 돼서 제 발루 기여 나와서 없어지든, 그게야 우리헌테 상관이 뭐겠나."

"송장두 다시 살아나면 또 사람이니 그래서 허는 걱정이지. 산 사람이 제 전신을 감쪽같이 숨기구 살기가 쉽지 않거던."

거적에 만 처녀의 '시체'를 꺼들고 우거진 산속을 꿰가는 늙수그레한 두 액정이 주고받는 말이었다.

빙아는 풀판에 질질 끌리던 제 발이 돌이나 혹은 나무 드덜기*에 걸채였는지 뒤꿈치가 뜨끔해서 한 번 꿈틀했다. 끼고 가던 액정은 그것을 느낀 모양으로 거적 속으로 손을 넣어서 시체의 입을 꽉 눌러 막으며 숨가쁜 소리로 중얼거렸다.

"이제는 다 식어서 굳어지기까지 했는걸. 명이 끊어진 지가 한식경두 더 되니께."

그 말이 언제나 어데까지나 '시체', '송장'으로 있어달라는 말로 들렸다.

| * '둥걸'의 평안도 방언.

마침내

"자, 이쯤 묻어버리지."

하는 소리와 함께 시체를 풀판에 내려놓았다. 빙아는 조심히 눈을 떴다. 얽힌 나뭇가지 사이로 하늘이 보였다. 그러나 제가 하늘을 엿보는 것도 조심스러운 생각에 처녀는 다시 눈을 감았다.

옆에서 푹푹 파는 종가래 소리와 함께 새로 번져지는 흙냄새가 풍겼다.

"그만 파두지."

"그래, 깊이 팔 것두 없지."

또 이런 말소리가 들리더니 한 사람은 어깨를, 한 사람은 두 다리를 거적 채 껴쥐고 허궁에 쳐든다. 순간

"아니!"

극히 짧고 작으나 거적 속에서 나는 비명이었다.

"송장은 그럴 법이 없어."

금시 노기를 띤 음성으로 쏘아붙이는 말과 함께 쳐든 시체를 몇 걸음 옮겨다가 떨어뜨리듯이 내려놓는다. 그리고는 거적을 당겨서 얼굴을 덮어주더니 양쪽에서 흙을 파서 끼얹기 시작했다.

"내가 실수라니까, 그만 경솔한 짓을 했거던."

"그게 실술까?"

하는 두 사람은 똑같이 무거운 한숨을 지었다.

"상궁이랑, 무예청이랑, 사람 죽인 그 년놈들이 나가는 걸 보구는, 그만 손이 이 송장의 목으루 가서 활줄을 풀지 않았겠나. 그저 한창 살 목숨이 아까운 생각만 나서 그것을 했거던!"

"그게 사람이 하는 짓이지. 그게 인정이니께. 인정이 사람이니께."

광중에다 흙을 퍼 넣으면서 이런 말을 하던 두 액정은 또 한숨을 지었다.

"평토는 됐으니 그만해두지. 봉분두 안 하는 무덤인걸."

손가래질이 끝났다.

"이 편이 어데 뉘집 사람인지는 모르지만 집으루 찾아갈 넘은 아예 말아야 해. 그랬다가는 멸문지환滅門之患이여. 알겠어? 그리구 언제나 기왕 한 번 죽었던 목숨이라는 걸 잊지 말구 살아가야 해."

"전들 어련할라고. 송장 보구 긴 말할 게 있나. 그만 가자구."

마침내 두 액정은 떠나갔다. 땅에 끌리는 종가래 날 소리마저 멀어졌다. 새 무덤 속에서 소스라치게 흐느껴 우는 소리만이 남았다.

얼마 후 광중에서 거적을 젖히고 일어나 앉은 것은 십육칠 세의 꽃다운 처녀였다. 머리를 풀고 떼낸 도다락댕기를 찢어서 다시 땋은 머리태 끝을 마물고, 물색 저고리를 뒤집어서 흰 안피듬을 거죽으로 해서 입고, 붉은 치마는 무덤 속에 쑤셔 넣고 흰 단속곳 바람으로 일어섰다.

방향을 잡으려고 눈에 익은 북악산을 찾았으나 숲 속이라 보이지 않았다. 북두칠성은 보였다. 빙아는 걸었다. 그러나 가다가는 되돌아서곤 했다. 어느덧 제가 닭의 소리가 나는 쪽으로 걸어가고 있기 때문이었다. '인가 근처로 가서는 어떻게 한다고?' 이런 생각으로 돌아서는 때마다 '그러면 어데로?' 하는 생각에 걸음을 멈추고 울었다. 헤매던 골짜기를 벗어나 두드러진 산발 위로 올라선 때면 별빛 아래 꽉 들어 차 보이는 장안이 내려다보이는 적도 있었고, 또 북두칠성이 바로 머리 위에 처다보이기도 했다.

하늘의 별들은 어린 궁녀들에게는 그저 신비로운 것만이 아니라 친숙한 것이기도 했다.

궁중에서 사는 사람들은 될수록 말을 안 하는 사람들이었다. 그것이 지엄한 궁중의 예법이기만보다도 제 한 목숨을 부지하기 위해서는 말을 안 하는 것이 상책이었다.

자기네가 살고 있는 인간 세상에 대해서 말하기를 삼가야 하는 궁중 사람들 그중에도, 섶가랑잎이 굴러가는 것을 보고도 웃어야 하는 나이의 젊은 궁녀들은 그 역시 인간 세상과는 동떨어진 이야깃거리를 물색하던 중에 하늘의 별들의 이야기를 많이 했다.

옛날 어느 곳에 아버지, 어머니, 아들 세 식구가 사는 한 집안이 있었다. 언젠가는 아버지가 아들더러 집을 한 간 새로 지으라고 했다. 아들이 집을 짓는데 기둥 네 개 중의 하나는 바로 세우지 못하고 안으로 우겨 세워서 진 꼴이 좋지 못했다(그것이 북두칠성의 대가리인 네 개의 별이다). 화를 낸 아버지가 때리려 하므로 아들은 달아나고 아버지는 쫓아가고 어머니는 말리려고 그 뒤를 쫓아가는데 그것이 북두칠성의 꼬리인 세 개의 별이라는 것이었다.

이런 이야기로서 어린 궁녀들에게는 저 하늘에도 비록 잘은 못 지었으나 어쨌든 새로 지은 그들의 집이 있고, 아버지가 있고, 어머니가 있고, 아들이 있는 한 집안이 살고 있었다.

아버지 어머니와 같이 살 수 있는 저희 집! 어린 궁녀들은 한성 중이건만 가서 볼 수도 없는 집이 그리운 밤마다 북두칠성을 바라보며 그 세 식구의 이야기를 되풀이해서 속삭이곤 했다.

그러한 궁중에서 송장으로, 송장이 되었기 때문에 벗어나올 수 있었다. 그러나 여전히 집으로 찾아갈 수는 없었다.

숲이 우거진 어느 한 골짜기를 찾아 들어간 때는 높은 나뭇가지에 둥지를 틀고 새끼를 친 한 쌍의 산비둘기의 빨간 눈알들이 보일 만치 날은 밝았다. 마치 가시덤불 속에 돌잇*이 덕지덕지 앉은 큰 바위를 발견한 빙아는 그 밑에 몸을 숨기기로 했다.

| * '이끼'의 옛말.

어느새 까무룩했던 빙아는 소스라쳐 깼다. 인기척이 느껴졌다. 두리 번거리던 눈이 저편 언덕에 머물게 되자 "악!" 소리가 나가는 제 입을 감싸쥐어야 했다. 바로 몇 걸음 앞에 한 노인이 있었다. 노인은 허옇게 센 조그만 상투가 흔들리게 고개를 끄덕이며 말했다.

"놀라지 말라구. 사람이니께! 나무허러 왔던 늙은이여. ……처음엔 내가 되려…….'

하던 노인은 말을 끊고 부시를 쳐서 가느다랗게 연기가 피여오르는 부시깃을 대롱에 옮겨놓고 뻐끔뻐끔 빨았다. 담배 내로서, 아직도 겁에 질린 눈으로 이편을 쳐다보고만 있는 처녀에게 자기도 인간 세상의 사람이라는 것을 믿게 하려는 것 같기도 했다.

"이 골 안에 들어서니께, 전에 없이 사향 냄새가 나. 나두 몹시 나. 긴 짐승이나 아닌가 해서 처음엔 되려 이편이 놀랐다니께."

다시 말을 시작한 노인은 붉은 혀가 드러나 보이게 이가 없는 입을 벌리고 어처구니가 없었다는 듯이 웃기도 했다.

"그래두 어제 해두었던 나무를 가져가야 때기는 하겠구, 그래서 주춤주춤 들어와 봤더니 사람이야. 피차에 사람이니께 놀랠 건 없고. ……한데 필경 갈 데가 없겠지?"

또 이런 말을 한 노인은 이편의 대답은 들으나마나 딱한 사정을 알겠다는 듯이 긴 한숨을 지었다.

"여기서 좀 기다리라구. 내 집은 한 고개 넘어 고대'지만, 이 낮에 그대루 가기는 뭣허니께. 지금 처지루는 사람 만나는 게 무섭겠지만 그래두 사람은 사람을 찾아가야 살지, 딴 도리는 없으니께."

하며 벗어놓았던 지게를 지고 일어선 노인은 이편이 외래 제 말대로

| * 바로 가까운 곳.

기다릴 것으로 믿는 모양으로 다시는 돌아보지도 않고 골짜기 밖으로 나가고 말았다.

"어떡하나?"

빙아는 사람에게 발각된 것이 무서웠다. "기왕 한 번 죽었던 목숨이라는 걸 언제나 잊지 말구 살아야 해." 했던 액정들의 말이 생각났다. 이런 경우에는 더 아낄 생각은 말라는 말이 아니었을까?

"나는 죽어야 하나?"

그러나 "사람!"

방금 그 늙은이가 한 그 말!

무덤 속에서 들은 액정들의 그 말!

사람은 사람을 아낀다는 말이 아닐까? 이때까지 살아온 궁중에서는 그렇게 따뜻하게 느껴지는 '사람'이란 말을 들어본 적이 없었다.

궁 안에서 그 우굴거리는 사람들 속에서 살면서도 언제나 외롭고 처량했던 것은 그 때문이 아닌가. 더욱이 제 앞에 비상 그릇이 놓여 있는 그 전각에서 둘러볼 때 참말 제가 사람들 속에서 살았다고는 할 수 없었다.

"나더러 왜 죽으라요. 애무한* 사람을 죽이는 법이 있소?"

그때 빙아는 악에 바쳐서 울부짖었다.

"이 애숭이 년이 보기와는 달랐구나. 이 앙큼한 년아, 어데라고 감히 그 따위로 악다구니를 하는 게냐? 순순히 죽지를 못헐까."

마주 앉아선 죽기를 재촉하는 늙은 상궁의 말이었다. 언제나 기름에 절고, 또 해우고 당겨서 쪽을 지어 온 모리가 빠져서 번들거리는 그 정수리마저 누렇게 뜬 낯짝과 함께 유지油紙 빛이 된 그 상궁은 더욱 사람 같지 않았다.

| * 엉뚱한. 애매한.

343

"이년이 죽은 제 시신마저 온전치가 못할라고."

하며 그 늙은 것이 자리를 차듯 하고 일어서자 그 등 뒤에서 활줄을 거머쥔 시꺼먼 그림자가 들어섰고, 그 다음 순간의 빙아는 이 세상 사람이 아니고 말았던 것이다.

"자, 이걸 갈아입으라구."

다시 나타난 노인은 묶둥그려온 사나이의 고의적삼과 짚신을 내놓았다. 또 얼굴의 분때를 닦아버리라고 하면서 적셔온 수건까지도 주고는 저편 나무 숲 속으로 사라졌다.

얼마 후에 앙상하게 묶은 썩정귀*를 몇 단 쥐고 내려온 노인은 빙아가 벗어들고 있는 궁녀의 옷을 제 괴춤에 간직하고는 돌아섰다.

"저 같은 것이 댁으로 가서는…… 저는요……."

빙아는 주저하지 않을 수 없었다. 그러나

"안 봤으며니어니와 기왕 본 바에는 본 사람이 구원해줘야 할 사람이지. 누굴 해칠 사람은 아니길래 그러는 게여. 여등 토끼더군! 자, 따라오라구."

노인은 이런 말을 하면서 앞섰다.

"……바위 밑에 붙어 앉아서 까무룩 잠이 들긴 든 모양인데두 발발 떨구 있는게, 여등 밤새두룩 쫓겨 다니던 토끼야. 그런 정상을 보구서야 사냥군인들 차마 어떻게 할 수 있을라구."

동구 밖으로 나가면서 혼자 중얼거린 노인은 한숨을 짓기도 했다.

골짜기를 벗어나 산발 등성이에 올라서자 주춤한 빙아는 사지가 떨렸다. 바로 눈앞에 동관대궐이 드러났다. 높은 데서 내려다보는 그것은

| * 속이 썩은 나무. 썩정이.

기왓장의 바다로 보이기도 했다. 시커먼 기왓골들의 잔 물살과, 솟은 용마루들의 큰 물결로 뒤덮여 있는 그 검은 바다 속에는 불칙스러운 짐승들이 도사리고 있는 것이다.

빙아는 또 한 번 몸서리쳤다. 맑은 바람결에 제 머리에서 기름 냄새가 풍겼다. 궁중에서는 코에 뱄던 그 냄새가 지금은 몸서리가 날 만치 역하게 느껴졌다. 궁녀들의 눈물과 한숨이 썩은 냄새가 아닐까? 하는 생각이 들기도 했다. 저 기왓장의 바다 밑에서는 삼백 궁녀라는 많은 내인들이 한숨과 눈물 속에 썩고 있는 것이다.

"가자구. 봐야 그렇지, 딴 세상인걸!"

하며 재촉하는 노인의 집은 한성 동부의 백자동柏子洞이지만 인가에서는 멀리 떨어져 있는 낙타산 중턱에 있었다. 나무숲 속에 숨어 앉은 듯한 방 한 간, 부엌 한 간의 게딱지 같은 오막살이었다.

그 캄캄한 부엌에서 내다보고 섰던 자그마한 노파는 미리 차려두었던 밥상을 들이고는 또 자배기에 더운 물을 떠놓고 머리를 감으라고 했다. 보리감자를 섞어서 이긴 보리밥에, 퍼런 열무 줄기의 백김치를 몇 술 떠먹은 빙아는 노인 내외가 하라는 대로 머리를 감고 또 홑이불을 덮고 아랫목에 누웠다.

노파는 호미를 찾아 들고 나갔고, 노인은 토지방에 거적자리를 깔고 나앉아서 곰방대를 피워 물고 신을 삼기 시작했다.

허리도 제대로 펼 수 없을 만치 낮고 좁은 방 안에서는 곰팡내와 때국 냄새가 문지방 밖에서는 높은 하늘과 맑은 바람을 느끼게 하는 산새와 풀벌레 소리들이 들렸다. 빙아는 넓고 밝은 천지로 나왔다는 행복감에 저도 모르게 포근히 잠 속으로 빠져들어갔다.

얼마나 지났을까? 문득 새롭게 들리는 인기척에 퍼뜩 눈이 뜨인 빙아는 한줌만해졌다.

"저건 누구요? 어데서 손님이 왔수?"

"응 이제 차차 알지. 가만 있거라."

이불을 더 당겨 쓴 빙아의 귀에는 이런 말소리가 들렸다.

"올 손님이 없는데, 누구야?"

방 안으로 들어서면서 또 이런 말을 하는 것은 분명히 어른의 말투도 음성도 아니었다.

"애 씨둥아 가만 둬두라. 자라구……"

노파의 음성이었다. 쌀을 이는 모양으로 바가지에서 바가지로 흘러 넘기곤 하는 물소리도 들린다. 풀썩! 얼굴에 덮었던 이불이 들렸다. 빙아는 눈을 지리감고 떨었다. 얼굴을 근지르는 듯한 시선이 느껴졌다.

"이건 웬 색시 아니요!"

자못 뜻밖이라는 그 말에

"그래, 가만 둬두구 이리 나오너라."

하는 것은 지금도 신을 삼는 모양으로 부시럭부시럭 짚오래기 소리를 내고 있는 노인이었다.

"할아버지가 어데서 도망꾼이 색시를 붙들어 오셨수?"

들썩하고 들여다보던 이불귀를 놓고 밖으로 나가면서 하는 말은 아직 장난꾸러기를 면치 못한 듯한 음성이었다.

"허허허…… 다 늙은 이 할애비가 도망꾼이를 업어 왔다구? 설마 제 할애비 보구 어떤 손주 놈이 그 따위 소릴 한다던? ……그래 오늘은 별 일 없었더니?" 하는 노인은 말을 딴 데로 돌리려는 눈치였다.

"왜 없어요. 오늘두 선비 하나가 원정을 한다구 남산에서 봉화를 올리구 잡혀가던데요."

"선비가?"

"어제는 또……. 그때 나는 신을 파느라구 딴 데 가서 못 봤는데, 우리 병정 하나가 남산에서 왜놈 장교가 장안의 도본을 뜨구 있는 걸 보구는 못 하리라구 막 덮쳤다나요. 그랬다구 붙끌려가는 걸 광통교 '긴 사랑'에서 봤다는데. 좌우간 빠르긴 빨라요. 빠른 게 뭔가 하면 어젯밤으루 벌써 여기저기 방들이 나붙었거던요."

"방이라니?"

"그런 방은 처음이래요. 그렇게 성명두 없는 사람을 놔주어야 한다구 써 붙인 방은 말요."

"성명두 없는 사람이라니?"

"왜놈 장교가 지도를 못 그리게 한 그 병정을 놔줘야 한다구만 했지, 누구라구 성명은 밝히지 못했거던요. 안 했는지 못 했는지? 아마 몰라서 그랬을 거라구들 해요."

"그래 오늘 잡혀간 선비는 무슨 원정을 했다더니?"

이 산속에서 장안 소식을 얻어들을 수 있는 것이 하나의 낙인 양 노인은 또 물었다.

"그건 상기두 몰라요. 어느새, 소문이 안 난 걸요. 모르긴 해두…… 작년 봄에 '시일은 갈상고?'라구 했던 사람이 있었다구 안 해요? 오늘 그 선비의 원정두 그런 걸 게야요. 한데 수상한 건 그 선비가 피투성이가 돼서 잡혀가는 걸 나랑 같이 서서 보구는 저만치 혼자 가 앉아서 찔끔찔끔 우는 늙은이가 있잖아요? '강 서방' '강 서방' 하는 늙은인데 그 아저씨한테 들어보면 그 선비가 누군지, 무슨 원정인지두 알 게야요."

"씨둥아, 너는 애여* 그런 걸 알아볼라구두 하지 말아. 너는 그저 물어보는 거라두 남들은 그런 걸 캐묻는 너를 수상하게 본단다."

할머니가 걱정스럽게 타이르는 말이었다.

* 아예.

347

"내가 언제 캐묻기나 했어요?"

금시 중을 낸 음성이었다.

"그 강 서방이 지난 겨울까지도 병정을 다녔다는 걸 알면서두. 귀 뒤에 검은 사마귀 있는 젊은 병정을 아느냐구 한번 물어보구 싶은 것두 꾹 참구 안 물었는걸요."

"잘했다! 그래야지."

노인이 대롱을 떨어가며 조용히 하는 말이었다.

"큰일 나지! 병정들끼리는 다 한속이니께, 강 서방인가 하는 그 늙은 이가 정말 그 병정을 아는 사람이면 필시 그때 일사두 알 게구. 알면, 네가 왜 그 병정을 찾는다는 것두 기수* 챌 게 아니냐?"

이불 속에서 귀재와 듣고 있던 빙아는 또 와락 불안해졌다. 무슨 까닭이 있는 심상치 않은 말로 들렸다.

광통교 '긴 사랑'에서 '조무래기 친구'로 통하는 씨둥이는 아닌 게 아니라 제 아버지의 원수를 찾고 있었다.

"저편에서 먼저 기술 채면 또 무슨 일이 날는지 모른다. ……한데 그보다두, 늘 하는 말이지만, 네가 찾는 게 바루 그 사람이라구만 할 수두 없다. 알아듣겠니? 난 늘 그게 더 걱정일라."

노인은 또 이런 말을 하는데

"할아버진 또 그러시네. 귀 뒤에 검은 사마귀 있는 병정이 여러 놈 있겠어요?"

하는 총각은 다심한 노인들의 걱정에 또 증이 나는 모양이었다.

| * 낌새.

제3회

이날 저녁 궁중에서는 긴급 회의가 열렸다. 동관 대궐 중희당重熙堂에는 왕 이희와 민비가 나앉고, 그 앞에는 별입시別入侍로 이미 들어와 있던 김보현, 심순택沈舜澤과 몇몇 민가네와 또 저희 편에서 청대해서 들어온 영의정 홍순목洪淳穆과, 그 전의 영의정이었던 이최응李最應과, 역시 원임 대신인 김병국金炳國 등등이 모였다.

이러한 군신 간의 회의에 왕후가 직접 나앉은 것은 역대 왕조에 전례가 없었던 일이다. 삼십에 난 이희가 어린 왕도 아니거니와 또 왕후가 수렴청정垂簾聽政을 한달 계제도 아니라 발을 드리우지도 않았던 것은 물론이다.

대원군으로부터 정권을 앗아 쥔 이래 십 년간이나 민비가 이렇게 해온 것은 우선 조정의 신하라는 것들이 제 사촌, 육촌의 오라비가 아니면, 조카뻘 되는 민가네가 대부분이었던 것으로서 설명된다. 타성他姓들도 없지는 않았다.

이최응은 제 시삼촌이기도 했다. 그러나 민비는 그 이가 김가들을 일국의 대신이기보다도, 금관 조목으로 허울 좋게 치장한 자기 집의 청지기나 하인으로 여겼기 때문이다.

보다 더 주요한 이유는 시아버지이면서도 한 하늘 아래 양립할 수 없는 정적인 대원군이 다시 정권을 잡으려고 갖은 음모와 책동을 다하는 만치 어떤 일이든 제 눈을 거치지 않고 결정되는 조정의 처사가 있어서는 안 될 것이기 때문이었다.

더욱이 조정의 정사에 대해서 감히 왈가왈부하는 자가 있다. 이런 경우에 그가 누구든, 또 그 시시비비가 백번 정당한 것일지라도 그것은 곧 '내 조정'에 대한 시비였고, 그런 시비를 하는 자는 곧 대원군의 편이 아닐 수 없다는 논리로서 생각하는만치, 그것이 상소건, 원정이건 혹은 또 항간에 나붙은 몇 장의 방일지라도 그 여인의 히스테리를 촉발하기에 족했고, 그것이 또 '지존至尊'의 이름으로 폭발되는 것이라 민간언론에 대한 폭압은 무서웠다.

청대해 들어온 세 시원임時原任 대신들은 백락관의 원정 사건에 대해서 말했다.

"남산에서 거화한 백락관의 원정은 그 패악무도함이 도저히 천지간에 용납할 수 없는 것인즉, 청컨대 국청을 설치하여 그 내막을 밝히시기 바랍니다."

여기서 "내막을 밝히"라는 것은 대원군과의 관계 유무를 추궁해야 한다는 것이다. 이런 일이 있을 때면 반드시 그 배후에는 흑막이 있으리라 하여 왕과 왕후의 의심과 불안을 자극하고, 믿을 수 있는 것은 오직 저희들뿐이라는 충성을 보일 수 있는 기회로 삼았다. 이희는 제 옆에 앉은 민비의 얼굴을 한 번 곁눈질해 보고 나서

"그 죄인을 곧 남간南間에 가두게 하라."

는 교지를 내렸다. 남간은 이때의 감옥이었던 전옥서典獄署 중에도 가장 중대한 죄인들을 가두는 옥이었다. 군신 간에 한마디씩 주고받은 말로서 백락관은 중죄인으로 하옥되었고, 또 그 내막을 밝히기 위한 갖은 악형의 고문을 당하게 되었다.

병자년(1876년) 2월 8일에 '조일수호조약'이라는 것이 체결되자부터 이때에 이르는 6~7년 간에 이희 조정에서는 이러한 회의가 많았다.

"……신이 듣자옵건대 왜적의 배들이 왔는데 우리나라와 '화친'하기를 강요하러 온 것이라고 민간에서는 말합니다. 지금 만백성들은 분개하여 온 나라의 민심은 흉흉합니다.

……무릇 화친이 저편에서 간청하는 바요, 또 우리나라가 족히 저편

을 제어할 수 있다면 가히 믿을 수도 있을 것이외다. 그러나 우리가 도리어 겁을 내서 '화친'을 하게 된다면 이는 한낱 목전의 고식지계에 지나지 않는 것으로서, 장차 그놈들의 끝없는 야욕을 무엇으로서 충족하겠습니까? 이것이 바로 나라를 망치는 첫째 조건으로 될 것이외다. 저놈들이 가져오는 물건들은 모두가 사치하고, 한낱 기이한 장난감에 지나지 않는데, 저놈들이 우리나라에서 가져가는 것은 다 우리 백성들이 목숨을 의탁하는 귀중한 물자들이라, 만일 그렇게 통상을 한다면 불과 몇 해를 못 가서 지탱할 수 없게 될 것이니 나라는 망하고 말 것이외다. ……저놈들이 우리 땅에서 제멋대로 횡행하고 집을 짓고 살면서 우리나라의 물자와 부녀들을 농락하게 된다면 이 또한 나라를 어지럽게 하고 망하게 하는 장본이외다. ……바라건대 대책을 바루 세우사, 혹여 신하들 중에 왜적과 '화친'하기를 주장하고, 나라를 팔려는 자가 있다면 이는 곧 짐승들을 몰라서 사람을 잡아먹게 하는 자들이은즉 엄하게 형벌해야 할 것이외다……."

이것은 조일수호조약 체결 직후에 있은 최익현의 상소의 일절이다. 이때도 역시 "그자의 패악무도한 상소는 모두가 다 임금을 헐고 핍박하는 것이라 경 등이 통분해하는 것도 다 충성에서 나온 바인즉 마땅히 엄중한 처분이 있어야 할 것이다."

라는 이희의 '교지'로서 최익현은 갖은 악형을 당한 후에, 목숨만은 붙여준다는 '특전'으로 흑산도로 유배되었다.

이때로부터 이희의 조정에서 가장 큰일이요, 또 가장 번다하게 논의된 것은 조일수호조약의 후과로서 일어나는 사건들이었다. 우선 그 조약을 반대하는 인민들의 상소와 원정. 그중에는 작년(1881년) 2월에 이만손李晩孫을 소수疎首*로 하여 경상도 선비 만여 명이 연명한 상소도 있었

| * 연명하여 올린 상소문에서 맨 먼저 이름을 적은 사람.

다. 그리고 우리나라로 발을 들여놓기 시작한 첫날부터 강도적 침략자의 본성을 드러낸 일본인들의 오만무례한 횡포와 만행, 그로 말미암아 각처에서 일어나는 우리 인민들과의 충돌 사건, 조약을 빙자해서 일본의 육해군 장교와 상인들이 군함과 상선들을 끌고와서 해안 일대는 말할 것도 없고 내륙에까지도 들어와서 공공연히 감행하는 정찰 행동과 밀무역 등등. 이러한 사건들이 당시의 『일성록』과 『실록』의 대부분을 차지하는 기록이다.

사태가 이러한 만치 이때의 우리 인민이 일본인을 배척한 것은 결코 맹목적이 아니었다. 최익현을 비롯한 지식인들과 수많은 백성들이 침략자와 타협하는 조정에 항의한 것은 모두가 인민들의 의사를 대변한 것이었다. 실로 이때는 위정척사론衛正斥邪論의 시대였고 반왜척양反倭斥洋이 당시의 우리 인민들의 시대정신이었다고도 할 것이었다. 조약 체결 직후에는 그 당국자였던 영의정 이최응의 집에다 불을 지르는 직접 행동으로 항의한 사람들도 있었다.

인민들의 항의가 있을 때마다 왕 이희는

"이번 일(조약 체결)로 말하면 그것은 단지 예전부터의 우호 관계를 새롭게 한 것뿐이다."

라고 했다.

수호조약 체결 후 두 번째의 수신사로, (1880년 9월에) 일본에 갔다온 김홍집金弘集이가 "조선 사신에 대한 일본 정부의 접대가 극진하더라."고 하는 말을 들은 이희는

"그런데도 불구하고 우리나라 백성들은 공연히 믿지 않고 뜬소리를 한다니까."

했고 또

"우리나라의 풍습이 그렇기 때문에 천하의 웃음거리가 되거던. 서양

국으로 말하더라도 본시 우리와는 아무러한 원혐*도 없는 터에 우리나라의 잔륙한 무리들이 공연히 긁어 부스럼을 만드는 격으로 '강화 사변'과 '평양 사변' 같은 큰 혼란을 일으켜놓았으니 그것은 다 우리나라가 스스로 저질러놓은 짓이거던!"

이것이 국왕의 말이었다.

평양 사변이라는 것은 1866년 7월에 대동강을 거슬러 침입한 미국의 무장 상선 샤만호를 평양 인민들이 격침 소탕한 사건이요, 강화도 사변이라는 것은 그해 8월에 한양성을 침공하려는 불란서 함대 7척을 격퇴한 전투와 또 1871년 4월에, 5척의 함선을 끌고 와서 강화도의 요새들을 강점하고 장차 한양성을 공격하려는 미국의 침략군을 우리 군대와 민병들의 영웅적 항전과 기발한 야습전으로 격퇴한 사실을 말하는 것이다.

이때 서울을 비롯한 전국 각지에는

"서양 오랑캐가 침범하는 것을 막아 싸우지 않는다면 이는 곧 그들과 화의하는 것이요, 침략자와 화의하는 것은 결국 나라를 파는 것이니, 만대의 후손들에게까지도 이를 경계하는 바이다. 양이침범비전칙화주화매국계오만년자손洋夷侵犯非戰則和主和賣國戒吾萬年子孫"이라고 새긴 척화비를 세웠다.

당시 청국 주재 미국 공사로서 조선에 대한 미국 함대의 침공 계획의 조직자였고 또 그 자신 직접 아세아 함대를 거느리고 왔던 로우라는 자는 자기 본국 정부에 보고하기를

"조선 인민들은 결사적으로 항전할 결심이다. 그들의 용감성은 일찍이 볼 수 없었던 것으로서 세계의 어느 민족도 조선 인민들의 그 같은 용감성을 따를 수는 없을 것이다."라고 했다.

| * 못마땅하게 여겨 싫어하고 미워함.

이 사변들은 대원군 집정 당시의 일이다. 대원군은 자기의 절대주의적인 봉건전제 통치권을 유지하기 위해서는 오직 같은 봉건전제 국가인 청국과의 관계와, 봉건 제도의 사상적 지주인 주자학 이외에는 일체 외국과의 교섭은 물론 새로운 제도와 사상 풍습까지도 막으려고 했다. 이러한 쇄국주의, 수구주의 정책을 보장하기 위해서 대원군은 국방력을 강화하는 대책을 세우기도 했던 것이다. 유명무실했던 군대를 재편성하고, 무기와 탄약을 보충하고, 해안에는 포대들을 새로 설치하기도 했었다. 불란서와 미국의 침략군을 격퇴하는 전투에서 그러한 준비가 도움이 되었던 것은 물론이다.

1875년 8월에 일본이 군함 운양호와 상선대를 끌고 강화도로 침입해 왔을 때에도 우리 군사들은 단호히 포문을 열어 격퇴했었다. 그 이듬해 병자년 정월에 또다시 함선을 끌고온 일본 침략자들이 무력으로 위혁威嚇*하면서 '수호'를 강요할 때에는 840여 명의 산포수들과 각 도의 창수槍手, 별파군別破軍들이 자원해와서 한양성 방위의 요해처인 양화진楊花津에 집결했다. 이들 중에는 불란서와 미국의 함대를 격퇴한 전투에 참전했던 민병들도 많았다. 강대한 적을 격퇴한 실전 경험이 있는 우리 군대와 민병들의 사기는 왕성했다. 한편 또 서울의 시민을 비롯한 전국의 인민은 쌀, 포목, 돈, 잎담배 같은 많은 물자를 자진해서 우리 군영에 바쳤다. 전체 인민이 침략자를 항거하여 싸울 결의와 투지를 표명한 것이었다.

그러나 이희의 조정은 인민들의 의사를 무시하고 침략자들에게 굴종하는 길을 택했다. 저희 요구를 듣지 않으면 곧 무력행사를 한다고 위혁 공갈하는 침략자 앞에 나라의 문을 열어주었다. 전쟁이 무서웠고, 더욱이 그러한 국난이 있을 때마다 단호히 항전해 온 점에서, 백성들의 지지

| * '위협'의 북한어.

를 받았던 대원군에게 다시 대두할 기회를 줄 수도 있다는 것이 더욱 무서웠던 것이다. 자기 정권의 안전을 위해서는 침략 세력과 일시 타협하는 것도 불가피한 일이요, 또 하나의 방편이라고 생각했을는지도 모른다. 그러나 그것은 '일시' 적인 것도, '방편' 도 아니요, 종당 외세에 의존하게 되는 첫걸음이었던 것이다.

"예전부터의 우호 관계"라고 하는 것은 임진란 직후의 일을 말하는 것이다.

1615년에 풍신수길의 일족을 멸하고 일본의 정권을 잡은 도꾸가와德川家康는 사신을 보내서 자기가 풍신 일족을 진복한 것은 "조선을 위해서 복수한 것이나 다름이 없다."고 하면서 사신 교환과 통상을 요청했었다. 그 후부터 부산포 초량에다 왜관을 설치하고 극히 제한된 통상을 허락했다. 심지어는 우리 측의 허가 없이는 일본인들이 왜관 밖으로 나올 수도 없었다.

그러나 운양호 사건이 있은 지 두 달 후에는 50~60명의 일본인이 칼과 총을 가지고 왜관의 목책 밖으로 나와서 우리 사람들의 집을 습격하고 약탈했다. 이때 제지하려고 나섰던 우리 군사와 인민들은 열두 명이나 살해되었다.

그 이듬해 정월에 체결된 수호조약이다. "부산항의 공사관(왜관)에는 이왕의 조선 정부가 수문守門(왜관의 출입문)을 설치했으나 이제는 그것을 철폐"한다고 한 것은 이미 그 수문 밖으로 나와서 살인 강도질을 감행한 침략자들의 만행을 '법적' 으로 승인한 데 지나지 않는 것이었고, 그 수호조약에는 일본인들이 어떤 짓을 하든, 조선 정부와 관리들은 그 자들을 체포할 수도 처벌할 수도 없이 규정되었다.

국왕 이희와 그의 대신들은 "오직 옛날부터의 우호를 갱신"한 것이라고 했으나 실지 사실은 이렇게 달랐다.

부산항을 비롯해서 동서 해안으로 쏘다니는 일본 배들을 이때는 '비선飛船' 즉 '나는 배'라고 했다. 화륜선에다 돛을 단 그 배들은 부산에서 원산을 이틀 만에 갈 만치 빨랐다. 무장한 그 배들은 어데서나 저희 마음대로 이르렀고 강을 거슬러 내륙으로 들어와서 저희 국기를 세우고 측량을 했다. 비선에는 일본 공사 화방의질이 들어앉아 있는 경우도 많았다. 그 뒤에는 반드시 한두 척의 일본 군함이 따랐다. 저희 공사와 장교들이 정찰 행동을 엄호하는 한편 또 밀무역을 하는 저희 상인들을 엄호하기 위한 군함들이었다. 비선들에는 일본 육해군 장교들과, 무기와 측량 기구 외에 일본 상인들과 몇 천 필의 옥양목, 옥당목과 몇 백 근씩의 실, 물감 같은 서양 상품들이 실려 있었다.

이때의 일본은 미국을 비롯한 서양 침략 국가들에게 강요된 굴욕적인 불평등조약에 얽매여 있었고, 관세의 자주권도 없었으므로 일본 시장은 '하꾸라이舶來' 서양 상품이 범람했다. 시마즈島津齋彬라는 일본인이 자기 나라의 시장을 휩쓰는 서양 면포와 면사에 대해서 "장차 일본의 고혈을 짜낼 자는 바로 이것이라."고 개탄한 것은 바로 이 당시의 일이었다. 명치유신이라는 것으로 군사 봉건적 자본주의의 길로 들어선 일본은 자기 나라로 쓸어드는 서양 상품을 도거리*해서나마 식민지 교역을 하려고 이미 류구流球 왕국**을 정복했고, 대만에 대한 침략적 군사 행동을 감행하고, 다음으로는 조선에 대한 침략의 마수를 뻗치기 시작한 것이었다.

미국 정부는 외교 고문을 보내서 일본 정부의 조선 침략 계획을 적극적으로 추동했다. 미국이 강화도에서 패전한 반년 후의 일이었다. 그뿐 아니라 미국은 군함 두 척과 많은 무기를 일본에 제공했다, 일본이 운양호 사건을 조작하기 3년 전의 일이었다. 군사 봉건적 침략 국가인 일본

---

* 따로따로 나누지 않고 한데 합쳐서 몰아치는 일.
** 현재의 일본 오키나와 현 일대에 있던 왕국.

에 대한 미국의 이 같은 군사 원조는 자기네의 피를 흘리지 않고 조선 침략의 야망을 달성하기 위해서 싸움꾼으로 내세우는 일본 사무라이들의 손에 흉기를 들려준 것이었다.

미국 무기로 무장한 비선에 서양 상품을 실은 일본 상인들은 "지정된 항구에서만 통상을 할 수 있다."는 조약을 무시하고 어디서나 마음대로 교역을 했다. 그것은 공공연한 밀무역이었다.

일본 정부는 저희 상인들의 밀무역을 보장하기 위해서 조약 부록에다 "조선 국민은 일본 국민으로부터 샀거나, 선사 받은 물품들을 자유로 사용해도 무방하다."는 조항을 미리 박아넣을 만치 용의주도했던 것이다. 그 조항은 미묘했다. 당시의 교통 운수 조건으로 보아, 부산과 원산에서는 아득히 멀었던 해주나, 장연 사람들이 비선의 밀수품인 옥양목 두루막을 입었더라도 무방했다.

벌써부터 "서양목이 들어오게 되자 우리나라의 포목은 무용지물이 되어서 직업을 잃게 되었다."고 조정에 호소해온 육주비전의 백목전白木廛 상인들도 마침내는 서양목을 사서 팔게 되었다. 자급자족하는 국내 물산으로 장사를 해온 육주비전의 상인들이 이제는 일본 비선들이 밀수입하는 서양 상품들을 도거리를 하는 매판買辨 상인'들로 전락했다. 따라서 먼 옛날부터 우리나라 수공업의 가장 주요한 부분이었던 면포 면사의 생산은 파산되고 말았다.

외국 상품들과 바뀌어 일본으로 가는 것은 쌀과, 금과, 귀한 약재들과 소가죽과 모피 등이었다. 일본 상인들은 엽전과는 물건을 바꾸지 않았다. 최익현의 말대로 "우리나라에서 가져가는 것은 다 우리 백성들이 목숨을 의탁하는 귀중한 물자"였던 것이다.

---

* 외국 자본과 결탁하여 자국민의 이익에 반하는 거래를 일삼는 상인.

또 그 조항 중의 '선사' 받은 물건을 "자유로 사용해도 무방하다."고 한 것은 더욱 미묘했다. '선사?' 이는 '뇌물'의 다른 말이 아니었겠는가? 아닌 게 아니라 홍시중洪時中이라는 한 무과 출신은 자기 원정에서 "……임금의 총애와 국록만을 탐내는 무리들은 왜놈들로부터 '진기한 물건들을 뇌물 받고 또한 임금의 욕심까지도 이끌어潛賂奇債又導吾父之欲' 드디어는 왜놈들을 맞아들여서 환대하고 국토를 베어주고 항구를 열었다."고 폭로했다. 금송아지를 진상하지 않은 감사를 '도적놈'이라고 진노했던 이희는 제가 '군림'해 있는 나라를 '내 나라'로 생각할 줄 모르고, 오직 제 손에 들어온 금송아지라야 '내 것'으로 아는 '국부國父'였다. 이 같은 '국부'의 조정에는 또한 불가피로 저희들이 통치하노라는 나라를 '내 나라'로 생각할 줄 모르는 대신, 관료들만이 있을 뿐이었다.

당시의 민가 일족의 두목이었던 민규호, 민겸호는 감사, 군수 같은 벼슬자리와 과거에 정가를 매겨 팔아서 궁중 연락과, 불공과 산천 기도의 비용을 보태고, 저희 배를 불렸다. 탐욕을 뭉쳐놓은 것이 그라고 할 수 있었던 민겸호는 무식했으나 벼슬자리 홍정과 뇌물 토색에는 능수였고, 민규호는 제 어린 조카 민영익이가 왕과 왕후의 총애를 받게 되자 제 권세가 덜릴 것을 근심하던 나머지 울화로 죽을 만치 세도와 권력에 목을 매고 산 자였다.

이같이 파렴치하고 초라한 위인을 두목으로 한 민가 일당이 주요한 자리를 차지하고 앉아서 한 나라를 쥐어흔들고 기울였다. 심지어는 불량패 류의 두목으로 한성의 떡집, 장국밥집을 들어 먹는 것을 쾌사快事로 삼는 '민망나니' 민영주閔泳柱 같은 자까지도 무서운 권력을 부렸다. 말하자면 이희 정권에 등을 댄 '어깨패'요, 테러단이었던 것이다.

이최응은 대원군의 친형이었지만, 대원군이 당백전當百錢을 만들었을 때 "엽전 한 닢은 한 닢이지 어찌 백 닢으로 쓴단 말인가." 하여 당백전과 엽전을 한 금세로 써서 가뜩이나 오르는 물가를 더욱 올리는 것으로, 대원군이 10년 세도를 하면서도 저를 등용해주지 않는 데 대한 불만을 표시한 사람이다. 그러한 그의 '경력'이 민가네의 마음에 들어서 영의정으로까지 등용되었던 이최응은 아침마다 열 간 스무 간의 고간 문을 열고 제 재물을 살펴보는 것으로 가장 큰 낙을 삼았다. 그때마다 온 마을에까지도 송장내가 뒤쳤다. 이 간에서는 생선이 썩어났고, 저 간에서는 녹포鹿脯에 좀이 득실거렸고, 다음 간에서는 구더기가 우굴거리는 생치와 통노루들이 악취를 풍겼다. 그러나 "썩었더라도 나는 많은 것이 좋으니까 내버리지 말라."는 것이 그의 분부였다.

일찍이 당나귀를 여러 마리 처쳐버린 덕으로 출세한 김보현은 제 아비가 죽었을 때 당시의 집정인 대원군을 움직여 조상을 오게 하기 위해서 제 아버지의 아명이 '강아지'였다는 헛소문을 놓았다. 과연 대원군은 와서 '강아지' 관을 향하여 "워리 워리" 불러보고 돌아갔다. 대원군으로서는 그를 모욕해줄 기회로 삼았던 것이나 김보현은 조빈록부貧錄에다 "대원위께서 친히 오사 곡하시다."라고 써넣는 영광을 가졌던 것이다.

이희의 몇몇 측근자들의 행장을 이 정도로나마 열거한 이 대목을 편년사의 '렬전列傳' 식으로 말하면 간신 혹은 폐신嬖臣 열전이라고도 할 것이다. 그러나 이들의 행장으로 보아서 '속물열전'이라는 것이 더 근사할 것이다. 한마디 더 첨부한다면, 이들이 단지 제 한 집안의 지아비였으면 그만이기도 했겠지만 그렇지가 않고, 일국의 대신, 고관으로서 그 속물근성으로 나라의 정사를 요리한 만치 이들은 조국과 인민을 배반한 매국노요, 반역 도당이 아닐 수 없었던 것이다.

"왜인들이 우리와 '수호'하러 왔은즉 우리나라도 역시 그들과 '수호'하는 것이 마땅하다. 그리고 우리 조정이 그들과 혼란을 일으키지 않는 것이 우리의 도리이기도 하다."

이것이 수호조약 체결 직후에 영의정 이최응이가 한 성명의 일절이다.

먹을 것이 썩어나는 고간의 안전을 위해서 침략자와 수호하는 것이 '마땅' 했고 자기네의 정권을 유지하기 위해서는 침략자와도 혼란을 일으키지 말아야 하는 것이 속물 군주와 속물 대신들의 '도리' 였던 것이다.

이같이 사실과는 정반대인 수작으로서 역사를 왜곡하고, 목전의 현실을 뒤덮어보려는 이희 정권은 진실을 말하는 인민들을 탄압하는 길밖에 없었고, 그렇듯 파렴치한 권력이 행사되는 세상은 무법천지요, 인민들의 생지옥이 아닐 수 없는 것이다.

*

한낮이 되나마나한 때인데 갑자기 콩 볶듯 하는 총소리가 온 장안을 뒤흔드는 듯 소란스러웠다. 바라보는 남산은 윤곽이 희미해졌다. 충천하게 피어오르는 먼지 속에서 악 하는 함성도 간간이 들려온다. 사관생도와 별기군의 훈련이 시작된 것이었다.

오늘 처음이 아니다. 벌써부터 종종 있는 일이지만 그 함성과 총소리가 들릴 때마다 일성—城 중의 사람들은 너나없이 눈이 커져서, 걸음을 멈추고, 일손들을 놓고 남산을 바라보았다. 말바로 실색한 얼굴들이었다.

'초록 군복' 들이 처음에는 서대문 밖의 모화관慕華館이 아니면 창의문彰義門 밖의 평창 근처에서 훈련을 했으므로 성안에서는 그리 소란스러운 것도 몰랐고, 별로 눈에 뜨이지도 않았다. 그러나 얼마 전부터는 도성 안을 손금같이 내려다볼 수 있는 남산에서 보라는 듯이 군사 훈련을 하기 시작했다. 그만치 방자해졌다고 할 것이었다. 왜놈들이 이제는 기

| * 한 성의 전체.

탄없이 저희 군사를 한성 장안으로까지 끌어들이게 되었다고 서울 사람들은 생각했다.

군도를 메들고 '도즈게끼'* '쯔꼬메'** 하고 외치는 호리모토의 구령을 따라 총창을 내매고 함성을 지르며 내닫곤 하는 그 군사 연습에는 일본인들이 섞여 있었다. 군복에 무장을 갖춘 일본 장교들은 물론이요, 순사 복장을 한 일본 의무성 순사라는 것들도 있었고, 일본 군부에서 파견한, 조선말 연구생이라는 것들도 있었다. 그중에는 세비로***에 나까오리****를 쓰고 육혈포나 일본도를 메든 자들도 섞여 있었다. 그것은 전부가 서대문 밖의 청수관에 자리 잡고 있는 일본 공사관의 성원들이었다.

연군 교사 호리모토의 옆에는 다께다武田甚太郎라는 통역이 붙어 다녔다. 호리모토가 가리키는 사격 목표는 과녁이었고, 돌격 지점은 어느 바위나 언덕이었다. 그러나 다께다의 통역으로 하는 긴 설명에 의하면 그 사격 목표와 돌격 지점은 바로 '난민'이었고 '폭도'들이었던 것이다.

"사격이나 그로께 했소리, 총알이나 다 사요나라 했소려 없소, 없소요."

"돌격이나, 그로께 얌반이 걸이나 했소며 '난민'들이나 다 도망 갔소다."

이런 투의 핀잔을 주기도 했다.

이러한 군사 훈련은 남산에서만 아니라 창덕궁 후원의 춘당대春塘臺에서도 가끔 있었다. 그 역시 폭도, 난민들의 습격을 막고 왕궁을 보위하는 예비 훈련이었다. 그때면 왕 이희도 춘당대로 거동했다.

난민이라!

* '돌격'이라는 뜻의 일본어.
** '사격'이라는 뜻의 일본어.
*** 양복 웃저고리를 뜻하는 일본식 외래어.
**** 중절모 비슷한 모자.

폭도라!

그리고 본즉 사관생도니 별기군이니 하는 것은 침략하는 의적을 막기 위한 군대는 아니었다. 따는 이미 우리나라를 침노해 들어온 일본군 장교의 지휘 하에 일본제의 총을 가지고, 일본 군인들과 함께 연합 훈련을 하는 것이다. 여기서 '왜별개'라는 말이 생겼다. 왜놈은 아니나 왜놈의 괴뢰군이라는 뜻이었다.

왜놈들이 이제는 더욱 방자해졌다고 하는 것은 군사 연습에 참가하는 일본 군인들만이 아니라 사관생도니 별기군이니 하는 것까지도 일본 군대나 다름없이 보았기 때문이었다.

"……폭도, 난민?이라? 허!"

"그래서요?"

"뭐 말인데?"

"뭣이 '헌'가 말이유? 아저씨."

"누구긴 누구요. 바루 아저씨 같은 이가 '폭도' '난민' 아니겠소. 흐하하."

하고 웃어제낀다는 투로 웃어대는 의자 상투의 말에 짚신을 삼던 노인은 금시 커진 눈으로 마주 보았다.

"……세상에 못하는 소리가 없겠다!"

마침내 혼자 중얼거리듯 한 노인은 쯧쯧 혀를 차면서 또 신총*을 비기 시작했다.

"왜 억울허슈? 폭도 난민이 된 게?"

"하, 나중에 됐다구까지 허잖나베! 그런 소린 듣기만 해두 떠는 이 늙

| * 짚신이나 미투리의 앞쪽 운두를 이루는 낱낱의 올.

은 것더러. ……이 사람아, 내 실은 자네가 바루 그래 봬서 헌 말일세."

"뭐요? 저는 말할 것도 없구요. 아저씨두 별수 있어요?"

하는 의자 상투는 시룽거리던 말투와는 달리 금시 정색했다.

"아저씨는 아무리 정성을 들여서 만들었어두 왜장도가 더 싸구, 잘 팔려서 천하 일등 솜씨의 도자장刀子匠이 짚세기나 삼게 됐으니 말이요."

"허기는 내가 무용지물이 된 지두 오랠세!"

전날의 도자장은 문득 긴 한숨을 지으며 말했다.

"이 나뿐일라고? 저기두 수두룩허구만! 당사唐糸실에 감겨서 꼼짝 못하게 된 연사장鍊糸匠, 합사장合糸匠두 있구, 세창世昌 바늘에 찔려난 침장針匠들두 있구, 왜항라에 밀려난 능나장綾羅匠들두 있구……."

이같이 꼽아 내려가는데 '긴 사랑' 저편 담 밑에 모여 앉았던 늙은이 축에서

"뭐, 능나장이 어쨌다고?"

"거미줄 같은 실을 비던 손가락이 짚오라기 비노라기에 다 굳어진 지 오라오."

"하기야 쇠공이를 갈다시피 해서 만들던 우리 바늘이 '세창' 바늘보다야 쇠가 들구 공력두 더 든 만치 들 부러졌으니께."

이런 말을 한마디씩 던지는 것으로서 말참견을 했다.

"안 부러졌드래두 이젠 다 닳아서 없어진 지 오랜 바늘 타령은 왜 또 꺼내는 게여?"

"이 군이 다 늙은 이 나한테 큰일 날 죄명을 씌우려 드니 말이지."

"뭐라고?"

"저 왜별개들의 총질이 막 이 나를 겨누구 쏘는 게라구 허지 않나베."

"두상더러 난민이라고?"

저편에서 또 던지듯 묻는 말에

"그러게나 말이지! 왜장도에 밀려서 도자전에서 돌려났다 뿐이지 내게 무슨 죄가 있을라고."

이런 말을 하는 전날의 도자장 늙은이는 제가 해온 일을 자랑스럽게 알아온 장색이었다. 제 손으로 만든 금장도 대모장도, 은장도는 훌륭한 공예품으로서 궁중의 비빈妃嬪들까지도 귀하게 알아준다는 점에서였다.

이때의 사람들은 장도를 많이 사용했다. 남자 여자 할 것 없이 옷고름에, 허리띠에, 또는 주머니 끈에 장도를 하나씩은 다 찼다. 초례청에 나서는 신부의 노리개에도 장도는 없을 수 없는 것이었다. 종로 육주비전 중의 도자전은 몇째 안 가는 큰 자리를 차지해왔다.

그러한 도자전에 일본 비선들이 배짐으로 실어 들이는 왜장도가 들어 쌓이게 되었다. 같은 장식이지만 왜장도는 임짬도 없이 반드러웠다. 더욱 놀라운 것은 금장도, 은장도의 값이 턱없이 쌌다. 물론 도금이었다. 우리 장인들도 도금을 할 줄 모르지는 않았다. 그러나 진품을 못 가지면 말았지, 가짜를 몸에 지닌다는 것을 마뜩치 못한 일로 아는 만치, 도자장들도 가짜를 만들기를 달가와하지 않았다. 그런데 누가 마귀지도 않고, 만들지도 않은 값싼 금장도 은장도가 도자전에 무더기로 쌓이게 되었고, 그러자 인심도 변하는 양, 그 왜장도가 시체 유행이 되고 말았던 것이다.

서양목, 왜항라는 말할 것도 없거니와 우리 현사장, 합사장들이 손으로 뽑고, 손으로 드리는 실이 비선들이 실어 들이는 당사실을 당할 수 없었고, 우리 침장들이 한 개 한 개 갈아서 만든 바늘이, 갓 쓴 조선 사람을 상표로 그리고 '세창'이라는 자호를 박아서 비선으로 실어 들이는 독일 바늘을 당해낼 수가 없었다.

벌써부터 양반 벼슬아치들의 사랑방의 치장거리로 되어온 왜사기 화로를 비롯해서 일본 도자기들이 들어오기 시작했는데, 앞으로는 사기요 강까지도 만들어 오려고 일본 상인들이 견본을 구해갔다는 소문도 떠돌았다.

"아닌 게 아니라 그놈의 왜장도, 왜항라, 세창침, 당사실이 숫한 사람을 졸지에 무용지물로 만들드구먼! 이제 왜사기까지 퍼지는 날이면 우리 사기장沙器匠은 말헐 것두 없고, 유기장鍮器匠들까지두 다 거지가 될 게라. 제 당대에만두 몇 십 년씩, 조상 적부터 해온 일거릴 잃고 졸지에 무용지물이 되구 마니 참 세상두……."

이러한 도자장 늙은이의 말에

"무용지물일 법허지, 기어쿠 난민은 아니라요?"

의자 상투가 또 까박*을 붙이듯 하는데

"…… '사흘 굶은 범이 원님을 안 가린다'는 말이 있습닌다."

하는 사람이 있었다. 이때도 그 짤막한 머리채를 땅바닥에 내던지듯 하고 길게 누워서 수염을 만지작거리며 강천한 하늘에 떠도는 구름장들을 쳐다보고 있던 노총각이었다.

"난민이 별게 난민이랍디까요. 농살 할래두 땅이 없구, 일을 할래두 일거리가 없구, 그래서 굶다 못해서, ……에라! 너 같은 도둑눔이 군수 다 뭐구, 원님은 다 뭐냐? 허구 일떠서면 그게 난민이구, 폭도지 다른 게 있어요? 이 나두 본시는 양민良民이드랬소."

늙은 총각이 이런 말을 하고는 일변 코방귀를 뀌고 또 한숨을 짓기도 하는데 도자장 늙은이는 갑자기

"아이구 저눔의 소리야!"

하면서 비던 신총을 놓고 배를 움켜쥐었다. 한동안 멎었던 남산의 총소리가 문득 또 콩 볶듯 했다.

"저눔의 총소리가 날라치면, 가뜩이나 곯을 배가 흡칠허구는 전근轉筋**

* 트집을 잡아서 판잔을 주거나 걸고드는 것.
** 쥐가 나서 근육이 뒤틀리고 오그라짐.

365

이 다 인다니께."

"왜놈의 총알이 막 복장을 뚫는 것 같애요?"

"그럼, 아저씨두 별수 없이 난민이요."

젊은 축들이 또 이런 말들을 해서 '긴 사랑'은 왁자한 웃음판이 되었다.

바로 이때, 종로에서 광통교가 지척인 그 어간의 큰길에서는 조그만 소동이 일어났다.

"……대관절 임자는 누군데?"

"……."

"글쎄, 누구야? 이편이 누구길래 이 나를 원수라는 게야? 덮어놓구 이러지만 말구 말을 하라구."

숨이 턱에 차서 헐떡거리는 소리로 이런 말을 하는 것은 한 젊은 구식 병정이었다. 두 팔로 무릎 지팡이를 짚어서야 겨우 가눌 수 있는 모양인 허리를 엉거주춤하고 한 걸음씩 떼어놓을 뿐, 제 면상과 목덜미를 닥치는 대로 패고 쥐어지르는 주먹을 막지도 피하지도 않던 그는 걸음을 멈추고 서서

"요 발칙스러운 자식! 누구냐? 대체 네가?"

하고 더는 참을 수 없는 양 버럭버럭 고함을 질렀다.

"이놈, 살인한 놈! 네가 누구라면 네간 알기나 할 테니?"

하는 상대편은 더욱더 악에 바쳐서 치고 차면서 울부짖었다.

"사람잡이 하는 병정 놈이 네 총으루 사람 죽인 걸 네가 몰라?"

거리의 사람들은 벌써부터 그들을 에워싸고 모여들었다. 큰 까치에게 달라붙어서 물어뜯고 할퀴고 하는 개구마리*같이 영악스럽게 병정에

| * '청개구리'의 방언.

게 덤벼들던 어린 총각은 핏발이 선 눈으로 사람들을 둘러보았다. 그는 무엇이든 들고 칠 것을 찾았다. 지게를 '긴 사랑'에 벗어놓은 그는 작시미*도 없었다. 그러나 마침 작시미 하나가 눈에 띄었다.

"이게 웬 짓이야! 내 작시미루 살인을 허려구 덤벼?"

하는 늙수그레한 지게군은 제 작시미를 낚아채려는 총각의 손을 떼치고 물러섰다. 그동안에 병정은 절름거리면서 또 몇 걸음 옮겼다. 그의 얼굴에서는 코피가 나고, 터진 눈자위에서도 피가 흘렀다. 또다시 달려들어서 매질을 하던 어린 총각은 뛰어올라 병정의 다 해진 더그레의 뒤고두를 거머쥐고 끌어내렸다. 병정을 땅바닥에 꺼불러놓고 덜렁덜렁 끌어서 욕을 보일 작정이었다. 그것만은 참을 수가 없는 모양으로 무릎을 짚었던 병정의 손이 돌덩이 같은 주먹이 되었다. 순간 옆구리를 내질린 총각은 저만치 나떨어져서 사람들의 다리 짬에 주저앉았다.

"누구야? 대관절……. 어째서 내가 이편의 원순가? 곡절을 대야지, 곡절을……."

간신히 허리를 가누고 엉거주춤 서 있는 젊은 병정은 총각의 얼굴을 굽어보면서 묻는데

"……할아버진, 이런 때 쓸래는 내 장도를 왜 감췄소? 왜 감췄어요!"

하면서 총각은 주먹으로 땅을 치며 울음을 터뜨렸다.

병정은 또 걷기 시작했다. 그를 놓칠 새라 통겨지듯이 일어난 총각은 병정의 더그레 자락을 잡고 매달리며 울부짖었다.

"살인한 놈이 어딜 가? 이놈아, 똑똑히 들어라. 재작년 고양高揚에서 민란이 났을 때 우리 아버질 쏴 죽인 네놈을 내가 모를 테냐, 이놈아 여기 표가 있다."

| * '작대기'의 북한말.

하며 어린 총각은 또 뛰어오르더니 병정의 왼편 귀 쪽을 그러쥐었다.

"이놈아, 네 이 귀 뒤의 검은 사마귈 내가 못 본 줄 아느냐? 그때 우리 어머니가 똑똑히 봐뒀다. 귀 뒤에 짝돈만 한 검은 사마귀가 있는 병정 놈이 '네 아버지 원수라'구 나한테 일러주었다! 이놈아. ……이놈이 바루 죄 없는 내 아바질 쏴 죽인 놈이요. 이 병정 놈이."

총각은 움켜쥔 병정의 귀 쪽을 잡아 흔들며 사람들을 둘러보면서 외쳤다.

사람들 속에서 불쑥 내민 작시미가 젊은 병정의 등어리를 우려댔다. 그러자 그들을 에워싸고 밀려가던 사람들 중에서는 "와" 함성이 일어나며 주먹과 발길질이 병정에게로 날아들었다.

"저놈을 청계천 갯바닥으루 끌어내라!"

"총각 기어쿠 설분을 하게."

하는 고함도 들렸다.

병정은 모두매*를 맞으면서 말했다.

"……총각! 아니야, 아니야. 하나 그때의……."

젊은 병정은 숨이 막히는 듯했다.

"그때의 그 아낙네가 바루 총각의 어머니던가? 나두 지금……."

하던 병정은 또 뒤에서 누군가가 호되게 내지른 발길질에 곤두박힐 듯했다. 그러나 그의 살멱**을 그러쥔 총각의 손을 붙들고 간신히 몸을 가누었다.

"여기서 이러지들 말구 갯바닥으루 끌어내."

사람들은 또 웨쳤다.

"……아니야, 내 이 꼴이 된 형편에 모면해보려구 허는 발명***은 아

---

* 몰매.
** 멱살.

닐세. 총각!"

잠시 주먹과 발길이 뜸해서 다소 숨을 돌리게 된 병정은 말했다.

"나는 지금두 그때의 그 아낙네를 늘 앞에 보는 듯두 해. 그가 바루 총각의 어머니던가……? 그렇지만 이 난 아니야. 나는 아무두 사람을 죽이지는 않았어."

"이놈아, 우리 어머니두 죽었다. 내 아버지가 불칙하게 죽은 걸 보구는 담이 떨어져서 죽구 말았다. 너 때문에 우리 아버지두 어머니두 다 죽었다. 다 죽었어! 이놈아, 이 불칙한 병정 놈아!"

하는 이런 총각의 눈에서는 또 새롭게 눈물이 넘쳐흘렀다. 그러한 총각의 얼굴을 이윽히 굽어보던 젊은 병정의 눈에서도 터진 눈자위의 피와 섞인 눈물이 흘렀다.

고양군에서 민란을 일으킨 '폭도' '난민'을 진압하라는 조정의 영이 내려서 포수로 뽑혀 나갔던 때의 일이었다.

민란을 일으킨 농군들이 지주 토호들의 집과 관청을 두들겨 부시려고 읍내로 달려들어 오는 길목을 지키고 있었던 포수들은 총부리를 쳐들고 불질을 했다. 누가 시작한 말인지는 모르나

"하늘루 대구 쏴라!"

"총부리를 들구 쏴!"

하는 말이 옆의 사람만이 들을 수 있는 소리로 포수들 사이에 오고 갔다.

그러나 도끼와 몽둥이들을 휘두르며 함성을 지르며 달려오던 농군들 중에서는 사상자가 적지 않게 났다. 먼 데서는 유탄에도 상했거니와 또

| *** 죄나 잘못이 없음을 말하여 밝힘. 또는 그리하여 발뺌하려 함.

짐짓 사람을 겨누고 총질을 한 자들이 있었기 때문에 앞장서서 달려들던 농군들이 많이 상했다. 양포洋砲라고 하는 신식 자기황총을 가지고 말바로 '폭도' '양민' 들을 토벌하려고 나섰던 권무군관勸武軍官이라는 것들이 몇 명 끼어 있었다.

저편의 함성과 아우성 소리가 끊어지고, 이편의 총질도 멎게 되자 갑자기 무서운 정적이 탁 안기는 듯했다. 또 일찍이 그래본 적이 없는 피로감이 내려누르는 듯도 했다. 불과 몇 방씩(?) 불질을 했을 뿐인데도 너나없이 풀이 죽게 피곤한 포수들은 문득 "아, 저 때문이로구나!" 하는 생각들을 하게 되었다. 저물어가는 데다 또 진눈깨비가 펄펄 흩날려 내려덮이는 벌판에서는 바람결 따라 간간이 통곡 소리가 들려오는 것이었다.

돌아오는 길에는 그 벌판의 한기슭을 지나야 했다. 제가 갑자기 흉악한 살인자가 된 것 같은 생각에 그 벌판에서는 몸 둘 곳이 없는 듯 송구하고, 또 더럭더럭 화가 치밀기도 하는 포수들은 어디선가 외치는 대장隊長의 호령도 들은 체 않고 제각기 논두렁 밭두렁으로 지름길을 쳐나갔을 뿐이었다.

"저것들은 뭣이 장해서 또 저 지랄인가."

권무군관이라는 자들이 뽐내노라 그러는지, 혹은 장난인지, 어떻든 화승대 소리와 분간할 수 있는 양포 소리가 들릴 때마다 이렇게 혼자 중얼거리면서 높은 최뚝길을 따라 바삐 걸어가는데, 그 밑의 후미진 웅덩이에서 사람의 신음 소리가 들렸다. 중년의 농군 하나가 음달에 쌓여 있는 눈을 붉게 물들이는 피에 걸떠 있었다. 아직도 제 손으로 누르고 있는 배의 상처에서는 피만이 아니라 창자까지도 나온 것이 보였다. 다 글러지기는 했으나 그냥 지나갈 수가 없어서 허리띠에 찔렀던 무명 수건을 찢어서 배를 동여매주는데 농군은 한 번 눈을 크게 신음 소리를 내더니 그만 숨이 끊어지고 말았다.

제가 한 일이 도리어 그의 명을 재촉한 것 같은 생각에 어쩔 줄을 모르고 주저주저하다가 돌아섰는데, 그러자 한 여인과 딱 마주치다시피 했다. 그 견대미* 같은 허리에는 옷이 걸릴 데가 없어진 다 모지라진 몽당치마에서 땅에 끌리게 옷매무시는 흐트러졌고, 진눈깨비에 덮인 머리는 옛말에 '백발귀' 같기도 했다. 흐트러진 머리칼 끝에서 흘러내리는 눈석이물에 젖은, 뼈만 남은 그 얼굴은 금시 두 눈만이 되다시피 했다. 몇 순간, 세상의 모든 것을 다 삼킨 듯한 눈으로 앞을 굽어보고 섰던 여인은 큰 나무토막이 넘어지듯이 시체 위에 쓰러져서 통곡하기 시작했다.

"내 남편을 네가 죽였지?"

통곡하던 여인이 문득 이편으로 돌아앉으며 울부짖는 말이었다.

"이 불칙한 병정 놈아, 이놈아 네가 무슨 원수가 있다고 내 남편을 죽였단 말이냐? 이놈아, 나두 죽여라. 내 새끼두 죽여라. 이 불한당 같은 병정 놈아."

"……."

하도 뜻밖이었다. 뭐라고 입이 떨어지지도 않았다. 할 말이 없는 듯도 했다. 우선 무서웠다. 눈물이 아니라 피가 가득 고인 듯한 그 여인의 눈에 노리우는 이편은 별수없이 살인자가 될 것만 같았다. 이때의 그 여인에게는 아무런 말을 해도 소용이 없을 것이었다. 그런데 또 그 여인은 뛰어올라 달려들더니 이편의 으둡제기**를 그러쥐었다. 농군의 피가 묻은 그 손을 떼쳐버리기에 이편은 참말 죽을힘을 다 써야 했다.

"네놈의 귀 뒤에 검은 사마귀를 내가 못 본줄 아느냐, 이 병정 놈아! 살인한 놈아, 두구 보자! 이제 두구 보자!"

간신히 그 자리를 모면하게 되었을 때 다시 쓰러져 통곡하는 여인이

---

* 실을 둥글게 감아놓기 위해서 어긋나게 감을 때에, 실 가락을 가로 걸치는 작은 틀.
** '오금'의 방언인 '오금재기'의 뜻으로 보인다.

울부짖는 말이었다.

"……여보, 당신은 왜 죽었소. ……그놈들의 등쌀에 갖은 고역을 다 하면서두 배곯은 세상만 살아온 당신이 원수는 못 갚구 이편이 죽다니! 원통하구나. 아이구 원통하구나."

하늘에서는 폭 넓은 장막을 드리우는 듯 자욱히 내리는 눈발 저편에서 이러한 여인의 넋두리가 들리기도 했던 것이다.

그 여인이 이제 시가 삭아서 사리를 좀만 캐서 생각하게 된다면 설마아 나를 살인한 놈으로는 알지 않겠지, 했던 것이다. 그러나 그 여인은 죽었다. 그 의혹을 풀지 못하고 죽은 것이 분명하다.

진무소로 잡혀갔던 김춘영은 며칠 후에는 전옥으로 넘어가서 반달경이나 갇혀 있다가 오늘 볼기에 혹독한 곤장을 맞고 비로소 놓여나오는 길이었다. 종로 남쪽의 골목 안에 있는 전옥은 광통교에서 가까왔다. 사람 많은 종로를 피해서 뒷길로 잡아드느라 든 것이 이 길이었는데 이 길에서 김춘영은 또 뜻밖의 봉변을 하게 되었던 것이다.

종로 쪽 큰길에서 와자 떠들면서 사람들이 밀려오는 소리에, 또 어떤 놈팽이의 행차나 아닌가 해서 우수수 일어서 '긴 사랑' 사람들이 그쪽을 기웃거리는데

"비켜요! 다들 썩 비키라구요."

여전히 김춘영의 살멱을 그러쥐고는 총각은, 앞을 막아서는 사람들에게 눈을 부라리면서 목멘 소리로 고함을 질렀다.

"아니! 이게 웬일인가? 저게 춘영이 아닌가!"

금시 눈이 뒤집힐 만치 놀란 강명준은 사람들을 헤치며 나갔다.

"춘영이 이 사람아! 아니 총각! 총각 이게 무슨 짓인가? 이럴 법이 있나."

"비켜요. 썩썩 비키라구요. 이편들은 다 몰라요. 괜히 나서서 그러다가는……."

하면서 총각은 김춘영을 축석* 밑의 갯바닥으로 처박으려고 이를 사려 끌고 당기고 밀었다.

"요 당돌한 녀석이! 대관절 너, 사람을 어쩌자구 이러는 게냐?"

하며 의자 상투가 나섰다. 키가 남보다 목 하나는 더 크고 몸질도 큰 그는 어느새 총각의 두 손을 한 손에 모아 쥐고 서서

"요 조무래기 친군 좀 가만 있으라구."

메로 독 치듯 하는 소리로서, 더욱더 목멘 송아지 날뛰듯 하는 총각을 꾸짖고 나서

"이 병정이 언제 남산에서 지도를 그리는 왜놈 장교를 덮치구 잡혀갔던 친구 아니요?"

하고 강명준을 건너다보며 물었다.

"참말 그 병정이로구먼!"

"옳아! 바로 그때 그 친구여!"

강명준이보다 먼저 이런 대답을 하는 '긴 사랑' 사람들은

"자, 자리를 좀 내슈."

"여기다 앉히라구. 뒷담에 기대서 앉게 하라구."

"아니 이것이라니! 봐하니 모진 매를 맞은 모양인데, 그냥은 밑이 배기겠는걸."

하며 저마다 나서서 김춘영을 부축해서 거적자리로 끌어다 앉히는데

"이게라두 안 까는 것보다는 좀 나을 테지."

하면서 축석 밑에서 누더기 조박**을 올려보내는 노인도 있었다. 부들

---

* 돌을 쌓음. 또는 그렇게 쌓은 돌.
** '조각'의 북한어.

부들 떨리는 손에 지팡이를 짚은 그 노인은 떠들썩한 소리에 광통교 밑에서 거적때기를 들치고 나와 섰다가 갯바닥에 널어 말리던, 어린것의 기저귀나 다름없는 솜요 조박을 걷어온 것이었다.

"아! 그게 십상입니다요."

하며 받아든 의자 상투는

"달콤한 젖비린내두 나구, 또 갓난이 오줌 냄새두 구수한 게 제법 방안의 아랫목 냄새가 나는 걸입쇼."

하면서 노랗고, 퍼런 얼룩이 진 데다 코를 대고 맡아보기까지도 해서 사람들을 웃겼다.

"그만두슈. 피가 묻으리다."

궁둥이로 앉지 못하고 등허리로 앉다시피 뒷담에 기대 세운 지게를 의지하고 있던 김춘영은 그 기저귀를 깔아주려는 손을 밀막았다.

"그런 다심한 걱정은 말구 상한 몸이 조금이라두 편할 데루나 허우. 무슨 작죄*를 했기에 그 지경이 됐는지는 모르오만 딱허우. 보기에 딱해."

축석 밑에서 풋고추 고토리**만 하게 작은 상투마저 다 센 머리만을 내밀고 서서 이런 말을 하고 돌아서던 그 늙은이는

"이 친구가 바루 넨제 남산에서 우리 장안의 도본을 뜨는 왜놈을 때려 뭉긴 병정인걸입쇼."

누간 또 새삼스럽게 이런 말을 되뇌었고 또 누구는

"그런 줄이나 아시구, 이편 말씀마따나 다심허게 걱정을 해주신다구요."

이런 말을 해서 사람들이 또 웃는데

---

* 죄를 지음. 또는 그 죄.
** '꼬투리'의 옛말.

374

"나는 이런 거, 저런 건 다 모르우!"

하고 금시 드럭드럭 화가 치미는 듯한 소리를 질렀다.

"……을축갑자루 거꾸루 된 놈의 세상이니께, 제 나라 백성보다두 제 나라 도둑질 온 타국 놈들을 더 위하는 놈들의 천하니께, 이놈의 세상에서는 상피相避를 붙거나 상친上親한테 칼질을 한 죄인이 아니구는, 저 놈들이 '대역부도'니 '국금國禁을 범' 했느니 하구, 땅땅 매질을 허구 정 밸 보내구 허는 '죄인' 치구 억울허지 않을 백성이 없으니께. ……낸들 모를라구? 역적 놈들이 생사람을 역적으루 모는 세상이니께. ……에익! 고약헌!"

돌아서서 하늘을 쳐다보며 이런 말을 하는 그 노인은 제 말에 격해서 메마른 갯바닥에다 처박기라도 하듯이 내려 구르곤 하던 지팡이 끝으로 거적때기를 걷어들자 그 속으로 사라지고 말았다. 한동안 말을 삼킨 '긴 사랑' 사람들은 그 늙은이의 울분으로 들먹거리기라도 하는 듯한 광통교 의 육중한 돌다리 밑을 바라보고만 있었다.

"……그새 얼마나 억울한 곡경*을 했겠나?!"

강명준 늙은이가 비로소 묻는 말이었다.

"좌우간 이렇게 나와서 만나게 됐으니 기쁠세."

"에, 저 때문에 수레 걱정을 하실 줄 알았어요. 하나 저는 이렇게 별 일 없이 나왔습니다."

아직도 숨이 가쁜 소리로 김춘영은 말했다.

"한데 아저씨, 백락관이라는 분을 아시지요? 백 생원 그분하구 제가 이번에 남간에 같이 갇혀 있었어요."

"아니! 자네가 백 생원, 그분하구……?"

* 몹시 힘들고 어려운 처지.

하는 강명준은 일변 놀라면서도 반가왔다.

"그래, 백 생원이 지금……?"

"그분은 지금 말이 아니와요. 악형에 위지 사경이야요."

"저런 변이 있나! ……그분이 애당초, 당신 한 목숨 내놓구 한 일이기는 허지만. 저런 법이 있나! 세상에."

하며 머리를 흔들던 강명준은 앞에 모인 사람들을 보며

"저번에 남산에서 봉화를 올리구 바루 이길루 잡혀간 그 선비가 악형에 거의 죽을 지경이라는구면!"

하며 한숨을 지었다.

"……."

두 사람 앞에 둘러앉고, 둘러선 사람들 중에는 고개를 끄덕이는 사람들은 있었으나 말참견은 하지 않았다.

그 역시 어느 구멍으로 새나온 소문인지는 모르나, 전날 이 광통교 길로 사람 꼴이 안 되게 묶여서 잡혀간 선비가 백락관이라는 사람인 것과, 또 그의 원정의 내용이 어떤 것이라는 것까지도 대강은 아는 일이었다. 그런데 지금 두 사람의 이야기로 이 '긴 사랑'의 늙은 강 서방이 그 선비와 잘 알고, 알 뿐만 아니라 어떤 관련까지도 있는 것 같아서 사람들은 다음 이야기를 기다리고 있었다.

"좀 가만히 못 있어? 말씀을 하시는데, 왜 이 야단이여."

저편 한끝에서 퉁명스러운 말소리가 났다. 그러자 어린 총각의 울음은 한층 더 큰 통곡과 넋두리로 변했다.

"……아이구 분하구나. 나는 더 원통하구나. 저놈이 바루 내 아버지의 원순데, 이편네는, 내가 벼르구 별러서 만난 원수두 못 갚게 싸구도니 이 나는 더 원통하지 않소."

하며 땅을 치며 울었다. 어린 총각은 실로 분했다. 오늘 만난 것은 분명히 아버지의 원수다. 그런데 여기 '긴 사랑' 사람들은 자기가 설원을 못하게 방해할 뿐만 아니라 어느 한 군정이 도성의 지도를 그리는 왜놈 장교를 때려주고 잡혀갔다는 말은 저도 들었고, 그러한 우리 군사를 장하다고 생각도 했다. 그러나 그 장한 우리 군사가 바로 자기 아버지를 죽인 그놈이라고는 생각할 수 없었다.

"대관절 어떻게 되는 원수길래 '원수, 원수' 하구 이 야단이야?"

또 이렇게 그 총각을 윽박지르는 것은 지금도 거적자리 한 기슭에서 사지를 던지고 길에 누워서 수염을 쓰다듬고 있던 노총각이었다.

"여보슈, 친구, 그러지 말구 그 총각을 이리루 좀 데려다주시우. 총각 이리 오라구, 와서 말을 하자구."

김춘영은 기댔던 상반신을 일으켜 바로 앉으면서 총각을 불렀다.

총각은 늙은 총각이 꺼드는 팔을 뿌리치고 어디까지나 제 원수 앞에 당당히 나선다는 태도였다.

"여기 좀 앉으라구."

제 앞의 자리를 권한 김춘영은

"아저씨."

하고 강명준을 돌아보며 말했다.

"이 총각이 바루 그때 그 아낙네의 아들이라는군요. 그래서 여태 이 나를 원수로 알구 찾던 모양이군요."

"아, 그렇던가?"

하는 강명준은 김춘영의 말을 더 들을 것도 없이 이미 다 아는 일이라 그 총각과 둘러앉은 사람들을 반반씩 둘러보면서 그때 김춘영이가 당했던 일을 세세히 이야기했다.

"이봐, 총각, 그때 너의 어르신네의 시신에 무명 수건이 감겨 있는 걸 너나 너의 집안 사람들두 다 봤을 테지?"

377

강명준은 마침내 이렇게 물었다.

"봤어요. 그거야 같이 나섰던 우리 한 동네 사람이 그랬는지 누가 아우? 우리 백성을 죽일라구 총질을 한 병정 놈들보다두 우리 같은 백성들 가운데서 누가 그랬을 건 정한 일 아니요."

총각은 대들듯 반박했다.

"그래, 그랬다는 동네 사람이 나서던가?"

의자 상투가 결쇄를 치듯 물었다.

"왜 덮어놓구 이 병정의 켠녁*만 돌라구들 이러는 게요. 이 나는 억울하지 않소."

"가만 이 총각의 말을 듣습세다. 그래 말을 하라구."

김춘영은 옆에서 또 누가 말하려는 것을 밀막았다.

"……그때 우리 동네 사람이 많이 죽었소. 총 맞은 우리 아버지를 그렇게 돌봐준 그 사람두 죽었으면, 내가 그랬노라구 나설 사람이 없을 거 아니요. ……어드랬건 좌우간 이 병정은 우리 백성들한테 총질한 사람 아니요."

이런 말과 함께 바로 무릎을 맞대고 마주 앉은 김춘영을 손가락질까지 하면서 사람들을 둘러보는 어린 총각의 눈은 다시금 무섭게 빛났다.

"옳아! 총각의 말이 옳아! 그때 내가 우리 사람들한테, 겨누구 쐈건 안 겨누구 쐈건 간에, 총질을 한 것만으루두 총각의 아버지한테만 아니라 그때 나섰던 우리 백성들한테는 다 원수야. 아무가 나서서 날 그렇게 논죄한대두 난 할 말이 없어. ……그런데 구구한 소리지만……."

김춘영은 숨을 암그어 가지고 다시 말을 이었다.

"총각이 이거 하나만은 날 믿어달라구. 그때 우리는 총부리를 들구

| * '역성'의 북한어.

쐈는데, 그래두 먼발루 내리꽂히는 철환에 두 사람이 상했을 수 있길래, 그래서 나는 총각의 어르신네의 상처를 유심히 보기두 했는데, 아니야, 아니거던."

"그럼 뭐요?"

또 이렇게 대들어 묻는 총각의 말은 총알 같았다.

"우리 구식 병정들이 가진 화승대 철환의 상처는 그렇지가 않아. 양포에 쓰는 왜놈의 자기황 탄알의 상처가 분명해."

"이편은 분명 화승대대랬소?"

"그럼 우리야 지금두 화승대지."

"그럼 양포는 어떤 놈이 쐈소?"

"그때 양포를 가지구 나갔던 건 권무군관들뿐이야."

"권무군관이라는 건 어떤 놈들이요?"

"그건 우리 상놈들은 못하는 거지."

"……."

말을 끊은 총각은 세운 두 무릎을 꿇어앉은 채 팔뚝에 이마를 대고 고개를 수그리고 있더니 마침내 흐느껴 울기 시작했다.

"……우리 동네서, 이전에 병정을 다니던 늙은이두 그런 말을 합디다. ……우리 아버지의 상처는 양포에 맞은 상처가 분명하다구. 화승대 총알은 아니라구."

울음에 마디마디 동강이 나는 소리로 이런 말을 하던 총각은

"……그럼 나는 내 아버지 원수를 어데 가서 찾아야 한단 말이요?"

하면서 또 크게 울음을 터뜨렸다.

"좌우간 이젠 파혹*은 된 모양이로군!"

| * 의혹을 풀어 없앰. 해혹解惑.

"그래야지 안팎의 말이 들어맞는걸!"

옆의 사람들은 이런 말을 하는데

"총각!"

하며 김춘영은 그 총각의 어깨를 짚으며 말했다.

"고마와! 그렇게 의심을 풀어주니 고마와! 그리구 또 지금 총각이 더 안타깝구 서러울 줄도 내 알아. 여태 원수루 알구 애써 찾다가 만난 것이 그렇지두 않구 보니 안 그럴 리가 있나."

이런 말을 하는 병정의 눈에도 눈물이 가득했다.

"⋯⋯하나, 총각! 설사 말일세. 총각의 아버지가 뉘 총에 죽었다는 걸 알구, 그놈을 찾아내서 보복을 했다구 하세. 그랬다구 총각의 설원이 다 필까? ⋯⋯총각의 어르신네가 왜 민란에 나섰겠나? 총각의 아버지뿐인가. 그 숱한 농군들이 여복해서 그랬겠나! ⋯⋯내 말은 우리 백성들이 다 그렇게 안 할 수 없게 하는 놈들이 있단 말일세. 실은 그놈들이 우리 백성들의 원수거던!"

"그러니 나더러 어떡허란 말이오. 에?"

총각은 문득, 제 어깨에 얹힌 병정의 손을 떼쳐버리며 말했다. 음성은 생먹었다.*

"이편은 장히 큰소릴 하우. 아닌 게 아니라 우리 아버지두 정말 이놈의 세상이 너무두 억울하고 분해서, 이놈의 세상을! 그저 이놈의 세상을 한번⋯⋯."

"하, 말들을 삼가하라구."

이때 문득 한쪽에서 외치듯 하는 소리가 들렸다. 어느새 동쪽 한기슭에 가서 서 있던 강명준 늙은이의 말이었다.

| * '생생먹다.' 남이 하는 말을 잘 듣지 않다.

"혹시나 그 거지 새끼들이 기어들지나 않나 그쪽에서두 좀 살펴보면서 말들을 허우."

하는 그의 말에, 사람들은 "참말!" 하는 눈으로 뒷담 모퉁이의 샛골목과 축석 밑을 살피고 또 각기 제 옆의 사람들의 얼굴을 둘러보기도 했다. 이런 경우에 백성들이 경계해야 했던 '거지 새끼'라는 것은 먹을 것이 없어서 떠돌아다니는 보통 걸인들이 아니라 민간의 동정을 염탐하기 위해서 포도청에서 먹이고 입혀서 내세우는 끄나풀들이었다.

"여기는 내가 보구 있소."

광통교 쪽의 거적자리 한끝에 궁둥이를 붙이고 앉아서, 이마에 아직도 망건변 자국이 희게 남아 있는 머리를 긁적거리면서 골패쪽을 주무르고 있던 사람의 말이었다.

"……그러다가 우리 아버진 죽었단 말이오."

총각은 여전히 노발스러운 소리로 말을 이었다.

"……당신은 상生짜에 왜놈 한 놈을 때려구 잡혀 갔다가 살아 나왔다구 이렇게 사람들이 떠받들지 않소. 그런데 우리 아버진 사생결단하구 나섰다가 이편네 병정 놈들의 총에 죽구 말았소. 이편은 장히 큰소리를 하오만 내 아버질 죽인 원수 놈을 찾지두 못하는 이 나는 어떡허란 말이요. 나더러 또 뭘 어떡허란 말이요?"

하는 총각은 또 목놓아 울기 시작했다.

"……"

김춘영은 더 말이 안 나오는 모양 총각을 보고만 있는데 저편에서

"뭐? '상짜에'라구? 얻다 하는 소리냐?"

하는 퉁명스러운 소리가 들렸다. 어느새 또 길게 누워서 수염을 만지며 하늘을 쳐다보던 노총각의 말이었다.

"왜놈들이 우리 고장의 지도를 그리구, 측량을 허구 허는 걸 못 허리

라구 막다가 우리 동네에서는 여럿이 죽기까지두 했다. 그런데 어드커니 '상짜에' 냐? 흥! 난 지금두 고 날자까지두 잊히지 않는다. ……그게 분명 정축년(1877년) 동지달 열하루 날이겠다." 여기서 노총각의 말은 독백조로 넘어갔다.

"내가 살던 충청도 월하포에 왜놈의 비선 한 척이 와 달더니 새까맣게 입은 왜놈들이 뒷산으루 올라가서 측량테를 버텨놓쿠 측량을 허구, 또 말리경(망원경)으루 둘러보면서 도본을 뜨겠지! 그래 우리 사람들은 따라 올라가서 못허리라구 허구, 왜놈들은 그냥 한다구 뻗대구. 그래 투격이 났었다. 우리 동네 사람들은 맨주먹에다 상짜에 몸둥이 아니면 돌뿐이지만 수가 많았으니께 왜놈들은 할 수 없이 쫓겨가기는 하면서두 총질을 해서 상하기는 우리 사람들이 많이 상했지. 그때 우리 아버지두 배에 총을 맞구 죽었으니께! 그 이듬해 무인년(1878년) 8월에는 지사포芝沙浦(충청도)에서두 그런 일이 있어서 우리 사람들이 여럿이 상했지. ……그런데 모를 일은……"

하던 늙은 총각은 문득 크게 한숨을 짓고 나서 한참이나 하늘을 처다보고만 있다가 또 띠엄띠엄 **하**는 소리로 말을 이었다.

"……내 한동안은 미칠 뻔두 했소. ……은싸래기 같은 옥백미 열 섬에, 살진 암소가 한 말, 소금이 닷 말, 미나리가 이백 뭇, 이런 쇠쇠한 것까지두 다 잊히지가 않아서 하는 말이요. 닭이 서른 마리, 닭알이 삼백 개, 술이 열 다섯 준, 생돼지가 세 마리. 우리 고을 관가에서는 이런 걸 그 왜놈들의 비선으루 가져다 바쳤소. ……그만 걸 왜놈한테 준다구 우리 한 고을이 당장 거달이 난다거나 나라가 어떻게 될 건 아니지만, 그래두 여보! 시재 그놈들의 총에 우리 백성들이 죽지 않았소. 내 아버지두 죽었소. 그런데 우리 백성들의 등짐으루 그 왜놈들의 배에다 그런 걸 꾸역꾸역 져다가 바치다니! 제정신 있는 놈이 할 짓이요? 그런데 그게 바루 강화도수호 뭣(조약)이라나? 그 나라 문서에는 왜놈들이 그런 걸 달라구 할라치면 예예 허구 주게 마련이라오. 야 참말! 모르겠더군! 그런데 가만 있자! 내가 무슨 말을 하려구서? 제기럴……"

문득 이야기를 끊은 그는 맨땅에 내던지다시피 한 머리를 이리저리 굴리듯 하기만 했다. 그런 양을 보면서도 웃지도 않는 사람들은 그의 다음 이야기를 기다리는 모양으로 잠잠했다.

"……옳지! 그렇지! '상짜에'가 아니란 말이여 내 말은! 왜놈들이 우리나라 지형을 그리는 건 바루 우리나라를 염탐하는 건데 그걸 못하게 하다가 죽은 우리 아버지랑 우리 동네 사람들은 다 나라를 지키려다가 그렇게 된 게야. 저 병정 친구두 그렇구! 그런 우리 백성들을 죽인 왜놈들은 말할 것두 없구, 그 원수를 갚아주기는 고사허구, 되려 그놈들에게 요공을 하는 놈들두 우리 백성의 원수지 별게 있어? 총각의 아버지두? 그놈들의 손에 죽은 게여. 알겠어? 그러니께……"

"쉬."

문득 노총각의 말을 끊는 소리가 광통교 쪽에서 났다. 남대문으로 통하는 거리에서 행차가 나타났다. 오고 가는 행차가 많은 이 광통교에서도 흔히 볼 수 없는 색다른 행차였다. 앞뒤에 구종들을 늘어세운 재비는 별다를 것이 없었지만 그 옆에 절싹 큰 악대마(거세한 말)를 탄 자가 붙어선 것이 보통이 아니었다.

문짝을 걸어 올린 재비 안에 들어앉은 젊은 자는 별기군의 당상관 민영익이었다. 민가네 중에서도 민비에게 더 긴히 보이는 민영익은 스물세 살밖에 안 되는 애송이지만, 어제는 시교侍教요, 오늘은 한림翰林이요, 내일은 주서注書가 되는 등등으로 벼슬다리가 사다리 올라가듯 매일같이 올라서 이때는 군무사와 별기군의 당상을 겸한 고관이었다.

"바루 저놈이오."

이때도 자리를 인 '긴 사랑' 친구들이 겹겹이 앞을 막아선 뒤에서 뒷담을 기대고 앉아 있던 김춘영은 악대말을 탄 일본 장교를 턱으로 가리켰다. 그것은 미즈노水野穀라는 일본 육군 대위였다. 앞가슴에다 갈빗대 수효대로 금을 그은 양 굵은 줄을 많이 얽은 시꺼먼 군복에, 칼치같이 번들거리는 긴 군포가 말 배때기에서 철그덕거리게 늘어뜨려 차고, 팔(8)자수염을 뻗치고 마상에 덩그러니 올라앉은 그 자는 이따금 허리를 굽혀 재비 안을 들여다보면서, 제 말머리에 붙어선 통역을 통해서 무슨 수작을 지껄이고는 네모난 턱을 쳐들고 큰 웃음을 치기도 했다. 그때마다 재비 안의 민영익이도 그 딩딩한 관자노리에서 옥관자가 번쩍거리는 머리를 끄덕이며 웃었다.

방금 남산에서 군사훈련을 마치고 돌아오는 그 자들의 뒤에는 민영익의 구종들 외에 또 민영익의 밑에서 좌부령관左副領官이라는 직함을 가지고 별기군을 직접 영솔하는 윤웅렬尹雄烈이라는 자와 담총을 한 일본 군인과 순사들과 나까오리 양복에 긴 일본도를 든 자들이 수십 명이나 따라섰다.

광통교 위에는 길을 비켜선 사람들도 없었으므로 그자들의 행차는 더욱 드러났다. 한편 팔뚝을 세워 짚은 허리를 젖히고 앉아서 이쪽 '긴 사랑'에 모여선 사람들을 내려다보다가 재비 안을 향하여 지껄이고 나서 문득 또 너털웃음을 치던 미즈노 대위는 분명히 낯짝을 찌푸리며 한편 뺨가죽을 실룩거리는데 그 두드러진 광대뼈 위에는 반창고로 눌러 붙인 흰 까제*가 있었다.

"참말 저눔의 상통이 깨졌구먼!"

그자들의 행차가 지나가서 다시 자리를 찾아 앉게 된 사람들 중에서

| * 거즈gauze.

누가 이런 말을 하는데

"……모를 일이여!"

도자장 늙은이는 다시 삼기 시작한 신날을 조이느라 끙끙 힘을 써가면서 중얼거렸다.

"국록 먹구, 호강허는 저런 양반이두 새 제 나라 먹으러 온 타국 놈들과 한속이 되는 모양이니, 어떻게 되는 놈의 셈판인지 통 알 수가 없거던!"

"모를 게 뭐 있어요?"

"……?"

"나라 팔아서 제 배 불리는 놈들헌테는 제 나라 먹으러 온 타국 놈이 손님이거던요. 그런 흥정을 못하게 하는 백성들은 원수구요."

누군가가 또 이런 말을 하는데

"말 채심*들 허우."

하는 늙은이가 있어 사람들은 이번에도 옆의 사람들을 둘러보았다.

"아저씨 저는 영문으로 가보겠어요."

하며 김춘영은 무릎 지팡이를 짚으며 일어섰다. 벌써부터 그러기를 기다렸던 모양인 강명준은

"그래, 어서 가보게, 내 부축헙세."

하며 거들었다.

천변 길을 따라 주춤주춤 걸어가는데 언제 온 지 모르게 따라온 총각이 말없이 김춘영의 이편 팔을 잡아서 제 어깨에 얹더니 그의 허리를 껴안고 걷기 시작했다. 붙들고 부축하고 걸어가는 세 사람의 등 뒤에서는 '긴 사랑' 사람들의 웃음이 터졌다.

| * 정신을 차려 가다듬음.

김춘영을 반가이 맞이한 훈련원의 군정들은 일변 놀라기도 했다. 김장손은 울었다. 병영으로 돌아오게 되리라고는 믿지 못했다. 헐해도 '삼천 리 밖의 정배'를 그어서 내칠 것이라고 생각했던 것이다.

아닌 게 아니라 처음에는 다루는 잡도리가 이만저만이 아니었다. 그때는 김춘영도 제가 이렇게 나오게 되리라고 생각하지 못했다.

모르거니와 사건의 경위로 보아서 배후에 어떤 끈이나 뿌리가 달려서 생긴 일이 아니라는 것, 말하자면 연계가 없는 사건이라는 것이 그를 놓아주게 된 첫째 이유였을 것이다. 다음은 외국 군인이 나라 도성의 지도를 그린다는 것은 다름 아닌 염탐 행동이라는 것, 그리고 이 나라 군인으로서 그러한 염탐 행위를 못하게 한 것은 너무나 정정당당한 일이었다고 주장한 민간의 방들을 이희 왕정으로서도 전연 무시하고 그 군정에게 터무니없이 중한 형벌을 가할 만한 구실을 만들 수는 없었을 것이다.

훈련원의 군정들은 김춘영이를 우선 배기지 않게 누이고, 무엇이든 유한 음식으로 요기를 시키고 또 장창枚瘡에다 고약이라도 붙여주었으면 했다. 그러나 그럴 데가 못되는 데다 그만 것이나마도 당장은 어떻게 할 무엇이 없기도 했다. 이럴까, 저럴까? 하는데 정의길이가 가까운 자기 집으로 데려 간다고 했다.

"그럼 나는 여기서 집으루 데리구 나갈 청을 대볼 테니 그동안만이라두 폐를 끼침세."

하면서 김장손은 정의길이가 하자는 대로 맡기고 저는 윗사람들을 찾아보러 나갔다.

"이 사람 의길이, 세상에 참 공교로운 일두 있잖겠나! 재작년 민란 때에 우리 총질에 사람들이 상한 걸 보구 와서는 이 장안에서 불스럽게 떠돌아다니는 사람들을 볼라치면, 혹시 그때 죽은 농군들의 권속들이나 아닌가? 하는 생각이 들어서 늘 마음 찔리군 했는데, 아닌 게 아니라 오늘

바루 그런 사람을 만나지 않았겠나!"

"그런 사람이라니?"

"바루 이 총각일세."

김춘영은 이런 말로 시작해서 이때도 자기를 부축한 씨둥이의 이야기를 했다.

"아, 그랬던가? 총각 실은 나두 그때 같이 나갔던 병정일세. 이젠 파혹이 됐다니 말이네만, 총 멘 우리 군정이라구 같은 제 나라 백성을 아낄 줄 모르겠나?"

이런 말을 하는 정의길이라는 젊은 군교가 지금 자기 집에 있는 처녀의 오라비라는 것을 씨둥이는 알 리 없었다.

저녁에 돌아가서 할아버지, 할머니에게 검은 사마귀 있는 병정을 만나기는 했으나 찾던 원수가 아니었다는 것과, 제가 마침내는 그 병정을 부축하고 전립동에 있는 정의길이라는 군교의 집에까지 갔던 이야기를 할 때 빙아는 문득 실성한 사람 같이 떨면서 "오빠"를 부르면서 울었다.

*

김장손은 오장伍長과 대장隊長에게 청을 대서 며칠간의 수유*를 얻어 가지고 아들을 데리고 이태원에 있는 자기 집으로 나가게 되었다.

당시의 이태원과 왕십리, 삼선평三仙坪 같은 서울 근교의 혼란들은 경군京軍이라고 하는 한성 군종들의 부락이었다. 광희문 밖의 왕십리와, 남대문 밖의 이태원이 군종들의 부락으로 된 것은 그 유례가 오래다.

이조 초에 제정된 『경국대전』에는 양반일지라도 삼 대에 걸쳐 큰 벼

| * 말미를 받음. 또는 그 말미.

슬아치가 없으면 군정으로 복무해야 하고, 또 공신이나 충신의 종손이 아니면 누구나 매호마다 일 년에 무명을 한 필씩 납세로 바치게 마련이었다. 무명은 곧 화폐였고, 무명으로 바치는 납세를 호포戶布라고 했다. 그러나 지배 계급은 저희가 제정한 나라의 법전을 저희는 준수하지 않았다. 양반들은 결코 군정이 되려 하지 않았고, 호포도 내지 않았다. 군역軍役과 납세의 무거운 짐은 오직 '상놈'이라는 백성들만이 지게 마련이었다.

중종 때에 이르러서는 호포 제도를 '군포軍布'라는 제도로 바꿈으로써 백성들에 대한 착취를 더욱 가혹하게 만들었다. 매년 무명 두 필씩을 바치는 자에게는 군역을 면제해주고 그 대신에 그 무명으로 고용병을 모집하여 군사를 보충한다는 것이 군포제를 실시한 구실이었다. 그러나 그 군포라는 것이 종당은 사내로 태어난 백성이면 누구나 다 바쳐야 하는 인두세로 되었다. 군역은 본시 16세로부터 60세까지였으나 그 한계는 무시되어 아직 이도 나지 않은 젖먹이들까지도 '상놈'의 자식으로 태어난 사내기만 하면 군포를 바쳐야 했고, 그뿐 아니라 일찍이 사내로 태어났던 그러나 이미 땅 속에 묻혀서 백골이 된 지 오랜 백성들까지도 군역을 면치 못하고 군포를 내야 했다.

대원군 집권 초에 군포제를 폐지하고 호포제를 다시 실시했을 때 "우리도 상놈인 줄 아느냐? 호포를 바치게……." 하며 제 집 하인들을 시켜서 호포를 징수하러 온 세리稅吏를 때려줄 만치 예로부터 국가의 납세와 군역의 의무를 부담하지 않는 것을 자기네의 특권으로 아는 지배층은 그역시 저희가 낼 리 없는 군포제를 시행함으로써 호포보다 배나 더, 그리고 매호에서가 아니라 매 명의 '상놈'들에게서 짜낼 수 있는 군포로서 기름진 저희 뱃가죽을 더욱더 두껍게 했을 뿐이었다.

군포제의 실시는 자연히 의무병제를 용병用兵제로 바뀌게 했다. 그래서 8도의 방방곡곡에서 순번 순번으로 군역에 복무하기 위해서 자비로

옷과 길양식과 신발을 꾸려 지고 한성으로 꾸역꾸역 모여들던 농군을 대신해 한성 근교에 자리 잡고 살면서 요미料米를 받고 각 영문에서 복무하는 직업적 고용병들이 생긴 지 오랬다. 그들이 오래전부터 집단적으로 모여 사는 데가 바로 왕십리와 이태원인데 그것은 다름 아닌 한성이라는 봉건 도시 주변의 빈민굴이었다.

이때의 왕십리와 이태원 사람이라면 의례껏 누더기 전복을 걸치고 화승대를 메고 문안의 각 영문으로 번番 들려 드나드는 군정들이 아니면 거지 또는 짚방석을 지고 문안의 '긴 사랑'들과, 한강 포구들의 '공청公廳'으로 다니면서 그날그날 입에 풀칠을 해가는 막벌이꾼들이었다.

금년 봄부터 그곳 사람들의 생활난은 더욱 혹심했다. 일 년 나마 요미를 못 받는 군정들은 말할 것도 없거니와 그날 벌어 그날 먹는 사람들도 지금은 그만 식량이나마 살 수 있는 삯전을 벌기가 힘들기도 하거니와 돈이 생겼더라도 쌀을 구해 사기조차 어려웠다.

작년도 쌀은 귀했다. 그러고보면 재작년에도 귀했고, 그 전해에도, 또 그 전전해에도 귀했다. 쌀은 연년이 적어졌던 것이다. 금년 들어서 쌀이 갑자기 더 귀해진 것은 입종立種 머리부터 석 달째나 내리 가무는 탓도 있었다. 제왈* 금년은 떠놓고 흉년이라고들 했다. 앞으로 쌀이 더 귀해질 것은 정한 일이라, 먹고 남아서 얼마든지 팔 수 있는 사람들도 쌀을 가두어 이고 내놓지 않았다. 한성의 많은 왕족들과 외적들은 물론이요, 숱한 귀족, 양반, 관료들 치고 삼남의 비옥한 전장을 많이 차지하지 않은 자는 없었다. 그들의 추수곡만도 연년이 수십만 석이나 되는데 그 많은 양곡은 한성 5강의 강상江商이라는 거상들의 배로 이운되어 서울에 퍼졌던 것이다. 그 밖의 팔도에서 세미稅米로 걷어 올리는 양곡도 많거니와

| * 모두들 말하기를.

389

강상들이 장사 차로 삼남에서 사들이는 쌀은 그보다도 몇 배나 더 많았다. 해마다 귀해지는 양곡이기는 하나 작년 가을에로 한성으로 들어온 곡식은 그리 적은 양은 아니었다. 그러나 흉년을 예상하는 미곡 상인들과, 먹고 쓰고 남은 쌀을 가진 귀족, 양반들은 창고 문을 열려고 안 했다. 쌀값은 나날이 올랐다. 한성 안팎에 많은 구멍가게에서 빈민들을 상대로 되로 홉으로 쌀을 도거리해온 소상인들은 이가 날 줄은 알면서도 팔 쌀을 사지부터 못했다. 종로 육주비전 중에서도 가장 큰 자리를 차지하고 있는 미전에서는 쌀을 푼푼히 내놓지부터 않았다.

이왕에는 장안에 식량난이 심한 때면 진휼곡賑恤穀이라 하여 나라 창고에서 쌀을 얼마씩이라도 내팔아서 쌀값을 조절했었다. 그러나 그런 일도 지금으로 보면 옛말이다. 이십여 년 전만 해도 연말 결산 때면 국고에는 은과 엽전이 70~80만 량에, 무명이 이천여 동, 쌀이 16~17만 석씩이라도 남아돌아갔으니까 그럴 수 있었다. 그러나 지금은 선혜청의 미곡 창고를 비롯해서 나라의 창고들은 텅텅 비었다.

경복궁을 짓기 시작하자부터 국고는 말랐고, 이어 강화조약에 의해서 부산과 원산항을 일본 앞에 열어놓은 후부터는 식량까지도 점점 귀해졌다.

1877년 7월부터 이해 임오년 6월까지의 5년간에만도 일본인들이 조선에서 실어간 각종 물자의 총액이 오백십여만 원에 달하는데 그 대부분이 쌀을 비롯한 농산물이었다. 1889년에 재정난에 쪼들리다 못한 이회 정권이 부산과 원산, 인천 등 세 항구의 관세수입을 저당 잡히고 일본인의 제일은행에서 겨우 단돈 삼만 량 즉 삼천 원을 빚낼 수 있었다는 사실로서도 이때의 그 금액이 얼마나 많은 것이었고, 또 그 돈어치의 쌀이면 얼마나 많은 쌀인데, 그 숱한 쌀이 일본으로 유출되었다는 것을 알 수 있다.

물론 이때의 사람들이 저마다 그런 통계 숫자를 알 리는 없었다. 그런 것은 몰랐어도 왕의 조정이 일본과 야합해서 항구들을 열어주고, 일본 공사를 맞아들이고, 또 어떤 흉계를 꾸미고 무엇을 염탐하는지 모를 군복, 사복을 한 일본인들이 북 나돌듯 수없이 서울로 드나들고 일본 비선들이 제 세상인 양 조선 해안으로 돌아다니면서 물건을 실어내고, 실어들이게 되자부터 식량이 점점 귀해지고, 비싸지고, 각종 물가도 따라 올라서 갈수록 살기가 어려워만 간다는 것은 누구도 모르지 않았다.

　살기가 어려워만 가는 것! 나날의 조여드는 생활난이 어제오늘의 일만이 아닌 뿐 아니라 갈수록 더욱더 우심해지면 졌지 펴일 날이 있을 것 같지 않았다.

　"왜놈들이 우리 땅에다 뿌리를 박기 시작했다."

　부산으로 꼬리를 물고 건너오는 일본인 중에는 저의 처자 권속들까지도 끌고오는 자들이 많았다. 그것은 벌써부터의 일이었다.

　강화조약이 체결된 이듬해 정월에 동래부사가 이희 조정에 보낸 보고서 중에는 "왜인 장사치들 중에는 종종 저의 권속들을 데리고 건너오는 자들이 있으므로 누차 타일러서 돌려보내려고 했으나 일본 관리관管理官(부산에 있는)의 말이 '공문서에 있는 일이라 함부로 그럴 수 없다'고 하면서 일본 이사관(한성에 있는 일본 공사관원)의 공문서를 내보이는데 과연 '권속들을 데리고 오라'고 한 조목이 있었다."는 일절이 있다. 강화조약을 체결한 그해 6월에 왕 이희가 미야모토宮本小一라는 일본 이사관을 수정전修政殿으로 불러서 본 사실이 있었다. 미루어 생각컨대 일본 이사관 미야모토의 공문서에 있는 그 조항이 단지 그 자의 독단이 아니라 그때 이희와 의논이 있었던 것일는지도 모를 것이다.

　일개 일본 공사관원의 독단적인 처사였거나 아니였거나 간에 어쨌든 그 이후에도 일본 상인들은 계속 저의 권속들을 데리고 부산항으로 쓸어

들었고, 조정에서는 아무도 그것을 막으려 하지 않았다.

이때에도 '식민지'라는 말이 사용되었든지 어땠는지는 알 수 없다. 어쨌든 민간에서는 "왜놈들이 우리나라에다 둥지를 틀고 새끼를 쳐가면서 영구히 살 차비를 한다."고 했고 "우리 땅에다 뿌리를 박기 시작한다."고 했다. 이대로 간다면 우리 백성들의 신세가 피기는커녕 갈수록 살기가 어려워만 가리라는 것은 누구에게나 명백했다.

김춘영은 아버지의 부축을 받으면서 남대문 밖을 나섰다. 왼쪽으로 끼고 도는 남산 기슭의 들판은, 이십만으로 헤아리는 인종이 법석하는 문안보다도 더 텁텁한 먼지 속에 잠겨 있었다. 거치는 데 없이 불어 어는 강천한 바람에 피어오르는 메마른 흙봉당으로 남산의 푸른 장송들까지도 무색해졌다. 그중에는 선 채로 누렇게, 빨갛게 말라가는 소나무도 적지 않았다. 흘러내린 송진이 누런 더데로 덕지덕지 굳어진 소나무들의 상처, 그중에는 상처 정도가 아니게 껍질이 거의 다 벗겨져서 흰 백골로 서 있는 것도 많았다.

"……백성들을 그만치 애껴준다면 제법 아니겠나?"

길섶에 빈 지게를 세워놓고 곰방대를 피워 물고 앉아서 앞살이 다 미여진 망건 바람의 고개를 돌려 남산을 쳐다보고 있던 백발노인이 쓴 침을 뱉으면서 중얼거리는 말이었다. 바로 이웃해 사는 장태진張泰振이라는 늙은이다.

"아니, 어째 여기 혼자 앉아 계시우, 문안엘 들어 가셨드랬소?"

"아저씨, 그동안두 안녕하셨어요?"

하고 김장손과 춘영이는 반갑게 인사를 하면서 옆에 가 앉는데 노인은 그저 숙랭* 대답으로 "아" 할 뿐 하던 제 말만을 계속했다.

"먹을 게 없어서 헐수할수없이 송기를 벗기는데, 그런데두 한성부에

392

서랑, 포도청에서는 군교들을 풀어서 송기 벗기는 백성들을 잡아다가 매질까지 헌다나? 왕성의 호불을 망친다구. 허기야 옳은 말이지! 도성 안 산案山의 솔을 그만치 애끼자는 건 옳아! 허나 백성두 애껴야지, 백성부터 애껴야지! 그런데 쌀이 없어. 돈 가지구 자루 가지구 문안엘 가서두 못 팔구 빈 자루여."

하면서 노인이 제 옆에 묵둥그려 놓았던 자루 끝으로 이마의 땀을 훔치는데 그 갈피에서 백지책 한 권이 떨어졌다.

"그거 말인가? 『임진록』일세."

노인은 제 옆에 비스듬히 누워 있던 김춘영이가 집어 들고 뒤적이는 책을 굽어보면서 말했다.

"쌀이 『임진록』이 됐구먼요!"

"구멍가게에 전이 없이 이런 책들이 매달려 있데그려."

김장손의 말에 이런 대답을 한 노인은

"좌우간 미친눔이 이 나만은 아닌 모양이라!"

하며 앞니가 없어서 더욱 깊어 보이는 입속으로 허허 웃었다.

"어느 궁한 선비가 이런 싼 종이를 구해서는 부지런히 베껴내는 모양인데 곧잘 팔린다는 게여. ……쌀은 못 팔구 그 대신에 산 『임진록』이 배야 부르겠나만, 그게 나부터두 지금 우리 백성들의 민심인 모양이라!"

또 이런 말 하고 나서 곰방대를 빗물고 뻐끔뻐끔 빨면서 한동안 먼눈을 팔고만 앉았던 노인은 "그래 자넨 왜놈 장교한테 '지도를 가지는 건 그 천하를 가지는 건데.' 하면서 달려들었더라구?"

느닷없이 이런 말을 꺼냈다.

"제가요?"

| * 오래된 냉병冷病을 이르는 말.

하는 김춘영은 도리어 눈이 커지면서

"그런 말이 있는가요? 저는 처음 듣는데요."

하는데

"아, 그래? 허! 됐거던! 일이 그럴 게여."

하면서 노인은 무엇에 크게 감탄하는 모양으로 고개를 끄덕이며 허허 웃었다.

"나두 이 애가 그랬다는 말을 들었는데, 그게 어데서 난 소린가 했구먼요."

하는 김장손의 말에

"이 사람이 제 입으루 그런 말을 한 것보다두 더 훌륭허지. 안 그래? 백성들이 보낼 말을 보냈거던! 백성들이 그만치 이 사람을 크게 안 게여. 말하자면!"

하는 장 노인은 제 말에 또 만족한 모양으로 끄덕이었다.

"……그런 말씀이 지한테 당헙니까요. 한데 아저씨, 그렇지 않아두 진작 찾아뵙구 여쭤볼 말씀이 있었어요."

하면서 김춘영은 팔굽으로 제 옷통을 버텨가며 일어나 앉았다.

"이번에 옥방에서 들은 말인데요, 저, 정다산이라는 분이 있었다지 않아요?"

"정다산? 그래 그런 분이 있었지. 왜?"

"아저씨두 그 분의 글을 보셨을 것 같아서요. 그래서 말씀을 좀 들었으면 해서요."

"그래, 더러 보기는 봤지. 다야 볼 수 있나. 그분이 내가 스물 소리 할 때까지두 생존해 계셨다지만 그땐 그분이 어떤 분인지두 몰랐고. 그런데?"

"전옥에서 백락관이라는 선비가 저희한테 그분의 말씀을 허시더군요."

"자네와 한 무렵에 잡혀갔다는 선비 말인가? 그래 그 선비가 뭐라고?"

"저는 무식허니께요. 그분의 말씀을 제대루 옮길 수는 없구요. 그저, 정다산 그분의 글에, 뭐라지요? 왕이라는 것이 백성들을 위해서 있는 것인가? 백성들이 왕을 위해서 사는 것인가? 하는 글이 있다면서요?"

김춘영이가 더듬거리면서 이런 말을 하는데

"허! 큰일 날 소릴!"

하는 장 노인은 우선 그 깊숙해 보이는 입을 벌리고 또 허허 웃었다.

"국법을 범했다구 잡아다 가둔 선비가 옥에서 그런 소릴 헌다? …… 헐 테지! ……그게 아마 「원목原牧」이라는 글이지. 허두에다 '목위민유호牧爲民有乎아? 민위목생호民爲牧生乎?'라구, 척 내걸구는 '일부부日否否라, 목위민유야牧爲民有也라'구 했느니. '아니다, 왕이니 수령 방백이니 하는 것들은 본시가 다 백성들을 위해서 있는 것'이라구. 그리구는 또, '그렇던 것이 후세에 와서, 백성들은 아랑곳없이 제멋대루 임금이 된 자들이 제 떨거지들과, 아첨하는 무리들로 제후를 삼고, 제 욕심대루 법을 만들었는데, 그 법이라는 것이 모두 임금만을 높이구, 백성들은 낮추고, 아랫사람들은 학대허구, 웃사람에게는 아첨하도록 만들었기 때문에, 마치 쥐가 고양이 세상에 났다는 격루 백성들은 왕이니 제후니 하는 것들을 위해서 사는 것처럼 됐다.'는 게지."

"옳아요. 그분의 말씀이 바루 그게에요."

하는 김춘영은 머리를 끄덕이는데 장 노인은

"그러니 어쨌다고?"

하면서 먼산을 바라보며 한동안은 곰방대만 빨고 있었다.

"……아닌 게 아니라, 정다산 그분이 우리 백성들을 끔찍이 생각허신 분이지. '호부자 놈들은 평생 가야 쌀 한 톨, 베 한 치두 안 바치는데, 한 나라의 백성이건만 왜 이다지두 고르지가 못해서, 가난한 백성들한테

서만 짜대는고?' 하는 뜻의 「애절양哀絶陽」은 말할 것두 없고, 「기민시飢
民詩」(굶주린 백성)라는 시에는 '비조막탁충非鳥莫啄虫 비어막영지非魚莫泳
池'라고 해서, 아무리 가난허구, 천대받는 백성인들 '제가 아니어니 벌레
를 먹을소냐, 고기가 아니어니 물만 먹고 산단 말(?)가?' 했거던! ……
그분의 눈물이 팬 글이지!"

문득 또 시작한 말로서 이런 말을 한 늙은이는 빈 자루 끝으로 식은
코를 훔치는데

"그건 통곡이구먼요. 우리 백성들의 정상을 보구서 그분이 통곡을 하
신 게요."

하는 김장손은 두 무릎을 세우고 송구스럽게 앉으면서 장바닥에 으
스러뜨린 잎담배를 세월 없이 버리고만 있었다.

"……에 바루 그런 말씀두 들었어요. ……그래서 제가 들었습죠. 우
리 백성들은 어떻게 하면 좋은가구요."

"그래 그분이 뭐라고?"

"그분은 지금 무진 악형을 당허십니다. 매일이다시피 전신이 피뭉치
가 돼서 꺼들려 들어와서는 옥방 날봉황판에 눈만 멀거니 뜨구 누웠다
두 그런 말씀을 할라치면 일어나 앉아요. 정신이 팔닥 들게 되사리구 앉
아요. 하루는 정 힘드시는 모양입니다. '내가 살아서 나갈 것 같지가 않
소.' 하면서, 그러면서두 또 일어나 앉아서 하는 말씀이…… 한데요, 아
까 아저씨두 그런 말씀을 허십디다만, 백락관이 그분두 저를 점 달리 보
시는 것 같아요. 제가 무슨 일루 잡혀온 병정이라는 걸 아시구는요. 되려
부끄럽더군요. 좌우간 그때 말씀이…… 저는 그저 그분이 말씀하시는
글 뜻만 새겨들었구요. 그리구는 나중에 한 옥방에 같이 있던 글 아는 친
구더러 써달랬어요."

하면서 김춘영은 무명 오래기를 접어서 만든 허리띠 갈피에서 조그

만 나무쪽을 꺼냈다. 까맣게 때가 오른 육방의 문창살 한 토막을 꺾어낸 데다 굳은 나무 꼬챙이 끝으로 새겨 쓴 글자는 군유주야君猶舟也, 민유수야民猶水也, 수능재주水能載舟, 역능복주亦能覆舟라는 것이었다.

"임금이라는 것은 배와 같고, 백성들은 물과 같은데, 물은 능히 배를 띄울 수도 있고, 또한 능히 배를 뒤집어엎을 수도 있다."

장 노인과 김장손은 이렇게 새겨 읽었다.

"전에두 보신 글인가요?"

"처음 보네, 허지만……"

하는 장 노인은, 정다산의 글에도 "천하에 하소연할 데가 없는 것도 백성들이지만, 천하에 높고 무겁기가 산 같은 것도 백성이다"는 뜻의 글이 있고 또 "백성들이 항상 란(폭동)을 일으킬 것을 생각하고 있는 것은 당연한 일이라"고 한 데도 있다고 했다.

"백락관 그분이 그 말씀두 허십디다. 그리구는 '백성들이 얼마나 무섭다는 것도 모르고…….' 하면서 누워서두 이 (나무토막의) 글을 두구 두구 외입디다."

"……"

"한데요, 아저씨."

김춘용은 고쳐 앉으면서 말했다.

"아저씨 소싯적에 하신 일을 우리 젊은 병정들한테 한번 들려주시지 않겠어요?"

"소싯적 일이라니?"

하며 김춘영을 마주 보던 장 노인은

"아서, 그 따위 옛말은 해서 뭘 해."

하면서 손을 젓고 낄낄 웃기도 했다.

계사년(1833년) 봄이니까 이때로부터 꼭 50년 전이었다. 한성 한복판에서 폭동이 일었다.

그 전해 가을에 햇곡식이 나자부터 한성의 부자들과 벼슬아치들은 간상배*들을 곡창 지대로 보내서 곡식을 거두어 사들여가지고는 창고에 장여둔 채 내놓지 않았다. 쌀값은 초겨울부터 오르기 시작했다. 그 자들이 기다리던 춘궁기가 닥쳐온 때는 천정부지로 올랐다. 그러나 더 많은 이를 탐내는 부자와 간상배들은 쌀을 간색**만 보이게 내놓았다. 가 드러졌다 하는 투로 쌀값이 오르게만 농간을 해서 한성의 식량난은 갈수록 심해갔다. 그중에도 더욱 절박한 것은 그날그날 벌어서 되쌀, 홉쌀을 사서 연명해오던 한성의 빈민들이었다. 그때도 진휼곡賑恤穀이라는 것이 간혹 나오기는 했으나 그만 것으로는 식량난을 완화할 수 없었다. 빈민들은 부자 귀족들의 창고에 들어 찬 양곡을 눈앞에 보면서 굶어야 했다.

그놈들의 쌀을 터쳐 내느냐, 그렇지 않으면 그 창고 앞에서 굶어 죽느냐?

많은 사람들을 굶어 죽게까지 하면서 돈만을 낚으려는 도적놈들! 굶어 죽지 않고 살기 위해서는 그 도적 놈들을 반격해 일어서는 것이 이편의 정당방위였고 권리이기도 했다. 놈들의 쌀을 터쳐내야 했다.

우선 종로 육주비전의 곡물전을 들부시고 다음다음으로 부호 거상들의 쌀 곳간들을 깨뜨렸다. 앞장서서 달려가며 이 창고를 터치고, 저 창고를 깨뜨리는 장사들의 뒤에는 한성 안팎에서 떨어난 헐벗고 굶주린 남녀노소들이 자루를 들고 지게를 지고 한성 일판을 휩쓸며 뒤따랐다. 이것이 계사년 3월에 한성 한복판에서 일어났던 쌀 소동이요, 빈민들의 폭동이었다. 많은 양곡이 빈민들의 수중으로 넘어갔다. 그러나 동시에 그날

* 간사한 방법으로 부당한 이익을 보려는 장사치의 무리.
** 여러 가지 물건을 갖춘 것으로 보이려고 조금씩 내어놓은 물건.

에 대한 중세기적 폭압의 선풍이 일었다.

한성 안팎의, 그 집꼴로 보나, 옷주제로 보나 못사는 사람이기만 하면 모조리 잡아 가두고 치도곤治盜棍을 안겼다. 통치자들은 가난한 백성이면 다 죄인으로 보았다. 그중의 주모자로 지목한 일곱 명은 목을 메어 효수하고, 오십 명은 갖은 악형을 다한 후에 정배 보냈다.

"그때 우리 가난뱅이들은 수무촌철手無寸鐵루, 맨바루 손에 쇠꼬챙이 하나 없었으니께. 그나마 한창 들부시구 돌아갈 때는 수만 수천 명이 뭉쳐 다녔으니께, 관가에서두 손을 못 댔지만, 일단 흩어지구보니 형세가 기울었거던! 그렇게 되면 일은 다야! 어떨 도리가 있더라구?"

그 오십 명 중의 한 사람이었던 장태진 노인이 오십 년 전의 그 일을 이야기헐 때마다 하는 말이었다.

"그때뿐인가? 더구나 왜놈들이 들어온 후에는 민란이 좀 많았나! 더 많았지. 선비들의 상소, 원정은 말할 것두 없구. 그럴밖에 없지. 왜놈 때문에 우리 백성들이 더 못살게 되는 건 뻔허니까."

하던 장 노인은 한동안, 식은 재만 남은 곰방대를 뻐금뻐금 빨면서 무릎 우에 『임진록』을 펴놓고 뒤적이다가 또 문득 허허 웃었다.

"……이 임진란 때는 왜적놈이 수만 명 군사를 몰구 와서두 성문으로는 못 들어가구 개구멍에 개 나들듯 시구문水口門 틈으루 기어서야 한성엘 들어왔더랬지. 헌데 이번에는 되려 이편에서 남대문을 활짝 열어잡구 그놈들을 맞아 들였으니께. 한심헌 일이지."

"익선관* 쓰구, 사모 쓰구 조정에 들어앉아 있는 놈들이 그랬지, 우리 백성들이 그런 건 아니니까요. ……세상에 그럴 법이 있어요? 내가 뭘

| * 왕과 왕세자가 평상복인 곤룡포를 입고 집무할 때에 쓰던 관.

못헐 짓을 했길래 전옥 남간에다 가두구, 때리구, 나중엔 볼기를 까구 곤장질을 허는 욕까지 보이니, 그렇게 허잘 이면이 어데 있어요? 그땐 내가 이 생각, 저 생각 다 허구 한 짓은 아니야요. 그저 왜놈 장교가 우리 장안을 그리구 있는 걸 보니까 눈에서 확! 불이 나서요. 저걸 막지 않으면 나라의 총을 멘 이 나라 병정이 아니다! 하는 생각만이 들었어요. ……아버지부터두 내가 죽지 않구 살아 나온 게 다행한 일이라구 허십디다만, 그렇다면 내가 지 조정 놈들을 고맙게 여겨야 하게요? 죽는 건 죽어나 못 봤지, 분통이 터져요, 분통이. 나는 이 나라 병정 아니겠어요. 이 나라 병정으로 할 일을 하느라구 한 나는 제 나라 조정 놈들의 손에 잡혀서 옥에 갇혀서 갖은 매질, 갖은 수모, 갖은 욕을 다 당하구 있구, 그 왜놈 장교는 제 맘대루 또 그 짓으루 염탐을 하려니 하면 정말 분통이 터져와요. ……이전엔들 왜 그런 생각을 못했겠어요. 하지만 이번에 당해 보구는 정말 이렇댔구나! 했어요. 백락관 그분의 말씀이 참말 귀에 잠기드군요. ……저두 곰곰이 생각했어요. 생각하니께……."

젊은 병정 김춘영은 얼굴에 흔건한 땀을 흘리고 나서 말을 이었다.

"……우리 병정들은 이 나라 백성들의 병정이지, 제 나라 팔아먹는 조정 놈들의 병정은 아니거던요."

"……."

말이 한동안 끊어졌다.

"……백성들의 병정이지 지금 조정 놈들의 병정은 아니라? ……그렇게 되면 일이 어떻게 되노?"

눈을 내려깔고 앉아서 부시럭부시럭 담배를 실어 붙여 문 장 노인이 비로소 혼잣말같이 하는 말이었다.

"제 말씀은요……."

"아니, 자네 말을 더 듣자는 말은 아닐세."

이렇게 김춘영의 말을 밀막은 노인은 자루에 『임진록』을 말아들고, 끙, 소리를 내며 일어서서 한쪽 어깨에 지게를 걸쳤다.

"아까는 봐하니, 하나는 절름거리구 하나는 부축허구, 그래두 병정이라 전복은 걸치구 오는 걸 보니 딱허기두 허구 한심두 해서 미처 인사말두 안 나갔네."

장 노인은 이런 말을 하며 돌아서서 걷기 시작했다. 그 뒤를 따라 가는 김춘영이와 마찬가지로 장 노인 역시 절름거리는 걸음이었다. 50년 전에 그가 당한, 주리를 트는 악형에 한편 정갱이뼈가 부지러졌던 것이다.

......

두미월계斗尾月溪 나린 물이

용산龍山, 삼개麻浦, 한강 되고

그 물줄기 흘러내려……

앞서 가는 장 노인이 흥얼거려 부르는 한양가漢陽歌였다. 서남쪽으로 바라보이는 저편에는 그 늙은이가 낚시질로 생계를 이어가는 서빙고 앞의 한강 줄기가 석양의 붉은 노을을 비치며 흐르고 있었다.

*

이날 씨동이는 정의길을 찾아갔다. 다시 보는 그 병정은 어젯밤 빙아의 말을 물으며 생각했던 대로 생김생김이 처녀와 같은 데가 많았다.

씨동이는 간밤에 자지 못했다. 무덤 속에서 살아나온 처녀가 이 성중에 저의 집이 있고, 또 군교 노릇을 하는 친오라버니가 있으면서도 그런 말도 못했던 처녀가 제 오빠를 만나게 된다면 얼마나 기쁘고 반가와하라! 혹여 그것이 큰 위험을 무릅쓰는 일이 될는지도 모르나 어쨌든 그들이 반갑게 만날 생각을 하면 저도 기뻤고 흥분도 했다.

그러나 한편 또 극히 귀중한 것을 잃게 되리라는 생각에 괴롭기도 했다.

그 처녀를 집 안에 들인 날부터는 집 오래*에서 낯선 인기척만 나도 온 식구가 귀를 송구리기는** 하면서도 집 안은 확실히 밝아진 듯했다. 아직도 궁중의 말투를 못 고쳐서 제가 남복을 하고 있다는 것도 잊어버리고는 제 말을 할 때마다 "쉰네"라고 해서 집 안을 웃기면서

"그게 어디 사람 사는 데라구요."

"그것들이 사람이기나 한가요."

궁중 생활과 궁중 사람들을 이렇게 말하는 빙아는

"댁같이 이런 여염집이 정말 사람 사는 것 같아요."

해서 집안사람들을 기쁘게도 했다.

"그새만 해두 낯이 익어서 맘이 좀 폐는지 요샌 제법 자기두 한다누."

아랫목에서 한 이불을 덮고 자는 할머니는 이런 말을 했고

"요새는 좀 먹기두 하는 모양이지. 맘이 편해야 입두 단 법이니께."

하는 할아버지도 만족한 모양이었다.

'긴 사랑'에서 돌아 온 씨둥이가 혹시

"다들 어데 갔어요?"

하고 묻게 되면

"다라니, 누구 말이냐?"

할아버지는 반드시 이렇게 되묻고 나서야

"응, 그 안손님 말이냐? 너 할머니와 김매려 갔나부다."

---

* '근처'의 북한말.
** '송그리다.' 몸을 작게 오그리다.

했다. 김을 맨다면 밭이나 논으로 알겠지만 백토판인 낙타산 속에 그런 것은 있을 리 없고, 단지 이 골짜기 저 골짜기에 가랑잎이 썩어서 조금이라도 습기가 있는 데면 푸성귀를 몇 포기씩 심은 손바닥만씩 한 땅 조박이 씨둥이네 채마밭이었다. 빙아까지 껴들어서 매야 할 김도 없지만 집 안에 있는 것보다는 안전하리라 해서 할머니를 따라나가군 했다.

그런 때 돌아온 씨둥이는 실로 '다들'이 아닐 수 없게 집 안이 빈 것도 같아서 묻는 말이었으나 노인은 매양, '다들'이라니 웬 소리냐? 하는 투로 그 '안손님'이라는 말로 빙아와 집안사람을 갈라놓는 대답을 했다. 그때마다 씨둥이는 헐끔해서* 노상 쓸쓸해지곤 했다.

정의길은 필시 제 누이동생을 찾아갈 것이다. 저의 집으로는 못 데려가더라도 어데다 더 깊숙이 숨길 데로 데려갈 것이다.

이제는 집 안이 영 쓸쓸해지고 말 것이 아닌가! 이런 생각에 더 잠이 안 왔다.

강천한 뙤약볕이 따가웠다.

앞서서 산비탈길을 추어 올라가던 총각은 길섶의 번번한 백토판에 홀로 서 있는 꼬부정한 소나무 그늘로 가서 두 다리를 내던지고 주저앉았다.

"집이 아직두 먼가?"

정의길은 저 역시 그늘 아래로 들어앉으며 물었다.

"맘이 급허우? ······지금 간데두 집엔 없을 게요."

"집에 없다니?"

"김매러 갔을 게요."

| * 피곤하거나 아파서 얼굴이 꺼칠하고 눈이 쑥 들어간 모양.

불쑥 나온 제 거짓말에 총각은 얼굴을 붉혔다.

"김을 매?"

하는 병정은 의외인 모양이었다.

"우리 같은 농사군네 집에 있으면 김두 매게 마련이지, 할 수 있어요?"

붉어진 총각은 오히려 더 엇나가고 싶었다.

"그래, 김을 제법 매기는 하던가?"

묻는 말인지, 혹은 그 역시 제 누이동생의 소식이라 반가와서 하는 말인지, 웃으면서 이런 말을 한 정의길은 곰방대와 쌈지를 꺼내가지고 부시럭부시럭 담배를 담아 들고 부시를 치기 시작했다.

"매면 매는 거죠 뭐. 별사람이 하나요?"

씨둥이는 또 이런 대꾸를 하면서도 그렇게 뻐꾸러지는 제가 퍽 초라해 보였다. 그러지 말고 저도 꾸밈새 없이 제 마음에 있는 빙아의 말을 다 했으면 싶기도 했다. 그러나 할 말이 없기도 했다.

"……"

"……참! 나두 못 봤지!"

한동안 담배만 피우고 앉았던 병정은 문득 긴 한숨을 지으며 이런 말을 했다.

"아까두 한 말이지만 그날 새벽에 궁장 밖에서 만났던 날탕패를 족치면 우리 빙아가 어떻게 됐다는 건 알 수는 있었겠지만, 아닌 게 아니라 그런 양으루 찾아가기두 했었지. 하나 '설사 무슨 변이 있었단들 그걸 알아서는 어쩌자고? 누설한 나는 말할 것두 없고, 그런 걸 알았다는 것만으로두 이편에두 멸문지환이여! 팔자거던, 타구난 팔자니께로.' 하는 그 군의 말에 더 캐서 묻지두 못했거던. 그런 말에 일이 더 심상치 않다는 걸 알면서두 그 군의 말마따나 그저 천한 백성으루 태어난 죄구, 팔자루만 밀리구 했으니……."

"웬걸요. 일이 그렇게 됐으니 지금 와서 허는 말이지. 궁녀 딸, 궁녀 누이를 둔 덕에 세도하구, 호강하는 사람두 많지 않소?"

총각은 또 불끈하는 제 울분을 참지 못했다.

"억울한 걸루 말하면 우리 겉은 시골 농군들한테 대겠어요? 정말 억울해서 못살 건 우리 농군이요. 말두 마슈."

"옳아! 나두 내가 억울하다구만 하는 말은 아니구. ……내 말은, 그게 남이기나 헌가. 제 살붙이 친동생이 살았는지, 죽었는지? 살았는지가 뭔가. 죽어두 저놈들의 손에 끔찍스럽게 죽었으리라는 걸 알면서두, 그걸 따지구 밝혀볼 생각은 엄두두 못 내구 있었으니 이 내가 얼마나 못났으면 그렇겠나! ……정말 허잘것없는 바지 저구리더란 말일세."

"……."

병정의 말이 끝나서도 한동안 덤덤히 앉아만 있던 씨둥이는 마침내

"갑시다!"

하며 궁둥이를 털고 일어섰다.

토지방에서 신을 삼다가, 인기척에 뜰아래를 내려다보던 노인은 씨둥이와 같이 나타난 병정을 보자 금시 긴장한 낯빛으로 방 안을 돌아보며 "온다!" 하는 눈기를 하고는 허리띠에 찼던 신을 떼놓고 짚검불을 털면서 일어섰다. 그러자 방 안에서 총총히 나온 노파는 신을 꿰기가 바쁘게 부엌으로 들어갔고, 빙아는 머리맡 담모퉁이에 붙어서서 떨기만 했다. 밖에서는 꺼멓게 때가 오른 가느다란 문설주를 꽉 그러쥔 조그만 손만이 보였다.

열려 있는 그 방문 앞으로 다가서서 그 손의 임자를 한번 들여다본 정의길은

"저 노인장이 총각의 조부님이신가?"

묻더니 토지방으로 올라가서

"안으로 들어가시지요."

하면서 노인을 부축해서 아랫목으로 들여앉히고는 절을 했다.

"이런 법이 있소? 상투를 못 가리우는 상놈에게 절이라니, 당헌 일이요?"

늙은이는 펄쩍 뛰다시피 전복 입은 병정의 어깨를 붙드는데

"제 동생의 재생지 은인이신데, 어떻게 제가 절하고 뵙질 않겠습니까. ……저는 존장을 뵙기조차두 염치가 없구, 부끄러운 놈이올시다. 고마운 건 다 말씀할 수두 없구요."

하며 전립 쓴 머리를 조아리는 병정의 음성은 떨리고 눈물이 배였다.

"오라버니!"

비로소 고개를 들어 저를 바라보는 정의길의 앞에 무너앉듯이 엎드린 빙아는 느껴 울었다.

"네가 살아 있었구나!"

"오빠! ……살았으니 어떻게 해요? ……오라버니가 뵙구 싶어서요, 뵙구 싶어서……. 허지만 이렇게 오빠를 만나뵐 제가 아니예요. 저는 집안의 화근이예요. ……이 애물을 없애줘요. 저를 없애야 해요."

"빙아야! 너는 오라비가 반갑지두 않으냐? 죽어서 묻히기까지 했던 네가 살아나서 처음 만난 이 오라비가……. 반갑기보다두 그런 걱정이 앞선단 말이지! 참혹하다, 참혹해!"

하면서 후두두 어깨가 떨리는 병정은 처녀보다도 더 참을성 없이 느껴 울었다.

"이 못난 오라비를 원망해라! 너를 궁 안루 들여보낸 것부터 이 못난 오라비가 너를 죽게 한 거나 다를 게 뭐냐."

"아니예요. 오라버니."

"얘야! ……좌우간 이젠 기뻐하자꾸나. 나는 네가 살아 있는 게 기쁘구나!"

하는 정의길은 전복 소매 끝으로 눈들을 씻는데

"……이렇게 오라버니를 뵙는 게 전들 얼마나 기쁘겠어요. 하지만 저는 죽어야 했어요!"

처녀가 또 이런 말을 할 때

"참 고약허군!"

문득 누구를 꾸짖기라도 하는 듯 노인은 피우던 곰방대를 덜렁 내던지기까지 했다.

"남매간 말씀 중에 뛰어드는 게 상숙지는 않소만, 하두 억울허니 하는 말이요."

"……."

"요행 죽지 않구 산 것이 되려 겁이 나구 후회까지두 허게 되니 이게 사람 살 세상이요? …… 미상불 아실 일이길래 허는 말인데 우리두 죽지 않구 살아남은 게 조심스러운 처지요. 민란에 장두狀頭로 나섰다가 죽은 사람의 애미 애비구, 그 자식 놈이구 보니 이 하늘 아래서는 드러내놓구 살긴들 허겠소. 그런데다 또 걱정은……."

하던 늙은이는 동댕이쳤던 곰방대를 집어서 또 뻐금뻐금 빨면서 말했다.

"우리 저놈은 성미가 발만헌 놈이 제 처지는 생각두 않고 그저 제 애비 원수 갚을 욕심에 마구 날뛸질 않겠소!"

"할아버진 또 그러시네!"

이때까지 토지방에 걸터앉아서 말을 보고 있던 씨둥이가 노인의 말을 가로채듯 했다.

"뭐 잘못된 게 있어요? 큰 거리에서 사람들을 위기는 좀 웨서두……."

그래서 월루 이분네가 만나게 되잖았어요?"

"이 녀석아, 네가 잘해서 그런 줄 아냐? 네가 허턱 행악을 해서두 그 병정이 요행 접어 생각할 줄 아시는 분이니 그렇지, 그렇지 않았으면야 네가 무사했겠니? ……제발 이 하내비한테 걱정을 작작 시켜라."

"……"

씨둥이는 잠시 시무룩했다. 그러나 또

"할아버진 늘 이 산속에만 들어앉아서, 지금 세상을 몰라요."

했다.

"알구 보면 '긴 사랑'에는 우리 아버지처럼 '이놈의 세상을!' 하구 별 르구 있는 사람들이 많아요. ……병정들이야 뭐, 좋은 사람두 있지만, 아무래도 요미 줘서 먹이는 저놈들이 하라는 대루 하게 생긴걸요."

"……또 저런다! 나가는 대루……."

하며 부엌에서 노파가 혀를 차는 소리가 들렸다.

"정말 나가는 대루 지껄이는 놈의 수작이니 탓하진 마시유."

병정에게 이런 말을 하던 노인은

"남매간에 허실 말씀이 많으실 텐데. 나두 좀 나가 봐야겠소. ……씨 둥아, 너두 이리 온."

하며 불시에 자리를 일어 토지방으로 나가서 신 삼던 거적자리를 걷어 가지고 마당 기슭의 나무 그늘로 나앉았다.

집안의 안부를 묻고, 대답하는 말이 대강 끝났을 때 한층 음성을 낮춘 빙아는 속삭이듯이 물었다.

"무슨 변이 나는 게 아니에요?"

"변이라니?"

"혹시 난리라두요."

"난리라니, 웬 소리냐?"

되묻는 정의길의 눈은 커졌다.

"오라버니가 모르신다면 제 공연한 걱정이었어요. 오라버니가 군정이길래, 모르는 소견에 제 혼자 어쩌나? 했지만……"

하는 처녀는 금시 마음이 놓인다는 듯한 한숨을 지었다.

"좌우간 말을 하려므나."

"왜놈의 양포를 많이 사들인대요. 2만 자루나요."

"뭐? 왜놈의 양포를 2만 자루나 사들인다구? 너는 그걸 어떻게 알았나?"

되짚어 묻는 정의길의 눈은 더욱 커졌다

"제가 죽어 나오기 며칠 전이에요. 무내우니까 내전의 뒷문두 다 열어놨어요. 마침 어느 상궁이 심부름할 게 있다구 저더러 뒤뜰에서 기다리라구 해서요. 기다리구 있는데 내전에서 나는 말소리가 간간이 들려요. 그중에두 병판(병조판서) 대감의 음성은 퍽 걸걸하니께요."

유실하기 조심스러운 이야기를 할 때면 흔히 그 알맹이보다도 우선 그 사실이 있었던 정황부터 더듬어 들어가듯 하는 투로 시작하는 것이 보통인데 이때 빙아의 이야기도 이렇게 시작되었다.

내전에도 무상 출입을 하는 병조판서 민겸호와, 군무사 당상 민영익이가 민비와 마주 앉아서 주고받은 말이었다.

"……일이 그렇게 돼서 그 정예로운 일본 총에다, 일본 상관한테 교련을 받은 2만 병을 호령하고 있으면 든든한 것이올시다."

기탄없이 웃기도 하는 민겸호의 이런 말소리도 들렸던 것이다.

빙아의 이야기로는 그들이 이때 비로소 일본 무기를 사들인 의논을 한 것같이 들리나 실은 벌써 전의 일이었다. 빙아가 들었다는 말은 모르거니와, 이미 주문했던 2만 자루의 총이 언제 온다거나, 혹은 또 그 대가 지불에 관한 의논이었을는지도 모를 것이다.

왜 이렇게 분명치가 못한가 하면, 그것에 관해서는 공식적인 문건이나 기록은 없기 때문이다. 단지, 무명인인, 그러나 그때의 일을 잘 안다고 할 수 있는 사람이 남긴 기록에서, 호리모토를 초빙한 후에 일본에다 '무라다' 총 2만 자루를 주문했다, 는 몇 자를 찾아볼 수 있을 뿐이다.

"일전에 일본 공사 화방의질이, 신과, 또 예조판서에게 편지로 말하기를 '병사를 선택하여 군사 훈련을 하는 것이 오늘의 급선무인바, 육군 소위 호리모토를 데려다가 훈련 교사로 삼고, 또 연병장을 정하여 훈련하게 하자'고 합니다. 이는 다 호의로서 하는 말인즉 그의 뜻을 저바릴 수는 없을 것이외다."

이것은 임오년 전해 4월 23일에 병조판서 민겸호가 왕 이희에게 한 말로서, 그 즉시로 별기군을 조직하게 되었던 경우를 밝힌 『실록』의 기록이다. 그 얼마 후에 있은 일본 무기 수입에 관해서는 공식적인 기록에는 밝힌 데가 없다.

당시의 무라다총은 불란서나 독일제의 총보다 우수한 것이라고 일본이 뽐내던 무기였다. 1879년에 만든 그 총은 바야흐로 대판大阪에다 증기 동력의 큰 방직 공장을 창설하던 중인 일본 지배층이 자국 내의 반란을 진압할 정도로 조직했던 군대를 대륙 침략을 감행하기 위한 무력으로 확장, 개편할 수 있는 요인의 하나로 되기도 했던 것이다.

'초록 군복'을 위해서 그 총이 처음 수입되었을 때 그 한 자루는 "논치고도 상등답 몇 마지기 값"이라고 했다. 2만 자루면 줄잡아도 쌀이 20만 석! 이희 조정으로서는 엄두도 못 낼 만치 막대한 부담이 아닐 수 없다. 그렇다고 거저 줄 리는 만무했다. 거저 주든 싼 값으로 팔아먹든 간에 일본이 무슨 까닭에 저희의 최신 무기를 조선으로 실어들이게 하는가?

"저는 난리가 나거니만 했어요."

"난리가 난다면야 왜놈들이 들어올 때 벌써 났어야 했지."

하는 정의길은 어떻든 저 혼자 알고만 있을 일이 아니라고 생각했다.

제4회

저녁이면 왕십리와 이태원의 군정들이 많이 찾아오곤 했다. 성 밖이라 나다니는 데 제한이 없었으므로 류춘만과 그의 형 류복만柳卜萬과 홍천석洪千石, 이영식李永植 같은 젊은 군정들은 밤 늦게까지 남아 있는 때도 있었다. 때로는 막걸리 동이를 한가운데 놓고 사발로 떠 돌려가며 이야기들을 했다. 그들 중의 누가 다음 끼부터는 밥이면 밥, 죽이면 죽을 옹배기나 모랭이*에 담아 먹을 작정하고 한두 개 남았던 양푼이나 수접을 잡혀서 사온 술이었다. 오지 뚝배기에 끓인 붕어, 미어기, 자개 같은 것은 장태진 노인이 보낸 한강 생선이었다.

아직 베개를 안고 엎여 있어야 편한 김춘영은 술추렴에는 들지 않았다.

그는 한 옥방에 같이 있었던 백락관의 이야기를 많이 했다. 제 이야기로는, 갇혀 있을 때의 일보다도 놓여나올 때에 당한 일이었고, 또 남산에서 박승**을 지고 끌려가던 때에 본 한양성의 이야기였다.

우선 장안의 서북쪽 일판을 차지한 경복궁과, 동북쪽에 꽉 들어찬 창덕궁과, 그밖에 태묘니, 경모궁이니, 또 무슨 궁이니 하는 큰 집들이 다 누구의 집이요, 뉘집의 사당간인가! 그뿐인가, 그 한 집안의 떨거지들을

---

* 비교적 작은 통나무를 파서 만든 그릇.
** 포승.

위하는 종친부宗親府는 말할 것도 없고, 외빈부外賓府니, 돈녕부敦寧府니 하는 것은 그 한 집안의 딸네 편, 처가 편의 사돈의 팔촌들의 살림까지도 다 나라의 재물로 섬겨주기 위한 것이다. 또 의정부니, 육조니, 사헌부니, 의금부니, 포도청이니 하는 아문衙門이라는 것들은 그 한 집안을 위해 받드느라는 자세로 세도를 부리고, 학정질을 하는 자들이 모여 앉아서 신트림을 해가며 사람 잡을 공론들을 하고 있는 사랑방에 지나지 않는 것이다.

이런 몇 가지만을 꼽아도 이성계李成桂 때에 백성들을 11만 9천 명이나 끌어내다가 백악에서부터 동쪽의 낙타산, 서쪽의 인왕산으로 해서 남산까지 연닿게 둘러친 40리도 더 되는 한양성이라는 성이 그 한 집안 떨거지들의 집의 담장이지 다른 게 무엇이겠는가?

이렇게 생각하고, 그렇게 보면 이때까지는 이 나라의 도성을 지키는 병정이라고 생각했던 경군京軍이라는 것이 결국은 그 담장 밑에서, 그 한 집안 떨거지들과, 그 사랑방 것들이 갖은 지껄이로 홍청거리고, 거드름을 피우고, 밤이면 계집 끼고 잘 자도록 망을 봐주는 못난 차력借力(장사) 금새밖에 더 될 것이 없었다.

"……내가 불한당질이라두 헌 놈처럼 조정에서는 볼기를 까놓구 곤장질을 허지, 그 억울헌 욕을 당허구 놓여나오는 참, 또 생면부지 총각 놈헌테는 그 봉변이지. 그 총각뿐인가, 내가 민란에 나가서 총질을 헌 병정이라니까 거리 사람들까지두 다 들어붙어서 매질을 허더군! 그러니 이 못난 차력군은 이 세상에서 어데다 발을 붙이구 산다? 허는 생각이 들더군."

김춘영은 이런 말을 했다.

또 광통교 '긴 사랑' 사람들의 이야기도 했다. 뒷골목 거리의 사람들은 뭇매질을 했으나, 지척인 '긴 사랑' 사람들은, 그들 역시 생면부지면서도 그를 떠받들듯 했던 것이다. 이때의 김춘영은 그 짧은 동안에 이 극단에서 저 극단의 일을 당했다고도 할 수 있었다.

"…… '긴 사랑' 사람들은 말할 것두 없지만 자네한테 뭇매질을 헌 사람들두 다 좋은 친구들이거던! 안 그래?"

류복만이가 이런 말을 해서 젊은 군정들은 웃었다.

"그중에는 우리 동네 장 노인처럼 민란에 나섰던 사람들두 있었을지 모를 걸세."

누가 또 이런 말을 해서 말이 장 노인의 이야기로 번지기도 했다.

이태원 사람들은 장 노인과는 근 10년경이나 이웃해 살았다. 처음 이사해 왔을 때는, 쪼들 대로 쪼든 그의 마누라가 바가지 몇 개를 매달아 이고 온 보따리 귀세기에 끼여 있는 몇 권의 낡은 책들로서, 어데서 못살고 떠들어온 초학 훈장이려니만 했었다. 그런데 며칠 안 있어 그의 오막살이로 금부 나장이 찾아온 것을 보고는 놀랐다. 동네 소임의 입에서 나온 말로서, 수십 년 정배살이를 하다가 풀려나온 옛날의 민란 장두*였다는 그의 내력을 알게 된 동네 사람들은 드러내놓고 가까이하기는 꺼리면서도 속으로는 존경했다. 낡은 매생이** 한 척을 마련한 노인은 고기잡이로 생계를 삼았다. 생계라지만 대 젓는 것부터도 서투른 어부는 잡는 날보다 못 잡는 날이 더 많았다. 늙은 마누라는 공한 땅 쪼박을 찾아다니며 푸성귀와 기쟁이, 보리 같은 것을 몇 포기씩 심었다. 동네 사람들은 그에게 훈학을 권했다. 척박한 두 늙은이가 살아가느라 애쓰는 수고를 덜어주려는 뜻도 있었다. 하나 훈학은 겨울 동안에만 했다. 강이 풀리기만 하면, 갑갑해서 그 짓은 못하겠다고 하면서 강으로 나갔다. 훈학하는 요料로 모아주는 쌀말을 받아야 하는 고통과 창피를 하루속히 면하려는 노인

---

* 여러 사람이 서명한 소장訴狀이나 청원장請願狀의 맨 첫머리에 이름을 적는 사람.
** 노로 젓는 작은 배.

의 심정을 동네 사람들은 모르지 않았다.

노소 동락하는 장 노인은 잘 웃었다. 세상에 아무런 근심도 불평도 없는 호인의 웃음이었다. 그러나 일찍이 세상에 대한 불평불만을 한번 크게 폭발시킨 적이 있었던 노인이라는 것을 아는 사람이면 그의 껄껄거리는 웃음 속에서 세상에 대한 뒷손질의 그림자가 어른거리는 것을 느끼기도 했을 것이다. 여지없이 가난하건만 극히 담박하고, 때로는 내일은 안 살고 말 것 같이 손이 큰 것과 아울러 그 태평스러운 웃음으로, 사람들은 그 늙은이에게는 아직도 난봉기가 있다고 했다. 이런 경우에 '난봉기'라고 하는 것은 호협한 기백을 말하는 것이었다.

이 무렵에 정의길이가 전한 소식은 젊은 군정들에게 큰 충격을 주었다.

"대관절 그놈의 총을 어떤 놈들에게 메울 작정인가?"

우선 이런 말을 했다.

"무사헐까?"

했고 또

"우리 구식 군사를 아주 혁파하는 날에는 '군제 변통' 때와는 다를걸!"

하기도 했다. 사관생도니 별기군이니 하는 것이 생기자부터는 이때까지의 병정은 졸지에 '구식 병정'이 되었고, 그뿐 아니라 구식 군대는 조만간 아주 없애버린다는 말도 떠돌았다.

"그러니까 왜놈의 양포를 실어 들이는 대루 먼저 '왜별개'를 더 만들어 세워놓구 그 담에 혁파령을 내릴지 모르지."

"그래두 무사치 않으면 그때는 우리는 '난군亂軍'이 되구, 왜별개가 '관군'이구, 일이 그렇게 될 테지."

젊은 군정들은 이런 말들도 했다. 이때까지 이 나라의 군사였던 자기네는 '난군'이 되고, 왜별개가 '관군'이 된다? 그게 될 말인가!

그러나 말은 안 되지만 일은 그렇게 될 수도 있을 것이었다. 어쨌든 조정에서 사들이는 일본 총이 기왕부터 없앤다고 해오는 구식 군대의 운명을 더욱 촉박하게 재촉하는 것으로 생각하지 않을 수 없었다.

대관절 그 많은 총을 어데루 해서 실어 들인다? 부산이나 원산포에다 하륙해 가지고 소바리나 등짐으로 서울까지 날라 올 리는 없을 것이다. 필시 인천이라고 했다. 인천서 한강으로 배로 실어 들일 것이다. 그렇다면 한강의 포구들을 지켜볼 필요가 있다. 그것은, 10년 경이나 한강에서 살다시피 하면서 5강의 선부와 등태*꾼 중에 모르는 사람이 없는 장태진 노인에게 부탁하기로 했다. 또 할 수만 있으면 인천 포구의 정형을 살펴 줄 사람이 있으면 더욱 좋을 것이었다.

강명준을 통해서 그럴 만한 사람이 있다는 것을 알았다.

광통교 '긴 사랑'의 의자 상투는 본시 인천 사람으로, 재작년에 비선에서 내려 서울로 들어오는 화방의질의 일행을 몇몇 동무들과 함께, 돌과 몽둥이로 요격(1880년 인천 폭동 사건의 발단)하다가 실패하고 도망을 해서 피해 다니다가 '긴 사랑'에 끼어든 사람이라는 것을 강명준은 알았다.

강명준이와 같이 온 의자 상투는 김춘영이와도 초면은 아니었다.

"성사가 되면 우리한테두 양포를 한 자루씩 줄랍쇼?"

운을 떼기가 바쁘게 의자 상투는 이런 말부터 꺼냈다. 김춘영은 친구들과 의논한 바를 대강 이야기했다.

빙아가 엿들었다는 병조판서 민겸호의 말대로, 총이 2만 자루면 한강을 오르내리는 목선으로는 여러 배 짐이 될 것이다. 혹은 또 일본에서도 한꺼번에는 실어 내지 못하는지 모른다. 좌우간 먼저 온 배들의 총과 탄약을 할 수 있는 대로 많이 탈취하되 다 빼앗지 못할 경우에는 강 속에

| * 짐을 질 때, 등이 배기지 않도록 짚으로 엮어 등에 걸치거나 지게의 등이 닿는 곳에 붙이는 물건.

처넣기라도 해야 한다. 그러기 위해서는 뱃사공들과 짜가지고 배들을 반드시 밤중에 들여 대게 하고, 또 어느 포구에 댄다는 것을 미리 알아야할 것이다. 이편 군사들은 등태꾼, 지게꾼으로 변복하고 잠복했다가 일시에 뛰어올라서 건사할 수 있는 대로 빼앗아가지고는 어둠 속으로 사라진다. 이때에 성공하면 그 다음에 오는 배짐의 것도 이편의 것이 될 수 있다. 대강 이러한 구상이었다.

의자 상투는

"되지요, 됩니다. 일이 되길 일러요!"

했다. 인천 포구의 등태꾼이었던 그는 지금도 인천 바닥에서 드러내놓고 나다닐 수는 없지만 그곳 뱃사람과 등태꾼들 중에는 그런 일이라면 발 벗고 나서줄 친구들이 많다고 했다. 인천서 한양이 뱃길로 백여 린데 그 중도에서는 쥐도새도 모르게 영거*해오는 놈들을 없애고, 뱃짐들을 이편에서 지정한 데다 부려놓을 수도 있다고 했다.

"그러지 않아두 들먹거리는 우리 사람들인데, 군사들이 백성의 편이 돼준다면야 무슨 일인들 못 헐갑쇼!"

하기도 했다.

이때 정의길은 알아볼 길이 또 하나 있을 것 같다고 했다.

빙아의 말이 "뉘집 사람인지는 모르지만 집으로 찾아갈 생각은 영 말아야 해. 멸문지환이여." 하던, 무덤 속에서 들은 그 말은 분명히 귀에 익은 음성이었다고 했다. 이웃에서, 어려서부터 들었던 구具가 성 쓰는 늙은이의 음성이 분명하기는 하나, 한 가지 미심쩍은 것은 그 늙은 액정의 말치고는 너무 무게 있게 들리는 말이었다고 했다.

빙아의 말을 듣고본즉 정의길이도 마음에 짚이는 데가 없지 않았다.

| * 함께 데리고 가거나 가지고 감.

간혹 만나는 때면 그 늙은이는 놀랜 사람같이 당황해하는 기색이 보이군 했다. 다음, 반갑게 하는 인사는 이편의 눈치를 살핀 후에 비로소 안심하고 하는 말이었고, 얼굴빛이었다.

"그 늙은이가 들어만 준다면 궁중의 동정두 좀 알아낼 수 있겠는데, 그런 부탁을 들어주기는 고사허구, 이편에서는 은인이루 알구 백 배 치사허는 말을 헌대두 치하루 듣기는커녕 제 가슴에다 비수를 내대는 걸루 알 늙은이니까 딱허거던!"

"궁중의 소식을 조금이라두 알아낼 수 있다면 그 늙은이헌테 치하를 허게. 고마운 건 고마운 게구, 일은 일이니까."

하는 김춘영은 일본 총도 총이지만 백락관의 소식도 초조했다.

구가 성 쓰는 늙은 액정은 아랫도리가 설피게 들썩한 허위대였다. 그러나 송기떡 빛 전복을 걸친 가슴은 우그러들고, 잔등은 굽고, 검은 벙거지 밑의 목은 꺼졌다. 걸을 때에도 활개를 치는 것을 보기는 쉽지 않았다. 그의 두 손은 언제나 배꼽 위에 포개서 얹혀 있었다. 정정한 체질을 타고났지만 언제나 머리를 못 쳐들고, 허리를 못 펴고 덮어놓고 '황공무지' 해야 하는 오랜 궁하인宮下人 노릇이 그를 곱사등으로 만들었다.

실골목 어귀에서 지키고 있던 정의길이가 한 걸음 나서면서
"아저씨!"
불렀다. 아닌 게 아니라 불의에 터지는 대완구大碗口* 소리라도 들은 것같이 찔끔한 늙은 액정은
"저 좀 봅시다."

| * 조선 시대 때의 화기의 한 가지인 대형 화포火砲.

하며 골목 안으로 들어가는 정의길에게 끈이라도 잡혀서 끌리듯이 따라 갔다. 돌 앉은 집의 처마 그늘로 들어선 정의길이가

"다 죽었던 목숨 하나 살려주셔서 고맙습니다."

하자 늙은 액정은 배꼽 우에 얹혔던 손끝으로 길바닥을 짚으며 섰던 자리에서 쪼그리고 앉았다.

"……제발! 멸문지환이요."

금시 숨이 턱에 차서 목 안에서 채 나오지도 못하는 소리로 떠듬거리며 쳐다보는 늙은 액정의 눈에는 부옇게 흐린 눈물이 고이기도 했다.

그가 빙아를 살려준 것은 분명했다.

"……그저 한창 살 목숨이 아까운 생각"에 빙아의 목에서 활줄을 풀어주었다는 늙은이! 지금 겁을 집어 먹고 두리번거리기는 하나 그 눈에서는 어질고, 두터운 인정과, 협기까지도 보이는 듯했다. 정의길은 그의 앞에서도 절하고, 치하를 한 후에 부탁할 말을 하고 싶었다. 그러나 늙은이의 가슴과 함께 우그러든지 오랜 협기가 그런 일을 자진해 떠이고 일어설 기력이 있을지!

"아저씨!"

정의길은 그와 마주 앉으면서 말했다.

"그럼 그 말씀은 더 허지 맙시다. 그런데 한 가지 부탁이 있소."

"부탁? 허지. 그 일사만 영 발설을 안 한다면야 뭐든지 허지. 이편이 허라는 것이면 내 못헐 짓이 없이 된 처지 아닌가."

"댁의 누이동생두 오랜 궁년(무수리) 줄을 저두 아는데요. 하자구만 허면 이런 일을 알아낼 수 있을 것 같아서 허는 부탁인데요."

정의길은 지금 궁중에서 백락관을 어떻게 한다고 의논이 되는지? 또 일본서 실어 들이는 양포가 언제쯤 어느 포구로 들어 오는지를 알아달라고 했다.

"여보슈." 하며 구가 늙은이는 정의길의 손을 꽉 그러쥐었다. 이편 손도 떨릴 만치 늙은 액정의 손은 덜덜 떨렸다. 전에는 "여보게."던 것이 "여보슈."였다.

"이 늙은 것을 어쩌자는 게요? 대관절!"

"제 은인이신데 그 은혜는 못 갚을망정 아저씨를 어쩌자구 헐 저겠소? 그런 걸 알아보는 게 뭐 그리 큰일날 일두 아닌 게구요."

"⋯⋯백락관의 일사는 알아보리다."

늙은 액정은 한참이나 고개를 떨어뜨리고 있다가 말했다.

"허나, 양포가 어떻다는 건 듣지부터 못헌 일이요. 그건 필시 군국 대사의 기밀일 텐데 그런 걸 알려구 허는 것부터두 무서운 일이 아니겠소."

"무서운 일이라두 아저씨가 살려준 빙아한테서 이미 나온 걸 어떡하겠소."

'아저씨가 살려준 빙아'가 늙은 액정한테는 무서운 위혁이었다.

"알아보리다."

하고는 일어서기가 바쁘게 그 자리를 떠났다.

"빈말이 돼서는 안 될 줄 아시우."

한마디로 뒤를 누른 정의길은 어느새 또 두 손을 배 위에 포개 얹고 '국궁' 하고 어실렁어실렁 걸어가는 늙은 액정의 뒷모습을 바라보며 한숨을 지었다(그나 내나 얼마나 오랜 세월을 억눌려 살아왔던가!). 정의길은 이런 생각이 새삼스럽기도 했다. 그 늙은 액정처럼 서리대가 긴 사람이면 천생 천골賤骨로 태어난 상놈이라는 말이 있다. 이가(이왕가)네 떨거지들이 대개는 아랫도리가 양바툼*하기 때문에 생긴 말이다. 이놈의 세상이 지어**는 이렇다. 하나, 등태꾼 의자 상투 같은 사람은 그 얼

---

* 짤막하고 딱 바라진 모양.
** '심지어, 더 나아가서' 등의 뜻으로 사용하는 사투리.

마나 씩씩하고 헌걸찬가! 그보다 많이 늙은 장태진 노인은 또 얼마나 호협한가!

정의길은 그 후에도 몇 번 길목을 지키다가 나서곤 했으나 늙은 액정은 번번이 '아직'이라는 뜻으로 고개를 흔들 뿐이었다.

의자 상투한테서 인천 소식이 먼저 왔다.

인천 포구에는 빈약한 것이나마 전에 없던 잔교棧橋라는 것이 새로 생겼다. 잔도棧道라는 것은 말조차도 아직 수입되지 않았던 때다.

뱃전에 걸쳐놓은 널쭉 발판으로 오르고 내리던 선상 쪽을 돌로 쌓고, 그 축석에서 십여 발이나 되는 넓은 나무판자 다리를 놓아서 배들이 붙어 서게 마련된 그 잔교라는 것에 의자 상투는 우선 놀랬다. 관속들의 눈을 피해가며 찾아본 친구들의 말을 들으면 지난봄에는 일본인의 관청 같은 것까지도 새로 생겼는데, 일본 장교와 비선으로 드나드는 일본 상인들은 말할 것도 없고, 인천 부사 정지용鄭志鎔을 비롯한 조선 관속들까지도 조석 문안을 드리다시피 뻔질나게 드나든다는 것이었다.

이때 '일본인의 관청 같은 것'이라고 한 것은 인천 본바닥 사람들까지도 아직은 그것이 일본 영사관이라는 것을 몰랐기 때문이었다. 그러나 그것은 조선 백성들에게만 비밀이었다.

일본 정부가 인천에 처음으로 영사관을 개설하고 통상 무역과 재류민(일본인)을 보호하기 시작한 것은 임오년 4월부터인데, 그 초대 영사로서 곤도近藤眞鋤라는 자가 임명되었다는 것은 일본에서는 벌써 신문 지상에까지도 공포된 사실이었다.

이희 조정은, 서울에서 너무 가깝다는 이유로, 그 대신 원산포를 열어주는 것을 조건으로 하여 인천 개항을 거절했다고 했으나, 실은 벌써부터 인천항을 내주었고 영사관까지도 설치하게 했던 것이다.

일본 군인들이 파수를 보고 있는 '일본 관청 같은 것'도 눈여겨보고 왔노라는 의자 상투의 말에 군정들은 "또 속았구나!"

하는 생각이 들었다. 일본 총을 많이 실어 들인다는 말을 들었을 때에도 (속았다!)는 생각이 들었던 젊은 군정들은 이번에는 (또 속았구나!) 했다. 조정에서 그런 일을 자기네한테 알리고 해야 한다는 생각으로 그런 것은 물론 아니다. 그런 생각을 해본 적도 없었고, 할 수도 없는 생각이었다. 그렇건만

"속았다!"

"우리 백성들을 또 속였구나!"

했고, 속은 것이 분했다.

*

계속 내리 가무는 날씨로 5월이 끝나고 6월 말에 들어섰다.

김춘영은 몸이 아직 임의롭지는 못하나 그런대로 거동은 할 수 있고 또 말미 기한도 끝났으므로 금명간 다시 훈련도감으로 들어가려던 쯤인데, 이때까지 정의길을 통해서 알아보는 중이던 백락관의 소식이 어떤 딴 구멍으로 먼저 새어 나와서 돌아가는 소문으로 시정 민간에 퍼졌다. 떠도는 말이 백락관은 종당 참형을 면치 못하리라고 했다. 그의 원정도 원정이려니와 그보다도 국청에서 곤장에 피를 흘려가며

"백성들이 참는 것도 한도가 있을 게요."

이런 말과 함께 그가 인용했다는 『좌전』의 한 구절이 더욱 조정을 노하게 했다는 것이었다.

일찍이 대원군의 폭정을 규탄한 최익현의 상소문을 저마다 외이고 한때 장안의 종이값을 올린 적이 있었고, 또 황재현의 원정 중의 '시일갈 상시일갈상喪 고? 라는 구절이 그랬던 것같이 이때도 "군유주야君猶舟也, 민

유수야民猶水也, 수능재주水能載舟, 역능복주亦能覆舟"라는 구절을 사람들은 전해 외웠다.

한편, 체통에 차마 국청까지는 나앉지 못하나 내전에서 상궁, 내시들을 시켜서 뻔질나게 백락관의 조사를 알아 올리라고 하던 민비는 그 말을 듣자

"그 백가 놈이 어서 죽지를 못해서 그 발악이라더냐?"

하며 발을 동동 굴렀다는 이야기까지도 퍼졌다.

"암탉이 좌전을 박박 찢었다지 않아? 늘 펴들구 있다시피 헌다던."

"박박 찢었든지, 북북 찢든지 간에 제 것이나 찢었지. 세상 걸 다야 찢을라고? 다 찢는단들 백성들의 귀에 들어간 것까지야 제 어쩔라고?"

이런 말들도 했다.

이날 이태원의 젊은 군정들은 문안에서 나오는 길로 김춘영의 집으로 모여왔다. 조금 후에는 정의길이도 찾아왔었다. 오늘 아침에 또 만나 본 구가 성 쓰는 늙은 액정의 말이, 총 건은 도저히 알아볼 길이 없노라 했고, 백락관은 지금도 추국推鞫 중이라 결말을 기다려봐야 알겠다는 것이었다. 그 늙은 액정은 결국 아무런 대답도 안 한 셈이었다.

"그분이 그런 말을 또 국청에서두 하셨다니께……."

"자기 명을 재촉한 게라구두 허겠지만……, 그분이 이번에 국청에서 처음 그런 말을 했으면 어차피 마지막이니까 헐 말이나 다 헌다는 심사라구두 허겠는데 그런 것두 아니거던."

이런 말을 하는 젊은 군정들은 말은 채 안 했으나 저마다 어떤 독촉을 받은 것 같은 심정이기도 했다.

이때 뜻밖에 강명준 늙은이가 땀을 흘리면서 들어섰다. 젊은이들은 반갑게 인사를 했으나 전에 없이 서먹서먹하고 심지어는 하소하다고도 할 만치 공손히 대답을 한 늙은이는 웃간 문턱 안에 두 무릎을 끌어안고

송구스럽게 앉았다.

"무슨 새로운 소문이라두 있습디까?"

늙은이의 그런 태도에 서로 쳐다보며, 이야기가 끊어졌던 중에 김춘영이가 물었다. 먼저 머리부터 흔든 강명준은

"······아뭏든 백생원은 죽은 사람이니께."

하고는 또 고개를 떨어뜨리고 잠잠했다.

"아직 딱이 죽인다구까지는 안 한 모양이니까요."

"작년 여름에 홍재학洪在鶴이라는 선비두 죽었거던. 죽었으니께."

그 역시 조정의 처사를 탄핵하는 상소를 했다가 그 언사가 임금을 업신여기고, 조정을 훼방했다는 죄목으로 작년 윤閏 7월에 참형을 당한 강원도 유생 홍재학을 두고 하는 말이었다. 이때의 이희 조정은 앞으로도 조정을 시비하는 자면 가차 없이 극형에 처한다는 본보기를 보인 것이라고 할 것이었다.

"내가 찾아온 건, ······이 나는 어떡허면 좋을지를 몰라서······."

한참 후에야 이런 말을 시작했던 강명준은 금시 또, 말 대신에 이마에서 방울방울 솟아 흘러내리는 땀을 소매 끝으로 문지르기만 했다.

"······?"

"남은 죽을 작정을 허구 하는 일을 이 낫살이나 건사한 나는 무슨 좋은 구경이나 허듯이 구경허구 만 셈이 됐으니······."

"······."

"내가 어디 구경허기만 했나? 남이 죽을 일을 허는 걸, 어서 그렇게 합시사구 도와드리기까지두 했거던! 그래 놓구는 백생원 그분이 정작 죽게 된 이제 와서는 '너 죽지, 나 죽겠니' 하는 셈 아니겠나? 이 내가 말일세. ······백생원이 죽을죄를 지었다면 그때 그 일을 도와준 이 나두 같이 죽어야 마땅허겠지! 그런데 이 낫살 든 늙은 것을 같이 죽을라구는 안 허

구 그저 '장만이 불만'으로 상기두 구경만 허구 있는 셈이니, 그러니 이 내가 사람이겠나?"

하던 늙은이는 금시 눈물이 가득해진 움펑한 눈을 섬뻑거리면서 짧아진 더그레 자락 끝으로 콧물을 훔쳤다.

그의 말을 듣는 동안, 저도 모르게 상대편을 집어삼키기라도 할 것같이 점점 더 커지는 눈으로 그를 노려보듯 하고 있던 류춘만은 두 팔로 끌어안은 무릎 우에 고개를 수그렸다. 안뜰에, 울바자 그늘 밑에 거적때기를 깔고 장태진 노인과 마주 앉았던 김장손은 대롱을 털었다. 어제부터 학질을 앓기 시작한 그는 난목쇠 수건으로 머리를 동이고 있었다.

이때, 강명준과 동행이 되어 같이 오기는 하고도 한 걸음 떨어져서 들어온 의자 상투와, 여전히 짧은 머리태를 늘어뜨린 노총각과 또 어린 총각 씨둥이도 거적때기 기슭에 궁둥이를 붙이고 앉아 있었다.

"……"

방 안팎에는 한동안 침묵이 흘렀다.

극히 순박하고, 또 소심하달 만치 말이 적고 의젓한 한 늙은이 강명준의 이 말은 이때뿐 아니라 어느 시대에서도 인민들에게 자기 탄성의 자극을 주는 모랄의 문제라고 해도 그리 지나친 과장은 아닐 것이다. 인민들의 선봉을 위해서 싸우는 선각자와, 애국 투사들에게 갈채와 성원을 보내고, 내지는 한때 그들을 도와 함께 싸우기까지 했더라도, 심지어 그들이 적에게 잡히거나, 탄압을 당하게 된 때, 만일 둘러서서 침묵하고 만다면, 결국은 그 선각자와 애국 열사들이 흘린 피를 헛되게 하는 것이요, 그러한 이편은 죄악적인 방관자가 되고 마는 것이다.

"이, 할아버지가 그분이신가요?"

잠잠한 중에 의자 상투가 장태진 노인을 향해 돌아앉으면서 김장손에게 물었다. 그렇다고 한 김장손이 또 "이 젊은이가 인천서 온, 그 사람"

이라고 강노인에게 말하자 의자 상투는

"오는 길에 저이는 먼저 댁에 들렀습죠. 접때 이 댁에 왔을 땐 할아버지 말씀을 물었길래 한번 찾아뵙구 싶어서요. 오늘은 늦어서 문안엘 못 들어갈 줄 알면서두, 못 들어가면 댁에서 뻴 끼칠 작정허구 나왔구먼요."

했다.

"아, 그럭허세나. 반가운 말일세!"

"할아버지가 그러실 줄 알았서요. 그런데 저 혼자만두 아닌뎁쇼. 이 수염 난 총각 녀석은, 어데라나? 저 충청도내기라나 허는데요, 반편같이 생겨먹기는 했어둡쇼……."

"쓸데없이 시룽거리지 말아요."

노총각이 나무라는데 장 노인은

"내 자네 말두 들었네. 춘영이 저 사람한테서. 또 어린 총각의 말두 들었구, 반가울새 다들!"

하면서 한참이나 머리를 끄덕이었다.

방 안의 젊은 군정들은 저마다 눈이 팔린 듯 뜰안의 이들을 내다보고만 있었다.

"네 살아가는 고생만두 아니구, 아직 어린것이 또 부모의 원수를 갚으려구 애를 쓴다니!"

한숨을 지으며 목이 잠긴 소리로 말하면서 어린 총각을 건너다보는 장 노인의 눈에는 불현듯 눈물이 빛났다.

"우리가 저 아저씨(강명준)허구 이리 나온다니까 저두 같이 가자구 해서요……."

의자 상투가 이런 말을 하는데 씨둥이는 돌아앉아서 거적때기에서 뜯어낸 부득 오라기를 비었다 훑었다 하기만 했다.

*

6월 초나흗날, 이날 하나의 놀랄 사건이 생겼다.

선혜청 미고에서 훈련도감의 군정들에게 요미를 내주게 되었다. 어제 저녁에 통지를 받은 군정들은 파투가 나고, 성문이 열리기를 기다려서 지게를 지고 남대문 안의 미고로 모여들었다.

열석 달씩이나 미루어오다가 비로소 준다는 것이 고작 한 달치뿐이라는 것이다. 물론 불만이었다. 하나, 그밖에는 더 없어서 그런 게라면 시비를 따져본댔자 소용없는 일이요, 또 이때까지 먹으며, 굶으며 하면서도 나라의 군사라는 것을 크게 알고 살아온 '우리' 라는 생각을 먼저 하는 군정들이었다.

군정들이 기다리는 동안에 멀지 않은 남산에서는 이날도 또 군사 훈련을 하는 별기군들의 총성과 "돌격" 함성이 들려왔다. 중낮이 다 되어서야 나타난, 선혜 당상 민겸호의 청지기는 절거럭거리며 들고 온 열쇠를 고지기들 앞에 던졌다. 미고가 열려서 군정들은 차례로 들어가서 아홉 말들이 쌀 한 섬씩을 져내기 시작했다.

"이것저것 뒤재길 게 뭐란 말이냐. 차례차례루 메낼 게지."

열어젖힌 문간 한편의 처마 그늘 아래 들어서서 부채질을 해가며 미고 안을 기웃거리곤 하던 청지기는 간간이 이렇게 큰소리를 지르기도 했다. 그런 때면 컴컴한 미고 안에서는

"섬거죽이 터진 게 있어서 그러와요."

하는 소리가 나기도 했다. 열석 달 만에 또 듣게 되는 그자의 언사에 젊은 군정들은 역시 밸이 꿈틀거리게 아니꼬왔다. 이런 때에나 맞서지만, 그자는 군정이면 노소를 가리지 않고 "해라"였다.

"냉큼냉큼 져내질 못헐까? 새는 게면 내다놓구서 변통을 할 게지."

아닌 게 아니라 섬거죽 귀새기에서 쌀이 술술 흘러내리는 것을 져내오는 군정들도 있었다. 문밖에 조심히 내려놓고 메개의 짚을 한 줌 뽑아서 터진 구멍을 틀어막을 양으로 주저앉았던 한 늙은 군정은, 아직도 솔솔 흘러서 땅바닥에 새리우듯 하는 쌀을 한 줌 쥐고 들여다보다가 일어서면서

"아니 이게 싸래기여? 뭐여? 내 눈이 부실해서 그렇지, 분명 싸래긴 싸래기겠지, 설마!"

하며 옆에 있는 젊은이들 앞에 내밀었다.

"아니 이게? ……모랩니다그려!"

한 젊은이는 이렇게 놀래는데 옆에서 들여다보던 젊은이는

"다들 좀 보슈! 모래요. 모랠 섞었소."

하고 외쳤다. 그 소리에 벌써 저만치 지고 가던 사람, 지고 나오던 사람할 것 없이 동댕이치듯 내려놓은 쌀섬의 매끼들을 풀기 시작했다.

요미에다 기와, 쥐똥을 섞어주는 것은 항례다시피 해왔다. 한데 이번에는 모래와 돌까지도 섞었다. 새 나온 것은 씨알이 잔 모래였으나 터쳐놓고 본즉 굵은 석비레*도 많았다. 묵은 쌀이라 쥐똥쯤은, 할 수도 있겠지만 모래와 석비레는 일부러 섞지 않으면 있을 리가 없다.

"썩썩 지구 갈 게지, 여기서 왜 섬들을 터치구 야단들이냐?"

"썩썩 지구 가라구? 이런 걸 져다가 어떡허라는 게여? 이게 사람 먹으라는 게니?"

하며 한 중년 군정은 두 손으로 움켜든 쌀을 청지기의 눈앞에다 들이댔다. 그의 손은 화들화들 떨렸다.

"뭐라고? 이 고현 놈, 얻다가 하는 수작이냐? 말 버르장머리가!"

| * 푸석푸석한 돌이 많이 섞인 흙.

"버르장머리? 버르장머리 잘 찾는 네 놈이 허는 짓은 이러니? 이것 좀 봐라!"

하는 고함 소리와 함께 저편에서 날아온 쌀 섞인 석비래 한 줌이 그자의 면상에 뿌려졌다.

"이눔아 우리두 사람이다!"

"이 나라 군정이야, 이눔아!"

격앙한 군정들은 어느새 겹겹이 모여들었다.

"게 누구 없느냐"

그자는 미고 안에 대고 긴 호령을 했다. 그러면서도 주춤주춤 뒷걸음질을 했다. 오륙 명의 고지기 하인들이 우르르 달려 나오기는 했으나 군정들 앞으로 썩 나설 염은 못했다.

"이놈들, 병판 대감이 어떤 분이라는 걸 네놈들두 알 테지? 덤비는 꼴이 난군 아니냐? 응 이놈들아!"

민겸호의 청지기는 이런 말로 뻗대기는 하면서도 숨이 턱에 찼다.

"뭐? 우리더러 난군이라구?"

"병판이 어쨌다는 게냐? 나라 군정들한테 모랠 먹이는 놈이 병판 대감이냐? 이 도둑놈아!"

"나라의 군정? 이눔들아, 저 소릴 듣기나 허구 뎀벼두 뎀벼라."

그자는 이때도 계속 콩 볶듯 하는 총소리가 나는 남산 쪽으로 턱을 치켜 보이면서 지껄였다.

"네눔들이 긴내* 료료(料)를 타먹을 줄 아냐? 이제 신식 총이 들어만 오면 이런 쌀두 다다, 다야! 이 떼거지 같은 놈들아."

군정들은 한순간 아연했다.

| * '그냥'의 평안도 사투리.

428

"저눔이 뭐라구?"

"이눔아, 니, 이제 뭐라구 아가리질 했니?"

군정들이 또 대드는데 그중에는 비분에 떨리는 소리로

"우리가 떼거지야? 이눔아, 거지야? 우리가?"

울부짖으며 발을 구르는 나 많은 군정도 있었다. 이때

"가만, 좀 조용들 헙시다."

하는 소리가 났다. 그러자 또

"우린 임재 말을 좀더 똑똑히 들어봐야겠네."

하면서 류복만이가 나섰다. 사람들을 헤치며 나온 그는 두 팔을 벌리고 앞등받이로 그자의 가슴을 밀어서 주춤주춤 뒷걸음질하는 그자를 미고 안으로 몰고 들어갔다. 따라 들어가는 젊은 동무들에게

"여기서 오래 지체해서는 재미 없을 테니 그자를 빨리 섬거죽에 담아서 지구 나오게."

하고 이른 김춘영은 육중한 문짝을 밀어 닫았다. 이때 미고 맞은편 선혜청에서는 모시 직령直領에 갓을 쓴 자 몇이가 대문간에 삐쳐 서서 겁을 집어먹은 눈으로 기웃거리고 있었다. 그것을 본 김춘영은 둘러선 군정들에게 선혜청을 에워싸고 그 안에서 한 놈도 새 나가지 못하도록 하라고 이르면서 사람들은 다치지 말라고 했다.

미고 안에서는 류복만이가 육중한 궁둥이로 짓눌려 타고 앉은 청지기의 입에다 수건으로 자갈부터 먹여놓고, 그자의 대자 허리띠를 끌러서 왜장도부터 떼낸 후에 그자의 수족을 모아서 묶고 또 섬매끼 새끼로 얽었다. 그동안에 이영식은 갓을 벗겨서 모자를 뜯어내고, 양태의 한 쪽을 갈라가지고 목칸 씌우듯이 목에다 둘렀다. 움직이면 옻칠에 괄아진 대실이 무수한 가시로 찔릴 것이라 요동을 못하게 하자는 것이었다.

마침내 섬거죽 속에 든 청지기는 류복만의 지게에 얹혀서 나왔다. 쌀

섬을 진 십여 명의 젊은 군정들이 앞뒤에 늘어서서 남대문을 향해서 떠났다. 남대문은 지척이었다. 하나 그들이 남대문을 빠져나갈 때까지는 사람들의 이목을 이쪽으로 끌어 붙여야 하리라고 생각한 김춘영과 류춘만은 새끼로 결박한 고지기 하인들을 미고 안에 남기고 문을 닫아건 후에 함성을 지르면서 돌을 던져서 선혜청의 문창들을 부셨다.

요미 건으로 한때 떠들썩하게 된 것이 이 잠시 동안의 일이었다.

남대문을 나서서부터 체번*해 지고 간 쌀섬 하나는 이태원 동네를 거치지 않고 직발 한강으로 나갔다. 우선 장태진 노인의 배에 실어가지고 강 한가운데 나떠서는 좀 더 큰 그무질**배에 옮겨 실었다.

좀 늦어서 문안으로 나온 김춘영과 류춘만이도 강으로 나갔다. 그들을 태운 장 노인은 매생이를 흘려 저어가다가 서빙고 앞에서 꺾어서 맞은편의 옅은 들 가운데 무성한 갈숲을 헤치며 들어갔다. 갈숲 속에 매여 있는 그무질배에는 병조판서의 청지기가 젊은 군정들 사이에 끼여 있었다. 섬거죽에서 끄집어내자 멱을 감기고, 상투도 고쳐 쫓아서, 그리 숭하지 않은 몰골로 앉아 있던 그자는 새로 나타나는 군정들을 보자 금시 또 낯갗이 변해서 떨었다.

"들어볼 말이 있던가?"

김춘영은 장 노인의 노질로 갖다부리듯 하는 저편 배의 뱃전을 붙잡으며 물었다. 류복만은

"지금 헌 말을 다시 해보게."

해서 민겸호의 청지기에게 지금까지 한 이야기를 되풀이하게 했다.

"저는 그저, 그 대감 댁에서 시중을 드는 것 뿐이니께요, 그저 오다가다 귓결에 들은 말뿐입지 제야 뭐……."

* 순번에 따라 갈마듦.
** 그물.

"그건 그렇다 치고."

류복만은 그자가 또 커다랗게 늘어놓을 모양인 허두*를 밀막고** 다음 말을 재촉했다.

"여기가 어딘 줄 알어. 지금 임재가 궁둥일 붙이구 있는 배창날이 까딱 잘못허면 칠성판이 될 테니께 좀 똑똑히 굴어요."

그무질배의 젊은 어부는, 물비린내, 고기 비린내가 튀치는, 물복 오른 고의만을 달차고, 구리공이같이 검붉은 팔뚝에 삿대를 끼고 뱃머리에 서서 갈숲과 강 쪽을 둘러보면서 이런 말을 했다.

조정에서 이미 사들이기로 한 총을 가지러 별기군의 좌부령관 윤웅렬과 연군 교사 호리모토가 왕명을 받고 일본으로 가게 되었는데 일본 비선이 인천항에 들어오는 대로 곧 떠날 차비를 하고 있었다. 또 일본 무기를 실어 들이는 대로 '진신' '자재' 천여 명을 새로 모집하고, 동시에 연군 교사 한 사람을 더 초빙하게 되었는데 그것이 바로 일본 육군 대위 미즈노였다. 그 일본 장교는 병조판서 민겸호의 집으로 자주 출입하기 때문에 하인들도 그자의 이름을 알고, 또 그자가 남산에서 장안의 지도를 그리다가 무위영의 군정한테 얻어맞았다는 사실까지도 다 안다고 했다.

인천에 생긴 일본 '관청 같은' 것은 일본 영사관이라고 했다.

백락관은, 국청에서 이때까지, 누구와 어떻게 역모를 꾸몄느냐고 추궁해왔으나 종시 나오는 것이 없기 때문에 죄명을 씌울 수 없으므로 문초하는 매질로 때려죽일 모양이라고 했다.

이자로서는 이런 것이 제 일신상의 운명에 관계되는 비밀이 아니었던 것은 물론이다. 그뿐 아니라 저를 당장 죽일 줄로만 알았는데, 정작 캐묻고, 알자는 것이 요미의 모래와는 상관이 없는 일들이라 이 젊은 군

---

* 글이나 말의 첫머리.
** 못하게 하거나 말리고.

정들의 관심사가 딴 데 있다는 것을 짐작할 수 있었다. 군정들의 관심사가 어떤 것이든 저를 죽이지만 않는다면 그만 것쯤 아끼잘 것도 없었던 것이다.

그자를 장 노인의 매생이에 옮겨서 젊은 어부에게 맡기고, 그의 그무질배에 옮아 탄 군정들은

"자, 이제는 더 알아보구 말구 헐 것두 없잖아?"

하는 눈으로 서로 마주 보면서 저마다 더그레를 벗어서 벙거지와 함께 한구석에 밀어넣고 갈숲 속에서 나왔다.

해는 이미 석양이었다.

포교들이 군정들의 마을로 쏠어나올지도 모를 것이라 이들은 장 노인이 수고해주는 대로 배 안에서 저녁 요기를 하고 강에서 밤을 지내면서 의논을 했다.

나라의 서울 한양성에는 벌써부터 두 가지의 군사가 있다. 그것은 우선 '신식' '구식'으로 구별된다. 또 이제 많이 실어 들이는 일본 총과 더 초빙하는 일본 장교를 연군 교사로 하여 확장하려는 '원기군'과, 반대로 종당 없어지고 말 운명에 있는 '구식' 군정으로도 구별된다.

그러나 젊은 군정들의 의논은 그런 것보다도, 나라를 침노하러 온 외국 세력과, 또 그 외세를 등에 업고 조정에 들어앉아서 백성들을 억누르고 있는 매국 역적들의 손발 노릇을 하는 군사와, 그와는 달리, 나라를 침노하는 외국 세력을 이 땅에서 몰아내고, 매국 역적들의 조정을 처부시지 않고는 살 수 없는 백성들의 편이 되는 군사, 이 두 가지로 갈라서 생각하고 말했다.

병조판서의 청지기는 죽일 것까지는 없다고 했다. 그러나 귀찮은 일이지만, 얼마 동안은 아무도 그자의 생사를 모르게 숨겨두어야 했다. 병조판서가 제 가신家臣을 붙들어 간 데 대한 분풀이와, 잃어진 제 수족을

찾아낸다는 구실을 겸해서, 요미 소동을 일으킨 군정들을 더욱 악착하게 박해하리라는 것을 모르지는 않았다.

그러나 그렇다고 그자를 지금 내놓으면 병조판서와, 조정으로 하여금 또 다른 의심을 가지고, 군정들 잡을 잡도리를 더 크게 버리게 할 염려가 없지 않았다. 될수록 이번 일은 단순히 요미에 모래를 섞은 그자에 대한 군정들의 분풀이로만, 그래서 그것으로 그치는 일로만 보이게 해야 할 것이었다.

이런 의논들을 하는 중에 초생달은 이미 넘어간 지 오랬다. 가라앉은 날씨라, 연일 폭양을 받아온 강에서 떠오르는 물안개로 시야는 극히 몽롱한데 강 한가운데서는 이따금 고기 뛰노는 소리와 간혹 지나가는 배의 노질 소리만이 들렸다.

"아저씨, 칠순 나마 살아보시니께 어떻습디까?"

대강 의논이 끝났을 때 김춘영은 느닷없이 이런 말을 꺼냈다.

"어떻다니? ……허허허. 사는 맛이 말인가?"

장 노인은 허허 웃고 또 금시 한숨을 지었다.

"자네 같은 젊은이가 그런 걸 묻게 되는 것만 봐두 알 게 아닌가! 좋은 세상이면 그런 생각을 헐 리두 없거던! ……그저 '이놈의 세상을! 이놈의 세상을!' 하면서 살아왔다 뿐이지."

"참말 '이눔의 세상을!' 입죠."

뱃전에 걸터앉아서 담배를 피우던 리영식이가 하는 말이었다.

"허지만, 아저씬 '이눔의 세상을! 세상을!' 허지만 않구, 한번 속 씨원히 허구 싶은 대루 해보셨으니께요."

"씨원하달겐들 뭐 있나! 된 일이 있어야 씨원두 허지. 허기는 되구 말구 헐 일두 없었지. 그때는 그저 숫한 백성들이 당장 굶어 죽을 형편이니께, 죽을 바에야 뭣허러 앉어서 굶어 죽겠니, 해서 일어났던 게니께. 뭘

성취하구 말구 헐 경륜이 있을 나위두 없었지. ……허지만…….”

하던 말을 끊고 부시럭부시럭, 곰방대에 담배를 실어서 붙여 문 노인은 또

“허지만.” 하고 말을 이었다.

“그때 내 한 목숨 내놓구, 죽어두 우리 백성들허구 같이 죽을 작정허구 나섰던 게 지금 생각해두 기뻐! 기쁘거던! 기쁠 내력이, 그때는 장안 안팎의 못사는 사람은 다 떨어났으니께, 그 숱한 사람이 누가 누군지 알 턱이 없지. 허지만 내 옆에서 주먹들을 휘두르구, 고함을 지르면서 같이 달려가는 늙은이랑, 일전에 자네(김춘영)네 집에서 본 그 작은 총각 또래의 아이들두 많았는데 어쩌문 그렇게 정답겠나! 참말 눈물이 쑥쑥 나게 반갑구 귀엽거던! 그때만은 세상이 ‘이놈의 세상!’ 이 아니더군!”

하면서 노인은 껄껄 웃었다. 그러나 젊은 군정들은 웃지 못했다. 오히려 너무 엄숙했다.

“가죽이 히질긴 나만이 살아남아서 지금 이런 말두 허게 되는군! 그때 같이 장두루 나섰던 사람들은 벌써 다 죽었으니께. 더러는 효수되구, 그렇지 않으면 정배살이 허다가 죽고. 그때 그 사람들뿐인가? 팔도에서 그렇게 비명에 죽은 사람이 얼마나 많을라고.”

하는 장 노인의 말은 이때 창연했다.

“…….”

“……그렇게 죽은 분들이 우리 군정들을 원망했을 게라요!”

한동안 말이 끊겨 잠잠하던 중에 들리는 김춘영의 말이었다.

“아닌 게 아니라 그렇지! 조정에 들어앉은 도둑놈들이 뭘 믿구 백성들을 억누를 수 있겠나? 병권을 잡구 있으니께, 저놈들이 허라는 대루 백성들헌테 칼질 총질을 하는 군사가 있으니께 그렇지!”

장 노인은 잠시 끊었던 말을 또 이었다.

"민란을 일으키는 백성들이 무슨 날파람으루 그러는 건 아니거던! 옛날 어떤 자는 '왕후장상王侯將相이 영유종호寧有種乎아!' 허구, 저두 한번 천하를 호령해보겠다는 욕심으루 반란을 일으킨 자두 있었다지만 우리 백성들이야 어데 그런 장난이가! 그런 욕심이 있기나 헌가! ……살려구! 욕심이 있다면 백성들이 다 잘살 수 있는 세상이 됐으면 허는 것뿐이지, 헌데, 이때까지의 군사들은 저희두 백성이건만 백성들의 그런 소원을 모르는 것 같거던. 사모 쓰구 조정에 들어앉은 도둑놈들은 말헐 것두 없지만……."

"한마디루 이 나라 군사라구 허지만 이제는 정말 갈라야겠습니다."

류춘만의 말이었다. 그는 언젠가 수표교 다리에서 만났던 김장손 아저씨와 이야기하던 중에 제가 했던 말을 생각하기도 했다.

동틀 무렵에 형편을 보며 마을로 들어갔던 장 노인은 간밤에는 아무런 일도 없었다고 했다. 그렇다면 포교들이 이제 나온다 하더라도 성문이 열리기를 기다려서 이태원에 당도하기까지는 동안이 있을 것이라 그 동안에 집에 다녀갈 수 있었다.

"종시 일을 저질렀다구?"

장 노인한테서 이미 말을 들었던 김장손은 아들이 들어서자 물었다. 학질이 아직 떨어지지 않은 그는 이때도 난목쇠 수건을 동이고 있었다. 그의 눈은 더욱 깊어졌으나 흥분과 긴장으로, 아직 창이 채 푸르지도 않은 컴컴한 방 안에서도 알아보게 빛났다.

"허기야 저지르구 말구 헐 일두 아니지!"

다시 이렇게 말하는 그의 말은 올 일이 왔다는 뜻이요, 또 응당 할 일을 했다는 뜻이기도 했다.

"저는 이제 문안으루 들어갔다가 형편 봐서 저녁에나 내일 나올랍니다."

"그렇단 말 들었다."

하며 일어선 김장손은 토지방으로 나가서 부엌을 들여다보며 조반을 채근했다. 이때 김춘영의 집에는 집안 여인은 하나도 없었다. 어머니는 몇 해 전에 죽었고, 그의 처뿐이었는데, 만삭된 그의 아내는, 거들어줄 이도 없고 또 산후에 먹일 것도 없는 형편이라 시골서 농사하는 친정으로 보내고, 부자서 끼식을 끓여 먹던 중인데, 아버지는 앓고, 춘영이는 영문으로 들어가게 되였으므로 부득이 강 건너서 사는 먼 일가집 노파를 청해왔던 것이다.

아들이 조반을 먹는 동안 김장손은 마주 앉아서도 담배만 연거푸 피울 뿐 말이 없었다.

방금 상을 내자 문안으로 같이 들어가기로 한 류복만이가 어느새 찾아왔다.

"어제는 자네가 수굴했다더군."

하는 김장손의 인사에

"수굴요?"

하는 류복만은 한참이나 실없이 웃기만 했다. 그런 일에 '수고' 라는 말이 퍽 우습게 들리는 모양이었다.

"아닌 게 아니라 요미 타러 갔다가 쌀은 팽개치구 뚱딴지루 뚱섬 같은 사람 놈 하나를 지구 올라니께 우습꽝스러워서 땀이 나기두 헙디다요."

"막부득이, 날짜를 그렇게 정허기는 했지만, 그때까지 백생원이 무사허기나 할는지 모르겠네."

"저희두 그런 생각을 안 한 건 아니지만 어떡허겠어요? 사세가 그런 걸요."

아버지와 류복만이가 이런 말을 하는 동안에 차비를 차린 김춘영은

"자 떠나보지."

하면서 나섰다.

둘이는 남대문 길과는 반대로 동대문 쪽으로 길을 잡았다. 수문장들과도 낯이 익은 남대문은 피해야 했다.

성문이 열려서 군정들이 한창 밀려들 때는 포교들의 기찰이 더욱 심할지도 모르므로 그때를 지나서 들어가는 것이 좋으리라 생각해서 걸음을 재추지 않았다.

매봉동까지 왔을 때, 누가 하는 말이 왕십리의 군정 부락에서는 성문이 열리자부터 포교들이 쓸어나와서 지금 한창 분탕이 일었다는 것이었다.

춘영과 복만이는 그곳을 피하기 위해서 길을 에둘러 가노라, 거의 중낮이 돼서야 동대문 안에 들어섰다. 무사히 문안에 들어선 그들은 직발* 정의길의 집으로 찾아갔다.

정의길은, 어제 마침 번番이라 영문을 떠나지 않고 있었기 때문에 선혜청에서 일어난 일에는 통 관계가 없었으므로 지금 가장 임의롭게 움직일 수 있는 사람이 그였다.

이때 이태원에서도 큰 난리가 났다. 주로 젊은 군정들의 집으로 뛰어든 포교들은 "네 아들을 내놓아라." "네 서방을 어데 숨겼느냐?" 하면서 늙은이들과 젊은 아낙네들을 들볶으며 매질을 했다. 그중에도 김장손의 집으로 달려든 포교들은

"네 아들 놈이 김춘영이지?"

"그놈이 전번에 죽지 못헌 게 한이 돼서 이번에 또 그 짓이라더니?"

하면서 아들을 내놓으라 했고, 또 '병판 대감 댁'의 청지기는 어떻게 했느냐? 대라고 때리며 강문했다.

| * 곧바로.

김장손은 그저 모른다고만 했다. 이놈들이 춘영이의 이름까지 찍어대는 것은 어찌된 일일까? 전번의 일이 있는만치 그저 넘겨짚는 수작일까? 혹은 누구의 입에서 나온 말일까? 이런 생각으로, 매질에 아픈 것보다도 마음이 더 번거로웠다.

해가 기울어서야 포교들은 떠나갔다. 그런데 문안으로 들어갔던 두 사람은 나오지 않았다. 내일은 하고 기다렸다.

그러나 이튿날 아침에도 그들은 나오지 않았다. 웬일일까? 하는 중에 정의길이가 김장손의 집으로 찾아왔다. 김춘영과 류복만은 어제 붙들려서 지금 포도청에 갇혀 있다는 것이었다.

정의길은 어제 낮에 저의 집에서 만났다가 헤어진 두 친구가 다시 이리로 나온 줄만 알고 있었는데, 다 저물어서 찾아온 씨둥이의 말이 '긴사랑' 친구 중에, 동대문 안에서 그들이 붙들려가는 것을 보았다는 사람이 있다고 했다. 그 사람의 말이, 십여 명이나 들어붙어서 두 사람을 결박한 포교들 중의 한 자는

"너두 날 알 테지?"

했고

"이번 일에 그렇지 않아두 우리가 점찍구 있던 네눔이 변복*까지 헌 걸 보니 알 만허다!"

하는 수작을 들었다고도 했다.

병조판서 민겸호는, 요미 소동을 일으킨 군정들의 우두머리요, 동시에 제 가신을 죽인 하수인들을 잡았노라 했고 또 그들을 이제 죽일 터이라고 했다.

| * 남이 알아보지 못하도록 평소와 다르게 옷을 차려입음.

그 '이제'라는 것이 내일일지? 모레일지? 혹은 또 오늘 중일는지도 모를 것이었다.

이때 또 오한이 나고 떨리기 시작한 김장손은 강으로 나가는 정의길을 보내자 솔깡단에서 지팡이감을 하나 뽑아서 다듬어 들고 집을 나섰다. 동네 앞의 큰길로 들어선 그는 걸음을 재촉해 걸었다. 자글자글 끓이듯 내려쪼이는 폭양이었다. 북덕북덕 발이 잠기게 보풀이 일고 흙봉당이 쌓인 길바닥을 들여다보며 더벅더벅 걸어가다가 간혹 고개를 드는 때면 열에 뜬 그의 눈은 불구슬알같이 번쩍였다. 가다가 갈림길을 만났을 때에나 방향을 보느라, 한 번 주위를 살필 뿐 고개를 수그리고 걸음만을 재촉해 걸어가는 그의 눈썹에서 연해 듣는 땀방울이 발부리 앞의 봉당을 점점이 적시었다. 그의 거치른 숨소리에 길을 어기던 사람은 걸음을 멈추고 되돌아보기도 했다. 때로는 그가 뭐라고 혼자 중얼거리는 소리에 쳐다보는 사람도 있었다. 그의 적삼과 고의는 물에서 건져낸 것처럼 젖었다.

가물이 들어서 배배 꼬인 조밭머리를 지나기도 하고, 잎 하나 까딱하지 않고, 축축 늘어진 수수밭 골을 꿰가기도 하는 그는 오다가다 길가에 나무 그늘이 있어도 쉬지 않았다. 20리쯤 가서는 촌보[*]가 힘들게 기력이 진했다. 그러나 그는 오히려 지팡이를 버리고 제 힘만으로 몸을 지탱해 가면서 걸었다. 힘이 들수록 더 자주 "춘영아!" 소리를 입 밖에 내서 불렀다.

"네가 죽더래두 내가 네 몫의 일까지 할 테니 걱정 말아라."

이런 말을 중얼거리기도 했다.

속으로 작정했던 데까지 다 간 그는 돌아서서 되짚어 걸었다. 왕복

| * 몇 발짝 안 되는 걸음.

50리 길을 남아 걸은 그는 해와 대면해서야 집으로 돌아왔다.

그가 돌아오기를 기다렸던 장 노인이 찾아왔다.

"앓는 사람이 어델 온다 간다 말두 없이 늦두룩 나다니나?"

"예, 좀 볼일이 있어서요."

"……."

더 들어야 대답이 나올 것 같지 않아서 이윽히 건너다보고만 있던 장 노인은

"정의길이랑은 지금 의논이 분분허더군."

했다.

"뭣들 가지구요?"

"두 사람씩이나 붙들렸으니 이 일을 어떻게 허느냐구……."

"어떻게 허단요? 두 사람쯤 붙들려 갔기루서니!"

김장손의 언성은 좀 높았다.

"그런 말은 아니고. 잡힌 사람들이 언제 어떻게 될지 모루니께, 지금으루 보면 워낙 날짜를 너무 늦잡았다는 게지. 그래서 이제라두 어떻게 선손*을 써봐야 할 게 아닌가구들……."

"거 안 될 소리요."

하고 고개를 흔든 김장손은

"그럴 생각은 허지두 말구, 정작 일어날 그날 일이나 빈틈없이 짜두룩 허라구 아저씨가 다시 나가셔서 일르시유. 저두 나갔으면 좋겠소만, 좀 곤해서요."

하며 목침을 찾았다.

전 같으면 그 다음 다음날이 또 앓을 날이지만 김장손은 앓지 않았다.

| * 선수先手.

이날, 요미 소동이 있은 직후에 훈련도감에서 붙들려갔던 십여 명의 군정들이 놓여나왔다. 조정에서 놓아준 것이었다. 조정이 더 다른 의심은 없이 방심하고 있는 증거라고 볼 수 있었다.

*

이튿날이 이들이 기다렸던, 임오년 6월 9일(양력으로 7월 23일, 일요일)이었다.

이날도 별기군의 병영에 나와 있었던 연군 교사 호리모토는 오후 한시 경에 윤웅렬이가 보낸 급한 편지를 받았다.

사세 위급하여 긴 사연 못 쓰나 지금 구식 병정들과 성 내외의 '난류배亂類輩'들이 합류, 작당하는 기맥이 보이는데, 모르거니와 당신네 일본인들을 침해할 염려가 없지 않아 있은즉, 귀하는 하도감下都監(별기군의 병영)에서나 또는 청수관(일본 공사관)으로 가서 반란에 대처할 방책을 세우는 것이 좋을 것 같소이다. 대강 이런 내용의 글발이었다.

이때 하도감에는 70여 명의 별기군과 일본 육군 어학생(통역생) 세 사람이 있었을 뿐이었다. 당시 별기군은 최근에 보충한 신병까지 합하면 3백 명가량은 되었다. 그러나 개화한 '초록 군복'들은 일요일에는 병영에 나오지 않았다. 병영을 비지 않을 정도의 인원만이 번을 돌 뿐이었다.

훈련도감의 군사들이 이날을 택한 이유가 여기 있었다.

당황한 호리모토는 처음에는 그 70여 명만이라도 영솔하고 저의 공사관으로 달려갈까 하는 생각도 해보았다. 하도감에는 시재 양포가 10여 자루밖에 없었다. 훈련과 행군할 때 이외에는 무기는 다 군기고에 잠가 두게 마련이었다.

호리모토는 총을 절반 갈라서 50여 명에게 주어서 군기고로 달려 보냈다. 남은 20여 명과, 총을 가지고 군기고에서 총을 가져올 때까지 하도감에서 버티어볼 심산이었다.

'초록 군복' 50여 명이 달려갔을 때에는 군기고의 문은 이미 부서졌고 구식 군정들이 한창 총들을 꺼내는 중이었다.

이날 여기서 처음으로 총소리가 났다. 본시 군기고를 지키던 '초록 군복'이 몇 명 있었다. 그러나 훈련도감의 군정들과 함께 수많은 사람들이 몽둥이와 돌을 들고 물밀듯 조여드는 것을 보자 그 몇 놈은 메고 있던 총까지도 벗어 던지고 달아나고 말았던 것이다.

이때 달려간 자들이 먼저 총질을 했다.

이편에서도 젊은 군정들은 이미 장탄한 양포를 내대고 있었다.

"너희들이 우리와 총질을 하자느냐?"

역시 양포를 내대고 앞에 나섰던 류춘만이가 외쳤다. '초록 군복'들 편에서는 대답 대신에 또 총소리가 났다. 류춘만의 옆에서 한 사람이 쓰러졌다. 훈련도감의 군정들도 총으로 대답하는 수밖에 없었다. 그러나 단 몇 방씩의 불질이 오고 갔을 뿐이었다. 총 없는 '초록 군복'들이 먼저 흩어지기 시작했다. 그러나 아까

"온다."

소리와 함께 갈라섰던 수천 명의 군중들이 '초록 군복'의 배후로 돌아서 에워쌌다. 여기서 빠져 나간 7~8명 외의 '왜별개'들은 전멸되었다. 총탄에보다도 군중들의 돌과 몽둥이에 더 많이 죽었다.

호리모토가 총을 기다리고 있던 하도감도 벌써 포위되었다.

하도감 동쪽의 담장 밖은 노송이 드문드문 늘어선 언덕이요, 그 바로 뒤는 동대문에서 광희문에 잇닿는 성벽이었다.

하도감에는 대포 한 문이 있었다. 별기군을 시켜서 대포를 끌어낸 호

리모토는 그 언덕과 성벽 우에 집결한 이편 군사와 군중들을 향해서 포구를 돌렸다.

성벽과 언덕에서는 별기군의 병영이 지척에 내려다보였다.

"너희들두 조선 사람이면 우리한테루 나오나라!"

정의길이가 언덕 위에서 외쳤다.

"우리 편으루 돌아오면 살려줄 테다."

그러자 하도감을 포위한 군정들과 군중들이 사면에서 외치는 소리가 났다.

"왜놈이 우리 조선 백성의 원순 줄을 너희는 모른단 말이냐? 얘들아."

"저기 있는 왜놈 장교를 쳐죽이구 나오나라!"

이렇게 외치는 소리들 중에 언덕에서

"군기고의 총은 우리가 다 가졌다. 봐라!"

하고 양포들을 쳐들어 보이면서

"총 가지러 갔던 왜별개는 벌써 다 죽었다."

하는 말에 '초록 군복'들은 더욱 동요했다. 병영의 넓은 안뜰 한가운데 끌어내다 놓은 대포 뒤에 모여선 20여 명의 '초록 군복'들은 외치는 소리가 들릴 때마다 이쪽저쪽으로 고개를 돌려가며 두리번거리다가는 서로 쳐다보고 또 호리모토의 눈치를 살피기도 했다. 군기고 쪽에서 나는 총소리를 이자들도 들었다. 그러나 사태가 이렇게까지 되리라고는 생각 못했다.

일본 육군 어학생들은 물론, 호리모토도 그 말들을 대강은 알아들었다. 누구보다도 놈들이 더 불안 초조했다.

"왜 이 꼴루 멍청해 섰는 게냐."

하고 고함을 지른 일본 육군 소위는 사관생도들에게 대포에 장탄을 하라는 구령을 내렸다. 그러나 '초록 군복'은 한 사람도 움직이지 않았다.

"어서 나오나라."

"너희가 왜놈들허구 같이 죽잘 게 뭐란 말이냐?"

외치는 소리는 계속 들렸다.

이때, 또 뭐라고 비명을 지르듯 울부짖은 일본 육군 소위는 '초록 군복'들 앞에 놓인 포탄 상자로 달려들었다. 그러자 마주 달려간 한 '초록 군복'이 그자의 손을 포탄 상자에서 뿌리쳤다.

"용허다!"

"잘했다."

하는 소리가 언덕 우에서 났다.

"너희들 때문에 우리가 그놈을 못 쏜다. 빨리 나오너라!"

정의길이가 또 외쳤다. 호리모토의 손을 뿌리친 '초록 군복'이 먼저 돌아서서 문간으로 달려갔다. 문이 열리는 것을 보자 다른 자들도 그 뒤를 따랐다. 그러자 정의길은 화승대 한 방으로 호리모토를 포신 우에 쓰러뜨렸다. 정의길이도 이때 양포를 한 자루 받았으나 지금까지 묘준*에 익어온 화승대를 썼던 것이다.

군기고 앞의 충돌에서 50여 명의 왜별개가 섬멸되고 별기군의 무기가 송두리째 훈련도감의 군정들의 손으로 넘어가고 그 병영까지도 소탕되었다는 소문이 퍼지자 서울 장안은 백성들의 환호성으로 진동했다.

언제나 "이대로는 살 수 없다."고 외치며 가슴을 두들겨온 백성들이었다. 백성들을 도탄 속에 몰아넣는 도적놈들이 들어앉은 조정을 처부수고, 또 그 도적놈을 부추겨서 더욱더 백성들을 억누르게 함으로써 종당

| * '조준'의 북한말.

444

은 저희가 이 나라의 주인이 되려는 침략자들을 몰아내지 않고서는 백성들이 살길이 없다고 생각해온 사람들이었다. 수도 서울을 비롯해서 이때의 백성들은, 백성의 원수인 역적들의 조정과, 침략자들을 어떻게 하면 쳐부수고 몰아낼 수 있을까 생각하는 점에서, 정다산이 말한 바와 같이, 실로 항상 민란과 폭동이 일어나기를 저마다 고대하던 백성들이었다.

고대해온 그날이 서울 백성들에게 왔다. 백성들의 원수들에게 죽음을 줄 수 있는 통쾌하고 장렬한 폭동이 이날 서울 장안에서 폭발한 것이다.

더욱이 군사들이 주동이 되어 선봉에 나선 사실에 백성들의 용기와 의기는 백배했다. 이때까지의 군사는 이른바 병권을 잡았다는 조정이 시키는 대로 좌우지되었다. 매국 역적들의 조정이 백성의 원수라는 것을 모르고 맹종하는 군사는 자기네의 부모요 형제인 백성들이 일으킨 민란과 토벌하는 몽둥이로 이용된 적도 많았다.

그러나 이날의 서울 군사들은 백성들의 편으로 넘어왔다. 백성들과 한편이 되어 백성의 원수들을 소탕하기 위해서 백성들의 편으로 넘어왔다. "한 나라 군사라고들 허지만 이제는 갈라야겠다."고 하던 훈련원의 군사들은 우선 침략자 왜놈들이 호령하는 대로 이편의 행동을 방해하고 백성들에게 총질을 할 염려가 있는 '왜별개'를 먼저 소탕해야 했던 것이다.

이 동안에 이영식과 강명준이가 앞장선 한 패는 전옥을 깨뜨리고, 홍천석과 김장손이 앞장선 한 패는 우포청右捕廳을 들이쳤다. 이 두 패에는 군사들보다도 몽둥이와 돌을 든 사람들이 더 많았다.

전옥 문이 열리자 달려 들어간 강명준은

"생원님! 생원님 말씀대루 우리 백성이 오늘은 노한 물결같이 일어났소."

하며 백락관을 안아 일으켰다.

"훈련원 군사가 왜별개를 소탕했소. 이제 역적놈들의 조정을 뒤집어 엎을 게요. 왜놈들을 몰아낼 게요."

이렇게 성급히 말하는 강명준의 말마디마다 "훈련원의 군사가 '왜별개를?' '조정을……?' '왜놈들을……?'"하고 놀라면서 강명준의 손을 더듬어 쥔 백락관은

"이 나두 같이 데려가주우. 왜놈들한테 돌 한 개라두 던져야 나두 이 나라 백성이 아니겠소! 갑시다."

하면서 일어섰다. 그러나 그는 제 몸을 지탱하지 못했다. 쓰러진 그는 정신을 잃었다. 그를 업고 나온 강명준은 '긴 사랑' 친구 몇이와 체번해 업고 김장손의 집으로 나가야 했다.

전옥과 포도청에 갇혀 있는 사람들의 고랑과 목칼들을 벗겨준 후에 종루鐘樓 앞으로 가서 모인 사람들은 다시 여러 패로 갈려서 떠났다.

김춘영과 류복만은 포도청에서 나오는 길로 따라나서기는 했으나 몸이 마음과 같지는 못해서 앞장서지 못하고 장태진 노인과 같이 걸었다. 김장손은 어디 갔는지 보이지 않았다. 그는 옥문을 깨뜨리고 들어간 젊은이들이 춘영이와 복만이의 목에서 사죄수死罪囚의 큰 칼을 벗겨주는 것을 지켜 서서 보다가 그들이 제 발로 걸어나오는 것을 보고는

"음, 됐다."

했고 또

"따라들 오나라."

하고는 사람들을 헤치고 먼저 나갔다.

"정녕 이 패에 끼였을 터인데."

하면서 둘러보는 장 노인은 김장손을 찾는 모양이었다. 이때 전동典洞 길로 들어선 이 한 패는 안국동安國洞으로 가는 중이었다.

"허나 일러두었으면 좋을 게 있는데……."

장 노인은 여전히 두리번거리면서 중얼거렸다.

"누구헌테 말씀이요?"

"누구랄 게 없이, 먼저 가서 사람들한테 일러줄 사람이면 그만이여."

하는데 마침 저편에서 목 하나는 더 큰 의자 상투가 사람들을 헤치며 바삐 앞질러 나가는 것이 보였다. 또 그 뒤에는 여전히 짧은 머리태를 늘어뜨린 노총각이 따라섰다.

"여보 젊은 친구, 인천 친구."

귀에 익은 김춘영의 음성에 고개를 돌린 의자 상투와 노총각은 세 사람을 보자 다가왔다.

"뭣 허느라구 인제들 오우?"

"어 동아줄을 마련허느라구요."

하는 의자 상투와 노총각은 굵다란 동아줄을 한아름 씩이나 되게 사려서 팔뚝에 걸쳐 들고 있었다.

"그건 뭘 헐 게요?"

"우선 병조판서 놈의 집부터 걸어서 기둥 그룰 빼야 헐 테니까요."

"그래! 헌데, 젊은이 내 말 들으라구. 옛날 조상님네 적부터 민란에 나서는 우리 백성들이 사람두 죽이구, 집에 불두 지르고 허지만, 그러면서두 꼭 안 허는 게 두 가지가 있어. 그놈들의 집을 불지르구, 그놈들을 죽이구 허면서도 그놈네 계집을 건드리지 않는 게 하나구, 또 그놈네 재물을 바늘 한 개라두 사사로이는 다치지 않는 게 또 하나야. 그러니께, 저놈들은 우리를 '폭도'니 '난민'이니 허지만 실상은 우리는 죽여 마땅헌 놈을 죽이는 게구 불질러 마땅헌 놈의 집을 불지른다 뿐이니께. 사람으로 쳐서 논지허면 우리 백성들을 그 더럽구 추잡헌 저놈들헌테 댈라고? 그만치 우리 백성들은 지개志槪가 크구, 높구 깨끗허구, 의로우니께!"

옆에서 이런 말을 듣는 사람들은 그 얼굴 그 몸집 할 것 없이 보잘것 없이 수척하고 쪼들고 또 한편 다리를 절기까지 하는 초라한, 옷주제까지도 남루한 늙은이를 유심히 보면서 그의 말을 들었다.

그 사람들 가운데서 노총각이 문득 울음을 터뜨렸다. 울음이 북받치는 제 가슴을 주먹으로 두드리던 그는 목이 메는 소리로

"우리 백성들을 봐라!"

"외로운 우리 백성들이 네놈들헌테 천벌을 줄 테다."

하고 외치면서 주먹을 내두르며 내달았다. 의자 상투도

"더러운 매국 역적 놈들을 죽여라!"

하고 고함을 지르면서 달려갔다.

"민겸호 놈부터 때려죽여라!"

"역적 놈들은 한 놈두 빼놓지 말구 깡그리 죽여라!"

저마다 앞으로 내달으며 외치는 소리가 울려 퍼졌다.

넓은 터전, 높은 담장 안의 민겸호의 집은 한 채 한 채 무너졌다. 와르릉, 지동하듯 하는 소리와 함께 확 먼지가 솟고 그때마다 날개를 펴듯 추녀를 펴고 드높이 솟았던 지붕들이 충천한 먼지 속에 무너앉곤 했다. 넓은 뜰 안에 뭇 쌓아놓고 불사르는 비단필, 모피 방장, 진주, 패옥들이 5색 화염을 일으키고, 산삼, 녹용, 사향 같은 것이 타는 냄새가 북촌 일판을 휩쓸었다. 대체 이놈이 백성들의 고혈을 얼마나 악착스럽게 긁어 들였으며 나라의 재산을 얼마나 많이 도적해냈던가! 비단 이자뿐이 아니었다.

여러 패로 나뉘운 사람들은 민태호閔台鎬, 민영익, 민창식閔昌植 등 민가네 일족을 위시해서 당시 일본 세력을 끌어들이는 데 주동이 되었던 자들과 토색과 학정질이 자심했던 탐관오리들의 집을 습격했다. 이날과 이튿날 양일 간에 혹은 살해되고 혹은 집을 불살리우는 등으로 백성들의

심판을 받은 자가 3백여 명이었다.

일본 공사 화방의질이도 윤웅렬의 편지를 받았다. 오후 3시경이었다. 노는 날이라 소풍한다는 핑계로 서울 정형을 염탐하려고 이날도 7~8명의 무관들이 성내로 들어가고 없었다. 그자들이 돌아오기를 초조히 기다리고 있는데, 하도감에서 구사일생으로 살아왔노라고 하는 어학생 하나가 피투성이가 된 몸을 끌고 들어왔다. 5시경이었다. 같이 도망해오던 두 명의 어학생은 남대문 근처에서 뿔뿔이 흩어진 채 어떻게 되었는지 모른다고 했다. 오는 도중에 길거리에서 시체로 쓰러져 있는 일본 장교를 두셋 본 기억이 있다고 했다.

일본 장교가 지휘권을 장악하고 있던 별기군이 섬멸되고 무기도 없어졌다는 것을 알게 된 일본 공사관원들은 낙담하고 기가 꺾였다. 회의 결과 경기 감사 김보현을 통해서 왕 이희에게 구원병을 청하기로 했다. 이희는 반드시 제 왕궁을 호위하는 군사를 보내서라도 일본 공사관을 보호해줄 것이라고 믿기 때문이었다.

그러나 벌써 때가 늦었다. 군조軍曹 한 명과 순사 한 명을 뒷산으로 올려보내서 정세를 살피게 했는데 경기 감영 부근은 벌써 충천한 먼지 속에 잠겨 있었다. 갈 수도 없거니와 간대도 김보현은 이미 죽었거나 도망했을 것이다. 아닌 게 아니라 김보현은 벌써 감영에서 도망해서 궁중에 피신해 있었다.

청수관에서 마주 보이는 서대문 좌우편의 성벽 위에는 몇 만인지 헤아릴 수 없이 많은 조선 군사가 나타나기 시작했다. 포위 속에 들었다는 것을 알게 된 일본 침략자들은 문서를 모아 불사르고 저마다 있는 대로 무장을 갖추었다. 도망할 차비를 하는 것이다. 도망할 차비를 하면서도 미즈노 대위 같은 놈은 장검을 빼서 휘두르며 "내 이 삼척검三尺劍이, 피에 목마른 지 몇 핼런고?" 하면서 울부짖었다.

이때, 이때까지 석 달 동안이나 계속 가물던 날씨가 돌연히 변했다. 한없이 두터운 구름으로 뒤덮인 끝없이 넓은 하늘이 중얼거리듯 하는 먼 우레 소리가 우르렁거리기 시작하더니 마침내는 채찍 같은 비가 쏟아지기 시작했다.

억수로 퍼붓듯 하는 빗발 속에서 시작된 사격전이 계속되는 중에 해가 졌다. 내려덮인 구름으로 해가 지자 곧 어두웠다.

어두워지기를 기다렸던 적들은 저희 공사관에다 석유를 끼얹고 불을 질렀다.

정의길은 화광에 목표가 명확해진 기회를 타서 더욱 접근해서 사격을 하는 한편 일부 군사를 천연정 뒤쪽으로 돌렸다. 과연 적들은 뒷문으로 빠져나가고 있었다. 잠시 동안 단병전이 벌어졌다. 달아나기만 위주였던 적들은 몇 놈의 부상자를 버리고 어둠 속으로 흩어져 도망했다.

3년간이나 점령하고 있던 청수관에서 쫓겨난 적들은 남대문을 향해서 달려갔다. 서대문이 가깝지만 우리 군사가 지키고 있다는 것을 알기 때문이었다. 이때 적들은 이회의 궁으로 들어갈 적정이었다. 이회는 자기들을 보호해줄 뿐 아니라 자기들과 생사를 같이해주리라고 믿기 때문이었다.

그러나 남대문도 굳게 닫혀 있었다. 더 어떻게 해볼 방도가 없이 된 적들은 계속 퍼붓는 비와 어둠 속을 헤매면서 양화진楊花津 나루터로 나가서 빈 배를 잡아타고 강을 건너 인천을 향해 달아나기 시작했다.

정의길은 인천 길에 익은 의자 상투와 같이 군사를 데리고 적을 추격하기로 했다. 정의길은 떠나기 전에 김춘영에게 사람을 보내서 내일 창덕궁을 들이칠 때에는 민비의 얼굴을 잘 아는 제 누이동생 빙아를 앞세우고 가는 것이 좋을 것 같다고 일렀다.

훈련도감의 군사들은 이때 태묘 동남쪽에 있는 동별영東別營을 점령하고 있었다.

창덕궁에서는 왕 이희 부처와 궁중으로 피란처를 맞아 들어와 있던 대신들 간에 의논이 분분하고 구구했다. 그들은 한자리에서 의논을 한다고는 하면서도 어느 누구도 제 속에 있는 생각을 그대로 말하는 자는 하나도 없었다. 이때 이들은 너나없이 한 가지 공통한 생각을 가지고 있었다. 그러면서도 아무도 그것은 말하려 안 했다. 이자들의 말투로 하면 '범궐犯闕' 이었다. '난군' '폭도' 들이 언제 대궐로 쳐들어올는지 모른다는 불안이었다. 그런 불안을 저마다 느끼면서도 입 밖에는 내지 않았다. 실은 내지 못했다. 내놓고 의논을 해본댔자 어떻게 할 방도도 대책도 없다는 것을 알기 때문이었다. 별기군이 소탕되고, 일본 공사도, 그 공사관도 지금은 없다. 저희가 완전히 고립되었다는 것을 그들도 모르지 않았다. 지금 오직 믿는 것은 '설마' 였고 '언감생심' 하는 것뿐이었다. 천생 좋은 운수와 팔자를 타고난 저희들이 설마 어쩔라고! 하는 것이요, 또 아직도 백성들을 능멸히 여기는 버르장머리를 놓지 못한 이자들이라 백성들이 언감생심 대궐을 범하랴 하는 것이었다.

그러면서도 조정의 결정이라 하여 선혜당상 민겸호를 즉시 파직시킨다는 것을 공표했다. 군정들의 노여움을 그것으로서 풀어볼까 해서였다. 이때 민겸호도 그 자리에 있었다.

이희 조정은 또 무위영 대장 이경하를 시켜서 동별영으로 가서 직접 군사들을 만나서 회유하게 했다. 그러나 저 자신 동별영에 들어설 자신이 없었던 이경하는 형편을 알아보라고 먼저 들여보냈던 부하 한 사람만 죽여버리고 도망하고 말았다.

이희 조정에서 써본 회유책도 소용이 없었고 그들이 믿으려던 '설마'

도 간데없었다.

이튿날, 열흘날 아침에 군사들을 선봉으로, 백성들이 돈화문을 부시고 창덕으로 쳐들어갔다. 씨둥이와 함께 남복을 하고 나선 빙아는 우선 내정으로 달려갔다. 그러나 민비는 보이지 않았다. 이때 민비는 궁녀로 변복하고 궁 밖으로 꾸역꾸역 밀려나가는 수많은 궁녀들 속에 끼여서 나가다가 홍洪모라는 무감武監이 대령하는 가마를 탔다. 그것을 본 군사 몇이 가마를 부시고 쏟아놓았다. 그러나 민비의 얼굴을 모르는 군사들은 홍모라는 자가 그 여인은 제 누이인 상궁이라고 하는 말에 넘어서 놓아보내고 말았던 것이다.

한편 군사들은 중희당重熙堂에서 숨어 있는 병조판서 민겸호와 경기 감사 김보현을 찾아내서 처단했다.

이때 궁 밖에서도 매국 역적들이 처단되었다. 이최응은 이때도 고간의 열쇠들을 차마 놓지 못해서 들고 담장을 넘어가다가 창자를 쏟아놓고 죽었다.

인천에서는 이날 오후 3시경부터 패주하는 적에 대한 마지막 소탕전이 벌어졌다.

밤새워 추격해간 서울 군사와 인천 인민들이 합세해서 먼저 일본 영사관을 소탕했다. 이때 화방의질과 그 부하들은 인천 부사 정지용의 집에 은신해 있었다. 그러나 곧 포위된 적들은 장총과 단포를 탄사하면서 제물포로 달아나기 시작했다. 적들은 여기서 10여 명이 살상되었다. 제물포까지 달아난 적은 24명에 불과했다. 적들은 인천 앞바다에 유명한 안개를 기회로 삼아 해안에 있는 빈 어선을 도적해 타고 바다로 달아났다.

이날로 한양과 한양의 관문인 인천항에서는 일본 침략 세력이 일소

되었다. 또한 이날로서, 조국과 인민의 운명은 돌보지 않고 오직 자기네 일문 일당의 부귀만을 탐내고 그것을 유지하기 위해서 침략 세력을 영합하고 그 외세에 의존하여 인민들에 대한 억압과 착취를 더욱더 파렴치하게 강행하던 조국과 인민의 원수인 매국 도당들의 조정은 무너졌다.

임오년의 서울에서 일어났던 세칭 '임오군란'은 조국의 독립과 인민의 자유를 수호하기 위한 우리 조선 인민의 투쟁사에서 그 한 페이지를 빛내는 사변이다.

《조선문학》, 1961년 5~8월

지식인의 자의식에서
민중의 발견까지

; 최명익의 삶과 문학

_진정석

1

　일본의 강압적인 제국주의 통치가 막바지에 이르던 1930년대 후반은 혹한 정치적 상황에도 불구하고 한국소설이 양과 질에서 그 어느 때보다 더욱 풍성한 성과를 산출해낸 시기이기도 하다. 이념적 조급함이 작품의 설득력을 반감시키던 경향소설은 이기영, 염상섭, 채만식 등 걸출한 장편 리얼리즘 작가들의 자기 진화에 힘입어 당대 현실의 총체적 재현에 한층 더 육박해 들어갔고, 서구 신흥 예술의 관념적인 모방으로 시작된 초기 모더니즘 역시 이상과 박태원, 그리고 최명익이라는 개성적인 재능의 등장과 더불어 미학적 모험의 강도를 더욱 심화시킬 수 있었던 것이다.

　우리 문학사에서 최명익은 1930년대 모더니즘 소설의 한 정점을 보여준 작가로 알려져 있다. 근대적 도시 풍물에 대한 양가적 반응, 절망과 혼돈에 처한 지식인의 자의식에 대한 철저한 해부, 그리고 인물의 내면 심리에 대한 정치한 묘사 등이 지금까지 최명익 문학에 내려진 일반적인 평가라고 할 수 있다. 하지만 이러한 평가들은 대체로 해방 이전의 작품을 염두에 둔 것이며, 북한에 남아 작품 활동을 계속한 해방 이후의 최명익에게는 잘 들어맞지 않는 측면이 있다. 「비 오는 길」과 「심문」을 쓴 해방 이전의 최명익에게서 심미적 모더니스트의 취향이 농후하게 느껴진다면, 『서산대사』와 「임오년의 서울」을 쓴 해방 이후의 최명익은 리얼리즘적 역사소설가에 가깝기 때문이다.

이처럼 「비 오는 길」과 「임오년의 서울」, 해방 이전의 최명익과 해방 이후의 최명익은 전혀 다른 작품, 다른 작가라고 해도 과언이 아닐 정도로 주제와 경향, 스타일에서 판이한 양상을 보여준다. 이러한 거리와 낙차는 일단 해방 이전과 해방 이후에 작가가 처한 현실적 상황과 문학적 과제의 차이에서 비롯된 것으로 이해할 수 있다. 일제가 강요한 파행적인 식민지 근대화에 대한 심미적 반응이 「비 오는 길」로 나타났다면, 민중의 재발견과 북한 사회주의에 대한 소극적인 동조에서 「임오년의 서울」이 탄생한 것이다.

하지만 해방 이전과 해방 이후의 작품들을 좀 더 자세히 들여다보면, 작가의식이나 창작의 스타일에서 이러한 상황 논리로 환원되지 않는 어떤 내적 일관성을 발견할 수도 있다. 최명익 문학을 관류하는 이 근본적인 일관성은 좁은 의미의 모더니즘이나 리얼리즘 개념으로는 온전히 설명되지 않으며, 좀 더 넓은 의미의 근대주의, 다시 말해 근대화의 보편적 경향성을 투철하게 인식하고 그 과정에서 파생되는 다양하고 모순된 경험들을 문학적으로 형상화하려는 창작 태도와 연관되어 있다. 그러므로 최명익의 문학을 온전하게 이해하기 위해서는 좁은 의미의 모더니즘이나 리얼리즘 범주에 국한시키는 대신, 근대란 무엇이며 거기에 어떻게 적응할 것인가, 나아가 어떤 근대를 꿈꾸고 만들어가야 할 것인가라는 좀 더 넓은 문제의식 속에서 바라볼 필요가 있다.

2

　최명익은 1936년 단편소설 「비 오는 길」을 《조광》에 발표하면서 작가로서 첫발을 내딛는다. 일본 유학을 통해 접한 도스토옙스키의 세계에 심취하고 철학과 미술에도 상당한 조예를 쌓는 한편, 동인지 《백치》 활동을 위시한 긴 습작 기간을 거치고 난 뒤인 서른네 살의 일이었다. 「비 오는 길」은 뒤늦은 등단작에 어울리게 견고한 만듦새와 높은 세공미를 갖추고 있으며, 근대에 대한 양가적 심리와 내적 성찰이라는 최명익 소설의 원형적인 구조를 이미 거의 완성된 상태로 보여준다. 각기병에 걸린 약한 다리를 이끌고 평양성을 가로질러 집과 공장을 오가는 주인공 병일은 "노방의 타인은 언제까지나 노방의 타인이기를 바라는" 자폐적 인물인 동시에, "옛 성벽을 깨뜨리"는 도시의 발전에 민감하게 반응하는 도시 산책자의 면모를 갖춘 인물이다. 이런 병일의 모습은 같은 해에 발표된 박태원의 「소설가 구보 씨의 일일」 속 주인공 구보의 형상과 흥미로운 대조를 보여준다. 도시화가 불러온 다양한 충격 체험의 감각적 향수에 몰두하는 구보와 달리, 병일의 관찰은 우연히 만난 사진관 주인 이칠성의 속물적 태도에 집중된다. 병일은 철저한 생활인 이칠성을 한없이 혐오하고 경멸하면서도, 다른 한편으로는 "청개구리 뱃가죽 같은 탄력"을 지닌 그의 왕성한 생활력에 감탄하고 심지어 선망하기까지 한다. 하지만 병일의 양가적 심리 또는 자기 분열에 대한 탐색은 이칠성의 갑작스런 죽음 때문에 더 이상 진전되지 않는다. 병일이 무용한 독서와 사색을 일삼는 원래의 생활로 복귀하는 결말부는 등단작을 쓸 당시 최명익의 근대에 대한 기본적인 태도를 잘 보여준다고 할 수 있다. 단순한 교양 습득 차원을 넘어 삶의 거의 유일한 방식으로까지 고양된 병일의 자폐적인 독서 행위에서 짐작할 수 있듯이, 작가의 관심은 생동하는 근대적 풍경에 대한 감각적 반응보다는 근대의 본질에 대한 개념적인 인식 쪽에 좀 더 기울어져 있는 것이다.

등단작 「비 오는 길」로 단숨에 문단의 주목을 받는 신진 작가로 떠오른 최명익은 이후 몇 년 동안 「무성격자」(1937년), 「역설」(1938년), 「봄과 신작로」(1939년), 그리고 「폐어인」(1939년) 등을 연이어 발표한다. 결코 다작이라고 할 수는 없지만, 한 편 한 편이 모두 신인으로서는 보기 드문 완성도와 중량감, 순도 높은 문제의식을 갖춘 수작들이었다. 이 가운데 알레고리 형식을 빌린 「봄과 신작로」는 식민지 근대화에 대한 작가의 관점을 살펴보는 데 흥미로운 참고가 되는 텍스트이다. 이 소설의 플롯은 금녀와 유감이의 삶으로 대변되는 전통적 세계의 순진성이 한편에, 신작로를 오가는 화물차 운전수의 타락한 근대적 의식이 다른 한편에 놓여 있는 선명한 대립 구도에 기초하고 있다. 상반된 두 가치의 대립 속에서 무지하고 순박한 전통적 세계가 근대적 문명의 폭력에 의해 몰락하는 결과는 거의 필연적이다. 미국산 아카시아를 먹고 죽은 송아지나 화물차 운전수에게 성병이 옮아 죽고 마는 금녀의 운명은 서구적인 것, 근대적인 것의 희생자라는 측면에서 엄밀하게 대응된다. 주목할 점은 이러한 비극적 사건을 그리는 작가의 관점이다. 여기서 작가는 봉건적인 가치를 적극적으로 옹호하지도 그렇다고 근대적인 문명을 일방적으로 예찬하지도 않으며, 다만 두 개의 세계가 충돌하면서 빚어지는 사건의 추이를 담담하게 따라가고 있을 뿐이다. 유감이의 봉건적 세계에는 자생적 근대화를 이룩할 내적 계기가 결여되어 있지만, 화물차 운전수에게 유혹당하는 금녀의 운명 또한 비극적인 죽음으로 귀결되고 마는 것이다. 이처럼 근대를 맹목적으로 예찬하지도 않으며 자폐적인 반근대의 포즈로 떨어지지도 않는 냉엄한 중간자적 태도야말로 최명익 소설의 개성적 미덕 가운데 하나라고 할 수 있다.

일제 시기에 발표된 작품 가운데 가장 긴 중편소설 「심문」(1939년)은 그 분량에 어울리는 밀도와 무게감을 갖춘 최명익의 대표작 가운데 하나이다. 이 작품은 지식인의 자의식을 탐구하는 최명익 소설의 한 정점을 보여주는 동시에, 작가가 모더니즘적 스타일의 한계를 감지하고 조금씩 방향 전환을 모색하고 있음을 암시하는 징후적인 작품이기도 하다. 하얼빈행 특급 열차에 몸을 실은 화가 명일의 명상으로 시작되는 이 소설은, 그의 시선을 빌려 마약 중독자로 전락한 왕년의 사회주의 운동가 현혁과 그를 흠모해 따르다 결국은 자살로 생을 마감하는 여옥의 비극적인 삶을 정밀하게 관찰한다. 명일과 여옥의 관계에 주목한다면 「심문」은 "열정과 순정"이 결여된 삭막한 관계의 전말을 그린 연애소설이며, 여옥과 현혁의 사연을 중시할 때는 철저한 "자포자기" 또는 "폐인의 자굴"을 통해 전향소설의 한 독특한 유형을 제시한 것이기도 하다. 그러나 이 작품에서 가장 주목해야 할 것은 바로 명일의 시선 그 자체이다. 명일은 여옥의 불행과 현혁의 타락에 대해 처음부터 끝까지 철저한 국외자, 무심한 관찰자의 입장을 고수한다. "일정한 직업과 주소도 없"이 무위도식하는 그의 눈에 여옥과 현혁이 연출하는 "멜로드라마"는 특급 열차의 스피드가 만들어내는 스릴, 그 "스릴을 향락하는 일종의 관능 유희"와 별로 다르지 않다. 마약 중독자로 전락한 현혁은 전향자의 논리보다는 좌절한 자의 일반적 형상을 대변하며, 여옥의 비극적인 자살은 그녀의 아름다움을 더욱 극적으로 미화시킨다. 정치 운동과 마약 중독, 아름다움과 죽음을 동일선 위에 놓인 심미적 대상으로 지각한다는 점에서 「심문」은 식민지 시대 한국소설이 도달한 심미적 모더니즘의 한 정점이며, "영롱한 인당"과

"아름다운 심문心紋"에 대한 명일의 애착은 이러한 심미적 모더니즘에서 분비된 피로와 권태, 자기혐오를 암시한다.

「심문」 이후 거의 2년 만에 발표된 「장삼이사」(1941년)는 「심문」에서 암시된 피로와 권태의 잠정적인 귀결점을 보여준다. 전작들과 구별되는 이 작품의 가장 큰 특징은 간단히 말해 지식인에서 대중으로의 중심 이동, 내적 심리의 묘사에서 외적 행동에 대한 관찰로의 변화라고 할 수 있다. 기차 여행 중인 지식인 화자 '나'의 시선으로 동승한 여러 '장삼이사'들의 "제 본색"과 "제 버릇"을 관찰하는 이 작품에서는 그동안 관찰과 평가의 대상으로 얌전히 머물러 있던 대중들이 행동과 판단의 엄연한 주체로 등장한다. 물론 삶의 품위와 자존심, 자신의 행위에 대한 내적 성찰이 결여된 듯 보이는 '장삼이사'들의 속악한 행태와 교활한 처세술은 '나'의 관점으로는 잘 이해하기도 동의하기도 어렵다. 하지만 그것은 동시에 '나'에게 어떤 생생한 삶의 활력과 구체성, 심지어는 일종의 건강성을 지닌 것으로 다가온다. "나의 망상"을 압도하는 "명백한 현실"의 위력 앞에서 "웬 까닭인지 껄껄 웃어보고 싶은 충동을 겨우 억제"하는 작품의 결말부는 최명익 소설이 부딪친 곤경을 보여주며, 해방 이후 그가 보여줄 극적인 변신을 예고하기도 한다. 그러나 일제 시기 최명익의 소설적 모색은 이 지점에서 일단 정지된다. 「장삼이사」를 끝으로 작가는 창작 활동을 전면 중단하고 일제의 압박을 피해 평안남도 강서군으로 은거에 들어간 것이다.

3

최명익은 해방 직후 평양예술문화협회 회장과 북조선문학예술총동맹 상임위원을 역임하면서 북한 문단의 중심에서 활발하게 활동하는 한편, 강서군 인민위원으로 선출되는 등 북한 사회의 재편성 과정에도 주동적으로 참여한다. 부르주아 출신에 대표적인 모더니스트였던 최명익이 해방 이후에 사회주의 북한을 선택한 자세한 사정은 알려져 있지 않지만, 1946년 발표된 「맥령」을 통해 어느 정도 미루어 짐작해볼 수는 있다. 「맥령」은 일제 말기부터 해방 직후 토지 개혁에 이르기까지 현실의 급격한 변화와 이에 대처하는 심경의 추이를 보여주는 자전적인 작품이다. 주인공 상진은 일제의 감시를 피해 평양에서 K군으로 소개해 나와 살면서 농촌 현실과 농민의 모습에 새삼스럽게 눈을 뜨게 된다. 열차의 우연한 동승자였던 익명의 '장삼이사'들이 쥠손이 영감이나 인갑, 춘식이 등 구체적인 고유명사로 불리기 시작한 것이다. 상진의 눈에 비친 그들은 가혹한 공출과 봉건적인 소작 관계, 강제 징용과 자연재해에 시달리는 어려운 상황 속에서도 특유의 낙천적 건강성을 잃지 않는 역사의 진정한 주체들이다. 민중의 재발견은 상진으로 하여금 자신의 문학관을 전면적으로 되돌아보게 만든다. 이제 과거의 글쓰기 방식은 "젊은 시절의 창백하고 말쑥한 우울"로 치부되고 "자유가 있던 때에 자기는 왜 좀 더 계몽적으로 이런 젊은이에게 친절한 글을 쓰지 못했던가" 하는 자기 반성에 이르게 되는 것이다.

「맥령」의 전반부가 해방을 전후한 주인공의 심경 변화에 초점을 맞추고 있다면, 후반부는 토지 개혁 시기 북한의 사회적 변화, 그중에서도 특히 농민들의 주체적 자각에 주목한다. 해방 이후에도 "무한궤도의 춘궁"을 벗어나지 못하던 농촌의 현실은 지주-소작 관계를 전면적으로 폐지한 토지개혁법령에 의해 근본적인 변화의 계기를 맞게 된다. 이 과정은 공식적으로 북조선인민위원회가 주도한 것으로 서술되고 있지만, 최명익은 홍수로 망가진 쥠손이 영감의 텃물받이 논을 복원하는 삽화를 통해 농민들의 능동적 발상과 자발적 헌신을 좀 더 부각시킨다. 사회주의 리얼리즘의 공식적인 창작 방법이 당성과 계급성, 그리고 인민성이라는 세 가지 기준으로 구성되어 있다면, 「맥령」을 쓸 당시의 최명익은 인민성을 강조하면서도 당성, 계급성과는 어느 정도 거리를 둔 상태였다고 할 수 있다.

토지 개혁이 한창 진행되던 1946년 12월, '주민들의 사상 의식 개혁을 위한 투쟁 전개에 관하여'라는 북조선노동당의 결정서에 따라 건국사상총동원 운동이 대대적으로 전개된다. 「마천령」(1947년)은 이 운동의 일환으로 함경도 성진군에 파견되었던 작가의 경험을 바탕으로 하고 일제하 성진의 적색농민운동에서 소재를 가져온 작품이다. 대강의 줄거리는 유학생 출신의 주인공 박춘돌이 일본 경찰에 체포되어 취조받는 과정에서 다소 흔들리다가 노동자 출신 허국봉의 "견실한 투지와 높은 기백"에 감화되어 지식인 특유의 "불순한 부동성"을 극복하고 정신적 성장을 이룩한다는 것이다. 이처럼 「마천령」은 지식인의 부동성과 노동자의 혁명성의 대비라는 의도가 지나친 나머지 최명익 특유의 복합적인 심리 묘사가 상대적으로 부족하며, 결과적으로 인물 형상화의 측면에서 이전 작품들에 비해 다소 떨어지는 편이다. 그러나 지식인의 자의식을 극복하고 노동자 농민의 계급성을 수용하려 애쓰는 작가의 고민이 무색하게, 당시 북한 문단에서는 인텔리의 유약함과 내성성을 극복하지 못한 작위적인 작품이라는 혹평이 나오기도 했다. 장편소설 『기계』의 연재 중단 사건에서도 짐작할 수 있듯이, 부르주아 출신이라는 주변의 선입견과 모더니즘 경향의 작품을 썼다는 이력 때문에 최명익의 작품 활동은 결코 순탄하지 못했다.

1948년 「남향집」과 「공동풀」 이후 자의반 타의반으로 몇 년간 침묵하던 최명익은 한국 전쟁에 즈음해 활동을 재개한다. 전쟁이라는 급박한 상황이 모든 작가들에게 문학적 참여를 독려했을 것으로 짐작되며, 외아들 항백을 인민군 군관으로 참전시킨 작가에게도 내적 동기가 충분했을 것이다. 「기관사」(1951년)는 이 시기에 발표된 최명익의 대표적인 작품이다. 「맥령」에서 민중성을 재발견하고 「마천령」에서 노동자의 계급성을 강조했던 최명익은 「기관사」에 이르러 그동안 암묵적으로 거리를 두던 '당성'의 적극적인 형상화를 시도한다. 기관사 현준이 남한 군인들과 군수 물자를 가득 실은 기차를 철교 아래로 추락시키는 영웅적인 투쟁 끝에 죽기 직전 노동당원증을 만지며 만족한 웃음을 짓는 결말부는 '긍정적 영웅'의 형상화라는 북한 문예의 공식에 거의 그대로 부합한다. "끝날같은 젊은이" 현준을 한편에, 짐승처럼 야만적인 미군과 줏대 없는 헌병 장교, 우스꽝스런 일본인 탄수를 다른 한편에 배치한 인물 구성은 대단히 도식적이지만, 철교를 향해 기관차를 돌진시키는 마지막 장면의 묘사는 상당히 박진감이 넘친다. 그러나 이 마지막 장면은 주인공의 영웅적 면모를 손상시키는 자연주의적 경향, 엽기적 취미라는 비판을 받는 빌미가 되기도 했다.

한국 전쟁이 끝나고 북한 사회와 문단이 재편되는 과정에서도 최명익과 그의 작품에 대한 공격은 계속된다. '부르주아적, 인텔리적, 자연주의적 성향' 등으로 집약되는 여러 비판에 직면하면서 최명익에게는 작가로서 활동할 여지가 거의 남아 있지 않은 것처럼 보였다. 그러나 최명익의 작가적 생애는 여기서 멈추지 않는다. 다시 몇 년의 침묵 끝에 1956년 장편 역사소설 『서산대사』로 극적인 복귀에 성공한 것이다. 민중의 자발성에 대한 깊은 신뢰를 견지하면서도 당성과 계급성이라는 북한 문예의 공식적인 원칙과는 심정적으로 불화하던 최명익에게 있어 당대 현실을 우회하는 역사소설 장르는 거의 유일한 선택지였다고 할 수 있다. '서산대사'라는 탁월한 지도자와 외침을 극복하는 민중의 집단적 형상이 정전 이후 사회주의 복구기의 문학적 요구를 어느 정도 충족시킴으로써, 『서산대사』는 북한 역사소설의 한 모범적인 성과라는 평가를 받게 된다. 최명익은 『서산대사』의 성공에 힘입어 항일 무장 투쟁 참가자들의 회상기 집필에 참여하는 등 일시적으로 평화로운 복권의 시기를 보내게 된다.

임오군란을 소재로 한 「임오년의 서울」(1961년)은 『서산대사』에 이은 최명익의 두 번째 역사소설이다. 『서산대사』가 임진왜란을 배경으로 한 민족주의적 저항의 서사라면, 「임오년의 서울」은 양반과 민중 사이의 오랜 대립에서 촉발된 계급 투쟁의 이야기라고 할 수 있다. 이 작품에는 구식 군대 소속의 군인들, 한성 주변의 유랑 농민과 실업자들, 고종과 민비를 비롯한 궁중 세력과 부패한 양반 관리들, '초록 군복'으로 지칭되는 신식 병대와 일본인 등 다양한 세력을 대변하는 인물군이 등장한다. 일종의 집단 주인공 형식을 취했다고 할 수 있는데, 이 인물들은 다시 부패한 지배 계급과 저항하는 피지배 계급, 긍정적 인간형과 부정적 인간형으로 선명하게 양분된다. 서사를 이끌어가는 주동 세력은 주로 구식 병대 소속의 김장손, 김춘영, 류춘만, 강명준, 정의길 등 실존 인물들이다. 그들은 고종을 "큰 집의 맹추"라 부를 정도로 권위에 주눅 들지 않고, 일시적인 패배에 좌절하지 않는 낙천성을 지니고 있으며, 우여곡절 끝에 결국은 승리하고 마는, 한마디로 공산주의적 인간형의 전형이자 민중적 영웅이라고 할 수 있다. 반면 고종과 민비를 비롯한 왕실 세력, 김보경, 이경하로 대표되는 부패 관리, 일본을 위시한 외세는 부정적으로 묘사되거나 극단적으로 희화화된다. 그들은 무능하고 탐욕스러우며 조선을 망국의 지경으로 이끈 장본인들이다. 「임오년의 서울」은 두 세력의 화해할 수 없는 대립과 갈등을 차곡차곡 쌓아올리다가, 마침내 "일본 침략 세력이 일소"되고 "인민의 원쑤인 매국도당들의 조정이 무너"지는 위대한 승리의 순간에서 대단원을 맺는다. 비록 역사소설이라는 우회적 형식을 취하기는 했지만, 최명익 문학은 「임오년의 서울」을 통해 북한 문예의 공식적인 창작 원리인 혁명적 낙관주의, 또는 사회주의 리얼리즘과 잠정적인 일치에 도달한 것이다.

최명익은 한반도의 독특한 근대화 과정을 불가피한 역사적 방향으로 인정하는 동시에 그 폐해를 비판적으로 인식하고, 근대의 역동적인 변화에 한없이 매혹되면서도 동시에 그만큼 경멸하는 역설적인 작가 의식의 소유자이다. 체제 순응적 경향과 근본적인 비판 의식, 모더니즘과 맑시즘이 공존하는 이런 이중적인 태도의 밑바탕에는 문학이 현실의 일부로 편입되는 것을 거부하고 문학을 현실에 대한 심오한 성찰의 형식으로 사유하는 근본적인 회의주의가 자리 잡고 있다. 때문에 식민지 근대의 명암에 대한 고뇌와 심미적 모더니즘의 세계를 거쳐 군중적 삶의 활력에 대한 관심으로 이동하는 최명익의 문학적 변모는 거의 언제나 당대의 주류적 흐름과는 어느 정도 거리를 둔 것이었다. 물론 관변적 사회주의 리얼리즘에 가까운 양상을 보여주는 후반기는 최명익의 문학적 생애에서 예외적으로 근본적인 부정과 비판의 자세가 약화된 시기인지도 모른다. 그러나 최명익의 사회주의 리얼리즘은 역사소설이라는 장르적 우회를 거친 것이며, 어떤 측면에서는 당대 현실에 대한 간접적인 비판의 소산으로 읽혀질 소지도 적지 않다. 최명익 소설을 오늘날에도 여전히 다시 새롭게 읽어야 할 이유도 바로 여기에 있을 것이다.

1903년(1세) 1902년 7월 15일 평안남도 강서군 증산면 고산리에서 육남매 중 둘째로 출생. 부친은 평양 출신으로, 평양과 인천을 오가며 무역업에 종사한 토착 부르주아였음.

1910년(8세) 부친이 사업을 정리하고 평양 부근의 농촌으로 이사. 몸이 약했던 관계로 집 근처의 글방에 다니며 이야기책에 심취해 지내다가 한일합병 이후 보통학교에 입학.

1916년(14세) 평양에서 하숙을 하며 평양고등보통학교에 다니기 시작함. 평양고보 시절부터 문학에 관심이 있는 친구들과 어울리고 톨스토이를 처음 접하게 됨.

1917년(15세) 부친 사망. 유산을 정리하는 과정에서 친척들에게 시달림.

1919년(17세) 서울 여행 중 삼일 운동 목격. 평양에 돌아와 만세 운동에 적극적으로 참여하고, 이 사건이 문제가 되어 평양고보를 자퇴함. 어머니와 형도 만세 사건에 연루되어 3년간의 금고형을 받고 옥사했다고 전해짐.

1921년(19세) 일본으로 유학을 떠났으나 대학에 진학하는 대신 세이소쿠 영어학교에 입학. 도스토옙스키에 심취, 작가가 되겠다는 결심을 굳히게 됨.

1923~1924년(21~22세) 관동대지진을 전후해 세이소쿠 영어학교를 중퇴하고 귀국.

1926년(24세) 경기도 양주군 출신의 양은경과 결혼. 평양 외성 구역 창전리에 신접살림을 차리고 남은 가산으로 유리 공장을 경영. 슬하에 세 남매를 두었으나 두 딸은 어려서 사망했으며 아들 역시 한국전쟁 중에 전사함. 수양동우회 창립회원으로 참여했으나 적극적으로 관여하지는 않았음.

1928년(26세) 문우 홍종인, 김재광, 한수철 등과 함께 동인지 《백치》를 발간. 유방柳坊이라는 필명으로 「희련시대」 「처의 화장」 등의 습작소설 발표.

1930년(28세) 콩트 「붉은 코」 발표.

1931년(29세) 평론 「이광수 씨의 작가적 태도를 논함」에서 이광수는 민족주의를 내세운 통속적 이상주의 작가일 뿐이라고 비판.

1933년(31세) 콩트 「목사」 발표.

1936년(34세) 《조광》에 단편 「비 오는 길」을 발표하면서 다소 늦은 나이에 공식 등단.

문단의 주목을 받는 신진 작가 대열에 합류.

1937~1938년(35~36세) 아우 최정익과 유항림, 김이석 등이 참여한 《단층》 동인들과 교류하며 정신적, 재정적 후원자 역할을 함.

1938년(36세) 단편 「역설」 발표.

1939년(37세) 단편 「봄과 신작로」 「폐어인」 「심문」 등을 발표.

1941년(39세) 단편 「장삼이사」 발표. 이후 해방이 될 때까지 창작 활동을 전면 중단하고 담배 공장을 경영. 식민지 시대 말기에는 일제의 압박을 피해 평안남도 강서군 취룡리 외가에 은거.

1945년(43세) 해방 이후 북한 지역에서 만들어진 최초의 문화단체인 평양예술문화협회 회장으로 선출. 평양예술문화협회는 특정한 이념적 색채를 표방하지 않은 중립적 문화단체였으나 대체로 조만식의 민족주의 우파 노선에 가까운 편이었음.

1946년(44세) 평양예술문화협회를 자진 해산하고, 3월에 결성된 북조선문학예술총동맹에 참여해 중앙상임위원과 평남도위원장을 맡음. 북한 지역에 토지개혁이 전격적으로 실시되고, 건국사상총동원 운동의 일환으로 함경도 성진군에 파견되어 농촌 생활을 경험함. 해방 전후의 사정과 토지개혁을 소재로 한 단편 「맥령」 발표.

1947년(45세) 시집 『응향』 사건의 조사위원으로 원산에 파견됨. 성진의 경험을 바탕으로 한 단편 「마천령」 발표. 북한에서 소설집 『맥령』을, 남한에서 소설집 『장삼이사』를 간행. 「기계」를 연재하기 시작했으나 2회 만에 중단.

1951년(49세) 작품에 대한 안팎의 비판으로 몇 년 동안 침묵한 끝에 단편 「기관사」 「조국의 목소리」 등을 발표.

1952년(50세) 유일한 혈육인 아들 최항백이 한국전쟁에 인민군으로 참전했다가 전사하고, 그 충격으로 아내도 사망함.

1953년(51세) 한국전쟁 종전 무렵부터 최명익에 대한 비판이 더욱 심해지면서 작품 활동을 거의 하지 않게 됨.

1956년(54세) 임진왜란을 소재로 한 장편 『서산대사』 출간. 이 작품이 북한 문예를 대표하는 하나의 모범으로 평가받으면서 창작 일선에 복귀.

1957년(55세) 항일 무장투쟁 참가자들의 회상기 집필에 참여. 소련 여행을 다녀오고, 1950년대 후반에는 평양문학대학에서 강의.

1961년(59세) 임오군란을 소재로 한 「임오년의 서울」 발표.

1964년(62세) 수필집 『글에 대한 생각』 출간.

1967년(65세) 수필 「실천을 통한 어휘 공부」 발표 이후 행적이 사라짐. 1960년대 후반 이후 부르주아였던 전력 등이 문제되어 숙청을 당하고 시골 농장에서 자살했다고 알려짐.

1984년 유작인 『이조 망국사』를 완성하라는 조치가 내려지면서 사실상 복권이 이루어짐.

1993년 『서산대사』와 「임오년의 서울」 재출간.

■ 중 · 단편 소설

1928년　「희련시대」,《백치》 1월

　　　　「처의 화장」,《백치》 7월

1930년　「붉은 코」(꽁트),《중외일보》 2월 6일

1933년　「목사」(꽁트),《조선일보》 7월 29일, 8월 2일

1936년　「비 오는 길」,《조광》 4~5월

1937년　「무성격자」,《조광》 9월

1938년　「역설」,《여성》 2~3월

1939년　「봄과 신작로」,《조광》 1월

　　　　「폐어인」,《조선일보》 2월 5~25일

　　　　「심문」,《문장》 6월

1941년　「장삼이사」,《문장》 4월

1947년　「맥령」,『맥령』, 문화전선사

　　　　「제1호」,『맥령』, 문화전선사

　　　　「마천령」,《문화전선》, 4월

　　　　「기계」(미완),《조선문학》 12월 ;《문학예술》 4월

　　　　「담배 한 대」,『맥령』, 문화전선사

　　　　「무대 뒤」,『맥령』, 문화전선사

1948년　「남향집」, 미상

　　　　「공동풀」, 미상.《개선》(조선작가동맹출판사, 1955)에 수록

1951년　「기관사」,《문학예술》 5월

　　　　「조국의 목소리」, 미상

1952년　「영웅 한남수」, 미상

　　　　「운전수 길보의 전투」, 미상

1961년　「임오년의 서울」,《조선문학》 5~8월

1962년　「섬월이」, 미상

　　　　「음악가 김성기」, 미상

「학자의 염원」, 미상

연도 미상 「지리학자 김정호」「논개 이야기」, 미상

■ 수필 및 평론

1928년 「처녀작의 일절」,《백치》7월

1931년 「이광수 씨의 작가적 태도를 논함」,《비판》9월

1939년 「조망 문단기」,《조광》4월

1940년 「명모明眸의 독사毒蛇」,《조광》1월

　　　　 「숨은 인과율−소설가의 아버지」,《조광》7월

　　　　 「수형手形과 원고 기일」,《문장》8월

　　　　 「장맛비와 보들레르」,《조광》8월

　　　　 「궁금한 그들의 소식−작중 인물지」,《조광》12월

1941년 「여름의 대동강」,《춘추》8월

1957년 「나의 염원」,《조선문학》2월

1958년 「3.1운동 때의 회상」,《조선문학》3월

　　　　 「레프 톨스토이에 대한 단상」,《조선문학》9월

　　　　 「조국의 주인」,《조선문학》12월

1959년 「소설 창작에서의 나의 고심」,『작가수업』, 조선작가동맹출판사

1960년 「창작에 관한 수필」,《문학신문》5월 10일

1962년 「창작에 관한 단상」,《문학신문》7월 13일

　　　　 「일기 초」,《조선문학》8월

1967년 「실천을 통한 어휘 공부」,《청년문학》3월

■ 장편 소설 및 단행본

1947년 『맥령』, 문화전선사

　　　　 『장삼이사』, 을유문화사

1952년 『기관사』, 조선문학예술총동맹출판사

1956년 『서산대사』, 조선문학예술총동맹출판사

1963년 『임오년의 서울』, 조선문학예술총동맹출판사

1964년 『글에 대한 생각』, 조선문학예술총동맹출판사

■ 일반 논문

강현구, 「확인과 탐색의 거리-〈지주회시〉와 〈무성격자〉의 비교 연구」, 《한국어문교육》 1, 1986년

─────, 「역사소설 〈서산대사〉 연구」, 《한국어문교육》 8, 1996년

─────, 「최명익의 〈심문〉 연구」, 《호서어문연구》 5, 1997년

권용선, 「1930년대 후반 모더니즘 소설에 나타난 근대성 인식의 한 양상-최명익을 중심으로」, 《인천어문학》 16, 2000년

김동현, 「최명익의 〈봄과 신작로〉 연구」, 《우리문학연구》 20, 2006년

김동권, 「최명익 소설 연구」, 《건국대 대학원 학술논문집》 38, 1998년

김민정, 「1930년대 후반기 모더니즘 소설 재고-최명익과 허준을 중심으로」, 《한국학보》 77, 1994년

─────, 「근대주의자의 운명을 재현하는 문학적 방식-최명익 다시 읽기」, 《작가연구》 17, 2004년

김숙희, 「최명익의 〈무성격자〉 연구-자의식의 분열 양상과 죽음의 의미를 중심으로」, 《마산전문대 논문집》 15, 1992년

김양수, 「말기 지식인의 자의식을 묘파-최명익의 작품 세계」, 《월간문학》 232, 1988년 6월

김영민, 「이념과 문학의 길-탄생 백주년을 맞는 문인들을 통해 바라본 문단 구도」, 《작가》 31, 2003년 여름

김예림, 「1930년대 후반의 비관주의와 윤리의식에 대한 고찰-최명익을 중심으로」, 《상허학보》 4, 2000년

김외곤, 「〈심문〉의 욕망 구조」, 《문학사와비평》 4, 1997년

김용인, 「최명익 소설의 주요 모티브 연구」, 《중앙대어문논집》 26, 1998년

김재용, 「해방 직후 자전적 소설의 네 가지 양상」, 《문예중앙》 18, 1995년 여름

─────, 「해방 직후 최명익 소설과 〈제1호〉의 문제성」, 《민족문학사연구》 17, 2000.

김종인 · 김강진, 「최명익 소설 연구-단편집 『장삼이사』를 중심으로」, 《경북실전 논문집》 14, 1995년

김진석, 「최명익 소설 연구」, 《서원대 인문과학논문집》 2, 2003년

───, 「한국 심리소설에 나타난 서사기법과 도시문명 탐색」, 《과학과문화》 13, 서원대학교, 2007년

김 철, 「기차와 한국소설-최명익의 「심문」과 「장삼이사」」, 《새국어생활》 15-1, 2005년

김치홍, 「최명익의 「장삼이사」고」, 《명지어문학》 19, 1990년

───, 「최명익, 그 우울의 미학」, 《명지어문학》 21, 1994년

김한식, 「30년대 후반 모더니즘 소설과 질병-최명익과 유항림의 소설을 중심으로」, 《국어국문학》 128, 2001년

김해연, 「최명익 소설에 나타난 여성 소외의 문제」, 《오늘의 문예비평》 7, 1992년 가을

───, 「해방 직후 최명익 소설 연구-「맥령」을 중심으로」, 《현대소설연구》 17, 2002년

김현정, 「최명익 소설에 나타난 소통의 모색」, 《비평문학》 28, 2008년

김혜영, 「최명익 소설의 글쓰기 방식 연구」, 《한국국어교육연구회 논문집》 61, 1997년

문재호, 「최명익의 「심문」 연구-소설의 담론적 특성을 중심으로」, 《숭실어문》 19, 2003년

문흥술, 「추상에의 욕망과 절대주의 미학-최명익론」, 《관악어문연구》 20, 1995년

박선애, 「최명익 소설 연구」, 《한국학연구》 4, 숙명여대, 1994년

서종택, 「한국 현대소설의 미학적 기반2-최명익의 심리주의 기법」, 《한국학연구》 18, 고려대, 2003년

성지연, 「최명익 소설 연구」, 《현대문학의 연구》 18, 2002년

───, 「30년대 소설과 도시의 거리-「소설가 구보씨의 일일」 「비 오는 길」 「마권」을 중심으로」, 《현대문학의 연구》 20, 2003년

송경빈, 「최명익 소설 연구-해방 이전의 작품을 중심으로」, 《어문연구》 23, 1992년

신형기, 「최명익과 쇄신의 꿈」, 《현대문학의 연구》 24, 2004년

양문규, 「최명익 소설 연구」, 《인문학보》 9, 강릉대 인문과학연구소, 1990년

여지영, 「최명익 소설의 공간 형상화 연구-「비 오는 길」을 중심으로」, 《한국소설연구》 4, 2002년

오병기, 「1930년대 심리소설과 자의식의 변모양상 2-최명익을 중심으로」, 《대구어문논총》 12, 1994년

유영윤, 「최명익론-해방 이전의 소설을 중심으로」, 《목원어문학》 9, 1990년

유철상, 「최명익의 「무성격자」에 나타난 기술로서의 심리 묘사」, 《한국현대문학연

구》10, 2001년

윤애경, 「최명익 심리소설의 서술 방식과 현실 인식 양상」, 『현대문학이론연구』 24
호, 2005년

이계열, 「「심문」의 구조분석적 고찰」, 《어문논집》 5, 숙명여대, 1995년

이대규, 「최명익의 소설 「무성격자」의 플롯과 장면」, 《어문교육논집》 12, 부산대,
1992년

이동하, 「최명익론-세계의 폭력과 지식인의 소외」, 《문학사상》 193, 1988년 11월

이미림, 「최명익 소설의 '기차' 공간과 '여성'을 통한 자아 탐색-「무성격자」「심문」
을 중심으로」, 《국어교육》 105, 2001년

이수형, 「최명익론-이데올로기 비판적 의식을 중심으로」, 《문학사와비평》 4, 1997년

이주미, 「최명익 소설에 나타난 환상과 현실의 관계 양상-「심문」을 중심으로」, 《한
민족문화연구》 10, 2002년

임병권, 「1930년대 모더니즘 소설에 나타난 은유로서의 질병과 근대적 의미」, 《한국
문학이론과비평》 17, 2002년

장수익, 「최명익론-승차 모티프를 중심으로」, 《외국문학》 44, 1995년 가을

장윤수, 「암흑기 지식인의 초상-최명익의 「역설」「비 오는 길」고」, 《대진논총》 3,
1995년

장춘화, 「최명익 소설 연구」, 《대구어문논총》 9, 1991년

정현숙, 「대립과 갈등의 미학-최명익 소설을 중심으로」, 《한양어문연구》 13, 1995년

――, 「최명익 소설에 나타난 근대성의 경험 양상」, 《민족문학사연구》 8, 1995년

――, 「최명익 소설에 나타난 은유」, 《어문연구》 121, 2004년

조연현, 「자의식의 비극-최명익론」, 《백민》 5-1, 1949년 1월

주민재, 「속도, 부유하는 주체 그리고 환멸의 끝자락」, 『한국근대문학연구』 7권2호,
2006년

차혜영, 「최명익 소설의 양식적 특성과 그 의미」, 《한국학논집》 25, 한양대, 1994년

채호석, 「1930년대 후반 소설에 나타난 새로운 문제틀과 두 개의 계몽의 구조-허준
과 최명익을 중심으로」, 《기전어문학》 10·11, 1996년

――, 「최명익 소설 연구-「비 오는 길」을 중심으로」, 《작가연구》 2, 1996년

최상윤, 「한국 자의식 소설의 작중 인물 연구-최명익 작품을 중심으로」, 《동아대 대
학원논문집》 9, 1984년

홍성암, 「최명익 소설 연구」, 《동대논총》 23, 동덕여대, 1993년

홍혜미, 「역사소설의 의미 규명-최명익의 『서산대사』를 중심으로」, 《인문학논총》 3, 국립7개대학공동논문집간행위원회, 2003년

■ 학위 논문

강지윤, 「최명익과 불균등성의 형식화」, 연세대 석사학위논문, 2005년

강진호, 「1930년대 후반기 신세대 작가 연구」, 고려대 박사학위논문, 1995년

강현구, 「최명익의 소설 연구」, 고려대 석사학위논문, 1985년

권선영, 「최명익 소설 연구-자의식의 확대과정을 중심으로」, 숙명여대 석사학위논문, 1990년

권애자, 「최명익 소설 연구-작중 인물의 나르시시즘과 그 극복」, 전북대 석사학위논문, 1992년

김겸향, 「최명익 소설의 공간 연구」, 이화여대 석사학위논문, 1990년

김경숙, 「최명익 소설의 공간 구조와 작가 인식 태도 연구」, 인하대 석사학위논문, 2005년

김경연, 「최명익 소설의 식민지적 근대성 비판 양상 연구」, 부산대 석사학위논문, 1999년

김민정, 「1930년대 후반기 모더니즘 소설 연구-최명익과 허준을 중심으로」, 서울대 석사학위논문, 1994년

김병우, 「작중 지식인상에 투영된 작가의식 연구-1930년대를 중심으로」, 충북대 석사학위논문, 1989년

김세현, 「최명익 소설 연구-광복 전후 인물의 변모 양상을 중심으로」, 홍익대 석사학위논문, 1998년

김양선, 「1930년대 후반 소설의 미적 근대성 연구」, 서강대 박사학위논문, 1998년

김옥준, 「최명익 소설 연구-작가의식과 주인물의 자의식을 중심으로」, 성균관대 석사학위논문, 2002년

김은정, 「최명익 소설 연구-시점을 통한 이데올로기 분석」, 인제대 석사학위논문, 2002년

김정남, 「최명익 소설의 자의식 연구」, 영남대 석사학위논문, 1997년

김정옥, 「최명익 소설 연구-등장인물 유형과 서술기법을 중심으로」, 전남대 석사학

위논문, 1994년

김지연, 「1930년대 후반 '신세대 작가'의 소설 연구」, 경북대 석사학위논문, 1998년

김해연, 「최명익 소설 연구」, 경남대 석사학위논문, 1991년

———. 「최명익 소설의 문학사적 연구」, 경남대 박사학위논문, 2000년

김현식, 「최명익 소설 연구」, 전북대 석사학위논문, 1992년

김혜숙, 「최명익 소설의 죽음 양상 연구」, 영남대 석사학위논문, 2007년

명형대, 「1930년대 한국 모더니즘 소설의 공간구조 연구」, 부산대 박사학위논문, 1991년

박미란, 「1930년대 모더니즘 소설의 현실 인식 연구」, 서강대 박사학위논문, 2005년

박선경, 「현대소설의 남성중심주의Phallocentrism 연구-30년대 작가 무의식의 언어적 표출양상」, 서강대 박사학위논문, 1994년

박숙자, 「1930년대 모더니즘 소설 연구-일상성에 대한 인물의 반응과 서술기법을 중심으로」, 서강대 석사학위논문, 1996년

박일우, 「한국근대문학의 만주滿洲 표상에 관한 연구 : 1930~40년대 소설을 중심으로」, 국민대 박사학위논문, 2009년

방경태, 「1930년대 한국 도시소설의 시간과 공간 연구」, 대전대 박사학위논문, 2003년

백정승, 「최명익의 「심문」 연구」, 중앙대 석사학위논문, 2001년

서정희, 「최명익 소설에 나타난 자기 모색 과정의 양가성 연구」, 울산대 석사학위논문, 2008년

소미혜, 「현대소설에 나타난 동물 상징 연구」, 이화여대 석사학위논문, 1993년

손자영, 「최명익 소설의 기호학적 분석」, 이화여대 석사학위논문, 2007년

신윤정, 「최명익 소설 연구」, 중앙대 석사학위논문, 1993년

심영덕, 「최명익 소설 연구」, 영남대 석사학위논문, 1990년

안미영, 「1930년대 심리소설의 두 가지 양상-이상과 최명익을 중심으로」, 경북대 석사학위논문, 1996년

오영애, 「최명익 소설의 인물 연구」, 숙명여대 석사학위논문, 1997년

유소정, 「최명익 소설의 시간과 공간 연구」, 이화여대 석사학위논문, 2002년

윤부희, 「최명익 소설 연구」, 이화여대 석사학위논문, 1993년

이강언, 「1930년대 모더니즘 소설 연구」, 영남대 박사학위논문, 1988년

이경희, 「1930년대 모더니즘 소설의 변이 양상 연구-박태원과 최명익을 중심으로」,

      연세대 석사학위논문, 1996년

이계열, 「최명익 소설 연구」, 숙명여대 석사학위논문, 1992년

──── , 「1930년대 후반기 소설의 자아의식 연구」, 숙명여대 박사학위논문, 1998년

이명진, 「최명익 소설 연구」, 호서대 석사학위논문, 2005년

이미경, 「최명익 소설 연구」, 전북대 석사학위논문, 1997년

이은선, 「모더니즘 소설의 체제비판 양상 연구」, 이화여대 석사학위논문, 2008년

이 호, 「1930년대 한국 심리소설 연구」, 서강대 석사학위논문, 1994년

이희윤, 「최명익 연구」, 건국대 석사학위논문, 1991년

임병권, 「최명익의 작품 세계 연구」, 서강대 석사학위논문, 1991년

임지예, 「1930년대 소설에 나타난 병적 인간 연구 : 이상 · 최명익 · 단층파 소설을
      중심으로」, 국민대 석사학위논문, 2009년

장은정, 「최명익 소설의 서술기법 연구」, 숙명여대 석사학위논문, 2001년

조용진, 「1930년대 소설에 나타난 지식인 주인공에 대한 연구 : 경성이란 공간을 중
      심으로」, 원광대 석사학위논문, 2008년

주혜성, 「최명익 연구」, 연세대 석사학위논문, 1990년

최강민, 「자의식 소설의 공간대비 연구」, 중앙대 석사학위논문, 1994년

최경원, 「현대소설에 나타난 '비'의 상상력 연구」, 서강대 석사학위논문, 2003년

최혜실, 「1930년대 한국 심리소설 연구─최명익을 중심으로」, 서울대 석사학위논문,
      1986년

한성봉, 「1930년대 도시소설 연구」, 원광대 박사학위논문, 1995년

한순미, 「최명익 소설의 주체, 타자, 욕망에 관한 연구」, 전남대 석사학위논문, 1997년

한국문학의 재발견-작고문인선집

최명익 소설 선집

지은이 | 최명익
엮은이 | 진정석
기 획 | 한국문화예술위원회
펴낸이 | 양숙진

초판 1쇄 펴낸날 | 2009년 5월 10일

펴낸곳 | ㈜현대문학
등록번호 | 제1-452호
주소 | 137-905 서울시 서초구 잠원동 41-10
전화 | 516-3770
팩스 | 516-5433
홈페이지 www.hdmh.co.kr

값 12,000원

ISBN 978-89-7275-524-1 04810
ISBN 978-89-7275-513-5 (세트)